CLAUDIUS CRÖNERT

Freyas Land

KREUZ UND KLINGE Es hat Herzog Radbod viel Mühe und beschwerliche Abenteuer gekostet, die verschiedenen friesischen Stämme zu einen. Nun endlich soll der Feldzug gegen die übermächtigen Nachbarn im Süden, die Franken, beginnen. Damit wollen die Friesen die christlichen Missionare vertreiben und ihre Handelsstadt Dorestad befreien, die die Franken besetzt halten. Doch Radbod steht eine letzte Prüfung bevor, die schwerste von allen: Einer der Fürsten will seine Tochter zur Frau. Eila aber ist erst 15 und der Augapfel ihres Vaters. Die Abhängigkeit vom Fürsten und seinem kampferprobten Stamm bringt Radbod in Bedrängnis. Wie kann er die Bitte des Fürsten abschlagen?

Während die versammelten Krieger ungeduldig auf den Beginn des Feldzuges warten, blickt Radbod auf sein Leben zurück: Gezeichnet von Kämpfen - gegen den Vater, gegen die Urgewalt der Nordsee und gegen durchtriebene Missionare. Alle Welt drängt ihn zur richtigen Entscheidung. Aber er kann und will seine Tochter nicht zu einer Tauschware machen …

Foto © Martin Kunze

Claudius Crönert ist in Hamburg aufgewachsen und lebt seit vielen Jahren in Berlin, wo er Philosophie und Kunstgeschichte studiert hat. Von Anfang an arbeitet er doppelgleisig, als Autor und Journalist. Er ist politischer Korrespondent; daneben schreibt er Rundfunk-Reportagen, Zeitschriften-Artikel und Film-Beiträge. Als Autor schreibt er Drehbücher, Historische Romane und Krimis.

Bisherige Veröffentlichungen im Gmeiner-Verlag:
Rachemelodie (2014)
Das Kreuz der Hugenotten (2011)

CLAUDIUS CRÖNERT

Freyas Land

Historischer Roman

GMEINER SPANNUNG

Besuchen Sie uns im Internet:
www.gmeiner-verlag.de

Im Ehnried 5, 88605 Meßkirch
Telefon 07575/2095-0
info@gmeiner-verlag.de

1. Auflage 2015

Lektorat: Claudia Senghaas, Kirchardt
Herstellung: Mirjam Hecht
Umschlaggestaltung: U.O.R.G. Lutz Eberle, Stuttgart
unter Verwendung eines Bildes von:
© Henrik Winther Ander – Fotolia.com
Druck: GGP Media GmbH, Pößneck
Printed in Germany
ISBN 978-3-8392-1647-7

VORWORT

Radbod ist der bekannteste Herzog des frühmittelalterlichen friesischen Reiches. Er lebte – nach christlicher Zeitrechnung – von 675 (oder 678) bis 719. In manchen Sagen wird er sogar als König bezeichnet. Insgesamt befinden wir uns in einer Zeit, aus der es nur spärliche Überlieferungen gibt. Die Friesen haben ihre Geschichte erzählt, nicht aufgeschrieben; sie kannten keine Schrift in unserem Sinne. Wahrscheinlich wäre ihnen die Vorstellung, der Nachwelt Berichte zu hinterlassen, seltsam vorgekommen, weil sie ihre Toten – und die noch nicht Geborenen – um sich glaubten. Die wenigen Daten, die es gibt, stammen aus christlicher Überlieferung und sind entsprechend gefärbt. Radbod wird meistens als Wilder dargestellt.

Der fränkische Hausmeier Pippin der Mittlere starb Ende des Jahres 714. Pippin war ein fähiger Politiker, geschickt darin, entscheidende Posten in beiden Teilen des fränkischen Reiches mit Vertrauten zu besetzen. Zum Höhepunkt seines Einflusses war er der mächtigste Mann im Reich, klug genug, einen schwachen König über sich zu dulden. Doch am Ende gelang es ihm nicht, einen Nachfolger zu bestimmen und geordnete Verhältnisse zu übergeben. Nach seinen Tod brachen Kämpfe aus. In dieser Zeit spielt der Roman, im Jahr 715, als sich die Nachricht vom Tod Pippins herumgesprochen hat.

TEIL 1

1

Von der See blies ein kräftiger Wind herüber, als der Zug der Kämpfer aus dem Norden endlich eintraf. Am Waldrand bogen sich Birkenstämme, Tannenzweige schlugen wie die Flügel einer Ente auf und nieder. Ein Heulen fuhr durch die Luft, ein Göttergruß. Das war ein gutes Zeichen. Forsete, der Gott des Windes, unterstützte sie.

Herzog Radbod hatte mit ein paar Getreuen und mit seinen Söhnen auf einer Anhöhe Posten bezogen, er stand in hohem Gras und hielt seinen Schwertknauf umschlossen. Die Krieger, die unter ihm vorbeizogen, stellten zusammen mit denen, die bereits auf den Wiesen am Herrenhaus lagerten, das größte friesische Heer seit Menschengedenken dar. Verwegen sahen die Männer aus, ihre Bärte waren wild, die Haare filzig, sie hatten Narben am ganzen Körper, ihnen fehlten Zähne, Augen, Finger, Hände. Oh ja, sie verbreiteten Angst. Aber ein fränkischer Hauptmann würde auf einen Blick erkennen, wie schlecht gerüstet sie waren.

Zu Pferd waren nur die Fürsten und Truppenführer, sie allein hatten Langschwerter und trugen Schilde, die nicht beim ersten Stoß gleich zerbrachen. Die anderen gingen zu Fuß, viele ohne Schuhe, oder sie hockten auf Ochsenkarren. Ihre Bewaffnung bestand aus Wurfgeschossen, aus Steinen, manche hatten rostige Kurzschwerter. Da sie alle nach friesischer Tradition mit nacktem Oberkörper in die Schlacht ziehen würden, hatte keiner von ihnen ein gepanzertes Hemd und nicht einmal ein Lederwams.

Radbod hielt sich nicht lange mit der Frage auf, ob dieses Heer dem übermächtigen Nachbarn zusetzen konnte und ob es gelang, die Franken endgültig aus dem Friesenland zu vertreiben. Man musste es darauf ankommen lassen, und er war bereit dazu, seit vielen Jahren schon. Nun, endlich, waren es die friesischen Stämme auch. An einem Donnerstag, dem Tag des Kriegsgottes Thor, hatte er Boten in ihre Gebiete ausgesandt und die Fürsten aufgefordert, jeden waffenfähigen Mann zu schicken.

Diesmal, endlich, waren sie seiner Order nachgekommen.

Die Streitigkeiten im Frankenland hatten nach Pippins Tod überhand genommen. Es ging um die Macht im Ostreich, die mehrere Männer für sich beanspruchten, und keiner von ihnen kannte Gnade mit dem Gegner. Sie mordeten, verjagten, verbannten. Schlitzten schlafenden Knaben die Kehle auf, setzten Stiefsöhne in Gefangenschaft und eigene Kinder als Nachfahren ein. Auf diese Weise schwächte sich das Riesenreich selbst. Zusätzlich waren die Franken in Scharmützel an ihren südlichen und westlichen Grenzen verwickelt, und nur ein Rest von ihnen stand noch in Friesland. Es war also eine günstige Zeit, um sie anzugreifen und auf alle Zeit zu verjagen aus dem Land an jenem Meer, das die Römer bereits voller Respekt *Mare Frisicum*, das Friesische, genannt hatten.

Wie ein Hund, der Witterung aufgenommen hatte, hob Radbod den Kopf in den Wind. Sein langes Haar begann zu flattern. Er ließ den Blick schweifen. Nirgendwo war der Himmel so weit wie hier, die Erde so fruchtbar, die Luft ähnlich würzig. Friesland war es wert, sein Leben zu lassen.

Über das Ansinnen der vielen Krieger, die nach wie vor an ihm vorbeizogen, brauchte man sich keine Illusionen zu machen, für die zählte Patriotismus nicht viel, sie waren gekommen, weil man nur auf einem Feldzug in kurzer Zeit reich werden konnte, da ließen sich in einem einzigen Sommer mehr Waffen und Pferde, mehr Schmuck und Hausrat erbeuten, als man in einem ganzen friedlichen Leben erarbeiten konnte. Radbod war egal, was die Männer trieb, sollten sie mit Schätzen nach Hause gehen, ihre Frauen beglücken und sich von ihnen belohnen lassen. Die Hauptsache war, dass sie gut kämpften.

Wachleute geleiteten den Zug zu den Lagerplätzen am Herrenhaus. Jeder der Männer trug einen Ledersack bei sich und hatte darin Verpflegung für mehrere Wochen – so war es angeordnet. Die Säcke ließen sie nicht aus der Hand, weder bei der Begrüßung mit denen, die vor ihnen eingetroffen waren, noch beim Aufschlagen der Zelte. Mancher machte sich nicht so viel Mühe, sondern suchte sich gleich einen Schlafplatz unter einem Baum. Warm genug war es allemal.

Bald loderten neue Feuer auf, und die Männer packten Brot und harten Käse, Zwiebeln und Würste aus und aßen und tranken Bier. Zwei oder drei Tage, so war Radbods Plan, sollten sich Mensch und Tier in Stavoren ausruhen, bevor es weiterging. Er selbst wollte in dieser Zeit mit den Anführern das Vorgehen besprechen. Zwar hatte in Kriegsfragen niemand anders als er das Sagen, doch um der Einigkeit willen würde er ihnen das Gefühl geben, mitreden zu dürfen.

Bevor es aber ins Gespräch ging, erwarteten die fremden Fürsten und ihre Edlen, anständig bewirtet zu werden. Er, der sich aus Essen noch nie viel gemacht hatte, verabscheute die Völlerei und den Suff, zumal er dafür aufzukommen hatte, was die Gäste umso ungehemmter zuschlagen ließ. Dagegen war nichts machen. Er hatte in der Halle des Herrenhauses einen langen Tisch decken lassen. Am Essen arbeiteten sie in der Küche seit drei Tagen. Das Dienstpersonal hatte eine Menge Kerzen verteilt, und an den Wänden hingen Fackeln in Eisenringen. Als der Abend anbrach und das Feuer die Halle erleuchtete, stellte er sich mit seiner Familie an den Eingang.

Der Erste, der eintrat, war Hayo, ausgerechnet Hayo, das Eulengesicht, der Fürst aus dem Ostergouw. Der schmale Mann hatte sich fein gemacht, trug einen neuen Umhang mit goldener Fibel, und die Haare waren gekämmt. Radbod verachtete ihn. Hayo war sein Nachbar, aber ein Mäkler und Stänkerer, der sich immer gegen ihn gestellt hatte, aus Prinzip, wie Radbod meinte. Nach ihm kam Diemo, der neue Fürst aus Groningen, sein Schwager, auch er ein Gegner. Radbod würde aufpassen müssen, wer auf dem Feldzug hinter ihm ritt. Es folgten die drei Emsgaer Anführer, einfache Bauern eines Stammes, der keinen Fürsten hatte. Sie hatten sich mit Wasser die Haare und Bärte geglättet, um einen guten Eindruck zu machen. Ihnen allen und ihrem Gefolge gab Radbod die Hand, ohne Überschwang, aber er sah ihnen in die Augen und sagte ein paar Worte, sodass sie sich persönlich angesprochen fühlen durften.

Als Letztes erschien Reemer, der Fürst der Hriustrer. Sein Stamm war der wildeste in Friesland. Gerüchte besagten, dass Schiffe der Hriustrer bis ans Ende der Welt segelten, wo es angeblich wieder Land gab. Reemer selbst sah, alleine schon wegen der Narbe auf seiner Wange, wie ein echter Krieger aus, furchtlos und kampfbereit. Er war ein älterer Mann, sein Bart war weiß, aber er hatte muskulöse Arme und ein breites Kreuz. Seine Augen waren winzig, fast wie die einer Maus. Er hatte Radbods Größe, einen kräftigen Händedruck und wartete nicht auf die Worte des Gastgebers, sondern redete selbst.

»Nun, Herzog, wie es aussieht, werden die Friesen in den Krieg ziehen.«

»Wir beanspruchen unser Land für uns, mehr nicht. Das werden wir den Franken zeigen.«

»Wenn es gut geht«, erwiderte Reemer, »sollten wir einen Abstecher in ihr christliches Land machen. Meine Männer brennen darauf. Es heißt, das Frankenland sei reich.«

Radbod neigte den Kopf, ohne ihm aber zuzustimmen. Vor dem zweiten musste der erste Schritt gesetzt werden, und nur wenn der gelang, konnte man über weitere nachdenken. Reemer nickte ihm zu und setzte sich mit seinen Leuten an den Tisch, der sich unter dem Gewicht der Schüsseln und Platten bereits bog, unter den Mengen von Dorsch und Makrele, Flunder und Rotbarsch, von Wildbraten und gekochtem Getreide und den vielen Krügen voller Bier. Reemers Platz war am schmalen Ende, von Radbod aus gesehen auf der anderen Seite der Halle.

Radbod überblickte die Tafel. Die Stämme saßen bei einander. Kein Mann, der nicht schon einen Krug Bier vor sich hatte. Die Stimmen waren noch gedämpft, aber das würde sich bald ändern. Essensdüfte füllten die Luft, wobei der von Fisch alle anderen übertönte. Die Tafel war eines Herzogs würdig, und am Ende passte sie auch zum Anlass. Keiner der Männer wusste schließlich, ob er lebend zurückkehren würde.

Es gab nur zwei Frauen am Tisch. Eine von ihnen war die Herzogin, seine Gemahlin. Sie sah blass aus und war in sich gekehrt. Er rechnete ihr an, dass sie sich schön gemacht hatte, sie trug ein langes Kleid in einem kräftigen Ton, das zu ihrem grauen Haar passte. Und sie hatte die Aufsicht über das Festessen an sich genommen. Dass der Tisch bereitet war, hatte er ihr zu danken.

Die andere Frau war Eila, seine Tochter, 13-jährig, fast noch ein Mädchen. Bei Eila blieb sein Blick hängen, sein Schritt wurde langsamer. Sie saß neben ihrem Halbbruder Poppo, der ihr etwas ins Ohr geflüstert hatte, und sie lachte auf. Ihr Gesicht war wie das Strahlen der Sonne. Nach seiner Überzeugung war das Mädchen ein Göttergeschenk, ein Wesen aus einer anderen Welt, eine Lichtelfe, die sich zu ihnen verirrt hatte. Sie hatte weder mit ihm noch mit ihrer Mutter viel Ähnlichkeit. Auf ihre eigene Weise war Eila schön, und den Männern am Tisch war sie bereits aufgefallen, sie glotzten und stierten, und wer das Glück hatte, in ihrer Nähe zu sitzen, bemühte sich darum, ihr aufzufallen und das Wort an sie zu richten. Radbod passte das überhaupt nicht, aber er konnte Eila schlecht fortschicken, deshalb tröstete er sich damit, dass Poppo auf sie aufpassen würde wie ein Wachhund.

Als er sich setzte und sich auftat, gab Radbod das Signal, dass sich die Männer bedienen durften. Er nahm wenig, im Gegensatz zu den anderen, die nach den Fischen packten und den Wildkeulen, die mit den Händen, als wären es Schaufeln, in die Getreideschüsseln griffen und sich hinterher die Finger ableckten. Auch seine Söhne Alfbad und Onno langten ordentlich zu.

Mit dem Bier, das Sklaven immer wieder nachzufüllen hatten, begannen bald die Geschichten. Zu Radbod drangen nur Fetzen davon, denn die Männer redeten alle gleichzeitig und lachten und rülpsten dazu, ihre tiefen Stimmen vermischten sich zu einem einzigen Gebrumme. Er hörte von sächsischen Einheiten, die von Groningern in den Hinterhalt gelockt, überfallen und getötet worden waren, und von Fahrten auf die offene See, an Forsetesland und Britannien vorbei, immer weiter, immer weiter, gegen Wind und Wellen, höher als das Herrenhaus von Stavoren. Auch Anekdoten über die Missionare bekam er zugetragen. Wie diese Geschichten erzählt wurden, waren die Christen dumm und schwerfällig und leicht zu narren. Manches davon konnte nicht stimmen, sonst stünde es besser um Friesland. Sein Blick traf den von Tade, der sein engster Berater war, und als der andere nickte, wusste er, dass er den gleichen Gedanken gehabt hatte.

Radbod korrigierte niemanden, er mischte sich nicht ein. Er hatte sich fest vorgenommen, ein höflicher Gastgeber zu sein, und daran hielt er sich, hörte zu, fragte nach und redete nur dann, wenn Gesprächspausen zu lang zu werden drohten.

Bald wurde es lauter in der Halle. So, wie das Bier floss, beschränkte man sich nicht mehr auf Unterhaltungen mit den Nebenleuten, sondern man rief quer über den Tisch und prostete einander zu. Auch die Götter wurden immer lauter angerufen, und die hohe Decke, die all die Stimmen wiedergab, trug ihren Teil zur Lautstärke bei.

Radbod verlegte sich aufs Beobachten. Hayo, der Ostergouwer, untersuchte mit dem Messer die Fische, die er sich auf den Teller geladen hatte, er schnitt sie in kleinste Stücke, war gründlich, zog immer wieder Gräten heraus. Selbst nach seiner Vorarbeit biss er noch wie ein Vöglein zu und kaute die Stückchen gründlich. Es war alles andere als ein Vergnügen, ihm zuzusehen.

Am ruhigsten war es auf der Seite der Groninger. Auch sie hatten volle Teller und Becher, hielten sich aber, von Ausnahmen abgesehen, im Gespräch zurück, als gehörten sie nicht dazu. Was zwischen ihnen und dem Herzog stand, war nicht mehr zu überbrücken. Sicherlich waren sie nicht gekommen, weil Radbod sie gerufen hatte, sondern weil sie eingesehen hatten, dass sie in einer Lage wie dieser nicht außen stehen konnten, wollten sie ihren Stamm nicht in die Bedeutungslosigkeit führen. Diemo, ihr junger Fürst, ignorierte Radbod nach Möglichkeit.

Die Emsgaer Bauern hingegen hatten ihre Scheu abgelegt. Mit jedem Becher Bier waren ihre Köpfe roter geworden, sie genossen eine Festmahlzeit, für die sie nicht hatten arbeiten müssen. Wie weit ihre Leute Erfahrung im Kampf hatten, konnte Radbod nicht einschätzen. Im Schildwall würden sie schon mitziehen.

Reemer, der Hriustrer, hatte die Ärmel aufgekrempelt, als gelte es, schwere Feldarbeit zu verrichten. Er schaufelte. Griff lieber zu Fleisch als zu Fisch, schwenkte Keulen in der Luft, um seine Rede zu untermalen, lachte lauter als alle anderen und nahm Bier in sich auf wie ein Regenfass nach langer Trockenheit. Radbod war sich darüber klar, dass er sich auf diesen Mann am ehesten verlassen konnte. Allerdings waren die Hriustrer noch schlechter bewaffnet als die Krieger der anderen Stämme.

Als Reemer sich von seinem Platz erhob – dabei leicht schwankte und die Hand brauchte, mit der er sich auf der Schulter eines Nachbarn stützen musste –, dachte Radbod, er werde nach draußen gehen, um sich zu erleichtern. Doch der Hriustrer schlug einen anderen Weg ein, er hielt auf die Mitte der Tafel zu. Dort blieb er stehen und schaute hinüber zu Eila, die auf der anderen Seite des Tisches saß. Er musterte sie regelrecht. Das Mädchen spürte den Blick, erwiderte ihn erst, wich ihm dann aber aus und beschäftigte sich mit ihrem Essen.

Radbod gefiel das nicht. Seine Tochter war kein Ding, das man anglotzen durfte.

Bevor ihm einfiel, auf welche Weise er den Hriustrer zur Ordnung rufen konnte, hatte Reemer bereits kehrt gemacht. Schwerfällig setzte er seine Schritte, es war offensichtlich, dass er darauf achten musste, Kurs zu halten. Zu Radbods Überraschung ging der Hriustrer an seinem Platz vorbei weiter um die Tafel herum. Die Stimmen am Tisch waren unverändert laut, die Reden, Lachen und Rufe füllten die Luft. Reemer setzte seinen Weg unbeirrt fort. Wie alle anderen hatte er seine Waffen abgelegt und trug nur ein Messer. Ein breiter Gürtel hielt seinen Kittel. Sein blondes und gleichzeitig graues Haar reichte ihm bis an die Schulter. Er war ein Kerl, musste Radbod einräumen, trotz seines Alters. Ein Baum.

Hinter Eila blieb er stehen und tippte ihr mit den Fingerspitzen auf die Schulter. »Du, steh einmal auf.«

Das war der Satz, der die Aufmerksamkeit am Tisch weckte. Poppo war der Erste, der sich umdrehte, noch vor seiner Schwester, und auf seinen Lippen hatte er eine Frage. Bevor er sie noch gestellt hatte, erhob sich Eila. Grazie – Damenhaftigkeit – lag nicht in ihrer Bewegung, die war eher burschikos. Doch sie besaß dieses Strahlen. Das Licht, das immer brannte.

»Wie heißt du?«, fragte der Hriustrer.

»Eila.«

»Des Herzogs Tochter?«

»Ja.«

Reemer verstummte, ließ aber die kleinen Augen nicht von ihr. Inzwischen interessierten sich fast alle Männer für das Schauspiel, sie wollten wissen, was der Hriustrer-Fürst vorhatte, und wahrscheinlich auch, wie weit Radbod zuließ, dass jemand auf Kosten seiner Kinder Scherze machte. Poppo hatte seine Beine über die Bank geschlagen. Er war bereit, einzugreifen, sobald es einen Anlass dafür gab.

»Du gefällst mir, Eila.«

Sie lachte.

Das war ein Lachen, das rein und unschuldig klang, auch stolz. Eine gute Antwort des 13-jährigen Mädchens für den fremden Mann. Beide boten ein seltsames Bild. Sie war wesentlich kleiner als der Hüne ihr gegenüber, viel gepflegter als der wilde Mann und deutlich jünger. Zwar hatte ihr Körper weibliche Formen ausgebildet, sie war bereits eine Frau. Der Mann vor ihr aber war älter als ihr Vater.

»Ich bin im vergangenen Sommer Witwer geworden und werde den Herzog bitten, dich mir zur Frau zu geben. Du gefällst mir wirklich, Eila.«

Die Worte trafen Radbod wie ein Schwertstreich. Ohne Ton rief er ihr zu, den Fremden abzuweisen, sofort und eindeutig. Sie aber war rot geworden und wendete sich ab. Poppo hielt ihr den Arm, damit sie sich leichter hinsetzen konnte. Beide wandten sich der Tischmitte zu, sodass sie Reemer den Rücken zeigten. Eila flüsterte ihrem Bruder etwas ins Ohr.

Der Hriustrier zog weiter. Er kam auf Radbod zu.

Es war eindeutig – er kam auf ihn zu.

Jedem einzelnen seiner Schritte sah man das Bier an, das er im Bauch hatte. Er wankte, während sein Auftritt den ganzen Saal bannte. Es war still. Allein Radbod hatte angefangen, mit seinem Bruder Finn zu sprechen, denn er wollte dem Fremden nicht die Bühne überlassen, und als Reemer hinter ihm stand, tat er so, als habe er ihn nicht bemerkt.

»Hast du gehört, was ich zu deiner Tochter gesagt habe, Herzog?«

Radbod hatte seine Hand um einen Bierkrug geschlungen und hielt sein Ohr in Finns Richtung, als müsste er sich Mühe geben, um des Bruders Antwort verstehen zu können. Inzwischen wartete alle Welt darauf, was er dem Hriustrer erwidern würde. Er spürte die vielen Blicke auf sich, während er sich an der kindlichen Hoffnung festhielt, Reemer würde weiterziehen, wenn er ihm keine Beachtung schenkte.

»Herzog?«, wiederholte der Hriustrer und legte Radbod seine Pranke auf die Schulter.

Radbod blieb nichts übrig, als sich umzudrehen. »Was sagst du?«

»Ob du gehört hast, was ich zu deiner Tochter gesagt habe?«

»Zu meiner Tochter?« Radbod schüttelte den Kopf. »Nein.«

»Dann wiederhole ich es.«

Bevor Reemer in seinem schweren Kopf die Worte angeordnet hatte, stand Radbod auf. Er fischte sich einen zweiten Becher vom Tisch, den er seinem Gegenüber reichte. »Lass uns auf unseren Feldzug trinken, Hriustrer. Auf unseren Sieg.«

Er hielt seinen Becher in die Höhe. Reemer stieß mit dem anderen dagegen. Dann tranken sie. Tranken ausgiebig. Beiden tropfte Bier aus dem Bart.

»Na, siehst du«, erklärte Radbod, nachdem er gerülpst hatte. Er war dabei, sich wieder zu setzen.

»Herzog.«

Radbod blieb stehen.

»Ich möchte dich bitten, mir …«

»Reemer«, fiel Radbod ihm ins Wort, »wir ziehen in den Krieg. Gegen die Franken und gegen dieses Christenpack. Es geht um unsere Freiheit. Nichts anderes zählt.«

Er stieß erneut mit seinem Becher gegen den des Gastes.

»Trotzdem ist es mir erlaubt, an die Zukunft zu denken. Ich bitte dich, mir deine Tochter zur Frau zu geben. Nenne mir den Brautpreis.«

Der Saal hielt den Atem an, zumindest jener Teil der Gäste tat das, denen klar war, wie sehr der Herzog an Eila hing, die, all die, die wussten, dass seine Tochter die Freude seines Lebens war. Dabei war es ihm nicht unmöglich, sie herzugeben. Nur eintauschen gegen irgendeinen Vorteil würde er sie nicht.

Er lachte. Lachte als Einziger in der Halle.

»Wenn das Bier einem den Verstand vernebelt, sagt man Dinge, die man am nächsten Tag lieber nicht gesagt hätte.«

Auch von diesen Worten ließ sich Reemer nicht abschütteln. Er hielt seine Mäuseaugen auf Radbod, der ihm in diesem Moment am liebsten den Rest seines Biers ins Gesicht gekippt hätte.

»Ich meine, was ich sage.«

»Du bist 50 oder noch älter, was weiß ich. Eila dagegen ist jung.«

»Bei mir ist noch alles tüchtig, das kannst du mir glauben. Gib sie mir, und innerhalb eines Jahres mache ich dich zum Großvater.«

Radbod fehlten die Worte. Sein Vorhaben, den Gästen gegenüber höflich zu sein, hatte er vergessen. Mit einem Kopfschütteln setzte er sich wieder hin und ließ den Hriustrer stehen wie einen abgewiesenen Bittsteller. Im Saal war es unverändert still, bestenfalls rülpste hier und da ein

Mann oder stieß sein Messer in das Holz. Der Tisch war wie ein Schlachtfeld, überall Knochen, Fischreste, Bierseen. Immerhin hatte sich, im Saal zumindest, noch keiner übergeben. Sie warteten. Viele grinsten, und als er es sah, wurde Radbod wütend. Was für die Leute am Tisch ein Schauspiel war – eine Einlage zu ihrer Unterhaltung –, war in Wahrheit bitterer Ernst.

Nach wie vor spürte Radbod den Hriustrer in seinem Rücken, während er sich, als wäre der kurze Austausch zu Ende, seinem Essen zuwandte. Warum ließ Reemer nicht ab? Mit jedem Moment verschlimmerte er die Situation, machte sie zu einem Kampf um die Ehre, und das zwischen zwei Männern, die einander noch brauchen würden, wollten sie doch gemeinsam in den Kampf ziehen.

War dem Hriustrer denn nicht klar, wie brüchig die Einigkeit der Friesen war?

Radbod war kurz davor, ihm das deutlich zu machen, hoffte aber noch, dass sich die Situation von alleine löste, während er in seinem kalten Essen stocherte und von seinem Bier trank. Immer noch war Stille im Saal. Alle Blicke richteten sich auf ihn.

Reemer verschwand nicht. Radbod hörte schweren Atem in seinem Rücken, ein Schnaufen, als habe der andere eine große Anstrengung hinter sich. Eila drückte Poppos Hand und hatte sich an dessen Arm gelehnt, als könnte ihr Bruder ihr Schutz gegen jede Unbill des Lebens bieten. Kein Zweifel, dass das Mädchen im heiratsfähigen Alter war, und es wunderte ihn nicht, dass sie dem Hriustrer gefiel. Wäre Radbod nicht ihr Vater gewesen – hätte er sie nicht vom ersten Tag ihres Lebens gekannt –, sie hätte auch ihm gefallen. Jedem Mann musste ein so strahlendes Wesen ins Auge stechen.

Der Hriustrer schien immer noch nicht begriffen zu haben, dass seine Demütigung immer schlimmer wurde, je länger er auf seinem Platz stehen blieb. Er roch nach Schweiß und Bier und sonderte seltsame Geräusche ab, ein Ächzen und Schnarchen, als schlafe er bereits.

Doch das war nicht der Fall.

»Herzog«, sagte er und zwang Radbod, sich ihm erneut zuzuwenden.

Radbod kam ein zweites Mal auf die Füße. Er war weniger als eine Armlänge von seinem Gegenüber entfernt. Der Mann war wirklich wie ein Baumstamm, mit breiten Armen, Händen größer als Teller, mit Brusthaar, das sich vom Kittel nicht verstecken ließ, und mit dieser Narbe, die vom Mundwinkel bis zum Ohr reichte und von einem fremden Schwert stammen musste. Angst schien er nicht zu kennen.

Warum aber hatte er sich in diese Lage gebracht? Nur ein Dummkopf bat öffentlich um etwas, das auch abgelehnt werden konnte, alle anderen fühlten vor, schickten Vertraute, ließen sich beraten.

»Herzog!« Die Stimme des Hriustrers war lauter geworden, noch der Letzte im Saal konnte sie vernehmen. »Mir scheint, ich bin dir nur als Waffenbruder gut genug.«

»Das stimmt doch nicht.«

»Ich habe aus meinem Land jeden Mann mitgebracht, der ein Schwert halten kann. Unsere Nachbarn, die Wanger und Astergaer, sind meinem Ruf gefolgt, sonst wären sie nicht hier. Selbst die Männer von der Ems sind mit mir gekommen.« Er fuhr den Arm aus, der schwankte, und zeigte ungefähr in die Richtung, in der die Emsgaer saßen.

Radbod verstand, was sein Gegenüber ihm wirklich sagte: Wenn Reemer wollte, gingen alle diese Leute mit ihm wieder nach Hause, und er konnte seinen Feldzug alleine führen. Dort, wo die Stämme des Ostens lebten, jenseits des großen Moores, dort kamen keine Franken und keine Christen jemals hin. Deshalb war der Feldzug für sie keine Notwendigkeit.

Radbod zwang sich, die Ruhe zu bewahren, er rief sich auch sein Vorhaben ins Gedächtnis, höflich und zuvorkommend zu sein. »Du weißt sehr wohl, dass ich dich nicht nur als Waffenbruder, sondern als Fürsten und als Friesen schätze. Deshalb bitte ich dich, dich einfach wieder hinzusetzen. Sieh, meine Frau, sie hat dieses Festmahl vorbereitet. Ihr zu Ehren und für alle Männer in diesem Saal soll es nun weitergehen. Trink mit mir, Reemer, trink mit mir auf unseren Sieg.«

Er riss seinen Becher erneut in die Höhe, musste aber erkennen, dass der andere nicht bereit war, auf das Angebot einzugehen. Reemer war nicht auf Versöhnung aus, er wollte eine Antwort, und die hatte Radbod ihm aus gutem Grund verweigert. Welcher Heeresführer stieß am Vorabend der Schlacht seinen wichtigsten Bundesgenossen vor den Kopf?

Zum Glück wurde es im Saal wieder lauter, die Männer lachten über einen Ostergouwer Edlen, der von der Bank gefallen war, auf dem Boden lag und schnarchte. Auch das Reden hatte wieder eingesetzt. Radbod glaubte, dass seine Gäste kommentierten, was vor ihrer Nase aufgeführt wurde.

Er selbst blickte den Hriustrer unverwandt an. Seinen Becher hielt er vor sich, das Angebot zur Versöhnung bestand fort. Er war schmaler, aber nicht kleiner als sein

Gegenüber. Und er war der Herzog. Es gab keinen Grund für Demutsgesten.

Endlich stieß Reemer mit ihm an. Aber bevor er trank, sagte er, wenn auch leiser: »Du wirst sehen, das Bier vernebelt mir meinen Kopf nicht. Morgen bin ich der gleichen Ansicht wie heute. Bei Tageslicht stelle ich meine Frage erneut. Dann erwarte ich eine Antwort von dir.«

Er stürzte hinunter, was noch in seinem Becher war, dann drehte er sich um und ging zurück. Seine Schritte waren schwer, die Arme ruderten durch die Luft, der massige Körper schwankte. Viele Augenpaare begleiteten ihn auf seinem Weg. Als er an Eila vorbeiging, hielt er nicht an und blickte nicht zu ihr. Erst vor seinem Platz machte er Halt, stützte sich auf seine Nebenleute, stieg über die Bank und setzte sich. Aber im nächsten Augenblick kam er wieder hoch. Radbod war dabei, einen neuen Trinkspruch auszubringen. Was hatte der besoffene Hriustrer vor? Er kletterte schon wieder über die Bank. Wollte er sein Anliegen noch einmal vorbringen?

Beide Männer standen jeweils am Kopfende der Tafel, mit einem Abstand von vielen Schritten, und es mochte aussehen, als wollten sie einen Fechtkampf beginnen. Reemer hielt sich an Kitteln und Schultern seiner Leute fest. Als er sich wieder in Bewegung setzte, hielt Radbod den Atem an.

Aber dann zog der Hriustrer nach draußen. Musste sich nun offenbar erleichtern.

»Lasst uns trinken«, brüllte Radbod in die neuerliche Stille hinein. »Auf unseren Sieg. Auf Friesland.«

Im nächsten Augenblick setzte ein Grölen ein, als hätte Thor einen Donner geschickt. Die Männer sprangen auf, rissen ihr Bier in die Höhe und stießen an. Man hörte, wie mancher Becher zerschlug. Die Rufe wurden immer lauter.

Reemer stand an der Tür. Da er nichts zu trinken in der Hand hatte, warf er die Arme in die Höhe.

»Hoch«, rief er, »hoch!«

Wenig später ging Eila davon. Sie hatte Poppo gebeten, sie zu begleiten. Radbods andere Söhne saßen noch am Tisch, Alfbad neben seiner Mutter, die er zu unterhalten versuchte, Onno bei Finn, mit dem er scherzte. Bier floss weiterhin in einer solchen Menge, dass mehrere Sklaven mit dem Nachfüllen beschäftigt waren. Radbod stach das Lallen der vielen Stimmen ins Ohr. Immer häufiger verschwanden die Männer, wahrscheinlich hatten sie draußen inzwischen einen künstlichen See erschaffen. Ihm selbst war alle Lust vergangen. Er aß nicht mehr und trank nicht mehr, wandte sich weder an Finn noch an Tade. Stattdessen spielte er mit seinem Messer und kratzte sich alte Erde unter den Fingernägeln hervor.

Ganz anders Reemer, der nüchterner geworden zu sein schien und ein großes Wort führte. Dort, wo die Hriustrer saßen, ging es am lautesten zu. Reemer lachte aus vollem Hals und schlug dazu mit der Faust auf den Tisch. Der Mann schien ein unbeschwertes Gemüt zu haben. Seine Unterarme waren vom Essen fettig, der Bart genauso. Dass er in wenigen Tagen durch ein Frankenschwert sterben konnte, schien ihn nicht zu kümmern.

Radbod war bei Reemer im Hriustrerland, jenseits des großen Moores, gewesen. Dort war die Erde saftig und schwarz, der Himmel hing tief wie die Decke eines Hauses. Wie ein Zauber lag an windstillen Tagen ein steter Nebel über dem Land. Was war das Geheimnis der Leute, die dort lebten? Sicherlich waren sie mutig und sie schienen sich nicht allzu viele Gedanken zu machen. Aber da war noch mehr. Ob sie den Tod liebten?

Er ging hinaus und gesellte sich zu den Männern, die einen großen Baum umkreist hatten und pinkelten. Von Ferne sah man die Feuer der Krieger, die auf den Wiesen lagerten. Auch dort wurde sicher viel Bier getrunken.

Als er seine Hose zuband, entschied er sich, nicht wieder zurückzukehren. Finn war noch im Saal, also war die Herzogsfamilie vertreten. Er schlenderte um das Herrenhaus herum. Es war ein milder Abend, der Wind hatte sich abgeschwächt, Feuchtigkeit lag in der Luft. Auf dem Boden waren bunte Blütenblätter verstreut.

Er würde Eila nicht an den Hriustrer geben, so viel war sicher, nicht einmal um des Landes willen oder wegen des Krieges. Andererseits war es sein Anliegen, dass die friesischen Stämme nicht erneut im Streit auseinandergingen und jahrelang kein Wort miteinander wechselten. Die Herausforderung für ihn hieß, einen Weg zu finden, der weder Ablehnung noch Zusage war. Reemer – sollte er sich überhaupt noch an sein Begehr erinnern, wenn er wieder nüchtern war – durfte er nicht verprellen. Er musste freundlich bleiben, und das hieß, zu lavieren.

Nur war er für solche Dinge ganz und gar nicht geschaffen.

2

Radbod sah eine schlaflose Nacht vor sich liegen. Er öffnete sein Fenster, zog sich einen Stuhl heran, setzte sich und legte die Füße hoch. Himmel und Sterne konnte er von seinem Platz aus nicht sehen, dazu war der Ausguck zu klein, vor ihm war nur schwarze Nacht. Schon früher hatte es Momente gegeben, da hatten Friesland und das Amt des Herzogs mehr von ihm verlangt, als er zu geben bereit war, und dort lag, glaubte er, eine Verbindung in seine Vergangenheit. Er wurde herausgefordert, daran hatte sich nichts geändert, auch wenn ihm der Junge, dem es vor vielen Jahren genauso ergangen war, wie ein Fremder erschien, wie ein anderer Mensch. Erst mit Onno war er zu dem geworden, der er jetzt war. Und mit Paak. Onno, der beinahe stumme Fischersohn von der Insel Vlylan. Paak, sein Vater.

Damals war er 17 und kämpfte jeden Tag gegen die Angst, die seine ständige Begleiterin war. Zu Hause zeigten sie ihm immer wieder, dass er kein vollwertiger Mensch war, weil er nicht richtig sprechen konnte. Sobald er den Mund aufmachte, fürchtete er, sich zu blamieren.

Vater und Mutter wussten das ganz genau. Sie hatten ihren Spaß daran, Radbod Fragen zu stellen und auf eine Antwort zu bestehen. Wenn er dann hängen blieb, worauf sie nur warteten, machten sie ihn nach und lachten. Und er schämte sich.

Wenn die Möglichkeit bestand, stahl er sich davon, denn dann war er sicher, nicht reden zu müssen. Oft wanderte er hinunter nach Stavoren. An einem dieser

Tage war es auf halbem Weg zwischen Markplatz und Fischerhafen, dort, wo die Thoreiche stand, ungewöhnlich voll, mehrere Reihen von Menschen drängten sich zu einem Kreis. Radbod war neugierig, trat näher und schob sich, um etwas zu sehen, durch die Leute hindurch. Vorne angelangt, entdeckte er Rixa. Sie war nicht weit von ihm. Eine ältere Frau an einem Krückstock hatte sich bei ihr eingehakt, ihre Großmutter, wie er bald erfuhr. Was Rixa und die anderen Schaulustigen fesselte, das waren die christlichen Missionare. Sie hatten ihre Planwagen auf dem Platz abgestellt und luden etwas aus. Ein Kreuz. Ein Holzkreuz, hoch wie zwei Männer und entsprechend schwer.

Die Gruppe führte der Missionar Willibrord an, ein hagerer, hochgewachsener Mann, der aus Northumbria, von der britannischen Insel, stammte. Wer ihn anschaute, dem fielen die Augen auf, die seltsam unbeweglich waren. Die Lider gingen nicht auf und zu, sondern standen immer offen. Der Mann starrte. Er blickte nicht, er starrte.

Willibrords Aufmerksamkeit war bei einem Zimmermann mit langem, feuerrotem Haar. Dieser Mann kommandierte ein paar Lehrlinge und Sklaven, die das Kreuz geschultert hatten. Sie sollten es mit dem angespitzten Ende in ein vorbereitetes Erdloch setzen, was wegen seines Gewichts und der Größe nicht einfach war. Der Zimmermann schnauzte seine Leute unentwegt an.

Während sie arbeiteten, begann Willibrord, zu den Zuschauern zu reden. Er hatte eine Stimme, die so durchdringend war, dass man meinte, sie irgendwo im Bauch spüren zu können. Die Sprache seiner Heimat war dem Friesischen nahe, deshalb redete er fast ohne Fehler, auch wenn man ihm den Ausländer anhörte. Sein Auftritt schien die Leute zu beeindrucken, auch deshalb, weil sich nur wenige Fremde nach Stavoren verirrten.

»Seht ihr das Kreuz, ihr Friesen? Seht ihr es? Gleich wird es aufgestellt. Das ist das Kreuz, an dem unser Herr gestorben ist. Er ist für euch gestorben.«

Willibrord machte ein paar Schritte auf sein Publikum zu und zeigte auf einzelne Leute. »Für dich ist er gestorben und auch für dich. Für jeden einzelnen von euch.«

Radbod bezweifelte, was der Fremde sagte. Er hatte seinen Lehrer Tade von diesem angeblichen Gottessohn sprechen gehört. Wieso sollte dieser Jesus, der ihn gar nicht kannte, für ihn gestorben sein? Der Mann hatte vor ewigen Zeiten gelebt, als die Römer stark waren und sich sogar bis nach Friesland getraut hatten. Zu ihm, zu Radbod, gab es da keine Verbindung.

Wenn er gekonnt hätte, hätte er widersprochen. Inzwischen redete dieser Willibrord immer weiter.

»Mit seinem Tod hat er eure Sünden auf sich genommen«, behauptete der Missionar, »da ist es das Mindeste, was ihr tun könnt, dass ihr euch zu ihm bekennt. Denn er hat sein Leben für euch gegeben.«

Der Northumbrier war ein geschickter Redner. Er setzte Pausen, in denen seine Worte nachklangen. In Radbod aber wuchs die Unruhe. Er verstand nicht alles – was war Sünde? – und glaubte, dass es den anderen Zuhörern genauso ging. Trotz alledem drängte es ihn, sich einzumischen.

Wenn er nur hätte sprechen können.

»Meine Leute werden nun dieses Kreuz aufstellen, und ihr alle seid aufgefordert, niederzuknien und mit uns zu beten. Wer es wünscht, den taufe ich, hier an Ort und Stelle, dann ist er aufgenommen in die heilige Kirche, und nach dem Dasein auf der Erde erwartet ihn ein Platz im Himmel.« Der Northumbrier zeigte nach oben, wo helle Wolken standen und die Sonne zwischen ihnen hindurchblinkte. »Dort herrscht Frieden. Alle Mühsal ist vergessen.«

Er machte dem Zimmermann ein Zeichen, und der Rothaarige wies seine Leute an, die spitze Seite des Kreuzes in die Mitte des Lochs zu versenken. Der Missionar sah ihnen mit seinen unbewegten Augen zu, hatte dabei die Hände in einander gelegt und die Finger verschränkt. Er trug einen braunen Wollkittel, der von einer hellen Kordel gehalten wurde. Es war windig. Der Mann hatte kaum Haar, nur einen dürren Kranz um den Hinterkopf, aber der Wind kam auch dahin und ließ die Härchen wehen.

»Ich will euch erklären, warum das Christentum die richtige Religion für euch ist, ihr Friesen. Seinerzeit hat Gott seine Engel geschickt, um die frohe Botschaft von der Geburt seines Sohnes zu verbreiten. Und wisst ihr, wem er sie geschickt hat? Nicht den Königen und Fürsten oder anderem hohen Volk. Nein, denen nicht, sondern zu Schäfern, die bei ihren Herden wachten.«

Einige Leute kicherten.

»Ja, zu Schäfern. Zu den Ärmsten der Armen. Sie als Erste sollten von dem Wunder hören. Und noch etwas will ich euch berichten. Als Jesus Christus Männer suchte, die ihn auf seinem Weg begleiten sollten, wen hat er da wohl ausgewählt? Etwa Adelige und reiche Kaufleute? Oh nein, ganz und gar nicht. Er hat Fischer genommen, Fischer wie euch, Männer, die einer ehrlichen Arbeit nachgingen. Das ist der Grund, warum unsere Religion eine für das einfache Volk ist, für mich – und für euch. Lasst euch taufen, ihr Friesen, es wird euch vielfach belohnt werden. Christus hat gesagt: ›Wer mich bekennt vor den Menschen, den will ich auch bekennen vor meinem himmlischen Vater. Wer mich aber verleugnet vor den Menschen, den will ich auch verleugnen vor meinem himmlischen Vater.‹ Bedenkt diesen Satz. Bedenkt ihn gut.«

Radbod musste sich bremsen, um nicht hinauszutreten aus dem Kreis der Schaulustigen. Wieder sagte er sich, dass es nicht ging. Dass er nicht konnte. Nicht durfte.

Der Missionar schritt auf einzelne Leute zu, die er aufforderte, niederzuknien. Er legte ihnen die Hand auf die Schulter und redete auf sie ein, und als der Erste seiner Aufforderung nachkam, folgten ihm schnell andere, Männer wie Frauen, Junge und Alte, und ließen sich auf die Knie fallen. Rixa widerstand, aber ihre Großmutter – der der Missionar versprach, sie werde von ihren Schmerzen erlöst und könne wieder ohne Krückstock gehen – war bereit, ihm zu folgen.

Nun konnte Radbod sich nicht mehr halten. Seine Warnungen an sich selbst hatte er vergessen.

Er machte ein paar Schritte auf Rixas Großmutter zu, gerade als sie im Begriff war, unter der Schulterberührung des Missionars auf die Knie zu sinken. Sie war eine alte Frau, hatte aber ein weiches Gesicht und volle Lippen und war schön, wie man nur im Alter schön sein kann. So würde auch Rixa einmal aussehen.

Radbods Bewegungen waren unsicher, tief in seinem Inneren zitterte er. Die Angst war mit ihm, doch er riss sich zusammen und schüttelte sie ab. Als er die alte Frau erreicht hatte, hielt er ihr seine Hand hin. So, wie sie ihn anblickte, schien sie nicht zu verstehen, was er wollte.

Aber sie griff zu.

»S-steh wieder auf«, presste er hervor.

Die Augen aller Leute waren auf ihm – und auf der Großmutter, die schwankte, als sie mit Radbods Hilfe wieder auf die Füße kam. Er reichte auch den Nebenstehenden die Hände, und die standen ebenfalls wieder auf.

»Du lädst Sünde auf dich. Schwere Sünde«, rief die tiefe Stimme neben ihm. Anders als seine schallte sie über den ganzen Platz.

»S-steht alle wieder auf. F-Friesland hat seine eigenen Götter. Ihnen w-wollen wir die Treue halten. Sch-schlechte Friesen wären wir sonst.«

Radbod zog weiter in der Runde und reichte den Leuten ohne weitere Worte seine Hände. Für einen Moment sah er sich von außen zu: ein schmaler, zitternder Junge, der zunichte machte, wozu der Mann in der Kutte die Leute überredet hatte. So, wie sie vor dem einen niedergesunken waren, standen sie mit Hilfe des anderen wieder auf.

Radbod fühlte sich bestärkt und begann nun doch zu reden, während der Missionar schräg hinter ihm nur zusehen konnte.

»D-denkt an Thor, Wotans Sohn, den Wettergott, den Beschützer der Menschen und der Welt. Und w-was ist mit dem weisen W-wotan selbst, dem ihr bei der Ernte Getreide auf dem Feld stehen lasst? Ihr wollt ihm doch nicht ab-abschwören.«

Auch wenn es nur Gemurmel war, Radbod bekam Unterstützung, und dem Missionar half es nicht, dass er seinen Satz von der Sünde wiederholte. Radbod scherte sich nicht mehr um die Warnungen des Northumbriers und die Leute auch nicht. Einer wie der andere standen sie auf, als Radbod seinen Weg den Zuschauerkreis entlang fortsetzte.

Der Missionar schien kaum zu glauben, was sich da abspielte. Ohne Worte suchte er Rat bei seinen Leuten, die ihrerseits auf eine Reaktion von ihm warteten.

Als Willibrord schließlich seine Sprache wiederfand, hatte er Zorn in der Stimme, mehr als das, eine Wut, die eiskalt war. »Ich werde euch zeigen, welcher Gott der stärkere ist«, rief er. »Cedric, ein Beil, schnell. Ein scharfes.«

Er hatte sich an den rothaarigen Zimmermann gewandt, der nicht gleich verstand, was der Missionar wollte. Aber dann eilte er zu seinem Planwagen und brachte ein Beil, und der Missionar schritt aus zur Thoreiche und begann, auf den Stamm einzuschlagen.

Der knorrige, niedrige Baum hatte ausgeschlagen, hellgrüne Blätter standen an seinen Zweigen. Er sah aus wie ein alter Mann, der, obwohl gebeugt, über seinen Jahren die Lebensfreude nicht vergessen hatte.

Bereits unter den ersten Schlägen des Beils barst das Holz. Die Leute schrien auf.

»Ich fälle diesen Baum«, rief der Northumbrier, »der angeblich Thor geweiht ist. Und dann warte ich auf die Strafe eures Donnergottes. Ich bin bereit, zu ertragen, was immer er mir auferlegt.«

Während der Missionar auf den Baum einschlug, mit kräftigen Schlägen und in einer Höhe, dass nur ein Stumpf stehen bleiben würde, setzte ein allgemeines Getuschel ein. Die Leute starrten zum Himmel. Alle warteten auf Thors Antwort, auf den Donner.

Der Missionar hieb auf den Baum ein.

Er kam ins Schwitzen. In seiner Wucht ließ er nicht nach, sein Arm schien nicht zu ermüden. Er hieb und hieb, und frische Holzspäne stoben durch die Luft.

Bald gab es einen ersten Riss. Der Baum ächzte. Er war verwachsen, sah hutzelig aus, und der ständige Wind hatte ihn schief werden lassen. Unter dem Beil des Missionars begann er, sich stärker zu neigen, als der Wind je verlangt hätte. Der Northumbrier hatte bereits eine kräftige Kerbe in den Stamm geschlagen. Es würde nicht mehr lange dauern, bis der Baum fiel. Radbod hörte darauf, ob sich ein Donner ankündigte. Ein einfacher Missionar – ein starker Friesengott, was sollte da zweifelhaft sein? Das allgemeine Gemurmel war lauter geworden, man hörte das Entsetzen der Umstehenden und nach einem harten Hieb wurden Schreie laut. Viele Leute hatten die Hand vor den Mund geschlagen.

Dann knickte der Baum ein und kippte auf die Seite.

Dem Missionar war es noch nicht genug, er trennte auch die letzten Holzfasern durch und gab keine Ruhe, bis die alte Eiche gänzlich in den Dreck fiel. Zum Zeichen seines Triumphes schlug er das Beil ins Holz. Dann wandte er sich den Leuten zu und breitete die Arme aus.

»Nun, Thor, ich warte. Wo ist deine Strafe? Schickst du deinen berüchtigten Donner? Ich sage dir etwas: Ich habe keine Angst vor dir. Warum sollte ich auch? Es gibt keinen Thor. Es gibt nur einen Gott.«

»V-vielleicht da, wo du herkommst«, entgegnete Radbod.

Aber die Verhältnisse hatten sich gewandelt. Willibrords Rede war durchdringender denn je, und sein Streich hatte die Leute beeindruckt. Radbod kam sich verlassen vor. Thor half nicht, Thor ließ ihn allein.

»Nein, das gilt auf der ganzen Welt. Gott hat sie geschaffen. So fängt das heilige Buch an – am Anfang schuf Gott Himmel und Erde.«

»Aber nicht F-friesland.«

»Oh doch, auch Friesland. Die ganze Welt. Alles. Menschen und Tiere, das Meer und das Land. Einfach alles. Selbst den Tag und die Nacht.«

Radbod tat so, als ließe er den Kopf sinken. Thor war sehr wohl anwesend – er hatte eine Antwort geschickt, einen Einfall. Der Junge gab vor, mehr als alle anderen über das Ausbleiben des Donners enttäuscht zu sein. Er trat auf den Missionar zu, der nach der Anstrengung immer noch keuchte, dem aber die Siegesgewissheit ins Gesicht geschrieben stand.

»Nun, Junge? Erkennst du deinen Irrtum?«

»Vielleicht.«

»Vielleicht?« Der Missionar hob mit einer ausholenden Bewegung die Hände. »Wo es um Gott geht, da gibt es kein Vielleicht. Kniet nieder, Leute. Erkennt euren Irrtum.«

Willibrord schritt wieder auf die Reihe der Männer und Frauen zu, denen Radbod auf die Füße geholfen hatte. Es war Rixas Großmutter, der er als Erste die Hand auf die Schulter legte. Radbod sprang, schneller als einer der Christen reagieren konnte, auf den gefallenen Baum zu und zog mit der linken Hand das Beil heraus. Mit ein paar weiteren Sätzen erreichte er das gerade aufgestellte Kreuz. Bevor er zuschlug, schaute er in die Runde, als wollte er sich der Aufmerksamkeit des Publikums versichern.

Rixas Großmutter stand noch. Sie schaute zu ihm, genauso wie ihre Enkeltochter.

Radbod setzte den ersten Hieb. Er klang anders als die Schläge gegen die Thoreiche, heller, und das Beil federte mehr. Radbod ließ weitere folgen.

Im nächsten Moment wies der Missionar seine Leute an, dem Jungen Einhalt zu gebieten. Sie waren ein ganzer

Trupp, jüngere Mönche, Handwerker, Sklaven. Und alle eilten auf Radbod zu.

Noch bevor sie ihn erreicht hatten, trat ein Mann aus dem Kreis des Publikums. »Überlege dir gut, was du tust, Northumbrier«, rief er. »Wir sind viele, und wir haben Waffen.« Zum Beweis reckte er ein Eisenwerkzeug in die Höhe. »Wir lassen es sicher nicht zu, dass ihr euch an einem Friesen vergreift.«

Willibrord bedachte die Worte und schaute auf die Leute im Publikum, von denen einige mit dem Kopf nickten. Schließlich hob er die Hand und hielt seine Leute zurück.

Radbod setzte ein paar neue Schläge gegen das Kreuz.

»Ich w-will ja nur wissen, ob dein Gott reagiert«, rief er, und man hörte seine Anstrengung.

»Er hat es nicht nötig …«

»Dann hat es Thor auch nicht nötig.«

»Wie kannst du einen so dummen Vergleich anstellen!«

Aber die Friesen waren nun auf Radbods Seite. Sie feuerten ihn an. Erst wenige, dann immer mehr begleiteten sie jeden seiner Schläge mit rhythmischen Rufen. Bald klang ein einziges »Hep, hep« über den Platz.

Das Kreuz hielt dem scharfen Beil genauso wenig stand wie die Thoreiche. Radbod hatte bereits einen Keil hineingeschlagen, und wieder wirbelten die Holzsplitter durch die Luft. Von den Fremden schien es nicht so sehr der Missionar Willibrord zu sein, der litt, sondern der rothaarige Zimmermann. Der blickte drein, als würde er selbst vom Beil getroffen. Es war sein Werkstück, das zerstört wurde.

Das Kreuz ächzte, als das Holz einriss, dann neigte es sich auf die Seite. Radbod richtete sich auf. Lässig schnitt er die letzten Fasern durch. Der Stamm fiel.

Wie Willibrord blickte Radbod gen Himmel. »N-nun?«

Der Missionar kam auf ihn zu. »Sag mir, Junge: Du schlägst mit der linken Hand?«

»Wie du siehst.«

»Hast du in ihr mehr Kraft?«

»Ja. Warum fragst du das?«

Radbod erhielt keine Antwort. Der Northumbrier neigte den Kopf zur Seite, dann suchte er Hilfe beim Himmel.

»Die Linke ist des Teufels«, rief er schließlich. »Und niemand anders als der Teufel schlägt ein Kreuz um.« Zu Radbod sagte er: »Du wirst seiner Strafe nicht entgehen, selbst wenn sie nicht sofort kommt.«

»T-Thor wird dich ebenfalls strafen. S-sein Donner ist stark.«

»Ach was, Thor. Es ist nicht Thor, der den Donner macht, sondern Gott. Er allein. Gott lässt das Getreide wachsen und sorgt dafür, dass die Ernte gut wird, niemand sonst.«

»D-du r-redest doch nur.«

Die Stimme des Northumbriers wurde noch lauter. »Ja, ich rede. Und warum? Weil Gott mir die Worte gibt und die Kraft, sie auszusprechen. Aber was ist mit dir? Warum darfst du nur stottern? Hast du dich das mal gefragt?«

Er hatte die Stelle getroffen, an der sich Radbod nicht wehren konnte. Wie ein guter alter Bekannter war der Spott an seiner Seite. Seine Arme hingen ihm am Körper herab, das Gesicht wurde rot. Zusammen mit dem Missionar hatte er die Aufmerksamkeit aller Leute auf sich gezogen, sie beide waren die Darsteller gewesen, die anderen das Publikum. Aber nun war der Zweikampf entschieden. Sein Gegenüber hatte seine Sicherheit zurückgewonnen. Es war, als hätte er sie Radbod gestohlen.

»D-das ist kein B-beweis«, versuchte er es noch.

»Ach nein? D-das soll kein B-beweis sein?«

Die Leute lachten.

Die Friesen bestärkten Willibrord.

»Ich sage euch etwas: Von Gott gibt es viele Beweise, und der wichtigste ist die Bibel. Das Wort bedeutet ganz einfach: das Buch. Die Bibel ist viele hundert Jahre alt. Gott selbst hat den Männern, die Seine Geschichte und die Seines Sohnes aufgeschrieben haben, die Feder geführt.« Wieder hob er seine Arme und sah selbst fast wie ein Kreuz aus. »Aber was gibt es über eure Götter. Hat jemand ein Buch über Wotan geschrieben? Oder über Thor?«

Radbod rang mit sich und mit seinem Stottern. Ihm war klar, dass es nun mit jedem Wort schlimmer wurde. So war es immer gewesen.

Trotzdem unternahm er einen weiteren Anlauf. »W-warum s-soll ein B-b-buch ein B-beweis sein?«

»Weil die Wahrheit darin geschrieben steht! Und auch hier, auf diesem Platz, mitten im heidnischen Stavoren, wird die Wahrheit verkündet. Entscheidet selbst, Leute, durch wen Gott spricht. Durch mich, der aus Northumbrien zu euch gesandt wurde, um euch die Wahrheit zu bringen? Oder durch einen – Stotterer? Es ist doch offensichtlich.«

Radbod wurde es heiß, im Gesicht wie am Körper, es war Zorn, der ihn schwitzen ließ, aber vor allem Scham. Rixa war im Publikum, ausgerechnet Rixa. Vorsichtig schüttelte sie den Kopf. Was sollte das heißen? Dass sie sich ebenfalls schämte?

»Ich sage dir etwas«, fuhr der Missionar fort. »Du bist jung, und Gott ist milde und gerecht. Du hast das Kreuz umgeschlagen, an dem böse Menschen seinen Sohn haben sterben lassen, trotzdem nimmt er dich und verzeiht dir. Auch mit deiner linken Hand. Es gibt viele Geschichten in der Bibel, da hat Gott die Widerspenstigen am Ende besonders geliebt. Deshalb: Knie nieder, wir holen Taufwasser, und ich nehme dich auf in unsere Kirche.«

In Radbods Ohren klangen all die falschen Töne des Fremden nach, aber die anderen Leute erreichte Willibrord mit seiner plötzlichen Güte. Sie waren bereit, die Überlegenheit des Christen anzuerkennen und warteten nur noch darauf, wie der Junge reagieren würde.

Willibrord ließ nicht nach. »Na Junge, was ist? Bist du einverstanden?« Er wies einen seiner jungen Missionare an, einen Eimer Wasser zu bringen.

Radbods Mund war trocken, im Gesicht glühte er. Er machte zwei, drei Schritte auf den Missionar zu, die Fäuste geballt.

Der Northumbrier schien keine Angst zu haben – und das war der Unterschied zwischen ihnen. Er ließ sein Gegenüber nicht vom Haken, so wie ein geschickter Angler einen Fisch nicht entkommen lässt. »Was sagst du? Sprich laut und deutlich.«

Seine Augen lachten, in seinem ganzen Gesicht war Heiterkeit, und er musste an sich halten, damit sich sein Körper nicht vor Freude schüttelte.

Radbod rang mit sich. Die Sprache hatte ihn verlassen, als hätte der Wind sie aus seinem Kopf geblasen. »I-ich ...«

»D-Du? Was ist mit dir? R-rede doch.«

Während die Menge kicherte und wartete, schloss Radbod die Augen und holte tief Luft. Seinen nächsten Satz stieß er hervor: »I-ich bin F-friese. Und b-bleibe es.«

Willibrord wandte sich dem Publikum zu, dabei klatschte er in die Hände. »Habt ihr gehört? Er ist F-friese.

Das nimmt ihm doch keiner weg. Und euch auch nicht. Leute, ihr dürft Friesen bleiben.«

Radbod wollte nur noch fort. Er drängte an die Seite. Die Leute machten ihm Platz, sie bildeten eine Gasse, durch die er sich drücken konnte, und wo es ihm nicht schnell genug ging, schob er sie auseinander.

Sobald es möglich war, rannte er.

Der Missionar aber hatte noch nicht genug, und seine Stimme war nicht zu überhören. »Nun, da ihr Gottes Macht gesehen habt, zögert nicht. Lasst euch taufen. Dass ihr alle Friesen bleiben könnt, auch wenn ihr Christen seid, das verspreche ich euch, so wahr ich Bruder Willibrord bin. Und noch etwas: Das Kreuz stellen wir wieder auf. Gottes Macht lässt sich nicht umstürzen.«

3

Radbod rannte den ganzen Weg zurück, als sei ein Geist hinter ihm her. Er stürmte durch die Gassen von Stavoren, vorbei an den bunten, strohgedeckten Häusern, jagte am Kanal entlang und schwenkte in vollem Lauf auf den Pfad, der zum Herrenhaus hinauf führte. Im Wald spendeten die Bäume Schatten, aber ihm half das nicht, er schwitzte. Es war ihm egal, er achtete nicht einmal darauf. Auch als vor ihm die roten Steine und das Eichengebälk seines Elternhauses auftauchten, wurde er nicht langsamer. Zwei Sklaven, die an den Beeten arbeiteten, starrten ihn an.

Kurz vor ihnen bremste er ab und fragte sie nach Tade.

Im Stall vielleicht, erwiderten sie. Oder im Haus.

Eine Antwort, die keine war. Er versuchte es bei den Pferden, wo er keinen Menschen traf, nur seine Stute Baja, die schnaubte und mit den Hufen scharrte, sobald sie ihn hörte. Er legte ihr die Hand auf den Hals und streichelte mit der anderen ihre Blässe. Doch auch bei ihr ließ die Demütigung nicht von ihm ab, sie umhüllte ihn wie ein Mantel, sie war eine Schande, die er nie würde vergessen können. Das Lachen des Missionars und das der Leute klang ihm im Ohr. Keinem von ihnen konnte er jemals wieder unter die Augen treten.

Als er den Stall verließ, trottete er so langsam, wie er vorher schnell gelaufen war. Der Kopf hing ihm herunter. Er stieß die schwere Tür zum Haus auf, sodass sie gegen die Wand schlug. Nahm den Gang zum Gesindetrakt, wo er in Tades Zimmer platzte.

»M-mach, dass das weggeht«, sagte er anstelle eines Grußes.

»Was meinst du?« Der Ältere brauchte einen Moment, dann begriff er. »Das Stottern? Das kann ich nicht.«

Die Wut, die sich über Radbods Scham gelegt hatte, war kalt und böse. Er hätte diesen Mann, der sein Lehrer war, treten und schlagen können. Stattdessen kniff er die Augen zusammen. »D-dann sage mir, was ich tun soll!«

Tade stand von seinem Hocker auf. Er wollte Radbods Hände nehmen, doch der stieß ihn so heftig zurück, dass er erst an der Wand wieder Halt fand.

Er strich sich mit einer Hand über den blonden Bart. »Üben. Du kannst nur üben.«

»Ich habe geübt! Es ist nicht weggegangen. Und jetzt soll ich damit weitermachen? Ist das dein Rat?«

»Eine andere Antwort kann ich dir nicht geben, Radbod. Wann fällst du ins Stottern? In ungewöhnlichen Situationen. Oder wenn dein Vater dich anspricht oder die Herzogin. Was passiert dann? Du bist aufgeregt. Ich glaube, dann arbeitet dein Verstand schneller als deine Zunge es vermag. Sie kommt nicht hinterher. Dann stotterst du.«

Radbod verabscheute diese Worte, er wollte keine Erklärungen, was er brauchte, war, dass ihm jemand diesen Fluch nahm. Und zwar sofort.

»Ich glaube«, fuhr Tade fort, »du wirst lernen müssen, beide, Verstand und Zunge, in der gleichen Geschwindigkeit arbeiten zu lassen. Sie sollten zusammengehen, wie ein guter Reiter mit seinem Pferd zusammengeht.«

Der Junge schloss die Augen. Aus der Ferne rief ihm eine fremde Stimme zu, dass sein Lehrer recht hatte. Es gab keine Abkürzungen auf diesem Weg. Dennoch klang er weiterhin barsch, als er fragte, wie er das umsetzen solle.

»Es gibt nur einen Weg – zu reden. Ja, du musst reden, Radbod, so oft wie möglich reden. Achte gleichzeitig darauf, was in dir vorgeht. Ob du aufgeregt bist oder ärgerlich. Nutze die Gelegenheiten, die sich bieten. In ein paar Tagen kommen die Groninger zu Besuch. Überall wird schon vorbereitet, die Gästezimmer werden hergerichtet, und in der Küche arbeiten sie auch. Was ist mit dir? Bereite dich auch vor. Nimm dir vor, zu sprechen, gerade vor Fremden. Langsam – aber sprich. Auch dann, wenn viele zuhören. Ergreife das Wort, selbst wenn du am Anfang stotterst.«

Tade legte ihm die Hand an den Arm, was Radbod nun zuließ. »Einen besseren Vorschlag habe ich nicht.«

Radbod stellte sich das Zusammentreffen mit den Groningern vor, und das machte ihm wenig Hoffnung. Die Fürstenfamilie kam in der Regel mit Kindern und Dienstleuten, dann war das Haus voll und der Tisch ebenso, die Leute plapperten alle durcheinander und sprachen schnell und viel. Da überhaupt zu Wort zu kommen, war bereits eine Herausforderung. Bislang hatte er diese Essen stumm hinter sich gebracht.

»Du brauchst Mut, Radbod,« sagte Tade, »viel Mut. Aber am Ende kannst du dir nur selbst helfen.«

Noch vor den Groningern kamen die Missionare ans Herrenhaus, nicht die ganze Truppe mit Handwerkern und Sklaven, sondern nur eine Delegation, von Willibrord angeführt. Er war der Älteste von ihnen. Die anderen, mit niedergeschlagenem Blick, unreiner Haut und gefalteten Händen, trugen den gleichen braunen Wollkittel und hatten die Haare geschoren wie ihr Mitbruder.

Radbod wurde, wie auch Finn, in den Empfangssaal gerufen. Als sie eintraten, nahm er wahr, dass die fremden Männer auf ihn reagierten. Willibrord verstummte, obwohl er mitten im Satz war, er hob den Kopf und riss die Augen auf. Dem Christen war offenbar nicht klar gewesen, wen er da auf dem Marktplatz vorgeführt hatte.

Finn und er nahmen auf niedrigen Sitzen an den Seiten der Eltern Platz, während Vater und Mutter, Herzog und Herzogin, die Stühle mit den hohen Lehnen vorbehalten waren. Die Besucher mussten stehen. Sie hatten einen Halbkreis gebildet, und die Jüngeren hatten die Hände gefaltet und die Köpfe gesenkt und wirkten schüchtern. Sie waren stumm – wie er selbst.

Willibrord setzte seine Rede fort. Er war noch bei den

üblichen Höflichkeitsfloskeln, und erst als Aedgil ungeduldig abwinkte, sagte er: »Wir bitten dich, Herzog, uns die Erlaubnis zu erneuern, die dein Vater unserem Amtsvorgänger, dem tapferen Wilfried, und unserem Orden gegeben hat. Dass wir im Land der Friesen von unserer Religion künden dürfen.«

»Wozu sollte das nötig sein?«, knurrte Aedgil. Allen war bekannt, dass er kein Christenfreund war.

»Nun, wir werden behindert. Vielfach behindert.«

»Ach? Und wo soll das sein?«

Aedgil begann damit, sich den Bauch zu reiben. Radbod kannte diese Geste, sie drückte Wohlgefühl aus. Dem Herzog gefiel es, wenn die Missionare es schwer hatten.

Willibrord, der noch am Vortag gesagt hatte, dass Gott ihm die Worte gebe, geriet ins Stocken. Radbod blickte den Fremden an, mehr, er starrte ihm ins Gesicht und ließ nicht locker. Der Missionar, glaubte er, würde die Geschichte vom Vortag nicht erzählen, sonst müsste er berichten, dass er die Thoreiche gefällt hatte. Tatsächlich begann Willibrord, von allgemeinen Vorfällen zu berichten, von Leuten, die widersprachen, die andere davon abhielten, sich taufen zu lassen, selbst von Drohungen.

Aedgil lachte. Finn grinste.

Willibrord stockte. »Es gibt widerspenstige Menschen unter deinen Leuten, Herzog«, brachte er hervor.

»Das will ich meinen, Angelsachse. Dafür sind wir Friesen, wir trotzen der See und dem Wind, und das kann nur ein starkes Volk.« Zur Betonung seiner Rede hielt er den entblößten Unterarm in die Höhe und bildete eine Faust.

Radbods Mutter Helrun, die Herzogin, regte sich kaum. Wie immer trug sie ein Kleid, das bis zum Hals geschlossen war, darüber eine silberne Kette und eine helle Haube. Was mochte in ihr vorgehen?

Radbod vermutete, dass sie anderer Ansicht war als ihr Mann.

»Seit Menschengedenken leben wir in diesem Land, und das hat uns hart gemacht. So wie die Friesen gegen die wilde Natur stehen, so stehen sie gegen alles, was sie nicht kennen. Daran lässt sich nichts ändern. Ich kann mir nicht vorstellen, dass der alte Herzog je etwas anderes zugesagt hätte.«

»Das nicht«, entgegnete Willibrord. »Wir schätzen die Stärke der Friesen. Gott selbst hat sie ihnen verliehen, und das mit gutem Grund. Er lässt diejenigen Menschen an den gefährlichen Stellen seiner Welt siedeln, die die Kraft dazu haben. Die den Elementen trotzen können.«

»Jaja. So ähnlich hält es Wotan auch. Was genau ist deine Sorge, Angelsachse?«

Willibrord hatte bemerkt, dass er angestarrt wurde. Mit seinen bewegungslosen Augen begegnete er Radbods Blick, und das brachte ihn aus dem Tritt.

»Äh ...«

Aedgil feixte. »Was sagst du?«

»Meine Sorge ist, dass man uns in deinem Land behindert, und zwar mit voller Absicht.«

»Ach so?«

»Leider, ja.«

Diesmal schielte der Missionar nur zu Radbod herüber und wandte sich sofort wieder ab. Er schien tatsächlich Scheu davor zu haben, dass dem Herzog die Geschichte von Eiche und Kreuz bekannt wurde. Radbod empfand die eigene Überlegenheit und freute sich an ihr. Wenn er nur verlässlich hätte sprechen können.

»V-vielleicht liegt es an euch«, stieß er hervor.

Willibrord stutzte, überging aber den Einwurf. »Wir wurden sogar überfallen«, sagte er zu Aedgil.

»Da kann ich doch nichts dafür. Gibt es keine Räuber, wo ihr sonst hinkommt?«

»Doch, sicher. Sogar bei den Franken.«

»Na, siehst du.« Aedgil lehnte sich zurück und schlug die Beine übereinander, ein Zeichen, dass das Gespräch für ihn beendet war.

Radbod drängte es, den Missionar in Verlegenheit zu bringen, auch wenn das die Demütigung an der Eiche nicht ausgleichen würde. Er suchte einen Satz, mit dem er den Mann ein wenig aus der Fassung bringen konnte. Aber ihm fiel nichts Passendes ein.

Bislang war Willibrord nicht in die Verteidigung geraten. »Nur«, sagte er mit seiner durchdringenden Stimme, »ist das nicht das Einzige.«

»Was denn noch?«

»Selbst in deiner Residenz Stavoren begegnet uns Gewalt, und das ist gegen alle Abmachungen.«

»Gewalt?«

Wollte sich der Missionar also doch beschweren? Radbod würde dagegenhalten. Der Britannier hatte das Beil als Erster in der Hand gehabt. Die Thoreiche war ein alter Baum gewesen, und sie war heilig.

Er öffnete den Mund. Seine Lippen waren trocken. Schon bei dem Gedanken an ein Wort war die Angst da und ließ ihn stocken.

»Jawohl, Gewalt«, sagte der Missionar.

Aedgil warf die Hände in die Höhe, was ungehalten wirken sollte, aber ein wenig übertrieben aussah. »Die Leute sagen, das Schlimmste an eurem Glauben ist, dass immerzu gejammert wird. Warum tut ihr das? Wollt ihr nur die Weiber bekehren?«

»Herzog!« Willibrord hatte aufgeschrien, fand aber sofort zurück in die angemessene Tonlage. »Jesus Christus war ein Mann, seine Jünger waren Männer, genauso wie die, die sein Wort in der Welt verbreiten.«

»Dann benehmt euch auch wie Männer.«

Radbod fuhr, weil er sich nicht zu sprechen traute, fort, den Missionar anzustarren, und auch wenn der andere so tat, als bemerke er den Blick auf sich nicht mehr, wirkte er fahrig. Zumindest fiel ihm, dem Meister der Rede, keine Erwiderung für den Herzog ein.

Die Herzogin sprang ihm bei: »Was erwartet Ihr von uns?«

»Wir ... wir möchten einen Vorschlag unterbreiten, nämlich dass sich der Herzog – und selbstverständlich auch Ihr, Dame – taufen lässt. Dann wäre es mit einem Schlag vorbei mit aller Widerspenstigkeit.«

Radbod wartete. Er konnte sich nicht vorstellen, dass sein Vater zustimmen würde.

Doch vorerst sprach Willibrord weiter: »Ihr hättet viele Vorteile, Herzog. Nach deinem Tod kämst du in den Himmel, und das ist ein Ort, wo dir alle Sorgen genommen werden.«

»Aber meine Ahnen sind da nicht. Die sind in unserer Totenwelt.«

Willibrord überging den Einwand. »Außerdem stünde deine Herrschaft auf Erden unter dem Schutz des Allmächtigen. Und nicht zuletzt: Mit einem Schlag wärst du ein Freund der Franken. Es gibt nur einen einzigen Unterschied zwischen ihnen und euch: Sie sind Christen, und ihr seid es nicht.«

Aedgil verzog das Gesicht. »Wir haben keine Angst. Vor niemandem.«

»Das hat der Angelsachse auch nicht behauptet«, mischte sich wieder die Herzogin ein. »Im Gegenteil hat er von der Stärke der Friesen gesprochen, und er scheint mir ein Mann zu sein, der weit herumgekommen ist. Aber Stärke und Klugheit widersprechen sich nicht. Habe ich recht? Sie sollten zusammengehen.«

»So ist es«, sagte Willibrord. »Beide Tugenden bedingen einander, die eine kann ohne die andere nicht sein. Und aus dem Christentum wächst eine zusätzliche Kraft. Dafür gibt es viele Beispiele. Der römische Kaiser Konstantin zog in eine Schlacht gegen ein vielfach überlegenes Heer. Doch sah Konstantin am Himmel ein Kreuz aus Licht und er hörte die Stimme von Jesus Christus, der ihm sagte, wenn er dieses Zeichen annehme, werde er siegen. Und so geschah es.«

»Thor hat auch schon viele Heere siegen lassen«, entgegnete der Herzog.

Der Satz war ohne Überzeugung gesprochen, und als Radbod ihn hörte, fürchtete er, der Vater könnte umfallen. Aedgil war längst nicht immer stark, im Gegenteil, er schwankte, ein Wort vom Vortag galt ihm nicht viel. Radbod wollte sich einmischen. Aber wie? Diesen Willibrord schien sein Starren nicht mehr zu stören.

Der Missionar fuhr fort: »Auch in meinem Land waren es zuerst die Familien der Herrscher, die sich taufen ließen. Denn das einfache Volk versteht doch wenig und bleibt gerne bei dem Althergebrachten. Sieht es aber, dass der Herzog Christ wird, folgt es willig. Lass dir berichten, Aedgil, das Land der Angelsachsen steht seitdem in herrlicher Blüte, und ganz besonders gilt das für meine Heimat Northumbria, wo es viele fromme Menschen gibt. Gott selbst wacht darüber.«

»Es waren wirklich zuerst die Herrscher, die euren Glauben angenommen haben?«

»Ja, Dame, so war es.«

»Und das Volk … hat einfach mitgemacht?«

Willibrord nickte. »Es hat den Segen gesehen, der über den Palästen seiner Herzöge lag. Und da wollte es auch von diesem Segen abhaben.«

Nach diesen Worten herrschte Stille im Saal. Helrun wirkte nachdenklich, während Aedgil seltsame Bewegungen mit dem Kopf machte, der von einer Schulter zur anderen wanderte. Radbods Einwand – den zu äußern er weiterhin nicht wagte – hieß, dass die Missionare nur den Weg für die Franken bereiteten. Am Ende würden sich die Franken in einem christlichen Friesland ausbreiten.

»Ich habe schon oft solche Gespräche geführt«, sagte sein Vater, lustlos, aber bestimmter, als Radbod vermutet hatte, »schon mit eurem Vorgänger Wilfried von York vor etlichen Jahren. Eins hat sich nie verändert: Unser Land heißt Friesland, weil es Freyas Land ist. Sie hat es geschaffen, und deswegen ist es so fruchtbar. Ihr aber verlangt, es dürfe nur einen Gott geben, nämlich euren. Also müssten wir Freya verraten, sie sogar töten. Und das können wir nicht und wollen wir nicht.« Er fuhr mit dem erhobenen Zeigefinger durch die Luft. »Das kommt nicht infrage.«

»Bedenke, Herzog«, begann Willibrord wieder, aber Aedgil streckte dem anderen seine flache Hand entgegen, und auf seiner Stirn war eine Furche erschienen, die nichts Gutes verhieß.

»Du bist sicher ein Meister der Worte, Angelsachse, und hast auf alles und jedes eine Antwort. Aber ich mag nicht mehr. Du hast meine Rede gehört. Die Friesen gehören zu unseren alten Göttern, dabei bleibt es. Unsere Unterredung ist beendet.«

Der Missionar zögerte, als müsste er die Entscheidung des Herzogs erst verdauen, dann verbeugte er sich und seine Leute taten es ihm nach.

Als er den Kopf wieder hob, lächelte die Herzogin. Radbod hatte für einen Moment den Eindruck, damit habe sie ihrem Mann widersprochen.

Er selbst hatte nur einen winzigen Satz vorgebracht. Nach Tades Ratschlag galt es, weiter zu üben. Als Nächstes mit den Groningern.

Der Groninger Fürst, Landric, reiste, wie erwartet, mit großem Gefolge, mit Frau und Kindern und Dienstpersonal. Er selbst war ein Mann mit Hakennase, die Haare trug er zu einem Zopf gebunden, seine Haut war braun und faltig. Er sah verlebt aus. Seine Frau dagegen wirkte wie ein stilles Mütterchen, rot im Gesicht, weil ihr Äderchen geplatzt waren, und mit steifem Gang. Von den Kindern fielen Radbod die beiden ältesten Geschwister auf, Diemo, der Sohn, und Selind, ein hübsches Mädchen mit rötlich-blondem Haar, wässrigen Augen und Sommersprossen. Sie trug ein Kleid und ein Wolltuch, das von einer Fibel gehalten wurde, außerdem eine kleine Bernsteinkette.

Finn machte sich ein Vergnügen daraus, die Groninger Kinder zum Lachen zu bringen. Aus dem Besteck ließ er Männchen werden, die gegeneinander kämpften, er zog sich seltsame Dinge auf den Kopf oder schnitt Grimassen. Die Kinderfrau kämpfte vergeblich darum, ihre Schar zu beruhigen, während Finn sie immer wieder anstachelte.

Radbod hatte sich der anderen Seite des Tisches zugewandt, den Männern. Landric gehörte nicht zu jenen Menschen, denen die Worte vorne im Mund saßen. Aedgil versuchte mehrfach, ein Gespräch in Gang zu bringen, aber sein Gast blieb einsilbig.

»Nun«, sagte Aedgil, »euch geht es besser als allen anderen. Die Götter sind mit euch. Sie haben euch ein Stück Land gegeben, das höher liegt. Das Meer lässt euch in Ruhe. Grüningen – das grüne Land.« Er schlug Landric auf die Schulter.

Aber der mochte solche Rede nicht. »Nun ja.«

»Was, nun ja? Jedes Jahr zwei Ernten. Eine fruchtbare Frau, viele Kinder.« Aedgil zeigte hinüber, wo die Groninger Kinder über Finns Späße kicherten und sie nachzuahmen versuchten. »Recht lebendige Kinder, wie mir scheint.«

»Schon«, knurrte Landric.

»Dann lass uns trinken.«

Sie stießen miteinander an.

»Es ist wegen Dorestad«, brachte Landric hervor.

»Dorestad? Wieso?«

»Die Friesen werden dort schlecht behandelt. Dabei ist das eine friesische Stadt.«

»Ach, das sind doch Geschichten. Wir haben einen Verwalter da unten …«

»Gerulf, ja. Von dem heißt es …«

»Was?«, fragte Aedgil.

»Dass ihm Gold und Silber aus den Taschen fällt. Man braucht ihm nur hinterher zu laufen.«

Aedgil lachte.

Radbod war vor einiger Zeit zusammen mit Tade und Finn in Dorestad gewesen. Sobald sie die Stadt erreicht hatten, war er verstummt, er hatte kaum glauben können, was er sah, ein Hafen, der nicht endete, Steg an Steg, Schuppen neben Schuppen, weiter als man blicken konnte. Und überall Schiffe und Boote und Leute, Fremde wie Friesen, ein Gewusel wie in einem Ameisenhaufen.

Was der Groninger vorbrachte, war allerdings wahr, sie hatten es beobachtet. Der Verwalter ließ sich von den Franken Geld und Güter zustecken. Tade hatte vermutet, die vielen Geschenke hätten Gerulf die Sinne vernebelt. Der Verwalter lief in einem purpurfarbenen Umhang herum wie ein römischer Caesar, zur Fortbewegung benutzte er eine weiße Sänfte, die von Sklaven getragen wurde. Sein Haus war größer als das des Herzogs in Stavoren.

»Wird schon nicht so ernst sein.«

»Doch«, entgegnete Landric, »ist ernst. Die Franken. Machen sich breit.« Das waren, für seine Verhältnisse, viele Worte hintereinander. Er musste trinken.

Dann fuhr er fort. »Ob Getreide oder Tuch ist egal. Was die Friesen ernten oder herstellen, kommt immer als letztes aufs Schiff. Und nur, wenn noch Platz ist.«

»Ach, Landric, mach es nicht schlimmer, als es ist.«

»So sieht es aus.«

»Dann schicke ich jemanden, mit Gerulf zu sprechen. Er ist ein friesischer Graf, er wird verstehen.«

»Ein Frankenknecht – das ist er.«

Landric trank, wischte sich den Bierschaum vom Mund und holte Luft. »Es ist deine Aufgabe …«

»Du brauchst mir meine Aufgaben nicht vorzuhalten.«

»… nicht als Herzog, aber als Fürst des Westergouw. Dorestad liegt in deinem Gebiet, deshalb haben wir alle vereinbart, dass du …«

Aedgil hob seinen Becher und ließ ihn auf den Tisch krachen. Bier spritzte heraus.

»Ich weiß!«, rief er. »Und ich kümmere mich. Das habe ich doch gerade gesagt.«

Radbod schloss die Augen und holte Luft. Dann sagte er: »W-werden die Franken den Friesen nur deshalb v-vorgezogen, weil sie be-zahlen? In D-dorestad, meine ich.«

Landric wandte sich ihm zu. »Sicher. Was sonst?« Sofort war er wieder bei Aedgil. »Dabei ist das ein friesischer Hafen.«

»Das will ich meinen«, erwiderte Aedgil versöhnlicher. »Und so wird es bleiben.«

»Die Franken machen sich breit und sie bringen nichts Gutes.«

Während Aedgil eine Antwort schuldig blieb und sich stattdessen ein Stück Fisch auf den Teller lud, sagte Radbod: »Sie bringen das Chr-christentum.«

»Dein Ältester?«, fragte der Groninger den Herzog.

»Chr-christentum«, machte Aedgil. »Lern erst mal sprechen, bevor du das Maul aufreißt.«

Landric begann, Radbod zu mustern. »Dein Sohn ist für die Christen?«, fragte er Aedgil.

»Nein«, sagte Radbod. »G-ganz und gar nicht.«

»Mein Sohn hat ihnen neulich ein Kreuz umgeschlagen, mit dem Beil. Auch wenn er einen Knoten in der Zunge hat, immerhin etwas hat er von seinem Vater. Daraufhin sind die Missionare zu mir gekommen und haben sich ausgeweint.« Er ließ seine Tonlage höher werden und klang wie ein jammerndes Kind. »Wir werden gar nicht unterstützt im Friesenland.«

Beide Männer lachten.

»Ob für oder gegen die Christen«, fuhr Aedgil fort, »was soll das heißen? Sie tun uns nichts, wir tun ihnen nichts. Wir haben ihnen gestattet, in unserem Land von ihrem Glauben zu sprechen. Wen stört das? Genauso haben wir den Franken erlaubt, ihre Waren aus Dorestad zu verschiffen. Warum? Weil sie einen ähnlich guten Hafen in ihrem ganzen großen Reich nicht haben. So sind die Friesen.«

Landric war anzusehen, dass er die Ansichten seines Herzogs nicht teilte. Er kaute auf einem Stück Fleisch herum, dessen Reste er aus dem Mund pulte und auf seinen Teller warf.

Dann sagte er: »Die Christen mit ihrer Weiberreligion können mir gestohlen bleiben. Aber die Franken …«

»… Ich sage doch, ich schicke jemanden zu Gerulf nach Dorestad.«

Landric verzog das Gesicht. Er wollte, glaubte Radbod, eine verbindliche Zusage von Aedgil, dass er bald und mit Nachruck handeln würde. Dabei musste dem Groninger klar sein, was Tade ihnen in Dorestad begreiflich gemacht hatte: Man konnte sich schlecht mit den Franken anlegen. Der Nachbar war mächtig, sein Gebiet, selbst wenn es in ein Ost- und ein Westreich geteilt war, reichte bis an den Atlantik und die Pyrenäen und auf der anderen Seite bis an die Länder der Slawen heran. Mit so jemandem hatte man klug umzugehen.

Trotzdem murrte Landric. Der Groninger setzte mehrfach an, im Detail die Beschwerden seiner Bauern wiederzugeben, deren Getreide und Vieh Jütland oder Sussex oft nicht erreiche. Aedgil wiegelte ab und hielt sich an sein Essen und das Bier, was Landric nur noch mehr aufbrachte und ihn zu der Bemerkung trieb, die Friesen seien zu milde mit den Franken. Daraufhin wurde Aedgil ein zweites Mal ärgerlich. Diesmal rückte er von dem Groninger ab und trank sein Bier, ohne seinen Gast zum Mittun aufzufordern. Damit gab er Landric zu verstehen, dass das Gespräch über Dorestad oder die Franken für ihn endgültig vorbei war.

Radbod gelang es nicht, sich ein weiteres Mal einzumischen, auch wenn Tade ihn zu ermutigen versuchte. Er unternahm den Versuch und wollte einwerfen, die Christen seien bei Weitem nicht so harmlos wie sie täten, das habe er bereits erlebt. Doch kaum hatte er die ersten Silben herausgebracht, hieß der Vater ihn zu schweigen. Aedgil duldete es nicht, wenn man anderer Meinung war als er. Und er verabscheute es, wenn man die schwierigen Dinge beim Namen nannte.

4

AM TAG DER SONNENWENDE war der Himmel bedeckt und die Luft feucht. Wind gab es kaum. Im Garten des Herrenhauses war eine lange Tafel gedeckt. Die Eltern hatten den Adel aus dem ganzen südlichen Friesland eingeladen. 30 Gäste mochten sich eingefunden haben.

Finn schien den Abend zu genießen. Er war Mittelpunkt einer Gruppe von Heranwachsenden, unter ihnen hübsche Mädchen, die wahrscheinlich zum ersten Mal Kleider wie ihre Mütter trugen und die sich einen Platz in seiner Nähe gesucht hatten. Sie lachten, wenn er das tat, hörten auf seine Geschichten, ließen sich von ihm am nackten Arm berühren oder für kurze Momente die Hand halten. Der Junge selbst hatte im Feuerschein ein erhitztes Gesicht und schien zu strahlen. Radbod dagegen war langweilig. Er war zu alt für die Jugend und zu jung für die Männer.

Zur Feier waren fremde Sklaven gemietet worden, kurz geschorene Männer und schwarzäugige Frauen, die zwischen Haus und Tafel umherliefen. Radbod ließ sich ein kleines Stück Wild auftun. Er starrte ins Feuer und hörte der Musik zu, zwei Frauen spielten Flöte und Harfe, ein Mann sang dazu und erzählte Geschichten, die von Göttern handelten, vor allem von Freya, die allein mit der Kraft ihrer Hände die See zurückgedrängt hatte, damit die Friesen in dem Land siedeln konnten, das auf diese Weise entstand.

Also doch: Freya. Nicht der Christengott. Kein Buch zwar, aber gesungene Geschichten.

Die Gäste achteten kaum auf die Musik, sie schwatzten, während sie sich gleichzeitig umsahen, um niemanden zu verpassen. Ihnen allen war ihr Reichtum anzusehen, überall gab es Goldringe und Silberketten, Schnallen, Broschen und Edelsteine, Fellumhänge und das bunte friesische Tuch. Die Frauen trugen lange Gewänder, die Männer hatten Schwerter am Gürtel.

Flöte und Harfe setzten ab, die Musiker tuschelten miteinander, dann hoben sie wieder an, der Sänger begann ein neues Lied, diesmal ein Gedicht auf den Herzog und seine Heldentaten. Auf einmal hörte Aedgil zu und strahlte dabei über das ganze Gesicht. Auch er hatte sich fein gemacht, Haar und Bart waren gekämmt, und über seiner Schulter lag das Fell eines Fuchses. In Radbods Augen sah er verkleidet aus. Sein Gesicht, halb verdeckt von seinem Seehundsbart, blieb derb, daran änderte auch ein gewaschener Kittel nichts.

Helrun, die Herzogin, war nicht weit von ihm, doch der innere Abstand zwischen ihnen hätte kaum größer sein können. Sie stand, während er saß, sie hielt sich gerade, wo er sich lümmelte, sie sah streng aus, trank nicht, während er immer neues Bier verlangte. Ihr brauchte man nicht zu schmeicheln, wie die Leute es bei ihm immerzu taten, und wer es dennoch versuchte, riskierte, abgewiesen zu werden.

Radbod wandte sich ab. Ihn zog es hinunter nach Stavoren. Es war die längste Nacht, der Anfang des Sommers, die Stunde der Götter. Allein der Gedanke an Rixa hielt ihn zurück. Zwar war es das ganze Frühjahr über seine größte Freude gewesen, sie abzupassen und wie zufällig an den Orten zu sein, an die sie kam. Aber sie war an der Thoreiche gewesen. Hatte seine schlimmste Demütigung erlebt. Er wollte ihr nicht wieder begegnen.

Stavoren, redete er sich ein, würde voll von Menschen sein, da würde er Rixa nicht treffen, aber Teil der Feier werden, einer wirklichen Feier. Er verdrückte sich in sein Zimmer, zog sich um, verstaute die Festtagskleidung in einer Holztruhe und griff sich einen Alltagskittel, den er mit einem alten Ledergürtel zusammenband. Dann schlich er hinaus. Mit ein paar Schritten war er aus dem Schein der Feuer. Kein Mensch hatte auf ihn geachtet, nicht einmal Tade.

Auch im Ort brannten die Sonnenwendfeuer, aus der Ferne, vom Weg, sah Stavoren aus wie ein einziges Feldlager. Als er die ersten Häuser erreichte, wurde es enger auf den Gassen, die Menschen drängelten sich, und er drängelte mit. Zur Sonnenwende kamen sie aus den benachbarten Dörfern und von den Wharfen, Junge wie Alte, Männer wie Frauen. Es war die Nacht, die anders war. Man konnte ausgelassen sein und feiern. Sich berauschen.

Radbod ließ sich treiben, ein Ziel hatte er nicht. Er geriet vom Licht eines Straßenfeuers in das eines nächsten. Blieb bei den geschnitzten Figuren stehen, die an den Fenstern lehnten, Zeichen für den Wunsch nach Glück und guter Ernte, tunkte den Finger in die Bierschalen, die zusammen mit Getreidebüscheln als Wegzehrung für die Götter gedacht waren. Und er achtete auf die Leute, die ihm entgegenströmten, auf all die nackten Arme und Beine, die bemalten Gesichter und Amulette, die die Frauen an Lederbändern zwischen ihren Brüsten trugen.

Wahrsager und Heiler säumten die Wege. Die Bauern standen Schlange bei ihnen. Er machte bei einem weißbärtigen Mann Halt, zu dem man sein krankes Vieh bringen konnte. Der Alte schaute sich die Tiere kaum an und hörte auch nicht auf die Geschichten ihrer Besitzer, sondern stocherte mit einem spitzen Stock in ihrem Kot. Entsprechend ging es auch nicht nach der Reihenfolge; wer aufschrie, weil sein Vieh geschissen hatte, kam dran. Der Mann roch an dem Haufen, drückte ihn auseinander und sah ihn sich mithilfe einer Kerze genau an, und dann hängte er dem Tier einen Fischzahn um den Hals oder einen seltsamen Stein. Dafür ließ er sich etwas geben, entweder eine Dorestader Münze oder ein Stück Trockenfleisch oder ein Säckchen Getreide. Einmal schüttelte er den Kopf, da hielt ein Mann ein Schwein an einem Seil, und der Alte riet ihm, es bald zu schlachten.

Ein Stück weiter warf eine Frau mit feuerrotem Haar Holzklötzchen in die Luft, nachdem Leute ihr Fragen gestellt hatten. Sie alle waren, wusste Radbod, davon überzeugt, dass ihr Schicksal in den Händen der Nornen lag und nicht veränderbar war, aber wer die Zeichen zu deuten wusste, konnte es vorhersagen, und außerdem war manche Schwierigkeit nicht vorherbestimmt, sondern allein einem falschen Angang geschuldet. Die Rothaarige beschaute sich, welche Figur ihre Klötzchen ergaben. Daraus ersah sie die Antwort. Radbod war neugierig und hörte zu – eine Frau konnte kein Kind bekommen und verstand nicht, weshalb das so war. Die Rothaarige riet ihr, jeden Tag den Unterleib zu waschen, möglichst mit warmem Wasser. Ein Mann dachte daran, ein Fischerboot zu erwerben. Die Rothaarige fand die Zeit günstig. Er solle loslegen, ihm stehe guter Fang bevor. Nur an Sturmtagen müsse er an Land bleiben.

Radbod hatte gleich mehrere Fragen, über Rixa, über sein Stottern und wie er es endlich loswerden konnte, dennoch ging er weiter und blieb auch nicht bei einer anderen Seherin stehen, die sich ein Tuch vor die Augen band, bevor sie ihre Antworten gab.

Vor den Häusern war auf Holztischen Essen aufgestellt, meistens dicke Suppe in Kesseln. Er aber war satt. Nur das Bier machte ihm Lust. Schade, dass er nichts zum Tauschen bei sich hatte.

Es wurde, je weiter er kam, immer voller, immer enger auf den Gassen. Am wildesten war das Fest auf dem Marktplatz. Da spielten nicht leise Flöte und Harfe, wie zu Hause, sondern viele verschiedene Instrumente, Leiern und Fiedeln und Trommeln. Wie eine Nebelschicht bedeckte der Klang den Platz und drang langsam in Radbod ein, er begann, seine Beine zu bewegen. Die Leute klatschten im Rhythmus in die Hände. Es dauerte nicht lange, da machte er mit.

Inzwischen war die Wolkendecke ein wenig aufgerissen, der Mond schimmerte hindurch und ein paar Sterne. Richtig dunkel war es immer noch nicht, es herrschte jenes Zwielicht, nicht Tag, nicht Nacht, das die Sonnenwende heilig machte. Seinetwegen kamen all die Leute aus ihren Häusern.

Je weiter er sich zur Tanzbühne vorschob, desto undurchdringlicher wurde der Platz. Ein Mann torkelte gegen ihn und verschüttete Bier. Radbod wich zurück, aber da war kein Platz, so wurde er getroffen, sein Kittel bekam einen Fleck. Der Mann grinste verlegen und hielt Radbod zur Entschuldigung seinen Tonbecher hin. Der Junge nahm ihn und trank, bis der andere aufschrie, weil er sein Bier zurückwollte.

Bald konnte man sich überhaupt nicht mehr bewegen. Er war eingeklemmt zwischen Männern und Frauen, die die Augen geschlossen hatten und sich zur Musik drehten. Ihre Haut rieb sich an seiner, ihr Schweißgeruch stach ihm in der Nase. Auch wenn kaum Platz war, bewegten sich die Leute immer weiter, ihre Haare wirbelten umher, auch die Arme und Hände, alle waren sie eine einzige Masse, ein Knäuel, nicht mehr unterscheidbar. Es gab für ihn keinen Grund – auch keine Möglichkeit –, sich weiter vorzuschieben, auf der Tanzbühne war es nicht anders als dort, wo er stand. Wegen dieser Art der Feier war er gekommen. Er schloss die Augen, machte mit und versank wie seine Nebenleute.

Als er nach einer Weile innehielt, sich den Schweiß von der Stirn wischte und sich umsah, entdeckte er Rixa. Oben auf den Holzbrettern. Tanzend. Ihretwegen, gestand er sich ein, war er gekommen, vor allem ihretwegen. Gleichzeitig zog ihn die Erinnerung an seine Schande fort, in die andere Richtung, aber er achtete nicht auf diese Stimme, sondern schob sich Stück für Stück zur Bühne vor und kämpfte sich dort, an klebrigen und drängelnden Leibern vorbei, die Stufen hinauf. Rixa drehte sich Hand in Hand mit einem Mann, Radbod sah es, redete sich aber ein, dass es keine Bedeutung hatte. Sie war vertieft in ihre Bewegungen und also allein.

Als die Musik unterbrach, drängte er sich zu ihr vor und forderte sie auf, mit ihm zu tanzen. Sie war überrascht, ihn zu sehen, ihr Gesicht hatte einen Ausdruck, als wäre sie gerade aufgewacht. Dann schüttelte sie den Kopf. Er fragte wieder, sie lehnte noch einmal ab, ohne ein Wort von sich zu geben, und beim dritten Mal sagte sie laut Nein und drehte sich von ihm weg, dem anderen Mann zu. Da hatte er endlich verstanden.

Auf seinem Weg zurück hatte er ein Rauschen im Kopf und Leere. Er stieß gegen andere und ließ sich schubsen, verlor Richtung und Ziel, trieb wie ein Stück Holz auf den Wellen. Wo immer er stand, gab es keinen Platz, er stieg auf fremde Füße und wurde selbst getreten und geschoben. Er spürte die vielen Stöße kaum, denn das Rauschen in seinem Kopf, das zu einem Sturm wurde, übertönte alles andere. Eine langhaarige Frau rief ihm ins Ohr, am Sonnenwendtag müsse man fröhlich sein, dann lachte sie und zog ihn an ihre Brust. Er leistete keine Gegenwehr. Jung war sie nicht mehr. Ihr weicher Busen drückte gegen ihn, ihr Geruch war scharf, weil sie schwitzte, und ihr Gesicht war bemalt. Erregung stellte sich in ihm ein, während sie ihn weiter in ihren Armen hielt und ihr Bein im Dunklen gegen seins rieb. Sie drückte ihr Gesicht an seine Wange und fuhr mit der Zungenspitze darüber, während ihr Bein sich schneller bewegte. Ihre Hand fasste an seinen Schritt.

Sein Verstand meldete sich und ließ ihn sich umschauen, aber keiner der Nebenstehenden scherte sich um sie, alle waren sie mit sich selbst beschäftigt, mit der Musik, mit anderen Männern und Frauen. Trotzdem machte er sich los und zog weiter, ohne sie noch einmal anzusehen. Nur ihr Ruf, ein langgezogenes »Ohhh«, blieb ihm im Ohr.

Er hatte Durst, ihn verlangte nach Bier und nach Vergessen. Etwas, das er eintauschen konnte, hatte er nicht bei sich, höchstens seinen Gürtel, und wer gab schon seinen Gürtel her? So entschied er sich, zurückzukehren. Am Herrenhaus gab es Bier in Mengen, da konnte er trinken, bis er alles vergessen hatte, und den langweiligen adeligen Gästen aus dem Weg zu gehen, dürfte auch nicht schwer sein.

An keinem der Stände machte er mehr Halt, bei Wahrsagern nicht und nicht bei Heilern und auch nicht dort, wo es Suppe gab. Keine Rede nahm er mehr auf, keinen Gesang. Er wollte weg, raus aus Stavoren.

Am Ortsrand, auf Höhe der letzten Häuser, passte Rixa ihn ab. »Gehst du schon?«

Im ersten Moment bezweifelte er, dass sie es war. Wie konnte sie ihn überholt haben? Und woher wusste sie von seinem Ziel? Sie lehnte an einer Hauswand. Ihr Kleid hatte das Blau von Kornblumen, sie trug keine Kette, keine Spange, überhaupt keinen Schmuck. Ihr Haar hing offen herab.

»Ich habe noch nie einen Herzog auf der Sonnenwendfeier gesehen.«

Er blieb stehen. »Ich bin kein Herzog.«

»Aber der Sohn von einem.«

»Ja, und? Wolltest du deshalb nicht mit mir tanzen?«

Anstelle einer Antwort setzte sie sich in Bewegung und schaute ihn gleichzeitig an, das war eine Aufforderung, und er folgte ihr, wenn auch widerwillig. Ihr Gang war ein Schlendern, der Stoff ihres Kleides schwang sanft in der Luft, genauso ihr Haar. Sie wies Radbod auf die vielen Zierden an den Häusern hin, auf die geschnitzten Figuren, die farbigen Tücher und Sträuße aus Weizenähren und grünen Blättern. Alles zu Ehren der Götter.

»Gehst du immer zur Feier?«

»Natürlich«, rief sie. »Seit ich laufen kann. Es ist das schönste Fest im Jahr.«

»Und alle, die du kennst, kommen auch?«

»Alle. Die ganze Familie. Nachbarn, Freunde. Ganz Stavoren ist hier.«

Als sie zu einer weniger beleuchteten Gasse kamen, bogen sie ab, um im Licht zu bleiben.

»Oben am Herrenhaus, wird da auch gefeiert?«

»Ja, aber anders. Ohne Tanz. Man sitzt am Tisch und redet.«

Sie lachte. »Und deshalb bist du bei erster Gelegenheit weggelaufen.«

»Und du? Hast mich auf meinem Weg abgepasst?«

»Das habe ich von dir gelernt!«

In einem Bogen gingen sie Richtung Vlie, bald roch er das Wasser und hörte die Wellen, die ans Ufer schwappten und auf dem Strand ausliefen.

»Meine Großmutter«, sagte sie, »bewundert dich. Sehr sogar. Sie redet von nichts anderem mehr.«

Er schnaubte. Nicht diese Geschichte. Bitte nicht.

»Weil du das Kreuz umgeschlagen hast. Sie ist deiner Meinung – wir sollten bei unseren Göttern bleiben.«

Mittlerweile war auch diese Nacht dunkler geworden, der Strand war unbeleuchtet, der Mond spiegelte sich im schwarzen Nordseewasser, sein goldenes Licht hatte sich auf den vielen der kleinen Wellen ausgebreitet und bewegte sich mit ihnen.

»Ich werde heiraten«, sagte Rixa, den Blick aufs Wasser gerichtet. »Den Mann, mit dem ich getanzt habe. Er heißt Aicke und ist ein Fischer. Der Bruder meines ...« Sie setzte ab. »Ich war bereits verheiratet, für drei Tage. Mein Mann ist ertrunken. So geht es den Fischern. Das Trauerjahr ist noch nicht vorüber.«

Radbod hob eine Handvoll Sand auf und schleuderte ihn ins Wasser. Nun hatte er endlich begriffen, warum sie auf ihn gewartet hatte – um ihm das mitzuteilen. Obwohl sie neben ihm stand, war sie weit von ihm entfernt. Er schielte zu ihr und fand sie noch in der Art, wie sie von ihrem Leben erzählte, über die Maßen schön und ernst und würdevoll. Mehr denn je begehrte er sie.

»Wir müssen umkehren«, sagte sie. »Es ist dunkel hier. Dunkelheit ist gefährlich.«

»Nicht zur Sonnenwende.«

»Doch, dann auch. Gerade dann.« Sie lachte.

Nach diesen Worten hätte sie gehen müssen, aber sie blieb. Er hätte ihr Gesicht berühren mögen, nur mit den Fingerkuppen an seinem Rand entlangstreichen, die Haut spüren. Der Abstand zwischen ihnen war weniger als eine halbe Armlänge. Immer noch zu viel.

»Ich träume von dir«, sagte er, »in der Nacht. Manchmal auch am Tag.«

Ihr Haar war hell, die Augen von dunklem Blau. Sie schlug sie nieder. Er wollte sie halten und nie wieder loslassen. Sie war so schön wie diese Nacht, wie die See mit dem Mondschein darauf, ihre Wangen waren rund, die Lippen weich, ein Rest von Hitze glühte auf der Haut.

Die Frau, die er heiraten wollte.

Er, kein anderer.

Er nahm ihre Hand.

Sie ließ es geschehen. Er fühlte ihre Finger, sie waren schmal, er strich mit dem Daumen darüber.

Die Zeit blieb stehen. Die Wellen machten das immer gleiche grummelnde Geräusch, die Luft war warm und feucht. Radbod setzte den letzten kleinen Schritt auf sie zu und zog ein wenig an ihrer Hand.

Zu viel.

Sie machte sich frei. Dann schüttelte sie den Kopf.

»Das geht nicht. Ich muss weg.«

»Bleib!«

»Nein.« Sie bewegte sich nicht. »Ich kann nicht. Ich … Komm, geh mit mir zurück.«

Er griff wieder nach ihrer Hand. Gemeinsam setzten sie sich in Bewegung. Rixas Schritt blieb langsam, als wollte auch sie nicht, dass ihre Begegnung endete, sie stapften durch den weichen Sand, dann erreichten sie wieder den Lehmpfad, auf dem ihre Holzschuhe klapperten.

Er wollte sie auf einen anderen Weg ziehen, der nicht nach Stavoren hineinführte. Sie widerstand.

Als sie sich den Häusern näherten, hörten sie, wie Rixa gerufen wurde, erst einmal, dann erneut. Sie wandte sich Radbod zu. Er legte die Arme um sie und küsste sie auf den Mund, dabei hielt er sie so fest, als wollte er mit aller Macht verhindern, dass sie fortging.

Dann, als der Ruf ein weiteres Mal erklang, drehte sie sich um.

»Hier bin ich, Aicke«, rief sie zurück.

Im Prinzip war es den Söhnen nicht gestattet, sich vom Herrenhaus zu entfernen. Radbod und Finn hatten sich unter Tades Anleitung im Kampf zu üben, mit Schwert und Schild und Bogen, und bei schlechtem Wetter folgten sie seinem Unterricht im Haus. Aber manche Regel wurde von den Eltern so wenig überwacht, dass man zweifeln konnte, ob sie noch in Kraft war. In der Zeit nach der Sonnenwendfeier stellte sich Radbod diese Frage nur selten, er lief morgens weg und nachmittags, verschwand, wann immer es ihm passte, ohne ein Wort zu verlieren. Tauchte nach einiger Zeit wieder auf und setzte die Beschäftigung am Übungsplatz fort. Nur Rixa – um die es ihm ging, die er suchte – traf er nicht, weder am Strand, wo sie normalerweise Treibholz und Bernstein sammelte, noch im Ort.

Tade beschwerte sich nicht, obgleich er jede Abwesenheit seines Schützlings registrierte. Doch als Radbod an einem dieser Tage zurückkehrte, stand sein Vater neben dem Lehrer. Er hatte einen roten Kopf und wies den Untergebenen zurecht. Sobald Aedgil seinen Sohn entdeckt hatte, fand sein Zorn ein neues Ziel. Wo er herkomme, wohin er verschwinde? Ob er nicht wisse, dass er zu üben habe und nicht durch die Gegend streichen dürfe?

Radbod war klar, er würde kein einziges Wort herausbringen, ohne hängen zu bleiben. So war es besser, zu schweigen.

Ihm half, dass der Vater offenbar auf keine Erklärung wartete. Der Alte wütete und schimpfte immer weiter. Dabei erfuhr Radbod, dass sein Verschwinden der Mutter aufgefallen war, die Aedgil alarmiert hatte. Radbod, rief der Alte, habe das Weglaufen einzustellen, andernfalls werde er bestraft. Ob er das verstanden habe?

Der Junge nickte.

Von da an verdrückte sich Radbod heimlich, nutzte schlechtes Wetter, Ausritte oder die Abwesenheit von Herzog und Herzogin. Sein Schwung ließ nicht aus Angst vor Strafe nach oder weil die Gelegenheiten fehlten, sondern allein deshalb, weil er das Mädchen nirgendwo fand. Mit jedem Tag schwand ein Stück seiner Zuversicht, dafür schien ihm der Weg nach Stavoren immer länger zu werden. Aber schließlich sah er sie eines Nachmittags auf dem Marktplatz, einen Mehlsack vor sich. Es war bewölkt, ein fast schwarzer Himmel lag über ihnen, ein Platzregen stand bevor. Er bot ihr an, den Sack hinaufzutragen. Fragte, auf welcher der Wharfen sie lebte, in welchem Haus.

Sie lehnte ab.

Kurz darauf kam ihr Schwager, dieser Aicke.

Beide Männer musterten sich und hatten dabei die Münder geöffnet und die Fäuste geballt, es fehlte nicht viel und sie hätten sich geprügelt, mitten auf dem Markt. Rixa griff nach Aickes Hand und zog ihn mit sich fort, und als er widerstand, weil er vor Radbod nicht klein beigeben wollte, legte sie ihr ganzes Gewicht in ihre Bewegung, sodass er nicht anders konnte, als nachzugeben und mitzugehen, den Sack auf der Schulter.

Wie ein Hund lief sie neben ihm, als müsse sie auf ihn aufpassen, aber bevor sie ganz verschwunden waren, drehte sie sich noch einmal zu Radbod und rief ihm die Antwort auf seine Frage zu, indem sie auf den vordersten der drei Hügel wies.

»Dort. Das kleinste Haus.« Sie zeigte über die Schulter und lachte dabei. »Das allerkleinste. Und fertig gebaut ist es auch nicht.«

Er blieb zurück und rätselte. Was war es, das sie ihm hatte sagen wollen? War das eine Aufforderung – oder nicht? Irgendetwas dazwischen? Es gab, sagte er sich, keine andere Möglichkeit, das herauszufinden, als sie zu fragen.

Gleich in der nächsten Nacht machte er sich auf den Weg, kletterte aus seinem Fenster, sprang von einem Dachvorsprung und lief durch den schlafenden Ort hinauf auf die Wharf. Schaute sich um, während er sich hinter Zäunen und Büschen hielt. Das kleinste Haus, nicht fertig gebaut – da kam nur eins infrage, im Schatten eines größeren Bauernhauses, das womöglich ihren Eltern gehörte.

Er klopfte an ihre Tür. Wartete.

Als sie endlich öffnete, war sie überrascht: »Du?«

Sie zog ihn hinein und schloss die Tür wieder. »Du kannst nicht hierher kommen. Es gibt Nachbarn, die sehen alles. Willst du mein Leben zerstören?«

Ihr Haus bestand aus einem einzigen Raum, mit Lehmboden und Feuerstelle, außerdem einer Schlafecke, die mit halbhohen Brettern abgetrennt war. Rixa trug einen Leinenkittel. Beide setzten sie sich an ihren Tisch, ein grobes Holzstück mit vier Beinen, auf dem eine einzige Kerze brannte. Er hatte noch kaum ein Wort gesagt, da klopfte es. Sie erschrak, dann hieß sie ihn mit einer Handbewegung, sich hinter den Brettern zu verstecken.

Es war Aicke, der ihr Fisch brachte, eine Makrele, wie Radbod in seinem Versteck erfuhr, und dafür offenbar eine Gegenleistung erwartete. Radbod lag auf Rixas Bett, auf einer Felldecke, die weich war und nach ihr roch. Er hatte die Ohren gespitzt und stellte sich vor, wie der Fischer seine Arme um sie gelegt hatte. Rixa hatte alle Mühe, Aicke zum Verschwinden zu bewegen, er wollte bleiben, bekam bald einen anzüglichen Ton und sagte, demnächst seien sie sowieso verheiratet, auf die kurze Zeit käme es doch nicht mehr an. Sie sträubte sich, es kostete sie Kraft, er hörte es an ihrer Stimme, die höher klang, schärfer und böser, als er es kannte.

Als es ihr endlich gelungen war, ihn hinauszuwerfen, hatte sie Tränen in den Augen. Sie ließ Radbod nicht zu Wort kommen, wehrte seinen Versuch, sie zu umarmen, ab und schickte ihn ebenfalls fort. Er dürfe nicht wiederkommen.

Die Nacht war dunkel, aus den Häusern schien kein Licht mehr. Er brauchte nicht vorsichtig zu sein. Wenn er sich über ihr Gebot hinwegsetzte, sagte er sich, würde er sich lächerlich machen, schließlich war er der Mann und sie die Frau. Er war ihr lange genug hinterhergelaufen. Wie weit sollte er noch gehen?

Doch seine Ermahnung gegen sich selbst half nicht. In der Nacht beherrschte Rixa seine Träume und am Tag seine Gedanken, er konnte nicht anders, als im Kopf immerzu mit ihr zu sprechen. Sobald es am Abend still war im Haus, schlich er wieder hinaus.

Diesmal hatte sie auf ihn gewartet – und schien sich zu freuen. »Ich wusste, du würdest wiederkommen, egal, was ich sage. Du hörst offenbar auf niemanden.«

Am nächsten Morgen fiel ihm auf, dass seine Mutter ihn ansah, mehr als das, sie starrte zu ihm. Er kannte es nicht, von ihr beachtet zu werden, in der Regel pflegte sie ihn zu übersehen, grüßte ihn nicht, hörte nicht hin, wenn er etwas zu sagen versuchte. Doch an diesem Tag schien sie kaum von ihm ablassen zu wollen. Sie sprach ihn nicht an, das nicht. Aber sie musterte ihn aus zusammengekniffenen Augen.

Als es dunkel wurde, machte er sich ein weiteres Mal auf den Weg. Er hatte sich einen schmalen Birkenstamm an die Hauswand gelehnt, eine Kletterhilfe. Das Fenster ließ er angelehnt und stopfte gegen den Wind ein Stück Stoff in den Rahmen. Unterwegs freute er sich auf Rixa und wurde immer schneller, je näher er der Wharf kam. Es war eine Macht, die ihn zu ihr zog, der hatte er nichts entgegenzusetzen, an diesem Abend nicht und nicht an den folgenden.

An ihrem Tisch redeten sie miteinander, erzählten sich aus ihrem Vorleben oder tauschten die Erlebnisse des Tages aus, und dann stand er auf, nahm ihre Hand und ging mit ihr in die Schlafkammer, Abend für Abend, wo sie sich entkleideten und in der Umarmung in die andere Welt versanken, sie oft schneller als er. Er liebte ihren Geruch nach säuerlicher Milch genauso wie ihren festen Körper. Sie hatte die Gewohnheit, in der Erregung auf sein Ohrläppchen zu beißen, die Zähne hinter den Lippen verborgen. Bald wartete er schon darauf, es war das Zeichen ihrer vollkommenen Vergessenheit. Als er einmal danach fragte, leugnete sie, drehte sich weg und lachte verlegen.

Der Sommer war lang und warm, voller Gerüche und verschwitzter Leibhemden. Tagsüber vergaß Radbod Rixas Umarmung nie, achtete aber darauf, sich nichts anmerken zu lassen. Die wortlosen Blicke seiner Mutter ließen nicht nach, und er beobachtete, wie sie sich manchmal, nachdem sie ihn angesehen hatte, an Aedgil wandte und mit ihm tuschelte. Um was mochte es gehen? Bald rechnete er damit, dass sie ihn durchschaut hatte, und wartete darauf, in ihre Falle zu gehen. Noch vorsichtiger öffnete er das Fenster und hielt inne, bevor er auf seine Birke stieg.

Da war nichts, nur der Wind, der durch die Bäume pfiff.

Dass Tade alles wusste, davon ging er aus. Er fragte ihn hin und wieder, aber so vage, dass der Lehrer nicht begriff, was er wollte.

»Was sagst du?«

Finn war der Einzige, der nichts mitbekam. Sein kleiner Bruder war mit einer Spatha beschäftigt, einem Langschwert, das er geschenkt bekommen hatte und das ihm noch zu schwer war, wenn er längere Zeit auf Büsche und Grashalme hieb.

Radbod suchte eine Erklärung für den Fall, dass er erwischt würde. Was konnte er sagen? Dass er nachts zur Jagd ging? Ohne Waffen? Dass er seine Stute gehört habe und nach ihr sehen wollte? Woher dann der Baumstamm? Nein, es gab keine Ausflucht. Entweder stellte er die Besuche bei Rixa ein, was ihm aber nicht möglich war. Oder er lebte mit dem Risiko.

Thor selbst war es schließlich, der ihn auf die dritte Möglichkeit brachte. Die Blätter waren schon blass, aber die Hitze wollte nicht nachlassen. Es hatte keinen einzigen Abend gegeben, an dem er nicht zu Rixa gegangen wäre. In dieser Nacht aber schickte der Gott ein Gewitter, es donnerte, über den Himmel fuhren goldgelbe Blitze, dazu regnete es heftig. Radbod musste sich unterstellen. Trotzdem war er durchnässt, als er Rixas Haus erreichte. Sie gab ihm ein Leibhemd ihres verstorbenen Mannes, während er seinen Kittel auszog und zum trocknen aufhing. Der Donner klang ihm noch im Ohr, er war eine Aufforderung, mehr noch, eine Ermahnung. Er war der Herzogssohn. Seine Heimlichkeit war ohne jede Würde.

»Rixa, wir können so nicht weitermachen.«

Sie erschrak, was er nicht beabsichtigt hatte.

Er nahm ihre Hände. »Ich möchte, dass wir heiraten.«

»Ja«, sagte sie. Und setzte leiser hinzu: »Ich bin schwanger.«

Die Worte hatten einen langen Weg, bis sie bei ihm ankamen. »Weißt du das sicher?«

»Ich habe meine Großmutter ins Vertrauen gezogen. Viele Frauen gehen zu ihr, auch Bauern, wenn es Schwierigkeiten mit trächtigen Tieren gibt. Sie hat mich abgetastet.« Rixa hielt die Hand auf ihren Bauch. »Ich glaube, alle ahnen etwas. Aicke spricht kaum noch mit mir, er wendet sich ab, sobald er mich sieht. Und meine Eltern verhalten sich auch seltsam.«

»Ich rede mit meinem Vater. Gleich morgen.«

Sie setzte ein mattes Lächeln auf. »Es kann nicht gut gehen. Leider nicht.«

»Warum glaubst du das?«

»Radbod, wach endlich auf. Ich bin eine Witwe, außerdem älter als du. Mein Vater ist ein einfacher Wharfbauer, deiner dagegen Fürst des Westergouw und zudem friesischer Herzog. Er will ein adeliges Mädchen für dich, eine Fürstentochter. Eine Jungfrau.«

Er mochte diese Rede nicht hören. »Wir schaffen das, das verspreche ich dir. Verlass dich auf mich.«

Am nächsten Morgen übte er sprechen. Er wiederholte seine vorformulierten Sätze, sagte sie wieder und wieder auf, gab sich Mühe, nicht stecken zu bleiben, und fing von vorne an, wenn es doch passierte. Er probierte sie im Sitzen und im Gehen, mit aufgerissenem wie halb geschlossenem Mund. Sein Vorhaben war, wie er es Rixa gesagt hatte, die Erlaubnis seines Vaters zu erlangen.

Als er noch übte, kam Finn und rief ihn zu den Eltern. Beide, Herzog und Herzogin, saßen im Empfangszimmer auf ihren Stühlen mit den hohen Lehnen.

Er musste stehen.

Das Gesicht der Mutter war ohne Regung, auch auf sein Eintreten hatte sie nicht reagiert. Trotzdem hatte er den

Eindruck, ohne sie hätte er es leichter mit seinem Anliegen gehabt.

Der Vater strich sich den Seehundbart, während er Radbod warten ließ.

Schließlich sagte er: »Du wirst heiraten, mein Sohn.«

Radbod meinte, noch im Traum zu sein. Oder sich verhört zu haben. Welcher Gott hatte ihm geholfen? Eine Göttin, entschied er in Windeseile, nämlich Freya, die die Liebe zu den Menschen brachte. Und die Friesland geschaffen hatte.

»Deine Mutter wollte das Mädchen für Finn, und sie hat lange dafür gekämpft, aber noch bin ich hier der Herzog. Erst heiratet der Ältere, wie es Tradition in unserem Land ist.« Er schob seine Hand Richtung Helrun, ohne sie zu berühren. »Gleichwohl ist die Idee gut, eine Verbindung zu den Groningern. Also, falls es dich interessiert, es ist diese … Wie heißt sie noch?«

»Selind«, sagte die Herzogin.

»Sie ist 13 oder 14, soweit ich weiß. Egal, das Alter spielt keine Rolle. Entweder sie ist eine Frau – oder sie wird es demnächst.« Er lachte laut.

Dann fuhr er fort. »Die Franken werden begreifen, dass die Friesen zusammenstehen. Sie können uns nicht auseinanderbringen, und leichte Beute sind wir auch nicht. Das ist die Botschaft dieser Heirat. Ich bin sicher, sie werden sie verstehen.«

Zum ersten Mal in seinem Leben widersprach er seinem Vater: »Nein.«

»Was sagst du?«

»Ich werde heiraten. Aber ein anderes Mädchen.«

»Ich wusste es!«, rief seine Mutter und klatschte in die Hände, ein einziges Mal nur. »Er geht zu irgendeinem Bauerntrampel. Das habe ich dir doch gesagt.«

Aedgil kratzte sich. »Das glaube ich nicht. Radbod?«

Er würde hängen bleiben – mit dem nächsten Wort. Unmöglich, die Mutter zurechtzuweisen und ihr zu sagen, dass sein Mädchen kein Bauerntrampel war. Auch dass Rixa sein Kind im Bauch trug, brachte er nicht heraus.

»Radbod?«, wiederholte der Vater.

»Sein Schweigen ist Antwort genug«, sagte die Mutter.

Der Vater wartete weiter, und mit einem Mal wurde es so still im Zimmer, dass man das Rauschen der Blätter vor der Tür hören konnte.

Radbod schluckte. »I-ich …«

»D-du«, rief seine Mutter.

»Sprich endlich«, meinte der Vater.

»Hei-rate.«

Beide Eltern starrten ihn an. Aedgil hatte den Mund geöffnet, seine stummeligen Zähne waren zu sehen. Helrun grinste. Sie schien sich zu freuen.

»D-das M-mädchen, d-das … d-das ich l-liebe.«

»Du bist ein Dummkopf, Radbod, ein unglaublicher Dummkopf.« Aedgils Stimme klang kalt. »Kehre zurück auf dein Zimmer.«

»Und d-da?«

»Das wirst du sehen.«

Kaum war er in seinem Zimmer, wurde die Tür von außen verriegelt, er saß fest. Vor dem Haus zogen einige Krieger der Wache auf, alle in ihren rotblauen Wamsen und bewaffnet. Auch sein Fluchtweg durchs Fenster war also versperrt. Ihm blieb nur, abzuwarten. Er legte sich aufs Bett.

Der Tag verging. Erst gegen Abend kam der Vater. Radbod wollte liegen bleiben. Aber er stand auf.

»Warum bist du nur ein solcher Narr, Radbod? Nur ein Hohlkopf verliebt sich. Sieh dir dich an, dann weißt du, was ich meine. Stehst da wie …«

»Wie w-was?«

»Wie eine Witzfigur aus dem Lied eines Barden. Der verblendete Trottel. Und deshalb begreifst du die einfachsten Dinge nicht. Wie willst du eines Tages Herzog werden?«

Er holte Luft – und blieb trotzdem hängen: »Was sind … die einfachsten Dinge?«

»Zum Beispiel, dass du dir jedes Mädchen nehmen kannst, das du haben willst«, brüllte Aedgil. »Aber heiraten, das ist Politik, damit schafft man Verbindungen. Deshalb habe ich die Groningerin für dich ausgesucht. Wir bekommen festere Bande zu einem starken Nachbarn. Landric und ich, wir werden uns die Hand darauf geben. Das zählt.«

»M-mach das Mädchen, das ich will, zu einer E-edlen. Das steht doch in deiner Macht.«

Sein Vater tippte sich mit dem Finger an die Stirn. »Du bleibst hier drin, bis du bereit bist, mir dein Einverständnis zu geben.«

An der Tür sagte Aedgil noch: »Warst du nicht der, der gegen die Christen stand und ihnen ihr Kreuz umgeschlagen hat? Alles vergessen, wie?«

Er ging hinaus, die Tür wurde wieder verriegelt. Auch die Wachleute blieben. Er war gefangen.

Die Zeit in seinem Zimmer war lang und er ruhelos. Rixa würde warten. Er hätte ihr gern eine Nachricht zukommen lassen, wusste aber keinen Weg. Zu tun hatte er nichts, seine einzigen Beschäftigungen waren, auf und ab zu schreiten oder zu schlafen. Bald hatte er jedes Zeitgefühl verloren. Dreimal am Tag brachte ein Sklave Wasser, Essen und einen leeren Eimer für die Notdurft. Radbod versuchte, die Mahlzeiten in seinem Zimmer und damit die Tage zu zählen. Es gelang nicht.

Wenn der Gedanke an Rixa und an das Versprechen, das er ihr gegeben hatte, zu stark wurde, zog er am Türgriff. Rüttelte und riss. Aber nichts bewegte sich.

Er brauchte einen Ausweg. Hockte an der Wand und dachte darüber nach.

Als der Sklave an einem dieser Abende das Essen und einen sauberen Eimer abgestellt hatte, sprang er auf, packte ihn am Hals und drückte zu. Der schmale Mann, fast noch ohne Bartwuchs, hatte braune Augen, die unter Radbods Griff immer größer wurden. Er versuchte, sich zu befreien, war aber nicht kräftig genug.

»Ich sperre dich ein. Wenn du Krach schlägst, töte ich dich. Hast du verstanden?«

Der andere nickte, die schiere Angst im Gesicht.

»In der Nacht komme ich zurück und befreie dich. Verhalte dich ruhig, dann geschieht dir nichts.«

»Aber der Herzog …«

»… wird nichts merken, solange du die Ruhe bewahrst. Es liegt allein an dir.« Er zeigte auf sein Bett. »Leg dich hin und schlafe dich aus. Wenn du wach wirst, bin ich zurück.«

Es war noch hell. Seine Familie saß zu Tisch, Radbod hörte ihr Gerede und das Geklapper der Schüsseln. Er schlich aus dem Haus, zog die Tür hinter sich zu und nahm den gewohnten Weg durch Stavoren. Auf der Wharf lief er geduckt, hielt sich hinter Büschen, bemühte sich darum, unerkannt zu bleiben.

Als er bei Rixa klopfte, dauerte es lange, bis sie öffnete.

»Du?«

»Ja, ich. Lass mich herein.«

Sie gab den Eingang frei, aber aus ihrer Bewegung wie aus ihrer Stimme verstand er, dass sich etwas verändert hatte. Sie hielt Abstand.

»Früher konnte ich nicht kommen.«

»Ich hatte nicht mehr mit dir gerechnet.«

»Sag so etwas nicht. Mein Plan ist, dass wir zu der britannischen Insel segeln.«

»Und dort?«

»Werden wir siedeln. Es gibt viele Friesen da drüben. Wir werden Land bewirtschaften. Ein Haus bauen.«

»Und nie wieder zurückkehren?«

»Das weiß ich nicht.«

»Meine Familie …«

Er packte ihre Hand. »Rixa, eine andere Möglichkeit gibt es nicht. In Friesland können wir nicht bleiben, nicht zusammen. Wir könnten zu den Sachsen gehen oder zu den Dänen. Aber Britannien ist besser, weil da Friesen leben. Wir wären keine Fremden.«

Sie brauchte lange für eine Antwort. Schritt um ihre Kochstelle herum, trat an das winzige Fenster, gelangte in den Schein ihrer Kerze und verschwand wieder daraus. Er ließ ihr die Zeit und beobachtete sie. Sie war schön wie eh und je.

»Wann?«, fragte sie schließlich.

»Morgen. Hoffen wir, dass der Wind günstig ist. Wir nehmen ein kleines Schiff, das zum Herrenhaus gehört.«

»Du verlierst alles.«

»Nicht alles. Ich gewinne dich. Und unser Kind.«

»Ich muss Großmutter einweihen. Einer aus der Familie soll wissen, wo ich geblieben bin.«

»Schweigt sie?«

»Bestimmt.«

Er trat auf sie zu und umarmte sie, sie hielten einander fest, blickten sich immer wieder in die Augen und küssten sich. Worte zum Abschied sprachen sie kaum, aber als er verschwand, drückte er ihre Hand so fest er konnte.

Dann machte er sich auf den Rückweg.

Bevor er in sein Zimmer im Herrenhaus zurückkehrte und den Sklaven aus seinem Bett warf, passte er Finn in einem dunklen Flur ab und trat, als der Bruder vorbeiging, hinter einem Mauervorsprung hervor.

»Du? Du bist doch eingesperrt. Bist du ein Geist?«

»Ganz und gar nicht«, erwiderte Radbod. »Sag dem Vater, dass ich ihn sprechen will. Gleich morgen früh.«

»Was wirst du ihm sagen?«

»Richte ihm einfach aus, um was ich dich bitte.«

Der Trick, der ihm unterwegs eingefallen war, war denkbar einfach – er würde dem Vater die Antwort geben, die von ihm erwartet wurde, und zusagen, die Groningerin zu heiraten.

Aedgil ließ ihn rufen, und sobald er den einen Satz seines Sohnes gehört hatte, freute er sich. Das Gesicht mit dem Seehundbart strahlte, er faselte davon, dass Radbod am Ende seinen Verstand zurückgewonnen habe. Mit Wucht schlug er ihm auf die Schulter und sagte, dass Radbod so viele Bauernmädchen haben könne, wie er wolle. Mehr als er schaffen könne. Dabei lachte er.

Radbod hielt seine Triumphgefühle klein. Er durfte sich wieder frei bewegen und war siegesgewiss, ließ sich aber nichts anmerken. Auf Ansprachen gab er sich höflich, als trage er niemandem etwas nach, und war wortkarg wie immer. Nur mit den Gedanken war er anderswo.

Doch er hatte seinen Plan ohne die Mutter gemacht.

Ihr Misstrauen hatte sie die Wache alarmieren lassen. Als er in der nächsten Nacht, mit einigen Gold- und Silberspangen in der Tasche und mit Proviant in einem zusammengeknoteten Leintuch, aus dem Haus schlich, um mit Rixa in das fremde Land zu fliehen, umstellten ihn Wachmänner und richteten ihre Speere auf ihn. Sie hatten im Dunkeln gewartet. Weder Aedgil noch Helrun waren im Bett. Beide tauchten auf, ohne dass jemand sie hätte rufen müssen. Sie hatten zugeschaut.

Sein Vater ließ ihn ins Verließ sperren.

5

RADBOD DACHTE NICHT DARAN, sich zu verstecken, schließlich war er der Herzog, derjenige, der alle Stämme zusammengerufen hatte, Gastgeber für Fürsten und Krieger. Unter seiner Führung würden sie in die Schlacht ziehen.

Genauso fest war er in dem Entschluss, dem Hriustrer seine Tochter nicht zu geben, zumindest dann nicht, wenn sie das nicht wollte. Und warum sollte Eila diesen alten Mann wollen? Nicht ausgeschlossen, dass Reemer trotz seiner Mäuseaugen und der Narbe mitten im Gesicht einer Frau gefiel, er machte durchaus Eindruck mit seiner Größe und Kraft und der tiefen Stimme, darüber hinaus war er zuverlässig, ein guter Bundesgenosse. Für eine reife Frau vielleicht der, den sie ersehnte. Aber nicht für ein Mädchen.

Radbod nahm sich vor, die Ablehnung so auszudrücken, dass sich Reemer nicht beleidigt fühlen musste. Er wollte ihn nicht verlieren. Auf Hayo, den Ostergouwer, und seine ewige Nörgelei hätte er leichten Herzens verzichtet, auch auf die Groninger, von denen er nicht sicher war, wem ihre Loyalität gehörte. Aber Reemer zu verprellen – das war mehr als unklug, zumal, wie er selbst angeführt hatte, sein Wort bei den Stämmen des Ostens großes Gewicht hatte.

Es war ein grauer Morgen. Auch wenn der Wind die Wolken landeinwärts trieb, er brachte immer wieder neue, und aus manchen fiel ein Schauer. Reemer war bereits unterwegs, Radbod sah ihn aus der Ferne. Finn war bei ihm. Beide schienen auf dem Weg ins Lager seiner Leute zu sein. Radbod grinste. Wen wollten sie da antreffen? Die Krieger schliefen wahrscheinlich, nach den Mengen von Bier, die sie versoffen hatten, ihren Rausch aus.

Er machte eine andere Runde. Regentropfen hatten sich im Gras verfangen, im Lehm hatte sich an manchen Stellen Feuchtigkeit ausgebreitet. Die Vögel waren längst erwacht und gaben ihr Konzert, und er hörte auch einen Specht bei der Arbeit. Auf einer Wiese weiter hinten grasten Schafe. Zwei dunkelhaarige Sklaven waren auf dem Weg zu ihrer Koppel, wahrscheinlich um eins zu schlachten. Auch wenn Radbod die Krieger nicht zu verpflegen hatte, allein für die Gäste am Herrenhaus zu sorgen, war keine leichte Augabe. Das würde noch manches Vieh das Leben kosten.

Seine Nacht war kurz gewesen, zu viele Erinnerungen hatten ihn vom Schlaf abgehalten. Die frische Luft an seinem Gesicht tat gut, sie war würzig und roch nach See, wie es sich für einen friesischen Morgen gehörte. Radbod fühlte sich entschlossen, sein Land zu verteidigen, selbst wenn es ihn das Leben kostete.

Und in der Sache mit dem Hriustrer würde er einen Weg finden.

Nach seinem Morgengang kehrte er ins Haus zurück, wo Selind und seine Söhne Alfbad und Onno bei der Morgenmahlzeit waren. Er setzte sich zu ihnen und ließ sich Haferbrei bringen.

»Ich habe«, sagte Selind, »von diesem Missionar geträumt, diesem Willibrord aus Northumbria.«

»Und was hat er dir in deinem Traum getan?«

»Er hat mich ausgelacht und behauptet, ein friesisches Heer könne in keinem Fall gegen die Franken bestehen. Nicht einmal sein Gott wäre in der Lage, ein solches Ungleichgewicht auszugleichen, aber er wollte das natürlich auch nicht. Die Franken seien, meinte er, dreimal so viele, und wie sollte ein Mann gegen drei Feinde bestehen?«

»Das wird er schon sehen«, erwiderte Radbod.

»Es hat ihm Freude bereitet, mich zu demütigen. Er meinte, das Beste an dem Kampf sei, dass hinterher alle Welt denken würde, der Christengott hätte es gerichtet, weil er stärker wäre als Thor und Wotan und der ganze Asgard zusammen. Dann kämen die Friesen in Scharen zu ihm gelaufen.«

Seine Söhne hatten zugehört, ohne ihre Mahlzeit zu unterbrechen. Onno kratzte mit dem Holzlöffel den Rest seines Breis aus der Schüssel. Er war nicht satt und hatte den Kopf gehoben, um nachzuschauen, was noch auf dem Tisch stand, gleich würde er in die Küche gehen und sich einen Nachschlag besorgen, und Alfbad würde ihm seine Schüssel reichen und ebenfalls etwas wollen.

Onno war 16, flachsblond, mit Sommersprossen. Im Laufe des letzten Jahres hatte er sich gestreckt und einen breiteren Oberkörper bekommen. Ein Mann war er noch nicht, aber ein Junge auch nicht mehr. Alfbad war 20. Sein ganzer Gesichtsausdruck war der von Selind, trotzdem erinnerte er Radbod manchmal an sich selbst, weil er schmal, fast zart gebaut war. Viel Verbindung zwischen ihnen gab es nicht, Alfbad achtete auf Abstand und machte sich steif, wenn Radbod in seine Nähe kam.

»Radbod«, sagte Selind leise, »ich habe eine Bitte.«

Es musste etwas schwerwiegendes sein, denn sie wagte nicht, ihn anzuschauen.

»Was ist es?«

Nur mit Mühe hob sie ihren Kopf. Wie Onno hatte sie ein paar Sommersprossen im Gesicht, aber ihr Haar und die Augenbrauen waren rötlicher, so wie Alfbads, und die Augen waren wie aus Wasser.

»Ich bitte dich«, sagte sie langsam, als müsse sie jedes einzelne Wort genau bedenken, »dass du unsere Söhne hier lässt.«

»Mutter!«, rief Onno.

Alfbad drückte ihr die Hand. »Du machst dir Sorgen? Das brauchst du nicht. Wir passen gut auf uns auf. Stimmt's, Onno?«

»Bitte Radbod.«

»Das kann ich nicht. Wir ziehen alle gemeinsam in den Krieg. Was wäre das für ein Vorbild, wenn der Herzog seine Söhne zu Hause ließe? Die Leute würden denken, ich hätte Angst und würde nicht an unseren Sieg glauben. Und die beiden wollen es auch gar nicht, das hast du doch gehört.«

Sie biss sich auf die Lippen und nickte.

»Ich gehe sowieso mit Finn«, sagte Onno, bevor er aufstand und sich mit den leeren Schüsseln in die Küche verzog. Alfbad rückte an Selind heran und legte ihr die Hand auf den Oberarm. »Hab keine Angst«, sagte er, »wir kommen zurück. Ganz bestimmt.«

Radbod bezweifelte, dass die Götter den Menschen durch ihre Träume Botschaften schickten. Man träumte jede Nacht – und das sollte alles von den Göttern kommen und einen Sinn haben? Und wenn, wie manchmal behauptet wurde, nicht alle dieser Bilder und Geschichten von ihnen gesandt wurde, sondern nur manche, wie sollte man das unterscheiden? Besonders seltsam war es, dass in Selinds Traum ausgerechnet dieser Missionar so siegesgewiss war. Hatten die Götter – ihre Götter, die des Asgard – ihn so gemacht? Oder sein eigener, der Christengott? Oder hatte Selind einfach sinnloses Zeug geträumt? In Wahrheit, glaubte er, machte sich Willibrord Sorgen, weil er um die Schwäche der Franken wusste. Thor dagegen stand auf der Seite der Friesen, so wie sie auf Thors Seite waren. Zusammen würden sie ihr Land befreien. Seit vielen Jahren wartete er auf diese Gelegenheit. Immer wieder hatten ihm Hindernisse im Weg gestanden, manche zu groß, um sie zu überwinden.

Nun war endlich eine günstige Zeit gekommen. Auf einen Traum konnte er keine Rücksicht nehmen.

Als sich ihm damals, nach Wochen mit quiekenden Ratten, feuchtem Stroh und kalter Hafergrütze, die Verliestür öffnete, stach ihm das Sonnenlicht so heftig in die Augen, dass er sie zukneifen musste. Fast wäre er auf den ausgetretenen Stufen gestolpert. Dabei war es über seine Gefangenschaft Herbst geworden, die grelle Sonne war einer blassen gewichen, das Laub hatte gelbe und rote Farbe, die Luft war frisch. Sein Vater erschien an diesem Morgen nicht, und Radbod interessierte es nicht, ob er oder Helrun aus dem Fenster schauten. Er legte keinen Wert darauf, dem Alten zu begegnen.

Sein erster Gang führte in den Stall, zu Baja. Die Stute hob die Nüstern und wieherte, als sie ihn witterte, und er strich ihr über das braune Fell.

Tade kam hinzu und fasste ihn an die Schultern. »Was bist du schmal geworden, Radbod. Schmal und blass.«

»Kein Wunder«, erwiderte er und hörte selbst, wie kalt, wie abweisend sein Tonfall klang.

»Und härter, wie es scheint. So oder so, es ist gut, dass du wieder da bist.«

»Hast du für Baja gesorgt?«

»Jeden Tag.«

»Mach das weiter, sollte ich nicht da sein. Sie braucht viel Pflege.«

»Du gehst fort?«

»Was du nicht weißt, kann keiner aus dir herausprügeln.«

Er ließ Tade stehen und machte sich zu Fuß auf den Weg nach Stavoren. Es war nicht so, dass er darauf aus gewesen wäre, wieder eingesperrt zu werden, aber er hatte in der langen Zeit im Verließ etwas verstanden, nämlich dass er nur gebrochen werden konnte, wenn er sich brechen ließ. Mit dieser Erkenntnis hatte er seinen Kopf oben gehalten und sich einen Zeitvertreib gesucht, nämlich im Halbdunkel des Kellerlochs Ratten zu jagen. Er hatte sie gelockt, in die Enge getrieben, ihnen den Fluchtweg zugestellt. Sie mit dem Stiefelabsatz erschlagen und die leblosen Viecher im Koteimer gesammelt. Seine Ausbeute hatte er gezählt und die Tage danach bewertet. Mit der Jagd hatte er viele, viele Stunden verbracht, bis irgendwann das Gequiecke verstummt war. Da gab es keine Ratten mehr. Außerdem hatte er sein Stroh aufgeschlagen, mehrmals am Tag. Trocknen konnte das feuchte Zeug in dem Keller nicht, aber immerhin kam ein wenig Luft heran.

In Stavoren hob kein Mensch den Blick, als er vorüberging, niemand schien zu wissen, dass der Herzog seinen Sohn hatte einsperren lassen, dass er wieder frei war. Radbod hatte es eilig. Mit langen Schritten überquerte er den Marktplatz und nahm den Weg hinauf zur Wharf.

Rixas Kote stand leer.

Die Feuerstelle war kalt, das Fell auf dem Bett fehlte. Überhaupt schienen manche Dinge verschwunden zu sein. Er zögerte nicht, zu dem Haus zu gehen, in dem ihre Eltern wohnten. Dort klopfte er. Als niemand öffnete, trat er ein.

Abgestandene Luft schlug ihm entgegen. Auch dieses Haus war unbelebt. Es hatte drei Räume, daneben lag der Stall. Kein Vieh war darin.

Er ging wieder hinaus. Sein Verstand bot ihm verschiedene Erklärungen an – dass Rixa und ihre Familie zu Verwandten geritten waren, dass sie inzwischen auf einem anderen Hügel siedelten oder im Landesinneren.

Aber welcher Bauer würde sein Land aufgeben? Es nur für einige Zeit alleine lassen? Oder sein gesamtes Vieh zu einem Besuch mitnehmen?

Von seinem Platz aus war kein einziger Nachbar zu sehen, niemand, den er hätte fragen können. Immerhin war auch der Weg vom Ort herauf menschenleer. Der Vater hatte also keine Wachleute geschickt, um ihn zu verfolgen.

Er eilte um die einzelnen Häuser herum. Da gab es Leute, aber die reagierten seltsam, die Frauen riefen ihre

Kinder zu sich und gingen hinein, sobald sie ihn erblickten. Türen wurden verschlossen. Er schien Angst zu verbreiten. Als er mit der Hand an sein Kinn kam, begriff er, dass er nach der Zeit im Verließ ziemlich verwegen aussehen musste, unrasiert, ungekämmt, auch ungewaschen. Aber er hatte keine Zeit, sich zu ordnen. Aus Rixas Kote holte er sich ein Messer, der eiserne Schaft rostig. Einem älteren Mann, der vorüberging, sprang er aus einem Versteck vor die Füße und setzte es ihm an den Hals.

»Ich will wissen, wo Rixa ist. Und ihre Familie.«

Der Mann war einen Kopf kleiner als Radbod. Sein Hemd war dünn, die Hose fleckig. Schuhe schien er nicht zu besitzen. Er zitterte. »Weiß ich nicht.«

Radbod drückte das Messer fester an den Hals. »Sag die Wahrheit, wenn dir dein Leben lieb ist.«

»Sie sind fort.«

Er ritzte dem Alten in die Haut. Ein paar Blutstropfen traten aus. »Mehr.«

Der Mann wollte sich wehren, er zog an Radbods Arm, um sich zu befreien. Radbod rammte ihm sein Knie in den Schenkel. »Willst du wohl reden.«

»Nimm erst das Messer weg.«

Radbod zog die Waffe ab, hielt sie aber so, dass er jederzeit zustechen konnte. »Also?«

»Uns wurde gesagt, wir täten besser daran, nichts gesehen zu haben.«

»Ich verrate dich nicht. Aber sprich endlich.«

Der Mann schaute sich um. Dann sagte er leise: »Sie haben die Wharf verlassen. Kein Mensch weiß, wo sie hingegangen sind. Es waren Wachleute, die das von ihnen verlangt haben, Krieger des Herzogs, bewaffnet. Ich kann dir nicht sagen, was die Familie getan hat.«

»Wer musste alles fort?«

»Die ganze Familie. Mitsamt ihrem Vieh. Im Morgengrauen sind sie davongezogen. Das war im Sommer.«

»Und Aicke?«

»Wer ist das?«

»Ein Fischer. Mit den Leuten verwandt«

»Einer mit vielen Narben im Gesicht? Der hat sie begleitet, glaube ich.«

»Und wo sie hingezogen sind, weißt du nicht?«

Der Mann schüttelte den Kopf. Radbod ließ ihn laufen und kehrte in die Kote zurück. Wie eine Fieberhitze breitete sich Wut in seinem Körper aus, sie zog in die Beine, die zutreten wollten, durch die Arme in die Hände, die sich zu Fäusten ballten, erfasste den Nacken, die Brust, die sich wölbte, und den Kopf, der rot wurde. Bald war ihm klar, gegen wen sich seine Wut richtete, und wäre Aedgil da gewesen, er hätte nicht an sich halten können und auf ihn eingeschlagen. Stattdessen stapfte er in dem engen Haus auf und ab und musste sich bremsen, um nichts kaputt zu treten.

Er hatte keine Vorstellung, wohin mit sich. Um sich abzulenken, schnitt er sich Bart und Haare und wusch sich am Brunnen. Als er sich wieder ankleidete, ekelte ihn die muffige Verließ-Kleidung, er nahm sich Sachen von Rixas verstorbenem Mann, den Kittel hatte er in jener Gewitternacht bereits getragen, als sie ihm von ihrer Schwangerschaft erzählt hatte. Ob Rixa die Kleidung zurückgelassen hatte, weil sie damit rechnete, bald zurückzukehren? Oder konnte sie sie nicht mit sich tragen?

Wo sollte er sie suchen?

Er trat vor die Tür, immer noch ohne Vorstellung davon, was er anfangen sollte. Auf dem Weg, der zur

Wharf hochführte, wurde Staub aufgewirbelt. Reiter näherten sich. Radbod begriff schnell, wer sie waren und was sie wollten – ihn. Er verschwand auf der anderen Seite in den Wald hinein, versteckte sich hinter einem Erdhügel und beobachtete. Die Reiter waren tatsächlich Wachmänner vom Herrenhaus, unschwer zu erkennen an ihren rotblauen Wamsen. Sie drangen in Rixas Kote ein und in das Haus ihrer Eltern, wo sie niemanden fanden. Auf dem kleinen Vorplatz berieten sie sich. Von den Wharfbewohnern war keiner zu sehen, die Angst hielt sie alle in ihren Häusern. Die Wachleute saßen wieder auf und verschwanden.

Radbod trat aus dem Schutz der Bäume. Die Wut war noch in ihm, aus ihr war ein kaum zu bremsender Wille geworden, den Vater zur Rede zu stellen, ihn anzubrüllen und anzugreifen. Während er sich fragte, ob er sofort oder besser später zum Herrenhaus zurückkehrte, beobachtete er, wie von dort Menschen in die Stadt strömten. Manche, wie die Wachen, waren zu Pferd, die meisten aber zu Fuß, es waren Diener und sogar Sklaven. Sein Vater leitete den Zug. Er bezog Posten am Kanal und schickte die Leute in die verschiedenen Himmelsrichtungen, wo sie offenbar die Landwege sperren sollten. Finn war bei ihm und sogar Tade.

Was sollte das? Sie suchten doch nicht etwa ihn?

Radbod hatte gehofft, Tade nach Rixas Verbleib fragen zu können, sollte der Vater die Antwort verweigern. Aber nun zweifelte er, wem die Loyalität des Lehrers gehörte. Hatte der Herzog ihn gezwungen, sich an der Suche zu beteiligen? Oder hatte er sich freiwillig gemeldet, vielleicht weil Finn, mittlerweile sein einziger Schüler, die Suche mitmachte?

Allein gegen die vielen, kam sich Radbod verlassen vor. Er musste sich im Wald versteckt halten, denn er sah voraus, dass der Vater die Suche nicht aufgeben würde, selbst bei Dunkelheit nicht. Noch suchten sie nicht im Wald, aber sicherlich würden sie damit beginnen, wenn sie ihn im Ort nicht fanden. Er glaubte, es wäre das beste, in Bewegung zu bleiben, auch, um zu überblicken, was seine Häscher unternahmen.

Es wurde immer voller in Stavoren. Der Vater hatte offenbar noch den letzten Mann aus dem Herrenhaus aufgeboten, und Radbod machte sich klar, dass der Alte nach dem neuerlichen Verschwinden seines Sohnes genauso wütend war wie er selbst. Beste Voraussetzungen, um sich zu prügeln, zumindest dann, wenn er nicht vorher eingefangen und eingesperrt würde. Die vielen Männer säumten die Straßen, klopften an manchem Haus, schauten hinter Brennholzstapeln und Weidenzäunen. Der Vater, mit Finn an seiner Seite, ritt langsam durch die Gassen. Tade trottete hinter ihnen her. Radbod hätte viel dafür gegeben, zu erfahren, was in den beiden vorging. Hoffte Finn darauf, den Platz des großen Bruders einzunehmen? Unterstützte Tade ihn dabei?

Radbod machte sich klar, wie bedrohlich seine Lage war. Die Häscher würden keine Ruhe geben, das würde der Vater nicht zulassen, eher würde er alle Fackeln anzünden lassen, die es im Herrenhaus gab, und in der Nacht weitersuchen lassen. Also musste er weg, wollte er nicht Gefahr laufen, wieder im Verließ zu landen. Im Schutz der Bäume bewegte er sich Richtung Strand, dorthin, wo Rixa Treibholz gesammelt hatte. Von dort wollte er zum Hafen gelangen, vielleicht konnte er ein Boot losmachen.

Am Strand waren sie noch nicht. Der Grund war denkbar einfach – es gab dort kein Versteck, man konnte das sandige Land meilenweit überblicken. Als er aus dem Schutz der Bäume trat, setzte Radbod darauf, dass niemand zum Strand schaute. Er machte lange Schritte durch den Sand, rannte zwischendurch, bewegte sich in geduckter Haltung. Der Wind war mäßig, die Wellen klein, trotzdem überspülten sie die Uferlinie und er musste ihnen ausweichen.

Am Hafen lagen ein paar der bunten Stavorer Holzboote, an fauligen Holzstegen festgemacht, und bewegten sich in den Wellen auf und ab. Es war nur ein einziger Mann da, ein Fischer. Radbod kannte ihn nicht. Er hatte etwas in sein Boot geladen und war dabei, abzulegen.

Einem plötzlichen Einfall folgend rief Radbod ihm zu: »Nimmst du mich mit?«

»Wohin?«

»Ist nicht so wichtig.«

»Ich fahre nach Vlylan.« Er zeigte aufs Wasser hinaus. »Auf die Insel.«

Radbod nickte.

»Du bist Fischer?«, fragte der andere.

Radbod fiel seine Kleidung ein. Er trug ein gestreiftes Leibhemd, das eines Fischers.

Er nickte erneut.

»Dann komm.«

Sie legten schnell ab. Der Bootsführer band die Leine los und stieß sein Schiff mit einer einzigen Bewegung seines Beines bis in die Mitte des Hafens, machte ein paar Schläge mit dem Paddel, dann setzte er das Segel. Zwischendurch nannte er seinen Namen: Paak.

»Diese Leute sind doch nicht alle wegen dir auf den Beinen?«

»Wegen mir? Nein«, sagte Radbod, ohne den anderen anzuschauen. Er ahnte, dass dies nicht seine einzige Lüge bleiben würde. Vielleicht hätte er doch besser ein anderes Boot nehmen sollen, ein eigenes. Nun, auf der Insel würde er sehen müssen, wie er weiterkam.

Paaks Boot war ungewöhnlich flach, um auch bei Ebbe durchs Watt fahren zu können. Der Fischer manövrierte es routiniert, er segelte so hoch am Wind wie möglich, sie kamen schnell voran. Radbod drehte sich ein einziges Mal zum Ufer um, wo die vielen suchenden Männer bereits zu kleinen Punkten geworden waren. Kein Boot kam ihnen nach. Er hatte es geschafft. Zumindest vorerst.

Seine Füße standen auf einem ausladenden Fischnetz.

»Neu«, sagte Paak und strahlte. »Habe ich viel Fang für gegeben.«

Radbod kam nicht umhin, dem Fischer einen Namen zu nennen. Er lieh sich den eines Knechtes am Herrenhaus, Boucke. Seine zweite Lüge. Die dritte folgte, nachdem sie am Strand der Insel angelegt hatten und Paak fragte, wo er hinwolle. Aufs Geratewohl zeigte Radbod nach Süden.

»Dort gibt es kein einziges Haus. Nur Sand.«

Radbod fiel keine Erwiderung ein.

Obwohl der Fischer längst gemerkt haben musste, dass mit seinem Fahrgast etwas nicht stimmte, lud er ihn ein, mit ihm zu kommen. Er lebte in einem Weiler, der in eine Dünensenke gebaut war, in einem von mehreren niedrigen, strohgedeckten Häusern, windgeschützt. Draußen lagen Netze gestapelt, und an verschiedenen Tischplatten wurde Fang ausgenommen und geräuchert. Paak nickte den Nachbarn zu. Radbod wurde mit Neugier betrachtet, von manch einem geradezu angeglotzt. Ein Fremder im Dorf – so etwas gab es hier selten.

Sie traten in einen schwach erleuchteten Raum. Radbod machte eine Kochstelle aus, auf der ein kleines Feuer brannte.

Paak begrüßte seine Frau. »Ich habe einen Gast mitgebracht. Boucke, aus Stavoren.«

Paak hatte fünf Kinder, der Älteste, neben dem Radbod seinen Schlafplatz bekam, hieß Onno, ein hagerer Junge mit großer Nase. Er hatte schmale, fast eingefallene Wangen, umso ausgeprägter dagegen waren die Knochen darüber und die Stirn, sodass sein Kopf oben breit war, nach unten hin aber immer schmaler wurde und an eine umgedrehte Birne denken ließ. Während des Abends – und auch an den nächsten Tagen – sprach Onno kein einziges Wort, zu Radbod genauso wenig wie zu seinen Leuten. Radbod hielt ihn für stumm und erkannte seinen Irrtum erst, als Onno eine Frage seines Vater beantworten musste: »Ja.«

Paak bot Radbod an, eine Zeit lang bei ihnen zu bleiben, im Gegenzug sollte er mit Onno zum Fischen hinausfahren, während er selbst mit seinem nächstälteren Sohn Jester eine zweite Mannschaft bilden wollte. Er strahlte angesichts seines Gedankens, und es war klar, dass er darauf setzte, sein neues, teuer ertauschtes Netz möglichst lange auszubringen.

Radbod zögerte und dachte an Rixa, an seinen Vater und die Gefahr in Stavoren, während der Fischer und seine Familie ihn erwartungsvoll anschauten. Die Umstände ließen ihm kaum eine andere Wahl, als zuzusagen, und dann blieb er auch deshalb, weil das Wetter umschlug. Sturm kam auf, die See war aufgepeitscht und ließ mannshohe Wellen entstehen. An einigen Tagen beruhigte sie sich ein wenig, trotzdem fuhren sie kaum einmal hinaus. Zu gefährlich, befand Paak.

Auf der Insel hatte Radbod von Anfang an Feinde, einen Jungen namens Arfst und seine Freunde. Arfst hatte ein Gesicht wie ein Hund, seine Oberlippe war zu kurz, die Zähne standen unter ihr hervor, die Nase war kaum mehr als ein Stummel. Sein Haar war geschoren. Vier andere Jungen, größere wie kleinere, gehörten seiner Gruppe an. Als sie ihnen das erste Mal begegneten, nickte er Onno zu.

»Wer ist das?«

»Einer vom Festland.«

»Vom Festland? Was willst du hier?«

»Nichts«, antwortete Radbod. »Und wenn – was geht's dich an?«

Arfst kam ihm so nahe, dass Radbod seinen fauligen Atem roch. Der andere starrte ihn an und fletschte sein Hundegebiss. Radbod wich nicht zurück.

Im nächsten Augenblick schlug Arfst ihm ins Gesicht.

Der Schlag kam so überraschend, dass Radbod nicht einmal die Hand zur Abwehr gehoben hatte. Seine Wange brannte. Er ballte die Fäuste.

»Hau wieder ab«, zischte der andere ihm zu. »Auf dein Scheiß-Festland.«

Von da an begegneten sie Arfst jeden Tag. Seine Freunde versuchten, Radbod festzuhalten, während Arfst auf ihn einschlug. Radbod setzte sich nach Kräften zur Wehr, er riss, stieß und trat, soweit es ihm möglich war. Onno stand ihm nicht zur Seite, half aber auch den anderen nicht. Er schaute nicht einmal zu, sondern blickte in die Ferne und schien zu hoffen, dass die Prügelei schnell zu Ende ging.

»Verschwinde«, sagte Arfst immer wieder. »Wir mögen keine vom Festland.«

Radbod musste viele Treffer einstecken, an Brust und Bauch, auch im Gesicht. Aber er teilte auch ordentlich aus, der eine oder andere von Arfsts Freunden zog sich mit einer blutenden Nase zurück oder hielt sich den schmerzenden Bauch. Irgendwann ließen sie immer von ihm ab und zogen weiter. Aber bei nächster Gelegenheit waren sie wieder da.

Die Tage, an denen sie nicht hinausfuhren, verbrachte Radbod in einer Sandkuhle, einem windgeschützten Platz auf der Wattseite, mit Blick auf das Festland, und dachte an Rixa. Er stellte sich Orte vor, an denen sie lebte, fragte sich, wie dick ihr Bauch inzwischen sein mochte und ob sie diesen Aicke geheiratet hatte. Er musste davon ausgehen. Eine Frau, die ein Kind bekam, aber keinen Mann hatte, war für ihre Familie eine Schande. Bei einer Sklavin würde man noch sagen, sie habe Pech gehabt. Aber eine freie Frau?

Er wollte es sich nicht ausmalen.

Mit Onno zu arbeiten, blieb eine sprachlose Angelegenheit. An Land machten sie Holz oder flickten Netze. Wenn sie segelten, hatte Radbod die Schot zu bedienen, während Onno an der Pinne saß, und wenn sie das Netz ausbrachten, gab Onno seine Befehle mit Arm und Hand. Trotzdem waren sie unmissverständlich. Umso überraschender war es für Radbod, als Onno ihn an einem der Sturmtage in seiner Sandkuhle besuchte. Da war schon fast ein Monat auf Vlylan vergangen.

Onno hockte sich Radbod gegenüber, reichte ihm ein Stück Räucherfisch und starrte in die Luft.

Nach einer langen Weile sagte er: »Ich mag auch keine vom Festland. Andererseits bist du Vaters Gast.«

Seine Worte klangen rau, als wäre seine Stimme eine Säge, eine zumal, die nur selten benutzt wurde. Immerhin hatte er mit diesem Satz mehr gesprochen als an vielen anderen Tagen zuvor. Radbod nahm ihn als Erklärung für Onnos unentschlossene Haltung im Streit mit Arfst.

Doch Onnos Rede war damit noch nicht zu Ende, auch wenn er lange brauchte, bis er seinen nächsten Satz hervorbrachte: »Dein Festland – fehlt dir?«

»Manchmal, ja«, erwiderte Radbod. »Es gibt dort ein Mädchen.«

Onno sagte nichts, aber er blickte Radbod an und hörte zu, während er auf seinem Fischstück herumkaute.

»Ich weiß nicht, wo sie ist. Ich müsste sie suchen.«

»Ich will auch rüber.«

»Du? Aufs Festland?«

Onno nickte. »Ich kenne nur die blöde Insel. Den Markt von Stavoren. Mehr nicht.«

»Drüben ist es auch nicht anders. Sonne, Wind, Fischer, Bauern.«

»Du kennst das alles, Boucke. Aber ich nicht.«

»Dafür kannst du segeln und fischen wie kaum einer.«

Onno verzog das Gesicht. »Ein Mädchen finde ich hier auch nicht. Die, die es auf der Insel gibt ...« Er winkte ab.

Radbod wischte sich das Fischfett von Mund und Fingern.

»Wenn du willst, gehe ich mit dir«, sagte Onno. »Wir suchen dein Mädchen gemeinsam.«

»Dein Vater hat mich aufgenommen. Zum Dank nehme ich ihm den Sohn weg?«

»Du nimmst mich nicht, ich gehe mit. Kleiner Unterschied, was?«

Radbod hatte den Eindruck, dass es Onno ernst war. Sein Gegenüber mochte vielleicht ein Jahr jünger sein als er. Meistens war Onnos Blick in die Ferne gerichtet, aber jetzt schaute er ihn an und seine Augen leuchteten. Der ganze Körper war angespannt.

Onno suchte nach einer Zukunft für sich, und das mit Worten, auch wenn er um sie ringen musste.

»Vater hat zwar ein neues Netz, aber nur ein einziges Boot. Außer mir noch drei Söhne. Margard, für die er einen Mann finden muss, einen Fischer, andere gibt es hier ja nicht. Er wird froh sein, wenn ich …«

»Das kann ich mir nicht vorstellen.«

»Wenn schon. Hatte dein Vater keine Pläne mit dir?«

»Doch, ich glaube schon.«

Onno lehnte sich zurück, stützte sich auf seine Arme und atmete tief, es wirkte fast, als müsse er sich erholen vom vielen Reden. Er schwieg und starrte. Das war wieder der Onno, den Radbod kannte.

Aber dann fragte er noch: »Also was ist jetzt? Gehen wir zusammen? Oder jeder für sich?«

»Zusammen«, antwortete Radbod.

Vorher würde er Onno die Wahrheit über sich sagen müssen.

6

Am nächsten Tag ließ der Wind eine Bootsfahrt zu. Onno und Radbod waren im Morgengrauen losgegangen, und als die Sonne über den Mittag ging, kehrten sie mit dem neuen Netz und einem ordentlichen Fang zurück. Hinter einer Düne erwarteten sie Arfst und seine Freunde.

Radbod trug zwei Eimer mit Meerwasser und Fischen darin. Er stellte sie ab.

»Wann haust du endlich ab«, hörte er Arfst gegen den Wind. »Oder ersäufst im Meer.«

Als sich die Angreifer näherten, passierte etwas, das es bis dahin noch nicht gegeben hatte. Onno stellte ebenfalls ab, was er in den Händen trug, und ließ das Netz, das auf seiner Schulter lag, in den Sand fallen. Radbod glaubte es kaum. Vor allem wollte er sich nicht zu früh freuen.

Onno ging in Kampfhaltung.

Arfst verzog den Mund, es sah aus, als fletsche ein Hund die Zähne. »Was soll das? Du trittst für den Fremden ein.«

Onno blieb, wo er war. Er hatte die Fäuste geballt.

»Er ist nicht von hier«, rief Arfst, und es klang, als müsse er gegen den Wind und gegen Onnos neue Parteinahme anbrüllen.

Obwohl Arfts Gruppe immer noch größer war, hatten sich die Kräfteverhältnisse verändert. Radbod überkam plötzlich Siegesgewissheit – und die unbändige Lust, Arfst wehzutun. Er würde sich niemand anderen als ihn vornehmen.

Doch es gab keinen Kampf. »Irgendwann«, sagte Arfst in Onnos Richtung, »verschwindet dein Festländer, dann bist du wieder allein.« Er nickte in Richtung seiner Freunde und zog mit ihnen ab. Radbod war fast ein wenig enttäuscht.

Auch wenn es weiterhin Tage gab, an denen man hinausfahren konnte, blieb es ein stürmischer Herbst, und sie hatten den Eindruck, dass der Wind nur manchmal Pause machte, um neue Kraft zu sammeln. Umso stärker kam er dann zurück, peitschte das Meer, das sich gerade ein wenig beruhigt hatte, wieder auf, pfiff über die Insel, dass der Sand aufwirbelte, heulte durch die Ritzen ihrer Häuser. Und er war kalt. Paaks Familie drängte sich, wann immer es ging, um das Feuer. Wer hinausmusste, hüllte sich in einen Wollmantel und trug darunter mehrere Schichten. Auch Stirn und Ohren musste man bedecken und die Augen zusammenkneifen.

An Fischfang war nicht zu denken. Auf der Seeseite waren die Wellen höher als jedes Haus, mit weißen und grauen Schaumkronen, und sie schlugen an Land wie ein Donnergrollen. Die Boote, die gesichert in den Dünen lagen, sahen im Vergleich zu ihnen wie Spielzeug aus. Und selbst auf der Wattseite war das Wasser dunkel und aufgewühlt und hatte eine kräftige und gurgelnde Strömung. Keiner der Fischer fuhr hinaus.

Im Haus von Paaks Familie herrschte eine stille Unruhe, die Radbod wahrnahm, aber zunächst nicht verstand. Die Eltern sprachen wenig, sie schauten den jeweils anderen auch nicht an und hielten am Tisch Abstand, als wollten sie jede gegenseitige Berührung unbedingt vermeiden. Die Mahlzeiten wurden inzwischen karger.

Erst nach und nach begriff Radbod, dass Onnos Eltern Streit hatten. Es ging um das neue Netz, für das Paak nach Meinung seiner Frau zu viel Fang hergegeben hatte. Es fehlte ihnen nicht nur der Fisch, der sie, geräuchert und haltbar gemacht, über den Winter gebracht hätte, sondern auch das Getreide war knapp, denn Paak hatte viel zu wenig mitgebracht, er hatte nur das neue Netz im Sinn gehabt. Er war, verteidigte er sich gegenüber seiner Frau, sicher gewesen, mit ihm schnell größere Mengen zu fangen. Radbod hörte sie, obwohl sie im Flüsterton stritten. Es war Nacht, er war aufgewacht und bekam etwas mit von der wachsenden Verzweiflung der Mutter mit, von ihrer Sorge, ihre Kinder nicht satt zu kriegen.

Dann kam der Winter, der noch vor der Sonnenwende einsetzte. Er brachte strengen Frost. Mit jedem Tag wuchs in ihrem Haus die Angst, denn die Kälte setzte sich auf der Insel auf eine Weise fest, als wollte sie nie wieder abziehen. Bald stapelten sich Eisschollen am Strand. Ihre Boote hatten die Fischer noch weiter auf den Sand hinaufgezogen und dort festgebunden. Niemand rechnete damit, in naher Zukunft wieder hinausfahren zu können.

Paak und seine Söhne schlugen sich auf der Wattseite Löcher ins Eis und angelten mit Ruten, die sie sich aus Weidenästen geschnitzt hatten. Hin und wieder verfing sich ein Fisch, nicht genug, um den Hunger der großen Familie zu verringern. Der Fischer, den Radbod als fröhlich und zuversichtlich kennengelernt hatte, wurde immer in sich gekehrter. Offensichtlich nahm er sich die Vorwürfe seiner Frau zu Herzen.

Onno suchte die Nähe von Radbod, auch wenn er vorsichtig blieb und scheu und immer damit zu rechnen schien, abgewiesen zu werden. Beide banden sich gegen die Kälte Tücher um den Kopf und streiften über die kleine sandige Insel, deren Bewohner sich in ihre Hütten und ans Feuer verkrochen hatten. Der Frost, so kam es Radbod vor, ließ Onnos Gesicht noch markanter werden, die Wangenknochen traten stärker hervor und wurden auch rot, genauso wie die Nase. Es lagen Kraft und Zähigkeit in diesem Gesicht. Das Haar dagegen war dünn und lang genug, um aus dem Kopftuch herauszuhängen. Onno hatte einen leicht bitteren Körpergeruch, der im Winter ebenfalls stärker geworden war.

In dieser frühen Winterzeit aß Radbod so wenig, dass er immerzu Hunger hatte. Seine Hose begann zu schlottern, in den Gürtel musste er immer neue Löcher stechen. Trotzdem fiel er der Familie zur Last. Aber er konnte jetzt nicht verschwinden. Es gab keinen Weg über das Watt. Das Eis trug nicht.

Onno quälte sich, auf andere Weise als Radbod. Er grübelte und starrte hinaus auf die See, als bitte er die Götter um besseres Wetter. Radbod hörte ihn oft seufzen, auch nachts. Und sein Magen knurrte.

Zwei Wochen blieb der Frost, dann fegte ein kräftiger Westwind ihn hinweg, die Eisschollen schmolzen innerhalb weniger Tage, ihre Reste trugen die Wellen mit sich fort. Die Leute traten wieder ins Freie und streckten sich, als würden sie bereits den Frühling begrüßen. Auch Paak verlor einige seiner Sorgenfalten. Hinausfahren aber konnte noch keiner. Dazu war der Westwind zu stürmisch.

Trotz aller Sparsamkeit waren die Vorräte der Fischerfamilie erschöpft. Die Eltern und ihre großen Söhne wurden noch schweigsamer, die kleinen Kinder jammerten. Ihr Wimmern lag wie ein Grundton im Haus, auch nachts riss es kaum ab. Sie ernäherten sich hauptsächlich von heißem Wasser und von ein wenig Fisch, den sie im Watt angelten.

»Lass mich hinausfahren, Vater«, verlangte Onno. Sie hatten Flunder gegessen, zwei Stück zu acht.

»Bei dem Sturm?«

»Ich bin vorsichtig.«

»Nein«, entgegnete Paak.

Am nächsten Morgen stapften sie gegen den Wind Richtung Küste. Der neue Sturm war wieder wie ein Zorn der Götter, maßlos und wütend. Regen hatte eingesetzt. Onno und er waren die einzigen Menschen an dem langen Strand. Die See war von dunkelgrauer Farbe.

Onnos Gesicht wirkte inzwischen so ausgezehrt, dass die Augen aus ihren Höhlen traten. Regenwasser lief ihm über Nase und Wangen. Er schaute hinaus, und Radbod war davon überzeugt, dass er seine Möglichkeiten abwog.

»Vater«, begann Onno am Abend wieder.

Paak biss sich auf die Lippen.

»Nur ein Stück.«

Der Fischer sagte nichts.

»Ich fahre mit ihm«, erklärte Radbod. »Wir bleiben in Sichtweite.«

Paak verzog den Mund. »Und wer soll euch holen? In Sichtweite?«

In der Nacht klapperten die Bretter an der Hauswand. Der Wind heulte. Radbod lag wach. Onno neben ihm stand auf.

»Wo gehst du hin?«, flüsterte Radbod.

Keine Antwort.

»Ich komme mit.«

»Zu gefährlich.«

Radbod stand trotzdem auf, zog sich sein Wams über und band sich das Tuch um den Kopf. Auf Zehenspitzen verließen sie Schlafkammer und Haus, in das der Wind hineinblies, als sie die Tür öffneten. Das Netz lag geschützt an der Rückwand. Onno schulterte es, Radbod gab er das Segel. Kein einziger Stern stand am Himmel, auch der Mond nicht, es war finster. Sie tasteten sich vorwärts und brauchten lange für den Weg. Ihr Boot lag im Schutz der Dünen. Sie zogen es durch den Sand an die Küste. Onno setzte den Mast und schnürte den unteren Teil des Segels zusammen, sein Reff. Er arbeitete still.

Radbod trat neben ihn. »Ich will dir etwas sagen. Mein Name ist nicht Boucke.«

Der andere schaute aus seinem hageren Gesicht, als hätte er sich verhört. »Wie dann?«

»Radbod.«

Onno zweifelte, aber in dieser Nacht beschäftigte ihn etwas anderes. Er hieß Radbod, mitzuhelfen, und schob das Boot ein letztes Stück über den knirschenden Sand. Das wenige Essen hatte sie entkräftet.

Radbod hoffte auf einen guten Fang.

Doch schon der Anfang war schwierig, es war kaum möglich, das Boot zu Wasser zu lassen. Die Wellen waren zu hoch, um es über sie zu ziehen. Sie versuchten es mehrere Male. Dann machte Onno eine Pause, legte die Hand an den Mund und brüllte: »Und warum das alles? Mit dem falschen Namen und so?«

»Weil ich der Sohn des Herzogs bin.« Radbod sprach leise, Onno konnte ihn unmöglich hören. »Und weil ich nicht wollte, dass irgendjemand das erfährt.«

Onno fragte nicht nach, sondern starrte nach vorne. In das Tal zwischen zwei Wellen hinein rief er: »Jetzt.«

Sie rannten los, das Boot zwischen sich, und drückten es mit aller Kraft in die See, bevor sie hineinsprangen. Onno packte das Ruder, Radbod setzte das Segel, während Onno ihr Boot bereits in den Wind legte. Es schaukelte heftig, Wasser schwappte herein, viel fehlte nicht und sie wären umgekippt. Aber sie machten Fahrt – und erkannten im nächsten Augenblick, dass ihr Boot für diesen Wellengang zu klein war, viel zu klein. Als wäre es eine Ohrfeige, klatschte Radbod eine neue Ladung Wasser ins Gesicht.

Ihr Boot wurde wie ein Laubblatt im Wind in die Höhe gehoben und wieder fallengelassen. Das Wasser rauschte in Radbods Ohren. Die Insel war nicht weit und kam ihm doch schon fern vor. Paak hatte recht gehabt – wer ihnen, sollte es nötig sein, zur Hilfe kommen wollte, würde sein eigenes Leben aufs Spiel setzen.

Mit der nächsten Welle kam ein neuer Wasserschwall ins Boot. Radbod fand eine Schale aus hartem Holz und begann zu schöpfen, die Schot in der anderen Hand. Das Netz hatten sie noch nicht ausgebracht, Onno hatte es mit einem Ende an den Mast geknüpft, damit sie es nicht verloren. Eine weitere Welle brachte neues Wasser. Mehr als er geschöpft hatte. Zu viel für ihr kleines Boot. Sie mussten umdrehen.

Radbod zeigte Richtung Land.

Onnos Gesicht war verzerrt, Anspannung stand darin und Angst. An Fischfang dachten sie nicht mehr. Es galt, den Weg zurück zu schaffen, sich in Sicherheit zu bringen. Der Wind heulte über das aufgewühlte Meer. In Radbods Ohren klang es wie ein Schimpfen.

Onno legte das Ruder vorsichtig auf die Seite, um eine Wende zu fahren. Eine neue Welle hob sie in die Höhe. Sie erwischte ihr Boot nicht nur von vorne, sondern auch seitlich. Es begann zu schwanken.

Im nächsten Moment kam der Baum auf ihn zugerast. Eine verirrte Böe hatte ins Segel gegriffen und warf es mit Gewalt herüber. Radbod riss seinen linken Arm in die Höhe. Der Baum schlug dagegen, ein übler Schmerz schoss durch ihn hindurch, und während er gegen die Bootsplanken krachte, sah er Sterne.

Benommen blieb er liegen, mit Beinen und Hintern im kalten Bordwasser. Dabei war er auf der falschen Seite, ihr Boot hatte heftige Schlagseite, und die See schien sich einen Spaß daraus zu machen, über die niedrig stehende Wand hinein zu laufen. Um das Boot zu stabilisieren, musste er auf seine andere Seite gelangen, wo Onno bereits war. Ein Teil seines Unterarms stand quer. Der Schmerz ließ seine Beine zittern.

Onno wollte helfen, machte einen Schritt auf ihn zu und reichte ihm die Hand. Radbod gelang es nicht, ihm mit dem gebrochenen Arm entgegen zu kommen, und den anderen brauchte er, um sich festzuhalten. Seewasser lief ihm übers Gesicht. Das Leibhemd war zerrissen, der Unterarmknochen stand heraus. Die Schot hatte er sich zwischen die Zähne geklemmt und biss mit Gewalt auf sie. Er wusste nicht, wie, aber er hatte Wasser zu schöpfen. Mit dem Fuß schob er die Holzschale auf die andere Bootsseite und rollte sich selbst hinterher.

Ihr Boot rauschte auf Wellenberge und fiel in Wellentäler. Immer wieder brach Wasser hinein. Es reichte bereits die Beine hinauf. Radbod schöpfte und schöpfte, ohne dass es weniger wurde. Immerhin war Onno auf dem richtigen Kurs, landeinwärts.

Dann riss ihr Segel ein.

Es gab ein Geräusch wie bei manchem Streit mit Arfst, wenn ein Leibhemd kaputtging. Radbod kam es vor, als wollten Sturm und Meer ihnen zurufen, dass sie sie noch lange nicht davonkommen ließen. Onno zeigte auf das Segel und rief ihm etwas zu, aber die Worte waren nicht zu verstehen. Den gebrochenen Arm hielt Radbod sich quer vor den Oberkörper. Die Küste war in der dunklen Nacht nur zu erahnen. Radbod glaubte, dass sie nah war, und doch war sie nicht zu erreichen. Auf was hatten sie sich da eingelassen? Keinen einzigen Fisch gefangen, nicht einmal das Netz zu Wasser gelassen, aber sich in Lebensgefahr gebracht.

Als das Segel weiter einriss, stand Onno auf. Er schwankte, während er sich das Ruder zwischen die Beine klemmte und sich mit einer Hand am Baum festhielt. Mit der anderen machte er Zeichen. Radbod deutete sie so, dass er heranrutschen und das Steuer übernehmen sollte. Das Segel würde nicht mehr lange halten, und dann wären sie zu keinem Manöver mehr fähig und dem Wind endgültig ausgeliefert. Onno wollte es weiter reffen. Eine andere Möglichkeit gab es nicht.

Eine Welle, die keiner von ihnen kommen sah, weil sie unter der Wasseroberfläche blieb, warf Onno ins Meer. Sie hob das Boot in die Höhe, dann ließ sie es hinuntersausen, aufschlagen und beinahe kentern. Zu viel für den stehenden Onno. Er verlor den Halt. Im Fallen streckte er die Hand nach Radbod aus, doch der war zu weit weg, um sie ergreifen zu können.

Onno war über Bord gegangen.

Radbod brüllte seinen Namen.

Er sah Onno auftauchen und wieder untergehen. Sein Kopftuch war abgerissen, das blonde Haar dunkel wie das Meer. Onno strampelte mit Händen und Füßen. Den Kopf hielt er über Wasser, während die Wellen ihn hochhoben und wieder sinken ließen.

Vom Morgengrauen war noch nichts zu sehen.

Radbod zwang seine Panik nieder. Das Boot wurde von Onno fortgetrieben, er sah ihn schon nicht mehr, deshalb galt es, eine Wende zu fahren und zurückzukehren. Der Baum schlug hin und her, Radbod nahm die Schot aus dem Mund, ließ ihr Spiel, während er das Ruder auf die andere Seite drückte, und klemmte sie sich nach dem Manöver wieder zwischen die Zähne. Der Wind griff ins Segel. Er war auf neuem Kurs.

Onno war trotzdem nicht zu sehen. Radbod hatte sich die Stelle gemerkt, wo Onno über Bord gegangen war. Er hielt darauf zu, und für einen Moment glaubte er, den Kopf des Freundes zu erkennen. Sein Gedanke war, das Netz auszuwerfen, damit Onno sich daran festhalten und sich zum Boot ziehen konnte.

Aber wo?

Das Meer sah überall gleich aus – grau, voller Schaum, ungeheuer. Radbod hatte Schot und Ruder zu bedienen, aber nur einen Arm, den er belasten konnte. Und dann noch das Netz. Das Ruder hielt er mit dem Bein, die Schot im Mund. Und zog das schwere, nasse Netz an einem Ende hoch. Gleichzeitig suchte er angestrengt gegen die Dunkelheit. Dann nahm er die Schot in die Hand und rief Onnos Namen, wieder und wieder: »On-no!«

Keine Antwort. Nichts als das Rauschen der Wellen und das Heulen des Windes.

Onno war nicht dort, wo er ihn vermutet hatte, da kam kein Kopf und kein Arm aus dem Wasser, gar nichts. Deshalb wäre es falsch gewesen, das Netz hier auszuwerfen. Er war offenbar schon zu weit gefahren und musste erneut wenden.

Auf dem Rückweg kam er auf die Füße, um besser suchen zu können. Als er schwankte, wurde ihm klar, dass er den gleichen Fehler beging, den Onno gemacht hatte. Doch im Sitzen sah er zu wenig, zumal ihm das Segel die Sicht versperrte. Er begann, wieder zu rufen: »Onno! Onno!«, dabei war ihm klar, dass schon auf der anderen Seite des Bootes nichts mehr zu hören war. Verzweiflung machte sich breit.

Nach einer neuerlichen Wende ließ er sein Boot ein wenig abfallen, um die Stelle, wo Onno war – wo er sein musste – besser überblicken zu können. Er nahm sich den Abschnitt Stück für Stück vor, suchte, fand nichts, ging mit den Augen weiter. Dann das nächste Stück und wieder ein nächstes, fast bis an den Bootsrumpf heran. Und dann zurück in die andere Richtung.

Kein Onno, nirgendwo.

Radbod stand wieder auf und klammerte sich mit dem heilen Arm am Mast fest. Sein Kiefer krampfte, im Mund hatte er Fasern des Taus und er war so durchnässt, dass er Arme und Beine nicht mehr spürte. Er reckte den Kopf. Das Segel schlug, er musste die Schot fester nehmen, dazu zerrte er mit den Zähnen an ihr, während er das Ruder mit dem Bein bediente. Er konnte sich nicht dazu entscheiden, das Netz ohne Anhaltspunkt in die See zu werfen, Paaks neues Netz, sein ganzer Stolz. Wenn doch wenigstens die Nacht verschwände.

Dann schlug er selbst hin.

Eine Welle brach sich in seinem Rücken und fuhr mit einer solchen Wucht über sein kleines Boot, dass sie ihn umwarf, als hätte er kein eigenes Gewicht. Den gebrochenen Arm konnte er nicht schützen. Mit Kopf und Oberkörper schlug er auf, hilflos wie ein kleines Kind, die Wange stieß gegen eine Planke. Sein Boot tanzte auf der Welle. Wieder lag er benommen im Bordwasser.

Es dauerte lange, bis er zu sich kam und sich über seine Lage klar wurde. Über ihm schlugen Baum und Segel mit üblem Lärm hin und her, als rissen Urgewalten an ihnen. Lange würden sie nicht mehr standhalten. Immerhin war er noch an Bord.

Mühsam drehte er sich auf den Rücken. Er hatte Blut im Mund, spürte aber keinen Schmerz, da sich sein Gesicht taub anfühlte, genauso wie der gebrochene Arm. Er zwang sich, in die Hocke zu kommen und Entscheidungen zu treffen.

Das Segel, obwohl es kaum mehr als ein Lappen war, einzuholen, wäre falsch. Dann wäre er unfähig, zu manövrieren, und Wind und Wellen noch mehr ausgesetzt. Wohin aber fahren? Doch nicht Richtung Vlylan. Onno zurücklassen? Ausgeschlossen.

Er rief nach Forsete, dem Windgott, dass der ihm helfe und Onno zurückbrächte. Rief aus Leibeskräften.

Forsete ließ sich Zeit, und Ohnmacht und Verzweiflung in Radbod wurden immer größer. Er musste ein neues Manöver fahren, hatte aber längst jede Ahnung davon verloren, wo Onno ins Meer gestürzt war. Obwohl es nun endlich dämmerte, sah alles um ihn herum gleich aus. Dunkles, böses Meer.

Er wendete und fuhr. Wendete wieder und schaute. Steuerte gegen die Wellen und mit ihnen. Zitterte vor Kälte und war so erschöpft, dass er sich kaum noch rühren konnte. Aber aufgeben, das war nicht möglich.

Der Wind ließ nicht nach. Aber Forsete schickte ein zweites Boot.

Er sah es, als er auf den Knien war, um unter seinem Segel hindurch nach Onno zu suchen. Der gebrochene Arm hing an ihm herab wie ein Fremdkörper. Doch, da war ein Segel, bunt wie seins. Ein Boot. Es stieg und sank, war in der Höhe und fiel in ein so tiefes Wellental, dass es aus seinem Blickfeld verschwand.

Es hielt auf ihn zu.

Radbod nahm seine Suche wieder auf. Wenn er Onno jetzt fand – und der lebte –, dann war alles gut.

Aber er fand Onno nicht. Sosehr er sich auch bemühte, er fand ihn nicht.

Vor ihm war nur dunkelgraues Wasser und weiße Gischt. Nichts als Wellen und düsterer Himmel – und das ewige Heulen des Windes. Ein neuer Kälteschauer durchfuhr ihn und ließ ihn sich schütteln. Seine Zähne klapperten und schlugen aufeinander.

Von der anderen Seite kam der Segler näher.

Radbod kroch Richtung Heck. Dabei hielt er sich tief genug, dass der Baum ihn nicht erwischen konnte. Unter ihm schwappte das Bordwasser, das eingerissene Segel schlug immer noch wie ein Lappen zu beiden Seiten. Es war laut wie eine Trommel.

Mit neuer Kraft packte er Schot und Ruder.

Der Segler war so nahe, dass Radbod drei Männer ausmachen konnte. Einer von ihnen war Paak, die anderen beiden waren Fischer aus dem Dorf. Sie trugen Wollmützen, die sie unter dem Kinn verknotet hatten und aus denen ihre blonden Bärte herausquollen. Alle drei waren mit einem Tau aneinander gebunden. Paak hockte ganz vorne, die anderen beiden segelten.

Sie wollten auf seine Längsseite kommen, doch der Seegang ließ das nicht zu, die Wellen verhinderten präzise Manöver, sie spielten mit dem Boot der Retter, wie sie es mit seinem getan hatten. So fuhren die Fischer in größerer Entfernung an ihm vorbei, und er verstand ihre Rufe und Zeichen nicht.

Hinter ihm wendeten sie. Um möglichst wenig Fahrt zu machen, hielt Radbod die Schot lose. Sein Boot blieb einigermaßen ruhig. Radbod fehlte die Kraft, sich umzublicken, deshalb sah er den zweiten Segler erst, als der auf seiner Leeseite auftauchte.

Diesmal wesentlich dichter.

Die drei Männer waren angespannt. Paak war auf den

Knien und hielt sich an der Bootswand fest. Einen Arm streckte er bereits nach Radbod aus. Ihr Boot kam noch dichter, nun war es so nah, dass sie beide auf der gleichen Welle tanzten wie ein Paar bei der Sonnenwendfeier.

Paak griff zu.

Er reckte sich und zog ihr Boot an das von Radbod heran. Im nächsten Moment rollte er seinen Körper herüber. Dann machte er das Tau los, das er sich um den Bauch gebunden hatte und hob zum Zeichen für die Männer den Arm.

Auf allen vieren kroch er Richtung Heck. Als er Radbod erreicht hatte, sagte er kein Wort, sondern griff sich Schot und Pinne. Radbod rutschte ins Bootsinnere.

»Onno«, stieß er hervor.

Paak schien zu wissen, was passiert war. Sein Gesicht war angespannt, nur in den Augen ließ sich sein Schmerz erahnen. Er wendete und folgte dem zweiten Boot in Richtung auf die Insel. Ein letztes Stück Stoff hielt wie eine Brücke die beiden Teile des Segels zusammen, deshalb kamen sie nur langsam voran. Radbod spürte eine heftige Bewegung im Inneren seines Bauches und hatte im nächsten Moment einen bitteren Geschmack am Gaumen. Er erbrach sich, den Kopf über Bord. Und erbrach sich wieder. Sein Magen gab keine Ruhe, bis er sich vollkommen entleert hatte, und selbst dann krampfte er weiter.

Sobald er dazu in der Lage war, kauerte sich Radbod zwischen Netz und Bordwand, den gebrochenen Arm mit der Hand des anderen umfasst und den Kopf eingezogen. Die Kälte spürte er kaum, während er in eine tiefe Dunkelheit fiel, in ein schwarzes Loch ohne Anfang und Ende, und das, obwohl der Morgen immer kräftiger aufzog.

Sie hielten Kurs auf Vlylan.

Die Fahrt blieb ein Kampf, aber Radbod nahm ihn kaum mehr wahr. Sein Körper verlangte in einer Weise nach Ruhe, nach Schlaf, als hätte er alle seine Lebenskraft ans Meer verloren. Er konnte kaum die Augen offen halten, Traumbilder erschienen ihm, die wieder nur die bewegte, graue See zeigten. Er konnte sich nicht dagegen wehren.

Irgendwann hörte er Sand unter dem Bootsrumpf knirschen, Paak ging ein letztes Mal an den Wind, und eine Welle trieb sie, bis sie auf dem Land aufsetzten. Der Fischer sprang aus dem Boot und zog es landeinwärts. Radbod schämte sich, dass er nicht half. Aber er konnte sich nicht mehr bewegen. Er schaffte es auch nicht, allein herauszuklettern.

Die Männer legten ihn auf den Strand, entkleideten ihn und rieben ihn solange mit Sand ab, bis seine Haut rot war. Dann wickelten sie ihn in Decken, die sie am Strand gelagert hatten. Bei all dem wurde nur das Nötigste gesprochen. Paak fragte ihn, ob er gehen könne, und als er nickte, zogen sie ihn mitsamt den Decken in die Höhe. Paak stützte ihn.

Radbod stieß noch einmal den Namen hervor, der ihm wie ein Gewicht auf der Seele lag: »Onno.« Und drehte sich zum Meer um.

Paak nickte nur, fragte nichts, sagte nichts, hatte seinen Arm unter dem von Radbod und führte ihn. So gelangten sie zu seinem Haus, wo sie ihn ans Feuer legten, ihm heißes Wasser einflößten und sich dann daran machten, seinen Arm zu schienen.

Als sie ihn später zu seinem Strohsack führten, schlief er sofort ein, aber er fiel nicht in tiefen Schlaf, denn die Bilder der vergangenen Nacht rollten abermals wie Wellen vor sein Auge, sie waren ein übermächtiger Traum, der

Sturm und die See, das eingerissene Segel und Onno, der seine Hand nach ihm ausstreckte. Immer wieder Onno.

In der Nacht bekam Radbod Fieber, er fror und schwitzte gleichzeitig und hatte Schüttelfrost, der seine Zähne klappern ließ. Mehrere Tage hatte er nicht die Kraft, aufzustehen. Sie pflegten ihn, brachten ihm Suppe und heißes Wasser und wuschen ihm den Schweiß ab. Die meiste Zeit schlief er und träumte im Fieber. Erst allmählich wurde ihm wieder klar, wo er war, an Land nämlich. In Sicherheit.

Paak ließ sich nicht ein einziges Mal an seinem Krankenbett sehen. Als Radbod glaubte, aufstehen zu können, hüllte er sich in seine Decke und tastete sich aus der Kammer. Seine Beine zitterten, der geschiente Arm war schwer wie eine Last. Er roch nach altem Schweiß.

Die Familie saß am Tisch. Als er auftauchte, starrten sie ihn an, als käme er aus einer anderen Welt. Er war barfuß, seine Schritte waren unsicher. Sie machten ihm Platz und schoben ihm eine Schüssel mit Grütze hin.

Ein Schweigen breitete sich aus, als herrsche tiefste Nacht. Niemand rührte sich, keiner aß. Sie sahen ihn nur an, während er ihren Blicken auswich.

Schließlich fasste er sich ein Herz und schaute dem Fischer in die Augen. »Gibst du mir die Schuld?«

Paak rang mit sich. Sein Hals wurde rot, er schlug die Augen nieder und verzog den Mund, sein Gesicht zeigte seinen Schmerz, der ihn zu überwältigen schien, und der Fischer hatte ihm nichts entgegenzusetzen.

Es dauerte lange, bis er den Kopf wieder hob.

Seine Stimme klang brüchig. »Immer wieder nimmt uns das Meer unsere Leute. Mein Vater ist ertrunken, auch einer seiner Brüder. Von meinen Brüdern ist ebenfalls einer nicht wiedergekommen. Jetzt Onno. Manchmal scheint es mir, als wenn Forsete, der nicht nur der Gott der Gerechtigkeit und des Windes ist, sondern auch der des Fischfangs, einen Ausgleich verlangt für die vielen Fische, die wir aus dem Meer ziehen. Von Zeit zu Zeit müssen wir zurückgeben.«

Seine Frau schluchzte auf.

»Ob ich dir die Schuld gebe, fragst du. Onno war ein ausgezeichneter Segler. Ich hatte ihm verboten, hinauszufahren. Aber nicht du hast ihn getrieben, er hat dich mitgezogen. Und warum? Er wollte uns helfen.«

Paak musste Luft holen. Die lange Rede war ungewohnt. Er seufzte.

»Deshalb ist meine Antwort: Nein. Wenn einen die Schuld trifft, dann mich. Ich habe in diesem Herbst und Winter alles falsch gemacht. Verkehrt getauscht. Spätestens als meine Kinder zu hungern anfingen, hätte ich handeln müssen. Onno hat übernommen, was in Wahrheit meine Aufgabe war.«

Er setzte ab und stützte den Kopf auf die Hände. Die Stille stellte sich wieder ein. Auch die kleinen Kinder mit ihren mageren Gesichtern rührten sich nicht.

»Was ist passiert?«, fragte Paak schließlich.

»Er ist aufgestanden.« Radbods Stimme klang fremd in seinen eigenen Ohren. Er stotterte nicht wie früher, krächzte aber wie ein Rabe. »Das Segel war eingerissen, er wollte es weiter reffen, und dann ...

»... eine Welle«, sagte Paak.

Radbod nickte und beschrieb mit dem gesunden Arm einen Bogen in der Luft. »Sie warf uns in die Höhe. Onno verlor das Gleichgewicht.« Bei seinem nächsten Satz konnte er den Fischer nicht ansehen. »Als er über Bord ging, hat er die Hand nach mir ausgestreckt. Aber er war zu weit weg. Und ich hatte meinen Arm gebrochen, weil der Mast dagegengeschlagen war. Ich konnte nicht …«

Wie viele solcher Geschichten mochte Paak schon gehört haben? Er seufzte, seine Frau wischte sich Tränen aus dem Gesicht.

»Ich hatte gehofft, das Meer würde uns den Leichnam zurückgeben, damit wir ihn verbrennen können. Wir werden trotzdem ein Feuer machen, mit dem Strohsack, auf dem er geschlafen hat. Wenn du kannst, begleite uns, Boucke.«

Radbod hatte vollkommen vergessen, dass Paaks Familie nur seinen falschen Namen kannte. Er war versucht, ihnen endlich die Wahrheit zu sagen, aber es war zu viel für einen Tag wie diesen. Zu viel auch für eine Familie in Trauer.

Noch während der Sturmtage flickte Paak das Segel, und sobald das Wetter besser wurde, fuhr der Fischer mit seinem zweiten Sohn Jester wieder hinaus. Seine Frau drückte ihm zum Abschied stumm die Hand und umarmte den Jungen. Die kleineren Kinder standen dabei und schauten zu, wie ihr Vater und Bruder Segel und Netz schulterten und sich davonmachten.

Der Wind hatte auf Südwest gedreht. Radbod ging ihnen nach und setzte sich auf eine Düne, von wo er einen guten Überblick hatte. Nicht nur Paak, auch andere Fischer waren unterwegs, die bunten Segel wirkten fast fröhlich, sie tanzten auf den Wellen, wie ein Spiel sah es aus.

Bald gab es wieder mehr zu essen. Getreide blieb knapp, weil Paak noch nicht zum Tauschen nach Stavoren fuhr, aber sie hatten Fisch, so viel, dass der Räucherofen wieder angeheizt wurde. Radbod war mehr Beobachter als Helfer, er kam nur langsam zu Kräften, sein Gang blieb unsicher, der linke Arm war, als sie die Schiene abbanden, weiß und mager. Er aß wenig und verbrachte die meiste Zeit in der Sandkuhle am Watt, von wo er Richtung Festland schaute. Alles, was da drüben war, die Eltern und das Herrenhaus, selbst Rixa, waren in weite Ferne gerückt, auch wenn er sich sicher war, nicht auf die Insel zu gehören. Er hatte keinen Platz mehr. Vielleicht hätte er nie weglaufen dürfen.

Um nicht zu tief ins Grübeln zu geraten, schlug er Brennholz mit dem Beil, jeden Tag, und füllte das Loch in den Vorräten auf. Dabei wurden seine Muskeln wieder kräftiger, besonders die am linken Arm, dessen Hand diejenige war, die er hauptsächlich einsetzte. Hin und wieder kamen ihm dabei die Worte des Missionars in den Sinn, die Linke sei des Teufels. Er wusste nicht genau, wer das war, dieser Teufel, aber so, wie Willibrord seinen Namen ausgesprochen hatte, musste es sich um eine verabscheuungswürdige Kreatur handeln, um einen bösen Feind. Wahrscheinlich war der Teufel ein Gegner seines Gottes. Radbod spuckte aus. Was hatte er mit diesen Christenkämpfen zu tun?

In Haus und Hof wurde kaum gesprochen. Wenn die Fischerfamilie schon vor Onnos Tod wenig geredet hatte, waren sie nun fast gänzlich verstummt. Besonders Paak schien ihm aus dem Weg zu gehen, und Radbod fragte sich, ob der Fischer ihm doch insgeheim Vorwürfe machte. Oder erinnerte Radbod ihn nur an Onno, und der trauernde Vater konnte das nicht ertragen? Er fand keine Antwort, aber als sich der Winter endgültig verzog und es wieder wärmer wurde, kam Paak zu seiner Sandkuhle. Der Fischer war mit Gereide aus Stavoren zurückgekehrt. Radbod hatte beobachtet, wie er sein flaches Boot an Land gezogen hatte. Jester hatte es entladen.

»Gehen wir ein Stück?«, fragte Paak.

In Radbods Ohr klang die Stimme des anderen wie ein fremdes Geräusch, so lange hatte er sie nicht gehört. Er stand auf.

»Was macht dein Arm?«

Das Holzhacken hatte ihn gekräftigt. »Fast der alte.«

Paak führte ihn auf der Wattseite entlang, wo das Ufer von Schilf bewachsen war. »Onno hat es geliebt, wenn das Frühjahr anbrach, weil es dann endlich wieder hinausgeht. Er war ein Seefahrer. Ich habe immer geglaubt, dass er eines Tages fortgeht. Vielleicht auf einem Schiff anheuert. Unsere Insel war zu klein für ihn.«

»Er wollte aufs Festland.«

»Das hat er dir gesagt?« Paak lächelte. »Er wollte die Welt sehen. Aber am Ende gehörte er der See. Die Seelen der Ertrunkenen müssen im Dunkel der Meerestiefen bleiben, bei Ran, die die Mutter der Wellen ist. Onno war ein Kind der See. Sie hat ihn aufgenommen.«

Radbod achtete darauf, ob wirklich keine Vorwürfe in den Worten des Fischers lagen. Aber er hörte keine.

»Es ist noch jemand gestorben.«

»Und wer?«, fragte Radbod.

Der sandige Weg wurde schmal, sie mussten dicht nebeneinander gehen. Ihre Arme streiften sich.

»Dein Vater.«

»Wer … ist mein Vater?«

»Der Herzog. Er ist tot.«

»Du weißt …?«

Paak lachte. »Wir leben hier zwar auf einer Insel. Aber dumm sind wir deswegen nicht. Wie ist dein richtiger Name, Boucke? Nennst du ihn mir?«

»Radbod.«

»Radbod, Sohn des Herzogs von Friesland, natürlich. Vergiss nicht, dass ich zum Markt nach Stavoren fahre, und da hört man so einiges. Im letzten Herbst hieß es, der Sohn des Herzogs sei weggelaufen. Schon da war mir klar, wen ich mitgenommen hatte. Erinnerst du dich an den Menschenauflauf im Ort an jenem Tag? Wer sonst wird von so vielen Leuten gesucht?«

»Warum hast du so lange geschwiegen?«

»Ich dachte, du würdest deine Gründe haben.«

Der Satz klang in Radbod nach, während sie vom Wattufer einen Bogen in Richtung auf ihren Weiler machten. Das kleine Land mit seinen Sandhügeln, den genügsamen Pflanzen und dem ewigen Wind war ihm vertraut geworden. Er mochte es und stellte sich vor, hierzubleiben und ein Fischer zu werden.

»Mein Vater ist wirklich tot?«

»So ist die Rede der Leute.«

»Wie ist er gestorben?«

»Im Schlaf.« Paak entfuhr ein Lachen. Er hielt sich die Hand vor den Mund. »Nach einem Festessen ist er am nächsten Morgen nicht mehr aufgewacht.«

Vor ihnen tauchten die niedrigen Häuser auf. Es dämmerte, dünner Rauch stieg aus den Dachlöchern. Am Feuer wurde die Abendgrütze gekocht.

»Was wirst du tun, Radbod?«

»Euch nicht länger zur Last fallen.«

Paak winkte ab. »Du kannst bleiben so lange du willst.«

Wollte er bleiben? Wenn ja, wie lange? Dies wurden in den nächsten Tagen seine drängendsten Fragen, er bedachte sie tagsüber und abends vor dem Einschlafen, aber er fand keine Antwort. Mit einem Schlag hatte ihn sein altes Leben wieder eingeholt, er stellte sich Rixa vor, dachte an das

Herzogsamt, an die Mutter und ihre Verbindung zu dem Missionar.

Wie verhielt sich Finn, was machte Tade?

Und was sollte er selbst tun? Er hatte die Wahl – ein friedliches Leben hier oder den Kampf dort. Keins von beiden reizte ihn.

Er fuhr mit Paak hinaus aufs Meer, wo sie das Netz ausbrachten, das Radbod Onno hatte zuwerfen wollen. Am ersten Tag hatte er einen fast unüberwindlichen Widerstand zu meistern, eine innere Stimme, die ihn zurückhalten wollte, eine Kraft, der er kaum gewachsen war. Er gab ihr nicht nach, sondern vertraute sich Paak an, und der war ein erfahrener Segler. Außerdem stürmte es nicht.

Von da an teilte der Fischer ihn genauso zur Arbeit ein wie Jester. Dabei achtete er darauf, dass die beiden Jungen nicht alleine segelten. Sein neues Netz bewährte sich endlich, sie fingen so viel, dass Paak strahlte, und sie räucherten oder er brachte lebenden Fisch hinüber nach Stavoren.

Als er an einem dieser Tage vom Festland zurückkehrte, wandte sich Paak wieder an Radbod: »Nun? Hast du dich entschieden? Was wirst du tun?«

Radbod musste davon ausgehen, Rixa und sein Kind an Aicke verloren zu haben. Und was würde ihn in Stavoren erwarten? Nach Lage der Dinge stand er alleine gegen Mutter und Bruder und Wachsoldaten. Ließen sie ihn wieder einsperren?

»Die christlichen Missionare«, sagte Paak, »sind nach Stavoren zurückgekehrt. Die Leute sagen, die Herzogin habe sie gerufen.«

»Warum sollte sie das getan haben?«, fragte Radbod, obwohl er die Antwort kannte.

»Das weiß ich nicht. Ich dachte, du könntest mir das erklären.«

»Die Missionare dürfen sich in unserem Land frei bewegen, das hat ihnen schon mein Großvater zugesagt.«

Doch Paak war listig. »Auf dem Markt sagen sie, Finn soll neuer Herzog werden. Dein Bruder?«

»Ja.«

»Angeblich ist er noch nicht alt genug. Wird aber nicht mehr lange dauern.«

»Warum erzählst du mir das?«, fragte Radbod.

»Ich dachte, es interessiert dich. Was mich angeht, ich bin nur ein einfacher Mann, aber ich rechne die Dinge zusammen.« Er streckte seine Hände aus. »Ein Fisch hier und einer dort, das macht zwei Fische.«

»Du glaubst, Finn wird Christ – und dann Herzog. Und das ganze Land muss ihm folgen?«

Es war nicht nötig, dass Paak eine Antwort gab. Stattdessen fragte er: »Warum, meinst du, hat die See Onno geholt und nicht dich?«

Weil Onno das Segel zu reffen versucht hat, wollte Radbod erwidern. Weil er sich verantwortlich fühlte.

Aber Paak war schneller: »Die Götter geben jedem Menschen einen Platz. Der eine wird Fischer, der andere der älteste Sohn eines Herzogs. Den einen rufen sie zu sich zurück, obwohl er noch kaum ein Mann ist, den anderen lassen sie leben. Warum tun sie das?«

Seine Rede war nicht zu Ende, deshalb unterbrach Radbod sie nicht.

»Onno kann nun nichts mehr tun, aber nimm Jester, der ein guter Junge ist. Könnte er Herzog werden? Eine dumme Frage – natürlich könnte er das nicht, denn sein Vater ist ein Fischer auf Vlylan.«

Radbod begriff die Botschaft.

»Kann man dem Weg ausweichen, den sie für einen vorgesehen haben? Was glaubst du, Radbod, ist das möglich?«

»Sag du es mir.«

»Auf dem Markt erzählen die Leute, dein Vater habe dich einsperren lassen, wegen eines Mädchens. Sie sagen auch, dass du gegen die Missionare bist.«

»Beides ist wahr.«

»Und wo bist du gelandet, als du weggelaufen bist? Auf der nächstgelegenen Insel. Und welchen Platz hast du dir hier gesucht? Eine Sandkuhle mit Blick auf Stavoren.«

»Ich gehöre dort hin, denkst du?«

»Sieht ganz so aus«, erwiderte Paak.

Am nächsten Tag brachte er Radbod aufs Festland.

7

Diesen Tag hatte Radbod dafür vorgesehen, sich mit den versammelten Fürsten über ihr Vorgehen gegen die Franken zu verständigen. Viele Fragen waren offen, vor allem die, ob sie ins Frankenland eindringen sollten, wenn sie die Gelegenheit bekamen. Er wollte darüber sprechen, ob es sinnvoll war, die offene Schlacht zu suchen oder man den Gegner besser einkreiste und überraschte. Wo würden sie überhaupt auf ihn treffen? War es nötig, ein weiteres Mal Kundschafter einzusetzen? Welche Möglichkeiten gab es, die Bewaffnung der Truppe zu verbessern?

Es war Mittag, und er hatte noch nicht ein Wort mit den Stammesführern gewechselt, nicht ein einziges, mit keinem von ihnen. Er lag auf seinem Bett, die Hände unter dem Kopf verschränkt, die Stiefel auf dem Stroh, und starrte in die Luft. Das Einzige, was ihn davon abhielt, sich tiefer in sein Elend fallen zu lassen, war Scham – ein gesunder, ausgewachsener Mann und am lichten Tag im Bett? So etwas hatte er noch nie getan. Dabei warteten alle Männer darauf, dass es losging.

Und er?

Er war ohne jeden Antrieb. Bereute fast, das große Heer zusammengerufen zu haben. Friesland hatte sich doch eingerichtet, auch ohne dass Dorestad in ihrem Besitz war. Warum sollte es nicht so bleiben?

Die Tür ging auf, Finn kam herein. Er trug einen Umhang aus friesischer Wolle und sein Schwert am Gürtel. Herzoglich sah er aus, dachte Radbod. Und kampfbereit.

»Hier steckst du! Alle Welt fragt sich, wo du bist.« Finn musterte seinen Bruder auf dem Bett. »Weichst du etwa dem Hriustrer aus?«

Radbod kam hoch. »Ich weiche niemandem aus.«

»Und was machst du dann hier – tagsüber auf deinem Bett?«

»Nachdenken.«

»Darf man das Ergebnis erfahren?«

»Zumindest eins davon: Ich werde Reemer nicht meine Tochter geben. Am besten, er stellt mir die Frage nicht noch einmal.«

»Vergessen hat er sie jedenfalls nicht.«

»Dann hat er Pech gehabt«, sagte Radbod scharf.

»Oder wir«, entgegnete Finn nicht weniger scharf.

»Will er abziehen, unser treuer Bundesgenosse aus dem Hriustrerland?«

»Gedroht hat er nicht damit, zumindest heute nicht. Gestern hast du ihn genauso gehört wie ich. Daraus kannst du deine eigenen Schlüsse ziehen.«

Finn hatten die Jahre nur wenig verändert. Er trug, wie alle Männer, einen Bart, aber dahinter sah er aus, wie er als Junge ausgesehen hatte, die Wangen waren voll, der Gesichtsausdruck forsch, auf seinem Kopf kräuselten sich Mengen rotblonder Locken. Wenn die Gerüchte, die am Herrenhaus die Runde machten, stimmten, zog er die Frauen noch genauso an wie zu seinen besten Zeiten. Immerhin hatten sich ein paar Furchen über seine Nase und um die Augen gelegt, sodass man ihn nicht mehr für einen Jüngling hielt. Aber egal wie alt er war, er blieb ein Mann des Entweder-Oder. Für Zwischentöne hatte er kein Ohr.

»Ich werde ihm schon klarmachen«, sagte Radbod, »woran er ist. Und wenn er dann mit seinen Leuten kneift – und die anderen Stämme aus dem Osten sich ihm anschließen –, dann ist das seine Verantwortung.«

Finn lachte auf. »Du machst es dir einfach.«

»Das ist nicht wahr! Ich habe alles für diesen Feldzug getan.«

Sie standen einander gegenüber, ohne den anderen anzublicken. Schon in ihrer Kindheit hatte es kaum je Streit zwischen ihnen gegeben, und jetzt war die Gefahr ebenfalls gering, dass sie sich am Schopf packten. Auch wenn Radbod aufgewühlt war.

Finn zog sich trotzdem ein paar Schritte zurück. »Die Wahrheit ist, dass du schon einmal die Einigkeit der Stämme aufs Spiel gesetzt hast. Damals, mit Poppo.«

Radbod drehte sich von seinem Bruder weg. Er hätte leicht auf eine Antwort verzichten können, gab sie aber trotzdem. »Du hast gut reden, du hast noch nie einen Preis bezahlt. Ich schon.«

»Ich bin kein Herzog. Aber ich habe ein Gedächtnis, lieber Bruder, und kann mich daran erinnern, dass du das Amt unbedingt wolltest.«

»Es stand mir zu. Und im Übrigen: Hör auf mit den alten Geschichten. Wir haben jetzt unsere Entscheidungen zu treffen.«

»Nicht wir – du.«

»Mein Entschluss ist gefallen, das sagte ich schon. Er bekommt Eila nicht, es sei denn, sie wollte das. Den Eindruck habe ich aber ganz und gar nicht. Und bevor du auf dumme Gedanken kommst – lass sie in Ruhe. Es braucht ihren Onkel nicht, damit sie ihre Bedeutung erkennt. Für mich gilt, dass ich sie nicht hergebe, für keinen Feldzug der Welt. So, und wenn Reemer diese Antwort zum Anlass nimmt, um nach Hause zu gehen, dann soll er das in Thors Namen tun und sich von mir aus auch noch im Recht fühlen. Welche Folgen das hätte, darüber denke ich erst nach, wenn er fort ist. Nur dass es Folgen hat, davon kann er ausgehen. Und du auch.«

»Du bist verbohrt«, sagte Finn. »Vollkommen verbohrt.«

»Weil ich meine Tochter nicht verkaufe?«

»Nein, sondern weil du nicht erkennst, was auf dem Spiel steht. Eila ist nur ein Mädchen, ein einziger Mensch. Aber hier geht es um unser Land. Um unsere Freiheit.«

Radbod wartete mit seiner Antwort, wartete lange. Er spürte Finns Blick auf sich, nahm sein Drängen wahr.

»Wenn du so denkst«, sagte er schließlich, »solltest du dir überlegen, ob du überhaupt unter meiner Führung in den Krieg ziehen willst. Ein verbohrter Feldherr könnte schlimme Fehler machen.«

Finn legte die Stirn in Falten, wie er es schon als Kind getan hatte. Wie ein ernster, nachdenklicher Mann sah er trotzdem nicht aus, eher wie ein Junge, der vorgab, ein Mann zu sein.

»Wenn du das möchtest, betraue ich dich mit der Aufgabe, das Herrenhaus zu schützen. Das ist auf jeden Fall sicherer, als unter einem verbohrten Herzog ins Feld zu ziehen. Ein Wort von dir reicht.«

»Radbod ...«

»Du kannst wählen.«

»Ich will kämpfen!«

Radbod trat näher, bis auf eine Armlänge. Finn hatte die blauen Augen aufgerissen. Auch wenn er es nicht hätte benennen können, irgendetwas war an diesem Menschen, dass Radbod rührte und immer gerührt hatte. Dennoch war er in diesem Moment bereit, mit seinem Bruder zu brechen.

»Dann mache dir gefälligst klar, wem deine Loyalität zu gehören hat.«

Finn drehte sich auf einem Fuß um, dass sich sein Umhang bauschte. Seine Hand glitt an sein Schwert. Er machte seine Kampfbereitschaft deutlich.

»Was glaubst du«, rief er und klang wie ein gedemütigter, gemaßregelter Sohn, »warum ich zu dir gekommen bin? Weil ich nicht loyal wäre? Du irrst dich, Bruder. Ich bringe dir eine Warnung, und zwar deshalb, weil ich auf deiner Seite stehe und auf der unseres Landes. Sei vorsichtig, sage ich dir. Riskiere nicht unser großes Ziel.«

»Gut dann. Ich habe deine Worte gehört und antworte dir, dass ich ihnen nicht folgen werde. Es ist mir nicht möglich. Ich verkaufe Eila nicht. Um keinen Preis.«

Finn nickte langsam. Er hatte den Mund zusammengekniffen und wirkte angespannt. Seine Hand lag weiterhin auf dem Schwertgriff, die andere hielt er am Umhang. In ihm waren eine Menge Kraft und der unbändige Wunsch, loszulaufen, loszureiten, loszuschlagen. Radbod wusste, Finn wäre am liebsten schon letztes Jahr in die Schlacht gezogen. Damals war er, sobald die Nachrichten über Unruhen im Frankenland zu ihnen gedrungen waren, mit einigen Männern losgezogen, um selbst herauszufinden, wie viele Franken noch in Friesland waren.

»Bis Dorestad kein einziger«, hatte er gerufen, als er wieder auf das Herrenhaus zugeprescht war. Er musste scharf geritten sein, so weit, wie er vor allen anderen ankam, und sprang vom Pferd. Dabei riss er beide Arme in die Luft. »Sie sind fort! Sie sind fort!«

»Und in Dorestad selbst?«, fragte Radbod.

»Ach. Nicht der Rede wert.«

»Ich will genaue Auskunkft.«

Finn winkte ab. »Dort haben sie ein befestigtes Lager gebaut. Holzpalisaden. Aber nichts, was wir nicht …«

»Ein Castrum«, meinte Tade, »wie die Römer. Um den Ort zu verteidigen.«

»Das wird ihnen nicht gelingen«, rief Finn. Inzwischen waren seine Begleiter eingetroffen.

»Man weiß bei einem Castrum nicht, wie viele Kämpfer darinnen sind. Das könnte eine Falle sein.«

»So ein Quatsch. Wir legen Feuer an ihre Holzwände. Was meinst du, wie schnell die herausgelaufen kommen.«

»Sie werden Maßnahmen ergriffen haben«, entgegnete Tade, »um das zu verhindern. Das hatten die Römer auch. Da reicht Wasser.«

»Die Römer sind tot, alter Mann. Und du bist und

bleibst ein Schwarzseher. Radbod«, Finn wandte sich an seinen Bruder, »du bist der friesische Herzog, der Kriegsherr. Nie war die Zeit so günstig. Lass uns losschlagen.«

So hatte er schon vor Monaten gesprochen, und an seiner Entschlossenheit hatte sich nichts geändert. Selbstverständlich ging es Finn um Dorestad und um Frieslands Freiheit, aber das Abenteuer war ihm mindestens genauso wichtig. Radbod musterte seinen kleinen Bruder, der in seinem Zimmer stand und sich eine andere Antwort erwartet hatte. Er sah die Not, in der Finn war. Auf einmal musste er fürchten, alles zu verlieren, was er erhofft hatte. Alleine mit seinen Leuten von der herzoglichen Wache konnte er die Franken kaum herausfordern.

Und doch: Eila ging vor.

Finn zog ab. Öffnete die Tür und verschwand, ohne sich noch einmal umzusehen, auch ohne ein Wort des Grußes.

Als Radbod seinerzeit aus Paaks Boot stieg und dem Fischer ein letztes Mal zuwinkte, war ihm bewusst, dass er einen schweren Gang vor sich hatte, einen Gang ins Ungewisse. Wie um sich daran festzuhalten, genoss er die Vertrautheit mit Stavoren. Der Ort, seine niedrigen Häusern, die Strohdächer, die sich vor dem ewigen Wind duckten, lag vor ihm. Ein Stück weiter erhoben sich die Wharfen. Das Gras war grün, der Weg hinauf führte durch die Wiesen.

Aber er würde ihn nicht nehmen, denn es war kaum vorstellbar, dass Rixa zurückgekehrt war. Sein Gang führte zum Herrenhaus. Dort wartete seine Aufgabe.

Die Götter geben jedem Menschen einen Platz.

Den Kanal begrüßte er wie einen alten Bekannten. Das Kreuz stand an dem Platz, an dem die Handwerker der

Mission es wieder aufgerichtet hatten. An die Thoreiche dagegen erinnerte nichts mehr, das Holz war verschwunden, wahrscheinlich längst verheizt. Er nahm sich vor, eine neue Eiche pflanzen zu lassen.

Wo er vorüberging, blieben die Leute stehen, manche starrten ihn an, andere deuteten einen Gruß an. Er ließ nicht zu, dass er langsamer wurde, als er den Weg zum Herrenhaus einschlug. Die Bäume hatten noch nicht ausgeschlagen, machten sich aber bereit dazu, die Knospen waren bereits dick. Der Frühling kam. Zeit des Neubeginns.

Ihr Haus hatte sich nicht verändert. Es war das einzige Steinhaus in Stavoren, größer als alle anderen. Am Ende des Weges, wo der Wald aufhörte und die Wiese begann, drehte er sich um und blickte auf den Ort hinunter, auch, um noch einmal innezuhalten und Mut zu schöpfen. Er war der Entscheidung nahe. Herzogswürde oder Verließ. Was immer die Götter für ihn vorgesehen hatten, er würde es nehmen. Dass er sich nicht drücken konnte, auch wenn er Angst hatte, das hatte er nun begriffen.

Als er auf das Haus zuging und eintrat, war niemand da, der sich ihm in den Weg gestellt hätte. Er fand sich in der Halle, im Halbdunkel, auch hier kein Mensch. Aus der Küche waren Arbeitsgeräusche zu hören und ferne Stimmen. Er lauschte nach oben, wo er nichts hörte, dann schöpfte er ein letztes Mal Mut und öffnete die Tür zum Empfangszimmer.

Da waren sie.

Seine Mutter saß auf einem der beiden Stühle mit hoher Lehne, der andere, der des Vaters, war leer. Finn war bei ihr. Und der Missionar.

Sie alle starrten den Neuankömmling an.

»Guten Tag«, sagte Radbod.

Er hatte sie in einem Gespräch unterbrochen, das sie auch nicht wieder aufnahmen, aber es war, als ob ihre letzten Worte noch in der Luft lagen und nachhallten. Der Missionar hatte den Mund offen, Finn grinste verlegen.

Seine Mutter fand als Erste ihre Sprache wieder. »Radbod. Wo bist du gewesen?«

»Auf der Insel Vlylan.«

»Und jetzt, wo dein Vater tot ist, kommst du zurück.«

Er machte ein paar Schritte in den Raum hinein und war sich im gleichen Moment sicher, dass er um Amt und Titel des Herzogs würde kämpfen müssen. Die Mutter hatte ihre Pläne ohne ihn gemacht, genauso wie Paak es gehört hatte. Und sie war keine Frau, die freiwillig von einem Vorhaben abließ.

Er aber hatte eine Idee. Endlich eine Idee.

»Wie du siehst, komme ich zurück.«

Finn näherte sich ihm, zögernd zuerst, dann sicherer, und legte ihm die Hände an die Oberarme. »Radbod. Was hast du für komische Sachen an? Du siehst aus wie ein Fischer.«

Der Junge wirkte kaum älter als im vergangenen Sommer, sein Gesicht war genauso rund, eingerahmt von den vielen Locken, Bartwuchs hatte er noch nicht. Ihre Mutter, die Herzogin, saß mit reglosem Gesicht auf ihrem Stuhl. Radbod war sich sicher, dass sie zu verstehen versuchte, was das plötzliche Erscheinen ihres älteren Sohnes bedeutete.

Er wollte ihr nicht zu viel Zeit zum Nachdenken lassen. »Was habt ihr vor?«

Als niemand ihm eine Antwort gab, wiederholte er seine Frage.

»Wir dachten, du seist verschollen«, sagte die Herzogin. »Deshalb mussten wir nach einer anderen Lösung suchen.«

»Dann freut es euch sicher, mich zu sehen. Ich lebe.«

»Natürlich freut es mich, schließlich bist du mein Sohn. Aber, Radbod, um eins gleich klarzustellen: Du wirst nicht Herzog werden. Ich denke, du willst es auch gar nicht.«

»Wie kommst du darauf?«

Sie starrte ihn an, als wollte sie ihn allein mit ihrem Blick aus dem Zimmer werfen. Finn war das Gespräch unangenehm, er hatte sich abgewendet. Der Missionar dagegen machte Anstalten, sich einzumischen, er hatte die Hände gehoben und holte Luft, nur schien er sich noch nicht darüber klar zu sein, was er sagen wollte.

»Ich weiß«, erklärte schließlich die Herzogin, »wo das Mädchen ist, das du liebst. Dein Vater ließ sie wegschicken, mitsamt ihrer Familie. Ich kenne den Namen des Dorfes. Hol sie zurück, wenn du willst.«

Radbod trat näher, was ihr Angst zu machen schien, denn sie drückte sich auf ihrem hohen Stuhl weiter nach hinten, gegen die Lehne. Er machte sich klar, dass er nicht hochmütig werden durfte, es gab für ihn kaum eine Fluchtmöglichkeit, sollte sie die Wachen rufen. Außerdem war er unbewaffnet.

»Dann nenne mir den Namen des Dorfes.«

»Erkläre du im Gegenzug deinen Verzicht.«

Er lachte auf. »Und was, wenn ich beides will?«

In seinem Rücken erklang die durchdringende Stimme des Missionars. »Warum denn streiten, um Himmels willen, der Schoß von Mutter Kirche steht allen offen. Seht, dass die Botschaft Christi die von Versöhnung und …«

»Halt den Mund, Northumbrier. Dich hat keiner gefragt.«

Radbod registrierte zum ersten Mal, dass er nicht mehr stotterte – selbst bei einem Satz wie diesem nicht, bei dem er früher zwangsläufig hängen geblieben wäre. Der Wind auf Vlylan hatte ihm das Stottern weggeblasen, Forsete selbst. Er bedankte sich im Stillen.

»Sag mir, was du für Pläne hast«, forderte er seine Mutter auf, die ebenfalls erstaunt schien, wie klar und kraftvoll er sprach.

Da sie nicht antwortete, sagte Finn: »Sie will, dass wir Christen werden. Und in zwei Jahren oder so soll ich neuer Herzog sein. Und natürlich Fürst des Westergouw.«

»Das ist nicht friesisches Recht. Der erste Sohn folgt dem Vater nach.«

»Dein Vater hat dich verstoßen«, rief Helrun. »Er hat dich für ungehorsam gehalten und für unfähig.«

»Und du bist zufällig die Einzige, die das gehört hat? Oder hat er dir«, fragte er Finn, »auch gesagt, dass ich verstoßen bin?«

»Mit mir hat Vater über diese Dinge nicht geredet. Du weißt doch, was er wollte, die Hauptsache war, dass wir anständig üben.«

»Das heißt gar nichts«, mischte sich Helrun ein. »Du wirst nicht an meinem Wort zweifeln, am Wort deiner Mutter, und die friesischen Fürsten werden das erst recht nicht tun. Finn wird neuer Herzog. Bis er das Alter erreicht hat, vertrete ich ihn. So hat Aedgil entschieden.«

»Noch einmal: Warst du die Einzige, die das gehört hat?«

»Ich war seine Vertraute. Seine Frau.«

»Und ihr werdet christlich? Und mit euch unser Land?«, fragte Radbod.

»Auch dir steht dieser Weg offen, mein Sohn«, erklärte Willibrord.

»Mutter?«

Die Herzogin hatte ihren ersten Schreck überwunden, auch wenn sie immer noch angespannt wirkte. Sie saß aufrecht auf ihrem Stuhl, den Kopf gehoben, die Schultern gerade. Ihr Gesicht war schmal, es lag Würde darin, herzogliche Würde, wie Radbod einräumen musste.

»Du gibst mir keine Antwort? Warum nicht?«

»Es ist richtig«, sagte sie mit einem Seufzer, »wir haben uns für diesen Weg entschieden. Aedgil wollte es so. Er bringt unserem Land Frieden und gute Ernten, wir werden ein besseres Auskommen mit den Franken haben.«

»Und dafür Streit mit den Sachsen.«

»Aber nein«, rief der Missionar. »Auch dort werden wir Gottes Wort verkünden, und es wird auf fruchtbaren Boden fallen, dessen sei gewiss.«

Es war Finn, der dem Streit eine neue Richtung gab. »Du hast dich bereits entschieden?«, fragte er Helrun. Erregung lag in seiner Stimme, vielleicht auch Ärger. »Ich soll getauft werden, und du sagst es mir nicht?«

»Aber Finn. Wir haben doch schon oft über das Christentum gesprochen und über die Franken. Ich war dabei, dein Einverständnis zu erbitten. Heute noch hätte ich es getan. Radbod ist dem zuvorgekommen.«

Radbod versuchte, seine Möglichkeiten genauer durchzuspielen, auch wenn er aufgeregt war und wachsam zu bleiben hatte. An Finn hing am Ende alles, so viel war sicher, aber es war sinnlos, mit ihm im Beisein der Mutter zu sprechen. Und sie würde ihn nicht aus den Augen lassen.

Deshalb galt es, der Idee zu folgen, die ihm in diesem Saal gekommen war.

Vorher versuchte er noch einen Einwand: »Die friesischen Fürsten werden deinem Weg nicht folgen. Und das

Volk auch nicht. Es glaubt an Wotan und an Thor, an Forsete und Freya.«

»Es gibt nur einen Gott«, warf der Missionar ein.

Seine Mutter winkte ab, er hatte es geahnt. »Mach dir nicht meine Sorgen. Friesland geht den Weg, den das Herrenhaus von Stavoren geht. Das war nie anders.«

»Und sonst kannst du ja deine neuen Freunde, die Franken, bitten, ein wenig nachzuhelfen.«

Anstelle einer Antwort lächelte sie.

»Es ist Gottes Wille, der geschieht, nichts anderes«, sagte der Northumbrier.

»Nun weißt du, wie die Dinge liegen«, sagte Helrun. »Entscheide dich. Wenn ich dir einen mütterlichen Rat geben darf: Füge dich. Du stehst ganz allein.«

»Dann sage mir, wo ich Rixa finde.«

»Wen?«

»Das Mädchen, Mutter. Mein Mädchen.«

Wieder lächelte sie, blieb aber stumm. Ihre Antwort war eindeutig: Erst der Verzicht, dann der Name des Dorfes.

Sie hatte recht, er stand allein. Sein Versuch mit den friesischen Fürsten war vage, es war nicht abzusehen, wie die Stammesführer sich verhalten würden. Man musste damit rechnen, dass sie sich den Verhältnissen beugten, anstatt gegen sie aufzubegehren. Radbod streckte sich und stellte sich breitbeinig vor seine Mutter. Immer noch lag die Möglichkeit in der Luft, dass sie ihn wieder festsetzen ließ. Er aber wollte nicht wieder ins Verließ und dort der Dinge harren. Nein, es galt, seiner Idee zu folgen – dem einzigen Weg, der sich ihm aufgetan hatte.

»Ich erbitte mir Bedenkzeit«, sagte er.

»Gewährt. Wie lange?«

»Ein paar Tage.«

»Nicht zu viele Tage, Radbod. Bleibe ich allzu lange ohne Antwort von dir, handele ich.«

Ohne Gruß ging er hinaus.

Am Stall traf er auf Tade.

Radbod war misstrauisch, er hatte nicht vergessen, dass sein Lehrer damals geholfen hatte, ihn in Stavoren zu suchen. Er blieb auch misstrauisch, als Tade die Arme ausbreitete. Radbod ließ sich umarmen, erwiderte den Gruß aber nicht.

Beide machten einen Schritt zurück und musterten einander. Tade war ein kleiner Mann, blond wie alle Friesen, mit kurzem, ordentlichem Bart. Er hatte ein flaches und offenes Gesicht. Radbod unterdrückte ein Lächeln. Er freute sich, Tade wiederzusehen, und begriff, dass sein Misstrauen unberechtigt war.

»Ein halbes Jahr, und aus dem Jungen ist ein Mann geworden«, sagte Tade.

»Wie es aussieht«, entgegnete Radbod, »hätte ich nicht später kommen dürfen.«

»Willst du denn Herzog werden?«

»Mehr denn je.«

Tade nickte versonnen, natürlich ahnte er, was das bedeutete: Kampf.

»Ich bin entschlossen, Mutters Plan zu verhindern. Auch der neue friesische Herzog wird kein Christ sein.«

Mit leiser Stimme rief er nach seiner Stute Baja. Das Tier schnaubte.

»Du hast«, fragte er, »in jener Nacht geholfen, mich zu suchen?«

»Ich hatte keine Wahl. Der Herzog hat jeden Mann nach Stavoren befohlen. Dass ich mitmache, darauf hat er besonders geachtet. Als wir dich trotzdem nicht fanden, hat er getobt. Ich aber wusste, wo du warst.«

»Wo?«

»Im Wald natürlich. Wahrscheinlich hast du uns beobachtet. Später habe ich dich den Strand entlanglaufen gesehen.«

»Das stimmt, beides. Ich hatte mich versteckt, um nicht wieder gefangen zu werden. Dann bin ich geflohen.«

»Im Wald warst du sicher, dort hätte dich niemand gefunden. Sie haben es erst gar nicht versucht. Aber das sind alte Geschichten.«

Radbod ging zu seiner Stute, die sich aufführte, als sei ein Festtag. Sie scharrte mit den Hufen und stupste ihn mit dem Kopf. Er streichelte Baja über ihre Blässe und redete ihr zu.

»Was hast du vor?«, fragte Tade.

Radbod fragte sich, ob er Tade in seinen Plan einweihen sollte. Was, wenn der Lehrer doch auf der anderen Seite stand?

Er setzte sich über seine Bedenken hinweg. »Ich weiß nur eine Möglichkeit für mich, nämlich nach Groningen zu reiten, zu Landric. Er ist ein starker Fürst. Stellt er sich auf meine Seite, bin ich nicht mehr allein.«

»Du glaubst, er wird gegen die Herzogin eintreten?«

Radbod setzte ein Grinsen auf. »Wenn ich ihn nicht frage, werde ich es auch nicht erfahren.«

Er begann, Baja zu satteln und ihr Zaumzeug anzulegen. Dabei sagte er: »Ich habe nicht viel zu verlieren. Lehnt er ab, stehe ich so schlecht da wie jetzt. Aber was, wenn er dagegen ist, dass die alte friesische Regel gebrochen wird, nach der der älteste Sohn dem Vater nachfolgt? Dann hätte ich einen Verbündeten.«

Baja schien sich auf den Ausritt zu freuen. Ungeduldig wartete sie darauf, dass es losging.

Radbod aber wandte sich an Tade. »Und was ist mit dir?«

»Was soll mit mir sein?«

»Kommst du mit mir? Oder bleibst du hier?«

Tade war ein Mann, der, obwohl er viel wusste, immer nur gehorcht hatte, ein Diener, ohne erkennbaren eigenen Willen. Nun war die Zeit gekommen, wo er sich festzulegen hatte.

Er schlug die Augen nieder.

»Entscheide dich. Wenn du gehst, führt kein Weg zurück, nie wieder. Die Herzogin verzeiht so etwas nicht, das ist sicher. Ich kann verlieren. Es ist sogar wahrscheinlich, dass ich verliere. Wenn du aber bleibst, stehst du auf ihrer Seite.«

»Und gegen dich?«

»Natürlich, gegen mich. Allerdings erwarte ich trotzdem, dass du mich nicht verrätst.«

Es dauerte einen kurzen Moment, die Länge eines Schluckens und Atemholens, dann sagte Tade: »Gut. Ich gehe mit dir.«

»Dann sattle dir ein Pferd. Wir haben nicht viel Zeit.«

»Ich kann doch nicht einfach ein Pferd nehmen, das mir nicht gehört.«

»Ich erlaube es dir. Wo ist mein Schwert?«

»In der Waffenkammer.«

»Hole es, ich mache dir inzwischen ein Pferd fertig. Dann kann dir niemand vorwerfen, du seist ein Dieb.«

Als sie über den Hof ritten, versuchte niemand, sich ihnen in den Weg zu stellen. Radbod war sich aber sicher, dass sie beobachtet wurden.

Ihr Weg führte nordwärts, über Wiesen und Heide, durch dichte und offene Wälder, vorbei an lang gestreckten Mooren. Es war frisch, der Wind kam von ihrer linken Seite, von der See her, am Himmel standen kräftige Wolkenformationen, manchmal turmhoch, aus denen hin und wieder ein Regenguss fiel. Sie hatten nur Trinkwasser bei sich, aber keinen Proviant, so mussten sie bei Bauern um Gastfreundschaft bitten. Drei Tage dauerte ihr Ritt ins Groninger Land. Es lag höher, war waldig und weniger fruchtbar, aber vor dem Meer geschützt. Bis hierher schaffte es keine Flut.

Unterwegs stellte Radbod Tade zwei Fragen. Die erste war die nach Rixa.

Niemand am Herrenhaus, erfuhr er, wisse, wo sie habe hingehen müssen, das sei ein Geheimnis von Herzog und Herzogin, in das bestenfalls die Wachsoldaten eingeweiht seien, die sie fortgescheucht hätten. Radbod sah sie in Gedanken vor sich, er hatte Sehnsucht nach ihr, ihn beschäftigte auch der Zweifel, ob sie Aicke geheiratet hatte, obwohl es sein Kind war, dass sie im Bauch trug. Er würde es, tröstete er sich, herausfinden.

Eins nach dem anderen.

Die zweite Frage hieß: »Warum ist meine Mutter so sehr gegen mich?«

»Über solche Dinge hat sie mit mir nie gesprochen.«

»Aber du hast eine Vermutung.«

Tade grinste, wie ein Knabe, der von seiner Mutter mit einem Stück Käse in der Hand ertappt worden war. »Ja, schon.«

Radbod wartete. Da Tade nicht weitersprach, hakte er nach.

»Meine Vermutung ist, dass es mit deinem Stottern zusammenhängt. Wenn die Kinder nicht ganz gesund sind,

Söhne zumal, dann gibt man den Müttern die Schuld daran. Sie hätten schlechtes Blut, heißt es dann.«

»Und?«

»Ist das so schwer zu verstehen? Sie mochte dich nicht, weil sie meinte, deinetwegen werde sie verachtet. Es war nicht allein dein Stottern. Als Junge warst du mager und zart, kränklich zumal. All das hat sie dir vorgeworfen. Ich glaube, wenn sie dir jetzt zum ersten Mal begegnen würde …«

»… wo ich groß geworden bin und Forsete mir das Stottern weggeblasen hat …«

»… würde sie dich anders ansehen. Mit Respekt und vielleicht sogar mit …«

»Gut dass du es nicht aussprichst. Das hat sie nicht.«

»Mag sein. Auch auf mich wirkt sie sehr kalt.«

Radbod ließ die Worte seines Lehrers auf sich wirken. Das Schicksal hatte gefügt, dass er nun gegen seine Mutter stand, und es würde ein Kampf werden, bei dem es nur einen Sieger geben konnte. Auch wenn seine Chancen schlecht standen, er war gewillt, diesen Kampf auszufechten, bis zum Ende.

»Hat Vater, hat der Herzog meine Mutter verachtet, weil ich gestottert habe?«

Tade neigte den Kopf und dachte nach, eine Antwort aber gab er nicht.

»Sag schon. Der Alte ist tot. Du hast nichts zu befürchten.«

»Verachtet? Nein. In mancherlei Hinsicht war sie die Herrin in Stavoren, und das hat sie sich auch nicht nehmen lassen, als du ein kleines Kind warst. Nur wenn Aedgil ihre zahlreichen Vorschläge zu viel wurden, hat er selbst Entscheidungen getroffen, und die widersprachen dann dem, was sie ihm geraten hatte. Ich hatte den Eindruck, er wollte hin und wieder zeigen, dass er auch noch da war. Ansonsten ...«

»Ansonsten?«

Tade zog die Schultern hoch. »Wollte er seine Ruhe haben. Der alte Herzog war ein Mann, der dem Ärger aus dem Weg gegangen ist.«

Die wenigen Wege des Dorfes Groningen waren eng, mit kleinen Häusern, die mit Grassoden gedeckt waren. Auf ihrer Rückseite breiteten sich Felder aus. Die Erde war hell und kahl, Pflanzen standen noch nicht auf ihr, obwohl die Bauern sicher schon ausgesät hatten. Als Radbod und Tade eintrafen, war der Himmel grau, trotzdem reichte ihr Blick über das weite Land bis zum Horizont.

Die Männer und Frauen, denen sie begegneten, glotzten die beiden Fremden an. Sie trugen die bunten friesischen Mäntel und Kopfbedeckungen und hatten Werkzeug in der Hand. Es waren Bauern, keine Krieger – keine Männer, die gegen die herzogliche Wache in Stavoren antreten konnten. Noch ärmlicher sahen sie aus, weil sie sich wegen des Windes gebückt hielten.

Landrics Haus lag etwas höher, schien aber nicht viel größer zu sein. Es war ebenfalls aus sägerauen Brettern gebaut. Sie klopften und wurden hereingelassen, eine hübsche, dunkelhaarige Sklavin führte sie in den Saal, wo die Groninger gerade eine Mahlzeit beendet hatten. Seine Familie war schon gegangen, nur seine Frau saß noch mit am Tisch, am anderen Ende, so weit entfernt, wie es möglich war. Radbod hatte nicht den Eindruck, dass sie sich angeregt unterhalten hätten und er sie dabei störte. Auf dem Tisch lagen abgegessene Knochen, Reste von Brot und Grütze.

Landric hatte einen Becher Bier in der Hand.

Er tat weder erfreut noch überrascht. Seine Haut war faltig, die Hakennase stach hervor. Seine Rede war so mühsam, wie Radbod es kannte. »Der junge Mann aus Stavoren. Unerwarteter Besuch. Dein Vater ist tot. Der Herzog. Ganz Friesland spricht davon.«

»Er ist im Schlaf gestorben«, erwiderte Radbod. »Nach einem Essen ist er morgens nicht mehr aufgewacht.«

Landric lachte ein brummiges Lachen. Nach einer Weile sagte er: »So nehmen die Götter, wen sie mögen. Allerdings nicht gerade ruhmreich, so ein Tod.«

Er zeigte auf die Stühle, sie setzten sich. Im gleichen Moment stand die Fürstin, die sie bis dahin nicht begrüßt und nicht einmal angesehen hatte, auf und ging zur Tür.

»Meine Frau«, sagte Landric wie zur Erklärung. »Keine gute Stimmung.«

Sie hatte die Tür erreicht und drehte sich zu ihm um. Ihr Kopf war rot. »Wie soll ich guter Stimmung sein, wenn ich mich immer kümmern muss um deine …«

»… meine – was?«

»Deine Bastarde«, stieß sie hervor und verschwand.

»Frauen«, sagte Landric und winkte ab. Damit war der Zwischenfall für ihn beendet. Er wollte ihnen Bier einschenken, stellte aber fest, dass der Krug leer war, deshalb rief er laut nach einem Sklaven.

»Unser letztes Treffen«, sagte er, »war in Stavoren. Ging um Franken und Christen. Um Dorestad. Aedgil wollte sich kümmern, denn Dorestad liegt im Westergouw. Hat er aber nicht.«

Da Landric keine Frage gestellt hatte, blieb Radbod still. Inzwischen brachte die Sklavin, die ihnen die Tür geöffnet hatte, das Bier. Landrics Blick folgte ihr den ganzen Weg um den Tisch herum.

Erst als sie wieder verschwunden war, fuhr er fort. »So war dein Vater – gab Zusagen, die er nicht einhielt. Du hast damals mitgeredet. Was ich nicht mehr weiß: Wie war dein Standpunkt?«

Radbod begriff, dass der Groninger ihn bereits prüfte. Der Sohn eines toten Herzogs kam nicht ohne Anliegen zu einem Fürsten wie ihm, deshalb wollte Landric sein Gegenüber einschätzen können. Er selbst aber konnte schlecht von sich erzählen.

Tade kam ihm zur Hilfe. »Radbod hat ein Christenkreuz umgeschlagen.«

»Ach ja. Habe ich schon mal gehört. Warum hast du das getan?«

»Die Missionare hatten vorher eine Thoreiche gefällt«, sagte Radbod, »um die Zuhörer von Thors Machtlosigkeit zu überzeugen.«

»Ihr Gott hat genauso wenig reagiert«, sagte Tade.

»Heißt das«, fragte Landric, »dass du die Christen nicht für harmlos hältst? Herzog Aedgil hat immer gesagt, die stören nicht. Tun niemandem weh.«

Radbod ließ sich Zeit mit seiner Antwort. Der Groninger sah ihn an, seine Augen waren blau, das Haar, das er zu einem Zopf gebunden hatte, grau. Die Ärmel seines Leibhemdes waren aufgekrempelt, breite, muskulöse Unterarme waren zu sehen. Obwohl er ein Fürst war, hatte Landric etwas Einfaches, fast Bäuerliches. Gleichwohl schien es Radbod, dass er die Verhältnisse schnell durchschaut hatte.

»Sie werden keine Ruhe geben, bis sie nicht unser Land für ihre Religion gewonnen haben. Oder wir gebieten ihnen Einhalt.«

»So?«, erwiderte Landric und nickte langsam. »Dann sage mir jetzt, weshalb du gekommen bist.«

In knappen Worten schilderte Radbod die Lage in Stavoren. Tade ergänzte seine Rede an der ein oder anderen Stelle. Landric hörte sie sich an, und als Radbod fertig war, drehte er sich weg und sah aus dem Fenster. Draußen lag eine Weide, auf der Schafe grasten, der Wind fuhr durch das Fell der Tiere, die eng beieinanderstanden. Die Wiese wurde von einem Graben durchzogen.

»Zwietracht in Stavoren, im Westergouw«, sagte der Groninger schließlich. »Und ich soll Partei ergreifen? Nicht wenig, was du verlangst.«

Radbod stand auf. »Ich verlange überhaupt nichts. Du musst dich einfach entscheiden, wo du stehen willst, Landric, und da gibt es drei Möglichkeiten. Dass du dich heraushältst, ist die dritte.«

Landric trank von seinem Bier und wischte sich den Mund ab.

»Heraushalten«, wiederholte er. Er streckte den Daumen in die Höhe. »Die Herzogin geht mit den Christen, mit den Franken. Und ich soll zusehen? Kein guter Vorschlag.« Auch der andere Daumen fuhr in die Höhe. »Auf der anderen Seite sind wir Friesen, genau wie die Stavorer.« Er blickte Radbod in die Augen. »Dein Weg läuft darauf hinaus, dass ein Bruder gegen den anderen kämpft.«

»Nein.«

»Doch, sicher.« Als Radbod nicht mehr widersprach, fragte Landric: »Wie viele Kämpfer stehen am Herrrenhaus in Stavoren?«

»Zwölf«, sagte Tade.

»Zwölf«, wiederholte der Groninger. »Sagen wir, wir kommen mit 25 Mann, aber deine Mutter will nicht beigeben. Was dann? Dann heißt es kämpfen. Gegen Friesen. Genau, wie ich sage.«

»Es würde reichen, wenn du ihr klarmachtest, Groningen erkennt ihren Herzog nicht an. Dann könnte Finn zwar noch Fürst des Westergouw werden, aber die Stämme würden sich einen anderen Herzog wählen müssen. Außerdem könntest du ihr mitteilen, dass dein Land das Christentum nicht will.«

Landric lachte. »Und dann ziehe ich wieder ab? Wird Helrun schwer beeindrucken, so ein Auftritt.«

»Möglicherweise könntest du ihr noch ausrichten, dass andere friesische Edle es ebenso halten wie du. Dann weiß sie, was sie auf ihrem Weg riskiert, nämlich dass sich Friesland spaltet.«

»Nur kenne ich die Ansichten der anderen Fürsten in dieser Frage nicht. Der Ostergouwer zum Beispiel, auch kein Christenfreund. Wie entscheidet der sich?«

»Manchmal tritt man stärker auf als die Kräfte in Wahrheit sind. Schließlich soll die Drohung wirken.«

»So«, machte Landric. »Lebenserfahrung, was?«

Er ging im Zimmer auf und ab, dabei dachte er nach, sein Kopf schwankte. Radbod wollte ihn nicht stören, die ganze Angelegenheit war sowieso längst in den Händen der Götter. Sollten sie entscheiden. Er wechselte einen Blick mit Tade, der ihm zunickte, als wollte er ihn aufmuntern.

Schließlich sagte Landric: «Mag sein, dass Groningen mit manchem Anliegen bei dir eher ein Ohr fände als bei Helrun oder bei deinem Bruder, wenn der Christ ist. Und du bist der erste Sohn des Herzogs, also der Nachfolger. Hilft aber nicht. Ich riskiere viel. Einen Bruderkrieg.«

Er baute sich vor Radbod auf. »Du weißt, dass deine Mutter mir einen Boten geschickt hat?«

Radbod kam ebenfalls auf die Füße. »Nein, das wusste ich nicht.«

»Zu Aedgils Lebzeiten haben wir eine Heirat zwischen dir und Selind verabredet. Meiner Tochter. Das werden sie dir doch wohl gesagt haben. Deine Mutter möchte nun, dass dein Bruder Selind bekommt.«

Er wandte sich ab und nahm seinen Gang wieder auf. Schwerfällig setzte er seine Schritte, er schlurfte. Radbod kam er müde vor.

»Mir ist das letztlich egal, wen Selind heiratet, solange sie Herzogin wird. Denn das ist für Groningen gut. Verstehst du?«

»Sicher«, erwiderte Radbod. Aber er hatte nicht alles verstanden, das wurde ihm bei den nächsten Sätzen des Groningers klar.

»Bevor ich mich entscheide, brauche ich eine Zusage von dir.«

»Was für eine Zusage?«

»Dass du das Mädchen heiratest. Zumindest falls du Herzog wirst.« Landric blickte ihm in die Augen. »Die Zusage eines Ehrenmannes.«

In Radbods Kopf überschlugen sich die Gedanken. Er wusste nicht, was mit Rixa war. Hatte seit vielen Monaten nicht mehr mit ihr gesprochen. Dachte immer an sie. An sein Kind. Aber Landric stellte eine solche Bedingung nicht, um sie wieder zurückzunehmen. Und er würde sofort eine Entscheidung haben wollen.

Radbod schloss die Augen.

»Ich hole sie her«, hörte er. »Soll niemand denken, ich müsste meine Tochter verstecken.«

Als er hinausgegangen war, sagte Radbod zu Tade: »Schnell, was soll ich tun?«

»Was kann ich sagen? Du musst dich entscheiden. Das Land oder die Frau. Ein ähnlicher Handel, wie ihn dir deine Mutter angeboten hat.«

Hinter Landric kam ein hübsches Mädchen herein, außerdem auch ihre Mutter, die Fürstin, deren Ärger sich, zumindest ihrer Gesichtsfarbe nach, noch nicht verzogen hatte. Selind war in dem Jahr, seit er sie zuletzt gesehen hatte, eine Frau geworden, groß und schlank, mit schmalem Gesicht. Ihr Haar war blond und rot zugleich, es fiel bis auf den Rücken. Auch die Augenbrauen und Wimpern waren rötlich. Sie trug ein wasserblaues Kleid, das bis an die Knöchel reichte.

Radbod aber dachte an Rixa.

Er verneigte sich vor Selind und reichte ihr seine Hand. Sie wirkte scheu, auf ihre Wangen und die Stirn legte sich ein Schimmer, und es war ihr nicht möglich, ihn anzusehen.

Landric sagte zu seiner Frau: »Bring sie wieder hinaus.«

Dann wandte er sich Radbod zu. »Nun, ein Wort von dir.«

Radbod schluckte. Sein Mund war trocken, die Kehle ebenfalls.

»Ich nehme an«, brachte er leise hervor und reichte Landric eine kraftlose Hand, die der Groninger ergriff und drückte.

Dann verabredeten sie, dass sich Radbod und Tade langsam auf den Rückweg machen sollten, während Landric seine Männer sammelte und ihnen dann folgen würde. Als sie aus dem Ort ritten, sprachen Tade und er kein Wort. Baja ging im Schritt, während sie über Wege ritten, auf denen die Bauern zu ihren Feldern gelangten, vorbei an der aufgeworfenen Erde, die bald neue Früchte tragen sollte. Um nicht an Rixa denken zu müssen, stellte sich Radbod die Mühe vor, die es gekostet haben musste, dieses Land urbar zu machen, der Vater hatte für den Sohn und den Enkel gearbeitet, hatte Gräben geschaufelt und das Wasser herausgezogen, während neues Grundwasser nachdrängte. Die ersten Bauern mussten viele Jahre ohne Ernte zu bewältigen gehabt haben. Von was mochten sie gelebt haben? Allein vom Fischfang und von der Jagd?

Was hatte sich Freya dabei gedacht, den Friesen ausgerechnet dieses Land zuzuweisen.

Er dachte auch daran, dass es, wenn er gegen die Mutter siegte, das Land sein würde, für das er, zumindest in Kriegszeiten, die Verantwortung trug. Wie von den alten Bauern hatte es von ihm etwas verlangt, kein Schaufeln zwar, keine Gräben zum Entwässern, aber ein Bekenntnis, dass es ihm ernst war, und einen Verzicht. Hatte er ihn leichtfertig geleistet? Er wusste es nicht. Rixa, auch wenn er sie auf Vlylan an manchen Tagen fast vergessen hatte, war um ihn, immerzu. Er konnte sie nicht aufgeben.

Was war mit ihr? Hatte sie sich ihren Bedingungen gefügt?

Seine Möglichkeit, redete er sich ein, war, Rixa zu vergessen und sein Kind ebenfalls. Nicht mehr an sie denken, keine Sehnsucht mehr haben, sondern sich auf die neue Aufgabe zu stürzen. Aber als er durch das Groninger Land ritt, zweifelte er daran, dazu die Stärke zu besitzen.

Am Himmel standen kolossale Wolkengebilde. Es regnete nicht mehr, der Wind trieb die Wolken weiter. Radbod schüttelte sich und warf alle seine Gedanken in die Luft. Er gab Baja die Fersen, sein Pferd gehorchte und lief Galopp.

Im nächsten Moment schlug ihm der friesische Wind ins Gesicht, ließ seine Haare wehen, trieb ihm Tränen in die Augen, machte den Kopf leer. Er ritt immer schneller, jagte durch das weite Land, hörte sein Pferd stampfen und die Erde auffliegen. Ob Tade hinter ihm war, scherte ihn nicht.

Erst als er Bajas Erschöpfung spürte, zügelte er sie und stieg ab. An einem Graben ließ er sie trinken, derweil er nach Tade Ausschau hielt, der ebenfalls galoppiert war und trotzdem weit zurücklag. Radbod wartete. Auch Tade ließ sein Pferd trinken.

»Wollten wir nicht langsam reiten?«, fragte der Lehrer. »So wie mit Landric verabredet.«

»Machen wir. Ab jetzt.«

Über das, was er Landric zugesagt hatte, verloren sie kein Wort und sprachen weder über Selind noch über Rixa. Beide waren angespannt. Die eigentliche Auseinandersetzung stand noch bevor.

Der Weg zog sich unter ihrem langsamen Ritt in die Länge. Der Wind blies hin und wieder so stark, dass sie sich auf die Rücken ihrer Pferde drückten, aber im nächsten Moment ließ er nach und wurde zu einem Lüftchen, als habe er nur Spaß gemacht. In den Mooren, die sie passierten, stand das Wasser hoch, die beiden Reiter mussten sich hintereinander halten, um nicht vom Pfad abzukommen. Auch ihre Pferde schienen Respekt vor der morastigen Landschaft zu haben. Sie versuchten nie, ungehorsam zu sein.

Wieder schliefen sie in Scheunen und baten Bauern um eine Mahlzeit. Sie redeten wenig miteinander – was sollte man auch sagen, die Entscheidung war getroffen, es galt, abzuwarten, ob sein Plan Erfolg haben würde. Als sie sich ihrem Meeresarm, dem Vlie, näherten, frischte der Wind wieder auf, nun war es ein Seewind, der nicht mehr scherzte. Er trug würzige Luft heran. Radbod stieg ab und forderte Tade auf, es ihm gleichzutun. Er hatte Hunger, es gab aber kein Dorf in der Nähe, so begann er, mit Pfeilen Fische in einem Bach zu schießen, die sie schließlich über einem Feuer garten.

Von den Groningern war nichts zu sehen.

»Zweifelst du, dass er kommt?«, wollte Tade wissen.

»Er wäre dumm, und so schätze ich ihn nicht ein. Nein, er wird sich an seine Zusage halten.«

»Er könnte es sich anders überlegt haben.«

»Er will mich nicht zum Gegner haben. Genauso wenig wie ich ihn.«

Sie nahmen die Fische aus und verspeisten sie, danach streckten sie sich ins Gras. Radbod schaute dem Zug der Wolken zu und verglich ihn mit dem Leben – so wie der Wind die Wolken trieb, gab es Kräfte, die das Leben eines Menschen bestimmten. Unmöglich, sich ihnen entgegenzustellen. Wie Paak gesagt hatte: Die Götter geben jedem Menschen einen Platz.

Er schloss die Augen.

8

Ganz offenbar hatte sich die Herzogin, als Radbod vom Hof ritt, ausgemalt, dass er sich zur Wehr setzen würde. Sie war vorbereitet, als er zurückkehrte, ihre Leute waren in Stellung gebracht. Der Weg hinauf zum Herrenhaus war abgesperrt, zwei Wagen waren aneinander geschoben, sodass sie nur einen schmalen Durchgang ließen, ein Nadelöhr, zu eng für Pferd und Reiter. An dieser Stelle standen Wachsoldaten, darunter ihr Kommandant, ein breitschultriger Mann namens Oselich.

Ihr Zug, Landric an der Spitze, Radbod hinter ihm, musste abbremsen.

Landric ritt einen Schimmel. Er saß ab. »Hole die Herzogin«, rief er am Kommandanten vorbei einem der Wachsoldaten zu. »Sage ihr, Landric von Groningen will sie sprechen.«

Helrun ließ sich Zeit. Als sie endlich erschien, begleitet von einer Eskorte weiterer Wachsoldaten, schritt sie gemessen den Weg herunter, ohne jede Eile, ohne alle Neugier. Es war ein frischer Frühlingsnachmittag, die ersten Bäume hatten ausgeschlagen, ein zartes, blasses Grün zog sich durch den Wald.

Die Herzogin trat bis an die Wagensperre heran und dann durch sie hindurch, um aller Welt – und besonders den Fremden – zu zeigen, dass sie ohne Angst war.

»Landric von Groningen«, rief sie, »was führt dich nach Stavoren?«

Der Groninger schien unbeeindruckt von ihrem Auftritt, zumindest gab er sich mit seiner Sprache nicht mehr

Mühe als zu Hause. Er zeigte sich mürrisch. »Nach dem Tod des Herzogs wollen wir wissen, wie die Nachfolge geregelt wird. Die anderen Stämme übrigens auch. Denn wer neuer Herzog wird, geht alle an.«

»Ich habe den Eindruck, mein Sohn Radbod hat dich zu Hilfe geholt. Was hat er dir versprochen? Und kann er es einhalten? Bei mir wärst du da sicher.«

Sie standen nicht mehr als fünf Schritte von einander entfernt, es gab keinen Grund für lautes Rufen, wie sie es tat.

»Es geht nicht um Versprechen. Sondern um Gesetze, die im Friesenland gelten. Darum geht es.«

»Niemand achtet die Gesetze so sehr wie ich. Stünde ich sonst hier? Der alte Herzog hat Verfügungen getroffen, an die halte ich mich genau, so wie er es bestimmt hat. Er hat festgelegt, dass Finn sein Nachfolger wird. Radbod war verschwunden. Aedgil hielt ihn für zu schwach. Für zu weich.«

Landric wollte etwas entgegnen, aber sie war noch nicht fertig.

»Noch einmal, Landric: Ich habe dir über einen Boten ein Angebot gesandt. Muss ich aus deinem Auftritt schließen, dass du es verwirfst?«

Der Groninger schluckte, Radbod konnte sehen, wie schwer es ihm fiel, sich zu bekennen. Wenn er Helrun jetzt die Hand reichte, würde Finn Selind heiraten und Herzog werden. Landric wusste das, auch, dass er sein Ziel erreicht hätte. Und Radbod fragte sich, ob das nicht die bessere Lösung wäre, für alle von ihnen.

»Ich bin nicht der einzige Fürst, meine ich. Die Stämme wollen wissen, was du vorhast. Auch mit den Christen.«

Das war es also, was Landric beschäftigte.

»Es ist«, sagte sie, »nicht besonders glücklich, sich hier draußen die Worte zuzuwerfen. Willst du nicht hereinkommen?«

Er schüttelte den Kopf. »Wir bleiben hier. Aber wenn du Stühle bringen lässt, setzen wir uns, beide.«

Ohne viele Worte schickte sie Sklaven zum Haus hinauf. Dann bemühte sie sich, einen Überblick über die Schar der Groninger zu bekommen. Radbod sah, dass sie sich auf Zehenspitzen stellte und leise zählte.

»Viele bewaffnete Männer«, rief sie. »Sage mir eins, Landric: Bist du gekommen, um zu kämpfen?«

»Ich …«, erwiderte der Groninger, und Radbod wartete gespannt auf das, was er sagen würde, »bin deshalb gekommen, weil die Groninger … und die anderen Stämme … erwarten, dass die alte Folge eingehalten wird. Dem Herzog folgt sein erster Sohn nach.«

Auf ihre Lippen trat ein feines Grinsen. Ihr war klar, dass sie Landric überlegen war. »Aber nicht, wenn er ein Verstoßener ist. Er selbst hat seinen Platz geräumt, indem er weggelaufen ist. Sein Recht ist verwirkt.«

»Ihr hattet mich ins Verließ gesperrt«, warf Radbod ein.

»Weil du ungehorsam warst! Dein Vater hat sich über dich geärgert, jeden Tag aufs Neue, bis er starb. Er hat gesagt, dass er dich nicht mehr sehen wollte. Nie wieder, Radbod. Das ist die Wahrheit. Und auch, dass er es ablehnte, dass du sein Nachfolger wirst. Dazu fehle dir die Reife. Das waren die Worte deines Vaters. Die Götter wissen, wie oft ich sie gehört habe.«

»Radbod?«, fragte Landric.

»Niemand kann das bezeugen. Ich glaube es nicht. Ich bin weggelaufen, das ist wahr, um nicht noch einmal eingesperrt zu werden. Aber damit habe ich nicht auf meinen

Platz verzichtet. Und Vater soll ihr allein gesagt haben, dass er mich verstößt? Niemandem sonst? Nur ihr, die nun selbst über unser Land herrschen will? Ich glaube, in Wahrheit sucht meine Mutter einen Weg für die Christen-Religion – die der alte Herzog nicht wollte, wie wir alle wissen. Oder«, rief er zu Helrun hinüber, »ist es nicht wahr, dass du dich taufen lässt. Und Finn soll den Weg mitgehen?«

Sie griff nach der Deichsel eines Wagens, als müsste sie sich festhalten. »Das ist eine ganz andere Angelegenheit.«

»Wie kann das eine andere Angelegenheit sein?«

»Höre, Landric«, sagte sie, »für mich ist bindend, was mein Mann, was Aedgil vor seinem Tod verfügt hat – dass Finn sein Nachfolger werden soll. Anders als Radbod behauptet, gibt es mehrere Zeugen dafür. Ich werde sie dir präsentieren.«

Sklaven schleppten die Stühle herbei, die sie auf beiden Seiten der Wagen aufstellten. Landric setzte sich, auch Helrun und ein paar andere. Radbod hingegen verdrückte sich. Er griff Bajas Zügel und führte sie vorsichtig an den Rand des Weges und von da weiter in den Wald hinein.

Tade, der sen Pferd ebenfalls zog, kam ihm nach. Laub raschelte unter den Hufen der Tiere.

»Wo willst du hin?«, fragte der Lehrer.

»Im Grunde wird hier die ganze Zeit über Finn verhandelt. Ohne ihn macht Mutters Vorhaben keinen Sinn, denn er müsste mit ihr gehen und ebenfalls Christ werden. Ich brauche eine Antwort von Finn. Ich will ihn fragen, wo er steht.«

»Du gehst zum Haus.«

»Ja.«

»Ich komme mit.«

»Nein, Tade, lass mich allein mit Finn sprechen. Bleib du hier bei den Pferden.«

»Wir könnten sie anbinden. Ich begleite dich.«

»Bleib hier, ich bitte dich.«

»Wie du willst, Radbod. Wenn du bis zur Dämmerung nicht zurück bist, setze ich Landric in Kenntnis.«

Im Schutz des Waldes lief Radbod zum Herrenhaus hinauf, hielt sich fern von der Mutter und Landric und den Wachen. Den gestampften Weg betrat er erst, als er von der Sperre aus nicht mehr gesehen werden konnte. Auch danach blieb er noch vorsichtig, obwohl es ihm widerstrebte, sich dem Vaterhaus auf diese Weise zu nähern. Wie oft hatte er sich hier angeschlichen? Immer, wenn er von Rixa kam. Warum war diese Zeit nicht endlich vorbei?

Als er die Haustür öffnete, achtete er darauf, dass sie nicht knarrte, und rief nicht nach Finn, sondern stieg leise die Treppen hinauf. Ohne anzuklopfen, öffnete er die Tür zum Zimmer seines Bruders.

»Finn?«

Der Junge schreckte zusammen.

»Radbod?«

Er hörte Erleichterung in der Stimme seines Bruders.

Oder bildete er sich die nur ein?

»Es heißt, die Groninger stünden vor der Tür, und du hättest sie geholt. Wird es einen Kampf geben?«

»Glaube ich nicht. Ich bin gekommen, um dich etwas zu fragen.«

Finn schaute ihn aus seinen blauen Augen an. Radbod empfand, wie nahe er seinem Bruder stand, er empfand Wiedersehensfreude und hätte ihn am liebsten umarmt.

Finn war nicht sein Gegner.

»Wo stehst du?«

»Wie meinst du das?«

»Ob du Christ werden willst? Und Fürst des Westergouw und Herzog?«

»Was willst du denn?«, fragte Finn zurück.

»Mir steht es zu, über dieses Land zu herrschen, ich bin der Ältere. Auch das Amt des Herzogs steht mir zu. Außerdem nehme ich das Christentum nicht an, ganz bestimmt nicht. Was dich angeht – mein Wunsch ist, dass du bleibst und dazugehörst.«

Finn stützte die Hände auf einen Tisch und schloss die Augen, als ob ihm schwindelig geworden wäre.

»Wie es scheint, ist endlich der Moment gekommen, wo ich mich entscheiden muss. Nun denn. Auch wenn ihr es mir nicht gerade einfach macht, beide nicht.

»Mutter und ich?«

»Mutter und du, ja. Sie sagt, die Christenreligion wäre gut für Friesland. Du willst bei den Asen bleiben, denn das sind unsere Götter. Ist doch so, oder?«

»Ja. Jetzt bist du dran.«

»Ich?«, fragte er und blickte auf. Seine Stimme klang jungenhaft und weich, als er weitersprach, fast so, als unterdrücke er Tränen. Dabei wurde er laut. »Ich weiß es doch nicht! Wollen die Franken wirklich unser Land? Würde uns dieser Christengott schützen, wenn wir an ihn glauben? Oder helfen uns die Asen, weil sie es sind, die uns stark machen? Ihr seid beide so sicher. Nur ich … ich komme mir dumm vor, weil ich …«

Noch bevor er seinen Satz beendet hatte, wurde die Tür aufgerissen. Ihre Mutter kam herein, von mehreren Wachsoldaten begleitet. Der Kommandant, Oselich, ging ihnen voran.

»Ich wusste es!«, rief sie. »Deshalb hast du dich fortgeschlichen. Du willst deinen Bruder unter Druck setzen.«

Sie ließ ihre Hand heruntersausen, dabei war ihr Zeigefinger ausgestreckt. »Setzt ihn fest.«

Alle waren überrascht. Keiner rührte sich. War das ihr Ernst?

»Los, festsetzen«, herrschte sie Oselich und die Wachsoldaten an. »Wegen Verrates wird er ins Verließ gesteckt. Er hat die Groninger gegen die eigene Mutter und den Bruder aufgehetzt.«

Die Wachsoldaten waren zu fünft, alle bewaffnet. Radbod zog sein Schwert gar nicht erst.

»Mutter, nein!«, hörte er Finn rufen.

»Du hältst dich raus«, entgegnete sie scharf. »Er ist zu weit gegangen.«

»Landric wird mich vermissen«, sagte Radbod.

»Ach Landric, dieser Weiberheld. Mit dem werde ich schon fertig. Spätestens morgen ist er froh, wenn er wieder abziehen darf.«

Die Männer entwaffneten ihn und führten ihn über den Hof zum Verließ, wo sein Vater ihn schon hatte einsperren lassen. Unterwegs blickte er sich um. Wollte er weglaufen, blieben nur wenige Augenblicke. Die Groninger – und damit Schutz und Hilfe – waren nah, und er wollte auf keinen Fall wieder in das dunkle Loch müssen. Doch zwei Mann hatten ihn untergehakt, je ein weiterer war vor und hinter ihm, während der fünfte, Oselich, die Tür öffnete.

Es gab keine Möglichkeit zur Flucht.

Sie stießen ihn in den dunklen Raum. Die abgestandene, feuchte Luft drang ihm in die Nase. Es gab wieder Ratten, er hörte ihr Rascheln unter dem Stroh.

»Hallo«, sagte jemand aus dem Dunkel.

»Tade?«

»Ja.«

»Was machst du denn hier?«

»Die Herzogin hat mich festsetzen lassen.«

»Weswegen?«

»Pferdediebstahl, lautet die Anschuldigung.«

»Das war doch ich!«, sagte Radbod. »Wie lange will sie dich dafür einsperren?«

»Nicht lange, nur bis morgen.«

»Das verstehe ich nicht.«

»Morgen will sie mir den Kopf abschlagen lassen.«

»Das ist nicht wahr!«, rief Radbod.

»Doch. Leider.«

Radbod tastete sich zur Wand und weiter auf das feuchte Stroh. All das war ihm nur zu bekannt. Er streckte die Beine aus und trat mit dem Absatz zu, wo er eine Ratte vermutete. Tade war neben ihm.

»Was ist mit Landric?«, fragte er.

»Sie haben sich vertagt. Morgen wollen sie weiterreden.«

»Ist er im Herrenhaus?«

»Er lagert mit seinen Männern im Wald.«

»Wird er nach mir fragen?«

»Wahrscheinlich. Aber die Herzogin ist darauf vorbereitet. Sie wird ihm irgendetwas erzählen. Nein, ich glaube, sie wird ihm ein großzügiges Angebot machen.«

»Was meinst du?«

»Vielleicht verspricht sie ihm, ihn an allen wichtigen Entscheidungen über Friesland teilhaben zu lassen. Oder dass sie gemeinsam in Dorestad Ordnung schaffen. Dann heiraten Finn und Selind. Dich wird sie irgendwann freilassen und fortschicken. Sie tötet doch nicht ihr eigenes Kind.« Er setzte ab. »Nur ich erlebe das alles nicht mehr.«

»Du hast dich also für die falsche Seite entschieden«, sagte Radbod in das Dunkel hinein. »Bereust du es?«

»Warum sollte ich? Ich werde wie ein Friese sterben, aufrecht und ohne Gejammer. Mein Leben lang habe ich darauf gewartet, etwas zu unternehmen, das Bedeutung hat, wirkliche Bedeutung. Als es dann kam – als du kamst –, da habe ich zugegriffen. Bereut hätte ich, wenn ich dein Angebot ausgeschlagen hätte.«

Radbod lehnte sich gegen die Wand, deren Feuchtigkeit durch sein Leibhemd drang. Die Ratten blieben unter dem Stroh in Bewegung. Langsam gewöhnten sich auch seine Augen an die Dunkelheit. Unter der Tür schien ein wenig Licht hindurch, nicht genug, um Tade erkennen zu können, doch es reichte für ein paar Umrisse in der Zelle. Sein Lehrer hatte einen unruhigen Atem und seufzte. So leicht, wie er glauben machen wollte, schien er nicht in den Tod zu gehen. Radbod hätte ihm gerne gut zugesprochen, einen Trost – aber welche Worte gab es, die die letzte Nacht im Leben leichter machen konnten? Außerdem überfiel ihn Müdigkeit, mit einer Unbedingtheit, gegen die er sich nicht zur Wehr setzen konnte. Unterwegs, in den Scheunen im Groninger Land, hatte er nur wenig Schlaf gefunden, und jetzt forderte sein Körper ein, was ihm fehlte.

Er schloss die Augen.

Bald rutschte er an der Wand hinunter auf das Stroh. Er dachte noch, dass er Tade nicht auf diese Weise allein lassen durfte, ihm ging, auf bereits verschwommene Weise, der Satz durch den Kopf, dass die Herzogin möglicherweise nur eine leere Drohung ausgesprochen hatte. Um wieder wach zu werden und ihn Tade zu sagen, riss er die Augen auf. Aber da kam er ihm sinnlos vor, keiner von ihnen beiden würde ihn glauben.

Wehrlos ergab er sich seiner Müdigkeit.

Es war kein tiefer Schlaf, in den er sank, dafür voller Bilder, er träumte von Onno, der am Meeresgrund saß und dort mit anderen Fischern speiste und trank. Sie alle stritten darum, wer von ihnen zu seinen Lebzeiten den größten Fisch gefangen hatte.

Dann schreckte Radbod wieder hoch. »Tade?«

»Ja. Was ist?«

»Hast du das gehört?«

»Was?«

»Das Geräusch.«

Beide lauschten angestrengt, konnten aber nichts hören.

»Da ist nichts«, sagte Tade. Es klang, als wollte er in Ruhe gelassen werden.

»Aber eben war da etwas. Ganz sicher.«

»Du hast geträumt, Radbod.«

Dann war es wieder da, nicht mehr zu überhören. Auf der anderen Seite der Tür war jemand. Versuchte, das Schloss zu öffnen.

War es schon so weit?

Radbod stand auf, Tade ebenfalls.

Die Tür wurde geöffnet. Sie knarrte.

»Radbod?«, flüsterte eine Stimme.

»Finn? Bist du das?«

»Ja.«

Radbod ging auf die Tür zu. Licht gab es längst nicht mehr, er tastete sich vorwärts, setzte Schritt nach Schritt auf das alte Stroh, bis er endlich bei seinem Bruder angelangt war, und griff nach dessen Arm.

»Was machst du hier?«

»Ich habe mir alles überlegt«, sagte Finn. »Ich bleibe bei dir und mache mit. Lass uns die Franken ein wenig ärgern, das ist auf jeden Fall lustiger als ein miesepetriger Christ zu werden.«

Radbod umarmte ihn. »Finn! Du schwörst mir Treue.«

»Ja.«

»Und stehst es durch, wenn Mutter dir droht.«

»Bestimmt.«

Tade pustete Luft aus dem Mund.

»Wo ist die Wache?«, fragte Radbod.

»Die pennen. Wenn wir halbwegs leise sind, droht von denen keine Gefahr.«

»Dann los. Tade, bist du bereit?«

»Ich war bereit, zu sterben. Aber jetzt will ich leben.«

Sie schlichen hinaus, die ausgetretenen Stufen hinauf. Ein herrlicher Wind blies, die Luft war wunderbar frisch, Radbod sog sie ein, Tade genauso. Beide suchten im Dunkeln die Hand des anderen und drückten sie. Vom Morgengrauen war noch nichts zu sehen.

»Und jetzt?«, fragte Tade.

»Ich habe Hunger«, sagte Radbod, »Hunger wie noch nie in meinem Leben. Lasst uns in die Küche gehen.«

Tade hielt ihn zurück. »Wir wollen lieber nichts riskieren.«

Radbod grinste. »Nur ein wenig.«

Auf ihrem Weg in die Küche nahmen die Brüder kaum noch Rücksicht auf den Krach, den sie machten, auf den Widerhall ihrer Schritte, auf ihre Worte oder knarrende Türen. Sie drängten sich gleichzeitig in die enge Speisekammer und begannen, Brot und Fisch und Käse in sich hineinzustopfen, dann hockten sie sich auf die Arbeitsplätze der Sklaven, ließen die Beine baumeln, tranken Bier und Ziegenmilch und Wasser, alles durcheinander, dabei schmatzten und rülpsten sie um die Wette.

Tade hielt sich zurück. Er stand in einer Ecke und war bleich. Sie mussten ihn ermutigen, überhaupt etwas zu essen. Am Ende nahm er ein wenig Brot und Fisch. Bier lehnte er ab, und während er kaute, hatte er seinen Blick fest auf die Tür gerichtet. Er schien förmlich darauf zu warten, dass jemand kam.

Finn dagegen wirkte gelöst. Er freute sich, trank schnell, kaute laut, strahlte übers ganze Gesicht. Die Entscheidung, die er zu treffen hatte, hatte ihm aufs Gemüt geschlagen. Nun war er befreit. Radbod stellte sich vor, wie er sie der Mutter mitteilen würde.

Als sie noch aßen, kam eine Sklavin, ein schwarzhaariges Mädchen, deren Aufgabe es war, den Herd anzuheizen. Tade drückte sich tiefer in seine Ecke. Das Mädchen blieb an der Tür stehen.

»Hab keine Angst«, sagte Radbod, »dir geschieht nichts.«

Er wischte sich den Mund ab und forderte Finn und Tade auf, mit ihm nach draußen zu kommen. Langsam wurde es heller. Sie stellten sich vor das Haus.

Radbod formte aus seinen Händen einen Trichter. »Mutter!«, rief er, und nach einiger Zeit noch einmal: »Mutter!«

Es dauerte einige Zeit, bis sie das Fenster öffnete und ihr verschlafenes Gesicht hervorkam.

Radbod nickte seinem Bruder zu. »Du musst auf die Knie sinken.«

Finn warf einen Blick nach oben, wie einen stillen Abschied. Dann beugte er das Bein, fiel auf sein linkes Knie und neigte den Kopf.

Helrun schrie auf. »Was tust du da? Bist du wahnsinnig?«

»Sag, was du zu sagen hast«, forderte Radbod ihn auf.

»Finn, tu das nicht. Warte, ich komme hinunter.«

Aber sie erreichte ihren Sohn nicht mehr. »Ich schwöre dir Treue, Radbod. Forsete ist mein Zeuge. Und Freya auch.«

Radbod legte ihm beide Hände auf die Schultern.

»Steh auf«, sagte er dann und umarmte seinen Bruder. Vom Haus hörten sie einen Knall. Die Mutter hatte ihr Fenster zugeschlagen.

Sofort danach war sie bei ihnen. Sie hatte sich nicht die Zeit genommen, sich anzukleiden, sondern trug nur einen Umhang um ihr Schlafgewand und Holzpantinen an den nackten Füßen.

»Finn«, schrie sie, »er hat dich gezwungen. Sag, dass er dich gezwungen hat! Dann gilt der Eid nicht. Dieser ... dieser Kerl ist gefährlich. Wie ist er überhaupt freigekommen?«

»Ich habe ihm aufgeschlossen.«

Dieser Satz traf die Mutter wie eine Ohrfeige. Der Kopf fiel ihr auf die Seite und sie wurde blass.

Radbod sagte – und stellte dabei wieder fest, dass er nicht mehr stotterte: »Es wird Zeit, dass du deine Niederlage anerkennst.«

»So weit ist es noch nicht.«

»Oh doch, so weit ist es.«

Er steckte zwei Finger in den Mund und pfiff, wobei er einen langen, durchdringenden Ton erzeugte, den er kurz darauf wiederholte. Einige Wachsoldaten kamen angelaufen, ohne ihre Wamse, nur in Leibhemden, die ihnen um die Beine baumelten. Aber sie hatten ihre Schwerter in der Hand. Ihr Kommandant Oselich war bei ihnen.

»Gut, dass ihr da seid«, rief Helrun.

Radbod schnitt ihr das Wort ab. »Es steht so, dass mein Bruder mir die Treue geschworen hat. Noch heute werde ich vor Edlen unseres Landes einen Eid ablegen und neuer Fürst und friesischer Herzog werden. Solltet ihr Soldaten euch gegen mich stellen wollen, rufe ich die Groninger zu Hilfe, dann gibt es eine Schlacht. Wenn du, Oselich, oder ein anderer von euch für meine Mutter eintreten möchte und einen Zweikampf wünscht, bin ich dazu bereit. Dann lasse ich mir mein Schwert bringen ...«

Viele Worte, die er herausgepresst hatte. Er musste Luft schnappen.

Seine Mutter fuhr dazwischen. »Oselich, du bist viele Male stärker als er«, sagte sie mit ausgebreiteten Händen zu dem Kommandanten, der verwirrt war und zwischen beiden hin- und herschaute. »Kämpfe – für deine Herzogin. Es geht um unser Friesland.«

»Oder schwöre, mir zu dienen«, sagte Radbod.

Damit war alles gesagt, was offenbar auch seine Mutter fand. Vor allem in Tades Gesicht lag Anspannung. Sein Gebiss war in Bewegung und erzeugte seltsame Geräusche. Alle anderen schwiegen, es war, als hätte die Welt den Atem angehalten – kein Vogel zwitscherte, kein Zweig bewegte sich. Selbst der Wind schien nicht mehr zu blasen.

Nur Finn grinste.

Dann neigte Oselich das Knie, wie es Finn vor ihm getan hatte. »Ich schwöre«, sagte er. Er senkte den Kopf und blickte zu Boden. »Herzog Radbod.«

Als er wieder stand, sagte er: »Und jetzt hole ich dir dein Schwert.«

»Einen Moment«, erwiderte Radbod. Die Mutter fragte er: »Wo ist der Missionar?«

Sie verzog das Gesicht. »Weiß ich nicht.«

»Wo sind sie?«, fragte er Oselich.

»Auf dem Weg nach Süden, soweit ich gehört habe. Um Unterstützung zu holen.«

Helrun hatte also weit mehr getan, als er für möglich gehalten hatte. »Von den Franken?«, fragte er, obwohl er die Antwort bereits kannte.

Oselich nickte.

Er warf seiner Mutter einen verachtenden Blick zu, dem sie auswich. »Wann sind sie aufgebrochen?«

»Gestern.«

Radbod starrte Helrun weiterhin an. Sie versuchte inzwischen, sich seinem Blick zu stellen, aber das gelang ihr nicht, sie hatte nicht die Kraft, nicht die Sicherheit. Nur ihren Kopf hielt sie weiterhin aufrecht. Wie ein trotziges Kind sah sie aus.

»Also gut, höre zu, Oselich. Die Christen kommen mit ihren Wagen nicht schnell voran. Du folgst ihnen und bringst sie hierher zurück. Wenn es sein muss, mit Gewalt. Finn wird mit dir reiten. Hast du mich verstanden?«

»Ja«, sagte Oselich. »Ja, Herzog.«

»Und wenn du mit den Christen zurück bist, habe ich eine weitere Aufgabe für dich. Ich möchte, dass du dann nach Utrecht reitest und prüfst …« Er blickte wieder zur Mutter und fragte sich, wie er sie nennen sollte. Ihren Titel wollte er ihr nicht mehr zugestehen. »… dass Helrun dort angekommen ist.«

Die Mutter blies die Wangen auf und setzte zur Gegenrede an. Sie schien keineswegs bereit, über sich verfügen zu lassen.

»In Utrecht?«, fragte Oselich.

»Richtig«, antwortete Radbod.

»Was soll das heißen?«, rief Helrun. »Ich fahre nicht nach Utrecht.«

»Wenn du zwischen Utrecht und dem Verlies wählen kannst, wirst du schon fahren. Du hast nach den Franken geschickt. Nach einem solchen Verrat ist dein Bleiben nicht länger am Herrenhaus. Die Sklaven werden deine Sachen packen und auf einen Wagen laden. Ich gebe dir zwei Wachsoldaten als Begleitung mit. Am Mittag brecht ihr auf.«

Radbod legte Finn eine Hand auf die Schulter und wandte sich an Oselich. »Reitet bald los. Gebt den Missionaren keine langen Erklärungen, bringt sie einfach zurück. Die Schwerter zieht nur, wenn es nicht anders geht. Über allem steht: Wir wollen keine fränkischen Kämpfer in unserem Land.«

Oselich ging davon, während Finn stehen blieb.

»Du wirst Mutter wirklich verjagen?«

»Nicht verjagen, aber fortschicken. Das muss sein.«

»Ich will dabei sein, wenn du zum Herzog ausgerufen wirst.«

Radbod nickte, wandte sich aber Tade zu.

»Und was ist mit dir?«

Die Strapazen der letzten Tage, vor allem die der vergangenen Nacht, waren dem Lehrer anzusehen, er war fahl, hatte eine gebeugte Haltung und war mit den Gedanken weit weg. In den Tagen seit seiner Rückkehr von Vlylan war er Radbod mehr ans Herz gewachsen als in all den Jahren zuvor.

Doch jetzt stach ihn das Stroh.

»Was soll mit mir sein?«

»Wir brauchen nun keinen Lehrer mehr. Mein Bruder und ich sind groß. Deshalb – was soll ich sagen?« Er streckte Tade die Hand entgegen. »Vielen Dank für alles, was du für uns getan hast.«

Tade schlug nicht ein. »Du schickst mich fort?«

Radbod ließ seine Hand in der Luft stehen.

»Ich habe gesagt, wir brauchen keinen Lehrer mehr.« Er neigte den Kopf und ließ Zeit verstreichen.

Endlich fuhr er fort: »Was mir allerdings fehlt, ist ein Berater. Einer, der loyal ist.«

Finn kicherte – der Einzige, der verstanden hatte. Tade war nicht in der Lage, irgendetwas zu sagen.

»Vor allem möchte ich, dass du in den Wald hinuntergehst und Landric hereinbittest.«

»Landric?«, fragte Finn.

»Nach Lage der Dinge wird er mein Schwiegervater. Deshalb muss ich ihn ins Haus laden.«

»Radbod«, fing Helrun an.

Er kannte diese Stimmfarbe von ihr, die plötzliche Sanftheit, die sie auflegte, wenn sie etwas erbat.

»Schick mich nicht davon. Ich habe dich geboren. Kein Friese wird es verstehen, wenn du die eigene Mutter davonjagst wie einen Köter. Sie werden dich als herzlos bezeichnen, als jemand, der nicht ...

»Hör auf. Für das, was du versucht hast, kommst du recht gut weg. Fang an zu packen, die Zeit vergeht schnell. Ihr anderen wisst, was ihr zu tun habt? Dann los.«

Der Wind trieb neue Wolken über den Himmel. Ein paar Tannen neigten die Spitzen, während die Birkenstämme widerstanden, nur ihre Zweige bewegten sich, als würden sie winken. Vor ihnen lagen Stavoren und das Vlie, dahinter die Inseln und die Nordsee. Sein Land.

TEIL 2

9

Ein freies Friesland war immer Radbods Ziel gewesen. Er hatte gesehen, wie sich die Franken in Dorestad aufführten, und er hatte erlebt, wer diesen Leuten den Weg ebnete, die Christen nämlich, vor allem ihr Missionar Willibrord.

Damals, als Finn und Oselich den Northumbrier und seine Begleiter zurückgebracht hatten, hatte er ihn kurzerhand des Landes verwiesen. Der Missionar sah ihn mit seinem starren Blick an, auf eine Art, als wollte er ihn allein mit den Augen niederringen.

»Das kannst du nicht tun«, brachte er schließlich hervor, und seine Stimme klang tief und durchdringend wie eh und je.

»Aber sicher kann ich das.«

»Gott lässt es nicht zu, dass die Männer verjagt werden, die Sein Wort verkünden.«

»Ach nein? Was unternimmt er dagegen?«

»Spotte nicht. Du wirst es erleben«, rief der Missionar, »gerade du, der du die Hand des Teufels benutzt und mit ihm im Bunde bist. Du hast das Kreuz gefällt, an dem Gottes Sohn gestorben ist. Diesen neuerlichen Frevel verzeiht er dir nicht.«

»Und du kennst seine Gedanken, Angelsachse?«

»Er lässt mich an ihnen teilhaben, ja, denn er weiß, dass ich ihm mein Leben verschrieben habe.«

»Und trotzdem will ich dich hier nicht mehr sehen. Verschwinde, und zwar schnell.«

Auch nach dieser Anordnung weigerte sich der Missionar, vor den Augen seiner Leute blieb er stehen und rührte sich nicht, sondern berief sich auf Zusagen der Friesen, nach denen sie ihre Lehre in diesem Land verkünden dürften. Radbod zog sein Schwert. Willibrord blieb stur. Er wollte einen Zweikampf, vielleicht sogar Blut, eine Verletzung, für die er, der Unbewaffnete, seinen Gegner verantwortlich machen konnte. Am Ende ließ Radbod ihn binden und auf seinen Wagen zerren. Die anderen stiegen freiwillig auf, während Willibrord weiterhin zeterte und schimpfte und drohte. Er nannte den Namen des alten Herzogs, Radbods Großvater, der Willibrords Vorgängern ein Versprechen gegeben hätte. Radbod widerrief es kurzerhand. Dann trat er an den Wagen und machte Willibrord klar, dass sein Leben in Gefahr war, sollte er erneut nach Friesland kommen.

Der Northumbrier schüttelte den Kopf. »Mein Leben steht allein in Gottes Hand«, sagte er, »und deins auch. Das wirst du schon noch verstehen.«

Radbod misstraute ihm. Als sich ihr Zug endlich in Bewegung setzte, schickte er ein paar Wachmänner hinterher, mit dem Auftrag, aufzupassen, dass die Missionare nicht umkehrten oder im Westergouw zu lange Pause machten. Bis an die Grenze zum Frankenland sollten sie sie begleiten.

Schließlich, als die Wagen außer Sichtweite waren, suchte Radbod das Gespräch mit Tade. Der Lehrer kannte die Geschichte des Missionars. Als kleiner Junge war er von seinem Vater in einem Kloster abgegeben worden, einem Ort, wo nur Männer und Knaben lebten, wo alle drei Stunden gebetet wurde, vom frühesten Morgen bis in die späte Nacht. Beim Eintritt schwor man dem Christengott die Treue und hatte seinen Schwur regelmäßig zu erneuern. Ansonsten musste man auf dem Feld arbeiten, dafür bekam man drei Mahlzeiten, meistens Grütze, manchmal Fisch und Fleisch. Insofern unterschied sich das Leben, wenn man vom Beten und dem Schwur absah, nicht besonders von dem anderer Leute, nur dass man keine Frau anrühren durfte. Auch hatte man nicht das Recht, das Kloster zu verlassen, es sei denn auf Anordnung. Und vor allem musste man zeigen, dass man seinen Gott liebte und ihm diente.

Willibrord schien das nicht vergessen zu haben.

»Wie kann er so sicher sein, dass sein Gott alles entscheidet, auch hier bei uns? Weiß er – oder glaubt er?«

»Das hättest du ihn fragen müssen.«

»Von ihm hätte ich keine gute Antwort bekommen.«

»Wenn man fest glaubt«, meinte Tade, »kann es sein, dass man den Glauben für Wissen hält.«

Radbod bedachte die Antwort. »Auf bestimmte Weise bewundere ich den Northumbrier für seine Sicherheit. Bei einem Friesen habe ich so etwas noch nicht erlebt, bei keinem einzigen.«

»Du denkst darüber nach …«, wollte Tade wissen.

Radbod ließ ihn seine Frage nicht zu Ende bringen. »Ich habe dich ein Gefühl schauen lassen, das tief in mir verborgen liegt.« Er legte Tade die Hand auf die Schulter. »Vertrauen rechtfertigt man durch Verschwiegenheit.«

»Ich weiß.«

Es war ein heller Frühlingstag, auch wenn der Nachmittag sich bereits neigte. Drüben, am Lagerplatz, stieg dünner Rauch auf. Die Krieger zündeten ihre Feuer an und bereiteten sich auf den Abend vor, sie wollten essen. Sie alle gingen davon aus, am nächsten, spätestens am übernächsten Tag weiterzuziehen. Aber war das noch berechtigt?

Im Laufe des Tages war Finn noch ein zweites Mal bei Radbod gewesen, sogar Poppo hatte bei ihm vorgesprochen. Radbod zweifelte nicht daran, dass der Junge auf seiner Seite stand, trotzdem trieb ihn, genauso wie Finn, die Sorge um den Feldzug und um die Haltung des Hriustrerfürsten.

»Dann sage mir, was ich deiner Meinung nach entscheiden soll.«

»Das weiß ich nicht«, sagte Poppo.

»Ihm Eila versprechen und mit ihm in den Krieg ziehen?«

»Nein! Das nicht. Nicht Eila.«

Radbod schnaubte. »Es gibt Leute in unserer Umgebung, die sehen das anders. Irgendwann, sagen die, werde ich Eila sowieso an einen Mann geben – dann könnte ich es auch gleich tun.«

Poppo rührte sich nicht, seinem Gesicht war nicht anzusehen, was er empfand. Er wirkte angespannt.

»Was denkst du?«, fragte Radbod erneut.

Sein Sohn wandte sich ab. »Wenn der Hriustrer nicht mitmacht, ziehen wir eben ohne ihn. Bis Dorestad gibt es keinen Feind. Und dieses Castrum, das schaffen wir auch allein.«

So ehrenvoll diese Haltung sein mochte, Radbod konnte sie nicht übernehmen. Keiner der Krieger würde zufrieden sein, wenn er sie am Fluss Lek umkehren ließ. Radbod sah Unruhen voraus, vielleicht eigenmächtiges Handeln. Aber mit einem kleinen Heer ins Frankenland – und damit ins Ungewisse – zu ziehen, war gefährlich, und er trug die Verantwortung für das Leben der Männer. Am liebsten hätte er den Hriustrer zu einem Zweikampf gefordert, und er musste sich bremsen, damit dieser Gedanke nicht überhand nahm. In jedem Fall war es nicht möglich, dem Abendessen fernzubleiben, obgleich er keinen Hunger hatte. Wenn die Fürsten und Heerführer tafelten, hatte der Herzog zu erscheinen.

Seine Möglichkeit war, einem direkten Zusammentreffen mit Reemer auszuweichen. Aber wie lange wollte er dem Mann noch aus dem Weg gehen? Was sollte sich dadurch zum besseren wenden? Dieses Problem gehörte nicht zu denen, die sich mit der Zeit von selbst lösten. Das musste man anpacken.

Manches Mal hatte er sich gefragt, ob nicht ein Fluch auf ihm lag. Wie oft hatte er die Missionare und besonders Willibrord in die Schranken verwiesen und dessen Verwünschungen auf sich gezogen. War es der Christengott, der ihn strafte? War es dessen Rache, dass er immer wieder vor die eine Wahl gestellt wurde, die ihn zu zerreißen drohte und die hieß, entscheide dich, auf der einen Seite steht dein Land, auf der anderen einer der wenigen Menschen, die du in deinem Herzen trägst. Bei Rixa war es so gewesen, damals, nachdem er das Kreuz gefällt hatte, bei Eila war es wieder so, und auch bei Poppo hatte er wählen müssen, und das waren ganz ähnliche Verhältnisse gewesen. Der Unterschied war, dass er zu Poppos Zeit Sicherheit besessen hatte, dass er gewusst hatte, was zu tun war. Und heute?

Die Vögel zwitscherten, ein fröhlicher Wind wehte. Der Himmel war blau und weiß, die Sonne war verschwunden, friedlich lag das Land vor ihm. Ein Eindruck, der täuschte. Kampf lag in der Luft, entweder zwischen ihm und vielen Friesen, die er würde enttäuschen müssen, oder aber eine gemeinsame Schlacht gegen die Franken.

Was war es?

Finn und Poppo und all die anderen, die in Sorge waren, lagen richtig mit ihrer Einschätzung, dass dies die beste – und möglicherweise die einzige – Zeit war, um gegen die Franken zu ziehen. Er, Radbod, hatte das als Erster erkannt. Irgendwann würde sich im Ostreich ein neuer Hausmeier durchsetzen. Bis es so weit war, mussten sie ihnen Angst machen, ihnen Respekt einflößen, auf dass sie nie wieder nach Friesland kämen. Sein Plan war, den Nachbarn eine Niederlage zuzufügen, von der er sich lange nicht erholte, die ihn schwächte und sich tief in sein Gedächtnis einbrannte, und sollte er, Radbod, dafür einen Preis zu entrichten haben, war er bereit dazu.

Alles außer Eila.

Dass Eila bereits einem anderen Mann versprochen war – das hätte er dem Hriustrer sagen können, und der andere hätte es hinnehmen müssen. Auf diesen einen, den rettenden Gedanken war Radbod nicht gekommen, und wenn er ihn jetzt vorbrächte, klänge er wie eine dümmliche Ausrede, wie eine Lüge. Keine Frage, dass Reemer das erkennen würde.

War all das wirklich der Fluch des Missionars und die Bosheit des Christengottes? Und wenn, warum half Thor ihm nicht, für den er Rache genommen hatte? Was war mit Freya, für deren Land er zu sterben bereit war, was mit Forsete, dessen heilige Insel er bewachte und schützte? Warum taten sie nichts? Waren die Asen, ihre Götter, also schwächer als der Gott der Christen? Und das, obwohl er nur einer war und sie viele?

Er schalt sich für diese Gedanken. Die Kraft der Asen würde sich zeigen, wenn sie die Franken schlugen, ein Volk, das sich diesem christlichen Weiberglauben ergeben hatte. Sie alle würden kämpfen, das ganze Friesland und seine Götter.

Und er würde sich, wenn der Abend kam, mit den Fürsten an einen Tisch setzen. Auch mit Reemer.

Die Hochzeit mit Selind fand in Stavoren statt, nicht in Groningen, er holte seine Braut nicht, wie es Brauch war, im Haus ihrer Eltern ab, sondern von der Seite ihres Vaters, dem er gelobte, sie immer zu beschützen, selbst wenn er das eigene Leben geben müsste. Ihm war nicht nach feiern zumute. Er musste an Rixa denken. Das ging so weit, dass er sich vorstellte, sie sei es, nicht Selind, die er zum Herrenhaus führte. Auch während er tanzte, war er in Gedanken bei der anderen.

Selind merkte, dass mit ihm etwas nicht stimmte. Sie fragte ihn, wo er mit seinen Gedanken gerade sei. Er gab nicht die wahre Antwort, zwang sich aber zurück – zu ihr und zu dem Fest, das sie ausrichteten.

Sie hatten Leute aus Stavoren und aus der Gegend eingeladen, die Bier tranken und dem Brautpaar Glück wünschten. Edle aus dem Groninger Land waren gekommen, Selinds Familie natürlich, alle ihre Geschwister, es gab Musik, man trank und speiste. Radbod hielt sich zurück, er redete wenig, war nicht besonders fröhlich, nahm all das Schulterklopfen und die guten Ratschläge ungerührt auf. Sobald es der Anstand zuließ, zog er sich, zusammen mit seiner Braut und unter den anzüglichen Bemerkungen der Gäste, zurück. In der Hochzeitsnacht schlief er zwar mit ihr, aber ohne jedes Brimborium, er half ihr nicht, ihr Kleid auszuziehen, löschte das Kerzenlicht nicht, flüsterte ihr nicht ins Ohr, dass sie schön sei oder dass er sie liebte, er machte es kurz – und konnte trotzdem kaum anders, als sich Rixa vorzustellen. Es fehlte ihm, dass sie ihm ins Ohrläppchen biss.

In der folgenden Zeit blieb er auch nicht gerne zu Hause, sondern war viel unterwegs, ritt durch Friesland, durch die Gebiete der verschiedenen Stämme, besuchte Dörfer und Höfe. Auch dabei konnte er kaum anders, als Ausschau nach Rixa zu halten. Manchmal begleitete ihn Tade, oft Finn, der wie ein kleines Kind jedes Mal auftauchte und mit wollte, wenn er sah, dass Radbod sein Pferd sattelte.

Insgesamt dreimal in jenen Jahren machte er sich auf den Weg nach Dorestad. Beim zweiten Mal kam er in Begleitung herzoglicher Wachmänner und ließ ohne viele Worte den Verwalter festsetzen. Die weiße Sänfte und die Seidenkleidung des Mannes wurden am Hafen verkauft, die Münzen verteilte er an die Familien der friesischen Stauer. Zum neuen Verwalter ernannte er Tade, der so überrascht war, dass ihm die Worte fehlten. Dann aber sagte er zu, und Radbod wusste, dass er für die Hafenstadt keinen besseren Mann hätte finden können. Tade würde die Aufgabe mit Bedacht angehen und Ordnung schaffen.

Finn dagegen war ein Draufgänger. Er ließ sein Pferd über jedes Hinderniss springen, auf das er stieß, jagte Wild, ging keinem Streit aus dem Weg. In Dorestad prügelte er sich mit fränkischen Händlern, die er in den Fluss warf. Aber auch er hatte bunte Flecken im ganzen Gesicht. Durch die Hitze auf seinen Wangen wirkte sein Lockenkopf roter als sonst, und rot war die Farbe, die zu Finn passte, der aufbrausend war und das Schwert schnell zur Hand hatte. Den Frauen, jungen wie älteren, gefiel er. Sie schauten ihn an, manche folgten ihm weit über die Anstandsgrenzen noch mit den Augen, wenn er längst vorüber war, und es geschah auf diesen Reisen regelmäßig, dass Radbod nachts wach wurde und sein Bruder war verschwunden. Am nächsten Tag fragte Radbod nicht nach, konnte sich aber ein Grinsen nicht verkneifen, und wenn sie aus der Siedlung ritten, winkte Finn einer Schönen am Wegesrand zu. Im nächsten Ort lächelte er eine andere an.

Die Nordsee wurde in manchen Bereichen von Dünen daran gehindert, aufs Land zu laufen. In anderen Gegenden dagegen überspülte sie die Felder jeden Tag, meistens sanft, und dann ließ sie ihr Salz zurück, das den Böden guttat und die Pflanzen wachsen ließ. Gelegentlich aber kam die See mit einer solchen Wucht, dass die Halme knickten und sich nicht wieder erholten. Dann lagen die Felder unter Schlamm, als wären es Moore. Den Bauern blieb nichts, als hinzunehmen, dass es keine Ernte geben würde. Sie brachten Wotan Opfer für das nächste Mal. Wenn sie klug waren, hatten sie auch Gebiete weiter im Landesinneren bestellt, dort, wo die Flut nicht hinreichte.

Radbod und Finn – und in der Zeit vor seiner Aufgabe in Dorestad auch Tade – schauten oft zu, wie das Wasser über die Felder lief, sie beobachteten die See während der Frühlingswinde, zur Zeit der Sommergewitter und der Herbststürme. Die Bauern setzten alles daran, das Wetter und damit die beste Zeit für die Aussaat vorherzusehen. Wahrsager zogen durch die Dörfer, warfen ihre Holzklötzchen, ließen sich entlohnen und verschwanden, bevor ihre Vorhersagen überprüft werden konnten. Das Volk schimpfte auf sie, wenn das Meer doch stieg und die Saatkörner wegspülte oder junge, schutzlose Pflanzen vernichtete.

Je nach Jahreszeit und Saatgut nahmen die Bauern einen neuen Anlauf. Manchmal war es zu spät, und dann drohte Hungersnot.

»So ist eben Friesland«, meinte Finn. »Wer am Meer siedelt, muss mit den Wellen leben.«

Radbod machte es sich nicht so einfach. Während der Ausritte über das Land entwickelte er die Idee, Wälle gegen die See zu bauen. Ob er selbst sie zuerst gehabt hatte oder Tade, wusste er bald nicht mehr, aber der Gedanke grub sich ihm ein und beschäftigte ihn jeden Tag. Er war denkbar einfach. Wie Rixas Familie und Nachbarn hatten sich auch andere Gruppen von Bauern über lange, lange Zeit Wharfen aufgeschüttet, und dort lebten sie geschützt vor Sturm und Wasser und brauchten sich um ihre Ernte nicht zu sorgen. Was nun, so war der Gedanke, wenn man diese Hügel miteinander verband?

In seiner Vorstellung blieb er bei dem Namen Wall. Beim Essen erklärte er eines Abends, was er meinte. Dazu formte er Wharfen aus Grütze und stellte sie auf den Tisch. Selind glaubte wohl im ersten Moment, ihr Mann sei ein Kindskopf und versuche, seine Gäste zu unterhalten. Aber das änderte sich schnell. Sie wurde still, sie machte große Augen. Auch Finn war neugierig.

Radbod kippte Wasser aus einer Karaffe gegen seine Hügel. Es richtete keinen Schaden an ihnen an, auch dann nicht, wenn er heftiger schüttete, aber zwischen ihnen lief es hindurch über die Tischplatte, wo er es schließlich mit seinem Ärmel aufwischte. Dass der bald tropfnass war, scherte ihn nicht, er merkte es nicht einmal, als er begann, seinen Wall zu kneten, ebenfalls aus Grütze. Der erste, den er aufstellte, war zu dünn, er brach unter dem Wasser zusammen.

Ein zweiter, kräftigerer, den er mit Selinds Hilfe baute, hielt.

»Hoch muss er also sein und dick«, sagte Radbod.

»Auf diese Weise könnte er dicht werden«, ergänzte Finn.

»Und so wollen wir den Wall auch nennen«, sagte Selind. »*Dyk* – denn Dicke und Dichte sind seine Eigenschaften.«

Sie hatten bald kein anderes Thema mehr und sprachen jeden Abend und oft auch am Tag über den Dyk. Solange er noch am Herrenhaus lebte, war es Tades Aufgabe, die Schwierigkeiten zu benennen, und manchmal schienen sie, wenn er sie aufzählte, unüberwindlich. Später schlüpfte Radbod in diese Rolle, obgleich er den Dyk wollte, dann sprach er von der unvorstellbaren Menge Erde, die aus dem Hinterland angefahren werden musste, von den vielen Männern, die zu schaufeln hatten. Wer am Dyk bauen würde, hätte keine Ernte und müsste also verhungern. »Das scheint mir ein bisschen viel verlangt.«

»Auch heute haben sie oft keine Ernte«, entgegnete Selind. »Das habt ihr doch erzählt.«

Im Zwiegespräch entwickelten Herzog und Herzogin die Vorstellung, dass jedes Dorf ein paar Männer für die Erdarbeiten abstellte und in dieser Zeit als Gemeinschaft für sie und ihre Familien sorgte. Im nächsten Jahr sollten es andere Männer sein und im übernächsten wieder andere, sodass jeder mal schaufeln müsste und es kein böses Blut zwischen den Nachbarn gebe.

Während Selind redete, lehnte sich Radbod zurück und beobachtete sie. Es war ihr ernst, sie wollte diesen Dyk, genauso wie er. Trotzdem blieb er lange Zeit skeptisch. Seine Mutter hatte dem Vater auch oft zugestimmt und gleichzeitig ihre eigenen Pläne verfolgt. Erst nach und nach erkannte er, dass seine Frau anders war. Sie stützte ihn und sein Vorhaben.

»Und wie soll nun all die Erde an die Küste kommen?«, fragte Finn während eines Abendessen.

»Mit Ochsenkarren. Und da die nicht durch den Wald fahren können, werden wir Wege brauchen.«

»Königswege«, warf Selind ein.

Sie schauten sie an.

»Es gibt keinen König im Friesenland«, entgegnete Radbod.

»Es gibt auch noch keinen Dyk im Friesenland.«

In jener Nacht ging er zum ersten Mal zu ihr, weil er das wollte, und nicht, weil er glaubte, es sei wieder Zeit. Selind war dabei, eine Herzogin zu werden und eine Kameradin. Er wollte ihr zeigen, dass er das erkannte. Ihn zog keine unwiderstehliche Macht zu seiner Frau, wie früher zu Rixa – er musste sich den Gang vornehmen und sich trotz allem ein wenig überwinden. Aber er wollte zu ihr.

Darüber hinaus galt es, etwas dafür zu tun, dass sie endlich schwanger wurde. Fast zwei Jahre waren sie inzwischen verheiratet. Am Anfang hatte es ihm keine Sorgen gemacht, dass ihr Bauch nicht dicker wurde, es konnte daran liegen, dass er sie so selten besuchte. Später – als auch manche Anspielung kam – begann er, sich Fragen zu stellen.

Weit mehr aber beschäftigte ihn der Dyk, und selbst mit Selinds Hilfe ließen sich seine Zweifel nicht ausräumen. Immer wieder stellte er sich den Umfang des Vorhabens vor, die ungeheure Menge an Erde, die herangekarrt werden musste, der lange, lange Küstenwall, die See, die ihn während der Bauzeit immer wieder einreißen würde. Als seine Zweifel zu groß wurden und drohten, ihm das gesamte Vorhaben zu verleiden, sattelte er Baja und ritt zu Tade nach Dorestad. Er hatte Sehnsucht nach der Meinung seines alten Lehrers. Darüber hinaus galt es, sich zeigen zu lassen, was der neue Verwalter rund um den Hafen verändert hatte.

Tades bedeutendste Neuerung war, dass Wagen und Schiffe genau in der Reihenfolge entladen wurden, in der sie eintrafen, und zwar unabhängig davon, ob sie fränkisch oder friesisch waren oder aus einem anderen Land stammten. Die Friesen waren mit der Regel sehr einverstanden, die Franken überhaupt nicht. Sie versuchten, sie zu umgehen und die Stauer mithilfe ihrer Münzen gefügig zu machen. Mochten sie mit ihrem Geld auch hier und da Erfolg haben, so hatten sich die Dinge doch grundlegend verändert. Tade passte auf, ließ sich nicht einschüchtern und nicht bedrohen. Für den Fall, dass ihm jemand an den Kragen wollte, hatte er ein paar kräftige Männer, die bereits dem alten Verwalter als Leibwache gedient hatten und sich nun für ihn einsetzten. Die Franken murrten. Mancher wurde so wütend, dass er mit der Peitsche um sich schlug. Die Stimmung in Dorestad war geladen.

In dem großen Haus des alten Verwalters bewohnte Tade nur zwei Zimmer, der Rest stand leer. Eine fast zahnlose, weißhaarige Frau kochte für ihn. Radbod setzte sich an den Tisch. Das Mahl war karg, es gab Getreidebrei, ein wenig Öl und warmes Wasser.

»Fügen sich die Franken deinen Anordnungen?«, fragte der Herzog.

»Es bleibt ihnen nichts übrig. Dorestad ist ein friesischer Hafen. Sie werden behandelt wie alle anderen, obwohl wir das Recht hätten, die eigenen Leute vorzuziehen.«

»Und das wissen sie?«

»Ich denke schon. Sie werden sich gewöhnen.«

Noch während er Tade zuhörte, drängte es Radbod, über den Dyk zu sprechen. Er bremste sich, kratzte mit dem Finger einen Rest Grütze aus seiner Schüssel, nahm wahr, wie spärlich das Licht war, das im Zimmer brannte. Tade war das genaue Gegenstück seines Vorgängers – er brauchte kaum etwas für sich selbst und er wollte Gerechtigkeit.

»Ich habe mich verrannt«, sagte Radbod schließlich, und all seine Zweifel standen in Bildern vor seinem Auge. »Das Vorhaben ist für Götter, nicht für Menschen, und wenn die Götter es gewollt hätten, dann hätten sie es gemacht.«

»Du denkst inzwischen an einen Wall um das ganze Friesenland?«, fragte Tade und lächelte. »Von West bis Ost?«

»Sonst hat es doch keinen Sinn! Entweder man sperrt das Wasser überall aus oder nirgendwo. Über ein Stückchen Dyk lacht das Meer. Den nimmt es mit sich, wenn es Lust hat. Dafür müssen die Wellen nicht einmal besonders hoch sein.«

»Und jetzt kannst du dir nicht vorstellen, wie so ein Wall gebaut werden kann?«

Radbod bejahte.

»Fang einfach an«, sagte Tade.

Radbod ärgerte sich über den Vorschlag. Er war zu einfach.

»Finde Männer, die die Arbeit tun. Dörfer, die sie unterstützen. Und dann fangt an.«

»Aber ich werde doch niemals fertig.«

»Natürlich nicht, was hast du denn erwartet? Deine Kinder werden den Dyk weiterbauen müssen und ihre Kinder und wer weiß wie viele Generationen noch.«

»Und wenn sie es nicht tun?«

Tade fiel in ein breites Grinsen. »Es ist schlecht möglich, Vorgaben für eine Zeit zu machen, in der man nicht mehr lebt. Obgleich deine Seele dann in der Welt ist und in einem Baum lebt oder einem Stein. Deine Ahnen sind schließlich auch um dich.«

»Ja und? Man kann doch mit den Nachfahren nicht sprechen.«

»Nicht, wenn man tot ist. Dann kann man nur zusehen. Deshalb solltest du deine Lebzeit nutzen und deinen Kindern und Nachfolgern von deinem Vorhaben erzählen. Am Ende kannst du nur hoffen, dass sie es fortsetzen.«

»Ganz schön wenig.«

»Findest du? Eines Tages werden deine Nachfahren sagen, unser Vorfahr, Herzog Radbod, hat mit diesem kühnen Werk angefangen, ungezählte Sommer und Winter sind seitdem vergangen, aber jetzt ist der Dyk fertig. Wo immer du dann steckst, wenn du diesen Satz hörst, wirst du stolz sein. Sie werden noch mehr sagen: Auch wenn der Dyk gebaut ist, müssen wir immer noch viel Kraft aufbringen, um ihn instand zu halten und auszubessern, wo das Meer ihn wieder dünn gemacht hat. Schließlich soll er ein Dyk bleiben.«

»Du glaubst, ich soll einfach …«

»Ja, das glaube ich. Fang an. Setze die Schritte, die du machen kannst. Mehr ist nicht möglich. Ich gehe nicht davon aus, dass die Götter dir das ewige Leben geschenkt haben.«

Radbod hatte den Eindruck, sein alter Lehrer hätte ihm eine Tür zu einem neuen Raum aufgestoßen, und er tastete sich hinein.

»Vertrauen ist eine große Sache, Radbod. Das muss man lernen. Warum sollten deine Nachfolger weniger weise sein als du? Und wo nicht, hast du immer noch die Möglichkeit, ihnen Fingerzeige zu geben. Die Toten können den Lebenden hin und wieder gute Gedanken einflößen. Wer weiß, vielleicht stammt die Idee über den Dyk auch von deinen Ahnen.«

Die alte Frau nahm die beiden Schüsseln vom Tisch. Mehr als den Brei gab es nicht, weder Fisch noch Fleisch, auch kein Bier. Radbod ging die Vorstellung durch den Kopf, dass man einen Herzog besser zu bewirten hatte, und auch der Verwalter eines Hafens wie Dorestad lebte normalerweise aufwendiger als Tade. Doch beiden fehlte nichts, sie waren gleich darin, dass sie sich aus Luxus nichts machten.

»Das Vorhaben«, sagte Tade, »ist so bedeutend, dass es richtig wäre, eine Versammlung einzuberufen, einen Thing. Alle Fürsten und Edlen sollten zusammenkommen, zumindest aus unserem Teil des Landes, und dann stellst du ihnen deinen Plan vor und sagst ihnen auch, wie du ihn umzusetzen gedenkst.« Tade lachte auf. »Sie werden sich aufregen und die Köpfe schütteln. Der Friese mag keine Neuerungen.« Er ahmte eine Stimme nach, im Dialekt: »Warum das denn? Hatten wir doch bisher auch nicht, so ein Ding.« Dann wandte er sich wieder Radbod zu. »Aber wenn du gut bist, wirst du sie überzeugen, dann werden sie eine Zeit lang murren und am Ende behaupten, sie seien auch schon auf eine ähnliche Idee gekommen.«

»Ich rufe sie nach Baduhenna?«

»Einen besseren Ort gibt es nicht. Dort haben ...«

Radbod winkte ab. »Ich weiß, Herr Lehrer, ich weiß, du hast es uns hundertmal erzählt, in Baduhenna haben unsere Vorfahren mithilfe der Götter die Römer geschlagen und verjagt. Seitdem ist es ein heiliger Hain und es gibt dort eine Steinsäule, die Thor selbst gesetzt hat.«

»Ich sehe, du hast aufgepasst. Baduhenna ist der richtige Ort für ein Thing. Aber eins noch, Radbod: Es wäre wichtig, den einen oder anderen Fürsten vorher einzuweihen, dann können sie für dich und deine Idee Partei ergreifen, falls die Stimmung in die andere Richtung schwankt.«

»An wen denkst du?«

»An deinen Schwiegervater Landric. Die Groninger leben zwar auf ihrem Geestrücken und brauchen den Dyk nicht, aber ohne ihre Hilfe und Zustimmung wird es schwer. Und Hayo, den Ostergouwer. Beide sind, von dir abgesehen, die mächtigsten Männer im südlichen Friesland.«

Als Radbod am nächsten Morgen aufbrechen wollte, kam ein Stauer angerannt und rief Tade zum Hafen, wo es angeblich Streit gab. Drei fränkische Händler und eine Gruppe friesischer Bauern standen sich gegenüber. Die Franken trugen Lederstiefel und gefärbte Leibhemden, die von breiten Gürteln gehalten wurden. Ihre Schwerter hatten sie bereits gezogen. Die Kleidung der Friesen dagegen war in der Farbe von Hanf. Ihre Haare und Bärte waren wild, an den Füßen trugen sie Holzpantinen. Als Waffen hatten sie Knüppel und Sensen. Beide Seiten keiften einander an. Die Köpfe waren rot, es fehlte nicht viel, dass sie aufeinander losgingen.

»Was geht hier vor?«, rief Tade.

Radbod sah zwei aufgeschlitzte Getreidesäcke. Teile des Korns waren ausgelaufen und hatten auf dem Lehmweg einen Haufen gebildet.

»Gut, dass du kommst, Verwalter«, sagte der Wortführer der Friesen. Er zeigte auf seine Getreidesäcke. »Sieh dir das an.«

»Was ist passiert?«

Der Bauer zeigte auf einen der Franken. »Der da wollte sich vor mich schieben. Als ich nicht gewichen bin, hat er mich beschimpft, sein Messer gezogen und die Säcke aufgeschlitzt. Ich wollte ihn in den Rhein werfen, aber …«

»Das Gegenteil ist wahr«, unterbrach ihn der Franke, der wesentlich ruhiger klang. »Ich war zuerst da. Wir haben Tuch und Pelze aus dem Osten, darauf warten die Leute im Frankenland.«

»Ihr hättet beide laden können«, sagte Tade.

»Leider nicht. Das Boot war fast voll. Außerdem muss ich weiter. Mein Schiff legt gleich ab.« Der Franke setzte ab. »Das ist der Grund, warum ich meinen Platz nicht geräumt habe.«

Der Bauer hob seinen Knüppel. Seine Stimme zitterte. »Du lügst, Franke. Wie du dastehst, bist du eine einzige Lüge.«

Während sie stritten, kamen weitere fränkische Händler hinzu, auch sie bewaffnet und offensichtlich bereit, die Sache auszufechten. Es gab, wenn man Tade und seine Leibwächter dazuzählte, einen Gleichstand an Männern. Radbod hielt sich abseits und war gespannt, wie Tade die Sache entscheiden würde.

»Ich kann nicht sagen, wer zuerst an dem Boot war«, sagte der Verwalter, »und wie es aussieht, hat der Schiffer die Flut genutzt und abgelegt. Also kann ich ihn auch nicht mehr fragen. Aber sicher ist: Es geht nicht an, dass Ihr einen Getreidesack aufschlitzt. Deshalb habt ihr dem Bauern einen neuen zu besorgen. Und dann helft ihm, ihn zu befüllen.«

Der Franke protestierte lautstark. »Das kommt gar nicht infrage. Bestraft lieber den Friesen.«

Seine Gruppe unterstützte ihn. Es war offensichtlich, dass die Franken kämpfen wollten. Sie waren überlegen, und Radbod hatte den Eindruck, es ging weniger um diesen einen Vorfall als um Ärger, der sich in der letzten Zeit angesammelt hatte.

»Ich bin der Verwalter. Ihr habt meine Entscheidung zu respektieren.«

»Und wenn nicht?«, fragte ein Nebenmann des Händlers. Die Franken rückten enger zusammen.

»Dann lasse ich euch aussperren aus Dorestad, und ihr müsst euch einen anderen Handelsplatz suchen.«

»Wir wollen sehen, ob du die Macht dazu hast, Verwalter«, sagte wieder der Nebenmann. »Los, stelle dich neben deine Friesen. Entscheidest eh immer in ihrem Sinne.«

Die Leibwächter traten auf die Seite der Bauern, und auch Tade blieb nichts anderes übrig. Der aufgeschlitzte Getreidesack lag wie eine letzte Sperre zwischen ihnen.

»Wenn ihr uns angreift …« Tade brachte seinen Satz nicht zu Ende. Auch wenn er es zu verbergen versuchte, seine Stimme zitterte.

Radbod zog sein Schwert, sprang mit einem Satz zwischen die beiden Reihen und hielt es dem fränkischen Händler an die Kehle.

»Pfeiff deine Männer zurück, wenn du an deinem Leben hängst.«

Der andere versuchte, zurückzuweichen, doch hinter ihm standen seine Freunde, und er kam nicht weg. Immerhin hatte er sich ein wenig aus der Gefahr befreien können, Radbods Schwertspitze berührte seinen Hals nicht mehr.

»Wer bist du denn? Was mischst du dich ein?«

Radbod ließ sich Zeit mit der Antwort, viel Zeit. »Ich bin der Fürst hier, zudem Herzog dieses Landes«, sagte er schließlich. Er streckte sein Schwert, um seine Drohung zu verstärken. »Jetzt lass einen Sack holen, wie der Verwalter entschieden hat. Und zwar schnell.«

Der Händler nickte einem seiner Freunde zu, der auch sofort abzog. Halblaut sagte er: »Das lasse ich nicht auf mir sitzen. Ganz sicher nicht.«

Dokkhum im Ostergouw war eine Siedlung unweit der Küste. Als Radbod an einem Tag im späten Frühling durch die Gassen des Ortes ritt, war der Wind kräftig, die Luft roch würzig, das Licht war hell und klar. Er war guten Mutes. Die Felder in diesem Landstrich waren weitläufig, die Bauernhäuser im Dorf stattlicher als in Stavoren. Wer hier lebte, hatte etwas zu verlieren, wenn das Meer anstieg. In Fürst Hayo würde er einen Verbündeten finden.

Er hatte Hayo vor vielen Jahren kennengelernt, als beide noch jung waren und die Ostergouwer gelegentlich zu Festlichkeiten an das Herrenhaus nach Stavoren kamen. Besonders nahe waren sie sich damals nicht gekommen. Warum das so war, erinnerte er nicht und fand es seltsam, denn sie waren etwa gleich alt. Erst als er Hayo wiedertraf, verstand er, warum er ihm damals aus dem Weg gegangen war.

Der Ostergouwer Fürst bewohnte ein Bauernhaus aus Holz, inmitten eines Gemüsegartens, den eine Hecke vor dem Wind schützte. Auf der anderen Seite grasten Pferde auf einer Wiese. Zum Haus führten sauber gefegte Bohlen, und es war von einem Zaun umgeben und von gestutzten Bäumen an den vier Seiten. Als Radbod seine Stute festband, kam ihm in den Sinn, dass es besser gewesen wäre, Hayo schon früher und ohne speziellen Grund besucht zu haben. Jetzt kam er beim ersten Mal gleich mit einem

Anliegen. Er blickte zum Haus. Aus einer Dachöffnung drang dünner Rauch. Zwei Fenster standen offen, über deren Bretter Wolldecken zum Auslüften hingen.

Auf sein Klopfen öffnete eine Magd und hieß ihn, zu warten.

Hayo begrüßte ihn in Begleitung seiner Frau. An diesem Tag sah Radbod zum ersten Mal, dass der Ostergouwer Fürst ein Gesicht wie eine Eule hatte, ähnlich flach, mit aufmerksamen runden Augen und einer Nase, die kaum größer war als eine Fingerspitze. Auch die Härchen in seinem Gesicht erinnerten an eine Eule. Ein richtiger Bart war das nicht. Seine Frau war ebenfalls schmal, mit dem gleichen flachen Gesicht, nur waren ihre Augen länglicher als seine.

»Der Herzog. Welch eine Ehre.«

Hayo führte ihn in eine enge Stube, die eher zum Leben als zum Empfang von Gästen eingerichtet war, mit Stühlen, auf deren Lehnen zusammengefaltete Decken lagen, in die sie sich, wie ihm schien, abends einhüllten. Es war alles andere als hell in dem Raum. In der Mitte stand ein Eichentisch. Hayo zündete die Kerze auf ihm an.

»Was führt dich nach Dokkhum?«

»Ich mache viele Besuche im Friesenland.«

»Davon habe ich gehört.«

»Mag sein, ich hätte schon eher kommen sollen.« Radbod machte sich klar, dass er sich in diese Rolle nicht begeben durfte, weder stand er unter dem Ostergouwer noch war er ihm irgendetwas schuldig. Auch Hayo hätte ihm die Aufwartung machen können.

Es dauerte nicht lange und er erzählte vom Dyk.

Genauso wie seine Frau hörte Hayo in aller Ruhe zu, unterbrach nicht, fragte nicht nach, zeigte keinerlei Reaktion. Er ließ zu, dass am Ende von Radbods Rede eine Pause entstand, die so lang war, dass Radbod glaubte, nachfragen zu müssen: »Was denkst du?«

Hayo lächelte. »Sehr interessant.«

Radbod nickte.

»Nur ist das nichts für uns«, sagte Hayo.

»Warum nicht?«

»Darauf gibt es zwei Antworten. Die eine hat mit uns zu tun, die andere mit dir. Was uns angeht, wir haben Dünen, die sind hoch wie zwei oder drei Männer. Wenn du willst, zeige ich sie dir. Das Meer kann sie nicht überwinden und deshalb das Land nicht zerstören. Das ist der Grund, warum die Bauern im Ostergouw so gute Ernten haben, die Böden sind fruchtbar, der Wind bringt regelmäßig Regen, aber bevor es zu viel wird, schiebt er die Wolken weiter. Und die Dünen schützen uns vor Flut. Der Ostergouw ist ein Land, das die Götter lieben.«

Seine Frau unterstützte seine Rede mit einem Nicken.

»Und der andere Punkt?«

»Als Herzog – der du wurdest, weil dein Vater und Großvater Herzöge waren – bist du der Kriegsherr aller Stämme. Das hier hat aber mit Krieg nichts zu tun. Oder willst du gegen die Nordsee in die Schlacht ziehen?«

»Ich komme mit einem Vorschlag.«

»Und ich habe dir meine Antwort gegeben.«

»Ihr würdet beim Bau des Dyk nicht helfen?«

»Nein. Warum sollten wir das tun? Wir brauchen ihn nicht.«

»Weil ihr Friesen seid?«

Hayo winkte ab. »Uns hat auch noch nie jemand geholfen. Was wir besitzen, verdanken wir unserer Arbeit. Es ist wahr, dass wir einen besonderen Landstrich bewohnen.

Aber ohne Fleiß würde auch hier kein Getreide wachsen. Ich kann für ein solches Vorhaben keine Männer abstellen.«

Radbod stützte den Kopf auf die Hände. Hayo hatte eine hohe, durchdringende Stimme, seine Rede ließ keinerlei Zweifel erkennen. Als er ihn anblickte, das Eulengesicht mit seinem überlegenen Ausdruck, war Radbod klar, dass er diesen Mann nicht überzeugen würde.

Trotzdem nahm er noch einmal Anlauf: »Die Groninger sind auf ihrem hohen Land ebenfalls vor der Flut geschützt. Dennoch machen sie mit.«

»Du hast mit ihnen gesprochen?«

»Landric ist mein Schwiegervater«, erwiderte Radbod.

»Die Groninger sind die Groninger, die Ostergouwer die Ostergouwer. So sieht es aus.«

Radbod stand auf, es war sinnlos, länger zu reden, und nicht erfreulich, zu bleiben.

Bevor er hinausging, sagte er noch: »Ich werde eine Ratsversammlung nach Baduhenna einberufen, um über den Dyk zu beraten. Ein Bote wird dich rechtzeitig in Kenntnis setzen. Da viele friesische Fürsten kommen werden, magst du vielleicht auch erscheinen.«

Hayo nickte.

Es war nicht auszumachen, ob er nur verstanden hatte oder zusagte, Radbod fragte auch nicht nach. Während er im Schritt aus Dokkhum herausritt, tröstete er sich mit dem Gedanken, dass es auf dem langen, langen Weg zum Dyk viele Rückschläge geben würde, und dieser war vergleichsweise klein. Wenn die anderen Stämme mitmachten, würde auch Hayo auf die Dauer nicht abseits stehen wollen, und selbst wenn, dann müssten andere die Arbeit tun, die die Ostergouwer verweigerten. Am Ende würde sich nur die Bauzeit verlängern, und die war, wie Tade dargelegt hatte, sowieso länger als jede Vorstellung. Von Hayo – dem Eulengesicht – wollte er sich nicht von seinem Vorhaben abbringen lassen.

Er dachte an die Thing-Versammlung. Es galt, einen günstigen Zeitpunkt zu finden. Warm sollte es sein und ein voller Mond scheinen.

Der beste Tag war der der Göttin Freya, der Freitag.

10

Selind wirkte seltsam. Anders als sonst kam sie nicht aus ihrem Zimmer, wenn er zurückkehrte, obwohl sie ihn gehört haben musste, denn besonders leise war er nicht. Beim Essen war sie still und stocherte nur in ihrer Mahlzeit herum, auch sah sie blass aus. Dennoch machte sich Radbod nicht allzu viele Gedanken um sie, es war bekannt, dass Frauen Stimmungen unterworfen waren. Ein paar Tage, und sie würde wieder lebendiger sein.

Es war bereits dunkel, er saß am Feuer und trank Bier, da suchte sie ihn auf. Sie schlich um ihn herum, hockte sich auf einen Schemel, stand wieder auf und wanderte umher, bevor sie abermals Platz nahm. Irgendetwas lag ihr auf dem Gemüt. Er fragte nicht, denn er war der Überzeugung, dass sie sich irgendwann erleichtern würde.

Wenn man sie betrachtete, war sie eine schöne Frau. Ihre Formen waren weiblich, die Haut ein wenig durchsichtig, das Haar rötlich. In der letzten Zeit hatte er sie besser kennengelernt. Sie war ehrgeizig, was man ihr auf den ersten Blick nicht ansah, sie trat nicht nur für den Dyk ein, wusste immer etwas zu entgegnen, wenn ihn seine Zweifel heimsuchten, und hatte sich den Namen »Königswege« einfallen lassen, sondern sie hatte Amt und Aufgabe einer Herzogin generell angenommen. Menschen kamen mit ihren Sorgen zu ihr, und sie kümmerte sich. Ihren Mann fragte sie nach seinen Erlebnissen des Tages, und meistens hakte sie dort ein und wollte mehr wissen, wo es um Friesland ging. Zu Finn, über dessen Weibergeschichten sie gelegentlich spottete, hatte sie ein freundschaftliches und vertrauliches Verhältnis. Die Leute, die im Haus arbeiteten, hörten auf sie. Radbod hatte nie erlebt, dass sie eine Anordnung ein zweites Mal geben musste.

An diesem Abend, als sie endlich ihre Sprache gefunden hatte, erzählte sie ihm, dass sie schwanger war.

Er war überrascht, fast verblüfft, aber mehr über sich selbst als über sie. Man sah doch, dass sich unter ihrem Kleid ein runder Bauch abzeichnete, auch wenn er noch winzig klein war.

War er blind gewesen?

Zwei Sommer waren seit ihrer Hochzeit vergangen, und endlich war sie schwanger. Er stand auf, nahm ihre Hände und küsste Selind auf die Wangen. Dabei konnte er nicht anders, als an den Dyk zu denken. Selind trug einen kleinen friesischen Herzog im Bauch. Radbod würde dafür sorgen, dass der Bau auch in der nächsten Generation weiterging.

Mit neuem Schwung machte er sich daran, die Versammlung in Baduhenna vorzubereiten. Der heilige Hain der Friesen war eine Lichtung im Wald, auf einer Landzunge gelegen, von Stavoren aus am anderen Ufer des Vlie. Eine Steinsäule, aufgeschichtete Findlinge und Platten, höher als ein Mann und breiter als zwei, machte den Ort kenntlich. Jedermann wusste, dass Thor selbst die Säule gebaut hatte, um an den Sieg über die Römer zu erinnern, an seinen Triumph über den römischen Kriegsgott Mars. Seit Menschengedenken hielten die Friesen in Baduhenna Gerichtstage und andere Versammlungen ab.

Auch wenn er schon Festlegungen getroffen hatte, besprach sich Radbod über die beste Zeit für die Versammlung mit Finn und Selind. Er überlegte sogar, einen Seher aus Stavoren zu befragen, um zu erfahren, ob es an einem Freitag einen Vollmond geben würde. Schließlich waren sie alle der Meinung, dass die Zeit bis zur Sommersonnenwende zu knapp war. Deshalb bestimmten sie einen Freitag im Hochsommer. Wenn sie richtig gezählt hatten, würde dann auch der Mond scheinen.

Am nächsten Tag wollte er seine Boten aussenden.

Bevor er dazu kam, stand Tade vor seiner Tür. Der Mann sah schlimm aus, die Wangen eingefallen, die Augen aufgerissen, die Lippen rau und blutig. Er war ganz allein, auch ohne Pferd. Sein Leibhemd hatte Risse.

Radbod ließ ihm Wasser bringen. Tade trank schneller, als er schlucken konnte, das Wasser lief ihm zu den Mundwinkeln heraus. Nur langsam kam er wieder zu Verstand.

Seine Botschaft war kurz: Fränkische Truppen hatten Dorestad erobert.

Sie hatten nicht nur die Stadt und den Hafen besetzt – und alle Friesen verjagt –, sondern es waren auch Züge von ihnen unterwegs das Westufer des Vlie hinauf. Richtung Baduhenna.

Radbod wurde blass.

Mit den Einzelheiten hatte er es nicht eilig, die konnte er sich vorstellen, so ließ er Tade essen und sich waschen, bevor er sich den gesamten Bericht geben ließ. Selind und Finn waren dabei und hörten ebenfalls zu.

Die fränkischen Händler hatten es am Ende nicht geduldet, dass sie zurückgesetzt wurden und sich bei ihrem Hausmeier Pippin beklagt, und der hatte entschieden, Soldaten zu schicken. Wie früher die Römer, verfügten die Franken über ein stehendes Heer, während die Friesen im Fall eines Kampfes ihre Bauern und Fischer bewaffneten und in die Schlacht ziehen ließen. Man konnte nicht damit rechnen, dass die fränkischen Truppen bald wieder abzogen, denn ob ein Teil ihrer Soldaten in Dorestad lagerte oder sonst wo im Frankenreich, war egal, solange es keine anderen Auseinandersetzungen gab.

»Wir haben doch vor denen keine Angst«, rief Finn und klatschte in die Hände. »Lasst uns unsere Leute zu den Waffen rufen.«

Niemand stimmte ihm zu.

Selind schlug vor, die Sachsen, Frieslands Nachbarn im Osten, um Hilfe und Waffenbruderschaft zu bitten.

Bei der Vorstellung, ganze Horden sächsischer Krieger im Land zu haben, die versorgt werden mussten und sich trotzdem nahmen, was sie brauchten, war Radbod nicht wohl. Deshalb entschied er anders und machte sich mit einer kleinen Delegation auf nach Dorestad. Seinen Bruder nahm er mit und Tade und zwei seiner Wachsoldaten, die ihr rotblaues Wams abzulegen hatten. An Waffen hatten sie nicht mehr bei sich als zu einem gewöhnlichen Ausflug.

Einige Meilen vor dem Ort war der Weg nach Dorestad versperrt. Radbod zügelte sein Pferd und blieb stehen. Zwar hätte man sich durch den Wald schlagen und auf diese Weise den Hafen erreichen können, doch das galt nur für Wanderer und Reiter. Den Franken ging es offenbar darum, die Wagen der friesischen Bauern außen vor zu halten, insofern war ihre Sperre wohlüberlegt. Sie nahm den ganzen Weg ein und bestand aus kräftigen Ästen, die geschält und angespitzt und an ein Holzgestell gebunden waren. Sie waren spitz genug, um einem Pferd den Bauch aufzuschlitzen, sollte es versuchen, darüber zu springen. Auf einer Wiese am Rand standen Zelte. Zwei Wachmänner versahen Dienst.

»Ich bin der Herzog von Friesland«, sagte Radbod. »Wer ist euer Befehlshaber?«

Sie riefen einen bärtigen Krieger herbei, einen jungen fränkischen Adeligen, wie Radbod vermutete. Erneut nannte er seinen Namen, was sein Gegenüber nicht erwiderte.

»Wie lange wollt ihr diese Wegsperre aufrechterhalten?«

»Darüber kann ich keine Auskunft geben«, erwiderte der andere auf Fränkisch. Er sprach einen fremden Dialekt, Radbod hatte Mühe, ihn zu verstehen.

»Ihr habt Dorestad überfallen, eine friesische Stadt.«

»Das stimmt nicht.«

»Was stimmt nicht?«, fragte Radbod.

»Es gibt viele Leute in unserem Land, die behaupten, Dorestad sei ursprünglich fränkisch gewesen. Fränkische Händler hätten den Hafen gegründet. Wenn das wahr ist, dann haben wir ihn uns einfach zurückgeholt.«

Radbod hielt seinen Ärger zurück. »Das ist nicht wahr.«

»Das sagst du nur, weil du ein Friese bist. Wirst ihn dir erobern müssen, deinen Hafen.«

Finn hatte die Hand bereits am Schwertgriff. Radbod bremste ihn.

»Ist nach dieser Meinung das Westufer des Vlie auch fränkisch?«

Der Befehlshaber war dunkelhaarig wie die Leute aus dem Süden des Frankenlandes. Radbod schätzte ihn auf nicht älter als Finn, ein junger Mann, noch nicht lange dem Elternhaus entwachsen. Dass er einen Posten als Kommandant bekommen hatte und ein selbstbewusster Redner war, wies ihn als Adeligen aus.

Der Junge grinste, und darin lag die ganze Überheblichkeit eines großen Nachbarn. »Jenes Land nehmen wir euch doch nicht weg, Friese. Wir schauen es uns nur mal an.«

»Dieses Land gehört uns. Baduhenna liegt darin, unser heiliger Ort.«

Der Franke winkte ab. »Ihr seid doch Heiden, wie könnt ihr heilige Orte haben? Wenn du mich fragst, ihr wisst gar nicht, was heilig ist.«

Finn war kaum noch zu bremsen, seine Unruhe hatte sich auf sein Pferd übertragen, das schaubte und tänzelte. Die Franken hatten ihn bemerkt, einige von ihnen hielten ihr Ango, ihren Speer, wurfbereit.

Ihr Kommandant dagegen war die Ruhe selbst. Er strich sich mit zwei Fingern durch den dünnen Bart.

»Lass uns nicht streiten, Friese«, sagte er gelangweilt, »sonst fließt hier noch Blut, und zwar eures, nach Lage der Dinge. Die Sache ist die, dass die northumbrischen Missionare unbedingt dieses Baduhenna – ein seltsamer Name übrigens – anschauen wollten. Alleine haben sie sich nicht getraut, da sie als Gottesmänner keine Waffen tragen. Frag mich nicht, was sie an diesem Ort wollen, ich weiß es nämlich nicht.

»Lass uns ein Schiff nehmen«, rief Finn in einem schnellen, undeutlichen Friesisch, auf dass der Franke es nicht verstand. »Und dann schneiden wir den Mistkerlen endlich die Kehlen durch.«

»Was sagt er?«, wollte der fränkische Kommandant wissen.

»Er fragt«, antwortete Radbod schnell, »wem die Missionare in Baduhenna predigen wollen. Da gibt es nur Wald, nur Vögel und Füchse.«

»Was weiß ich. Diese Männer tun, was ihnen beliebt, und wenn sie einen Trupp Krieger haben wollen, bekommen sie den, dafür sorgt Pippin persönlich. Wenn ich die direkte Unterstützung von Hausmeier und König hätte, würde ich auch nur tun, wozu ich Lust habe.« Er lachte. »Aber das wäre nicht, durch die Gegend zu ziehen und Heiden zu bekehren, sondern mir ein schönes Leben zu machen, und zwar im Süden, wo die Sonne scheint und die Mädchen hübsch sind.«

»Ihr richtet euch also auf lange Zeit in unserem Land ein?«

»Dieses Gespräch hatten wir schon, Friese. Es ist nicht euer Land. Ich mag nicht mehr streiten. Wenn dir dein Leben irgendetwas bedeutet, dann nimm deine Leute und verschwinde.«

Grußlos drehte der junge Franke sich um und schritt in Richtung der Zelte.

Radbod zog Baja herum. Die anderen folgten ihm. Sie ritten eine lange Strecke, ohne ein einziges Wort zu wechseln. Erst an einem Bach hielt Radbod an und saß ab. Er ließ Baja trinken und hockte sich ins Gras. Die anderen taten es ihm nach.

»Was denkt ihr?«, fragte er Finn und Tade.

Finn hatte sich beruhigt, seine Stimme war kälter, ohne den Ärger, den er dem Franken gegenüber gehabt hatte.

»Wenn wir ihnen nicht Einhalt gebieten«, sagte er, »werden sie sich morgen den nächsten Teil nehmen, erst Utrecht, dann Stavoren, später Dokkhum und Groningen.«

»Also kämpfen?«

»Natürlich kämpfen, was denn sonst? Wir sind angegriffen worden und setzen uns zu Wehr.«

»Was meinst du?«, fragte er Tade.

Tade ließ sich Zeit mit seiner Antwort und wiegte den Kopf. »Den Bau des Dyk wirst du verschieben müssen, fürchte ich, denn wir haben jetzt andere Sorgen. Es ist nicht falsch, was Finn sagt, die Gefahr besteht, dass sie mehr wollen. Wer kann sagen, ob sie sich mit Dorestad zufriedengeben?«

»Wir verzichten nicht auf Dorestad, niemals!«, rief Finn. »Warum sollten wir das tun? Das ist unser Hafen.«

»Und wir brauchen ihn«, ergänzte Radbod. »Viele Bauern verschiffen dort ihre Waren.«

Er stützte sich auf die Ellenbogen und blickte zum Himmel, wo sich gewaltige weiße Wolken aufgetürmt hatten, ganze Blöcke, die in den Himmel ragten. Wie schnell sich die Dinge verändern konnten. In der letzten Zeit hatte er fast nur an den Dyk gedacht und seit einigen Tagen auch an sein Kind, seinen Nachfolger, nun fand er sich darin wieder, einen Feldzug planen und vorbereiten zu müssen. In der nächsten Zeit würde seine Rolle die des Herzogs, des Kriegsherrn sein.

»Es wird Herbst werden«, sagte er, »bis wir in die Schlacht ziehen können. Bevor die Ernte eingefahren ist, brauchen wir die Bauern nicht zusammenzurufen, und auch die Fischer brauchen die Sommermonate, um Vorräte anzulegen. Wenn erst die Stürme kommen, ist es für sie zu spät.«

»Vorher segle ich zum Westufer hinüber und gehe nach Baduhenna«, sagte Finn und fuhr an seinen Bruder gewandt fort: »Versuche gar nicht erst, mich zu hindern.«

»Wir sollten um Hilfe aus dem Norden bitten«, sagte Tade. »Nicht unbedingt von den Sachsen, aber von den Hriustrern und ihren Nachbarn. Allein sind wir nicht stark genug gegen die Franken.«

Während Finn mit ein paar Männern Segel setzte, um sich auf den Weg nach Baduhenna zu machen, schickte Radbod Boten zu den Stämmen im Norden. Er selbst sprach bei seinem Schwiegervater Landric in Groningen vor und bei Hayo in Dokkhum. Seine Vorstellung war, dass andere Edle folgen würden, wenn die wichtigsten Fürsten bereit waren, in den Krieg zu ziehen.

Landric war betrunken. Selbstverständlich, sagte er, sei er bereit, Krieger zu schicken, und er persönlich werde sie anführen und den Gegner zurückschlagen. Ohne Unterlass zog er über die Franken her, fand immer neue Schimpfwörter und malte Radbod aus, wie sie die Besatzer zermalmen und in den Rhein schmeißen würden. Wie ein kleiner Junge spielte er seinem Gast die Einzelheiten vor, drückte die Hände gegeneinander und rieb sie, als wären es Mühlsteine, dann holte er aus und tat so, als werfe er etwas Schweres von sich. Dabei drängte er Radbod dazu, mit ihm anzustoßen und zu trinken, und als der ablehnte, war Landric beleidigt. Dann aber besann er sich, grinste und versprach Radbod ein besonderes Vergnügen, wobei er mit den gleichen Händen, die eben noch Feinde zerdrückt hatten, weibliche Formen andeutete.

Radbod verabschiedete sich. Er musste weiter, solange es noch hell war.

Hayo empfing ihn diesmal vor seinem Haus, bat ihn nicht herein, sondern meckerte wie eine Ziege. Erst neulich sei Radbod um Hilfe für einen Erdwall gekommen, jetzt erbitte er Kämpfer. Was wohl als Nächstes käme.

Radbod sparte sich die Erwiderung, dass er dieses Mal als Kriegsherr kam, was selbst Hayo ihm zugestanden hatte. Stattdessen sagte er, dass auch die Ostergouwer den Hafen von Dorestad nutzten.

Hayo ging nicht darauf ein.

Sie standen sich an seinem Zaun gegenüber, das Haus im Schein der Abendsonne. Das Eulengesicht verstummte. Sein Blick lag auf Radbod, und er war feindlich. Zwischen beiden gab es eine Art Kampf, ohne Worte, ohne Waffen oder Muskeln. Sie schauten einander nur an.

Als Hayo schluckte und mit den Augen zwinkerte, sagte Radbod: »Also was ist? Kann ich auf euch zählen? Zieht ihr mit gegen die Franken, wie es eure Pflicht ist als friesischer Stamm?«

»Ich werde mich mit meinen Edlen beraten und schauen, was ich tun kann. Da du erst im Herbst ziehen willst, ist ja noch genug Zeit.«

Radbod blieb an seinem Platz. In seinem Kopf sprudelte ein ganzer Schwall von Erwiderungen, alle unfreundlich und maßregelnd, aber sein Mund blieb verschlossen. Es brachte keinen Vorteil, sich mit dem Ostergouwer weiter zu entzweien. Er würde ihn brauchen.

Vor Ende der Erntezeit kam sein Kind zur Welt. Allmählich wurde es Herbst, das Laub färbte sich gelb, die Sonne ging früher unter, morgens und abends war es bereits frisch. Die Geburt dauerte zwei Tage und zwei Nächte. Abwechselnd lag Selind auf dem Bett oder schleppte sich mit ihrem dicken Bauch durch das Haus. Unter den Augen hatte sie dunkle Ringe, ihr Gesicht war aufgedunsen, sie schwitzte und stöhnte, war kaum ansprechbar, und wenn sie selbst etwas sagen wollte, krächzte sie. Erst als die Wehen regelmäßig wurden, hörte er ihre Stimme wieder, da schrie sie aus Leibeskräften, und ihr Gellen drang durch das ganze Haus, obwohl die Türen ihres Zimmers geschlossen waren.

Die Hebamme war bei ihr. Radbod wanderte auf und ab, hatte keinen Appetit und trank wenig. Bei Pferden hatte er manchmal zugesehen, wenn sie Fohlen zur Welt brachten, er wusste, wie mühsam das war und wie gefährlich.

Während er wartete, kehrte Finn zurück – rot im Gesicht, das war sein erster Eindruck. Über der Nasenwurzel hatte er eine Zornfalte. Er stürmte ins Zimmer, lief bis zum Fenster, drehte dort um und stapfte mit seinen lehmigen Stiefeln zurück.

»Willst du dich nicht setzen?«, fragte Radbod, nachdem ein neuer Schrei von Selind verklungen war.

»Setzen? Nein!«

»Dann berichte im Stehen. Im Gehen, wenn dir das lieber ist.«

Wieder schrie Selind, als würde sie gefoltert.

Finn zeigte mit dem Daumen zur Tür. »Was ist da los?«

»Das Kind kommt. Nun erzähle endlich.«

»Sie haben alles kaputt gemacht. Ich werde sie töten. Bei Thor, ich nehme Rache.«

»Was haben sie kaputt gemacht?«

Er meinte die Steinsäule in Baduhenna. Wie seinerzeit die Thoreiche hatten sie sie zerstört, hatten mithilfe von Seilen ihren oberen Teil umgeworfen, und sie dann Stück für Stück abgetragen. Die Steine hatten sie in den Wald geschleudert und im Meer versenkt und anstelle der Säule ein Kreuz aufgestellt, ähnlich wie in Stavoren. Der heilige Hain der Friesen war ein christlicher Ort geworden.

Die Missionare hatten Schutz von 30 fränkischen Bewaffneten, deshalb hätten sich Finn und seine Begleiter im Wald verborgen halten müssen. An ein Eingreifen war nicht zu denken gegen eine fünffache Übermacht.

Selinds Schreie kamen inzwischen fast pausenlos, kaum war der eine abgeklungen, schloss sich der nächste an. Beide Brüder wanderten durch den Saal, in dem die Entscheidungen fielen. Sie umkurvten die Stühle mit den hohen Lehnen und die anderen Sitze, hielten die Hände hinter dem Rücken und hingen ihren Gedanken nach. Radbod sorgte sich um Selind und um das Kind, und jeder neue Schrei gemahnte ihn. Aber er dachte auch an Dorestad und Baduhenna. Sein Bruder hatte etwas erlebt, das ihn verändert hatte. Aus dem aufbrausenden, aber unbeschwerten Jungen war ein wütender Mann geworden. In Finn spiegelte sich, glaubte Radbod, das ganze Land. Friesland war gedemütigt worden und hatte mit einem Schlag seine Arglosigkeit verloren.

Darauf musste es eine Antwort geben.

Am nächsten Vormittag hielt er seinen Sohn in den Armen. Das Neugeborene war ein langes, dünnes Kind, es hatte, obwohl in eine Windel und in Wolldecken gewickelt, kaum Gewicht, die Finger waren winzig, die Nägel kaum zu sehen. Das Gesicht wirkte, als hätte es einen großen Kampf hinter sich. Auf der Stirn gab es viele Falten. Der Junge hatte die Augen geschlossen. Er schlief. Radbod wollte ihn Alfbad nennen.

Er fragte sich, was er zu empfinden hatte. Vaterstolz? Vaterliebe?

In ihm war weder das eine noch das andere.

Wahrscheinlich würden diese Gefühle noch kommen.

Selind lag erschöpft in ihrem Bett, sie war bleich nach der Anstrengung, durch die sie gegangen war. Aber sie wirkte glücklich. Ihre Hebamme saß bei ihr wie eine Wache. Radbod schritt mit dem kleinen Alfbad auf und ab, der schließlich die Augen aufschlug, mit dem Mund eine saugende Bewegung machte und zu wimmern anfing. Seine Töne klangen wie das Piepsen eines Vögelchens. Radbod bezweifelte, dass Alfbad den Winter überleben würde. Der Kleine jammerte weiter, für einen richtigen Schrei hatte er nicht die Kraft. Die beiden Frauen hatten die Arme ausgestreckt, sie wollten den Säugling bei sich haben, aber Radbod tat so, als sähe er sie nicht. Die Stuten standen den ganzen Tag bei ihren neugeborenen Fohlen, schützten und leckten sie und gaben ihnen Milch. Aber die Hengste? Wie verhielten die sich?

Er wusste es nicht.

Es war kaum möglich, den kleinen Alfbad noch länger umherzutragen, der Junge wurde, auch wenn er immer noch nicht richtig schrie, rot im Gesicht. Er reichte ihn Selind, die augenblicklich ihr Leibhemd aufknöpfte und seinen Sohn trinken ließ.

Radbod ging hinaus.

Auch in den nächsten Tagen konnte er das Neugeborene nur dann auf den Arm nehmen, wenn es schlief. Sobald Alfbad wach wurde, setzte sein Wimmern ein, und es verlangte ihn nach der Mutterbrust. Dabei saugte er immer nur wenig, denn ihm fehlte die Kraft, um sich satt zu trinken. Dann sank er wieder in seinen Schlaf. Das Kind blieb zu dünn, die Hebamme war der gleichen Meinung, selbst wenn sie sie nicht laut äußerte, sie hatte Sorgenfalten, die ihm nicht verborgen blieben.

Radbod konnte schon bald nicht mehr in das Zimmer von Mutter und Kind treten, ohne sich nach seinen Gefühlen für den Jungen zu fragen. Die Selbstprüfung setzte ein, noch bevor er Alfbad sah, schon auf dem Weg zu ihm.

Und die Wahrheit war, dass sein Sohn ihm fremd blieb.

Er tat manches, um Selind nicht ins Gesicht sehen zu müssen, zwang sich zu guten Gefühlen für das Kind, schalt sich, wenn es nicht gelang. Und er kämpfte mit den Gedanken an sein anderes Kind, das mit Rixa, die sich, auf welchem Weg auch immer, in seinen Kopf schlichen.

Was Alfbad anging, konnte er sich kaum vorstellen, dass dieser Junge irgendwann die Kraft haben würde, den Dyk weiterzubauen und die Eigenständigkeit ihres Landes zu bewahren, sollte er überhaupt die erste Zeit überstehen. So war es vielleicht ein Selbstschutz, nichts für ihn zu empfinden. Radbod hielt mehr Abstand und kam schon bald nicht mehr in das Zimmer, in dem Selind lag. Ihn beschäftigte aber die Frage, was wäre, wenn er vom Feldzug nicht zurückkehrte. Dann würde der kleine Alfbad, sollte er das Alter erreichen, Herzog, nicht Finn, aber sein Bruder würde seinen Sohn vertreten, bis der ein Mann war. Der ungestüme Finn – immerhin war er kräftig und konnte sich durchsetzen.

Trotz dieser Veränderung schien Finn gegenüber dem kleinen Jungen, der ihn von seinem Platz gedrängt hatte, keine bösen Gefühle zu verspüren, er besuchte Selind und das Neugeborene öfter als Radbod, und wenn er zurückkehrte, wirkte er verzückt, dann schwärmte er davon, wie sehr so ein Würmchen sogar einen Mann anrühren konnte.

Radbod nickte.

Die Wahrheit war: Ihn rührte Alfbad nicht an.

Bald stellte er alles Nachdenken über die Frage seiner Nachfolge und über seinen Sohn ein, zumal es nicht mehr um den Dyk ging. Die Tage wurden kürzer, seine Boten waren wieder zu den Fürsten unterwegs und überbrachten die Anordnung, die Krieger am Südufer des Vlie zu sammeln, weit genug von Dorestad entfernt, dass die Franken sie nicht entdecken würden. Besonders hoffte er auf die Stämme des Ostens, auf die Hriustrer und ihre Nachbarn, die Wanger und Astergaer und die Männer von der Ems. Während er auf Antworten wartete, machte er sich daran, seine Waffen zu inspizieren, und zog das Langschwert, die Spatha, über einen Schleifstein. Für den Kampf im Schildwall brauchte er außerdem ein kurzes Schwert, das er ebenfalls schärfte. Auch den Wurfspeer würde er benötigen. Er legte sich alles bereit und sorgte für seine Stute, bei der er wesentlich mehr Zeit verbrachte als bei seinem Sohn. Baja ahnte nichts davon, dass sie in eine Schlacht zu reiten hatte, in die Gefahr, ihr war nur klar, dass ein Aufbruch bevorstand. Sie war unruhig und scharrte immerzu mit den Hufen.

Endlich trafen die Botschaften ein. Er war erleichtert, sich auf den Weg machen zu können, mit Finn und Tade an seiner Seite und mit Wachsoldaten, abgesehen von denen, die er zum Schutz am Herrenhaus gelassen hatte. Auch Männer aus dem Westergouw zogen mit ihnen, die meisten von ihnen zu Fuß. Keiner wusste, was ihn erwartete. Wie viele Franken standen in Dorestad, wie viele Friesen würden sich am Vlie sammeln? Sie kamen mit den Marschierern nur langsam voran, hatten es aber auch nicht eilig, denn ihr Weg war kurz, und es war zu regnerisch, um lange am Vlieufer zu warten.

Die Groninger waren nicht mehr als zehn Mann, Landric selbst war nicht unter ihnen. Aus dem Ostergouw war kein Einziger erschienen. Sie warteten, und Radbod bestellte den Boten zu sich, der in Dokkhum gewesen war. Was Hayo ausgerichtet habe?

Dass er kommen werde, sagte der Bote.

»Und wann?«

Der Mann wusste es nicht. Radbod wurde ärgerlich und stieß den Mann in den Dreck. Ob er denn die richtige Zeit nicht übermittelt habe?

Das habe er, erklärte der Bote, als er sich wieder aufgerappelt hatte. Und dann wurde klar, dass Hayo sich in seiner Antwort ein Hintertürchen offen gelassen hatte. Er werde sich bemühen, hatte er gesagt. Dass er sehen müsse, wie es um seine Männer und ihre Ausrüstung bestellt sei. Und dass er alles versuchen werde.

Der Bote hatte das als Zusage genommen.

Radbod erkannte den Fehler.

Reemer hingegen hielt Wort. Der wilde Mann aus dem Hriustrerland führte einen Zug von Bauern und Fischern aus dem Osten. Als er in ihrem Lager eintraf, grinste er so breit, dass seine Narbe Falten warf, er schien sich auf die Schlacht zu freuen. Seine Leute wirkten furchtlos.

Insgesamt umfasste ihr Zug 80 Kämpfer, davon 20 mit Pferden, die anderen zu Fuß oder auf Wagen. Sie eilten Richtung Dorestad, um den Franken, sollten sie Kundschafter im Land haben, keine Zeit zur Vorbereitung zu lassen, und unterwegs bemühten sie sich, wenig Aufsehen zu erregen. Radbod setzte in erster Linie auf die Überraschung.

Als die Franken an dem Straßenposten die Gegner kommen sahen, nahmen sie reißaus. Die Friesen jubelten und setzten ihnen nach. Dorestad war nicht mehr weit.

Doch vor der Stadt erwartete sie eine Abordnung von Franken. Der junge Befehlshaber war dabei, auch der Missionar Willibrord. Das Wort aber führte ein Älterer, ein grauhaariger Mann, der Uniform und Helm trug.

»Morgen kämpfen wir auf dem Feld gegen euch«, rief er ihnen zu. »Solltet ihr vorher in die Stadt kommen, brennen wir sie Haus für Haus nieder.«

Sie waren zu viert, auf Pferden, außer Radbod noch Tade, Finn und Reemer.

»Dann habt auch ihr kein Dorestad mehr«, entgegnete Radbod.

»Lass es nicht darauf ankommen, Friese. Die Stauer sind eure Leute, ihre Frauen und Kinder auch.«

»Also gut. Morgen auf dem Feld.«

Der Grauhaarige nickte, die Geste war schwerfällig und wirkte müde. Der Mann schien das Kämpfen leid zu sein. Als der Alte bereits abgezogen war, dirigierte der junge Kommandant sein Pferd mit zwei Sätzen zu Radbod hinüber und sagte: »Wir haben ungefähr dreimal so viele Männer wie ihr. Wenn ich du wäre, würde ich weglaufen. Oder mich darauf vorbereiten, schon morgen vor meinem Gott zu stehen.«

»Wir fürchten den Tod nicht«, rief Reemer. »Unsere Götter heißen uns willkommen, wenn wir in der Schlacht gefallen sind. Nur feige dürfen wir nicht sein.«

Als Letzter richtete auch noch Willibrord das Wort an die friesische Delegation.

»Du willst den Kampf, Herzog? Dann wirst du sterben. Gott ist mächtiger als der Teufel, das ist nun einmal so.«

»Wenn wir gewinnen, werde ich dich töten, weil du die Steinsäule in Baduhenna zerstört hast«, rief Finn.

Der Northumbrier setzte ein Grinsen auf. »Ihr werdet nicht gewinnen«, rief er mit seiner durchdringenden Stimme. Er lachte auf, es klang nach Hass. »Das ist unmöglich. Ich habe Pippin, dem fränkischen Hausmeier, über dich berichtet, Radbod. Er weiß nun, wie stur der neue friesische Herzog ist und dass er mit dem Teufel im Bunde steht. Die Franken haben viele Kämpfer in Dorestad, weil sie wussten, du würdest angreifen.« Er lachte erneut. »Sie sind vorbereitet.« Er zeigte neben sich auf den Boden. »Auf diesem Feld wird morgen der Teufel sterben. Welch ein Feiertag.«

Der junge fränkische Kommandant hatte die Wahrheit gesagt. Der Schildwall seiner Männer war mehr als doppelt so groß, an seinen Rändern hatten sie Abteilungen von Reitern positioniert. Radbod begriff, dass sie eine Niederlage erleiden würden.

Aber es gab kein Zurück mehr.

Im Schildwall standen Reemers Hriustrer und ihre Nachbarn ganz vorne. Auch Finn hatte seinen Platz in der ersten Reihe. Die Friesen waren leicht zu erkennen, weil ihrer aller Oberkörper nackt waren. Sie setzten sich spät in Bewegung, erst als die Formation der Franken schon auf sie zugelaufen kam. Das erste Zusammentreffen klang wie ein Donner, Holz schlug gegen Holz, Eisen gegen Eisen, Schilder barsten, und die wilden Rufe der Kämpfer hallten über das weite Feld. Von den Bäumen am Rand stoben Vögel auf. Die Pferde wieherten.

Sofort begannen die Franken damit, die Friesen in die Zange zunehmen. Sie bemühten sich, beide Flanken zu umschließen, sodass sie den Gegner, wie ein Strand eine Meeresbucht, von drei Seiten einschlossen. Von beiden Seiten drückten sie gegen die Friesen, die sich mit aller

Macht wehrten und mit ihren Schwertern einige Lücken in die Reihen der Gegner rissen.

Die Rückseite deckte Radbod mit den Reitern. Die Franken aber brauchten auch diese Stellung, um die Friesen einzukesseln, ihnen ihre letzte Möglichkeit zu nehmen und den Fluchtweg abzuschneiden. Sie griffen an. Ihre Reiter warfen die Kampfbeile, auf die sie stolz waren und die sie nach dem Namen ihres Volkes *Franziska* nannten. Die Friesen rissen die Schilde in die Höhe. Nur wenige wurden getroffen. Aber manches Pferd sackte verwundet zusammen.

Radbod hob den Arm, dann ließ er ihn niedersausen.

Die Friesen schleuderten ihre Speere auf die Franken. Auch sie blieben in den Schildern hängen, aber da sie Widerriste hatten, machten sie die Abwehr unbrauchbar, entweder waren die Schilder gespalten oder sie waren nun zu unhandlich, weil die Angos in ihnen steckten. Und die Friesen ließen ihnen keine Zeit, die Speere über der Spitze abzubrechen. Radbod trieb sie an.

Mit Gebrüll und mit dem Schwert in der Hand stürzten sich die Reiter auf die Franken. Es gelang ihnen, ein Loch in die gegnerischen Reihen zu reißen, manche der Feinde wanden sich blutend auf dem Boden, die Arme vor dem Kopf, aber trotzdem wurden sie von Pferdehufen getroffen, wenn nicht im Gesicht, dann an Bauch und Beinen. Ihre Schreie gellten über das Feld.

Am Schildwall aber stand es derweil schlecht. Die Friesen hatten ihre Ordnung verloren. Radbod erkannte Reemer, der die anderen überragte, dagegen fand er seinen Bruder nicht, und er hatte auch keine Zeit, ihn zu suchen, denn die fränkischen Reiter hatten sich inzwischen wieder formiert und schlugen zurück. Sie waren mehr als doppelt so viele, und da sie sich ihren Gegner gleichzeitig vornahmen, erhielten nun die Friesen Streiche in Bauch und Rücken und stürzten verwundet von den Pferden. Die Schlacht war nicht zu gewinnen.

Radbod focht mit aller Macht. Auch er hatte eine Wunde, am rechten Arm, der Muskel war verletzt. Aber da er das Schwert mit der Linken führte, kämpfte er weiter, während er gleichzeitig auf einen Rückzug sann. Seine Gelegenheit kam, als sich der fränkische Trupp neu sammelte. Er jagte zum Schildwall, trieb seine Reiter ohne jede Rücksicht in einen Seitenflügel des Gegners, schaffte den Friesen auf diese Weise etwas Luft und brüllte ihnen zu, sich in den Wald zurückzuziehen.

Die Friesen rannten.

Unehrenhaft sah es aus und feige, wie sie sich vor dem Gegner hinter den Bäumen in Schutz zu bringen suchten, er wusste das und schämte sich. Aber er hatte sich dafür entschieden, dass möglichst viele von ihnen mit dem Leben davonkommen sollten. Im Wald ließ er den Kämpfern keine Ruhe, scheuchte sie weiter, weg vom Schlachtfeld, auf dem die Franken Luft schöpften und ihre Verwundeten versorgten. Im Augenblick schienen sie nicht nachsetzen zu wollen.

Die erschöpften friesischen Kämpfer stolperten durch das dichte Unterholz. Wer ein Pferd hatte, führte es am Zügel. Viele strauchelten, mancher brach zusammen und blieb liegen, sodass er von anderen getragen werden musste. Der Rückzug war mühsam, aber sie erreichten den Weg, der von Dorestad wegführte. Finn lebte. Sein Oberkörper glänzte vor Schweiß, die Arme waren voller Lehm, offenbar war er im Kampf in den Dreck gefallen. Auch Tade war unter den Fliehenden, genauso wie Reemer. Radbod sah es mit Erleichterung. Aber die Wahrheit war, dass fast die Hälfte ihrer Leute auf dem Feld geblieben war. Auf ihrer Flucht hatten sie nicht einmal Zeit, um die Verwundeten einzusammeln.

Erst am Nachmittag, als sie weit vom Feind entfernt waren, brachte er ihren Zug zum Halten, dann bestimmte er einige Reiter und Wagen, die mit ihm zurückkehren sollten. Als sie das Schlachtfeld erreichten und im Schutz der Bäume warteten, machten die Franken keine Anstalten, sie anzugreifen. Alleine ritt er vor, bis er den grauhaarigen Kommandanten erreicht hatte.

»Wir wollen unsere Verwundeten und die Toten holen. Dann ziehen wir ab.«

Der Franke war einverstanden.

Neben ihn trat der Missionar, zusammen mit einigen seiner jungen Begleiter. Mit einer weiten Armbewegung fuhr er über das Feld. »Das alles hättest du dir sparen können«, rief er. »Es gibt nur einen Gott, und der entscheidet alle Schlachten.«

Willibrord hielt ein Christenkreuz in die Höhe und gegen Radbod. »Erkenne endlich. Dein erstes Zeichen soll sein, dass du deine Toten unter dem Kreuz begräbst und sie nicht nach Heidenart verbrennst.«

Radbod würdigte ihn keiner Antwort.

Er ließ Wagen heranfahren und fasste selbst mit an, als sie ihre Toten und Verwundeten aufluden. Es wurde bereits dunkel, als sich ihr Zug auf den Rückweg machte. Noch in der Nacht entfachten sie ein Feuer für die Toten.

Am nächsten Tag gingen sie am Vlieufer auseinander, trennten sich von den Hriustrern und ihren Nachbarn, von den Groningern und den anderen Kämpfern, die nicht nach Stavoren oder in den Westergouw mussten. Fast grußlos zogen die Stämme ihrer Wege, eine Armbewegung hier, ein letzter Blick da, mehr war nicht. Was sollte man auch sagen?

Radbod war in sich gekehrt. Er konnte sich einreden, dass es keine andere Möglichkeit als den Kampf gegeben hatte und dass die toten Krieger von den Göttern mit Wohlwollen aufgenommen wurden. Doch diese Sätze trösteten ihn nicht, als er den tristen und ausgedünnten Zügen der anderen Stämme nachsah. Die toten Männer würden ihren Frauen und Kindern fehlen, bei der Ernte, beim Fischfang, beim Hausbau. In vielen Fällen war das Loch, das durch ihren Tod entstand, nicht zu schließen, im Gegenteil, es würde weiteres Elend nach sich ziehen.

Auch im Herrenhaus zog er sich in sich zurück. Dachte kaum noch an den Dyk, sprach mit Finn und Tade nicht mehr als das Notwendige, hatte keine Aufmerksamkeit für seinen kleinen Sohn, nach dem er tagelang nicht sah. Der Herbst war regnerisch, es wurde früh kalt, und wenn es doch mal einen leidlichen Tag gab, sattelte Radbod seine Stute und ritt aus. Es zog ihn ans Meer, an den Strand von Vlie und Nordsee, wo er abstieg und wanderte und Baja hinter sich herzog. Vergessen aber konnte er auch hier nicht.

Sein Ärger über die Fürsten blieb erhalten, wenngleich er sich eingestand, dass je 20 zusätzliche Groninger und Ostergouwer Krieger die Verhältnisse auf dem Feld nicht grundsätzlich verändert hätten. Es galt, sich damit abzufinden, dass Dorestad verloren war. Er konnte sich nicht vorstellen, wie die Friesen die Stadt jemals zurückgewinnen sollten. Der Hafen würde ihnen fehlen. Selbst wenn man versuchte, die Tauschgeschäfte mit den Sachsen zu verstärken, ließ sich das, was ihnen in Zukunft entging, nicht ersetzen, denn die eigentlichen Handelswege gingen über das Meer, sie führten nach Britannien, nach Haithabu und in die Länder an der Ostsee oder ins Reich der Westgoten und nach Sizilien und Byzanz.

Hunger bedeutete ihre Niederlage nicht unbedingt, die Speicher waren gefüllt, ihre Felder waren ihnen geblieben, auch im nächsten Jahr würden sie wieder säen und ernten. Nur der Wohlstand würde zurückgehen und die Bedeutung Frieslands. Das Frankenreich dagegen würde noch mächtiger. Und niemand konnte vorhersehen, wann und wo der Hunger des großen Nachbarn gestillt war.

11

Herbst und Winter waren kaum voneinander zu unterscheiden, es regnete in der einen Jahreszeit so sehr wie in der anderen, es stürmte, der Himmel war grau und die Bäume kahl. Zur Sonnenwende dachte kein Mensch an Frost, man war froh, wenn die Wollmäntel über dem Herdfeuer wieder trockneten. Das Julfest, am kürzesten Tag des Jahres, wurde kaum gefeiert, weder im Herrenhaus noch im Ort Stavoren. Tade machte sich im Laufe dieser Zeit zweimal auf nach Dorestad, weil er wissen wollte, wie es in dem Ort stand, den er als Verwalter geleitet hatte. Er ging zu Fuß, in alter Kleidung, mit Holzpantinen. Die Geschichte, die er sich zurechtgelegt hatte, war, dass er aus dem Norden stammte, sein Land durch eine Streitigkeit verloren hatte und Arbeit am Hafen suchte. Es fragte ihn aber niemand.

Da es nicht fror, gab es in Dorestad regen Schiffsverkehr, sowohl rheinaufwärts ins Frankenreich als auch zur See hin. Friesen arbeiteten weiterhin als Stauer, aber sie waren still geworden, niemand wagte mehr, einem Franken zu widersprechen. Einheimische Bauern brachten keine Waren mehr, Tade sah keinen einzigen von ihnen. In die Lücke waren Franken vom Rhein gestoßen, ihr Getreide und Vieh wurde verkauft und verladen. Es wurde überhaupt nicht mehr getauscht, sondern die Händler bezahlten mit ihren Münzen.

Von seinem zweiten Besuch, einige Zeit nach der Sonnenwende, brachte Tade eine andere Nachricht mit: Auf Befehl des Hausmeiers Pippin sollten die fränkischen Soldaten den friesischen Herzog einfangen. Sie warteten nur auf besseres Wetter, dann würden sie ausschwärmen. Radbod warfen sie vor, die Schlacht im Herbst angezettelt zu haben, sie wollten ihn festsetzen und einen anderen, ihnen wohlgesonnenen Herzog einsetzen.

Tade berichtete auch, dass er in Dorestad gehört hatte, der Missionar Willibrord habe den Hausmeier zu diesem Befehl überredet. Radbod hatte keinen Zweifel, dass das die Wahrheit war und dass es den Franken bei einem neuen Herzog vor allem darauf ankäme, einen Christen auszuwählen. Er sollte die Schlacht angezettelt haben? Was für eine Verdrehung. Die Franken hatten Dorestad besetzt, und er hatte nichts getan, als sich zur Wehr zu setzen. Oder war er diesem Willibrord deswegen im Weg, weil er die linke Hand der rechten vorzog? Deshalb war er für den

Northumbrier ein Teufel. Dabei war Radbod nicht klar, was ein Teufel überhaupt war.

Zum ersten Mal seit vielen Wochen saßen sie wieder bei einander und berieten, nicht nur Tade, Finn und er, sondern auch Selind. In der Feuerstelle brannten ein paar Scheite, das Holz knisterte und knackte, trotzdem trugen sie alle Umhänge oder Mäntel. Zu essen gab es nichts, nur Bier wurde getrunken. Der kleine Junge war bei der Hebamme, die zu seiner Kinderfrau geworden war. Wahrscheinlich schlief er.

»Wir sollten fliehen«, sagte Tade.

»So weit kommt es noch«, entgegnete Finn, »dass wir vor den Franken weglaufen. Genauso gut können wir unseren Herzog hier am Herrenhaus schützen. Mit wie viel Männern werden sie angreifen?«

»Du hast gesehen, dass sie über viele Kämpfer verfügen«, sagte Tade.

Radbods Arme und Beine, seine Brust, der ganze Körper teilte Finns Antwort. Er wollte sich zur Wehr setzen, wollte zuschlagen, und wenn er es nicht überlebte, würde er in der Schlacht sterben und in der anderen Welt mit Ehren empfangen werden. Sein Verstand aber wusste, sie hatten Tades Weg zu nehmen, den von Klugheit und Geschick.

Allerdings war er nicht bereit, sich damit abzufinden.

»Wo könnten wir überhaupt hin?«, fragte Selind. »Nach Groningen, zu meinem Vater?«

»Da würden sie bald suchen«, meinte Tade.

»Siehst du: Es gibt keinen Platz im Land«, erklärte Finn. »Es sei denn, hinter dem Moor, bei den Hriustrern. Aber wer will da schon hin?«

»Vielleicht gibt es keinen Platz – aber es gibt eine andere

Möglichkeit«, sagte Radbod, seinen Bierbecher mit der Hand umschlossen und den Blick aufs Feuer gerichtet.

»Nämlich?«, fragte Selind, als er nicht weitersprach.

»Ich gehe zu ihnen. Dann haben sie, was sie wollen.«

»Und schlagen dir den Kopf ab«, rief Finn.

»Mag sein. Aber das Land hätte seine Ruhe.«

»Das kommt doch überhaupt nicht infrage«, sagte Finn. »Sonst gehe ich in ihr Land und nehme Rache an diesem Pippin. Und den Northumbrier, den …« Er brachte seinen Satz nicht zu Ende, drückte aber seine Finger ineinander, und das Geräusch, das entstand, vermittelte, was er plante.

»Es gibt durchaus einen Platz für uns«, sagte Tade. »Dort wären wir vorerst sicher.«

»Welchen?«, fragte Selind.

»Forsetesland.«

»Wir sollen auf die Insel?«, rief Radbod. »Zu den Einsiedlern?«

Finn schlug mit seinem Becher auf den Tisch. »Was soll das? Sind wir Feiglinge? Lasst uns kämpfen, sage ich. Radbod hat von nun an immer Begleiter, auf jedem seiner Wege, und wenn die Franken kommen, dann werden wir schon sehen.«

Tade entgegnete nichts, und Radbod begriff, dass das nicht nötig war. Der alte Lehrer hatte recht und wusste das. Ob die anderen es erkannten, überließ Tade ihnen, er stritt nicht für seine Einsichten. Finn dagegen machte sich die Folgen seines Vorschlages nicht klar. Wenn sie fränkische Soldaten töteten, würden sie dem Hausmeier einen guten Vorwand liefern, sich weitere Teile Frieslands zu nehmen.

»Wie kommen wir eines Tages von Forsetesland wieder weg?«, fragte Radbod, dem die Vorstellung, wegzulaufen, nach wie vor nicht gefiel. Die Insel war weit entfernt, sie lag inmitten der hohen See. Auch wenn sie zu Friesland gehörte, war es doch, als würde er das Land verlassen.

»Das kann ich dir nicht sagen. Wir müssen auf neue Umstände hoffen.«

»Und inzwischen lassen wir unser Land schutzlos?«, rief Finn. »Ohne Herzog, ohne Führung?«

»Die Stämme unterstehen ihren Fürsten, wie bisher. Für den Westergouw müsste Radbod einen Edlen als Vertreter einsetzen. Und wenn der Herzog auf der heiligen Insel lebt, dann ist er immer noch Herzog. Er kann Boten schicken und seinen Willen erklären.«

»Auslachen werden sie ihn«, sagte Finn. »Wenn sie ihn überhaupt hören.« Mit hoher Stimme sprach er weiter. »Oh seht, da kommt der Bote des Herzogs. Bestimmt bringt er neue Befehle von der fernen Insel. Lasst uns ihn anhören, damit wir etwas Unterhaltung haben.«

Sie fuhren, sobald das Wetter sich ein wenig beruhigt hatte. Das Haus würde einer der Diener führen, den Westergouw, wie Tade vorgeschlagen hatte, ein Edler, der Land außerhalb von Stavoren besaß. Am frühen Morgen bestiegen sie das Segelschiff, das ein Fischer aus dem Ort steuerte. Das Meer war einigermaßen ruhig, trotzdem schrie der kleine Alfbad vor Angst. Seine Stimme war nicht kräftiger geworden, sein Schrei klang heiser und schwächlich. Selind und die Kinderfrau gaben sich abwechselnd Mühe, ihn zu beruhigen. Als Radbod später dazukam und auf den unruhigen und ängstlichen Jungen einredete, jammerte er und drehte sich weg. Sein Ort war die Brust der Mutter oder der Arm der Kinderfrau.

Die Fahrt dauerte den ganzen Tag. Als sie die Küste hinter sich gelassen hatten, wurde die See unruhiger, ihr kleines Schiff hatte gegen die Wellen zu kämpfen, es stieg und fiel und stieg und fiel. Die Kinderfrau war die Erste, die sich erbrach. Alfbad war bleich, er verkroch sich im Kleid seiner Mutter, und Radbod meinte, einen Friesenjungen gezeugt zu haben, der das Meer verabscheute. Möglich, dass Alfbad noch zu klein war, um ein solches Urteil über ihn fällen zu können, und dennoch wurde Radbod diesen Gedanken nicht los.

Als Forsetesland endlich in Sicht kam, war die Abenddämmerung weit fortgeschritten. Auf der Insel brannten ein paar Feuer, wie einzelne, weit voneinander entfernte Lichter, die sahen sie zuerst, dann erhob sich für ihre Augen das Land aus dem Meer, ihr Schiffsführer streckte den Arm aus und zeigte darauf.

Alle waren sie durchgefroren und hungrig, der ewige Wind hatte ihnen das Salz auf die Haut und in die Augen getrieben. Tade hatte kleine Augen bekommen, er sah müde aus, Selind lehnte an einer Planke, ihr Kopf war Richtung Schulter gesackt, der Junge in ihrem Arm war in eine Wolldecke gepackt und schlief. Ihr Schiffsführer hielt auf die kleine Bucht zu, die der Insel als Hafen diente, und als ihr Rumpf endlich auf Sand aufsetzte, atmeten sie alle durch und kletterten von Bord. Sie hatten wenig Gepäck bei sich und ein paar Waffen. Die Einsiedler, die das Schiff hatten kommen sehen, näherten sich ihnen mit Fackeln. Angst schienen sie nicht zu haben. Als sie schließlich begriffen, wer es war, der zu ihnen gekommen war, liefen einige von ihnen in die Siedlung, wo sie den Gästen eine Strohhütte herrichteten, die erst eingeheizt werden musste. Inzwischen bereiteten sie Essen vor, aber trotz ihres Hungers konnten weder Tade noch Selind oder die Kinderfrau etwas zu sich nehmen. Allein Finn ließ sich ein zweites und sogar ein drittes Mal auftun.

Um eine Runde um die Insel zu drehen, brauchte man etwa einen halben Tag. Sie hatte einen flach gelegenen unteren Teil, mit der Bucht, in der sie angelegt hatten, und den Hütten der Einsiedler, und eine zweite Hälfte auf dem Felsen, zu der man aufsteigen musste, einer Heidelandschaft, auf der Kühe weideten und Schafe grasten, während der ewige Nordseewind ihnen über das Fell strich. Das Land endete an steilen Klippen aus dunkelrotem Stein. Jenseits davon erhob sich noch eine Säule, ebenfalls aus dunkelrotem Stein, die von der Insel aus nicht zu erreichen war.

Obwohl die wenigen Einwohner davon überzeugt waren, dass die rote Säule von Göttern geschaffen war und auf ihren Wohnort, den Asgard, zeigte, war es nicht sie, die aus der Insel heiliges Land machte. Das war vielmehr die Süßwasserquelle. Es handelte sich um einen Brunnen mit einem Findling in seiner Mitte, in den immerzu ein dünner Strahl Trinkwasser lief. Die Quelle war bei den Seefahrern berühmt, sie wussten, wenn ihnen das Wasser ausging, konnten sie die Insel anlaufen und ihre Eimer und Schläuche füllen. Das Wasser war jedermann zugänglich, egal ob er Däne war oder Britannier, ob Franke oder Friese, es gab nur eine einzige Regel, und jedermann hielt sich an sie, selbst die rauesten Seeleute: Von der Quelle musste, da sie von den Göttern stammte, schweigend und mit Ehrfurcht geschöpft werden.

Allgemein war die heilige Insel ein Ort des Schweigens. Die Einsiedler redeten bei Tageslicht nie, sondern umsorgten schweigend ihre Tiere und bestellten die Felder, auf denen es die Getreidepflanzen wegen des steten Windes und des vielen Regens schwer hatten. Überhaupt, der Wind – hätte er nicht immerzu gepfiffen, man hätte auf der Insel gar nichts gehört.

Tade und Selind passten sich dem Schweigegebot an. Der kleine Alfbad wimmerte manchmal. Nur Finn fiel es schwer, seine Zunge im Zaum zu halten, und abends brach die Rede aus ihm hervor wie ein Wasserschwall und er breitete neue Pläne aus, wann und wie man erneut gegen die Franken angehen konnte.

Radbod war dankbar für das Schweigen. Sich vor seinem Bruder zu rechtfertigen, wäre ihm lästig gewesen, zumal er selbst mit ihrer Flucht haderte. Zwar wusste er, dass es keine andere sinnvolle Möglichkeit gegeben hätte, weder den Kampf, den Finn wollte, noch seinen Gang in die Gefangenschaft, hier wie dort wäre Friesland, zumindest sein westlicher Teil, bald eine fränkische Provinz geworden. Und trotzdem kam er sich ausgesperrt vor. Sein Land war weit weg, er erhielt keinerlei Neuigkeiten, und das quälte ihn.

Neben dem Schweigen gab es eine zweite Regel auf Forsetesland, und die hieß, dass keine Tiere geschlachtet werden durften. Es war erlaubt – und die Einsiedler taten es jeden Tag –, Milch von den Kühen zu nehmen, um Käse zu machen, und die Schafe zu scheren, um Wolldecken und Mäntel herzustellen. Töten aber durfte man sie nicht, denn die Tiere waren heilig.

Am Hafen hielt sich ein Tauschhandel. Die Insulaner bekamen von fremden Schiffen, die regelmäßig anlegten, was sie selbst nicht hatten, Eisen und Holz vor allem, außerdem Leder, dafür gaben sie Bernstein, das in großen Mengen angespült wurde und das in fremden Ländern offenbar selten und sehr beliebt war. Radbod schaute manchmal zu.

Den Großteil seiner Zeit verbrachte er damit, um die Insel zu wandern, er stieg in ihren oberen Teil hinauf, schritt weiter bis zu der roten Säule und machte dort kehrt. Von überall war das Meer zu sehen und die kräftigen Wellen, die gegen das kleine Eiland schlugen. Möwen zogen durch die Luft. Wenn der Wind zu stark war, verkroch sich Radbod in ein Erdloch, das ihn vom ersten Augenblick an die Insel Vlylan denken ließ, und schaute auf Himmel und Wolken und Meer. Manchmal sah einer der Einsiedler nach ihm, und er glaubte, dass die Männer, die lange Wollmäntel trugen und verfilzte Haare und Bärte hatten, neugierig waren. Aber da sie nicht sprechen durften, näherten sie sich ihm auch nicht weiter.

Der älteste der Einsiedler war ein Mann namens Elmaar, ein Mensch mit langem Haar und zerfurchtem Gesicht, voller Falten an der Stirn und um die Augen, die der ewige Wind geschaffen haben mochte. Wenn er auf der Insel unterwegs war, trug er einen langen Stab mit sich, auf den er sich stützte und der ihm etwas Imposantes verlieh. Elmaar hatte auch auf dem Festland einen Ruf, es hieß, er könne Recht sprechen, weil Forsete ihm ins Ohr flüstere, und er habe die Möglichkeit, Freyas Stimme zu hören und selbst die des weisen Wotan. Tade suchte die Nähe des Einsiedlers, vorsichtig zunächst, bald offener, und hin und wieder ging er nach Sonnenuntergang in dessen Hütte.

Eines Abends erklärte er: »Elmaar sagt, wir werden irgendwann auch wieder gehen können.«

»So, sagt er das?«, fragte Radbod.

»Und dann ist es auch gut, meint er.«

»Und wer genau hat ihm das eingeflüstert?«

Die Inselbewohner gestanden ihrem Herzog eine zweite Hütte zu, in die er mit Selind und dem kleinen Alfbad zog, während Tade und Finn sich die andere teilten. Die Kinderfrau kam bei einer Witwe unter. In ihrer Hütte bewohnte Radbod die eine Seite, Selind mit dem Jungen die andere. Zwischen ihnen hatte sich manches verändert. Über den Dyk und die Königswege zu sprechen, lohnte nicht mehr, so weit war beides in die Ferne gerückt. Genauso wenig redeten sie über Friesland und die Aufgaben, die er als Herzog hätte, die er vernachlässigte. Das Schweigen der Insel griff auf sie über, selbst abends, wenn es gebrochen werden durfte. Selind kümmerte sich um das Kind. Er drehte seine Runden.

Alfbad, auch wenn er jede Nacht in der gleichen Hütte mit ihm schlief, blieb ihm fremd. Immerhin hatte er eine Erklärung – einen Trost – gefunden und redete sich ein, dass Väter und Söhne sich erst dann annäherten, wenn die Kinder herangewachsen waren. So erinnerte er es von seinem Vater. Warum sollte es bei ihm anders sein?

Mit jedem Tag wurde ihm die Zeit länger. Das Wetter schien immer ähnlich zu sein, es war windig, manchmal stürmisch, feucht, manchmal regnerisch. Radbod hatte Sehnsucht nach Stavoren, nach dem Herrenhaus, nach Baja. Es zog ihn zurück aufs Festland, nach Friesland, wo seine Aufgaben auf ihn warteten. Die wichtigste von ihnen würde in Zukunft nicht der Dyk sein, sondern die Einheit der friesischen Stämme. Zwar blieb er der Überzeugung, dass sie die Schlacht gegen die Franken auch dann verloren hätten, wenn die Ostergouwer mitgemacht hätten und die Groninger mit einem größeren Trupp erschienen wären. Aber war es ausgemacht, dass Dorestad immer so stark befestigt sein würde?

Was war es, das die anderen Stämme die Gefolgschaft verweigern ließ? Lag es an ihm, wären sie einem anderen Herzog leichter gefolgt? Seinem Vater vielleicht? Oder musste er nur besser verstehen lernen, was die Ostergouwer für sich wollten und was die Groninger – und ihnen das dann zugestehen?

Er kam mit seinen Gedanken nicht zu einem Ende, nahm sich aber vor, sich für den Zusammenhalt der Stämme einzusetzen, sobald er zurück sein würde. Auch zu den östlichen Friesen würde er hin und wieder reiten und Reemer und die Wanger und Astergaer besuchen. Die verlorene Schlacht von Dorestad sollte ihm eine Lehre sein.

Dass sie irgendwann, wie Elmaar vorhergesagt hatte, die Insel wieder verlassen würden, war für ihn keine Frage. Nur wann – das hatte auch der kluge Mann nicht prophezeit. Wie stand es um die Suche der Franken nach ihm? Gingen sie ihr noch nach oder hatten sie bereits aufgesteckt? Da er keine Nachricht aus Friesland bekam, wusste er es nicht. Wie schnell würden die Franken von seiner möglichen Rückkehr erfahren? Auch das war eine Frage, die es zu bedenken galt. Ob er doch Elmaar in seiner Hütte besuchte und ihn fragte? War der Mann wirklich weise und konnte mit den Göttern sprechen?

Radbod ging nicht zu ihm.

Er wanderte und schwieg. Aß wenig, wie immer. Schaute zu, wie Schafe geschoren und Kühe gemolken wurden. Beobachtete den Fischfang der Möwen, hörte auf ihr Gekreische. Verweilte, wie die meisten Bewohner, an der Hafenbucht, wenn ein Schiff anlegte, aber anders als sie hielt er Abstand zu den Fremden. Er schaute aus der Ferne zu.

Ihn beschäftigte, während er seine Runden drehte, die

Frage nach den Göttern. Die Einsiedler lebten nach Forsetes Willen, und die Steinsäule am Ende ihrer Insel zeigte auf den Asgard. Wie aber konnte es sein, dass Forsete ihnen nur dieses kleine Stück Land mitten im Meer zugestand? Wie anders hielt es der Christengott, der dafür sorgte, dass seine Anhänger immer mehr bekamen, zuletzt Dorestad, das reiche Dorestad. Dabei umfasste ihr Reich bereits so viele Länder.

War er doch besser als Forsete? Stärker als Thor? Mächtiger als Wotan?

Er konnte diese Frage nicht entscheiden und dachte daran, sie Elmaar vorzulegen, das ging so weit, dass er sich an zwei Abenden auf den Weg zu dessen Hütte machte. Aber einmal traf er Finn, der ihn in eine Unterhaltung verwickelte, und das andere Mal hörte er Tades Stimme aus der Hütte, und da drehte er ab. Blieb allein mit seiner Frage.

An einem der nächsten Tage – es gab kaum Wind, und Radbod hatte sich auf einen Felsen am Ende der Insel gehockt, gegenüber der roten Steinsäule – setzte sich Elmaar neben ihn. War es Zufall oder Absicht, was den Einsiedler hergeführt hatte? Der mächtige Stab lag zwischen ihnen. Radbod sah ihn zum ersten Mal von Nahem. Dort, wo Elmaar ihn griff, was das Holz blank und dunkel.

Radbod setzte sich über das Schweigegebot hinweg. »Wie kann es sein, dass die Christen alle Schlachten gewinnen? Ist ihr Gott mächtiger als unsere?«

Elmaar gab keine Antwort.

»Es gibt Leute«, fuhr Radbod fort, »die glauben, dass es unserem Land besser ginge, wenn wir ebenfalls Christen würden. Die Ernten würden gut und wir könnten wieder nach Dorestad, selbst wenn uns der Hafen nicht mehr gehört.«

Es war nicht auszumachen, ob Elmaar die Rede störte. Er reagierte nicht. Winkte nicht ab, schickte keinen strafenden Blick, zeigte aber auch kein Interesse.

»Ich muss mich entscheiden. Der Westergouw wird mir folgen, schließlich bin ich der Fürst. Aber die anderen Stämme? Ich höre sie in meinem Geist manchmal reden: Dies ist kein Feld, wo der Herzog Vorgaben machen darf. Oder wollen wir in den Krieg gegen die Götter ziehen?«

Elmaar seufzte.

»Vielleicht haben sich einfach die Gewichte verschoben? Mit Thor haben wir vor vielen Generationen die Römer aus unserem Land vertrieben. Aber was, wenn Thor alt und schwach geworden ist und der Christengott wäre jünger und stärker? Kann das sein?«

Als er wieder keine Antwort erhielt, verstummte Radbod und schaute auf die Steinsäule. Sie war mächtig, ein großes Zeichen. Beeindruckender als jedes Christenkreuz.

Elmaar stand auf und nahm seinen Stab in die Hand. Zum Abschied blickte er Radbod an. Dann sagte er: »Komm heute Abend in meine Hütte.«

Dort empfing Radbod ein wärmendes Feuer, dessen Rauch durch ein Loch im Strohdach abzog. Die Stühle waren mit Wolldecken belegt, auf dem Tisch stand ein Wasserkrug. Radbod setzte sich und ließ sich von Elmaar einschenken.

»Du hast über meine Frage nachgedacht?«

»Ich weiß nicht viel über den Christenglauben«, erwiderte der Einsiedler. Seine Stimme klang fest, der Mann wirkte seiner Selbst sicher. Auf seinem Gesicht spiegelte sich der Feuerschein und ließ die vielen Furchen noch tiefer aussehen.

»Aber ich habe von Seeleuten aus ihren Ländern gehört, dass dieser Jesus gesagt habe, man solle seinen Nächsten so sehr lieben wie sich selbst. Bedrohst du dich mit dem Schwert, Herzog Radbod?«

»Ich begreife die Frage nicht.«

»Ob du dir ein Schwert an den Hals hältst und dir drohst, zuzustechen.«

»Natürlich nicht.«

»Niemand würde das tun. Deshalb stimmt etwas nicht, wenn ein Christ einen anderen Mann bedroht. Warum nicht? Weil er ihm etwas tut, was er mit sich selbst nicht machen würde.«

»Was, wenn sie erst dann nach dieser Art behandeln, wenn ihre Nächsten Christen geworden sind?«

»Das geht nicht. In der Zwischenzeit würden sie die Vorgabe ihres Gottes vergessen.«

Radbod hörte auf das Feuer und trank das Wasser seines Gastgebers. »Was ist mit dir?«, fragte er.

»Was mit mir ist? Weshalb ich hier bin, willst du wissen? Das ist einfach. Ich möchte das Meer riechen und den Möwen bei ihrem Flug zuschauen. Vor allem möchte ich den Wind spüren und ihn pfeifen hören. Forsetes Wind.«

»Ich verstehe nicht.«

Elmaar neigte den Kopf. »Nein? Dabei ist es ganz einfach. Ich lebe auf Forsetes Insel – und in seiner Nähe. Dort, wo sein Wind bläst.«

Zum neuen Jahr, das an dem Tag gefeiert wurde, der gleich lang war wie die Nacht, fanden sich Besucher auf ihrer windigen Insel ein. Es gab einen steten Strom von Segelschiffen, die in der Bucht anlegten, und immer stiegen die

Leute aus, um zu bleiben. Ohne Worte fügten sie sich in den Tagesablauf der Insel, vor allem halfen sie den Einsiedlern, Treibholz und Stroh und getrockneten Dung aufzuschichten. Am Festtag selbst nahm die Zahl der Schiffe noch einmal zu, und die Neugierigen bleiben gleich an der Hafenbucht stehen.

Drei Feuerhügel wurden aufgeschichtet, zwei nahe beieinander im unteren Inselteil, einer erhöht, sodass sein Feuer, als es angezündet war, weithin leuchtete. Man stand aber bei den anderen beiden Haufen.

Mit dem hereinbrechenden Abend durfte wie immer gesprochen werden, trotzdem machte kaum jemand davon Gebrauch, nur Lieder ertönten, alte friesische Weisen, gesungen zu Ehren von Freya und den anderen Göttern. Selind, Finn und Tade sangen mit, auch Radbod, der entfernt von den anderen stand, beteiligte sich.

Als die Nacht vollständig hereingebrochen war, schlachtete Elmaar ein Lamm, das die Besucher vom Festland mitgebracht hatten. Mit einem einzigen Schnitt trennte er dem Tier die Kehle durch. Blut spritzte aus dem offenen Hals, und Elmaar sorgte dafür, dass es sich auf dem Boden verteilte und brummte dazu unverständliche Sätze. Dann kniete er sich hin und wischte seine blutigen Hände auf die Erde. Als er fertig war, setzte er sich ans Feuer, ein Signal für alle anderen, ebenfalls Platz zu nehmen. Das Feuer wärmte.

Radbod nahm von dem Bier, das herumgereicht wurde. Einsiedler und Festländer hatten sich an den beiden Feuern gemischt, als mache es keinerlei Unterschied, woher jemand stammte. Elmaar als Ältester war ihr Mittelpunkt, weit mehr als der Herzog. Die Leute achteten auf ihn, aber für ihn war mit dem Schlachten des Lamms seine Aufgabe beendet, und er verhielt sich nicht anders als alle anderen. Redete hin und wieder, lachte sogar und trank Bier. Hätte er nicht Reste von Blut an seiner Kleidung und im Gesicht, man hätte ihm seine Rolle nicht angesehen.

Radbod hatte mehrere Tage über die Sätze des Einsiedlers nachgedacht. Auch hatte er bei seinen Wanderungen auf den Wind gehört – anders als vorher, mit ganzem Ohr – und ihn an der Haut gespürt und war Forsete nah gewesen. Und trotzdem blieb seine Frage, wie die friesischen Götter bestehen sollten.

Keine Frage für diesen Abend.

Er erhob sich, ging um das Feuer herum zu ihm und setzte sich direkt neben den Alten. Dabei ergriff er dessen Hand und drückte sie. Elmaars Haut fühlte sich rau an wie ein ungeschliffener Stein, auch glaubte Radbod, Blutkruste auf ihr zu spüren. Trotzdem ließ er nicht los, genauso wenig wie der Einsiedler.

Er beugte sich zu Elmaars Ohr. »Sag Freya, sollte sie dich hören können, dass ich für die Götter des Asgaard kämpfe. Alles andere waren nur dumme Gedanken. Wir verdanken ihnen unser Land, und das wissen wir. Wie könnten wir sie verraten?«

»Sie weiß es«, erwiderte der Einsiedler.

Am nächsten Morgen war es sehr windig, obwohl die Sonne schien, ihre Strahlen glitzerten auf der unruhigen See. Radbod stand früh auf, ging zur Hafenbucht hinunter und richtete gegen das Schweigegebot das Wort an die Festländer, die zu ihren Schiffen strebten.

»Hört die Botschaft eures Herzogs und verkündet im Friesenland, dass es verboten ist, die Religion der Christen anzunehmen. Wir wollen immer unseren Göttern treu bleiben.«

Es waren seltsame Reaktionen, die ihm entgegenschlugen, Seufzer und leise Aufschreie, leichte Schläge an die eigene Stirn oder vor den Mund, aber da niemand etwas sagen durfte, blieb offen, wie er sie deuten sollte. Die Leute stiegen in ihre Schiffe, und er nahm seine Wanderung auf wie an jedem anderen Tag.

»Hast du dir diese Anordnung gut überlegt?«, fragte Tade am Abend. Finn und er waren in seine Hütte gekommen. Da es nicht genügend Stühle gab, saßen sie auf dem Fußboden. Selind schaukelte den kleinen Alfbad in den Schlaf.

»Ich habe nicht lange überlegt, aber gut, glaube ich. Sie wird uns helfen.«

»Das meine ich auch«, erklärte Finn.

»Sie wird neues Leid schaffen. Wo die Missionare hinkommen, verlangen sie, dass die Friesen übertreten, und wer das nicht freiwillig tut, wird gezwungen. Bewaffnete Franken ziehen mit ihnen. Du aber hast diesen Schritt verboten. Wie sollen sich die Leute verhalten?«

»Sie müssen sich zur Wehr setzen.«

»Als Unbewaffnete gegen fränkische Schwerter?«

»Unbewaffnet?«, entgegnete Finn. »Vielleicht haben sie schlechtere Waffen. Aber dafür mehr Mut. Schließlich sind es Friesen.«

Radbod sagte: »Wir werden bald zurückkehren. Unsere Zeit auf der heiligen Insel läuft ab.«

Der Aufbruch ging schneller, als er gedacht hatte. Kaum dass die Feuer ausgebrannt waren, schickte Elmaar nach ihm und erklärte Radbod, dass ein großer Sturm bevorstehe, viel heftiger als in anderen Frühjahren. Alle Zeichen deuteten darauf hin. Die Vögel zögen Richtung Festland, die Tiere der Insel verhielten sich ängstlich, und der Wind nehme mit jedem Tag zu. Er habe solche Zeichen bereits gesehen, vor vielen Jahren, damals sei die Flut so stark gewesen, dass sie sich alle auf dem höheren Inselteil in Sicherheit hätten bringen müssen. Von ihrem Land sei ein Stück fortgespült worden.

Radbod fragte sich, warum er selbst diese Zeichen nicht bemerkt hatte. Dann entschied er, dass sie am nächsten Morgen zurückfahren sollten. Zwei Schiffe vom Festland lagen noch im Hafen, eins davon würde ihnen Platz bieten.

Diesmal war es Elmaar, der nach seiner Hand griff. Radbod wartete darauf, dass der Alte ihm etwas sagte, vielleicht sogar etwas von Freya ausrichtete.

Aber Elmaar meinte nur: »Wenn man immerzu schweigt, versiegen einem die Worte. In meinen Gedanken begleite ich dich, Herzog.«

Weil Elmaar das so wollte, gingen sie zusammen zu Radbods Hütte hinüber. Selind war nicht überrascht, dass sie aufbrechen würden, aber sie fragte nach den Franken und ihrer Suche nach Radbod. Niemand konnte ihr eine Antwort geben. Elmaar strich Alfbad übers Haar. Dann legte er Selind die Hand auf den Bauch.

»Ich glaube, du wirst noch ein Kind bekommen, Frau. Ein Mädchen, das die Götter euch schicken, dir und deinem Mann.«

Selind biss sich auf die Lippen, und Radbod glaubte, dass sie ein paar Tränen unterdrückte und das Gleiche dachte wie er. In der langen Zeit auf der Insel hatte er nicht ein einziges Mal bei ihr gelegen. Wie sollte sie da schwanger werden? Es schien, als hätten die Franken nicht nur Dorestad erobert, sondern ihm auch ein Gift eingeflößt, die Bitterkeit. Er beschloss, sich zur Wehr zu setzen, ein für allemal – Dorestad zurückzuholen, die Steinsäule von Baduhenna wieder aufzubauen. Und sich zu seiner Frau zu legen.

Damit fing er in dieser Nacht, ihrer letzten auf der heiligen Insel, an.

12

Elmaar behielt recht mit seiner ersten Vorhersage, mit der Sturmflut, die andere trat nur zum Teil ein, Selind wurde zwar, wenn auch nicht so bald, wieder schwanger, aber mit einem weiteren Sohn.

Gegen die Überfahrt zurück aufs Festland, die wieder vom frühen Morgen bis in die Dunkelheit dauerte, war die Hinreise ein Ausflug gewesen, eine fröhliche Segelfahrt. Auf dieser Reise wurde der Wind mit jeder Stunde stärker, er machte ein heulendes Geräusch wie der Tod, riss und zerrte an ihrem Segel, ließ die Wellen wachsen, und sie trieben mit ihrem Schiff hoch auf den Berg und hinunter ins Tal und wieder hoch. Auf den Kämmen lag Schaum, lag Gischt. Das Meer war laut wie Donner.

Alle hatten Angst.

Alfbad hatte alles Wimmern eingestellt, er klammerte sich an seine Mutter, hatte ihr Kleid gegriffen, als hinge für ihn alles davon ab, dass er es nicht losließe. Seine Gesichtsfarbe hatte das Grau der Wolken am Himmel. Selind hatte ihre Arme um ihn geschlungen und summte ihm gegen den

Wind Melodien vor. Weil sie aber selbst elend aussah, so, als müsse sie sich gleich erbrechen, wollte Radbod ihr das Kind abnehmen und es mit dem eigenen Körper schützen. Aber sobald er die Hände des Vaters erblickte, sperrte sich Alfbad, weinte, trat sogar und vergrub sich tiefer im Kleid der Mutter. Radbod kam sich vor Finn und Tade und dem Schiffer bloßgestellt vor, er wollte Alfbad packen und zu sich ziehen, ließ aber, weil Selind ihn flehend ansah, im letzten Moment ab. Und dann musste er sich auch schon festhalten, weil ihr Schiff wild schaukelte.

Tade krallte sich an den Planken fest, er lag mehr als dass er saß und übergab sich bald, spuckte so oft in die See, bis nichts mehr in ihm war. Nur Finn strahlte und grinste. Ihm gefiel alles, was wild war – auch ein aufgepeitschtes Meer.

Im Laufe des Tages wurden die Wolken schwerer und dunkler, es begann zu regnen. Radbod, der die Knie gegen eine Bank gedrückt und sich festgekeilt hatte, überkam die Erinnerung an die Fahrt mit Onno vor Vlylan. Zunächst wehrte er sich gegen die alten Gedanken und versuchte, seinen Blick auf die Zukunft am Festland zu zwingen. Regenwasser lief ihm über das Gesicht und in den Kittel, seine Haare waren nass, der Bart ebenso. Die See klang, wie sie damals geklungen hatte, drohend, wütend. Er ergab sich – erinnerte sich an den plötzlichen Schmerz, als der Mast seinen Arm gebrochen hatte, sah Onnos Hand wieder, seinen Hilferuf. Er dachte an sein nutzloses Gekreuze mit dem zerfetzten Segel, an die Rettung durch die Fischer.

Dann fragte er sich, ob nun seine eigene Zeit gekommmen war. War das der Plan für Friesland – dass sein Herzog ertrank, und mit ihm sein Sohn und der Bruder? Friesland hätte kein Geschlecht mehr, das das Land im Kriegsfall führte, niemanden, der den Franken Widerstand leistete, zumindest bis die Fürsten einen neuen Herzog wählten. Wollten die Götter das? Sollte aus Freyas Land Frankenland werden? Er wischte sich den Regen von der Stirn und aus den Augen. Wenn Forsete es für richtig hielt und Freya meinte, so wäre es das Beste, wenn Thor nicht kämpfen wollte und Wotan sie nicht beschützte, dann war er bereit, zu sterben, direkt hier, im friesischen Meer.

Aber es kam anders. Am Nachmittag tauchten die ersten Umrisse der Küste auf, der Regen ließ sie zwar undeutlich aussehen, fast wie in einem Traum, und sie waren noch weit entfernt, kamen aber näher. Ihr Schiffer kämpfte. Nicht für einen Moment konnte er eine Hand vom Ruder nehmen, er brauchte sie beide und zusätzlich die Kraft seines Oberkörpers. Auf geradem Weg hielt er auf die Küste zu, wo man bei ruhigerer See schon nach Süden abgefallen wäre, es war klar, dass er sich in Landnähe weniger Sturm erhoffte. Das erwies sich als Irrtum. Das Segeln wurde auch an der Küste in keiner Weise leichter, die Wellen kamen nun von der Seite und brachten ihr Boot zum Schwanken. Alfbad hatte den ganzen Tag nichts gegessen, genauso wenig wie Tade, der aussah wie der Tod. Alfbad drückte sein Köpfchen zwischen die Brüste der Mutter, als wollte er sich vor Sturm und Wellengang verstecken.

Es war ausgeschlossen, bis zum Einbruch der Dunkelheit Stavoren zu erreichen. Radbod hieß den Schiffer, eine nahe gelegene Bucht anzulaufen. Er plante, Selind und den Jungen zu ihrem Vater nach Groningen zu bringen, bis die Sturmflut abgeklungen war, er sich in Stavoren und im Herrenhaus umgesehen hatte und wusste, was die Franken trieben. Die Kleider durchnässt, erschöpft und ausgehungert kamen sie bei einem Bauern unter, dessen Felder bereits überspült waren. Sie schliefen sofort ein. Die Wellen aber begleiteten ihn durch die Nacht.

Am nächsten Tag machten sie sich auf nach Groningen, und auch wenn sie von ihrem Bauern einen Wagen geliehen hatten, wirkte ihr Zug abgerissen und ärmlich. Radbod gefiel der Gedanke ganz und gar nicht, in dieser Weise bei seinem Schwiegervater vorzusprechen, doch eine andere Möglichkeit fand er nicht. Als beide Männer einander begrüßten, war die Distanz groß. Der jüngere hatte einen Kittel an, auf dem alter Dreck stand und Salzflecken getrocknet waren, Haar und Bart waren verklebt, er selbst wirkte hager und ausgezehrt. Der ältere aber, Landric, der aus dem trockenen und geheizten Haus kam, hatte entgegen seiner Zusage nicht selbst gegen die Franken gekämpft und nur zehn seiner Männer geschickt. Von denen allerdings war die Hälfte getötet worden. So gab es viel gegenseitiges Misstrauen, als sie einander die Hand reichten, beide mit Gedanken über den anderen, die sie nicht äußerten und die trotzdem in der Luft lagen.

Radbod bat darum, Frau und Kind eine Zeit lang im Haus des Groningers unterbringen zu dürfen, was ihm gewährt wurde. Er selbst blieb nur eine Nacht, in der er kaum schlief, weil der Sturm das gesamte Haus klappern ließ. Er heulte durch Ritzen, schüttelte an Fenstern und Türen, schien das Dach anheben zu wollen. Radbod wälzte sich auf seinem Stroh.

Landric gab ihm und Finn und Tade je ein Pferd. Als sie aufbrachen, hatte der Regen wieder eingesetzt, und selbst der sandige Groninger Boden konnte das Wasser nicht mehr aufnehmen, es stand in Lachen, überspülte die

Wege im Dorf, begann, in die Häuser hineinzulaufen. Die Leute schaufelten, während der Himmel sie nass machte. Sie versuchten, kleine Gräben zu ziehen, in denen sich der Regen sammeln konnte. Doch die Erde war allzu satt und schwer, und die Löcher, die die Bewohner schaufelten, liefen schneller voll, als sie sie vergrößern konnten.

Radbod, Finn und Tade jagten durch den Sturm Richtung Küste und ließen ihre Pferde über den aufgeweichten Boden galoppieren. Je weiter sie kamen, desto deutlicher wurde das ganze Ausmaß des Unglücks. Der Sturm kannte keinerlei Erbarmen, er trieb die aufgepeitschte See über das Land, hob sie über Strände und Küsten, ließ sie Felder und Dörfer überspülen, während Mensch und Vieh vor ihr wegliefen. Bald war alles Reiten unmöglich, die Pferde scheuten, weil sie den Boden nicht erkannten, auf den sie treten sollten, und als sie angetrieben wurden, bockten sie. In welchem Landstrich sie waren, wusste keiner der drei, alles sah gleich aus, grau und nass und matschig, und unter dem Regen verschwamm jeder Blick.

Finn wollte ein Boot besorgen. Darüber gab es Streit, da Radbod ablehnte. Finn bestand auf seinem Plan.

»Wo willst du damit hinfahren?«, fragte Radbod.

»Dorthin, wo ich gebraucht werde. Wir müssen doch helfen.«

»Mit einem einzigen Boot? Das wir erst aus Stavoren holen müssten? Wir wüssten nicht einmal, ob wir dorthin gelangen. Was soll das für eine Hilfe sein?«

Finn gab ihm keine Antwort, er zog die Zügel herum, klopfte seinem Pferd auf den Hals und ließ es im Schritt gehen.

»Dem Jungen ist zu viel Wasser in den Kopf gelaufen«, sagte Radbod zu Tade.

Aber der Lehrer drehte sich um, nuschelte, dass ein Boot das einzig Sinnvolle sei, und folgte Finn.

Als er weiterzog, ließ Radbod sein Pferd ebenfalls Schritt gehen, und wo es überhaupt nicht weiterkonnte, saß er ab und zog es, obwohl er einsackte und ihm Wasser in die Stiefel lief. Sein Haar war so nass, dass er es hin und wieder ausdrücken musste, der Kittel klebte am Körper, genauso wie die Hose, und selbst der wollene Mantel, den er aus Groningen mitgenommen hatte, tropfte. Das ganze Land schien zu ertrinken und zu versinken. Er traf auf Tierkadaver, auf tote Ziegen mit Stricken um den Hals, denen es nicht gelungen war, sich loszureißen, auf Hunde, die das Wasser eingeholt hatte, sogar auf ertrunkenes Wild. Und bald traf er auf Menschen in Not.

In der ersten Siedlung, in die er kam, saßen sie auf den Dächern, während das Wasser in den Häusern stand. Von den Feldern war nichts übrig. Die See brachte neue Fluten, der stete Regen sorgte dafür, dass der Pegel immer weiter stieg. Die Bauersleute auf den Dächern winkten ihm zu, er rief zurück, dass ein Boot unterwegs sei, obgleich er keine Vorstellung hatte, wann Finn und Tade eintreffen würden und ob sie ausgerechnet diese Höfe ansteuerten.

Obwohl sie am Meer lebten, hatten die wenigsten Friesen schwimmen gelernt, selbst die Fischer konnten sich ohne Boot auf dem Wasser nicht behaupten. Radbod sah voraus, dass die Leute auf ihren Dächern in einigen Stunden ertrinken würden. Die Häuser waren nicht hoch genug und die Strohdächer weich. Er schaute sich nach dem Boot um, wobei er die eigene Hilflosigkeit empfand. Wie die Leute auf ihren Dächern war er verzweifelt. Sollte er helfen, gleich hier mit anpacken? Oder war es besser, weiterzuziehen und sich einen Überblick zu verschaffen? Radbod machte sich daran, die Bewohner von ihren Dächern zu holen.

Dabei stellte er fest, dass sie sich weigerten. Niemand von ihnen wollte sein Haus verlassen, sie waren Bauern, sie gehörten dorthin, wo sie waren. Er musste laut werden, ihnen drohen, ihnen klarmachen, dass er ihr Herzog war – dann, endlich, stiegen sie ab, nachdem sie ihren Kindern und den Alten geholfen hatten. Die ganze Siedlung brachte er auf diese Weise zusammen, Menschen von vier Dächern. Er hieß sie, ihr Vieh zu retten und mit den Tieren und Familien landeinwärts zu ziehen. Das Gejammer war groß, es gab Tränen. Sie glaubten, ihre Wohnungen nie wieder zu sehen.

Es stimmte, bis auf ihr Leben und ihre Tiere hatten sie alles verloren. In die durchweichten Häuser gab es kein Zurück, selbst dann nicht, wenn die See ein paar Wände stehen lassen würde. Alle Vorräte waren vernichtet, und wann die Felder eine neue Saat aufnehmen würden, das war noch nicht entschieden. Und trotzdem führte er sie landeinwärts, das war die einzige Rettung. Das Patschen ihrer Schuhe auf dem nassen Erdreich lag ihm im Ohr. Es klang wie eine Anklage.

In das Dorf, in das er sie führte, war das Wasser noch nicht vorgedrungen, hier verrichtete nur der stete Regen sein Werk und machte Wege und Felder unkenntlich und die Strohdächer kaputt. Radbod sorgte dafür, dass seine Schar unterkam, er verlangte Verpflegung für sie, trockene Kleidung und ein Dach über dem Kopf. Sie trafen auf Mitleid. Vier Familien mitsamt Knechten und Mägden war viel für ein Dorf und seine Bewohner, aber die Leute waren hilfsbereit, gaben den Ankömmlingen eine geräumige Scheune mit ausreichend Stroh und bekochten sie.

Radbod wollte weiterziehen, aber auch er war erschöpft, der Regen ließ nicht nach, und der Abend kam. Er aß Suppe und Brot und Käse mit den Leuten in der Scheune, trocknete seine Kleider am Feuer und schlief neben ihnen. Im Morgengrauen brach er wieder auf.

Finn und Tade waren weiterhin nicht zu sehen. Er hielt auf die Küste zu, aber als es wegen des hohen Wassers nicht mehr weiterging, bog er in nördliche Richtung ab und erreichte, wie er glaubte, den Ostergouw. Der Regen war feiner geworden, ohne nachzulassen. Wolken trieben über den Himmel, der Wind jagte sie weiter und brachte immer wieder neue, sodass es keine Unterbrechung gab. Radbod kam langsam voran. Lange Zeit sah er niemanden, dann traf er wieder auf Kadaver und auch auf menschliche Leichen, die, das Gesicht nach unten, im Wasser trieben.

Gegen Mittag erreichte er eine Siedlung, die ein wenig höher lag, nicht auf einem Hügel wie ein Wharfdorf, sondern nur auf einer kleinen Erhebung. Die Felder, die dazugehörten, waren nicht mehr auszumachen, wo er sie vermutete, stand ein See, ohne Anfang und ohne Ende, schmutziges braunes Wasser, auf das der Regen fiel.

Als er sich den Häusern näherte, trat eine Frau heraus. Sie trug einen langen braunen Rock, einen grauen Kittel und Holzpantinen. Ihr Haar war hell, es hing über die Schultern. Ihr ganzer Ausdruck war ernst und in sich gekehrt.

Er erkannte sie sofort. Rixa.

Sie wurde starr.

Nach ihr lief ein kleiner, blonder Junge aus dem Haus und griff nach der Hand der Mutter. Sein Sohn.

Radbod kam näher und stieg ab. Auch wenn er nur Augen für Rixa – und für den Jungen – hatte, nahm er wahr, dass sich dieser Aicke zu ihnen gesellt hatte.

»Radbod«, war das erste Wort, das sie herausbrachte.

»Mama, wer ist dieser Mann?«

»Der Herzog von Friesland«, antwortete Aicke.

»Dein Vater«, sagte sie, ohne den Blick von Radbod zu nehmen.

Radbod ging vor dem Jungen in die Hocke. »Wie heißt du?«

»Poppo.«

»Eigentlich heißt er Hrodbad«, sagte Rixa.

»Sag mir: Kannst du sprechen, Poppo?«

Der Junge war verschüchert, mit seiner kleinen Hand hielt er einen Finger seiner Mutter umklammert. »Ja.«

»Stotterst du?«

»Stottern? Was ist das?«

»Sprich einen ganzen Satz!«

»Ich weiß keinen.«

»Er stottert nicht«, sagte seine Mutter.

Rixas Haus, in dem sie mit ihrem Sohn und dem Fischer lebte, erinnerte ihn an das auf der Stavorer Wharf, es war ähnlich klein, ähnlich bescheiden. Bislang hatte es wegen seiner Lage die Flut überstanden, nur ob das Dach hielt, würde davon abhängen, wann endlich der Regen nachließ. In der Nachbarschaft schienen ihre Eltern zu leben. Sein Sohn, der kleine Poppo, lief zu ihnen hinüber. Radbod sah ihm nach. Rixa gegenüber fiel kaum ein Satz, zumal ihr Mann ihr nicht von der Seite wich. Radbod blieb nicht lange.

Am nächsten Tag kam ihm ein buntes Segel entgegen. Er glaubte an eine Täuschung, denn das zugehörige Boot fuhr über Land, über das schmutzige Wasser, das Regen und Flut gebracht hatten.

Er machte sich klar, wie tief es sein musste.

Finn und Tade halfen Menschen aus der Not und fuhren den ganzen Tag zwischen hohem und flachem Wasser hin und her. Dennoch konnten sie nicht verhindern, dass Leute ertranken, die sich auf den Dächern nicht mehr halten konnten und herunterrutschten oder sich selbstständig auf den Weg machten. Als der Regen endlich nachließ und ein paar Lücken in der Wolkendecke entstanden, durch die die Sonne hindurchblitzte, war die unmittelbare Gefahr gebannt. Doch es blieben die unbewohnbaren Häuser, die zerstörten Felder. Das Frühjahr war oft eine Zeit von Kargheit und Not. In diesem Jahr aber würden Sommer und Herbst keine Erleichterung bringen. Mancher von denen, die jetzt davongekommen waren, würde verhungern müssen. Andere würden ihre Tiere schlachten und sich auf diese Weise etwas Aufschub verschaffen.

Radbod stand auf halber Höhe einer Wharf. So sehr wie das Elend der Flut geisterte Rixa in seinem Kopf umher. Schon in der Nacht hatte er sich immer wieder gefragt, ob er nicht noch einmal von vorne anfangen konnte – mit der Frau, die er wollte. Dann müsste er Selind zu ihrem Vater zurückschicken, und Landric wäre auf alle Zeiten sein Feind.

Trotzdem verabscheute er die Einsicht, verzichten zu müssen.

Tade trat neben ihn. Die See hatte sich bis an den Strand zurückgezogen und wirkte so ruhig, als habe sie nie getobt. Auf dem Hügel sahen die Felder gut aus, kein Meerwasser hatte sie überflutet, der Regen war abgelaufen. Der Saat hatte er nicht viel anhaben können. Nur waren es die einzigen heilen Felder im ganzen Umkreis, die in diesem Jahr tragen würden.

Die Sonne schaffte sich mehr Platz zwischen den Wolken, der Wind war lau, fast lieblich – ein Wetter wie ein böser Scherz.

»Denkst du auch, was ich denke?«, fragte Tade. Er war schmal geworden, die Wangen waren eingefallen, die Augen rot vor Erschöpfung. Die Arbeit der letzten Tage und die Strapazen der stürmischen Überfahrt hatten ihn gezeichnet.

»Woher soll ich wissen, was du denkst?«

»Wir müssen den Dyk bauen. Unbedingt.«

Radbod winkte ab. »Kein Dyk hätte diese Flut aufgehalten. Wir können ihn doch nicht so hoch aufschichten wie die Wharfen. So viel Erde gibt es gar nicht.«

»Das ist wahr. Und trotzdem müssen wir anfangen. Eines Tages wird der Dyk größer und höher sein, als wir ihn uns vorstellen können, vielleicht wirklich wie eine Wharf. Ich fürchte, ich wiederhole mich, wenn ich sage, dass nicht nur deine Enkelkinder, sondern auch deren Enkel daran bauen werden. Unsere Aufgabe, Herzog, ist es, anzufangen. In den letzten Tagen hat Friesland viel verloren. Das sollte uns eine Lehre sein.«

»Es hat auch im vergangenen Herbst viel verloren. Auf der einen Seite die Franken, auf der anderen die wilde See – was für Nachbarn hat Freya uns nur ausgesucht? Auf Forsetesland hatte ich mir vorgenommen, meine Kraft darauf zu verwenden, die Stämme zu einen, um eines Tages unser verlorenes Land zurückzuholen. Aber angesichts dieses Elends lohnt es sich kaum, daran zu denken.«

Das ablaufende Wasser hatte Moder und feuchten Sand zurückgelassen. Die Erde roch faulig, Schlick lag auf Gassen und hing an Hauswänden. In Dorestad sah es nicht anders aus. Vorsichtig näherten sie sich der Hafenstadt, trafen aber auf keine Franken. Selbst die Wegsperre war verschwunden.

Am Hafen stand kein einziger Schuppen mehr. Das Meer, das sich in die Flussmündung gedrückt hatte, hatte den Lek über seine Ufer gehoben, und das Wasser hatte alles, was nicht solide gebaut war, zerstört. Ein paar lose Bretter lagen noch herum, wie eine Erinnerung an die früheren Gebäude. An den vielen Brücken ankerten gerade einmal zwei Schiffe, mit eingerissenen Planken und Wasser im Rumpf, und ein paar halb versunkene Boote.

Überall im Ort stapelte sich der schwarze Dreck, kniehoch an manchen Stellen. Es stank derartig nach Fäule, dass man sich die Nase zuhielt und kaum zu atmen wagte. Immerhin hatten die Häuser im Ort das Hochwasser überstanden, und die Bewohner machten sich bereits daran, sie zu säubern und auszubessern. Tische und Stühle hatten sie auf die Straße gebracht, wo sie trocknen sollten. Die feuchten Strohsäcke wurden zu einem Feuerhaufen geschichtet.

Auf ihre Nachfrage hörten sie, dass kein Franke mehr in Dorestad war.

»Als das Wasser stieg, sind sie weggelaufen, die Feiglinge«, sagte ein Mann, der mit einer Bürste den Dreck von seiner Hauswand schrubbte. »Rheinaufwärts, zurück ins Frankenland, wo sie hingehören.«

Radbod bestimmte Tade, in Dorestad zu bleiben, seine Tätigkeit als Verwalter wieder aufzunehmen und den Wiederaufbau zu leiten. Finn sollte ebenfalls bleiben.

»Wenn Dorestad erneut überfallen werden sollte, dann wollen wir vorbereitet sein. Ich schicke dir die Hälfte der herzoglichen Wache.«

»Sechs Mann? Gegen ein ganzes Frankenheer?«

»Mir ist klar, dass das nicht reicht. Du musst die Stauer bewaffnen, Finn, und ihnen das Kämpfen beibringen. Überhaupt wirst du einen Plan brauchen, wie du die Stadt verteidigst. Daran musst du arbeiten, Bruder. Dafür, dass du Frauen verführst und deine Füße im Fluss badest, lasse ich dich nicht hier.«

Finn legte ihm die Hände an die Schultern. »Vorher will ich nach Utrecht reiten. Nur auf ein paar Tage.«

»Nach Utrecht? Warum das denn?«

»Radbod, sie ist unsere Mutter. Ich will sehen, wie es ihr geht. Ob sie die Flut überstanden hat.«

Er stimmte zu, aber nicht ohne die Bemerkung, dass Finn sich nicht lange aufhalten dürfe. Dafür gebe es zu viel Arbeit in Dorestad, und kein Mensch wisse, ob die Franken demnächst zurückkehrten.

Radbod selbst machte sich auf den Weg nach Hause. Ohne Franken im Land fühlte er sich frei und sicher. Für Selind und den Jungen würde er einen Wagen brauchen, und er wollte bei Landric mit einem besseren vorfahren als dem, den er von dem Bauern geliehen hatte. Außerdem drängte es ihn, nach seinem Haus zu sehen.

In Stavoren hatte das Wasser ebenfalls gestanden, und ähnlich wie in Dorestad waren die Bewohner dabei, sauber zu machen und zu reparieren. Radbod aß und schlief im Herrenhaus, wo er nicht erwartet worden war. Manche der Sklaven, hörte er, waren während des großen Regens davongelaufen, wahrscheinlich nach Osten, in Richtung auf ihre Heimat, aber auch die friesischen Knechte hatten kaum das Nötigste getan. Das Haus wirkte verwahrlost, es war schmutzig und ohne frische Luft. Er versammelte seine Leute und gab ihnen drei Tage. Wenn er aus Groningen zurückkehrte, erklärte er, wollte er das Herrenhaus in seinem alten Zustand vorfinden.

Selind, den kleinen Alfbad auf dem Arm, freute sich, ihn zu sehen, und hieß ihn willkommen. Er gab sich redliche Mühe, die Gedanken an Rixa und Poppo zu verscheuchen. Seine Distanz zu Landric bestand fort. Radbod wollte nicht viele Worte machen und aufbrechen, aber Landric nötigte ihn zu einer Mahlzeit und fragte nach seinen Plänen. Über die Einheit der Stämme mochte Radbod nicht sprechen, das hätte sein Schwiegervater als Kritik und Beleidigung auffassen können. Also brachte er die Rede auf den Dyk, was nach der Flut nur naheliegend war.

Landric kannte das Vorhaben noch nicht. Anders als er damals Hayo gegenüber behauptet hatte, hatte Radbod nie mit seinem Schwiegervater über den Dyk geredet.

Der Groninger lachte ihn aus.

Er wollte sich gar nicht wieder beruhigen.

»Und wo soll die ganze Erde herkommen?«

»Wir werden sie heranfahren. Mit Ochsenkarren.«

»Es gibt kaum Wege.«

Als sein Lachen endlich verklang, blieb ein Schmunzeln zurück, als höre er den Fantastereien eines Kindes zu. Radbod fand ihn überheblich, zeigte das aber nicht. »Also wirst du die Ochsen durch Wald und Unterholz treiben?«

»Wir wollen Wege bauen. Königswege.«

»Es gibt in Friesland keinen König«, sagte Landric, »nur Fürsten, und die sind alle gleich bedeutsam. Und für den Kriegsfall haben wir einen Herzog, der das Heer führt. Das ist alles.«

Ein Heer, dem sich mancher verweigert, dachte Radbod. Er sagte: »Diesen Namen hat deine Tochter beigesteuert.«

»Eine Frau. Die keine Ahnung hat.«

Genauso wie Hayo in den Zeiten vor der Besetzung Dorestads verweigerte Landric alle Mitarbeit und Hilfe. Groningen, sagte er, brauche keinen Dyk, da es auf dem Geestrücken liege. Dafür habe man hier die schlechteren Böden, eine mit Sand versetzte Erde, die kleinere Früchte trage. Die Götter hätten sich etwas dabei gedacht, als sie den verschiedenen Stämmen ihr jeweiliges Gebiet zuwiesen. Die Groninger lebten mit ihrem Land, mit allen Vor- und Nachteilen. Andere sollten das auch.

Radbod zeigte ihm seine Enttäuschung nicht. Er hielt sich besonders aufrecht, sein Gesicht war regungslos, er aß und trank wenig. Während Landric noch redete, ging er dem Gedanken nach, ob es nicht das Beste war, mit seinem Bau einfach an der Küste des Westergouw zu beginnen, dort, wo er das Sagen hatte und keinen der selbstherrlichen Fürsten um Mittun bitten musste. Und wenn im Westergouw einmal ein Dyk stand und das ewige Wasser abhielt, würden die anderen Stämme die Vorteile sehen und ebenfalls einen bauen wollen.

Er hieß Selind und Alfbad, auf den Wagen zu steigen, und kehrte mit ihnen nach Stavoren zurück.

13

RADBOD KÜMMERTE ES NICHT, was die Männer trieben, all die Krieger, die gekommen waren, weil er sie gerufen hatte. Es war nicht so, dass er irgendjemandem aus dem

Weg ging, auch Reemer nicht, mit dem hatte er sogar beim Essen an einem Tisch gesessen. Nur suchte er von sich aus das Gespräch nicht. Für die anderen mochte er in sich gekehrt wirken und abweisend. Vielleicht sprach der Hriustrer ihn deshalb nicht von sich aus an.

Trotz seiner Zurückgezogenheit konnte er sich der Stimmung, die rings ums Herrenhaus herrschte, kaum entziehen. Ungeduld lag in der Luft. Die Leute wollten endlich aufbrechen, wollten in den Krieg ziehen, sich messen und schlagen, die Franken vertreiben und ihnen nicht zuletzt wegnehmen, was sie besaßen.

Finn ging es genauso. »Wann lässt du uns endlich aufbrechen?«

»Morgen vielleicht. Oder übermorgen.«

»Die Männer sind unruhig. Die ersten fangen an, sich untereinander zu prügeln, weil sie nicht mehr wissen, wohin mit ihrer Kraft.«

»Sie werden früh genug den Tod finden.«

»Radbod, rede endlich mit ihnen! Wenigstens mit den Fürsten. Kein Mensch weiß, woran er ist. Mich bestürmen sie alle und wollen von mir wissen, wann es losgeht. Aber ich kann ihnen das nicht sagen.«

Radbod ahnte, dass Finn in erster Linie von der eigenen Ungeduld getrieben wurde. Da war er wieder, der Junge von früher, ungehalten, aufbrausend, voll überschüssiger Kraft. An die Folgen seines Tuns verschwendete er keinen einzigen Gedanken, das hatte er noch nie getan.

»Bedenke«, fuhr Finn fort, und sein Satz klang, als hätte er ihn sich vorher zurechtgelegt, »dass unsere Leute keine Soldaten sind, die das Warten gelernt haben. Das sind Bauern. Die kennen es nicht, dass man den lieben langen Tag nichts tut. Deshalb sind sie immerzu betrunken.«

»Sollen wir ihnen das Bier wegnehmen?«, fragte Radbod und zeigte nicht, dass er einen Scherz machte.

»Auf keinen Fall!«

»Du meinst also, es wird Zeit.«

»Ja«, sagte Finn und strahlte.

»Nun gut. Zuvor bräuchte ich ein neues Vorauskommando. Ein paar Männer, die herausfinden, ob es Veränderungen bei den fränkischen Truppen gibt …«

»Das mache ich!«

»… Stehen sie noch in diesem Castrum bei Dorestad? Oder sogar davor, an ihrer Sperre? Oder haben sie sich in ihr Land zurückgezogen?«

»Jaja, verstehe. Ich bin schon unterwegs.«

»Nicht so schnell, Bruder. Du reitest nicht alleine. Nimm ein paar Krieger mit, von mir aus Wachleute. Und wenn du zurückkehrst und gute Nachricht bringst, dann brechen wir auf.«

Als Finn hinausgestürmt war, um seinen Trupp zusammenzustellen, hockte sich Radbod auf den Fußboden. Einen Tag hatte er auf diese Weise gewonnen, vielleicht zwei. Er lehnte sich an die Wand, zog die Beine an und fragte sich, was in ihm vorging. Was war es, das ihn zögern ließ? Angst vor dem Tod? Aber warum? Er hatte, gestand er sich ein, Empfindungen von Abschied, von dauerhaftem Abschied. Weil er Eila verließ, wenn er in die Schlacht zog? Oder weil er sich, wenn es ans Sterben ging, von vielen Menschen würde trennen müssen, mit denen er seinen Weg gegangen war? Wenige davon waren ihm wirklich ans Herz gewachsen, wie Tade. Auf der anderen Seite standen die, die er immer verabscheut hatte, wie Hayo.

In jenem Frühjahr nach der Sturmflut ritt Radbod wieder tagelang über das Land. Überall lagen Kohlehaufen herum, die Überreste der Feuer, in denen die Leute ihre Toten verbrannt hatten und all die zerstörten Dinge, die sie nicht mehr nutzen konnten. Sie alle waren dabei, ihre Häuser wieder aufzubauen und die Felder zu bestellen. Da fast niemand Vorrat besaß, der bis zur Ernte reichen würde, wollten sie Fische fangen. Aber auch viele Boote waren kaputt, und so besserten die Männer sie aus, schnitten sich Bretter zu und flickten Segel. Das Land kam ihm arbeitsam vor, kaum jemand nahm sich die Zeit, ihm, dem Herzog, sein Leid zu klagen. Sie grüßten und wandten sich wieder ihrer Beschäftigung zu. Und Radbod zog bald weiter.

Ob es Zufall war oder eine unklare Form von Absicht, er näherte sich auch dem Ort, wo Rixa wohnte, ohne aber den letzten Schritt zu machen. Die Sehnsucht war stark. Was ihm aber fehlte, war eine Vorstellung davon, wie er ihr begegnen konnte.

Je weiter nach Süden und Westen er vordrang, desto vorsichtiger wurde er. Ließ Baja im Schutz von Bäumen anhalten und beobachtete und lauschte. Aber bald gelangte er zu der Überzeugung, dass es wirklich keine Franken mehr in Friesland gab.

Er ritt auch nach Baduhenna, an den heiligen Ort, wo er bestätigt fand, was Finn ihm berichtet hatte. Die Steinsäule war zerstört, nur ein paar Platten auf dem Platz erinnerten noch an sie. An ihrer Stelle stand ein Kreuz.

Radbod schichtete Reisig auf, den er anzündete. Das Feuer griff auf das Holz über, zögernd erst, aber dann kräftiger, und er blieb dabei, bis das Kreuz verkohlt war und in sich zusammenbrach. Während das Kreuz brannte, aß er von seinem Proviant, trank und wartete, und als das

Feuer wieder kleiner wurde, stand er auf und pinkelte darauf. Dann legte er sich zum Schlaf.

An einem dieser Tage suchte ihn Hayo auf. Wie zur Entschädigung für die Sturmflut war das Frühjahr warm und sonnig, man lief früh nur im Leibhemd herum und ohne Schuhe. Nur Hayo und seine Begleiter trugen Mantel und Schwert, als kämen sie in offizieller Mission.

Radbod bezweifelte, dass er den Ostergouwer als erwachsenen Mann schon am Herrenhaus gesehen hatte. Der Fürst aus Dokkhum hatte ihn zweimal im Stich gelassen, beim Dyk und als es gegen die Franken in Dorestad ging. Totzdem gab er sich Mühe, begrüßte ihn freundlich und bewirtete ihn und seine Begleitung.

Sie verbrachten viel Zeit im Gespräch. In aller Ausführlichkeit wurden Geschichten erzählt, vor allem von der Flut, wo sie zugeschlagen, was sie vernichtet hatte. Wer besonders schwer getroffen wurde. Sie sprachen über den Wiederaufbau im Land, über die Lage in Stavoren und in Dorestad, über das Leben der Bauern im Westergouw. Die Worte plätscherten wie ein leichter Regen, sie taten niemandem weh, zogen weiter, waren bald vergessen. Auf die Dauer wurde es Radbod langweilig, er begann sich zu fragen, wie er das Zusammensein beenden konnte, ohne den Gast vor den Kopf zu stoßen.

Am Rande brachte er die Unterhaltung auch auf den Dyk und erzählte, dass er daran dachte, einen Wall nur im Westergouw zu bauen. Dafür würde man viel weniger Erde brauchen, ein einziger Weg ins Landesinnere sei genug, insgesamt eine überschaubare Aufgabe.

Zum ersten Mal an diesem langen Tag kam ein wenig Farbe in Hayos Rede. »Aber dann läuft das Wasser in unser Land!«

»Warum das denn?«

Das Eulengesicht schien mit einem Mal besorgt, er hatte die Augen aufgerissen, seine Stimme war in die Höhe gerutscht. »Wenn es im Westergouw vom Wall abgestoßen wird, wo soll es denn hin? Es läuft auf unsere Felder.«

»Das ist doch Quatsch. Außerdem habt ihr die Dünen.«

So plötzlich, wie er sich aufgeregt hatte, beruhigte sich Hayo wieder. Die Falten verschwanden, die Augen schauten in eine andere Richtung, er wechselte das Thema, und der Dyk schien ihn nicht mehr zu interessieren als das Wetter oder die kommende Ernte.

Erst kurz bevor er aufbrach, sagte er beiläufig: »Die Sturmflut hat unsere Dünen niedergerissen. Fast aller Sand ist fortgespült. Es gibt keinen Schutz mehr im Ostergouw.«

»Das ist übel.«

»Ja, denn wir haben keinen Schutz mehr. Deshalb …«

Radbod begriff – und fragte nicht nach.

Hayo schluckte. »… wollen wir auch einen Dyk bauen. Vielleicht könnten wir uns zusammentun, so, wie du es einmal vorgeschlagen hast.«

Der Herzog wollte nicht zu schnell zustimmen, er traute dem Ostergouwer nicht.

»Aber was willst du machen, Radbod, wenn wieder eine Flut kommt, bevor der Dyk fertig ist?«

»Was willst du machen, wenn du vom Pferd fällst und dir ein Bein brichst? Oder das Genick?«

Auch mit Selind nahm er das Gespräch über den Dyk und die Wege wieder auf. Von seiner Begegnung mit Rixa hatte er ihr nicht erzählt, erst recht nicht davon, dass er jeden Tag mit sich und den sinnlosen Gedanken an sie rang. Alfbad konnte inzwischen laufen und fing an zu plappern. Er hatte die Kinderfrau, die auf ihn aufzupassen hatte, trotzdem rief er immer nach seiner Mutter, nicht nur tagsüber, sondern auch wenn er im Schlaf wach wurde. Und Selind ging dann zu ihm, egal, was sie gerade besprachen. So wurden sie häufig unterbrochen. Er begriff, dass seine Frau beides wollte, das Kind beruhigen und über das große Vorhaben sprechen. Ihr Ziel waren vor allem die Wege. Nur widerwillig ließ sie sich auf Radbods Entscheidung ein, so lange zu warten, bis die Friesen ihr normales Leben wieder aufgenommen und ihre Vorräte angefüllt hatten.

Er berichtete ihr von Hayo.

»Ich traue ihm nicht«, sagte sie.

»Ich auch nicht.«

Sie erkannte aber die Not hinter dem Besuch. Der Ostergouw lag direkt an der Küste – und war nun ungeschützt. Auf seine verquere Art, glaubte Selind, hatte sich Hayo mit einer Bitte an Radbod gewandt.

»Das Eulengesicht! Warum spricht er sie nicht deutlich aus, sodass ich sie hören kann.«

»Weil es ihm nicht leichtfällt.«

»Ich würde sie ihm nicht verweigern. Trotz allem, was vorgefallen ist.«

»Das weiß er nicht. Ich glaube, Hayo setzt auf dich, eine andere Möglichkeit hat er nicht. Ihm ist klar, wenn einer einen Dyk planen und bauen kann, dann ist es der Herzog. Seine Leute und er sind zu wenige.«

Radbod bedachte ihre Worte.

»Es ist nicht verkehrt, wenn er in deiner Schuld steht«, sagte sie. »Eines Tages kannst du etwas von ihm fordern.«

Auch nachts ging er, nachdem er auf der heiligen Insel damit angefangen hatte, hin und wieder zu ihr, trotzdem dauerte es lange, bis sie erneut schwanger wurde. Radbod erinnerte sich der Prophezeiung und rechnete fest damit, dass sie ein Mädchen bekommen würden. Als er Monate später das Neugeborene in den Armen hielt und sah, dass es ein Junge war, musste er so laut lachen, dass Selind und die Hebamme ihn anstarrten wie einen Geist. All die Weisen und Zukunftsdeuter – mehr als im Nebel stochern konnten sie auch nicht.

Dem Jungen gab er den Namen Onno.

In der Zeit nach der Flut versäumte er nicht, in Dorestad nach dem Rechten zu sehen. Wie er erwartet hatte, gelang es Tade, den Hafen wieder in Betrieb zu nehmen, und es dauerte nicht lange, da kamen Segler aus Britannien und aus dem Land der Westgoten, das sich südlich an das Frankenreich anschloss. Friesische Bauern brachten wieder Wolle und Tuch, der Handel bekam Schwung, einer nach dem anderen wurden die Schuppen wieder aufgebaut. Das alte Leben kehrte zurück.

Finn fand er, als er ohne Vorwarnung eintrat, im Bett vor, zusammen mit einer braunhaarigen Frau. Sein Bruder sprang auf, splitternackt wie er war, während sie ihre Brüste bedeckte.

»Radbod!« Finn griff nach seinem Leibhemd und zog es sich über. »Und ich dachte schon, ihr Mann käme herein und ich müsste um mein Leben kämpfen.« Er lachte.

Finn zeigte seinem Bruder, was er geschaffen hatte. Die sechs Wachmänner aus Stavoren kommandierten jeder einen kleinen Trupp Stauer, der über Pfeifsignale zu den Waffen gerufen werden konnte. Finn machte es ihm vor, und tatsächlich kamen die Männer vom Hafen gerannt, manche mit Bogen und Pfeilen, andere mit Schwertern. Jeder kannte seinen Platz, und dort hatten sie Steine aufgetürmt, Wurfgeschosse, die es den Franken nicht leicht machen würden, in die Stadt zu gelangen. Radbod war beeindruckt, was er nicht verhehlte.

Das Einzige, womit er nicht gerechnet hatte, war, dass sich Finn und Tade überworfen hatten. Beide lebten im gleichen Haus, Tade wie früher in seinen beiden schmucklosen Zimmern, die er morgens verließ, um erst abends zurückzukehren. Seine Mahlzeiten waren immer noch karg. Bei Finn dagegen wurde regelmäßig gefeiert, und die Frauen gingen ein und aus.

»Ich habe ja nichts dagegen«, sagte Tade, »dass er sich ein Weib nimmt. Aber er muss sich doch festlegen. Heute diese, morgen jene und übermorgen eine dritte, das geht nicht. Davon abgesehen, dass sie einen Lärm machen, der mir den Schlaf raubt. Ein solches Gestöhne habe ich noch nie gehört. Was treibt der Kerl nur in seinem Schlafraum?«

Radbod unterdrückte ein Lachen, setzte ein ernstes Gesicht auf und versprach, mit dem Bruder zu reden. Als er nach nebenan ging, fand er gleich drei Frauen bei Finn, alle drei an Augen und Mund bemalt, leicht bekleidet, kichernd.

»Dein Nachbar beschwert sich.«

»Ja, der Gute wird bitter mit dem Alter.«

»Mit dem Alter hat das nichts zu tun.«

»Sondern?«

»Er braucht auch eine Frau. Nicht zum Vergnügen, wie du, sondern eine, die für ihn da ist, die ihm kocht und Ordnung hält und die ihm das Bett wärmt, wenn er abends nach Hause kommt.«

»Es gibt genug Weiber. Soll er sich eine aussuchen.«

Radbod schüttelte den Kopf.

»Was soll das heißen?«, fragte Finn.

»Das schafft er nicht. Wenn du Ruhe im Haus haben willst, dann finde du ihm eine. Nicht zu jung, aber auch nicht ganz alt. Keine Schönheit, aber ganz hässlich darf sie auch nicht sein.«

Finn grinste, und Radbod entdeckte den Schalk in seinem Gesicht, den er von früher kannte. Für Finn blieb das Leben ein Vergnügen, nicht viel mehr als Kampf, Abenteuer, Liebe.

»Ich glaube, ich weiß, was du meinst.«

Finn schien darüber nachzusinnen, wer infrage kam, er schloss sogar die Augen. Als er sie wieder öffnete, sagte er: »Ich war bei Mutter in Utrecht. Du weißt es, fragst aber nicht.«

»Und?«

»Es geht ihr nicht gut, sie ist krank. Wahrscheinlich hat sie nicht mehr lange zu leben.«

Radbod stellte fest, wie wenig ihn diese Sätze berührten.

»Willst du sie nicht noch einmal sehen?«, fragte Finn.

Er gab keine Antwort, und als er aus Dorestad herausritt, dachte er kaum noch an sie. Ihm war leicht ums Herz, denn das Land gedieh, und Dorestad, der größte Hafen an der Nordseeküste, gewann seine Bedeutung zurück. Wie es schien, hatte die Sturmflut Friesland gutgetan. Selbst wenn man das Handeln der Götter oft nicht verstand, Freya und Forsete kümmerten sich um ihr Volk. Die Götter hatten jene Waffen benutzt, die nur ihnen zustanden, um Franken und Christen zu vertreiben.

Lange allerdings blieben die Christen nicht fern. Bei seinem nächsten Besuch in Dorestad traf Radbod auf den Missionar Willibrord und seinen Zug von Mönchen, Handwerkern und Sklaven. Ihr Lager hatten sie außerhalb der Stadt aufgebaut, wo sie, wie früher in Stavoren, ihre Planwagen zu einem Kreis zusammengefahren hatten, mit einem Platz in der Mitte, den sie zum Beten nutzten, zum Kochen und Essen.

Ihre Ausflüge führten sie nach Dorestad hinein. Willibrord hielt sich zurück, predigte nicht, sondern wanderte nur mit gefalteten Händen umher und schaute den Leuten bei der Arbeit zu. Die Missionare hatten offenbar nicht vor, ein Kreuz aufzustellen. Aber einer der jungen Leute trug eins in der Hand.

Finn wollte sie töten.

Radbod hielt ihn zurück.

»Du bist hier nicht willkommen«, rief er dem Northumbrier zu. Er war zu Pferd, zusammen mit seinem Bruder.

»Ich komme in Gottes Auftrag. Der Herr hat euch gegenüber Milde walten lassen und will nun sehen, ob die Friesen ihn erkennen.«

»Was redest du für einen Mist?«, rief Finn. Er hatte einen roten Kopf und war drauf und dran, vom Pferd zu springen und sein Schwert zu ziehen.

»Es ist Gott, der die Flut schickt, und wenn du es genau verstehen willst, Friese, sie ist eine Strafe für eure Sünden und den Unglauben. Unser Buch, die Bibel, erzählt davon. Als Gott damals das Wasser steigen ließ, durften nur Tiere und ein einziger Mann mit seiner Familie überleben. Der Mann hieß Noah. Gott hat ihn gerettet, indem er ihn ein Schiff bauen ließ. Und warum gerade ihn? Weil er fromm war. Nun siehst du, was ich meine, wenn ich von Milde spreche. Euer Volk ist noch am Leben. Will es sich endlich Gott zuwenden?«

Radbod befürchtete, dass dieser Willibrord, wenn er ins Frankenreich zurückkehrte, dem Hausmeier Pippin vom

Aufbau in Dorestad und im Land berichten würde. Und sicherlich war der Missionar klug genug gewesen, dass er Vorsorge getroffen hatte für den Fall, dass er in Schwierigkeiten geriete oder gefangen würde. Dann würden die Franken ihn suchen, deshalb war es keine kluge Lösung, ihn zu töten oder festzusetzen. Auf der anderen Seite war es wahrscheinlich, dass hinter dem ganzen Geschwätz von Milde ein Auftrag stand: Willibrord sollte auskundschaften, ob es sich lohnte, zurückzukehren.

»Verschwinde«, herrschte er ihn an.

»Aber Nein. Ich habe das Recht, hier zu sein.«

»Das hast du nicht.«

»Dein Großvater hat es …«

»Das habe ich schon vor langer Zeit widerrufen«, fiel ihm Radbod ins Wort und legte die Hand an den Schwertknauf, »Solltest du nicht auf meine Anweisung hören und im Land bleiben – oder irgendwann zurückkehren –, dann wisse, dass dein Leben in Friesland nichts wert ist.«

Er zog sein Schwert und streckte es in Richtung des Missionars.

Der Northumbrier hielt mit der flachen Hand dagegen, mit der Rechten. »Die Linke«, erklärte er. »Ich habe es immer gesagt.«

Trotz der Drohung hatte der Missionar keine Eile, aus Dorestad zu verschwinden. Seine Leute trödelten bei den Wagen, es dauerte lange, bis sie ihren Hausrat eingesammelt und die Pferde vorgespannt hatten. Finn schickte zwei Wachmänner zu ihrem Lagerplatz, die den Abzug zu überwachen hatten. Es war Abend, als sie Vollzug meldeten.

Hayo blieb bei seiner neuen Einstellung zum Bau des Dyk auch wenn er bei jeder Einzelheit, von der er erfuhr, Einspruch einlegte. Radbod und er trafen sich mehrfach, um sich zu besprechen. Radbod hatte eine Stelle ausgesucht, wo das Hinterland von Westergouw und Ostergouw aneinander grenzten. Dort sollte nach seiner Vorstellung die erste Erde ausgehoben werden und der Fahrweg seinen Anfang nehmen – den Namen Königsweg hatte er verworfen, er kam ihm vor wie ein Begriff aus einer vergangenen Zeit. Er plante, ihn möglichst einfach anzulegen, ohne viele Bäume roden oder Moor entwässern zu müssen. Dafür nahm er manchen Schlenker in Kauf. In der Nähe der Küste sollte sich der Weg in zwei Teile gabeln, der eine sollte in den Westergouw führen, der andere Richtung Dokkhum, dorthin, wo einst die Dünen gestanden hatten.

Er ritt die Strecke mehrfach ab und kennzeichnete sie. Hayo aber verlangte einen anderen Ort für den Aushub der Erde, eine andere Wegstrecke. Er beanstandete die Entfernung, die Lage, die zu große Feuchte des Erdreichs. Auch dürften sie nicht zu tief graben, um die Riesen nicht zu stören, deren Reich unter der Erde lag. Deshalb sei ein Hügel für den Abbau besser geeignet. Größten Wert legte er darauf, dass die Hälfte des Weges – genau die Hälfte! – durch sein Gebiet führte. Außerdem wollte er wissen, wie viele Wagen an der Gabelung in sein Land geleitet wurden und wie viele in den Westergouw. Eine Zusage auf jede zweite Fuhre war ihm nicht genug. Wenn mehr Ostergouwer Männer schaufelten, wandte er ein, dann müsste auch mehr Erde in sein Land gebracht werden. Wie man das regeln könnte?

Radbod hörte ihm streckenweise nicht zu, und manchmal überkam ihn eine unbändige Lust, in das Eulengesicht zu schlagen, bis Hayos Nase brach. Selbstverständlich beherrschte er sich und fand aufgrund der Einwände an mancher Stelle Lösungen, die der Ostergouwer, wenn auch widerwillig, hinnahm. Am Ende vereinbarten sie, dass der Fahrweg nicht direkt zum Erdloch geführt wurde, um eines Tages leichter weitergebaut werden zu können. Den nächsten Abbauplatz, einen Hügel, würde Hayo auswählen.

Doch so weit kam es nicht.

Es meldeten sich keine Freiwilligen für die Arbeit. Entweder wollten die Dörfer niemanden abstellen, dessen Familie sie dann zu versorgen hatten, oder die Männer selbst mochten Hof und Feld nicht im Stich lassen. Radbod sprach mit den Dorfvorstehern. Er bekam selten eine klare Antwort, man bemühe sich, hörte er, man suche Männer und spreche mit vielen. Zusagen aber waren das nicht. Im Ostergouw war es nicht anders.

Erst nach Wochen kamen einige Bauern, brachten sogar Schaufeln mit – aber keine Ochsenkarren – und machten sich daran, das erste Stück des Weges anzulegen und festzutrampeln. Aber kaum dass sie begonnen hatten, blieben sie auch schon wieder fern, und Radbod konnte sie nicht jeden Tag überwachen. Er würde jemanden brauchen, dem er die Leitung des Baues übertrug.

Aber wer kam dafür infrage?

Mehrfach sprach er mit Selind über seine Probleme, schilderte ihr, wie widerwillig die Bauern waren und dass sie wegblieben, wenn es ihnen passte.

»Dann solltest du sie besser stellen«, sagte sie.

»Was meinst du?«

»Sie müssen einen größeren Anteil von der Ernte bekommen – und zwar so viel, dass der Neid ihrer Nachbarn geweckt wird. Treib es so weit, dass die Frauen in den Dörfern ihren Männern zu verstehen geben, dass sie ebenfalls mehr wollen, sowohl vom Ansehen als auch vom Überfluss.«

»Aber wie soll ich das machen, wenn ihre Nachbarn schon jetzt mit dem knausern, was sie abgeben sollen?«

Sie dachte nach. »Wir werden Getreide von unseren Feldern einbringen müssen, als Geschenk. Und Räucherfisch. Vielleicht schaffen wir Belohnungen für die, die besonders fleißig waren.«

Er lachte. »Einmal können wir das womöglich machen, aber wenn der Dyk ein so langes Vorhaben ist, wie Tade sagt, dann werden wir darüber verhungern, weil wir den Bauern zu viel geben.«

»Ja, Tade«, sagte sie. »Sprich mit ihm. Das Beste wäre, er würde erreichen, dass jeder, der seine Güter in Dorestad verschifft, etwas geben muss.«

»So oder so nehmen wir's ihnen weg.«

»Das mag sein, aber was gewinnen sie eines Tages? Der Dyk wird sie schützen, das ist der Grund, warum wir ihn bauen. Ich finde übrigens, nicht nur die Friesen, auch die Seefahrer aus anderen Ländern sollten etwas abgeben, wenn sie in Dorestad Handel treiben.«

14

Nach einer Reihe von Sommern, als sie ihren Aufenthalt auf Forsetesland und Elmaars Prophezeiung schon vergessen hatten, bekamen sie doch noch ein Mädchen.

Es war klein und dünn, seine Geburt vollkommen mühelos und so schnell, als müsse es eilig auf die Welt. Radbod hörte Selind kaum schreien. Das Kind nannten sie Eila.

Es kam in einer Zeit, in der die Ernten jedes Jahr besser wurden. Die Flut hatte die Böden fruchtbarer gemacht, sie waren, als das Wasser abgelaufen war, kräftiger, die Erde schwarz mit weißen und grauen Einfärbungen. Die Pflanzen wurden groß und standen stabil, kein Wind konnte sie knicken. Hinzu kam ein freundliches Wetter. Es regnete in den Frühjahren, aber nie so heftig, dass die jungen Pflanzen zu ertrinken drohten, die Sonne schien oft genug, dass sie wachsen konnten. Der zerstörerische späte Frost blieb aus.

Die Leute dankten Wotan. Sie bauten ihm Gabentische, wo sie ihm Wegzehrung für seine weiten Reisen über das Land hinterlegten, und zu den Sommersonnenwenden und zur Erntezeit gedachten sie seiner. Niemand vergaß, ihm etwas abzugeben.

Es machte Radbod froh, dass Friesland gedieh, auch wenn er seltener durch das Land ritt. Selbst den Bau der Wege vernachlässigte er, was Hayo murren ließ. Bei ihren Treffen beschwerte er sich, dass zu wenige Männer schaufelten, der Bau ginge nicht voran, in dieser Geschwindigkeit kämen sie niemals dazu, einen Dyk aufzuschichten.

Radbod stimmte nicht zu und widersprach nicht. Er ließ den Ostergouwer einfach reden. Ihn zog es zu seinem Kind, vom ersten Tag an. Er konnte nicht anders. Und es gefiel ihm ganz und gar nicht, fortzureiten und sie zurückzulassen.

Wenn sie auf ihrem Strohsack lag, hob er sie auf und trug sie, die in eine Decke gehüllt war und schlief oder ihn mit großen, fremden Augen anschaute, durch die Zimmer und über die Wiesen, dabei sprach er mit ihr und summte ihr sogar Melodien vor. Besonders liebte er ihren kindlichen Geruch, der säuerlich war wie vergorene Milch und ihn manchmal an Rixa erinnerte. So oft er ihm in die Nase stieg, küsste er Eilas weiche Haut, ihre Wangen und Stirn und den Hals. Manchmal verlangte ihn so sehr nach diesem Geruch, dass er die Nase in ihre Hautfalte schob. Dann jauchzte sie. Vom ersten Tag an hatte Eila etwas erreicht, was Alfbad und auch Onno nicht vergönnt war. Sie hatte sein Herz gerührt.

Nach seiner Überzeugung kam das Kind direkt aus dem Land der Elfen, die Götter hatten es ihm geschenkt, es war ein Beweis dafür, dass sie nicht nur sahen, sondern belohnten, dass er sich für sie einsetzte. Eila hatte ein Lockenköpfchen, besaß von Geburt an eine Menge Haare, die in den ersten Tagen dunkel waren, aber schnell blond wurden, wie es sich für ein friesisches Mädchen gehörte. Sie lächelte oft, und selbst wenn sie Hunger hatte, blieb sie friedlich, beließ es bei einer schnappenden Bewegung mit dem Mund und sonderte ein paar Krächzer ab. Dann brachte er sie Selind und wartete darauf, sie wiederzubekommen. Eila war für ihn wie der Sonnenschein im Frühjahr, nach der langen Winterzeit. Wenn er sie durch Haus und Grundstück trug, vergaß er alles andere, Dorestad, den Dyk, Ärger und Pflichten, sogar die Zeit.

Dass über ihn geredet wurde, nahm er durchaus wahr. Besonders die Wachsoldaten – diejenigen, die in Stavoren geblieben waren – feixten angesichts der weibischen Beschäftigung ihres Herzogs. Wenn er mit dem Kind auf dem Arm nach draußen kam, taten sie so, als hätten sie eine dringende Beschäftigung im Freien, aber in Wahrheit wollten sie nur glotzen, um später große Reden darüber zu schwingen, was aus Radbod geworden war.

Er ärgerte sich und war drauf und dran, sie zurechtzuweisen. Dann schaute er Eila an, blickte in ihr winziges Kindergesicht mit dem Speck an Hals und Wangen, mit den blauen Augen und dem Strahlen im Gesicht, und die Männer wurden ihm egal. Sie alle hatte kein Gott beschenkt, woher sollten sie verstehen, wie dankbar man war, wie sehr man sich freute. Er ließ sie grinsen.

Onno war jung genug, die neue Schwester als Spielzeug zu nehmen. Er patschte ihr mit den Händchen auf den Kopf, kniff sie, verlangte, dass sie mit ihm sprach. Und er zog Gesichter und freute sich, wenn sie lachte. Alfbad dagegen hatte kaum mehr als einen Blick auf den Neuankömmling geworfen. Wenn Radbod das Kind trug, schaute er manchmal – aber nie für lange – zu. Anders war es mit Selind. Radbod hatte manchmal den Eindruck, sie mochte ihm das Kind nicht geben, und immer, wenn er Eila holen wollte, passte es gerade nicht, da sie eine neue Windel brauchte oder eine Mahlzeit.

Eila selbst reagierte auf ihn nicht anders als er auf sie. Wenn er da war, strahlte sie. Sobald sie sich äußern konnte, verlangte sie nach seiner Nähe, wollte neben ihm sitzen, sogar auf seinen Beinen, nannte seinen Namen – am Anfang sagte sie nur: Ra, wie eine Krähe –, hielt seine Hand. In der langen Zeit ihres Heranwachsens änderte sich daran nichts, die 13-Jährige suchte seine Nähe immer noch, genauso wie sie für ihn der Sonnenschein geblieben war.

Radbod beobachtete sie, als sie auf das Haus zuschritt. In ihren Bewegungen lagen Geschicklichkeit und Kraft, nicht so sehr Anmut, sie war nicht übermäßig zart, kränkelte auch nie. Was sie ausmachte, das war ihr Strahlen. Es war auch dann um sie, wenn sie nicht lachte. Aber sie war immer bereit, zu lachen.

Poppo war bei ihr. Der Junge hatte es sich zur Aufgabe gemacht, im Angesicht der rauen Kerle, die auf den Wiesen lagerten, auf seine Schwester aufzupassen. Und sie liebte seine Begleitung. Nahm seine Hand, fasste nach seinem Arm, hüpfte.

Radbod zog weiter. Die Umgebung des Herrenhauses war ein einziges Heerlager, überall loderten Feuer, das Bier kreiste, die Männer saßen beieinander oder lagen auf dem Boden und schnarchten. Dass sie nicht zufrieden waren, wie Finn behauptet hatte, sah man ihnen nicht an.

Er hielt Abstand. Ein Heerführer, der sich mit ihnen gemein machte, war er nicht, keiner, der mit ihnen trank und schwadronierte. Sie hatten Vertrauen in ihn als ihren Anführer, nicht als ihren Freund.

Er machte kehrt. Dabei lief er auf Reemer zu. Der andere blieb vor ihm stehen und blickte ihn mit seinen Mäuseaugen an.

»Du hast Kundschafter ausgeschickt, hört man.«

Die Tage am Herrenhaus, das viele Essen und Trinken, schienen Reemer nichts ausgemacht zu haben, er sah wild aus, aber nicht wilder als bei seiner Ankunft. Mit zwei Fingern einer Hand kratzte er sich die Narbe.

»So ist es. Wir wollen vor Überraschungen geschützt bleiben. Mein Bruder führt sie an.«

Reemer antwortete nicht sofort, es war, als brauche er Zeit, das Gehörte auch zu verstehen. »Wann erwartest du sie zurück?«

»Morgen. Spätestens am zweiten Tag.«

Der Hriustrer überblickte das Lager. Auch dabei ließ er sich viel Zeit, sein Blick verweilte dort, wo seine Männer ihre Zelte aufgeschlagen hatten. Am Ende zeigte er in ihre Richtung. »Der Anblick täuscht. Die Männer haben ihre Ungeduld mit Bier betäubt. Sie wollen endlich ins Frankenland, von dem sie sich sagenhaften Reichtum versprechen.«

»Sobald Finn zurück ist, rufe ich die Fürsten zusammen, damit wir seinen Bericht hören. Dann entscheiden wir.«

»Die Fürsten.« Reemers Wort klang abschätzig. »Auch deren Krieger sind auf Beute aus, so viel ist sicher. Meine Frage ist: Welchen Plan verfolgst du, Herzog? So, wie ich es sehe, werden wir uns dem Feind irgendwann stellen müssen. Sonst hat der Feldzug nicht viel Sinn.«

Radbod vernahm neue Töne. Von Eila sprach der Hriustrer nicht mehr, sagte aber »wir« – offenbar war er bereit, mitzuziehen. Wie schwer wäre für ihn auch der andere Weg, der Rückzug, gewesen? Seine Männer waren wochenlang unterwegs, und nun sollten sie zurückkehren ohne die erhoffte Beute, ohne Heldengeschichten? Das wäre viel verlangt, und Radbod stellte sich vor, dass sich Reemer diese Dinge klar gemacht hatte. Die ostfriesischen Stämme wären bei einem Abzug dem Spott der anderen ausgesetzt. Wie es aussah, hatte sich Reemer in eine schwierige Lage manövriert. In eine, die keinen Deut besser war als Radbods.

Reemer stand und wartete auf Antwort.

»Schlachten werden von der Reiterei gewonnen. Das ist bekannt.«

Der Hriustrer nickte. Das war eine schwerfällige und nachdenkliche Bewegung. »Nur dass wir kaum Pferde haben.«

»Du sagst es. Deshalb ist mein wichtigster Plan, Pferde zu erbeuten.«

Die kleinen Augen sahen ihn an, ohne sich zu bewegen. »Das heißt, auch du hast vor, in fränkisches Gebiet einzudringen.«

»Wenn wir unseren Friesen ihre Ackergäule nicht stehlen wollen, wird uns nichts anderes übrig bleiben.«

»Verstehe«, sagte der Hriustrer. »Das ist eine gute Nachricht.« Er wandte sich ab, als wollte er weitergehen. Aber dann sagte er noch: »Wir haben noch eine andere Frage offen, Herzog. Du weißt, welche.«

Radbod hatte damit gerechnet, dass die Franken irgendwann nach Dorestad zurückkehren würden, nachdem die Bewohner ihre Häuser nach der Flut wieder aufgebaut hatten und der Hafen florierte. Der Ort war einfach zu kostbar. Da war erstens die Lage am Rhein. Der Fluss zog sich durch weite Teile des Frankenreiches, und wer mit Waren unversehrt an einem Zielort ankommen wollte, für den war angesichts von dichten Wäldern und Räubern die Reise auf dem Wasser am sichersten. Und in die andere Richtung war es nicht weit bis zur offenen See, über die aller Handel mit fremden Ländern ging. In dieser Hinsicht hatte Dorestad einen Ruf in der ganzen Welt. Nicht nur Britannier und Nordvölker und die Westgoten von der iberischen Halbinsel kannten die Stadt, auch Händler weit im Süden und im Osten, noch hinter den Gebieten der Slawen, selbst jenseits von Byzanz. Wer sich, weil er Dorestad nicht besaß, einen neuen Hafen bauen wollte, der brauchte eine ähnlich günstige Lage und musste trotzdem damit rechnen, dass viel Zeit verging, bis der Ort bekannt wurde. Wie viel einfacher war es da, den bestehenden Hafen zu besetzen.

Als Erste kehrten die fränkischen Kaufleute zurück. Sie brachten keine Soldaten mit, ließen sich aber von Männern begleiten, die zu kämpfen gewohnt waren, von kräftigen und erprobten Leuten, die gegen Geld andere schlugen und sogar töteten. Tade brachte ihm erste Berichte über die Ankömmlinge, und sie klangen alles andere als gut. Franken besetzten die Brücken, an denen die Schiffe anlegten und entladen wurden, und ihre Schläger verhinderten, dass jemand anders die Mole betreten konnte.

»Und Finn?«, fragte Radbod.

»Was soll er tun? Sie sind viele. Bereit, sich gegenseitig zu unterstützen.«

»Finn lässt sie doch nicht gewähren?«

»Bis vor zwei Tagen ist er einer Auseinandersetzung noch ausgewichen. Aber die Wut wächst.«

Radbod entschied sich dazu, zusammen mit seinem Verwalter nach Dorestad zurückzukehren und sich selbst ein Bild zu machen. Er gab Eila, die auf wackeligen Beinen bereits laufen konnte, einen Kuss und wollte Alfbad mitnehmen. Der Sommer war vorüber, das erste Laub färbte sich gelb. Noch war es warm. Eine gute Reisezeit, außerdem der richtige Moment, um seinen ältesten Sohn mit den Verhältnissen in Frieslands Hafenstadt vertraut zu machen.

Alfbad war zu einem Jungen herangewachsen, zu einem scheuen, verträumten Kind, und deshalb wurde es Zeit, dass er ein paar grundlegende Dinge lernte und begriff. Er hatte mittlerweile elf Sommer erlebt, wenn Radbod sich nicht verzählt hatte, besaß kaum Übung im Fechten, ritt steif, obwohl sein Vater ihm ein Pferd geschenkt hatte, und verbrachte seine Zeit im Haus, wovon seine dünnen Hände und das weiche, blasse Gesicht zeugten. Radbod würde den Jungen endlich an seine Aufgaben heranführen. Der Ritt nach Dorestad war eine gute erste Gelegenheit.

Selind legte Einspruch ein. Alfbad sei zu jung, die Lage in Dorestad scheine ihr, nach allem, was Tade berichte, gefährlich, der Junge sei im Moment nicht auf der Höhe seiner Kraft, Radbod müsse Rücksicht nehmen.

Radbod beruhigte sie mit dem Versprechen, den Jungen gesund wieder zurückzubringen. Als sie sich an einem windigen Morgen auf den Weg machten, umarmten sich Mutter und Sohn, als wollten sie einander nie wieder loslassen, und klammerten sich an den Körper des anderen. Radbod, der bereits auf seiner Stute saß, unterbrach mehrfach und hieß Alfbad, aufzusitzen, aber der Junge schien nicht zu hören und Selind genauso wenig. Er musste laut werden, und selbst dann hielt sie Alfbads Hand, bis sie endlich vom Hof ritten.

In Dorestad hatten sich einige Verhältnisse geändert. Als sie in Tades Haus traten, kam ihnen ein kleines Kind mit einem Lockenkopf entgegen. In der Küche trafen sie auf eine Frau, blond, kräftig und deutlich jünger als Tade. Sie streckte Radbod beide Hände entgegen.

»Herzog, ich habe schon viel von dir gehört. Ich bin Kresten, Tades Frau.«

»Tades Frau?«

»Er hat dir nicht von mir erzählt?« Zu Tade sagte sie: »Ich hoffe, das heißt nicht, dass du dich für mich schämst.«

»Nein, aber nein. Es war nur … keine Gelegenheit.«

»In fünf Tagen keine Gelegenheit. Soso. Ich verstehe.«

»Er ist schüchtern, unser Tade.« Radbod klopfte dem Alten auf die Schulter. »Wenn du seine Frau bist, solltest du das wissen.«

»Ja, das habe ich schon verstanden.«

Es stellte sich heraus, dass Finn seine Hände im Spiel gehabt hatte. Er hatte Kresten auf Tade aufmerksam gemacht und ihr zugleich den Hinweis gegeben, sie dürfe nicht warten, bis der Mann sich rühre, denn darüber werde sie alt und grau. Sie müsse sich selbst bewegen. Also hatte sie ihn abgepasst und die ersten Treffen wie Zufall aussehen lassen, ein paar Worte mit ihm gesprochen, beim nächsten Mal etwas länger und dann noch länger. Schließlich hatte sie für ihn gekocht. Bald darauf sei sie bei ihm eingezogen.

»Aber das Kind ist nicht seins?«, wollte Radbod von Finn wissen.

»Er sorgt sich, als sei er der Vater.«

»Der in Wahrheit du bist?«

»Ach, das weiß ich gar nicht, so genau habe ich sie nie gefragt. Kann auch sein, dass es noch jemand anders gab.«

»Der Lockenkopf des Jungen lässt das nicht vermuten.«

Finn berichtete anders über die Franken als Tade. Weder Kaufleute noch Schutzmänner hatten ihm einen Grund gegeben, ihnen entgegenzutreten. Zwar blockierten sie immer wieder die Landebrücken, meistens die, an denen die großen Schiffe anlegten, aber wenn man die Seefahrer fragte, dann wollten die ihre Ladung an fränkische Händler verkaufen. Sie waren auf das fränkische Geld viel mehr aus als auf friesische Tauschwaren.

»Dieses blöde Geld. Was ist da dran?«

»Ich weiß es nicht. Die Römer hatten es auch, sagt Tade. Den Franken scheint es wichtiger zu sein als ihr Gott. Dabei hat man kaum etwas in der Hand. Ein Stück Silber, von dem sich jeder Dummkopf ein paar Krümel abkratzt. Aber es öffnet Türen, als wäre es ein Zaubermittel. Auch die Frauen fragen danach. Mir haben schon welche gesagt, wenn ich ihnen nicht eine der Münzen gäbe, hätten sie keine Zeit für mich. Stell dir das mal vor!«

Radbod schritt in Begleitung von Finn, Tade und Alfbad zum Hafen hinunter. Dorestad war geschäftig wie eh und je. Leute liefen umher, man hörte verschiedene Sprachen, es wurde gerufen und geschrien und gefeilscht. Zwischen den Menschengruppen steckten Fuhrwerke fest, kleine wie große, beladen mit Fellen, Wolle und Getreide, und die Kutscher waren ungeduldig und wollten weiter. Kaum jemand nahm davon Notiz, dass der Herzog in der Stadt war.

Er stellte fest, dass die Friesen kaum zum Zuge kamen. Auch im Frankenland schien es gute Ernten gegeben zu haben, die Bauern brachten Getreide und sogar junge Tiere auf Booten und gaben sie an die Händler, ihre Landsleute. Es war seltsam, mit anzusehen, wie schnell ihre Münzen von einer Hand in die andere und weiter in Taschen und Lederbeutel wanderten; mehr als ein Wort und ein Kopfnicken schien dafür nicht nötig. Die Friesen dagegen verhandelten lange um den Tausch von Waren.

Die Anlegebrücken am Hafen schienen für sie abgesperrt zu sein, obwohl es nicht ein einziges Schwert gab, das sie fernhielt. Es war, wie Finn gesagt hatte: Die Franken achteten darauf, keinen Grund zu Gewalt und Kampf zu liefern. Sie verstopften einfach die Zuwege zu den Molen. Und sorgten dafür, dass nur ihre Leute durchkamen.

Noch etwas entdeckte Radbod, als er dem Treiben lange genug zusah. Die Händler machten sich die Schiffsführer gefügig, damit sie ihre Waren nahmen und keine anderen. Auch dazu brauchte es nicht mehr als ein paar Münzen, die schnell begutachtet wurden und dann in den Taschen verschwanden. Immer wieder dieses Geld. Das fränkische geprägte Silber hatte Macht, mehr als ein Schwert offenbar. Die Schiffsführer fühlten sich an ihre Zusagen gebunden, die sie gegen die Münzen gegeben hatten, und achteten nicht mehr auf das, was die Friesen anzubieten hatten. Selbst die Wolle, das bunte friesische Tuch, fand keine Abnehmer.

Alfbad machte den Eindruck, als wäre er mit seinen Gedanken anderswo. Er träumte und stierte. Was am Hafen vor sich ging, scherte ihn nicht, vielmehr hatte die Lebendigkeit Dorestads ihn überwältigt. Sie überforderte ihn, er hielt sich hin und wieder die Ohren zu. Wie bei einem kleinen Kind blieben seine Blicke irgendwo hängen, an einem Wirtshaus, einem Pferd oder dem teuren Tuch eines Kaufmanns, und selbst wenn Radbod ihn ermahnte, hielt die Aufmerksamkeit nicht lange vor. Der Junge tauchte mit Blicken und Verstand ein, als sei der Ort ein See.

Aber was vor sich ging, verstand er nicht.

Mehr als einige Male konnte Radbod ihn nicht ermahnen. Wer erzog schon sein Kind auf offener Straße. Alfbad musste warten. Er würde erst zu Hause, in Stavoren, damit anfangen, einen Mann aus ihm zu machen.

Die Unzufriedenheit der Friesen war nicht zu überhören. Weil sie mit ihren Wagen nicht weiterkamen, schimpften sie, aber mit ihren Landsleuten, die vor ihnen standen und genauso eingeklemmt waren, nicht mit den Franken, die die Verantwortung für das Durcheinander trugen. Radbod besprach sich mit Finn und Tade, während Alfbad nicht einmal zuhörte. Er hatte eine Idee.

Am Abend, als Franken und Seeleute die Gasthäuser bevölkerten, wo auf den Handel des Tages angestoßen wurde, lotsten Radbod, Finn und Tade die friesischen

Wagen hinunter zu den Molen. Dort drehten sie die Verhältnisse um und rückten sie an Plätze, wo sie für andere die Zufahrt blockierten.

Radbod hatte sich einen stillen und überraschenden Umbau vorgestellt, doch ohne Lärm ging das Verschieben der Wagen und Karren nicht vonstatten. Ochsen schnaubten, Ackergäule klapperten mit den Hufen, und die Friesen waren sich oft nicht einig, wer zuerst fahren durfte. Alle drei waren sie unruhig, Finn und Tade genauso wie er. Alfbad stand unbeteiligt dabei, als gehöre er nicht dazu, er hatte die Hände in den Taschen, schaute nach den Seiten, hing irgendwelchen Gedanken nach.

Es gab durchaus Franken, die ihr Tun bemerkten, betrunken die meisten, selbstgewiss die anderen, alle gingen sie in der Überzeugung an ihnen vorbei, dass niemand sie aufhalten konnte.

Am nächsten Morgen verstanden sie es besser.

Finn war mit seinen Wachmännern schon im Morgengrauen am Hafen, Tade hatte darauf zu achten, dass nach alter Dorestader Regel entladen wurde: Wer zuerst kam, war als Erster dran. Murrend hielten sich die Seeleute an die Vorgaben. Die Zeit des leichten Zusatzverdienstes schien vorbei. Die Franken standen beieinander und besprachen sich. Ihre Schutzmänner hatten die Hände an den Griffen ihrer Schwerter.

»Hast du deine Stauer in Bereitschaft versetzt?«, fragte Radbod seinen Bruder.

»Sie haben ihre Waffen. Wenn es ernst wird, werden sie da sein.«

Beide sahen zu, wie Säcke von friesischem Getreide verschifft wurden. Zufrieden zogen die Bauern ab. Tade achtete darauf, dass auch Franken zum Zuge kamen.

Radbod war dagegen. »Sie haben uns warten lassen, jetzt müssen sie sich gedulden.«

»Nein«, entgegnete Tade. »Jeder nach dem Platz, an dem er steht.«

»Als wenn sie sich darum geschert hätten.«

»Wir sind nicht sie. Und so wollen wir auch nicht werden.«

Der Herzog blickte zum Fluss hinunter. Er dachte darüber nach, ob Friesland auch Geld benötigen würde, wenn dieses geprägte Silber ein solches Zaubermittel war. Als Erstes fiel ihm ein Name ein – Dorestäder Münzen. Dann stellte er sich die Einwände der anderen Fürsten vor. Als drittes fragte er sich, ob es andere Mittel gab, einen guten Zustand in Dorestad aufrecht zu erhalten. Waffen? Krieger?

Als er den Missionar Willibrord sah, bezweifelte er, dass das möglich war.

Der Angelsachse war, zusammen mit einigen seiner Gesellen, an Bord eines leichten Schiffes, das aus dem Frankenreich kam. Auch er entdeckte Radbod und hielt sich am Mast fest, als könnte der andere ihn allein mit Blicken oder Worten über Bord schmeißen. Willibrord hieß den Schiffsführer, nicht anzulegen. Radbod ging zum Ufer hinunter.

»Was willst du hier?«, rief er.

Willibrord stand an der Reling seines Schiffes. »Meine Aufgabe bleibt immer die gleiche. Ich soll Gottes Wort verbreiten.«

»Aber nicht in unserem Land.« Radbod trug nur ein Schwert bei sich, keinen Bogen, sonst hätte er geschossen. »Ich habe dich gewarnt.«

»Du machst dir Feinde, Herzog. Viele Feinde.«

»Auch du hast dir Feinde gemacht, schließlich hast du die Steinsäule von Baduhenna zerstört.«

»Ich habe nur getan, was Gott mich geheißen hat«, entgegnete die tiefe, laute Stimme. »Mehr nicht.«

»Sprich nicht weiter, Angelsachse, kein Wort mehr, sonst komme ich auf dein Boot und hole dich. Dann ist dein Leben endgültig verwirkt.«

»Mein Leben liegt alleine in der Hand Gottes. Solange Er will, dass ich Sein Wort verkünde, behalte ich es.«

»Weise deinen Bootsführer an, zu wenden und verschwinde zurück ins Frankenland, wo du hingehörst. Und hier lass dich nicht wieder sehen.«

Willibrord gehorchte nicht, nicht gleich zumindest. Der Fluss und der Abstand zu Radbod gaben ihm Sicherheit. Herausfordernd hielt er sich am Mast und ungerührt.

Radbod rief nach seinem Sohn, der ein paar Schritte entfernt stand und von dem Streit mit dem Missionar nichts mitbekommen hatte. Immerhin hörte er den Ruf des Vaters und hob den Kopf. Das war aber auch alles. Der Junge hielt sich abseits und wirkte verloren. Was am Hafen vor sich ging, scherte ihn nicht. Dem Streit mit dem Missionar hatte er nicht zugehört.

»Reite nach Baduhenna«, sagte Radbod und sprach so laut, dass der Missionar es hören musste. »Mach kaputt, was immer die Christen dort aufgestellt haben. Wenn es ein Kreuz ist, wirf es um und verbrenne es.«

»Du Teufel! Das wagst du nicht. Nicht noch einmal.«

»Wohin soll ich reiten?«, fragte Alfbad, und zum Glück war seine Stimme leise.

Radbod musste Luft holen. »Du kennst Baduhenna nicht?«

»Nein. Was ist das?«

»Was hast du nur in all den Jahren gelernt? Wir müssen ganz von vorne mit dir anfangen. Hör zu, du nimmst dein Pferd, steigst auf wie ein Krieger, ziehst das Schwert und rufst: Auf nach Baduhenna, und zwar so laut, dass es der Kerl dort hören muss. Los jetzt. Reite aus der Stadt und komme erst spät zurück. Und vergiss den Ruf nicht: Auf nach Baduhenna.«

Es gab sicher Krieger, die mehr Angst machten als Alfbad. Immerhin rief der Junge laut genug – der Northumbrier hörte es und wandte sich ab.

Die Stimmung in Dorestad blieb auch ohne die Missionare angespannt. Die Franken steckten die Köpfe zusammen und berieten. Es war Radbod klar, dass die Wachsoldaten in Bereitschaft zu stehen hatten, zumal die Kaufleute über mehr Bewaffnete befahlen. Die Gewalt konnte zu jeder Zeit ausbrechen.

Er dachte daran, Alfbad, der mit der Dämmerung zurückkehrte, in Dorestad lassen. Es täte, meinte er, dem Jungen gut, von Finn zu lernen und mit Kämpfern zusammen zu scin, und wenn er endlich aufgewacht wäre, würde er eine Hilfe sein. Und selbst, wenn er kein großer Krieger war, besaß er ein Schwert und würde lernen, es zu benutzen.

Tade runzelte die Stirn. Finn äußerte sich nicht. Der Junge selbst ließ den Vorschlag über sich ergehen wie einen Regenschauer. Radbod begriff, dass keiner von ihnen seinen Plan guthieß. Er wollte sich über sie hinwegsetzen, schließlich war er der Vater und der Herzog.

Am Ende aber sagte Kresten, die ihnen die Morgengrütze gekocht hatte: »Er ist zu jung, Herzog. Du willst doch deinen Sohn nicht verlieren.«

Radbod verzichtete auf eine Gegenrede. Stattdessen

stützte er den Kopf auf die Hand und tunkte seinen Holzlöffel in den Getreidebrei. Sie alle standen gegen ihn.

Und er hatte Selind versprochen, den Jungen heil zurückzubringen.

15

Es vergING DER NÄCHSTE SOMMER und ein weiterer Winter, bis sie Dorestad erneut verloren.

Auf Finns Bitte hin hatte er noch einmal vier Männer der Wache geschickt und ihnen weitere Waffen für die Stauer mitgegeben. Tade tat, was ihm möglich war. Vor allem achtete er darauf, die Friesen in keiner Weise vorzuziehen. Und trotzdem blieben die fränkischen Kaufleute mürrisch. Handel und Verladen dauerte ihnen zu lange. Sie verglichen die friesischen Bauern mit Schnecken und zogen sie wegen ihrer Langsamkeit mit den immer gleichen Worten auf. Ärger lag in der Luft. Finn war gezwungen, sein gutes Leben aufzugeben und bezog mit seinen Leuten jeden Morgen zu Sonnenaufgang am Hafen Stellung. Die Spannung aber ließ nicht nach. Radbod spürte sie bei jedem seiner Besuche.

Als die fränkischen Truppen kamen, war er mit seinem anderen Vorhaben beschäftigt, mit dem Dyk. Hayo hatte sich immer wieder beschwert, dass der Bau keine Fortschritte machte. Radbod lag die Erwiderung auf der

Zunge, er solle sich selbst kümmern. Aber er verkniff sie sich. Weder aus dem Ostergouw noch aus seinem Gebiet kamen die Männer freiwillig. Er musste sie zwingen. Hin und wieder bedachte er Selinds Vorschlag – und sie wiederholte ihn auch, drängte regelrecht darauf –, diejenigen, die schaufelten, besser zu stellen. Nur hatte er am Herrenhaus zu wenig Getreide, um es in großem Stil zu stiften. Und vom Handel in Dorestad auch nur einen kleinen Teil zu erhalten, war ihm nicht gelungen. Tade war dagegen. Er hielt die Situation für zu unruhig, um eine derartige Maßnahme einzuführen. Sie könnte die Franken endgültig rebellieren lassen. Radbod fügte sich.

Auch ohne diese Abgabe vertrieben fränkische Truppen die Friesen aus Dorestad.

Als sie kamen, wieder mit vielen Schiffen den Rhein hinab, mit einem großen Heer, setzte Finn sein Alarmsystem in Kraft. Er rüstete die Stauer mit Waffen und Schildern aus, andere schickte er an die Stellen, wo die Steinhaufen aufgeschichtet waren. Die Wachsoldaten stationierte er an den Molen, wo sie die Franken daran hindern sollten, überhaupt an Land zu kommen. Der Versuch misslang – die anderen waren zu viele, sie hatten so viele Schiffe, dass sie auch unbesetzte Brücken anlaufen konnten. Nach kurzer Zeit trieben sie die Friesen zurück, erst in die Stadt hinein und dann hinaus auf die Felder. Finn wollte die Leute unter einem Schildwall sammeln. Tade redete ihm das Vorhaben aus. Sie würden alle sterben, sagte er, und Dorestad trotzdem nicht zurückgewinnen.

Auf Pferden kamen sie nach Stavoren, Tade, seine Frau Kresten und ihr Kind, Finn, die Wachsoldaten. Als Radbod sie sah, wusste er, was geschehen war.

Er bekam einen Wutausbruch.

Er tobte wie noch nie in seinem Leben. Brüllte die Überbringer der schlechten Nachricht an, nannte sie feige und ehrlos, hielt ihnen die Faust unter die Nase, machte in seiner Tirade keine Pause, sodass sie nicht zu Wort kamen. Sie standen vor ihm und ließen die Beschimpfung mit gesenkten Köpfen über sich ergehen. Kaum dass er zu Ende war, schloss sich ein zweiter Ausbruch an, diesmal ereiferte sich Radbod über die Gier der Franken, die in einem friesischen Hafen sehr ordentlich behandelt worden wären, aber das reiche ihnen nicht, sie verlangten nach dem Ganzen, nach dem Befehl und dem Land. Augenblicklich wollte er aufbrechen und die Eindringlinge vertreiben, und wenn es das Letzte wäre, was er täte. Wer mit ihm reite, fragte er die Anwesenden, und sie nickten und murmelten Zustimmung, wenn auch verhalten. Sie hatten die Überlegenheit des Gegners mit eigenen Augen gesehen.

Dann kam Eila.

Ein Kind von vier Jahren, mit kurzen Schritten, unverständig und unschuldig. Sie lief zwischen ihren Vater und die Männer, direkt in die Wut hinein.

Vor ihm blieb sie stehen. »Papa, ich habe Angst, wenn du so schreist.«

Es dauerte nicht mehr als ein paar Augenblicke und der Ärger zog wie Rauch durch einen Kamin von ihm ab. Er konnte spüren, wie die Röte aus seinem Gesicht wich und die Hitze von den Händen. Die Anspannung, die ihn hatte wüten lassen, verschwand.

Er hob seine Tochter hoch und drückte sie gegen sich. »Eila. Meine kleine Eila. Du brauchst keine Angst zu haben. Dir geschieht doch nichts.«

Finn, Tade und die Wachmänner rührten sich und hoben die Köpfe.

Radbods Stimme war ruhiger und ohne Anklage, als er, sein Kind auf dem Arm, zu ihnen sagte: »Wir werden in eine Schlacht ziehen und uns Dorestad zurückholen. Diesmal muss das ganze Friesland mitmachen, ich bin nicht noch einmal bereit, einen von ihnen außen vor zu lassen. Wir sprechen mit Hayo und mit den Groningern und werden sie verpflichten. Und ich reite zu den Stämmen jenseits der großen Moore. Die Hriustrer sind stark und treu. Dorestad ist unser und Baduhenna genauso. Wir holen es uns zurück.«

Er ließ ihnen nicht viel Zeit, um zu verschnaufen, dann schickte er seine Boten los. Finn sollte nach Dokkhum reiten und mit Hayo sprechen. Radbod schärfte ihm ein, klare Zusagen darüber zu verlangen, wie viele Männer der Ostergouw stellen würde und welche Waffen. Tade sandte er mit der gleichen Order nach Groningen, ihm gab er Alfbad mit, denn Landric war sein Großvater, und er setzte darauf, dass der Alte vor seinem Enkelsohn nicht als knauserig oder ängstlich darstehen wollte.

Sein eigener Weg führte nordostwärts, zu Reemer.

Baya und er waren viele Tage unterwegs. Es war warm, aber nicht heiß, das Land stand in sommerlicher Pracht, Blumen blühten, Vögel zwitscherten, das Laub der Bäume war von kräftigem Grün. Weil die Wälder oft undurchdringlich waren, schlug er einen Weg an der Küste ein, ritt über Strand und Dünen, am Waldrand entlang, immer mit der See zu seiner Linken. Abends machte er sich ein Feuer und schlug sich in seine Wolldecke, und wenn er zu viel Sand am Körper hatte, wusch er sich im Meer.

Meistens schien die Sonne, und dass der Wind hin und wieder ein paar Regenschauer brachte, störte ihn nicht, schließlich kannte er es nicht anders. Die Wolken waren ein Spektakel, turmhoch, viele Schichten übereinander, oder sie bildeten Tierkörper und Gesichter von Geistern. Er glaubte, dass die Götter die Wolken verschoben, Forsete wahrscheinlich, der über den Wind bestimmte. Lag eine Botschaft in diesen Gebilden? Sprach Forsete zu ihm? Wenn das so war – wie hieß sie? Er verstand sie nicht. Wie viel einfacher hatten es die Christen, denen ihr Gott dieses Buch gegeben hatte. Daraus wussten sie, was er wollte, zumal er auch noch dafür gesorgt hatte, dass sie, zumindest einige von ihnen, lesen konnten.

Das Licht kam früh und war hell, ein blasser, manchmal weißlicher Schein. Die Nordseewellen liefen auf den Strand, wie immer ohne Anfang und Ende, er hörte ihr Grummeln und schaute auf den Sog, wenn sie zurücktrieben. In den Jahren als Herzog war er viel durch sein Land geritten, vor allem durch den westlichen Teil, er hatte die Stämme aufgesucht, den Bau der Wege voranzubringen versucht und war oft in Dorestad gewesen. Aber diese Reise war anders. Hier, in der menschenleeren Landschaft, nur mit Meer und Sand und Himmel, ging ihm sein Friesland ans Herz, und er wusste, dass er diese Eindrücke nie wieder würde vergessen können.

Das große Moor passierte er auf der Seeseite. Es reichte fast bis an die Küste. Abertausende Vögel lebten darin, brüteten, fingen sich Nahrung, stoben auf und landeten wieder. Ihr Gezwitscher war manchmal so laut, dass es im Ohr schmerzte. Kein Mensch hatte je seinen Fuß in die Moorlandschaft gesetzt, und man tat gut daran, sie zu meiden, wollte man nicht ertrinken. Nur an den Rändern stachen die Anwohner Torf, den sie trockneten und verfeuerten. Aber tiefer ins Moor traute sich keiner.

Radbod ging weite Strecken zu Fuß und zog Baja hinter sich her. Der Sand war tief und bei Flut so schmal, dass er den Wellen nicht ausweichen konnte, sie umspülten seine Stiefel und Bajas Hufe. Als das Moor von einer Heidelandschaft abgelöst wurde, bog er ab und ritt landeinwärts. Nun war es nicht mehr weit.

Die kleinen, harten Pflanzen blühten lilafarben. Er machte die Zügel lang, und Baja ließ sich nicht lange bitten, sie lief, als hätte sie nur darauf gewartet, fiel in Galopp und jagte über das weite Land, und Radbods Umhang blähte sich wie ein Segel bei Sturm. Erst als die Stute Schaum vor dem Mund hatte, bremste er sie und ließ sie eine Pause machen.

Die Hriustrer lebten in Dörfern, deren Häuser weit voneinander entfernt waren. Sie hatten nicht nur ihre Gärten, sondern auch Felder und Wiesen um sich. Wenn man mit einem Nachbarn reden wollte, musste man weit gehen. Den Fremden beachteten sie nicht weiter, kein Mensch blickte auf, als er vorüberritt, erst recht unterbrach niemand seine Tätigkeit. Viele Männer arbeiteten mit nacktem Oberkörper, die Frauen hatten dünne Leibhemden an, die ihre Brüste kaum verhüllten.

Reemer empfing ihn freundlich, und seine Frau Margard sagte: »Der Herzog kommt uns besuchen. Das ist ein Feiertag.«

Sie hatte ein braun gebranntes, faltiges Gesicht. Ihre Stimme war laut und tief, anders als die Frauen in Stavoren sagte sie frei heraus, was sie dachte und lachte derbe. Auf den Rang ihres Besuchers nahm sie keine Rücksicht, das schien sie nicht zu kümmern, sie zog Radbod auf, wenn ihr danach war, stellte ihn bloß, verspottete ihn. So war der Ton in ihrem Haus, sie und ihr Mann gingen auf die gleiche Art miteinander um. Und Radbod passte sich schnell an.

Doch ihm blieb nicht verborgen, dass es an ihr nicht nur diese Kraft, die einem sofort auffiel, gab. Wie der Mond hatte sie eine andere, dunklere Seite. Sie zog sich zurück, verschwand regelrecht und ward nicht gesehen, und wenn er Reemer nach ihr fragte, bekam er nur zu hören, dass sie ausruhe.

Obgleich er bald von seinem Anliegen berichtete und eine Hilfszusage bekam, blieb Radbod mehrere Tage. Reemer führte ihn zu einer Flussmündung, in der ein Schiff vor Anker lag, der Stolz des Hriustrer-Volkes, ein langer Kahn mit Plätzen für 20 Ruderer an jeder Seite und mit einem kräftigen Mast, der aus einem Eichenstamm geschnitten worden war. Friedlich dümpelte das Schiff im Wasser. Reemer erzählte seinem Gast, wo sie damit hinfuhren, in das Land der Pikten etwa, einem wilden Volk im Norden der britannischen Insel, zu den Iren oder auf eine große Insel mitten im Meer, die nur aus Schnee und Eis bestand und deren Bewohner vom Fischfang und von der Jagd lebten, weil sie nichts anbauen konnten. Ihnen allen brachten die Hriustrer Bernstein und das bunte friesische Wolltuch, das überall gerne gesehen und getauscht wurde.

Die Böden im Hriustrerland waren von tiefem Schwarz, die Erde blieb am Stiefel kleben, so schwer war sie. Auf ihnen wuchs das Getreide höher als im Westergouw und es war kräftiger. Der Wind blies stärker hier oben, es regnete öfter, die Menschen waren wortkarger. Radbod bekam den Eindruck, dass dieses Land ursprünglicher war und friesischer, als wenn Freya nur hier gezeigt hätte, was sie eigentlich gewollt hatte. Die Moore schützten die Stämme vor den Franken, mit den Nachbarn im Osten, den Sachsen, lieferte man sich hin und wieder ein Gefecht. Auch wenn die Hriustrer vereinzelt lebten, schien ihm der Zusammenhalt zwischen den Leuten – und der zwischen den einzelnen Stämmen – größer zu sein als bei ihnen im Westen.

»Wir fahren selten nach Dorestad«, sagte Reemer mehrfach, »sehr selten. Und wir haben keine gute Erinnerung an den letzten Kampf darum. Aber wenn du uns rufst, werden wir da sein. Verlass dich drauf.«

»Wir brauchen alle Stämme.«

»In meiner Nachbarschaft leben die Wanger, die Astergaer und die Emsländer. Mein Wort hat Gewicht bei ihnen. Ich bringe sie mit.«

»Also brauche ich sie nicht zu besuchen?«

Reemer verneinte. »Es reicht, wenn ich sie aufrufe. Willst du noch in diesem Jahr ziehen?«

»Das hängt davon ab, welche Zusagen wir von den anderen erhalten. Wie damals könnten wir nach der Ernte losschlagen. Oder wir warten auf das Frühjahr, auf die Zeit nach der Aussaat.«

»Mir ist das eine so recht wie das andere. Schicke uns deinen Boten. Und sei gewiss, dass du auf uns zählen kannst.«

Auf seinem Rückweg passierte er die Lauwers, einen winzigen Fluss, durch den Baja ohne jede Mühe waten konnte. Aber er hatte große Bedeutung, denn er trennte die beiden Teile Frieslands, den Osten und den Westen.

Warum war der Unterschied zwischen ihnen so ausgeprägt?

Mehr als alles andere hatte ihn bei den Hriustrern das Gefühl von Zusammengehörigkeit beeindruckt, und dazu gehörte auch die Selbstverständlichkeit, mit der Reemer seine Zusage hatte geben können. Der Hriusterfürst verließ sich einfach darauf, dass seine Freunde seinem Ruf folgten, wenn es so weit war. Wie anders lagen die Verhältnisse in seiner Region. Dass die Dinge im Westen schwieriger waren, konnte unmöglich an ihm und seiner Herrschaft liegen, Radbod hatte noch Klagen seines Vaters im Ohr, weil sich Ostergouwer und Groninger und andere, kleinere Stämme zierten, wenn es um Gemeinsamkeit oder Unterstützung ging.

Auch den Dyk hätte man mit den Hriustrern leichter aufschichten können. Auf ihren Feldern hatte das Hochwasser ebenfalls gestanden, Reemer hatte davon erzählt. Eines Tages würden sie auch hier oben einen Dyk bauen, und er würde schneller entstehen als bei ihnen, viel schneller, denn die Männer würden aus Einsicht zur Schaufel greifen und nicht, um einen Vorteil zu haben. Und ihre Nachbarn würden sie und ihre Familien versorgen, ohne darüber zu klagen. Schade nur, dass er diesen Teil des Baus nur noch aus der Ferne erleben würde.

Einen halben Tagesritt hinter der Lauwers erreichte er eine Wegkreuzung, an der er hielt. Wenn er abböge, käme er zu Rixa. Er stellte sie sich vor, wie sie in ihrem Haus und Garten wirtschaftete, auch wenn ihm klar war, dass er den Weg zu ihr nicht nehmen konnte.

Ob er ihn jemals würde nehmen können?

Als er langsam weiterzog, ging ihm auch sein Sohn Alfbad durch den Kopf, und er gestand sich ein, dass sein Vater einen ähnlichen Blick auf ihn gehabt haben mochte wie er auf Alfbad. Er war in seiner Jugend ein Stotterer gewesen, der schlecht schoss und kämpfte. Alfbad hielt sich nach Möglichkeit im Haus auf und hing seinen Träumen nach. Deshalb war er so blass. Vor die Tür ging er nur bei Sonne und Wärme, jedes andere Wetter, Regen, Sturm, mied er.

Ob der Junge am Ende trotzdem ein Mann würde?

Es fiel ihm schwer, sich vorzustellen, dass Alfbad ihm eines Tages die Stirn bot, so wie Radbod es bei seinem Vater getan hatte, auch nicht für ein Mädchen, das er liebte.

Sein Versäumnis war, den Jungen zu lange Selind überlassen zu haben. Aber hier lag auch der große Unterschied zu ihm selbst. Alfbad hatte eine Mutter, die ihn liebte, die für ihren Sohn die rechte Hand gegeben hätte, und hätte jemand verlangt, sie müsse sich auch noch die linke abschlagen lassen, hätte sie auch die hingehalten. Seine eigene Mutter dagegen, Helrun, hatte ihn verabscheut. Sie hatte Finn vorgezogen.

Er zog Onno nicht vor, auch wenn er sah, dass sich sein kleinerer Sohn vieles leichter machte. Wenn sich Onno etwas in den Weg stellte, fand er eine Möglichkeit, darüber zu lachen. Manchmal sah das aus, als strecke der Junge den Nornen die Zunge heraus.

Während er sich Stavoren näherte, nahm sich Radbod vor, auf Alfbad und seine Erziehung in Zukunft besser zu achten. Er würde auch Finn und Tade bitten, seinem Sohn das Kämpfen beizubringen und die Dinge, die man wissen musste.

Am Herrenhaus fing er sofort an und ließ Alfbad aus Groningen berichten. Der Junge wirkte furchtbar schüchtern. Tade stand neben ihm und versuchte, ihm mit ein paar Stichworten zu helfen. Alfbad nahm die Anregungen des Lehrers auf, schaffte ein paar Sätze, brach ab. Eine richtige Erzählung wurde das nicht, und Radbod hatte am Ende nicht verstanden, welche Antwort Landric gegeben hatte.

Dafür brauchte er wieder Tade. Er hörte zunächst, dass auch der Groninger seinen Sohn, Selinds ältesten Bruder Diemo, hinzugezogen hatte, der kein Wort gesagt hatte, was nicht in Landrics Sinne war. Landric selbst hielt sie hin. Zwar war er empört über die Franken, aber ob er gegen sie in die Schlacht ziehen wollte, das hatte er nicht zugesagt. Erst recht nicht, mit wie viel Kämpfern. Er werde sich bedenken – das war alles, was er versprochen hatte.

Radbod seufzte. Er würde selbst mit dem Groninger reden müssen, und das bedeutete, dass sie bis zum Frühjahr zu warten hatten. Noch ärgerlicher und unverbindlicher war die Antwort, die Finn aus Dokkhum brachte. Hayo hatte dieses Mal offen abgelehnt, um Dorestad zu kämpfen. Man könne sich doch mit den Franken einigen – von ihm aus könne die Stadt fränkisch bleiben, solange die Friesen die Zusage bekämen, den Hafen nutzen zu dürfen. Das könne man doch aushandeln. Wo am Ende der Unterschied sei?

Radbod schickte einen Boten und bestellte den Ostergouwer nach Stavoren.

Hayo ließ sich Zeit. Tag für Tag verging, ohne dass er auftauchte. In jener Zeit hörte Radbod mehrere Berichte darüber, auf welche Weise sich die Friesen Ersatz für Dorestad verschafften. Manche begannen, den Handel mit den Sachsen in Schwung zu bringen. Sie bekamen gegen ihr Wolltuch Felle von wilden Tieren, die in Friesland in hohem Ansehen standen. Andere fanden ihren Weg nach Dorestad, obgleich Friesen dort nicht geduldet wurden. Sie vereinbarten vor der Stadt mit fränkischen Händlern, dass die ihr Getreide in den Hafen brachten und auf die Schiffe verluden. Im Gegenzug bekamen die Franken einen Teil des Getreides ab. Und die ostfriesischen Stämme fuhren, wie Reemer erzählt hatte, ihre Überschüsse in ferne und unbekannte Länder.

Hayo erschien schließlich in Begleitung einiger Edler aus dem Ostergouw. Er trug einen Umhang, von einer breiten Silberspange gehalten, ein Schwert, dessen Griff mit Edelsteinen verziert war, und Lederstiefel. Sein Aussehen und Auftritt sollte deutlich machen, hier kam ein Fürst, ein Gleichgestellter, niemand, den man einfach herbeizitieren konnte. Der Fürst aus Dokkhum traf dann ein, wenn es ihm passte.

Radbod begrüßte ihn und seine Begleiter, lud aber nur Hayo in das Zimmer ein, wo die wichtigen Gespräche geführt und die Entscheidungen getroffen wurden. Er wollte nicht, dass viele Stimmen mitredeten. Hayo wies er einen der Besucherstühle an, während er selbst sich auf den mit der hohen Lehne setzte. Auch er kannte schließlich die Sprache der Zeichen.

Dann wartete er ab. Musterte das Eulengesicht, das kein Umhang und kein Schwert zu verändern oder verbergen vermochte. Hayo sah aus wie immer, mit seiner kleinen Nase in dem flachen Gesicht. Die Augen waren aufgerissen, als müsse er immerzu wachsam sein.

»Fürst, wir beide teilen ein großes Vorhaben, den Dyk.«

»Er kommt leider nicht voran«, erwiderte Hayo. »Unsere Küste ist, seit die Dünen weggespült wurden, ungeschützt.«

»Ich weiß, dass du dir Mühe gibst, Männer zu finden, die du für den Bau abstellen kannst.«

Hayo genoss die Schmeichelei. Er hielt ein Strahlen zurück. »Allerdings tue ich das. In den Dörfern drehen sie sich schon weg, wenn sie mich sehen. Die Leute sind eben dumm, die denken nur bis zur nächsten Ernte. Aber ich zwinge sie. Es arbeiten viele Ostergouwer daran, die Wege zu schlagen.«

»Das sehe ich«, sagte Radbod, »und glaube mir, ich weiß es zu schätzen. Auch ich habe immer wieder Schwierigkeiten, Freiwillige zu finden, aber ich lasse mich genauso wenig aufhalten wie du.«

Hayo saß aufrecht auf seinem Stuhl. Seine Hände hatten die Lehnen umfasst. Bei aller Bereitschaft, sich das Lob seines Herzogs und Nachbarn zu Herzen zu nehmen, wusste er doch, dass das nicht alles war. In diesem Gespräch würde es um mehr als nur um Höflichkeit gehen.

Radbod schlug ein Bein über das andere. Er hatte dem Gast weder Essen noch Getränk angeboten. Vielleicht war das ein Fehler? Möglich, dass ein paar Becher Bier den Mann zugänglicher gemacht hätten.

Aber er wollte diesen Weg nicht, er brauchte einen Hayo mit klarem Kopf und einer klaren Entscheidung.

»Mein Bruder berichtet mir, du willst nicht mit uns gegen die Friesen kämpfen?«

»Herzog, eins nach dem anderen. Lass uns erst den Dyk bauen, dann sind wir vorbereitet, wenn Forsete wieder einen Sturm schickt.«

Radbod ließ die Worte nachklingen, musterte seinen Gast, dem die Zeit der Stille unangenehm zu sein schien. Hayo drehte und wand sich auf seinem Stuhl.

»Man kann es sich nicht aussuchen. Wir wollen den Dyk. Aber wenn der Feind unsere Stadt überfällt, dann setzen wir uns zur Wehr. Und zwar gleich, nicht erst, wenn wir alte Männer geworden sind. Die Frage an dich ist also ganz einfach, und ich erwarte eine klare Antwort: Wirst du kämpfen?«

»Sicher würde ich kämpfen«, sagte Hayo und wischte sich mit dem Finger über die Eulennase, »wenn ich mir ausrechnen könnte, dass wir eine Siegeschance haben. Die gibt es aber nicht.«

»Woher willst du das wissen?«

Der Ostergouwer setzte ein Lachen auf. Möglicherweise sollte es beleidigen, vielleicht auch nur Zeit gewinnen, bis ihm eine Antwort einfiel. Radbod regte sich nicht, obwohl er sich ärgerte.

»Ich male mir auf, wie groß das Frankenreich ist. Daneben male ich Friesland. Dann überlege ich mir, wie viele Männer wir haben und wie viele Krieger bei denen leben. Weiter muss ich gar nicht gehen. Ich brauche nicht zu bedenken, wie viel Eisen sie aus ihren Bergen ziehen und wie wenig wir. Welche Menge an Waffen sie haben.« Er winkte ab. »Gar nicht mehr nötig.«

»Nur wer den Kampf nicht wagt, hat ihn verloren.«

»Ein wunderbarer Satz. Klingt nach großer Tapferkeit. Leider ist er nicht wahr. Manchmal ist es klüger, einem Kampf auszuweichen.«

»Es handelt sich um unser Land, Hayo. Wir sind bereit, dafür unser Leben zu lassen. Alles andere ist feige.«

»Das sagst du, Herzog. Die Feigheit, von der du sprichst, ist für mich Klugheit. Dein Weg hieße, in Dorestad zu sterben. Wir erobern es wahrscheinlich nicht zurück, aber in Friesland gibt es danach keine Männer mehr, die sich den Franken in den Weg stellen könnten.«

Jetzt war es an Radbod, zu lachen. Er genoss es und ließ es lange andauern.

»Du glaubst also, Hayo, Dorestad mache die Franken satt? Danach hätten sie keinen Appetit mehr? Wenn du dich da mal nicht irrst. Die Missionare zumindest wollen uns alle in ihren Christenglauben zwingen, jeden Mann und jede Frau in unserem Land. Was ist, wenn die Franken weitermarschieren? Willst du dich ihnen dann in Dokkhum entgegenstellen? Du ganz alleine?«

»Bislang gab es keine Anzeichen für das, was du fürchtest. Die Franken sind noch nie weiter als Dorestad gezogen.«

»Oh doch. Auf die Westseite des Vlie. Bis nach Baduhenna.«

»Na ja. Aber nicht ...«

Hayo brach ab, als fürchtete er, ihm käme ein falsches Wort aus dem Mund. Wohl begriff er auch, dass diese Auseinandersetzung zu keinem Ergebnis führen würde.

Radbod hatte die Worte bereit, die er dem Ostergouwer Fürsten an den Kopf werfen würde, sollte Hayo sich weiter winden. Noch hielt er die Sätze zurück, aber sie waren in seinem Mund versammelt wie eine kampfbereite Truppe.

Vorerst ließ er das Schweigen andauern.

Auch Hayo wartete.

»Es wäre klüger, wir würden uns mit den Franken einigen«, sagte der Ostergouwer schließlich. »Wir sollten erreichen, dass wir Zugang zum Hafen von Dorestad behalten.«

»Du hast sie nicht erlebt, Hayo, sonst könntest du nicht so reden. Mit den Franken gibt es für uns kein Auskommen. Die halten sich für besser, und wir sind für sie ein wildes Volk, zurückgebliebene Moorbewohner, ohne dieses Geld und ohne Manieren, gerade gut genug, um in Dorestad Säcke zu schleppen und Stege auszubessern.

»Ach Radbod ...«

»Was soll das heißen – ach Radbod? Wenn du willst, hole ich den Verwalter von Dorestad. Er musste fliehen und ist hier in Stavoren. Vielleicht glaubst du ihm.«

»Wir können nicht gegen die Franken kämpfen.«

»Wir können nicht«, wiederholte Radbod, »gegen die Franken kämpfen, wenn wir nicht zusammenstehen. Wenn die Groninger nur ein paar Männer schicken und die Ostergouwer gar nicht kommen. Aber wenn wir alle bereit sind, es klug anstellen und auskundschaften, wo sie stehen und mit wie viel Leuten, dann haben wir duchaus die Möglichkeit, sie zu vertreiben.«

»Wie verhalten sich die Groninger?«, fragte Hayo. »Hast du mit Landric gesprochen?«

»Sie machen mit«, behauptete Radbod.

Hayo stützte den Kopf auf die Hand. Für einen Moment schloss er die Augen, es sah aus, als dachte er nach. »Ich kann das nicht zusagen«, erklärte er, als er sie wieder öffnete.

Radbod verfiel in ein Nicken. Sein Kopf wanderte auf und ab, ganz langsam, als hinge er fernen Gedanken nach.

»Wenn das deine Entscheidung ist«, sagte er schließlich mit kalter Stimme, »dann werde ich dich isolieren im gesamten Friesland. Ich sorge dafür, dass kein Mensch mehr mit dem Ostergouw und seinen Leuten zu tun haben will. Niemand wird euch noch helfen, niemand mit euch Handel treiben. Wenn wir Dorestad zurückholen, bleibt es für euch eine verbotene Stadt. Und was den Dyk angeht – den musst du in deinem Land alleine bauen. Ich werde ihn im Westergouw vorantreiben, sobald wir aus Dorestad zurück sind. Und wenn die See dann in dein Land läuft, habt ihr eben Pech gehabt.«

»Aber Radbod!«, rief Hayo. Sein Kopf wurde rot, er wäre fast aufgesprungen, »Herzog. So meine ich das doch nicht. Ich gebe nur zu bedenken ... spreche von Schwierigkeiten ... von Gefahren.«

»Das habe ich alles aufgenommen, und sei gewiss, Hayo, dass ich deine Weitsicht schätze. Trotzdem geht es heute um die eine Frage, und auf die brauche ich eine verbindliche Antwort. Ja oder Nein? Macht ihr mit oder nicht?« Er hob einen Finger in die Luft. »Und mitmachen heißt nicht, mir drei alte Männer auf noch älteren Gäulen zu schicken. Sondern jeden kampfbereiten Mann. Hörst du das?«

Der Ostergouwer senkte den Kopf. »Wenn ich zusage …«

»Ja?«

»Kann ich mich dann darauf verlassen, dass du unsere Leute nicht in sinnlose Gemetzel führst?«

»Komm einfach mit. Dann hast du Wort und Stimme im Kreis des Herzogs.«

»Und dass wir, wenn wir zurück sind, ernst machen mit dem Dyk. Egal, ob wir Dorestad zurückerobert haben oder nicht?«

Radbod stand auf und machte drei Schritte auf Hayo zu. Dabei streckte er beide Arme aus.

»Die Hände darauf, Fürst aus dem Ostergouw. Komm, schlag ein.«

Beide griffen zu und hielten den anderen.

TEIL 3

16

Es war ein Frühlingstag zur Zeit der Aussaat. Die Bäume hatten ausgeschlagen, die Sonne schien und teilte sich den Himmel mit kräftigen weißen Wolken. Kein Mensch rechnete damit, dass es noch einmal Frost geben könnte. Es war noch frisch, aber das Leben begann wieder. Radbod hatte seine Morgengrütze gegessen, er saß noch mit Tade am Tisch und sprach über einen günstigen Zeitpunkt für den Feldzug, als er einen Schrei aus der Küche hörte. Einen durchdringenden Schrei. Selind.

Er sprang auf, der Stuhl schlug hin. Waffen trug er nicht – wozu auch im eigenen Haus? –, dachte nicht darüber nach, sondern rannte in die Küche. Selind stand in einer Ecke, die Hände geballt. Ihr gegenüber kein Sklave, sondern – ein Fremder.

Radbod griff ihn an.

Er packte den Mann, der deutlich jünger war als er, am Hals. Um sich zu befreien, schlug ihm der andere die Hände weg und senkte wie ein Stier den Kopf. Auch Radbod ging in Kampfeshaltung und nahm sich den anderen wieder vor.

Beide Männer rangen miteinander, die Hände jeweils am Kittel des anderen. Einen Vorteil konnte sich keiner von beiden verschaffen. Klar war nur, dass es ein ernster Kampf war, einer, wo Knochen brechen und Blut fließen würde. Andere Leute waren inzwischen dazugekommen, aus dem Augenwinkel sah er Tade, der sich vor Selind gestellt hatte, auch Alfbad und Onno und zwei Diener. Aber keiner von ihnen machte Anstalten, sich einzumischen.

Sein Gegner war stark und nicht ungeschickt. Innerhalb kurzer Zeit ließ er Radbod mehrfach gegen sein angewinkeltes Knie laufen, was durchaus schmerzhaft war. Ein weiteres Mal den Hals des Fremden zu packen, war nicht möglich, dazu wand er sich zu schnell, auch waren seine Arme zu lang. Er hielt Radbod auf Abstand.

Die Küche, so großzügig der Raum war, mit Arbeitsplätzen für Sklaven und Köche, war zu eng für zwei Kämpfende. Sie stießen gegen Platten und Schränke. Tonschüsseln gingen zu Bruch, und jedes Mal schrie Selind auf.

Er begriff nicht, warum keiner der Umstehenden eingriff.

Dann versuchte er, seinen Gegner zu rammen. Lief, den Kopf in halber Höhe, mit voller Wucht auf ihn zu. Der Angriff stieß den Fremden weit zurück, bis gegen eine Wand, aber dort packte der Gegner Radbod, presste ihn nach unten und schlang ihm den Unterarm um den Hals. Aber er zog nicht zu, als wollte er ihn auf einmal verschonen.

Radbod erkannte seinen Vorteil, griff sich das Bein des anderen und riss es in die Höhe. Sein Gegner verlor das Gleichgewicht, klammerte sich aber an Radbods Kittel fest. Gleichzeitig – und ineinander verkeilt – stürzten sie zu Boden, wo sie im Griff des anderen blieben, aus dem sich keiner von beiden befreien konnte.

»Wer bist du? Was willst du hier?«, fragte Radbod. Er atmete schwer. Seine Stimme klang gepresst.

Auch sein Gegner keuchte, denn Radbod drückte ihm auf die Kehle. »Poppo … Ich bin … Poppo. Hrodbad.«

Augenblicklich ließ Radbod den anderen los.

Es war Ewigkeiten her, seit er den Jungen gesehen hatte, damals, in der Zeit nach der großen Flut. Er hätte ihn nicht wiedererkannt. Erst jetzt besah er ihn sich. Poppo war, bei aller Kraft und Zähigkeit, die er besaß, lang und dünn, mit mageren Armen und Beinen und einem schmalen, dabei ausgeprägtem und irgendwie hartem Gesicht. Selbst sein Haar war lang und dünn, blond, wie es sich für einen Friesenjungen gehörte, aber ohne jede Kraft, es hing herab, als wäre es aus Fäden. Der Junge hatte etwas von einem nackten Vogel, von einem Tierchen, das aus dem Nest gefallen war. Radbods erster Gedanke nach der Aufregung des Kampfes, während er noch am Boden saß und Atem schöpfte, war, ihn mit einem Becher warmer Milch und einem Haferbrei zu päppeln.

Der Herzog kam auf die Füße. Auch Poppo stand auf. Instinktiv zog er sich in eine Ecke zurück, wo er sich verteidigen konnte.

»Du bist stark, Poppo. Man sieht's dir nicht an, aber du bist stark.«

»Ich habe mein ganzes Leben lang gekämpft.«

»Wer ist das?«, hörte er Selinds Stimme. »Wer bist du und wer sind deine Mutter und dein Vater?«

Sie wusste nichts. Von Rixa nicht, von dem Jungen auch nicht. Und dass er beide nach der Flut gesehen hatte, hatte er ihr nicht erzählt.

»Meine Mutter heißt Rixa. Sie lebt in einem Dorf im Ostergouw. Und mein Vater ist …« Er schlug den Blick nieder. »… der Herzog.«

»Dieser Junge ist mein Sohn«, bestätigte Radbod.

»Was? Was sagst du?«

»Ich möchte, dass er ein Morgenessen bekommt. Und warme Milch.«

Er führte Poppo an Selind, Alfbad und Onno vorbei in den Essraum, wo er vor dem Kampf gewesen war. Tade nickte er zu, sie zu begleiten. Auch Finn gesellte sich zu ihnen. Sie alle setzten sich an den Tisch, Poppo vorsichtig und ein wenig abseits. Noch bevor sie die ersten Sätze, die die Fremdheit überwinden helfen sollten, gewechselt hatten, kam Selind dazu, von Alfbad und Onno gefolgt. Die Schüssel für Poppo und den Becher trug sie selbst und stellte ihm beides hin. Dann setzte auch sie sich, und Radbod war es recht. Es wurde Zeit, dass sie alles erfuhr. Er erzählte ihr in knappen Worten von Rixa und dem Jungen. Ihr Platz war weit von Poppo entfernt. Die Arme hatte sie vor der Brust verschränkt. Vom ersten Moment an, noch während sie Radbod zuhörte, machte sie deutlich, dass sie diesen fremden Menschen nicht im Herrenhaus wollte.

»Und weshalb kommst du nun hierher?«, fragte Radbod.

»Ich werde verfolgt.«

»Von wem? Und weshalb?«

»Von wild gewordenen Bauern, die mir etwas vorwerfen, das ich nicht getan habe.«

»Was ist das?«

Poppo gab keine Antwort.

»Und sie sind hinter dir her?«

»Ja. Ich brauche … Hilfe.« Er stand auf, das schmächtige, aber zähe Vögelchen, und stützte die Fäuste auf die Tischplatte. Dabei sah er Radbod in die Augen. »Hilf mir, Vater.«

Aus Selinds Mund kam ein seltsames Geräusch, wie ein unterdrücktes Lachen. Alfbad hatte wie sie die Arme vor der Brust verschränkt. Onno saß bei ihnen. Was er empfand, ließ sich an seinem Sommersprossengesicht nicht ablesen. Er schien neugierig zu sein, so wie er den Fremden betrachtete.

Poppo wirkte ausgehungert, trotzdem nahm er nur langsam vom Brei und trank die Milch vorsichtig, als wäre er misstrauisch. Entsprechend lange dauerte es, bis er aufgegessen hatte. Alle konnten sehen, dass er noch hungrig war, an der Art, wie er sich umschaute. Es wäre an Selind gewesen, ihm eine zweite Portion anzubieten. Das tat sie nicht. Sie blieb sitzen.

»Ich will nun wissen, was die Ostergouwer dir vorwerfen.«

»Es geht um ein Mädchen.« Poppo sprach nicht weiter.

»Und was ist mit dem Mädchen? Mensch, so rede doch.«

Poppo senkte den Kopf. »Ich soll sie getötet haben.« Er blickte auf, während er sich Milchreste vom Mund wischte. Sein nächster Satz war ein Schrei, mit einer Stimme, die brach: »Aber das ist nicht wahr.«

»Weiß Hayo von der Sache? Der Ostergouwer Fürst?«, fragte Radbod.

»Das kann ich nicht sagen.«

»Du musst endlich die ganze Geschichte erzählen.«

Alle saßen unverändert am Tisch, doch Poppo und Radbod waren die Einzigen, die sprachen. Der Junge erzählte stockend. Er schien an sich halten zu müssen, damit seine Anspannung nicht aus ihm herausbrach, in ihm war eine Mischung aus Trauer und Gewalt, und gleichzeitig wirkte er schüchtern an dem fremden Tisch.

In der Nachbarschaft, sagte er, hatte er ein Mädchen, Froma. Ihre Eltern waren Bauern mit einem großen Hof und fruchtbaren Böden. Sobald sie davon erfahren hatten, verboten sie der Tochter den Umgang mit dem Jungen aus ärmlichen Verhältnissen, von dem nicht einmal gewiss war, von welchem Vater er abstammte.

Aber Froma und Poppo trafen sich weiter, heimlich. Er begleitete sie, wenn sie auf ein entferntes Feld sollte oder der Großmutter etwas zu bringen hatte, wartete abends auf sie, manchmal die ganze Nacht. Es gab Tage, da konnte sie nicht zu einer Verabredung kommen, weil ihre Eltern sie nicht aus den Augen ließen. Aus ihrer Familie wusste allein ihr kleiner Bruder, Helger, dass sie sich gegen das elterliche Verbot mit Poppo traf.

»Und ihr habt inzwischen Pläne geschmiedet, wegzulaufen …«, sagte Radbod.

»Woher weißt du das?«

»… ein Boot zu besorgen und auf die britannische Insel zu segeln?«

Poppo stand der Mund offen. Immer noch klebte ihm trockene Milch an der Oberlippe, wie ein Bart, der ihm in Wahrheit nicht wuchs.

»Weil dort viele Friesen gesiedelt haben.«

»Stimmt«, sagte der Junge. »Aber wieso …? Ich verstehe das nicht. «

»Wusste deine Mutter von dem Mädchen?«

»Ich habe keine Geheimnisse vor ihr.«

»Und Froma gefiel ihr?«

Poppo nickte.

»Das ist schön für dich. Erzähle weiter.«

An einem Feldweg, außer Sichtweite vom elterlichen Hof, hatte er Abschied von ihr genommen, wie sie es zuvor Hunderte Male getan hatten. Am nächsten Tag kam sie nicht, obgleich es verabredet war. Er dachte, sie könne ihr Elternhaus nicht verlassen, aber auch am übernächsten Tag war sie nicht zu sehen und schickte auch ihren kleinen Bruder nicht, den sie oft als Boten einsetzte.

An jenem Abend stand eine Abordnung Bauern vor der

Tür ihres Hauses. Aicke war hinausgefahren, seine Mutter öffnete. Sie waren grob zu ihr und verlangten nach Poppo. Als er erschien, stürzten sie sich auf ihn, und obwohl er sich zu wehren versuchte, schlangen sie ihm einen Strick um den Hals, als wäre er eine Ziege, und zogen ihn mit sich.

Sie brachten ihn zu Fromas Leiche.

Ihm wurde, erzählte der Junge, schwindelig. Er glaubte an einen bösen Traum, an einen Streich, aber als er sie berührte und ihre kalte Haut fühlte, begriff er, dass Froma tot war. Ihr Gesicht war bleich, die Augen geschlossen, das Haar nass, genauso wie ihre Kleidung. Man hatte die Tote in einem Bach gefunden. Und die Eltern beschuldigten Poppo, sie getötet zu haben.

Helger, ihr Bruder, war verschwunden.

Die Bäuerin, Fromas Mutter, schlug Poppo mit den Fäusten auf die Brust, der Vater hielt ihm ein Messer an den Hals. Er solle sagen, wo der Junge sei. Aber er wusste es nicht.

Sie sperrten ihn in einen dunkeln Schuppen.

»Und das«, sagte Radbod, während er sich mit der flachen Hand über die Augen rieb, »hast du nicht ausgehalten. Weil es furchtbar ist, eingesperrt zu sein.«

»Woher weißt du auch das?«, fragte Poppo wieder. »Du bist doch nicht dabei gewesen.«

»Sprich weiter.«

In der Nacht sei er durch ein Loch, das er sich ins Strohdach gebohrt habe, geflohen. Zwar hätten Nachbarn der Bauersleute den Schuppen bewacht, doch seien sie irgendwann eingeschlafen, und diesen Moment habe er genutzt, um vom Dach zu springen und wegzulaufen. Erst habe er nicht gewusst, wohin er sollte, und sich im Wald versteckt. Dann sei ihm das Herrenhaus eingefallen. Lange

Zeit seien ihm die Verfolger auf den Fersen gewesen. Er hoffe, sie abgehängt zu haben.

Eine Pause entstand. In sie hinein fragte Selind: »Warum sollten wir dir glauben?«

Poppo blickte sie an. Seine Kleidung, zerrissen und erdig, wie sie war, bestätigte, dass er sich im Wald durchgeschlagen hatte. Ob er an Fromas Tod schuld war oder nicht, das verriet sie zwar nicht, aber Radbod hatte keinerlei Zweifel an seiner Darstellung. Er glaubte ihm. Vom ersten Moment an hatte er dem Jungen vertraut, und deshalb wunderte er sich über Selinds Frage.

»Du kletterst durchs Fenster und stehst plötzlich in der Küche …«

»Weil sie hinter mir her sind!«

»Ist das ein Grund, in ein fremdes Haus einzudringen?«

Radbod war kurz davor, ihr den Mund zu verbieten. Sie hielt weiterhin, genauso wie Alfbad, die Arme vor der Brust verschränkt. Alles an ihr, Haltung, Stimme, Tonfall, war Ablehung. In diesem Augenblick war sie ihm so fremd, als sähe er sie zum ersten Mal.

Seine Gedanken wurden unterbrochen von einem Sklaven, der meldete, es stünden Männer vor der Tür und wünschten den Herzog zu sprechen. Es handelte sich um eine Abordnung der Bauern aus dem Ostergouw, fünf Mann. Radbod bat sie herein, aber sie lehnten ab. Sie wollten nur wissen, ob ein flüchtiger Junge im Herrenhaus sei.

»Nein«, sagte Radbod.

Selind stand hinter ihm, und er rechnete damit, dass sie den Fremden eine andere Antwort gab. Aber sie blieb stumm.

»Seltsam«, meinte einer der Bauern. »Seine Spur führt hierher.«

»Spuren gibt es viele. Ihr werdet euch geirrt haben.«

Als sie gegangen waren, wollte er zurück in den Essraum, zu Poppo und den anderen, aber Selind hielt ihn zurück.

»Du hast sie angelogen?«

»Na und?«

»Radbod – sie werden sich an ihren Fürsten wenden und ihn um Hilfe bitten, so sicher, wie sie mit der Spur waren.«

»Soll ich jetzt etwa Angst vor Hayo haben?«

Er wollte gehen, aber sie war noch nicht fertig und hielt ihn immer noch am Arm.

»Ist das sicher, dass dieser … dieser Mensch dein Sohn ist?«

»Ja.«

»Wie kannst du dir so sicher sein?«

»Ich verstehe nicht, was du meinst.«

»Genau das, was ich sage. Du wirst nicht der einzige Mann dieser Frau gewesen sein. Wie kannst du dir so sicher sein?«

So nah, wie sie bei ihm stand, so weit entfernt schien sie ihm. Die wässrigen Augen, die ihn anblickten, das rötliche Haar, dessen Strähnen sie hinters Ohr klemmte, die blasse, durchsichtige Haut – all das gehörte zu einem Menschen, den er nicht zu kennen glaubte. Er wusste nur, dass diese Frau Poppo nicht akzeptieren würde, niemals.

Er schüttelte den Kopf und ging davon.

Später am Abend, als es bereits dunkel und ruhig im Haus war, sprach er mit Tade. Eine einzige Kerze brannte auf dem Tisch. Vom Gesicht seines Gegenübers sah er nur die Konturen.

»Was denkst du?«

»Dass du dir einige Fragen stellen solltest«, erwiderte Tade.

»Und welche?«

»Was geschehen kann, wenn Hayo sich einmischt.«

»Ich drücke ihn an die Wand wie einen Wurm, das habe ich ihm im Herbst schon ausgemalt. Kein Dyk für den Ostergouw, und seine Leute dürfen ihren Fuß nicht nach Dorestad setzen.«

»Ist er nicht in einer stärkeren Position, wenn Forsete und das Recht auf seiner Seite sind?«

»Warum sollten sie das sein?«, fragte Radbod zurück.

»Weil du einen Flüchtigen aus ihrem Gebiet versteckst.«

»Den sie töten wollen.«

Tade hielt seinen Finger an die Kerze und ließ heißes Wachs auf sie tropfen.

»Eine andere Frage«, fuhr er fort, »heißt: Was kannst du verlieren und was gewinnen, wenn du den eingeschlagenen Weg fortsetzt?«

Das heiße Wachs hatte sich eine Bahn gebildet. Es lief nicht mehr auf Tades Finger – den hatte er zurückgezogen –, sondern tropfte auf die Tischplatte, wo es hart wurde und Flecken bildete neben anderen Flecken. Die Sklaven hatten sie abzukratzen, doch blieben immer Reste, überall auf dem Tisch.

»Diese Frage kann ich mir nicht stellen«, sagte Radbod und stand auf. »Er ist mein Sohn.«

Hayo erschien am nächsten Tag. Wie im vergangenen Herbst hatte er sich fein gemacht, trug sein Schwert am Gürtel und den Umhang mit der Silberspange. Er hatte sich auch wieder von Edlen aus dem Ostergouw begleiten lassen.

In Radbods Augen aber blieb er das Eulengesicht aus Dokkhum.

Er bat sie herein und ließ Bier bringen.

»Was führt dich zu mir, Hayo?«

»Ich glaube, das weißt du. Es geht um einen jungen Mann namens Poppo, der beschuldigt wird, bei uns im Ostergouw ein Mädchen getötet zu haben.«

»Warum sollte er das getan haben?«

»Die Eltern hatten ihm den Umgang mit ihrer Tochter verboten. Er hätte niemals den Brautpreis aufbringen können, den sie für ihre Tochter verlangt haben. Da hat er sie, bevor ein anderer sie bekam, getötet und in einen Bach geworfen.«

»So?«, fragte Radbod und zog das O in die Länge. »Und wer kann das bezeugen?«

»Bisher niemand. Die Leute haben sich auch noch nicht auf die Suche nach einem Zeugen gemacht. Zuerst wollen sie den Flüchtigen einfangen. Deshalb bin ich gekommen – um dir eine Frage zu stellen. Ist er hier bei dir?«

Radbod lehnte sich gegen den Stuhlrücken. Er legte seine Hände aneinander und stützte das Kinn auf die Fingerspitzen. Lange musterte er sein Gegenüber. Von allen Menschen in Friesland musste er ausgerechnet diesen zum Nachbarn haben. Wie oft hatte Hayo ihn schon im Stich gelassen, beim Dyk genauso wie damals, als es gegen die Franken ging? Und sollte er diesmal tatsächlich mitziehen, wäre der Preis hoch, ein ewiges Gemäkel, eine andauernde Besserwisserei. Was wäre schlimm daran, wenn der Ostergouwer nicht mit nach Dorestad ritte? Dieser Mann konnte sicher nicht kämpfen, und seine Leute würde er, weil ihm irgendetwas nicht passte, zurückziehen, ehe der Schildwall stand.

»Nein«, antwortete Radbod, »er ist nicht hier. Aber ich werde mich der Sache annehmen.«

»Für einen Todesfall im Ostergouw bin ich zuständig«, entgegnete Hayo.

»Du willst deinem Herzog widersprechen?«

»Ich sage, was Recht ist.«

»Recht in Friesland ist das, was der Herzog anordnet.«

»Das gilt nur für Kriegszeiten.«

»Und die haben wir. Der Feind steht in unserem Land. Wir bereiten uns auf einen Feldzug vor.«

Keiner der Ostergouwer rührte sein Bier an, als vermuteten sie Gift darin. Sie blieben auch nicht lange. Er ließ sie von einem Sklaven zur Tür begleiten.

Kurz darauf hörte er vom Essraum Alfbads Stimme, nicht allzu laut, aber durchdringend und böse. »Verschwinde. Wir essen nicht mit dir.«

Poppo kam ihm entgegen. Radbod fragte ihn, was geschehen sei, bekam aber keine Antwort. Im Essraum blickten ihn Alfbad und Onno an, sie wussten, dass ihr Vater sie gehört hatte. Zu schämen schienen sie sich nicht. Alfbad stocherte in seinem Essen herum und legte Onno dar, was ihm schmeckte und was nicht. Onno spielte mit. Dass Radbod sich an den Tisch setzte und ihnen zusah, scherte sie nicht.

Er rief Poppo und Tade in die Küche, wo er sich Mehl geben ließ, das er auf einen Tisch schüttete und glatt strich. Dann versuchte er, die Küstenlinie hineinzumalen und stach einen Punkt aus.

»Ihr wohnt ungefähr dort. Nun zeige mir, wo das Haus der Bauersleute steht, der Eltern von Froma.«

Poppo machte einen anderen Punkt.

»Im Westen also?«

Der Junge nickte.

»Und wo ist der Bach, wo sie das Mädchen gefunden haben?«

Vorsichtig zog Poppo einen dünnen Strich.

»Morgen früh reite ich dorthin. Du bleibst so lange hier. Im Haus, verstehst du?«

»Ich komme lieber mit.«

»Ausgeschlossen. Sie würden dich wieder festsetzen, und ich könnte dir nicht helfen.« Er wandte sich an Tade. »Was ist mit dir? Kann ich auf dich zählen?«

»Sicher«, sagte der Alte.

Selind ließ sich nicht sehen, deshalb suchte er sie in ihrem Zimmer auf und erzählte ihr von seinem Vorhaben. Sie wandte sich ihm zu. Ihr Gesicht wurde rot vor Ärger. Sie brüllte nicht, sondern sprach leise, aber mit scharfer Stimme.

»Ich bleibe nicht hier mit drei Kindern und einem Fremden, der ein Mädchen getötet haben soll.«

»Er hat kein Mädchen getötet.«

»Das behauptet er. Und von mir aus du.«

»Finn wird hierbleiben und auf euch aufpassen.«

»Ich will nicht Finn, ich will dich. Du bist mein Mann. Du hast meinem Vater geschworen, mich zu beschützen.«

»Bis zu dieser Stunde habe ich meinen Schwur noch nicht gebrochen.«

Er ging in den Stall, sattelte Baja und machte sich in Tades Begleitung auf den Weg. Radbod war froh, dass Tade, wenigstens Tade, auf seiner Seite stand, doch je weiter sie kamen, desto mehr fragte er sich, ob das wirklich so war. Oder hatte allein seine Treue Tade bewogen, ihn zu begleiten, wider besseres Wissen, und er kam nur deshalb mit, weil er immer mitgekommen war, von Anfang an, und weil Radbod sein Herzog war? Als sie ihr Lager aufschlugen, an einem Waldrand, ein kleines Feuer anzündeten und von ihren Vorräten aßen und tranken, fragte er ihn.

Über ihnen standen ein halber Mond und ein paar Sterne. Es war frisch. Das Feuer wärmte nur, wenn man dicht heranrückte.

»Ist es so wichtig, was ich denke?«

»Sonst würde ich nicht fragen.«

»Für das Schicksal«, sagte Tade, »sind die Nornen zuständig.«

»So heißt es. Und?«

»Warum taucht dein Sohn jetzt auf, ausgerechnet jetzt, wo wir uns daranmachen, allesamt gegen die Franken zu ziehen? Warum? Was denken sich die Nornen?«

»Sag du es mir.«

»Das kann ich nicht, ich weiß es nicht. Wollen sie dich prüfen, vielleicht deine Entschiedenheit, den Feind zurückzudrängen? Oder wollen sie erfahren, welche Bedeutung du den unterschiedlichen Dingen gibst? Oder sind sie am Ende gänzlich gegen unser Vorhaben? Alles ist möglich. Auch, dass es nicht so kommt, wie wir heute fürchten, und in ein paar Tagen sind wir auf dem Weg nach Dorestad und lachen über unsere Sorgen.«

»Was glaubst du?«

»Ich glaube, dass wir einfach blind sind. Wir halten uns für Sehende, sogar für Wissende. Aber die Wahrheit ist, dass unsere Augen verbunden sind.«

Beide hatten sie sich eingeprägt, wo die Eltern der toten Froma lebten. Als sie dort eintrafen, fanden sie niemanden vor der Tür, nicht einmal einen Knecht. Das Haus wirkte abweisend. Ein Tor im Holzzaun war geschlossen.

Radbod öffnete es und klopfte an die Tür. Als ein alter Mann erschien und ihn ansah, stellte er sich vor. Er wurde nicht mit Worten hereingebeten, der Alte gab den Weg einfach frei. Radbod und Tade folgten ihm in das Halbdunkel des Raumes. Ein Feuerchen brannte, und ein winziges Fenster, das mit Brettern verschlossen werden konnte, stand offen. Mehr Licht gab es nicht.

Der Mann, der ihnen geöffnet hatte, war der Vater, nicht etwa der Großvater von Froma. Die Trauer hatte ihn gebeugt. Seine Frau hockte auf einem Stuhl. Dass der Herzog selbst sich um die Angelegenheit kümmerte, schien sie nicht zu verwundern.

»Ein junger Mann wird gesucht«, sagte Radbod.

»Der Feigling ist geflohen«, erwiderte der Alte.

»Was lässt euch glauben, dass er eure Tochter getötet hat?«

»Wer sollte das sonst getan haben?«

»Sie war schön, Herzog«, sagte sie Mutter. »Warum würde jemand ein solches Leben …«

»Ihr kennt keinen, der etwas gesehen hat?«

»Nein«, musste der Mann einräumen. Dann sagte er: »Aber wir finden jemanden.«

»Wo ist euer Junge?«, fragte Tade.

»Verschwunden, seit dem Tag. Das ist es, was unser Unglück vollständig macht. Zwei Kinder, und beide …«

»Sag das nicht«, rief die Frau. Es klang wie ein Flehen.

»Ihr habt keine Vorstellung, wo er sein könnte?«

»Im Moor ertrunken«, sagte der Bauer.

»Warum sollte er dort ertrinken?«, fragte Tade.

»Weil das Moor gefährlich ist.«

»Aber er kennt es. Er lebt in seiner Nähe.«

»Viele, die es kennen, sterben darin.«

Als sie die Bauernsiedlung verließen, führten sie ihre Pferde am Zügel. Von den Nachbarn wurden sie beobachtet – angestarrt, auch wenn kaum einer seine Neugier offen zeigte, die Leute blieben hinter Türen und Hauswänden verborgen. Trotzdem waren die Blicke zu spüren.

»Die Möglichkeit, die wir haben, ist der Junge. Wir sollten versuchen, ihn zu finden«, sagte Tade.

»Du glaubst, dass er noch lebt?«

»Zumindest ist er nicht im Moor ertrunken.«

»Nein. Nicht an dem Tag, an dem seine Schwester erwürgt wurde. Das wäre allzu seltsam.«

»Entweder«, sagte Tade, »wurde er auch getötet, weil er etwas gesehen hat. Aber dann frage ich mich, warum wurde die eine Leiche gefunden und die andere nicht. Er könnte auch geflohen sein und sich verbergen, weil er etwas weiß.«

»Warum kommt er dann nicht nach Hause?«, fragte Radbod.

»Weil er Angst hat. Weil er verschreckt ist.«

»Einverstanden«, sagte Radbod. »Morgen früh fangen wir an.«

»Und heute?«

»Ich muss einen Besuch machen, den ich seit vielen Jahren schon hätte machen müssen. Seit der großen Flut. Es wird Zeit.«

Tade sah ihn lange an. Er verbot sich jede Reaktion, wahrscheinlich dachte er sich seinen Teil. »Dann werde ich bei einem Bauern unterkommen. Aber nicht in diesem Weiler hier, der ist mir zu ungastlich.«

»Auf Morgen«, sagte Radbod und saß auf.

Er dachte kaum darüber nach, ob Rixas Mann zu Hause sein, ob er sie in Schwierigkeiten bringen würde. Wie früher zog es ihn mit einer Macht zu ihr, die stärker war als er, auch stärker als jeder Gedanke. Nur hatte er jetzt einen anderen Grund als damals. Er wollte endlich etwas loswerden.

Sie hob den Kopf wie eine Hirschkuh, die etwas gewittert hatte, da war er noch weit weg. Baja ging Schritt. Langsam näherte er sich, ohne sie aus den Augen zu lassen. Sie trug ein Kopftuch und einen Kittel, nicht anders als früher auch. Keine Kette, überhaupt keinen Schmuck. Insgesamt fand er sie wenig verändert, den Ausdruck so ernst, wie er es kannte, die Haltung so aufrecht.

Noch vor der Tür, nach dem ersten Gruß, sagte er, was er sich zu sagen vorgenommen hatte: »Mein Vater hat mich damals in ein Verließ gesperrt, für viele, viele Tage, und als ich endlich fortlaufen konnte, warst du verschwunden. Deine Nachbarn erzählten, Aicke sei mit euch gegangen. Dann stand ich vor der Wahl, die Tochter des Groningers zu heiraten und auf diese Weise seine Unterstützung zu gewinnen oder darauf zu verzichten, Herzog zu werden.«

»Deine Geschichte ist vielen Menschen bekannt, auch mir«, entgegnete sie. »Meine ist so, dass ich Aicke von Anfang an die Wahrheit gesagt habe. Dass das Kind von dir ist und dass ich dich … Ach, das ist lange her. Er und ich, wir sind Freunde.«

Danach berichtete Radbod ihr, dass sich Poppo bei ihm am Herrenhaus versteckt hielt. Sie redeten über ihren gemeinsamen Sohn und über Froma, das tote Mädchen, von der Radbod zum ersten Mal eine Vorstellung bekam. Rixa sagte, alle jungen Männer hätten ihr nachgesehen, weil sie das schönste Mädchen der ganzen Gegend gewesen sei.

»Und sie hat sich für Poppo entschieden? Warum?«

»Warum? Weil er dein Sohn ist.«

»Das wusste sie?«

»Nein.«

»Dann wohl eher, weil er dein Sohn ist.«

»Radbod, ich flehe dich an, du musst ihm helfen. Die Bauern wollen ihm den Kopf abschlagen. Aber er hat sie nicht getötet. Glaub mir das.«

Er zweifelte nicht an ihren Worten. Trotzdem fragte er: »Woher weißt du das?«

»Ich kenne ihn seit seinem ersten Tag. Er ist ein treuer Mensch, ohne böse Gedanken. Außerdem habe ich ihn mit ihr gesehen, mit Froma. Lieber hätte er sich selbst ins Wasser gestürzt als sie.«

Er verzichtete darauf, ihr zu erzählen, dass Poppo in einem entscheidenden Moment des Landes aufgetaucht war und mancherlei Befürchtungen ausgelöst hatte. Was sollte sie mit solchen Worten anfangen?

Stattdessen fragte er: »Warum hat der Junge zwei Namen?«

»Als er auf die Welt kam, entschied mein Vater, dass er nach seinem Bruder heißen sollte. Es war sonst niemand da, der mitreden konnte. Aicke war auf See, und du, du warst weit weg. Die Geburt hat lange gedauert, zwei Tage und zwei Nächte, und am Ende war ich so erschöpft, dass ich mich nicht verständlich machen konnte. Aber später habe ich gesagt, dass er Hrodbad heißen soll.« Sie lachte auf. »Der Name Poppo hat sich durchgesetzt. Ist eben kürzer.«

Dann erstarb ihre Unterhaltung. Im gleichen Moment entstand eine Spannung zwischen ihnen, wie sie in den ersten Momenten nicht da gewesen war. Beide wichen sie dem Blick des anderen aus und schauten zu Boden. Befangenheit lag in der Luft.

Er griff nach ihrer Hand. Das einzige Wort, das er herausbrachte, war: »Rixa.«

Sie erwiderte seinen Druck nicht, zog ihre Hand aber auch nicht weg. Er legte die andere dazu, sodass er ihre eingeschlossen hielt. Ihre Haut zu berühren, löste in ihm Erinnerungen aus, er war zurück auf der Wharf, ein junger Mann, verliebt.

»Rixa«, sagte er wieder.

»Als du damals, während der Sturmflut, plötzlich vor mir standest, dachte ich, ich falle um. Wirklich, vor meinen Augen hat sich das Land gedreht und ich sah mich ins Wasser platschen und konnte mich kaum halten. Auch jetzt wieder – erst glaubte ich, es käme ein Geist auf mich zu, bis ich mir klarmachte, dass du es bist. Es ist seltsam, wie tief das geht – und wie unmöglich es zugleich ist.«

»Nein. Sag das nicht.«

Sie verzog den Mund, und es entstand eine Mischung aus Lächeln und Bitterkeit. Nach einer Weile fuhr sie fort: »Wie früher willst du nicht wahrhaben, wie die Dinge liegen, Radbod. Herzog Radbod. Erinnerst du dich, als ich dir damals sagte, dein Vater würde mich niemals dulden? Genau so war es, und als du nicht hören wolltest, hat er dich eingesperrt.«

»Und heute?«

»Heute sind wir beide verheiratet.« Sie verzog den Mund. »Nur nicht miteinander.«

Sein Kopf wurde schwer, er stützte ihn auf die Hand. Wozu war es noch nötig, ihn aufrecht zu halten? Er legte ihn auf dem Tisch ab und schloss die Augen. In diesem Moment war ihm alles egal.

Sie strich ihm über Wangen und Ohr. »Ach Radbod«, sagte sie und kurz darauf noch einmal: »Ach Radbod. Freya war nicht auf unserer Seite.«

»Wir werden sie um Hilfe bitten. Es ist nicht zu spät.«

»Die Schicksalsgöttinnen waren auch nicht auf unserer Seite.«

Den Kopf immer noch auf dem Tisch, dachte er an Tades Sätze über die Nornen – schon morgen konnte alles anders sein und er Rixa bekommen und sie ihn. Langsam kam er hoch und zog sie zu sich heran, bis sie auf seinen Oberschenkeln saß. Dann drückte er sein Gesicht an ihren Hals. Auch ihr Geruch war wie früher, wie saure Milch, und er erinnerte ihn an die Nächte auf der Wharf.

Er versuchte, sie zu küssen.

Das ließ sie nicht zu.

»Es wird bald dunkel, dann kommt Aicke nach Hause. Du musst gehen, Radbod.«

»Unmöglich. Meine Beine verweigern mir den Dienst.«

»Wie immer«, sagte sie, »wie damals. Du tust nur, was du für richtig hältst. Etwas anderes hörst du gar nicht.«

Sie stand auf, dabei ließ sie seine Hand nicht los.

»Wir wollen Aicke keinen Schmerz zufügen. Er hat immer zu mir gehalten. Zu unserem Sohn. Er verdient nicht, dass man ihn schlecht behandelt.«

»Dich verdient er auch nicht.«

Sie machte ein paar Schritte in den dunklen Raum hinein, während er sitzen blieb und auf sich wirken ließ, wie ihre Konturen blasser wurden.

»Radbod, bitte hilf Poppo. Du bist der Einzige, der das kann. Lass ihn nicht im Stich, auch wenn du …« Er hörte, wie sie schluckte. »Auch wenn du seine Mutter nicht mehr haben kannst.«

Er ging ihr nach. Als er vor ihr stand, nahm er ihre Hände. »Er ist mein Sohn, obwohl er ohne mich herangewachsen ist und ich ihn kaum kenne. Im ersten Moment in unserem Haus habe ich ihn für einen Räuber gehalten und ihn angegriffen. Wir haben gekämpft, ich wusste nicht, wer er war, trotzdem hatte ich das Gefühl, mit einem Teil von mir zu ringen. Er ist zäh, dein Poppo, selbst wenn man ihm das nicht ansieht.«

»Ja, das ist er. Die Jungen aus der Nachbarschaft haben immer Respekt vor ihm gehabt. Bitte vergiss nicht, dass er dieses Mädchen nicht getötet hat. Er hat sie geliebt, sehr sogar.«

»In frühen Jahren das Herz verloren – auch darin scheint er seinem Vater zu gleichen.«

Er wollte Abschied nehmen und umarmte sie, aber dann fühlte er ihren Körper unter dem Kittel, strich ihr über Hüfte und Rücken, auch über den Po, roch an ihrem Hals und sog ihren säuerlichen Geruch ein. Auch sie hatte die Arme um ihn geschlungen. Ihr Atem ging schneller, sie zog ihren Griff um seinen Hals enger, als wollte sie sich an ihn klammern und sich von ihm forttragen lassen. Ihre Augen hatte sie geschlossen, und dann vergaß sie sich und biss ihm ins Ohrläppchen, ohne Zähne, genau so wie früher. Wo bisher nur einzelne Erinnungen gewesen waren, überkam ihn nun eine Flut, eine echte friesische Sturmflut, sie trug ihn fort, auf die Wharf, in ihr Bett, an ihren Körper. Alles andere verschwand aus seinem Kopf. Er drückte sich an sie.

Aber sie machte sich frei.

»Du musst wirklich gehen, es ist höchste Zeit. Wo bleibst du in dieser Nacht?«

Wie im Traum antwortete er: »Egal wo, du wirst nicht weit weg sein.«

Sie gab ihm einen Kuss auf die Wange. Wieder verzog sie den Mund, und er glaubte, Tapferkeit in ihrer Miene zu erkennen. Sie war bereit, sich den Verhältnissen zu fügen.

Ohne sich noch einmal umzuwenden, ging er hinaus. Baja stand vor dem Haus. Er nahm die Zügel und zog seine Stute hinter sich her. Erst als er die Siedlung hinter sich gelassen hatte, stieg er auf.

Es war frisch, aber noch nicht dunkel, ein Frühlingsabend. Eine gräulich-blaue Dämmerung lag über dem Land. Der Wind war mäßig, das Licht fahl. Baja ging Schritt, Radbod hatte kein Ziel und keine Eile, das Einzige, was er wusste, war, dass er in dieser Nacht alleine bleiben und nicht nach Tade suchen wollte. Er hielt auf die Küste zu.

Auf halbem Weg kamen ihm drei Fischer entgegen, ihren Fang und ein Netz über den Schultern. Aicke war einer von ihnen. Seine Freunde grüßten den fremden Reiter, wie es Sitte war. Aicke und er starrten sich an, ohne stehen zu bleiben, der eine von seinem Pferd, der andere zu Fuß. Keiner von ihnen sagte einen Ton, und dann waren sie vorüber.

Erst am Strand hielt Radbod sein Pferd an. Er zündete sich ein Feuer an und aß ein wenig harte Wurst, die er in seiner Satteltasche hatte. Baja stand nicht weit von ihm, er hörte sie Grasbüschel aus dem Boden reißen und kauen. Die Satteldecke, die er sich umlegte, war dünn, es war kalt, obwohl er sich ein windgeschütztes Plätzchen gesucht hatte. Als er sich am Feuer ausstreckte, war Rixa in seinem Kopf, fast so, als läge sie neben ihm, als könnte er ihren Atem hören. Noch stärker als ihr Bild war ihr Geruch, er hatte ihn in der Nase und wünschte sich, ihn nie wieder zu verlieren.

Am nächsten Morgen begannen Tade und er die Suche nach dem Jungen. Ihr Ausgangspunkt war jene Stelle im Bach, an der man die Leiche von Froma gefunden hatte. Hinter ihnen lag ein Moor, das sie mieden, weil es voller Schlick war und man nicht erkennen konnte, wie tief das Wasser darüber war. Dort würde man auch niemanden finden, wer sich dahin geflüchtet hatte, war tatsächlich ertrunken.

Ihre Pferde ließen sie hintereinander gehen. Sie schritten langsam voran und schauten zu beiden Seiten und nach vorne.

Nach dem Vorbild eines Schneckenhauses zogen sie ihre Kreise immer weiter, blieben eng genug an ihrem vorherigen Pfad, um nichts zu übersehen, aber erweiterten die Runde. Der Himmel war wolkig wie am Vortag, das Licht grau, es half nicht beim Sehen und Suchen. Sie folgten dem Feldweg, von dem Poppo gesprochen hatte, schauten an seinen Rändern und an beiden Ufern des Baches.

Radbod musste immerzu an Rixa denken. Er ließ es zu, dass seine Träume ihn forttrugen, hinüber nach Britannien, wo sie zusammenlebten und Land bestellten. Friesland und aller Streit um Dorestad und das Christentum waren weit weg. Wenn seine Aufmerksamkeit für die Suche zu sehr nachließ, unterbrach er sich und schärfte seinen Blick. Doch bald holte ihn der Traum wieder ein.

Sie hatten Wasser und Speise in den Satteltaschen und machten hin und wieder Pause. An Tades Gesicht ließ sich ablesen, dass er, je länger der Ritt dauerte, immer weniger daran glaubte, den Jungen zu finden. Das Land war weit, er konnte überall sein. Vielleicht lebte er nicht mehr, und diesmal hatte es der Mörder schlauer angestellt und ihn im Moor ertränkt.

Radbod wollte diese Gedanken nicht, er beeilte sich, wieder aufzusitzen. Tade machte mit, wie er immer mitgemacht hatte, stieg auf sein Pferd und ließ es hinter Baja hergehen. Nur seine Zuversicht war verloren und kam auch nicht wieder zurück.

Das Land war flach, sodass man weit blicken konnte. Wie ein Meer traf es sich in der Ferne mit dem Himmel. Am Nachmittag riss die Wolkendecke ein wenig auf, denn der Wind blies hinein, der Himmel wurde blau und die Sonne schien. Es gab kaum Bäume auf ihrem Weg, nur kahles Gebüsch, das sich im Wind bewegte.

Die Zeit wurde lang. Radbod spürte, dass Tade alle Lust verlassen hatte, und auch er mochte nicht mehr. Eine Zeit lang zwang er sich noch, erinnerte sich an das Versprechen, das er Rixa gegeben hatte und sagte sich, dass Poppo ohne den Jungen schlecht dastehen würde, selbst wenn es niemanden gab, der ihn und das Mädchen gesehen hatte. Bei einer Gerichtsverhandlung, einem Thing der freien Männer, würde die Trauer der Eltern ihren Anschuldigungen großes Gewicht verleihen. Welcher Richter wollte sich dem entziehen?

Und doch sehnte er den Abend herbei, die Möglichkeit, zu unterbrechen. Er würde eine Entscheidung treffen müssen, ob sie ihre Suche am nächsten Tag fortsetzen wollten. Auch ihn hatte angesichts der Eintönigkeit der Mut verlassen, er glaubte immer weniger daran, den kleinen Helger noch zu finden.

Oder hatten sie einen Fehler in ihrem Denken gemacht? Warum sollte der Junge am Bach sein oder auf dem Feldweg? Die erste Frage musste danach gehen, was ihn veranlasst haben mochte, wegzulaufen und sich zu verstecken. Hatte er wirklich gesehen, wie seine Schwester ums Leben kam? Aber warum ging er dann nicht zu den Eltern oder zu den Bauern ihrer Siedlung und erzählte ihnen das? Weil er ihnen misstraute?

Hatte er einen von ihnen gesehen?

Die zweite Frage war: Was trank der Kleine, wo schlief er, von was ernährte er sich?

Radbod teilte seine Zweifel mit Tade, und der hatte die gleichen Gedanken gehabt. »Wir könnten«, sagte er, »noch einmal zu den Eltern gehen, bevor es Abend wird. Vielleicht ist ihr Sohn wieder aufgetaucht.«

»Sehr groß ist die Möglichkeit nicht.«

»Vor allem ist die Vorstellung nicht schön, die Leute noch einmal zu stören«, entgegnete Tade. Wie zu sich selbst fuhr er halblaut fort: »Alles verloren, die Tochter, den Brautpreis, den Sohn, der den Hof weiterführen sollte. Grausames Schicksal.«

»Deshalb wollen wir denjenigen finden, der dafür verantwortlich ist.«

Tade schwieg. Radbod war sich in diesem Moment sicher, dass er Poppo für den Täter hielt – und deshalb nicht mehr weiterwollte. Er stellte ihn zur Rede.

Der Alte wich seinem Blick aus. Sie saßen auf zwei Findlingen, die ein Feld begrenzten. Die Pferde vor ihnen suchten nach Gras. Aber da gab es nichts. Auch sie waren von dem langen Tag erschöpft, wahrscheinlich sehnten sie sich nach Hafer, Wasser, einem Stall.

»Du gibst keine Antwort?«

»Ich weiß keine. Was man glaubt, spielt in einer Sache wie dieser keine Rolle. Man muss wissen. Wie erreicht man das? Indem man sich berichten lässt von einem, der etwas gesehen hat.«

»Also müssen wir weitersuchen.«

»Ja, das müssen wir. Aber erst morgen. Bald kommt die Dämmerung. Wir brauchen einen Platz für die Nacht.«

Sie kehrten zurück zu dem Bauern, bei dem Tade schon

in der Nacht zuvor geschlafen hatte, und legten sich ins Stroh. Radbod fand lange keine Ruhe. Rixa war immerzu um ihn.

Am Morgen hatten sie immer noch wenig Schwung, redeten kaum miteinander und ließen die Pferde langsam gehen, trotzdem setzten sie ihre Suche fort, auf die gleiche Weise wie am Vortag. Das Gebiet wurde immer größer. Sie achteten auf jeden Stein und Erdhaufen, umrundeten Gebüsche und manche dünne Birke, suchten in der Nähe und in der Ferne. Und machten sich, als sie wieder an ihrem Ausgangspunkt waren, an die nächste Runde.

Wieder wurde es Nachmittag. Sie saßen beieinander, keiner von beiden glaubte noch an den Erfolg ihrer Suche.

Radbod sagte: »Wir werden uns eine andere Hilfe für Poppo einfallen lassen müssen. Wer weiß, wo dieser Junge geblieben ist?«

»Fragen wir doch noch einmal in seinem Elternhaus. Auch wenn es nicht angenehm ist.«

»Einverstanden. Und dann lass uns nach Hause reiten. Mehr können wir nicht tun.«

Er gab Baja Wasser, dann saß er auf. Tade brauchte länger, deshalb ritt er nicht gleich los. Baja schnaubte.

Radbod ließ die Zügel locker und drückte ihr die Schenkel gegen die Flanken. »Geh, Baja«, sagte er.

Aber sie blieb stehen. Aus dem Schnaufen wurde ein leises Wiehern.

Als Tade aufsaß, stieg Radbod wieder ab. »Hier ist etwas.«

Er setzte darauf, dass Baja ihm den Weg wies. Die Stute schnaubte wieder. Irgendetwas hatte sie gewittert. Aber wo?

Sie rührte sich nicht.

»Hier in der Nähe«, sagte er. »Wir müssen noch einmal suchen. Genauer.«

»Was soll hier sein, das wir nicht sehen? Schau doch, wie platt das Land ist. Und dort vorne beginnt das Moor.«

Radbod war schon auf dem Weg – Richtung Moor. Er zog Baja hinter sich her. Das Tier trottete. Es war nicht unruhig, erst recht nicht ängstlich, aber aufmerksam, die Ohren waren gespitzt und die Nüstern angespannt.

Tade kam ihm nach. Der Übergang ins Moor war kaum auszumachen, es begann ohne Ansatz, Schritt für Schritt wurde das Erdreich feuchter und schwerer. Die Stiefel sackten ein. Ein paar einzelne Bäume standen hier, niedrige Gewächse, die der Feuchtigkeit und dem ewigen Wind trotzten.

Zwei von ihnen waren abgeknickt, ein Sturm mochte sie umgeworfen haben, die Stämme lagen auf dem Boden, hingen aber noch an ihren Stümpfen.

Radbod hielt auf sie zu.

Baja war vorsichtiger als er. Ihr widerstrebte der Weg, den sie gehen sollte, sie ließ sich nur mit Gewalt weiterziehen. Gleichzeitig war sie gespannt auf das, was sie erwartete.

»Bleib, Radbod«, rief Tade. »Das ist gefährlich.«

Radbod ging weiter, auf jeden Schritt achtend. Er hörte Gekreische von Vögeln, die in den Ästen über ihm saßen. Es klang wie eine Warnung, wie die von Tade.

Aber er hatte gesehen, dass in der Krone eines der umgestürzten Bäume etwas lag, das da nicht hingehörte. Etwas Buntes.

Es war ein Mensch – ein Junge. Radbod hielt ihn für tot, unbewegt, wie er in dem Baum lag, der ihn schützte. Er kniete neben ihm nieder und erkannte seinen Irrtum, als er fühlte, dass sein Herz schlug, schwach zwar, aber mit

Regelmäßigkeit. Der Junge war ohne Bewusstsein. Radbod sprach ihn an, zog auch vorsichtig an seinem Arm.

Der Junge reagierte nicht.

»Nimm du Baja. Ich trage ihn heraus.«

Vorsichtig kehrten sie zurück, Radbod mit einem kleinen Bündel Mensch im Arm. Der Junge war unglaublich leicht. Sein Gesicht war blass, die Augen geschlossen. Er war nicht ansprechbar. Es sah aus, als schliefe er tief.

Auf festem Boden legte Radbod ihn ab und begann damit, ihm Wasser einzuflößen. Der Junge war kalt. Tade breitete seine Decke über ihn. Zwischendurch schlug er die Augen auf und schaute sie beide fragend an, aber dann fiel er zurück in seine Ohnmacht.

»Wir nehmen ihn mit«, entschied Radbod.

»Ob das klug ist? Er gehört zu seinen Eltern, die sich um ihn sorgen. Und der Weg nach Stavoren ist weit.«

»Trotzdem nehmen wir ihn mit.«

Tade reagierte nicht, deshalb meinte Radbod, ihm eine Erklärung geben zu müssen: »Wenn der Junge sich versteckt hat, wird es einen Grund dafür geben. Er traut sich nicht nach Hause, also sollten wir ihn dort auch nicht hinbringen.« Er schaute zu dem Kind, das immer noch aussah, als lebe es nicht mehr. »Außerdem glaube ich, dass er Moorwasser getrunken hat und davon krank geworden ist. In ein paar Tagen, wenn es ihm besser geht, können wir ihn immer noch zurückbringen.«

In Tades Decke gehüllt, setzte Radbod den Kleinen vor sich auf sein Pferd und hielt ihn fest. Mit jeder Bewegung von Baja schlug der Kopf des Jungen zur Seite. Radbod drückte ihn gegen seine Brust. Tade hatte recht – der Weg war weit.

Er wollte ihn schnell hinter sich bringen.

17

Als sie mit dem kranken Jungen auf das Herrenhaus zuritten, beobachtete Radbod einen Kampf, der sich auf dem Übungsplatz abspielte. Alfbald und Poppo standen sich auf dem sandigen Feld gegenüber, Holzschwerter in der Hand, und der Kleinere, Alfbad, schlug auf den Größeren, Poppo, ein, als hinge sein Leben davon ab. Der hellhäutige Alfbad hatte einen knallroten Kopf bekommen. Auf Deckung achtete er kaum, insofern focht er wie ein Narr – die Wahrheit war, dass er drosch und hieb, aber nicht focht.

Poppo hatte keine Mühe, die Schläge abzuwehren, einen wie den anderen. Es wäre ihm ein Leichtes gewesen, selbst zu treffen, aber das wollte er offenbar nicht. Er beschränkte sich auf seine Verteidigung.

Als Radbod auf Baja näher kam, immer noch den fremden Jungen im Arm, hatte er den Eindruck, Alfbad sei den Tränen nahe, weil er keine Möglichkeit sah, seinen Gegner zu treffen und zu verletzen. Onno saß auf dem Lattenzaun, ließ die Beine baumeln und grinste angesichts des Schauspiels.

Alfbad hieb immer weiter, links und rechts und wieder links. Es machte den Eindruck, als hätte er eine Axt in der Hand und nicht ein Schwert. Poppo in Bedrängnis zu bringen, gelang ihm nicht, und je wütender er zuschlug, desto vorhersehbarer wurden seine Angriffe. Wo immer der Kleinere hinschlug, war das Holzschwert des Größeren schon.

Der Erste, der die Ankömmlinge entdeckte, war Onno. Er winkte, dann wandte er sich wieder dem Kampf zu.

Nach ihm merkte Poppo auf. Er blickte zu ihnen, zögerte, starrte.

»Das ist … Helger!«

Er wollte zu ihnen und ließ sein Schwert sinken. Das war sein Moment von Unachtsamkeit. Alfbad traf ihn mit voller Wucht an der Brust. Poppo wich zurück. Der Schlag musste schmerzhaft gewesen sein, so hart, wie er war. Sein Schwert hielt Poppo noch in der Hand und schien für einen Moment zu überlegen, ob er seinem Gegner den Hieb zurückgeben sollte, er hob seine Waffe, aber dann entschied er sich anders, warf sie weg und lief zu den beiden Reitern.

»He«, rief Alfbad ihm nach. Und noch einmal: »He. Wo willst du hin, Feigling?«

Poppo hatte sie bereits erreicht.

»Ist er das?«, fragte Radbod, während er dem kleinen Jungen die Decke vom Kopf zog.

»Ja, das ist Helger. Wo habt ihr ihn gefunden?«

»Am Moor. Er ist krank.«

»Ich sorge für ihn.«

»Nein«, erklärte Tade, »das geht nicht.«

Beide, Radbod wie Poppo, schauten ihn fragend an.

»Auch wenn wir vielleicht nicht daran glauben, steht doch eine Beschuldigung im Raum, und niemand würde den Beschuldigten und den möglichen Zeugen zusammenlassen. Selbst wenn Poppo ihn pflegt, könnte immer jemand vorbringen, der Junge stehe in seiner Schuld. Oder Poppo habe ihm vorgegeben, was er sagen soll. Und was wird erst los sein, wenn Helger stirbt? Dann wird es heißen, Poppo habe das herbeigeführt.«

»Da hat er recht«, sagte Radbod zu Poppo. Und an Tade gewandt: »Manchmal staune ich, an was du alles denkst.

Machen wir es also so, dass du auf den Kleinen aufpasst. Kresten soll ihn pflegen.«

Alfbad und Onno waren dazugekommen. Tade stieg vom Pferd und reichte Poppo die Zügel. Dann streckte er beide Hände vor sich und ließ sich von Radbod den Jungen darauflegen.

»Und du«, sagte Radbod zu Alfbad, »übst dich im Fechten?«

Alfbad senkte den Kopf. Er schleuderte sein Schwert zurück auf den Übungsplatz und stapfte davon.

»Hast ihn beleidigt, Vater«, sagte Onno. »Dabei wollte er so gerne gewinnen.«

»Dann muss er noch viel lernen.«

Selind zeigte sich den ganzen Tag nicht.

Am Abend klopfte er an ihre Tür.

Sie war besonders blass. In ihren Augen stand Wasser, wahrscheinlich hatte sie geweint. Aber schwach wirkte sie nicht, eher verbissen und kämpferisch.

»Wie lange soll das nun gehen?«, fragte sie.

»Was meinst du?«

»Was ich meine? Ich sage dir, was ich meine! Dass du ein Narr bist, Radbod, das meine ich. Niemals hätte ich dich für so dumm gehalten. Begreifst du eigentlich, wie viel du gerade zerstörst?«

Er legte keinen Wert auf eine Gegenrede.

»Mit einem einzigen Streich machst du alles kaputt. Wirklich alles, ohne Ausnahme. Die Pläne mit dem Dyk.« Sie warf die Hand in die Luft. »Dorestad. Alles, was du – was wir – jemals vorgehabt haben, geht dahin. Am Ende ganz Friesland. Und die Franken lachen, bis ihnen die Bäuche wehtun.«

»Es wird nicht so schlimm kommen.«

»Oh doch, das wird es. Der Herzog versteckt einen flüchtigen Jungen, der ein Mädchen getötet hat …«

»Das weißt du nicht!«

»Und warum tut er das? Weil dieser Junge zufällig sein Bastard ist. Mehr nicht. Dafür bricht er das Recht. Du kennst die Friesen und kannst vorhersehen, wie sie reagieren. Und setze nicht darauf, dass sie nichts erfahren, irgendwie kommen solche Dinge immer ans Licht, und dann verbreiten sie sich. Die Leute werden sich abwenden, das sage ich dir voraus. Mag sein, dass du formell ihr Herzog bleibst, Respekt und Gefolgschaft verlierst du. Wenn es nicht schon längst zu spät ist. Hayo hast du bereits verprellt, weil du ihm ins Gesicht gelogen hast. Unterschätze seinen Einfluss nicht, Radbod, gerade bei meinem Vater in Groningen. Sie sind Nachbarn, sie verstehen sich gut. Wir waren, als ich ein Kind war, oft in Dokkhum, genauso wie die Ostergouwer uns besucht haben. Als Allererstes wird Hayo versuchen, meinen Vater auf seine Seite zu ziehen. Und weil er in seinem Stolz verletzt ist, wird er keine Ruhe geben, bis er das geschafft hat.«

»Hier geht es nicht um die eine oder die andere Seite, hier geht es um friesisches Recht. Ich schütze den Jungen bis zu einem Thing.«

»Das ist nicht Recht! Er gehört den Ostergouwern, und das weißt du.«

»Sie würden ihm ohne jeden Beweis den Kopf abschlagen. Deshalb passe ich auf ihn auf.«

»Dann tu das«, erwiderte sie mit kalter Wut, »aber nicht in diesem Haus. Ich will ihn nicht hier haben.«

Er stellte sich vor sie. Sie sah ihn herausfordernd an,

mit offenem Mund und funkelnden Augen. Gewalt lag in der Luft.

»Dieser Junge ist mein Sohn, ich werde ihn nicht vor die Tür setzen.«

Bebend vor Wut drehte sie sich weg. Auf einer Eichentruhe neben ihr stand eine Tonschale, in der sie Fibeln, Ketten und Armreifen aufbewahrte. Sie nahm sie auf und schmiss sie mit Wucht auf den Boden, wo sie in viele Teile zerbrach. Auch ihr Schmuck lag verstreut auf den Dielen.

»Dein Sohn!«, schrie sie, »von dem ich bis vor zwei Tagen nicht einmal wusste. Vielen Dank, Radbod. Und was ist mit seiner Mutter, mit dieser Rixa? Liebst du sie? Ja? Denkst immerzu an sie? Raus mit der Sprache, Mann, sag etwas! Wünschst du dir, ich wäre sie? Wenn du bei mir liegst, stellst du dir dann vor, du wärest bei ihr und sie würde dich umarmen und dir ihren Schoß öffnen? Ist es so?«

»Nein.«

»Doch.«

»Frag mich nicht, wenn du die Antwort schon kennst.«

»Und du: Belüg mich nicht!«

Tränen liefen ihr über die Wangen. Sie wollte sie nicht und wischte sie weg. Ihr Gesicht war rot, auch am Hals hatte sie rote Flecken. Die Wut in ihr war so maßlos, dass er nicht wusste, was sie als Nächstes tun würde. Auf ihn losgehen? Eine weitere Schale zerschmeißen? Sich erstechen – oder ihn?

Nichts von alledem geschah, sie hockte sich auf die Eichentruhe, wo vorher ihr Schmuck gestanden hatte. Als wäre alle Wut plötzlich verflogen, fuhr sie mit leiserer Stimme fort: »Eine Frau in der Erinnerung ist wie ein Geist, leicht und wunderbar wie die Luft. Man streitet nicht mit ihr, am Esstisch gehen einem die Worte nie aus, sie wird nicht älter, sondern bleibt für alle Zeit schön wie in ihrer Jugend. Am Morgen nach einer schlechten Nacht sieht man ihr Gesicht nicht und riecht den Atem nicht. Immerzu trauert man der verpassten Gelegenheit nach, und in der Vorstellung wird sie mit jedem Tag herrlicher. Und was ist auf der anderen Seite? Wenn eine Frau drei Kinder geboren hat, dann wird der Busen schlaff und der Bauch auch. Sie ist nicht mehr die, die sie als Mädchen war.«

Sie schaffte es, eine Art Lächeln aufzusetzen, das sich mehr auf ihre Rede bezog als auf ihn.

»Jetzt macht mich die Eifersucht noch hässlicher. Sie verzerrt mein Gesicht. Ich weiß es und kann doch nichts dagegen tun. Du hast mich belogen, Radbod. Wenn man es streng nimmt, hast du vielleicht nicht gelogen, aber du hast mir nicht die Wahrheit gesagt, und am Ende ist es dasselbe. Niemals hätte ich dich so behandelt. Du hast ein Kind, das ich nicht geboren habe. Es gibt eine Frau, und wir beide wissen, dass sie es ist, die du in deinem Herzen trägst. Geh. Geh weg. Ich will dich nicht mehr sehen.«

Er blieb stehen, überwältigt von der Wahrheit ihrer Worte.

»Verschwinde«, sagte sie, nun wieder laut, und als er sich immer noch nicht rührte, sprang sie auf und warf ihren Schmuck nach ihm und eine weitere Tonschale, die am Fenster stand.

Er riss die Arme hoch, um sich zu schützen.

»Selind, hör auf.«

»Lass mich in Ruhe. Kümmere dich um die, die du liebst. Und reiß darüber dein ganzes Land mit in deinen Abgrund. Du bist ein schwacher Herzog, Radbod. Ein Versager.«

Sie packte die Stuhllehne. Zwar war der Stuhl schwer, aber in ihr schienen ungeahnte Kräfte frei geworden zu sein. Er verschwand, bevor sie erneut auf ihn losging.

Als er die Tür von außen geschlossen hatte, hörte er von innen einen gellenden Schrei.

Auf der Treppe brauchte er das Geländer, um sich festzuhalten. Er schwankte. Sie hatte ihre Wahrheit, ja, aber er hatte seine, und dazu gehörte, dass er nicht freiwillig auf Rixa verzichtet hatte. Gezwungen hatten sie ihn, allesamt.

Im unteren Stock wartete Finn, der ihn abgepasst hatte. Jetzt sah er Radbod an, voller Erwartung, aber auch voller Angriffslust, genau wie Selind. Hatte er es denn nur noch mit Gegnern zu tun – im eigenen Haus?

»Was sie sagt, ist die Wahrheit, Radbod. Uns geht alles kaputt.«

»Du hast gelauscht?«

»Ha«, machte er. »Euer Streit war nicht zu überhören. Das ganze Haus weiß davon.« Um seine Aussage zu unterstützen, breitete er die Arme aus und zeigte schnell in verschiedene Richtungen. »Ich bitte dich, hör mich an.«

»Nicht jetzt.«

»Doch, genau jetzt. Die christliche Mission ist schlimmer als je zuvor. Wir bekommen Berichte aus Utrecht und der Gegend, wo die Franken stehen. Die Leute haben die Wahl, die neue Religion anzunehmen und sich taufen zu lassen. Oder sie verlieren ihr Land. Wer aufbegehrt, dem schlagen sie den Kopf ab. Es gibt viele Tote, Radbod.«

»Mir brauchst du das nicht zu sagen, ich bin seit dem letzten Jahr bereit, in den Kampf zu ziehen. Meinetwegen müssen wir nicht einmal auf die Aussaat warten. Ich bin kein Bauer.«

»Hör auf«, rief sein Bruder, »hör auf! Jetzt spuckst du

auch noch auf die Leute, die unser Land beackern. Dabei liegt es nicht an ihnen. Bist du blind geworden, dass du nicht erkennst, was du anrichtest?«

Sie standen im Halbdunkel des Treppenhauses. Erst zum Abend wurde Licht angezündet, zu früheren Tageszeiten hatten sich die Augen daran zu gewöhnen, dass man nicht alles erkennen konnte. Sein Bruder war nicht mehr als ein Umriss, er stand zu weit von ihm entfernt, um die einzelnen Züge seines Gesichtes zu erkennen. Nur die rötlichen Locken waren klar auszumachen. Ganz blind also war er nicht geworden.

»Was du verlangst, ist, dass ich Poppo opfere. Ja, opfern, das ist das richtige Wort. Aber nicht den Göttern, sondern stumpfen Bauern aus dem Ostergouw und ihrem böswilligen Fürsten. Dann schlagen sie ihm den Kopf ab, und wir ziehen mit diesem Mörderpack gegen die Franken und sind dankbar, dass sie mitmachen? Ist das deine Vorstellung von Friesland?«

»Ich sage, wir können nicht riskieren, dass Streit zwischen den Stämmen herrscht.«

»Und das wirfst du mir vor, nicht etwa Hayo, an den deine Rede sich eigentlich richten sollte? Er war schon immer gegen mich und hat mir widersprochen, wo immer er konnte. Hayo ist unser Problem, nicht ich.«

»Du bist der Herzog. Am Ende trägst du die Verantwortung. Hier geht es um unser Land und um unsere Leute. Um Freyas Volk.«

»Dann soll sie helfen, unsere Göttin. Ich kann nicht.« Er verstummte und schritt auf und ab. Gesenkten Blickes setzte er hinzu: »Nicht um diesen Preis.«

Finn schüttelte den Kopf. Er tat es so deutlich, dass es auch im Halbdunkel nicht zu übersehen war.

»Du musst«, sagte er leiser, und dann noch einmal: »Du musst.«

Mit diesen Worten erstarb ihr Streit. Radbod hatte den Eindruck, es sei alles gesagt. Sein Bruder stand gegen ihn, genau wie Selind, aber anders als sie würde er ihn auf seine Seite zurückzwingen.

»Ich werde verschwinden«, hörte er eine Stimme aus einer anderen, dunklen Ecke. Poppo. Er hatte ihn nicht gesehen.

»Ich will nicht Streit in euer Haus bringen und auch nicht zwischen die Stämme.«

Radbod ging auf ihn zu, um ihn besser sehen zu können. Erneut ließ ihn der Junge an einen Vogel ohne Gefieder denken, an ein kahles, schutzloses Wesen. Sein Gedanke war, ihn in eine dicke Decke einzuwickeln und zu wärmen.

»Deshalb kehre ich in den Ostergouw zurück und stelle mich. Es spielt schon keine Rolle mehr, was sie mit mir machen, ich habe bereits alles verloren. Ohne Froma will ich sowieso nicht sein.«

»Du gehst nirgendwo hin.« Radbod war verärgert, gab sich aber alle Mühe, sich das nicht anmerken zu lassen. »Du bleibst hier im Herrenhaus.«

Poppo widersprach nicht, aber dass er nicht einverstanden war, war offensichtlich. Sein Mund stand offen, außerdem hatte der Junge eine Körperhaltung, als wollte er fortlaufen.

»Radbod, es ist die beste Lösung«, sagte Finn. »Wenn er von sich aus gehen will, dann dürfen wir ihn nicht aufhalten. Er hat verstanden, um wie viel es geht.«

Das war der Moment, in dem sein Ärger nicht mehr zu halten war. Was aus ihm herausbrach, war viel mehr, als Finn alleine verdient hatte.

Er brüllte seinem Bruder ins Gesicht. »Du hast mir Treue geschworen! Wenn das nicht mehr gelten soll, dann liegt dein Leben in meiner Hand. Aber bitte, ich schenke es dir und entbinde dich von deinem Schwur, brauchst es nur zu verlangen. Dann kannst du verschwinden, ein für alle Mal. Von mir aus gehe nach Utrecht oder sonst wohin, das ist mir ganz egal. Entscheide dich, jetzt, sofort. Sage mir, welchen Weg du nehmen willst.«

Ob sich seine Augen besser an das Halbdunkel gewöhnt hatten oder ob es der Ärger war, der ihn besser sehen ließ – Finns Konturen waren mit einem Mal überdeutlich. Sein Bruder, der keine Sorgen zu kennen schien, schnappte nach Luft wie ein Fisch an Land. Die Farbe seines Gesichts hatte sich der seiner Haare angepasst. Finn, der das Leben liebte, gutes Essen und hübsche Frauen, war konfrontiert mit Härte, mit Streit. Radbod sah ihren Vater in ihm, ein jungen Aedgil, der den Konflikten auch ausgewichen war.

Wenn Finn Aedgil glich, dachte er nun, dann wäre er wie die Mutter.

Er schob den Gedanken genauso schnell beiseite, wie er gekommen war. Beide Brüder starrten einander an, beide atmeten schwer, beiden stand der Mund offen.

Radbod wartete auf Antwort. Er hatte die Fäuste geballt.

Finn senkte den Blick. »Ich breche meinen Eid nicht. Ich habe dir nur berichtet, wie es um unser Land steht, und gesagt, was ich für richtig halte. Das ist alles.«

»Dann ist es gut.«

Radbod konnte hören, wie laut sein Herz schlug. »Ich bin der Fürst in diesem Land, zudem Herzog und Kriegsherr, und darüber hinaus der Herr dieses Hauses. Wenn alle das begriffen haben, dann hört, was ich entschieden habe. Finn?«

»Ja, Herzog.« Zum ersten Mal benutzte Finn den Titel, und in diesem Wort lag Bosheit.

Radbod ging darüber hinweg.

»Du bist mir persönlich dafür verantwortlich, dass Poppo Haus und Grundstück nicht verlässt. Außerdem sorgst du dafür, dass er sein Bett behält und ausreichend Essen. Und was dich angeht«, wandte er sich an Poppo, »dir ist es untersagt, von unserem Gelände wegzulaufen, und zwar so lange, bis ich es dir gestatte. Es wird in deiner Sache eine Gerichtsverhandlung geben, dafür sorge ich. Forsetes Gerechtigkeit wird diesen Streit entscheiden, kein Bauer aus dem Ostergouw und auch kein Fürst aus Dokkhum. Wenn du Froma nicht getötet hast, wird Forsete dafür sorgen, dass du freigesprochen wirst. Hast du mich verstanden?«

»Ja, Herzog«, sagte auch er, ohne Finns Bitterkeit.

Radbod ließ sie zurück in dem Gefühl, die Verhältnisse geklärt zu haben.

Nach dieser Auseinandersetzung herrschte eine seltsame Form von Schweigen im Herrenhaus. Es wurde zwar gesprochen, aber nichts gesagt. Man ging höflich miteinander um. Selind erinnerte ihn an die Mahlzeiten, Finn erzählte von einem Ausritt oder versuchte, Tade aufzuziehen. Doch die Worte waren nicht ehrlich, sie wurden nur ausgesprochen, um sich wie eine Decke über die Wahrheit zu legen, die trotzdem Kälte hieß und Misstrauen und Vorwurf.

Selind und Alfbad steckten fast immer die Köpfe zusammen, und Radbod traf entweder keinen von ihnen oder beide miteinander. Er hatte keine Vorstellung davon, was sie den ganzen Tag zu reden hatten. Er kam sich ausgestoßen vor und glaubte, sie bildeten eine Allianz gegen ihn und vor allem gegen Poppo.

Onno gehörte nicht zu dieser Allianz. Um nicht alleine sein zu müssen, begann er, sich an Finn zu halten. Erst ging es nur ums Kämpfen und ums Bogenschießen auf dem Übungsplatz, und das waren noch kindliche Spiele, an denen beide Spaß hatten. Aber bald nahm der Onkel den Neffen mit, dann machten sie Ausflüge zu Pferd und kamen oft erst am Abend zurück.

Eila wiederum war neugierig auf den fremden neuen Bruder. Hatte sie ihn am ersten Tag noch schüchtern nach seinem Namen gefragt, ging sie bald mit kindlicher Selbstverständlichkeit auf ihn zu. Sie war inzwischen sechs, ihr Haar war länger und dichter geworden, dabei immer noch lockig. Wo sie auftauchte, trat ein Lächeln auf die Gesichter der Leute – auch auf das von Poppo. Nach wie vor war sie ein Sonnenschein. Nur ihre Mutter konnte sie nicht mehr erreichen.

Selind missfiel, dass Eila Poppo durch die Ställe führte, ihn um Hilfe bat, bald sogar auf seinen Schoß kletterte. In den ersten Tagen warf sie dem Kind Blicke voller Missbilligung zu. Als er es sah, zweifelte Radbod an seiner Wahrnehmung – das konnte nicht sein, er irrte sich.

Aber sie sprach auch kaum noch mit ihrer Tochter. Und wenn doch, dann war ihr Ton herrisch.

Poppo seinerseits war vom ersten Moment an bereit, Eila alles zu geben, was sie wollte. Es war offensichtlich, wie dankbar er war, dass es außer seinem Vater noch einen Menschen in diesem Haus gab, der ihn mit Unvoreingenommenheit empfing. Er hatte Geduld mit ihr, wartete, wenn sie nicht schnell war, blieb mit ihr am Tisch sitzen, wenn sie noch nicht aufgegessen hatte, beantwortete alle ihre Kinderfragen, ohne sich je über sie zu erheben. Radbod nahm auch das wahr und empfand eine Art Wohlwollen.

Aber die Bittterkeit war stärker.

Er selbst nutzte jede Möglichkeit, das Haus zu verlassen. Schon morgens zog es ihn hinaus, egal, welches Wetter herrschte.

Auf einem dieser Gänge sah er auf einer Wiese Kresten, die einen Korb in der Hand hielt. Er hatte keinen engen Kontakt zu Tades Frau, aber ihn verlangte danach, mit einem Menschen zu sprechen, der nicht zu einer der Parteien im Haus gehörte, und wären es auch nur Belanglosigkeiten.

»Du sammelst Kräuter?«

Sie war eine stämmige Frau, kräftig an Armen und Beinen. Ihr Gesicht war von der Frische des Morgens gerötet. »Ich hatte Tade geschickt, aber er hat die falschen gebracht. Na ja, so sind die Männer.«

»Wie geht es deinem Schützling?«

»Meine Kräuter helfen langsam. Sterben wird er nicht. Wenn der Tod ihn hätte haben wollen, hätte er ihn sich längst geholt. Seit zwei Tagen lässt das Fieber nach und der Durchfall auch. Nur essen mag er noch nicht so richtig.«

»Und was ist mit Reden?«

Sie schüttelte den Kopf. »Kein Wort. Er schläft viel, und wenn er wach ist, bleibt er stumm. Er antwortet auch nicht auf Fragen, jedenfalls nicht mit Worten. Wenn ich etwas wissen will, lässt er seine Hände oder den Kopf sprechen. Daraus entnehme ich, dass er mich versteht.«

»Das ist gut«, sagte Radbod.

Er wollte weitergehen. Kresten bückte sich auch wieder nach ihren Kräutern, aber dann kam sie noch einmal hoch.

Er war schon ein paar Schritte weiter.

»Herzog?«

»Ja.«

»Ich würde meinen Sohn auch nicht hergeben. Für nichts auf der Welt.«

»Danke«, erwiderte er.

Tade fragte danach, ob sie nicht endlich die Eltern des Jungen zu benachrichtigen hätten. Radbod ging nicht auf ihn ein, aber als der Alte nachhakte, lehnte er ab. Es schien ihm weiterhin zu gefährlich, den Jungen in den Ostergouw zurückzugeben, und das würde geschehen müssen, sobald die Bauersleute wüssten, wo ihr Sohn war. Radbod hatte die verzweifelte Hoffnung, dass der Junge nicht nur etwas gesehen hatte, sondern irgendwann auch darüber reden würde. Es brauchte Zeit – Zeit, in der Helger genas. Auf der anderen Seite war es eilig, eine Versammlung einzuberufen, um die Misstöne mit den Ostergouwern aus der Welt zu räumen.

Er verschob den Aufruf. Schickte seine Boten nicht aus. Wollte noch einen Tag warten und noch einen.

Der Junge sprach nicht.

Seine Zeit verbrachte Radbod meistens alleine. Er machte Ausritte mit Baja, schlenderte durch Stavoren, besonders wenn dort Markt gehalten wurde. Es gefiel ihm, wie sich der Platz veränderte, wenn die Stände aufgebaut waren und sich die Leute von außerhalb durch die Gassen drängten. Er traf auch Paak, der aus Vlylan gekommen war, um Fisch zu verkaufen. Beide umarmten sich und sprachen ein paar Worte. Als der Fischer sagte, der Herzog sehe sorgenvoll aus, wand sich Radbod und setzte ein Lächeln auf, aber als der andere sich davon nicht blenden ließ, begann er, ihm seine Geschichte zu erzählen.

Sie hockten auf einer Bank, einem Holzbrett, das auf Steine gelegt war. Über ihnen stand die Frühlingssonne und schien ihnen ins Gesicht. Paak hatte die Ärmel seines Leibhemdes aufgekrempelt und ließ sich wärmen.

»Und jetzt erwartest du einen klugen Rat von mir«, sagte er, als Radbod geendet hatte.

»Ich erwarte gar nichts.« Er schaute den Fischer an. »Doch, es stimmt.«

»Damals habe ich dir gesagt, dein Platz sei hier, in Stavoren. Dass es leicht sein würde, habe ich nicht behauptet. Nein, es ist schwer, ein Land zu führen, viel schwerer, als ein Boot zu steuern und ein Netz auszuwerfen.«

»Mein Schicksal?«

»Ich sehe, du hast ein gutes Gedächtnis.«

Wenn er nicht durch die Gegend wanderte, vertrieb er sich die Zeit mit Bogenschießen. Er übte, bis seine Daumenkuppe rot war, wieder und wieder, und seine Pfeile trafen immer besser ins Ziel. Während er schoss, machte er sich klar, dass er den Thing vorzubereiten hatte, er durfte nicht länger warten, wollte er nicht weitere Stämme gegen sich aufbringen und damit die Lähmung, die das halbe Land erfasst hatte, andauern lassen. Sie alle brauchten eine Entscheidung.

Er dachte daran, nach dem Einsiedler Elmaar zu schicken, damit der von Forsetesland komme. Wenn Forsete der Gott der Gerechtigkeit war, welchen besseren Richter sollte es dann geben als den Mann, der Forsetes Stimme hören konnte? Aber er sandte niemanden aus. Seine Untätigkeit, wenn er sich überhaupt Rechenschaft ablegte, entschuldigte er damit, dass er keinen Ort für die Versammlung wusste. Nach Baduhenna führte kein Weg, denn dort waren die Franken. Er würde Tade fragen müssen. Und verschob auch dieses Gespräch von einem Tag auf den anderen, als würde es ihn Überwindung kosten, den Alten anzusprechen.

An einem dieser Tage kam Landric, in Begleitung dreier Groninger Edelmänner. Sie hatten schöne Pferde, darunter Landrics Schimmel, und waren offenbar scharf geritten. Radbod wies zwei Sklaven an, die Tiere abzureiben und zu versorgen. Seine Gäste bat er ins Haus, konnte sich aber kaum auf sie einlassen, weil ihn eine Sorge umtrieb. Nach friesischer Sitte hatte man einen Verwandten nicht nur zu bewirten, sondern ihm auch ein Nachtquartier anzubieten. Doch er hatte nicht genug freie Zimmer im Haus – in einem wohnte Poppo, in einem anderen der Junge, und beide durfte Landric nicht zu Gesicht bekommen. Andererseits war es nicht möglich, die Groninger alle in einem einzigen Zimmer unterzubringen.

Selind konnte er schlecht um Hilfe bitten. Und wie sollte er sich selbst kümmern, wenn er den Besuch zu empfangen hatte?

Er führte sie in den Saal, in dem die Stühle mit den hohen Lehnen standen, und ließ Bier bringen, während er angestrengt nachdachte. Landric wirkte wenig verändert, der Zopf war weiß, die Haut im Gesicht wie aus Leder. Der Groninger hielt sich nicht mit langer Vorrede auf, da er nicht gerne sprach. Wie früher kamen die Worte langsam aus seinem Mund. Hayo aus dem Ostergouw, sagte er, schicke ihn. Als Vermittler. Denn es gebe Streit, weil im Ostergouw ein Mädchen getötet worden sei, und die Eltern verlangten nach Rache, wie es ihr gutes Recht sei.

Radbod tat so, als höre er zu, derweil suchte er weiter

nach einer Lösung in der Zimmerfrage. Tade und Kresten, entschied er, sollten den Jungen zu sich nehmen, nur für die eine Nacht. Dann müsste Helges Kammer gesäubert werden. Wen damit beauftragen und wie? Außerdem hatte er Poppo zu verstecken. Er würde ihn in seinem eigenen Zimmer schlafen lassen. Nur, wann gab es die Möglichkeit, seine Befehle zu erteilen, ohne dass der Groninger es mitbekam?

Er würde unhöflich sein und die Gäste allein lassen müssen. Konnte er nach Selind rufen, dass die ihren Vater unterhielt?

Nun sei es so, fuhr Landric fort, dass manche Bauern behaupteten, die Spur eines Flüchtigen führe nach Stavoren und von dort weiter Richtung Herrenhaus. Er selbst, sagte Landric, habe auf solche Gerüchte noch nie viel gegeben, aber Hayo habe sich an ihn gewandt, weil die Bauern im Ostergouw unwirsch seien und von ihm als ihrem Fürsten verlangten, diesen Flüchtigen zurückzubringen.

Radbod ließ ihn reden und beobachtete, wie viel Mühe es seinen Schwiegervater kostete, seine Worte herauszubringen. Er war sicher, jedem der Edelmänner wäre die Rede leichter gefallen, aber so war nun einmal die Ordnung, wenn der Fürst sprach, hatten die anderen zu schweigen.

»Mittlerweile ist Hayo schon zum zweiten Mal zu mir gekommen. Er sagt, er hätte dich schon gefragt. Ich habe versprochen zu helfen. Soll übrigens ein hübsches Mädchen gewesen sein.«

Selind, dachte Radbod. Er musste jemanden schicken, seine Frau zu holen. Das wäre unverdächtig – ein Vater wollte doch seine Tochter sehen. Er war erleichtert, eine Lösung gefunden zu haben. Nun musste er nur noch den

Moment abpassen, wann er einen der Diener beauftragen konnte.

Er machte weiterhin ein ernstes Gesicht, nickte, hörte dem Groninger zu.

»Sie hatten«, brachte Landric hervor, »den schon festgesetzt, der das getan hat…« Er fuhr sich mit dem Zeigefinger über den Hals. »Aber dann haben sie ihn wieder laufen lassen. Diese Ostergouwer, kennst sie ja. Seltsames Volk. Du weißt nichts von der Sache?«

»Nein.«

Die Tür ging auf, sehr langsam, sodass man lange nicht erkannte, wer hereinkam. Alle Augen waren auf sie gerichtet, deshalb sahen sie alle die Hausherrin gleichzeitig. Selind.

Radbod war erleichtert.

Sie sah elend aus. Die Haare hatte sie zusammengebunden. Ihr Kleid war grau, eines, das man im Haus trug, im eigenen Zimmer. Es war aus Wollfilz und sah so aus, als zöge sie es jeden Tag über.

»Guten Tag, Vater.« Sie reichte ihm die Hand.

»Mein Kind.«

Während sie auch die Edelmänner begrüßte, fragte sich Radbod, ob Landric, der tumbe Landric, erkennen würde, dass es seiner Tochter nicht gut ging. Sollte der Groninger fragen, würde Radbod sagen, das sei alleine seine Angelegenheit. Selind sei seine Frau.

Sie setzte sich neben ihn.

»Wir sind«, erklärte Landric ihr, »in der Angelegenheit des toten Mädchens im Ostergouw gekommen. Du hast davon gehört? Da ist wohl einer weggelaufen, der schon eingesperrt war.«

Es schien ihn Mühe zu kosten, seine Geschichte ein

weiteres Mal zu erzählen. Er nickte nur, als wenn er ihr dadurch die Worte, die er aussparte, schicken könnte.

»Dein Mann hat ihn nicht gesehen. Obwohl, wie gesagt, die Spuren hierher führen sollen. Seltsam. Wirklich seltsam.«

Radbod nahm wahr, dass Selind sich auf die Lippen biss. Auch kamen ihr wieder die Tränen. Sie war wirklich in schlechter Verfassung, dünnhäutig und schwach.

»Selind?«, fragte der Groninger.

Sie konnte nicht an sich halten. Wasser lief ihr aus den Augen, ein stiller Bach, sie wischte die Tränen ab, aber es kamen immer wieder neue.

»Selind?«, wiederhole ihr Vater. »Was ist los?«

»Nichts.«

»Das stimmt nicht.«

»Nein«, sagte sie und schluchzte. »Das stimmt nicht. Entschuldige, Vater.«

»Du weißt von dem Flüchtingen.«

Beide, Landric wie Radbod, starrten sie an. Gleichzeitig sahen sie, dass sie den Kopf bewegte und nickte, vorsichtig erst, dann deutlicher. Als sie sich Radbod zuwandte, glaubte er, ihre ganze Verachtung wahrzunehmen, ja, ihren Hass.

»Er ist hier«, brach es aus ihr heraus. »Und er ist Radbods Sohn.«

Landric brauchte einen Augenblick, bis er ihre Worte verstanden hatte. Dann stand er auf, erhob sich schwerfällig, fast widerwillig.

Auch Radbod stellte sich hin.

»Ist es wahr, was du sagst, Selind?«

Sie gab keine Antwort.

»Ob es wahr ist«, brüllte Landric.

Sie fuhr zusammen – und bejahte. »Es ist wahr«, schluchzte sie, »es ist wahr! Der Flüchtige ist Radbods Sohn. Er versteckt ihn hier im Haus.«

Landric hatte offenbar keinen Plan für eine Situation wie diese. Er schwankte, was zu tun sei, fasste an seinen Schwertgriff, wandte sich zu seinen Edelmännern, die ihm aber keinen Rat geben konnten. Dann blickte er zu seinem Schwiegersohn.

Radbod war unwohl. Selind hätte er am liebsten hinausgeschickt und auf ihr Zimmer verbannt, aber damit ließe sich keins ihrer Worte zurücknehmen. Es war zu spät. Alles war zu spät. Er hatte geradezustehen für das, was er getan hatte.

Wie um sich bekräftigen, richtete er sich auf und streckte die Brust hervor.

»Also hast du mich angelogen«, brachte Landric hervor. »Deinen Schwiegervater angelogen. So was ... das hab ich noch nicht ...«

Zu seinen Begleitern sagte er über die Schulter hinweg: »Wir gehen. Unser Bleiben ist nicht länger in diesem Haus.«

Er schritt zur Tür, so gemessen und würdig und mit der Hand auf seinem Schwert, so fürstenhaft, dass Radbod ihn am liebsten ausgelacht hätte. Aber er bremste sich. In ihm war nur Leere, ein Gefühl, als wäre er geschlagen und gedemütigt worden.

An der Tür sagte Landric. »Ich werde Hayo berichten.«

»Tu das«, rief Radbod ihm nach. »Wir berufen einen Thing ein, und dann wird die Wahrheit ans Licht kommen.« Landric war bereits hinausgegangen. »Die Wahrheit«, schrie Radbod hinter ihm her, und noch einmal: »Die Wahrheit.«

Selind würdigte er keines Blickes. Er ging den Groningern nach. Der Leere in ihm war Zorn gefolgt, eine unbändige Lust, Landric anzugreifen und ihn zu verprügeln, und er stellte sich vor, dem Schwiegervater seine Finger in den Hals zu drücken, bis er weiß wurde. Und ihm dann ins Gesicht zu spucken.

Er war noch gefangen in seinen Vorstellungen, da stand Tade neben ihm. »Der Junge ist weg.«

»Wie – weg?«

»Er ist verschwunden. Ich weiß nicht, wo er ist, und Kresten weiß es auch nicht.«

»Ihr solltet doch aufpassen!«

»Aufpassen heißt nicht bewachen.«

Radbod hielt inne und ließ seinen Ärger verrauchen. Erst dann fragte er: »Wie ist das passiert?«

»Offenbar ist er weggelaufen. Seit es ihm besser geht, sitzen wir nicht immerzu an seinem Bett.«

»Spricht er inzwischen?«

»Kein Wort.«

»Wir müssen ihn suchen«, entschied Radbod.

Er rief ein paar Diener und bat auch seine Söhne um Hilfe. Alfbad erklärte sofort, er habe der Mutter versprochen, sie zu besuchen, drehte sich um und schritt die Treppe hinauf. Poppo schloss sich Tade an, der nach draußen ging. Nur Onno blieb am Türpfosten stehen, als wisse er nicht, wohin mit sich. Auf seinem Gesicht verteilten sich die vielen Sommersprossen wie Flecken.

»Onno, wie alt bist du jetzt?«, fragte Radbod.

»Neun, glaube ich. Genau weiß ich es nicht. Ich versuche immer, mitzuzählen, wenn Sonnenwende ist, aber manchmal vergesse ich es.«

»Das geht mir auch so. Schon als Kind war es so, da war

ich mir auch nie sicher, obwohl ich es immer wissen wollte. Jetzt habe ich so ungefähr 33 Sommer, aber ob es einer mehr ist oder einer weniger, wer kann das sagen. Egal, darüber wollte ich mit dir nicht sprechen. Du bist nicht dumm und hast begriffen, wie die Dinge in diesem Haus liegen.«

Onno sagte nichts. Er schaute seinen Vater nur an.

»Dass es zwei Seiten gibt«, fuhr Radbod fort, »und Poppo steht in der Mitte. Ihm geben sie die Schuld.«

»Ich weiß. Alfbad kann ihn nicht leiden.«

»Das hat er gesagt?«

»Am Anfang, ja. Aber ich merke es auch so. Alfbad glaubt, Poppo soll nach dir Herzog werden, weil du nichts von Alfbad hältst. Er sagt …

»… was sagt er?«

»Dass du Poppo nur deswegen hergebracht hast.«

»Ich habe ihn nicht hergebracht.«

»Er meint, du hättest ihn kommen lassen.«

»Und eure Mutter – glaubt die das auch?«

Onno gab keine Antwort.

»Ist nicht wichtig«, beeilte sich Radbod zu sagen. »Meine Frage ist: Wo stehst du?«

»Ich?«

»Ja, du.«

Es war leicht zu sehen, dass Onno die Frage unangenehm war. Er schaute zur Haustür, die offen stand. Man sah draußen das Leuchten der brennenden Fackeln, man hörte Rufe. Die Suche hatte begonnen.

Radbod wartete.

»Ich konnte ihn am Anfang auch nicht leiden.«

»Und jetzt?«

Onno zog die Schultern in die Höhe. »Eila liebt ihn. Und ich, ich glaube …«

»Radbod ließ ihm Zeit, das richtige Wort zu finden.

»… dass er nicht böse ist.«

»Das ist er nicht. Sicher nicht. Hilfst du uns suchen?«

Ein Strahlen trat auf sein Gesicht. »Wenn ich eine Fackel kriege, ja.«

Er gab dem Jungen, was er wollte, und bat auch Finn um Hilfe.

»Selbstverständlich, Herzog. Wenn du das anordnest.«

Aber Finn ließ sich Zeit. Bürstete seinen Umhang, bevor er ihn anzog, dann konnte er sein Schwert nicht finden und lief die Treppe hinauf, wieder herab und wieder hinauf.

Es war ein kühler Frühlingsabend. Leichter Regen fiel, den der Wind in diese und jene Richtung trieb. Die Groninger waren verschwunden. Das Gelände endete am Wald, und wenn der Junge dorthin gelaufen war, würde es schwierig werden.

Hoffentlich hatten die Groninger ihn nicht entdeckt.

Er verteilte die Suchtrupps. Tade und Kresten wies er an, ins Haus zurückzukehren und dort gründlich zu suchen und kein Zimmer auszulassen. Als Finn endlich dazukam, schickte er ihn mit zwei Dienern Richtung Wald. Er selbst nahm sich mit Poppo und Onno die Umgebung des Hauses vor.

Alle waren sie mit Fackeln ausgerüstet. Die Dunkelheit fiel schnell, ohne den Feuerschein hätte man nichts mehr sehen können. Radbod begann, den Jungen mit seinem Namen zu rufen, und seine Söhne taten es ihm nach. Auch vom Waldrand hörte er Rufe: »Helger! Hel-ger!«

Bei der Suche hatte er ein Auge auf Onno und freute sich, dass der Junge seine Sache ernst nahm, in Ecken leuchtete und wie die anderen mit seiner hellen Stimme nach dem Vermissten rief, wenn der Raum leer war. Helger allerdings war nicht zu finden. Sie umrundeten das Haus, wiederholten ihren Weg und machten ihn breiter, schauten hinter Bäumen und Wandvorsprüngen, traten durch hohes Gras, suchten am Übungsgelände. Kein Helger weit und breit.

Auch Finn schien keinen Erfolg zu haben. Immer wieder drangen die Rufe aus dem Wald zu ihnen, und die Fackeln bewegten sich zwischen den Bäumen. Tade und Kresten gesellten sich zu ihnen. Sie hatten den Vermissten im Haus nicht gefunden und wollten bei der Suche im Freien helfen.

Radbods größte Sorge war Landric.

Er versuchte, sich zu beruhigen. Warum, fragte er sich, hätte der Groninger ein Kind mitnehmen sollen, das er nicht kannte? Dafür gab es keinen Grund, Landric musste klar sein, dass ein kleiner Junge nicht derjenige war, dem Hayo und seine Bauern die Tötung des Mädchens unterstellten. Die entscheidende Frage war, wie genau Hayo ihm die Geschichte erzählt hatte. Wenn Landric wusste, dass der Junge vermisst wurde, dann war das Grund genug, dass sie bei ihm angehalten und den Jungen, der nicht sprach, ausgefragt hatten. Am Ende war es ihnen zu bunt geworden, sie hatten ihn gepackt und auf eines ihrer Pferde gezogen. Und waren längst fort mit ihm.

Er machte weiter, aber je länger die Suche dauerte, desto weniger glaubte er an ein gutes Ende. Zwischendurch versuchte er sich einzureden, ein stummer Junge hätte ihnen nicht geholfen, aber das war ein dummer Gedanke. Er hatte dieses Kind mitgenommen und trug die Verantwortung.

Seine Fackel war ein ordentliches Stück niedergebrannt und die Nacht vorangeschritten. Die Ordnung, mit der die Suchtrupps begonnen hatten, war verloren, sie gingen nicht mehr nebeneinander, sondern jeder dorthin, wohin der Zufall ihn trieb. Radbod glaubte, dass die Männer hungrig und durstig waren, vielleicht auch müde. Die Kälte war durch die Kleidung gedrungen. Er war nahe daran, aufzugeben.

Da hörte er Onnos Stimme: »Vater! Vater, komm schnell.«

»Wo bist du?«

»Hier. Im Stall.«

Er lief zum Stall, andere kamen hinter ihm her.

Als er den Raum mit der Fackel erleuchtete, bot sich ihm ein seltsames Bild. Onno stand vor einem Haufen Stroh, auf dem nichts zu sehen war. Erst wenn man nähertrat und genauer hinsah, erkannte man ein Büschel Haare und den Ausschnitt eines Gesichtes. Wie ein verängstigtes Tier hatte der Kleine sich vergraben.

Radbod legte Onno die Hand auf die Schulter. »Danke, Junge.«

Tade und Kresten brachten Helger auf sein Zimmer und schickten alle anderen, die ihnen wie eine Herde gefolgt waren, hinaus. Radbod wartete in dem dunklen Flur. Er hockte sich hin, lehnte sich gegen die Wand und schloss die Augen. Er war müde, so müde, dass er einschlief.

Erst Tade, der leise Helgers Zimmer verließ, machte ihn wieder wach. Radbod rappelte sich auf. Der Flur hatte kein Licht, deshalb erschrack Tade über die unerwarteten Bewegungen.

»Ich bin's«, sagte Radbod. »Sag mir, was ist passiert? Aus welchem Grund ist der Junge weggelaufen?«

Sie gingen in Richtung Halle. Auch Tade war die Müdigkeit anzumerken, er schlurfte, dachte und redete langsamer.

»Woher soll ich das wissen? Er spricht doch nicht.«

»Warum sollte er aus dem Haus schleichen und sich im Stroh verkriechen? Einfach so?«

»Entweder hat ihn etwas erschreckt. Oder …«

»Oder was?«

»… ihm ist eine Erinnerung gekommen, vor der er weglaufen wollte. Er war voller Angst, als wir ihn hereingebracht haben. Er hat gezittert.«

Sie setzten sich auf die Treppe, die von einer Wandfackel erleuchtet wurde. Radbod hatte einen trockenen Mund und ein Loch im Bauch, aber noch drängender war ihm das Bedürfnis, mit einem Menschen zu sprechen, und er empfand, wie gut es tat, die Dinge zu benennen, als er den Verlauf der Unterhaltung mit Landric einschließlich der Rede Selinds schilderte. Eine Einschätzung von Tade brauchte er nicht, er wusste auch so, was der Alte dachte: Wieder ein Verbündeter weniger. Wollen wir ganz alleine nach Dorestad ziehen? Nur mit den Hriustrern?

»Es bleibt dabei: Ich kann nicht anders«, sagte Radbod. »Selind sagt, ich wäre ein schwacher Herzog.«

»Aus ihr spricht der Schmerz.«

»Und trotzdem hat sie recht. Würde ich die Belange Frieslands eindeutig voranstellen, wäre ich stärker. Aber das kann ich nun einmal nicht.«

»Weil Poppo dein Sohn ist?«

»Auch deshalb. Ich weiß einfach, dass er nicht schuld am Tod dieses Mädchen ist. Ich bin mir dessen vollkommen sicher, und sollte es sich trotzdem herausstellen, dass ich irre, dann gebe ich meine Ämter an Finn. Dann will ich sie nicht mehr.«

»Also Gerechtigkeit«, sagte Tade. »Gerechtigkeit für das Kind von Rixa, mit der selbst übel verfahren wurde.«

»Es wäre …« Er brachte seinen Gedanken nicht zu

Ende, sondern achtete auf das Flackern des Feuers an der Wand. Die Fackel steckte in einem Eisenring, die Wand ringsherum war schwarz von Ruß. Die Flamme war einem steten Luftzug ausgesetzt, sie hatte keine Ruhe, schoss zur Seite, wurde klein und wieder größer, zitterte.

»… Verrat«, fuhr Radbod fort. »Das ist es, was es wäre: Verrat. Ich müsste mich so sehr schämen, wenn ich Poppo im Stich ließe, dass ich mich mit dem eigenen Schwert töten würde, denn mit einer solchen Schande könnte ich nicht leben. Das ist ausgeschlossen.«

»Warum wäre es eine Schande, wenn du sagtest, du musst diesen Jungen einer höheren Wahrheit zum Opfer bringen?«

»Aus welchem Grund er auch geschieht, ein Verrat bleibt ein Verrat. Ist Friesland ein Gott, dem man zu opfern hat?«

»Nein, aber ein Land. Unser Land. Du hast ihm schon viele Opfer gebracht.«

»Eher dem Herzogsamt als dem Land.«

»Beides ist nicht zu trennen, Radbod. Der Herzog ist Friesland. Er steht dafür, denn er muss es verteidigen.«

»Außerdem«, sagte Radbod nach einer Weile, »ist es ein Unterschied, ob man selbst den Schmerz hat oder ein anderer.« Der Satz klang noch nach, da schloss er seinen nächsten an: »Rixa hätte ihn ein zweites Mal.«

»Das ist wahr.«

»Es wäre zu viel für sie.«

»Wenn du dir so sicher bist, will ich dich nicht vom Gegenteil überzeugen. Außerdem ist es sowieso zu spät. Landric würdest du nicht mehr versöhnen, wenn du Hayo gibst, was er verlangt. Wir müssen einen anderen Weg gehen.«

»Eine Gerichtsverhandlung. Einen Thing. Aber wo?«

»Es gäbe einen Ort«, sagte Tade.

»Aber … ?«

»Er liegt im Groningerland, ein Hügel. Es gibt alte Steine dort, sehr alte Steine. Der Platz wurde schon für Versammlungen benutzt. Du weißt, dass man sagt, auf einem Hügel sei man den Göttern näher. Der Nachteil ist, dass Landric der Gerichtsherr wäre, weil der Ort in seinem Land liegt.«

»Ich dachte an Elmaar, den Einsiedler.«

»Elmaar.« Tade zog das Wort in die Länge. »Ihm müsste sich Landric wohl unterordnen.«

»Aber?«

»Er ist ein strenger Mann von einer kargen Insel. Sanftmütig ist die Gerechtigkeit sicher nicht, die er spricht. Wenn er gegen Poppo entscheidet, dann könnte das seinen Tod bedeuten.«

»Wenn es so sein soll, dann will ich es hinnehmen. Die Hauptsache ist, die Entscheidung kommt von Forsete. Und befriedet alle Friesen.«

»Hoffen wir das Beste.«

18

RADBOD SCHLIEF UNRUHIG. Er wälzte sich von einer Seite auf die andere, wurde wach, hörte auf das Rascheln des Strohs unter ihm, fand nicht zurück in den Schlaf. Er schwitzte, gleichzeitig war ihm kalt. Finn war noch nicht zurückgekehrt, Radbod rechnete am nächsten Tag mit ihm. Dann wurde es ernst.

Aus seinem Fenster sah er, dass auf dem Lagerplatz noch Feuer brannten, obwohl es tiefe Nacht war. Ob die Krieger daneben eingeschlafen waren? Oder ob sie immer noch tranken und große Reden schwangen?

Er kleidete sich an und ging hinaus. Es war nicht kühl, aber sehr dunkel, weil der Mond hinter Wolken verborgen war. Kein Vogel sang, es pfiff kein Wind, vom Lagerplatz kamen keine Geräusche. Die Stille war beinahe vollkommen, nur seine eigenen Schritte hörte er, das Leder, das auf den weichen Boden traf.

Ein Ziel hatte er nicht, er schlenderte umher, machte eine Runde um das Haus, ließ sich zum Übungsgelände treiben, weiter bis an den Waldrand. Dort unten, hinter den belaubten Bäumen und in der Dunkelheit kaum auszumachen, lag Stavoren. Wie würde es der Stadt nach dem Feldzug ergehen? Wenn sie geschlagen wurden, musste man damit rechnen, dass die Franken weiter ins Land hineinstießen und plünderten. Bis nach Stavoren? Auszuschließen war das nicht.

Am Rande des Lagerplatzes erkannte er den Rücken eines Mannes, der auf einem niedrigen Stein saß, die Beine angezogen, die Arme darauf gestützt. Radbod brauchte ihn nicht von vorne zu sehen, um zu wissen, wer das war – das weiße Haar, der Zopf und die breiten Schultern zeigten es deutlich.

Es wäre lächerlich, sich davonzumachen. Er ging zu ihm und hockte sich auf einen anderen Findling. Der andere schaute kurz auf, bevor er wieder in seine Grübelei versank.

Radbod störte ihn nicht, sondern hing dem nach, was ihm durch den Kopf ging, der bevorstehende Feldzug und seine Risiken. Dabei hatte er einen Sinn für das Seltsame ihrer Situation, zwei Häuptlinge, die da nebeneinander saßen, Bundesgenossen und Gegner gleichermaßen. Und jeder in seine Gedanken vertieft.

»Deine Späher werden bald zurückkehren?«, fragte nach langer Zeit Reemer.

»Ja. Ich rechne morgen mit ihnen.«

»Der Zeitpunkt, wo du deine Entscheidung zu treffen hast. Und ich meine. Ich sage dir offen, es wäre schwer für mich, meine Männer zur Umkehr zu bewegen. Ich selbst war es, der ihnen den Zug ins Frankenland schmackhaft gemacht hat. Mit schönen Worten habe ich ihnen ausgemalt, wie viel Beute es dort zu holen gibt, zehnmal so viel wie auf den schneebedeckten Inseln im großen Meer, und gefährlicher sei die Reise auch nicht. Nur deswegen sind sie mitgekommen. Sicher, sie wollen kämpfen. Aber dafür hätten sie ihre Felder nicht im Stich gelassen. Nein, es geht um die Beute. Um viel Beute. Ich müsste mir eine neue und überzeugende Rede einfallen lassen, damit sie kehrtmachen. Es wäre schwer. Aber nicht unmöglich, Herzog.«

»Das weiß ich«, erwiderte Radbod. »Mit gleicher Offenheit sage ich dir, dass mir meine Tochter Eila alles bedeutet. Sie ist die Freude in meinem Leben, jeden Tag aufs Neue. Es würde mir das Herz brechen und mir das Gemüt verfinstern, sie dir zu geben, nur um dich und deine Männer nicht zu verlieren.« Auch er wartete, bis er hinzufügte: »Auf der anderen Seite will ich siegen. Und dazu brauche ich die Hriustrer und die anderen Ost-Stämme. Ohne euch wäre ein Zug ins Frankenland ein selbstmörderisches Unterfangen.«

»Keine leichte Position, für keinen von uns«, sagte Reemer. »Wahrscheinlich wäre es für uns alle das Einfachste, ich würde dir und uns heraushelfen und auf Eila verzichten. Aber auch das ist nicht mehr möglich. Die Krieger würden mich für einen Maulhelden halten, für einen Schwächling. Wer weiß, wessen Schwert mich dann demnächst träfe und wer meinen Platz haben wollte.«

»Ziemlich verfahrene Lage. Selbst wenn ich sage, hättest du mich doch nie um Eila gefragt, hilft uns das nicht. Denn du hast gefragt. Niemand kann deine Worte unausgesprochen machen.«

»Vielleicht ein Gott. Aber wir beide sind nur Menschen.« Er lachte auf. »Der Gott der zurückgenommenen Reden. Gott der ungeschehen gemachten Taten. Ob er im Asgard einen Ehrenplatz hätte, weiß ich nicht, aber bei uns, auf der Erde, würde er über alles verehrt werden. Denn wir haben die dumme Angewohnheit, das Maul aufzureißen und zuzuschlagen und erst dann nachzudenken.«

Beide hatten den Eindruck, alles gesagt zu haben, und fielen zurück in ihr Schweigen. Schließlich stand Radbod auf. Er legte Reemer zum Abschied die Hand auf die Schulter.

»Einen Tag haben wir noch, Hriustrer.«

»Einen letzten, ja. Hoffen wir, dass Freya uns heraushilft. Uns beiden.«

Der Versammlungsplatz im Groninger Land lag, wie Tade gesagt hatte, auf einem Hügel, einer sanften Erhebung auf dem Geestrücken. Wie alt die Anlage sein mochte, konnte niemand sagen, bekannt war nur, dass die Steine in dem Rund, die den freien Männern vorbehalten waren, seit Menschengedenken an ihrem Platz standen. Langsam füllte sich der Ort, Männer strömten zu Fuß oder zu Pferd herbei, manche standen bereits im Gespräch beieinander und warteten darauf, dass die Verhandlung begann. Ein leichter Wind strich über den weiten Platz.

Landric mied jedes Zusammentreffen mit Radbod, er ging ihm regelrecht aus dem Weg und tat das erhobenen Hauptes. Ihn schien zu ärgern, dass ein Einsiedler aus Forsetesland den Vorsitz über den Thing führen würde und er, der Fürst, ausgebootet worden war. Darüber hinaus stand der alte Vorwurf der Lüge zwischen ihnen.

Immerhin trat Landric in den äußeren Kreis, wo sich Frauen, Kinder und Unfreie aufzuhalten hatten, und begrüßte Selind, seine Enkelkinder und auch seine Frau, Selinds Mutter. Radbod beobachtete, dass sie die Köpfe zusammensteckten, und war sich sicher, dass ihre Unterhaltung von ihm handelte. Alfbad hörte zu, während sich Eila, unbeachtet von ihrer Mutter, einen Stein gesucht hatte, von dem sie hüpfte. Onno dagegen besah sich den Platz. Radbod hielt sich nicht lange damit auf, über seine Familie nachzusinnen. Ihn beschäftigte etwas anderes: Der Junge redete immer noch nicht.

Er glaubte, in den kleinen Helger regelrecht hineinsehen zu können. Was er in ihm vorfand, war eine gute alte Bekannte, die Angst. So wie er selbst früher die Rede vermieden hatte, um nicht zu stottern, tat Helger es jetzt, nur schien seine Angst noch hundertmal stärker zu sein, denn sie schaffte es, ihm den Mund vollkommen zu verschließen.

Die Frage war: Wovor hatte er Angst?

Und: Wie ließ sich das auflösen?

Radbod hatte es bereits versucht und dem Jungen im Vorfeld der Versammlung Fragen gestellt. Kresten hatte daneben gesessen. Sie hatte genauso wie der Herzog gesehen, dass Helger bei belanglosen Fragen, nach dem Essen am Herrenhaus oder dem Wetter, einfach nur in die Luft schaute. Ging es aber um den Tod seiner Schwester, drehte er den Kopf weg und verkroch sich unter seinem Stroh.

Radbod war drauf und dran gewesen, wütend zu werden und den Jungen anzuschnauzen, aber Kresten hatte sich vor ihren Schützling gestellt und den Herzog zurechtgewiesen.

So erreiche man nichts, hatte sie gesagt, höchstens dass sich der Junge noch weiter zurückziehe.

Wie man dann etwas erreiche, hatte Radbod gefragt.

Eine Antwort hatte sie ihm nicht geben können.

Er war sich sicher, dass Helger etwas gesehen hatte, und wahrscheinlich war es etwas Entscheidendes. Ihm selbst hatte der ewige Wind auf Vlylan das Stottern und die Angst weggepustet und am Ende auch die Unglücksfahrt mit Onno. Aber man konnte den kleinen Helger schlecht in ein Segelboot setzen und bei Sturm hinausschicken.

Er war ratlos.

Der Junge war am Versammlungsplatz, zusammen mit Tade und Kresten. Das hatte Radbod verlangt. Sie hielten ihn unter der Plane eines Wagens versteckt. Kresten beschützte ihn und saß bei dem Kind, Tade war in der Nähe, und Radbod hatte sogar zwei Wachmänner abkommandiert, die aufzupassen hatten. In seiner Verzweiflung redete er seit Tagen auf Tade ein, wieder und wieder, dass sie den Jungen zum Sprechen bringen müssten, Helger sei der Einzige, der alles wisse.

Radbod hatte zu viel Hoffnung in den Lehrer gesetzt, das wurde ihm klar, als er den alten Mann am Rande des

Platzes, neben dem Wagen, sah. Was hätte Tade ausrichten können?

Der Alte war ihm ausgewichen, hatte nichts zugesagt, hatte schließlich gar nicht mehr reagiert, sondern nur noch ein ernstes Gesicht gemacht. Das Einzige, worüber sie einig waren, war, den Jungen am Ende des Thing den Eltern zurückzugeben. Dann war ihre Verantwortung abgelaufen.

Angesichts des verstörten Zeugen hatte Radbod sogar darüber nachgedacht, Poppo zur Flucht zu verhelfen, ein sinnloser und dummer Gedanke, der ihm aber immer wieder kam. Wegzulaufen war unwürdig. Er musste auf Forsetes Gerechtigkeit vertrauen, als Herzog noch mehr als andere, und ein Fluchtplan war das Gegenteil von Vertrauen.

Elmaar kam zu Fuß, auf seinen mächtigen Stab gestützt und in Begleitung mehrerer Einsiedler. Ihr Schweigen hatten sie von ihrer Insel mitgebracht. Ohne lange innezuhalten, strebte Elmaar den Platz an, der dem Vorsitzenden zustand. Radbod ging zu ihm, um ihn zu begrüßen.

Von der Vertrautheit, die sich zwischen ihnen auf Forsetesland eingestellt hatte, zumindest während seiner letzten Tage dort, war kaum noch etwas zu spüren. Elmaar wirkte abweisend und schroff, nickte ihm kurz zu, ignorierte aber die ausgestreckte Hand, wandte sich ab und stellte sich vor einen der hohen Steine. Zwei seiner Freunde rahmten ihn ein.

Die Sonne schien dem Einsiedler ins Gesicht, und als Elmaar die Augen zusammenkniff, wurden die Furchen auf seiner Stirn noch tiefer. Er wirkte sehr ernst, als trage er schwer an der Verantwortung, die ihm auferlegt war.

Möglicherweise sehnte er sich nach der Abgeschiedenheit seiner Insel zurück. Nach Forsetes Wind.

Viele Neugierige hatten sich eingefunden, Edelmänner aus der Gegend und aus dem gesamten südlichen Friesland, genauso wie Bauern aus dem Ostergouw, die der Überzeugung waren, hier werde auch ihre Sache verhandelt. Die Männer standen in Gruppen beieinander. Noch hatte der Thing nicht begonnen. Es wurde gelacht, man schlug sich gegenseitig auf den Rücken.

Hayo stolzierte wie ein Gockel zwischen ihnen umher. Er trug eine Fellmütze mit einem Schwanz daran, damit auch der Letzte begriff, dass er Fürst war und Respekt verdiente. Wie Landric vor ihm tat er so, als übersehe er den Herzog. Voller Eifer begrüßte er Bekannte und schwatzte mit ihnen. Als er Landric entdeckte, winkte er ihm zu und eilte zu ihm, als wäre er ein Freund, den er lange nicht gesehen hatte. Landric zog seinen ältesten Sohn, Diemo, der sich bereits bei den Männern aufhalten durfte, mit in ihr Gespräch. Hayo und Landric bewegten Hände und Köpfe, während sie miteinander sprachen, gerade so, als hätten sie vor Beginn der Verhandlung noch wichtige Dinge zu klären. Auch fassten sie sich immer wieder an den Armen.

Der Wind frischte ein wenig auf, die Gräser auf dem Hügel legten sich auf die Seite. Das Frühjahr war weit vorangeschritten, trotzdem war es nicht besonders warm. Immerhin sah es nicht nach Regen aus.

Radbod stand mit Poppo zusammen. Der Junge hatte sich, so kam es Radbod vor, von dem Tag an an ihn gehängt, an dem er ihm verboten hatte, nach Dokkhum zurückzukehren. Er wich ihm kaum je von der Seite, begleitete ihn wie ein Schatten, war immer da. Radbod nahm es hin, irgendwie freute ihn die stete Begleitung sogar, zumal alle anderen ihn alleingelassen hatten, nicht nur die Fürsten, sondern auch Finn, der eine Menge von Leuten kannte und offenbar mit ihnen allen zu sprechen hatte. Auch er entkam auf diese Weise der Nähe seines Bruders. Und Tade war bei dem Jungen.

»Da ist Mutter«, sagte Poppo und zeigte auf einen Platz im äußeren Kreis, gegenüber und weit entfernt von Selind und seinen Kindern. Sie war in Begleitung von Aicke.

Radbod setzte sich in Bewegung. Poppo folgte ihm, aber je näher er Rixa kam, desto weniger achtete Radbod auf den Jungen. Er hatte nur noch Augen für sie.

Auch sie hatte ihn entdeckt. Auf ihrem Gesicht stand keine Freude, kein Lächeln, nichts in der Art, aber sie war aufmerksam, als wollte sie keinen seiner Schritte verpassen.

Er wurde langsamer. Sie rührte sich nicht, machte nicht eine einzige Bewegung auf ihn zu. Auch Aicke hatte inzwischen wahrgenommen, dass Radbod, mit Poppo im Schlepptau, auf sie zuhielt. Radbod war es egal. Sollten sie alle denken, was immer ihnen ihr Verstand eingab, er wollte zu ihr, wollte bei ihr stehen, ein paar Worte mit ihr wechseln, ihr Mut zusprechen.

Als er sie erreicht hatte, nahm er ihre Hände.

»Radbod«, sagte sie leise.

Er nickte.

»Wird es gut gehen?«

»Die Gerechtigkeit liegt in Forsetes Hand, und er wird sie ausüben und niemanden töten lassen, der nicht selbst getötet hat.«

»Hoffentlich sieht er die Wahrheit.«

Es gab, solange der kleine Junge jedes Wort verweigerte, wenig Grund, auf diese Hoffnung zu setzen, aber das sagte er ihr nicht. »Er kennt sie.«

Sie umarmte und drückte ihren Sohn.

»Du siehst elend aus«, sagte sie zu ihm. »Behandeln sie dich schlecht am Fürstenhaus?«

»Nein«, erwiderte Poppo.

»Er ist abgemagert«, sagte Rixa zu Radbod, während sie Poppo über das dünne Haar fuhr.

Radbod wunderte sich. Poppo bekam nicht weniger zu essen als alle anderen. Er ging dem Gedanken aber nicht nach, denn Rixa trat auf ihn zu, legte ihm die Hände an die Arme, sah ihm in die Augen und verharrte. Ohne dass sie ein Wort darüber verloren, stand ihre lange gemeinsame Geschichte bei ihnen und die Tatsache, dass sie sich als zusammengehörig fühlten, aber nicht zueinander konnten. Alles war da, so deutlich, dass es sich nicht übergehen ließ – Rixas Vertreibung, Radbods Zeit im Verließ, ihr gemeinsames Kind. Ihre Erinnerungen verbanden sie, und sie wussten beide um die Bedeutung, die der andere für sie hatte. Nun war es Rixa, die all die fremden Blicke nicht scherten, sie umfasste ihn und ließ sich von ihm umarmen und halten. Und wieder stieg ihm ihr säuerlicher Geruch in die Nase.

Als er sich von Rixa gelöst hatte, machte er sich auf den Weg zu Selind, aber die drehte sich weg, sobald sie ihn kommen sah. So machte er nur bei Eila Halt, die an ihrem Stein spielte, und gab ihr einen Kuss. Auf dem Rückweg, als sie über den Platz schritten und der Wind ihnen in die Umhänge und die Haare fasste, ermahnte er Poppo dazu, die Wahrheit zu sagen. Er solle erzählen, was er erlebt habe, nichts auslassen, nichts hinzufügen. Und dann vertrauen.

Der Thing begann mit einem Opfer. Elmaar schlachtete ein Lamm, so wie er es auf der Insel getan hatte, mit einem einzigen, tiefen Schnitt. Er ließ das Blut, das herausschoss, auf dem Boden verlaufen, kniete sich hin, wischte mit den Händen über das Erdreich und murmelte unverständliches Zeug, alles so, wie Radbod es kannte.

Dann nahm er seinen Platz ein.

Mit Ehrfurcht hatten die Männer – und auch die Zuschauer im äußeren Kreis – zugesehen. Sie alle gingen davon aus, dass sich Forsete selbst um diesen Fall kümmerte und ihn entschied und dass er den Riss heilte, der sich durch das Friesenland zog. Da war es nur billig, dass dem Gott geopfert wurde. Das tote Tier hatte seine Beine von sich gestreckt. An Hals und Kopf hatte sich seine Wolle gefärbt, und eine rote Lache bedeckte die Erde.

Elmaar eröffnete die Verhandlung. Als Erstes ließ er den Bauern, den Vater der toten Froma, seine Beschuldigung vortragen.

Der Mann wirkte gefasst. Er hatte auf dem weiten Platz laut zu sprechen und schaffte das auch, nur manchmal brach ihm die Stimme, dann kamen ihm Tränen und er brachte seinen Satz nicht zu Ende, weil er sich mit dem Ärmel über das Gesicht wischte. Man merkte ihm an, dass er sich seinen Vortrag, der Anfang und Ende besaß, eingeprägt hatte, und der Bauer musste selten überlegen, wenn er eine Frage gestellt bekam. Trotzdem ließ sich nicht verbergen, dass er ein ungeübter Redner war, die Stimme klang rau, seine Worte wirkten allzu ausgewählt, als wenn er meinte, zu hohen Herren besonders klug sprechen zu müssen.

Er sprach über seine Tochter, die eines der hübschesten Mädchen im gesamten Umkreis gewesen sei, und viele Burschen und selbst Edelmänner hätten ein Auge auf sie geworfen. Auf Festen und Sonnenwendfeiern habe er immer auf sie aufgepasst. Dass sie sich am Ende für diesen Kerl entschied – der Bauer zeigte auf Poppo – habe mit Zauberei zu tun gehabt, so viel sei sicher, denn an dem sei ja nichts dran, wie man sehen könne, weder sei er besonders stattlich noch besitze er Land.

Die Leute lachten.

Es sei doch wahr, rief er, und seine Stimme überschlug sich. Niemand wisse, woher dessen Familie stamme, da gebe es nur Gerüchte. Auch über seinen Vater könne keiner Auskunft geben. Manche sagten, es sei irgendein Edler aus Stavoren oder Dorestad, während andere meinten, er sei ein Fischer, den die See geholt hat.

Elmaar unterbrach ihn und verlangte, er solle bei den Tatsachen bleiben.

Der Bauer nahm dieses Wort auf. »Tatsache ist, dass wir, meine Frau und ich, beiden den Umgang miteinander verboten hatten. Das ist doch verständlich. Niemals hätte ein Besitzloser wie er den Brautpreis aufbringen können, den wir uns vorgestellt haben. Und andererseits, wenn er sie erst entehrt hätte, wäre es zu spät gewesen.«

Ob sich die jungen Leute an das Verbot gehalten hätten, wollte der Richter wissen.

Er habe keinen Zweifel, dass seine Tochter gehorsam gewesen sei, erwiderte der Bauer. Nur dieser Poppo habe sich nicht an das Verbot gehalten. Als aber Froma ihn, aufgrund der elterlichen Worte, abgewiesen habe, da sei er in seinem Stolz gekränkt gewesen und habe sie erwürgt.

Ob er das wisse oder vermute, fragte Elmaar.

Der Bauer reckte den Kopf. Er dachte über seine Antwort nach, bevor er sie gab. »Beides. Ich vermute es so fest, dass ich es weiß.«

Wieder lachten die Zuhörer.

Poppo, der als Nächster vorzutreten hatte, schilderte seine Sicht. Er sprach stockend, fast unbeholfen, viel weniger vorbereitet als sein Vorredner. Radbod sah es als Versäumnis an, nicht mit Poppo geübt zu haben, zumal er aus eigener Erfahrung wusste, wie schwer ein öffentlicher Auftritt war. Dass Froma ihm alles bedeutet habe, brachte Poppo hervor, und er sich deshalb nicht an das Verbot ihrer Eltern habe halten können.

Die Zuschauer raunten und widersprachen. Sie alle waren Väter und verlangten Gehorsam von ihren Kindern.

Poppo ließ sich beirren. Er musste mehrfach ansetzen, bevor er seinen nächsten Satz herausbrachte – auch Froma habe sich nicht an die Vorgaben ihrer Eltern gehalten, rief er. Es habe ihr nicht gefallen, sich heimlich mit ihm treffen zu müssen. Aber ihn nicht zu sehen, habe sie genauso wenig gewollt wie er.

Ihr Vater sprang auf: »Du lügst doch.«

Poppo schlug die Augen nieder, als sei er sich einer Schuld bewusst. »Ich lüge nicht«, sagte er leise. »Was ich sage ist wahr.«

Seine Befragung war noch nicht beendet, da sprang Landric auf und rief in das Rund der Männer hinein: »Wir müssen an dieser Stelle endlich klarmachen, wer der Vater des Angeschuldigten ist. Sonst tappt die ganze Versammlung weiter im Dunkeln.«

Alle Augen richteten sich auf ihn. Im Rund war Schweigen.

Er schien die Aufmerksamkeit zu genießen und wartete lange ab, bis er seinen nächsten Satz vorbrachte. »Es ist der Herzog. Radbod ist sein Vater.«

Ob die Leute tatsächlich überrascht waren oder ob sie nur so taten, konnte Radbod nicht ausmachen. Das Raunen im Rund war laut, vielleicht zu laut. Möglich, dass Landric es vorbereitet hatte.

Der Groninger streckte den Arm aus. »Ja, es ist Radbod. Und er hat alles dafür getan, diesen Jungen zu verstecken.«

»Ich habe diese Ratsversammlung einberufen«, entgegnete Radbod. Er sprach so laut, wie Landric geredet hatte. »Und dann habe ich dafür gesorgt, dass Poppo sie erleben kann. Es gab einige Vorschnelle, die waren drauf und dran, selbst Recht zu sprechen. Das habe ich verhindert. Denn in unserem Land ist das Recht bei Forsete und nicht bei wild gewordenen Männern.«

Nach diesen Sätzen war es um die Ruhe in der Versammlung geschehen. Manche Leute sprangen auf und fuchtelten mit den Armen in der Luft. Alle riefen durcheinander, und da es so viele waren, ließ sich nicht verstehen, was sie sagten. Elmaar hatte Mühe, die eigentliche Verhandlung fortzusetzen. Er klatsche ein paarmal in die Hände, was kaum zu hören war. Dann entschied er sich offenbar dazu, die Männer ihre Aufregung hinausschreien zu lassen und abzuwarten.

Er musste viel Geduld aufbringen.

Am Ende stand er auf, hob seinen Stab und stieß ihn mehrfach auf den Boden, was ein dumpfes Geräusch erzeugte.

»Schluss jetzt. Wir wollen endlich fortfahren. Hört zu und lasst euch sagen, dass Forsete euer Geschrei nicht hören mag. Lautstärke hat nichts mit Gerechtigkeit zu tun.«

Er musste trotzdem noch warten, bis sich die Zuhörer beruhigten. Als es schließlich leiser wurde, wandte er sich wieder an Poppo. »Du bleibst also dabei, das Mädchen nicht getötet zu haben. Und würdest dich auch einem Gottesurteil stellen?«

»Ich weiß nicht, was für ein Urteil du meinst, Richter. Aber ich sage die Wahrheit. Niemals hätte ich Froma etwas angetan. Ich habe mich nach ihr gesehnt, jeden Tag aufs Neue. Manchmal schaffte sie es nicht, zu einem Treffen zu kommen, denn die Eltern ließen sie nicht aus den Augen, und dann hat sie ihren kleinen Bruder geschickt, um mir zu berichten. Ich war enttäuscht. Und habe wieder gewartet. Und jetzt …«, er stockte, »… jetzt ist alles Warten umsonst. Sie ist in der anderen Welt, die sie nicht verlassen kann, und ich weiß, sie wird nicht mehr zu mir kommen. Nie mehr. Nur wo der Flieder blüht, da grüßt sie mich, weil doch der Flieder die Pflanze der Toten ist. Jede Nacht träume ich von ihr, aber da wird sie immer mehr wie ein Schatten. Warum sollte ich sie getötet haben? Ich bin der, der mit dem Kummer zurückbleibt.«

»Wenn das so ist«, sagte der Richter, »müssen wir Forsete um seine Entscheidung bitten.«

Radbod wartete darauf, dass Elmaar ausmalte, wie er den Gott fragen wollte. Der Einsiedler saß auf seinem Richterplatz, eingerahmt von seinen Begleitern, und starrte ins Nichts. Ob er Forsetes Worte bereits hörte? Ohne dass man das sah? Oder dachte er einfach nach?

»Wie machst du das?«, fragte Radbod, als er die Spannung nicht mehr ertragen konnte. »Dass du Forsete bittest?«

»Es gibt viele Formen von Gottesurteilen. Der Beschuldigte kann seinen Arm ins Feuer halten, und wenn Forsete auf seiner Seite ist, dann sorgt er dafür, dass er keine Verbrennungen bekommt. Aber wir müssen uns beraten, was angemessen ist. So lange unterbreche ich die Versammlung und ermahne euch alle zu Ruhe und Besonnenheit.

Wenn ihr nicht still seid, können wir die Worte des Gottes nicht verstehen.«

Radbod wurde weich in den Beinen. Er wünschte sich irgendetwas oder irgendjemanden, um sich abzustützen, schließlich konnte er sich als Herzog schlecht auf den Boden setzen. Da aber Poppo hatte vortreten müssen, war niemand da.

Doch dann kam ein Arm vor und griff nach seinem.

Tade.

»Es gibt jemanden«, rief der alte Lehrer dem Richter und der ganzen Versammlung zu, »der etwas gesehen hat. Einen Jungen. Er ist verschreckt. Aber vielleicht spricht er mit dir.«

»Wer ist dieser Junge?«

»Der Bruder der Toten.«

Sie hörten einen einzelnen Schrei aus dem äußeren Ring, einen spitzen, schrillen Ton. Helges Mutter. Sie riss sich die Hand vor den Mund.

»Ein Kind«, rief Landric, »auf einer Ratsversammlung. So etwas hat es noch nie gegeben. Das können wir nicht dulden.«

Der Groninger bekam viele zustimmende Rufe.

»Ich will ihn sehen«, entschied Elmaar. »Bringe ihn vor.«

Tade ging zu dem Wagen, bei dem Kresten stand, beide Hände vor der Brust verschränkt. Es war offensichtlich, dass sie mit dem Vorhaben ihres Mannes nicht einverstanden war. Doch er nahm keine Rücksicht auf sie und ließ sie einfach stehen. Neben ihr hob er die Plane hoch und reichte dem Jungen eine Hand, die der ergriff.

Tade zog Helger in das Rund des Thing.

»Ein Kind!«, rief Landric erneut. »Ich sage: Nein!«

Tade begleitete den Jungen bis an die Stelle, wo Poppo und vorher der Bauer gestanden hatten. Der Richter musterte ihn, wohlwollend, glaubte Radbod. Zumindest hoffte er das.

Tade blieb neben Helger stehen.

»Wie ist dein Name?«, fragte der Priester mit milder Stimme.

Eine Antwort bekam er nicht. Der Junge starrte ihn an und rührte sich nicht.

»Er heißt Helger«, sagte Tade für ihn.

»Helger. Das ist ein schöner Name. Willst du auch wissen, wie ich heiße?«

Der Junge reagierte nicht. Es war nicht auszumachen, ob er die Frage überhaupt aufgenommen hatte.

»Elmaar, so heiße ich. Das ist der Name, den mein Vater mir gegeben hat. Hörst du, dass er ein wenig ähnlich klingt wie deiner?«

Der Junge nickte, vorsichtig nur, aber er bewegte den Kopf.

»Hast du deine Schwester gut leiden können?«

Wieder ein Nicken. Genauso zurückhaltend.

»Sie war wohl sehr schön, deine Schwester Froma.«

Tade legte dem Jungen die Hand zwischen die Schultern, als wollte er ihn kräftigen. Helger wirkte steif, regelrecht verkrampft. Ob er überhaupt eine Vorstellung davon hatte, wo er war und was von ihm erwartet wurde?

»Du weißt, dass deiner Schwester etwas Böses widerfahren ist. Sie ist nun im Reich der Totengöttin, wo Frieden herrscht und wo es ihr gut geht, auch wenn die Sonne dort nicht scheint. Und doch bestrafen wir das Töten. Weißt du, warum?«

Der Junge zeigte keinerlei Reaktion. Radbod aber glaubte, er wirke gespannt und wollte wissen, was der Einsiedler zu sagen hatte.

»Weil die Götter das Leben geben. Deshalb dürfen nur sie es nehmen. Verstehst du das?«

Elmaar ließ sich und dem Jungen viel Zeit. Seine Worte waren längst verklungen, und die Zuhörer flüsterten miteinander. Elmaar aber wartete auf eine Antwort des Jungen.

»Ja«, sagte der Kleine schließlich, leise und mit krächzender Stimme, wie ein Hauch.

Das erste Wort, das Radbod von ihm vernahm.

»Hör mir zu, Helger, ich werde dich nun um etwas bitten, und ich bitte dich im Namen von Forsete, der unser Gott ist. Ich glaube, du hast etwas gesehen. Etwas, das dir große Angst gemacht hat. Ist das wahr?«

»Wir wollen Forsetes Urteil«, rief Landric dazwischen, »über den, der hier angeklagt ist.«

»Alles andere ist Zeitverschwendung«, stimmte ihm ein Mann zu, der in seiner Nachbarschaft saß.

Der Junge erschrak, er drehte sich zu Tade und suchte Schutz unter dessen Arm, während weitere Zwischenrufe aus unterschiedlichen Ecken kamen. Die meisten stimmten Landric zu. Einige andere verlangten Ruhe.

Der Richter wartete, beide Hände erhoben. Das Gesicht des kleinen Helger war nicht mehr zu sehen, er hatte es in Tades Bauch gegraben.

»Helger«, versuchte es der Richter erneut, als die Rufe verstummt waren. »Hab keine Angst, dir geschieht nichts. Niemand darf dir etwas tun. Du stehst unter dem Schutz der Götter. Sie alle passen auf dich auf, Thor mit seinem Hammer und auch Wotan und seine beiden Raben. Also brauchst du keine Angst mehr zu haben. Hörst du?«

Es machte den Eindruck, als wären Elmaars Worte nicht bis zu dem Junge gedrungen. Er verharrte in Tades Kittel. Landric und die anderen Männer zeigten in übertriebener Deutlichkeit ihre Ungeduld, sie murrten und traten von einem Bein auf das andere oder beschwerten sich halblaut und mit großer Geste. Am Rand des Steinkreises stand Kresten, offenbar bestrebt, ihren Schützling zurück in den Wagen zu führen.

Tade legte dem Jungen beide Arme auf die Schulter und drehte ihn vorsichtig von sich weg. Er ging in die Hocke und flüsterte ihm etwas ins Ohr.

»Hörst du mich, Helger?«, fragte der Richter.

Der Junge nickte.

Aus Landrics Ecke kam ein neuer Ruf. Radbod verstand nur die Worte »keinen Sinn«.

Elmaar stand von seinem Platz auf, was langsam und würdevoll vor sich ging, und stützte sich auf seinen Stab. Er trat einige Schritte vor und hob einen Arm in die Höhe. Seine Stimme war nicht laut, aber schneidend und für jedermann zu vernehmen.

»Ihr alle hier seid freie Männer und habt das Recht zur Rede. Doch ihr stört durch eure Ungeduld den Thing. Ich soll in Forsetes Namen ein Urteil sprechen und will deshalb wissen, was an jenem Tag passiert ist, als das Mädchen Froma starb, und ich gebe keine Ruhe, bis ich jeden gehört habe, der etwas beitragen kann. Zügelt euch also. Oder geht hinaus, wenn ihr eure Zungen nicht im Griff habt.«

Manche Männer sprangen auf, andere wollte zur Gegenrede ansetzen. Sie alle waren es nicht gewohnt, zur Ordnung gerufen zu werden, schon gar nicht öffentlich. Elmaar warf ihnen seine Blicke zu. Sein Gesicht mit den vielen tiefen Falten war frei von jeder Furcht. Er hatte die Augen zusammengekniffen und wirkte böse, und ob es nun ein Zauber war oder seine Macht – wer stand, setzte sich wieder, und wer reden wollte, schloss den Mund. Elmaar blieb, seinen Stab in der Hand, stehen, bis der letzte Widerstand gebrochen war. Dann kehrte er zurück.

»Helger«, sagte er, »es dauert nicht mehr lange, dann wirst du ein Mann sein. Wenn dir dann ein angriffslustiges Tier gegenübersteht, kannst du versuchen, wegzulaufen. Oder du stellst dich und machst ihm klar, dass du stark bist.«

Es war nicht zu entscheiden, ob der Junge die Worte des Einsiedlers aufgenommen, ob er sie überhaupt gehört hatte. Tade hielt ihm weiterhin die Hand auf seine kleine Schulter.

Alle warteten.

Die Männer um Landric gaben halbwegs Ruhe. Radbod ließ den Blick durchs Rund wandern und weiter in den äußeren Kreis. Rixa hielt Aickes Hand, was ihm einen Stich versetzte. Der Fischer war es, der ihr beistand, auch wenn sie ihn nicht anschaute, sondern mit aller Aufmerksamkeit bei dem Geschehen in der Versammlung war. Selind war bei den Kindern. Die Jungs kauten auf einer harten Wurst herum und schienen auch ein wenig zu streiten. Eila hatte ein anderes Stück Stein gesucht, sie setzte einen Schritt hinauf und sprang herunter, hoch und wieder runter und immer weiter.

Tade flüsterte dem Jungen noch einmal etwas ins Ohr. Radbod vermutete, er machte ihm deutlich, was der Einsiedler hatte sagen wollen, dass die Angst auch nur ein wildes Tier war, der man sich zu stellen hatte.

Schließlich nickte Helger.

»Gut«, sagte der Priester, »dann erzähle. Du warst draußen.«

Wieder ein Nicken.
»Mit deiner Schwester?«
»Und mit Poppo«, sagte Helger so leise, dass er es wiederholen musste.
»Wo wart ihr?«
»Am Bach.«
»Am Bach?«, wiederholte der Richter, weil der Junge schwer zu verstehen war. »Und was habt ihr da gemacht?«
Helger suchte Tades Hilfe. Der alte Lehrer stand wie ein Fels neben ihm, stützte ihn, und er würde ihn beschützen, selbst wenn es ihn das eigene Leben kostete. Er versuchte, den Jungen zu ermutigen.
»Ich habe … Froma … nach Hause geholt … ich sollte das.«
»Du wolltest sie nach Hause holen? Die Eltern hatten dir diesen Auftrag gegeben?«
Der Junge nickte.
»Und dann?«
Helger zeigte mit dem Finger auf Poppo. »Er ist …«
Nun war Spannung in der Versammlung. Die Männer hörten aufmerksam zu, manche mit offenem Mund, andere mit der Hand am Gesicht.
Aber der Junge sprach nicht weiter.
»Was hat er gemacht?«
»Er ist … fortgegangen.«
»Fortgegangen?«, wiederholte Elmaar, und er schien erstaunt zu sein. »Wohin denn?«
Diese Antwort konnte der Junge offenbar nicht geben. Er hob die Schultern.
»Du weißt nicht, wo er hingegangen ist?«
Kopfschütteln. »Er war traurig und ist weggegangen.«
»Und du hast Froma nach Hause gebracht?«

Wieder ein Kopfschütteln des Jungen.

Er drehte sich zu Tade und flüsterte ihm etwas zu.

»Hat er dir die Antwort gegeben?«, fragte der Priester.

»Ja, das hat er«, sagte Tade.

»Junge, so geht das nicht. Du musst zu uns sprechen, das kann ich dir nicht ersparen. Wir brauchen deine eigenen Sätze. Verstehst du das?«

Mit hängenden Schultern stand Helger da. Nach Angst sah er nicht mehr aus, eher nach Erschöpfung.

»Was ist passiert«, fragte Elmaar, »als ihr nur noch zu zweit am Bach wart?«

»Wie lange«, rief Landric dazwischen, »soll das noch andauern? Das ist ja ein Schauspiel. Lass endlich Forsete entscheiden.«

Er bekam wieder Zustimmung von Umstehenden. Der Junge schien noch stärker eingeschüchtert zu sein.

Der Richter wartete.

Wieder war es Tade, der sich darum bemühte, ihm zuzureden, ihn zur Aussage zu bewegen.

Man sah Helger an, wie er mit sich rang, sein Kopf bewegte sich, die Finger waren ineinander verknotet.

Am Ende machte er sich stark. Reckte den Oberkörper. Trotzdem schaffte er nicht mehr als einen Flüsterton. »Ein Mann ist gekommen.«

»Ich habe nicht verstanden.«

Der Junge wurde lauter, als wenn er all seine Kraft zusammengenommen hätte. »Ein Mann ist gekommen. Auf einem Pferd.«

Ob für sich selbst oder für die Zuhörer, Elmaar wiederholte, was er verstanden hatte: »Ein Mann auf einem Pferd ist gekommen? Was ist dann passiert?«

»Froma ist weggelaufen. Bis … bis … bis …«

»Bis was?«

Helger schüttelte den Kopf.

»Du musst reden, Junge.«

»Bis er sie eingeholt hat.«

»Und du?«

»Hab mich versteckt.«

Diesmal war es nicht Landric, sondern ein anderer Groninger, der dazwischenrief: »Richter, das sind alles Kinderträume. Wir sind eine Versammlung von Männern. Hier soll Recht gesprochen werden.«

Elmaar würdigte ihn keiner Antwort. Unverwandt hatte er seine Aufmerksamkeit bei dem Jungen.

»Wo hast du dich versteckt?«

»Am Bachufer. In der Böschung.«

»Und was hast du gesehen?«

Der Junge stand vollkommen still, und in diesem Moment schien die Erinnerung in ihn einzuschießen wie ein Blitz. Er drehte sich zu Tade und verbarg sich wieder im Kittel seines Beschützers. Radbod schien es, als weine er.

Elmaar ließ ihn gewähren und gab sich inzwischen alle Mühe, die aufkommende Unruhe zu unterbinden.

Dann sagte er: »Du bist weit gegangen, Junge. Jetzt schaffst du auch noch den Rest des Weges. Sage mir, ob der Mann von seinem Pferd gesprungen ist.«

Vorsichtig drehte Tade den kleinen Helger wieder in Richtung auf den Priester. Der Junge brachte eine Antwort hervor, die so leise war, dass keiner sie hören konnte. Man sah nur, dass er seine Lippen bewegte.

Radbod hatte Poppos Arm gegriffen und drückte ihn. Er war so angespannt, dass er kaum atmete.

»Ja.«

»Und dann?«

Der Kleine stand da, die Hände am Kittel, den Kopf erhoben, tapfer, und trotzdem mit Tränen in den Augen. Er war bis an seine Grenze gelangt, und jetzt verlangte der Priester, dass er noch darüber hinaus schritt.

»Dann … lag er über ihr. Ihr Kleid war zerrissen. Ich weiß nicht, was er gemacht hat, ich weiß es nicht … Sie wollte schreien. Er hat ihr die Hand auf den Mund gehalten. Als sie ihn gebissen hat, hat er ihren Kopf gegen einen Stein geschlagen. Und dann … dann hat er sie ins Moor geworfen. Und ist fortgeritten.«

Wieder klang ein einzelner Aufschrei durch das Rund, voller Schmerz. Die Mutter der Toten.

»Sage mir, Junge, ist der Mann, den du gesehen hast, hier auf dieser Versammlung?«

Als der Richter seine Frage gestellt hatte, ging Tade wieder neben Helger in die Knie, um ihn zu stärken.

Der Junge nickte.

»Kannst du ihn uns zeigen?«

Der Junge drehte sich zur Seite und schaute ins Rund, wo die Männer auf Steinen und Bänken hockten. Der Wind bewegte die Äste, am Himmel lösten sich Wolken und Sonne ab. Es gab niemanden, auch im äußeren Kreis der Frauen nicht, der nicht den Atem anhielt.

Helger streckte seinen Arm aus. Er zeigte in die Richtung, in der die Groninger saßen. Wen genau er meinte, war nicht auszumachen.

»Er reitet auf einem Schimmel«, sagte der Junge.

»Landric«, entfuhr es Radbod.

19

Wie ein Gewitter brach der Aufruhr los. Er wirkte wie eine ganze Reihe von Donnern, die Thor über den Versammlungsplatz geschickt hatte. Gebrüll kam von allen Seiten, tiefe Männerstimmen riefen vom Inneren des Kreises, Frauen schrien von außen.

Nur: Ihre Worte waren nicht auszumachen.

Verschafften sie sich Luft? Richteten sie sich gegen Landric? Gegen den Richter oder den Jungen? Gegen Radbod? Man konnte es einfach nicht verstehen.

Elmaar stieß seinen Stab wieder auf den Boden, doch was vorhin noch ein dumpfes Geräusch erzeugt hatte, war nun schlicht nicht zu hören. Er versuchte es ein zweites und ein drittes Mal, dann gab er auf und blieb einfach stehen. Seine Beisitzer gesellten sich zu ihm, alle drei steckten sie die Köpfe zusammen, und Radbod fürchtete, sie würden beschließen, fortzugehen, die Versammlung ihrem Schicksal zu überlassen, zurückzukehren in die heilige Stille ihrer Insel.

Doch sie blieben und rührten sich nicht.

Landric übertraf alle anderen, die sich aufregten. Sein Gesicht war dunkelrot, fast wie die Glut der Abenddämmerung. Die Hand zur Faust geballt, hatte er den Arm ausgestreckt und bewegte ihn vor und zurück, als hämmere er immerzu an eine Tür. Auch er brüllte, auch seine Worte waren nicht zu verstehen. Die Groninger Männer hatten ihn umringt wie ein Schutzschild.

Tade hingegen kniete neben dem Jungen, hatte die Arme um ihn gelegt und drückte ihn an sich.

Radbod hielt immer noch Poppos Arm. Beide waren sie in der Mitte des Runds, im Zentrum des Sturms, der von allen Seiten auf sie hereinbrach, und trotzdem fanden sie sich in einer unwirklichen Ruhe, als erreichte das Geschrei sie nicht, sondern prallte irgendwo vorher ab. Sie sprachen nicht, berührten einander, warteten ab, ohne sich zu bewegen, Vater und Sohn, bereit, Forsetes Urteil zu erfahren.

Wenn es denn zu hören wäre.

Es dauerte lange, bis das Stimmengewitter abebbte, und wie kleine, verspätete Donner gab es immer wieder Nachhall, Leute, die ausnutzten, dass es leiser wurde und ihre Stimme im Rund zu vernehmen war. Sie schrien ihre Ansicht heraus. Elmaar und seine Freunde hielten ihren Platz. Der Einsiedler wirkte reglos, als mache er sich eine Übung daraus, die Geduld aufzubringen und zu warten, bis der Sturm abgezogen war.

Endlich stampfte er ein weiteres Mal mit seinem Stab.

Auch wenn die Leute nun bereit waren, ihm wieder zuzuhören, hatte sich die Stimmung doch verändert, sie glich einem Haufen trockenen Reisigs, ein Funke genügte und das Feuer würde wieder in die Höhe schnellen.

Während er auf Landric zeigte, fragte Elmaar den Jungen, der immer noch von Tades Arm geschützt wurde: »Hast du diesen Mann gesehen, der dort steht?«

»Ja«, sagte der Junge.

Sein Wort war deutlich wie keins zuvor. Er hatte sich seinem wilden Tier entgegengestellt, was ihn allen Mut gekostet zu haben schien, denn nun steckte er seinen Kopf wieder unter Tades Kittel. Der Lehrer legte die Hand darauf.

»Er lügt!«, rief Landric schwerfällig, und noch einmal: »Er lügt. Wollt ihr einem Kind glauben? Seht doch hin, dann erkennt ihr, zu wem es gehört. Oder glaubt ihr einem friesischen Fürsten?«

»Helger«, fuhr der Richter fort, »es ist eine schwere Anschuldigung, die du vorträgst. Deshalb frage ich dich ein zweites Mal: Hast du diesen Mann gesehen?« Wieder zeigte er auf den Groninger Fürsten.

Tade wand den Kopf des Jungen vorsichtig aus seinem Kittel. Seine Tat zu wiederholen, sich ein zweites Mal seinem wilden Tier zu stellen, dazu schien der Junge keine Kraft oder keinen Mut zu haben. Er gab keine Antwort.

»Helger?«

»Ja«, flüsterte der Junge, und weil er selbst zu merken schien, dass er zu leise gesprochen hatte, wiederholte er: »Ja.«

»Nein!«, rief dagegen Landric.

Radbod war froh, nicht in der Nähe seines Schwiegervaters zu stehen, denn von dem Groninger ging nun Gewalt aus, mit erhobenen Fäusten stapfte er hin und her und schien auf irgendjemanden einschlagen zu müssen. Auch seine Nachbarn fürchteten ihn offenbar, denn sie waren, obwohl von seinem Stamm, von ihm abgerückt. Selbst sein Sohn Diemo hielt Abstand. So ergab sich das Bild eines Alleingelassenen, eines einsamen Fürsten.

Landric hatte vor Aufregung Mühe mit den Worten. »Seht ihr denn nicht«, rief er, »was hier für ein Spiel gespielt wird? All das hat der da eingefädelt. Der da.« Er zeigte auf Radbod. »Der Herzog. Und warum?« Landric schnaubte und sah aus wie ein Stier. »Um seinen Bastardsohn reinzuwaschen. Ausgerechnet mich hat er sich ausgesucht. Ausgerechnet mich.«

Radbods Blick fiel auf Selind. Sie hatte zwei Finger im Mund und die Augen aufgerissen. Alfbad hatte sich bei ihr eingehakt und stützte sie. Auch Onno versuchte zu verstehen, was vor sich ging. Eila hingegen hatte sich hinter ihrem Stein versteckt. Nur ihr helles Haar war zu sehen. Die Elfe war in Deckung gegangen.

Bei ihnen stand die Groninger Fürstin, Selinds Mutter. Sie war reglos. Radbod hätte gerne gewusst, was in ihr vorging. Traute sie ihrem Mann die Tat zu? Sah sie, dass dies der Moment war, in dem ihn seine Vergangenheit eingeholt hatte?

Während Tade auf Elmaars Wink hin den Jungen zum Wagen zurückführte, versuchte der Priester, die Verhandlung fortzusetzen, als Landric sich halbwegs beruhigt hatte. Die Männer in seiner Umgebung schienen inzwischen bereit, für ihren Fürsten zu kämpfen. Auch wenn sie immer noch Abstand zu ihm hielten, hatten viele von ihnen ihr Schwert gezogen und stießen wüste Rufe aus.

»Landric von Groningen«, rief Elmaar, »ich frage dich, ob du die Beschuldigung des Jungen weiterhin zurückweist.«

Der Groninger hatte immer noch ein blutunterlaufenes Gesicht. Er war der Zorn in Person, ein Mann, der platzen konnte wie die Harnblase eines toten Tieres.

»Aber sicher tue ich das. Sicher. Das ist doch alles haltlos. Ich war seit Wochen nicht mehr im Ostergouw.« Er winkte ab. »Und außerdem falle ich nicht über ein Mädchen her.« Er lachte auf, es klang böse. »Das habe ich gar nicht nötig.«

Elmaar stand ihm gegenüber, seinen Stab in der Hand.

»Gut«, sagte er. »Wir sind eine Versammlung freier Männer. Der Junge dagegen ist unmündig. Es kann sein, dass er nicht die Wahrheit sagt. Und möglich ist auch, dass er sich etwas eingebildet hat. Und trotzdem muss ich dich fragen, Groninger, denn die Anschuldigung wiegt schwer.«

»Nein!«, brach es wieder aus Landric heraus.

»Hättest du dich für schuldig erklärt, ich hätte den doppelten Brautpreis von dir verlangt, zahlbar an die Eltern der Toten. Ein günstiges Urteil, das Forsete vorsieht. Damit würde berücksichtigt, dass du ein Fürst bist und Verdienste hast um dein Land.«

Landric hatte Schaum vor dem Mund, wie ein Pferd, das schnell geritten worden war.

»Ich gebe nichts«, sagte er, »nichts. Ich habe das Mädchen nicht getötet. Und es auch nicht überfallen.«

»Das haben wir verstanden. Wir werden uns jetzt beraten. Ich erwarte von euch allen, ihr Friesen, dass ihr euch in der Zwischenzeit anständig aufführt. Ihr solltet bedenken, dass dies ein heiliger Hain ist, ein Götterplatz. Benehmt euch.«

Zusammen mit den Beisitzern zog er sich zurück und hinterließ einen Moment der Leere und Stille, ein kurzes Schweigen, als wenn ein Gott den Atem angehalten hätte. Ihm folgte ein neuerlicher Ausbruch von Rufen, von Geschrei, von Drohungen. Elmaars Ermahnung schien der Wind fortgetragen zu haben.

Radbod zog Poppo davon.

Als sie den Krach der Versammlung hinter sich gelassen hatten, sagte er: »Wir wollen uns nicht zu früh freuen, denn man kann nicht wissen, was die Priester entscheiden. Aber du sollst wissen, dass ich dem Jungen glaube und vorher auch dir geglaubt habe. Und dass ich froh bin und erleichtert.«

»Wirklich?«, fragte Poppo.

»Was meinst du?«

»Deine Schwierigkeiten werden immer größer, und zwar durch mich. Deine Frau wendet sich von dir ab, dein Schwiegervater ist nun dein Feind und mit ihm sein ganzer Stamm. Es wäre besser, ich wäre nie zu dir gekommen.«

Radbod blieb stehen. Der Junge war mager, wie Rixa gesagt hatte, und er hatte die Nacktheit des Vögelchens, das aus dem Nest gefallen war. Aber dahinter blitzte ein Verstand.

»Nein«, sagte er, »das wäre nicht besser.«

»Die freien Männer«, fuhr Poppo fort, »verabscheuen ihren Herzog.«

»Ein Teil davon. Nicht alle. Deshalb muss trotzdem Recht gesprochen werden.«

Sein Satz, fand Radbod, klang besser als die Lage war. Was auch immer die Priester entscheiden würden, ein Zug aller Friesen gegen die Franken in Dorestad war in weite Ferne gerückt. Er war kaum noch vorstellbar.

Zu Selind – und zu seinen Kindern – führte für ihn kein Weg, denn er hätte am Bereich der Groninger vorbeigehen müssen, von denen viele immer noch ihre Schwerter erhoben hatten und kampfbereit waren. Auch schien seine Frau keinen Wert auf ihn zu legen, und er tat das umgekehrt genauso wenig. Ihn zog es zu Rixa. Poppo nahm er mit sich.

Sie erwartete ihn. Als er ihren Platz im äußeren Ring erreicht hatte, legte sie ihm die Fingerspitzen an die Schultern und verharrte. Dann drückte sie ihren Sohn an sich.

»Was wird nun?«, fragte sie.

»Wir müssen auf das Urteil der Priester warten. Sie versuchen, Forsetes Willen zu ergründen. Am Ende ist ihr Wort Gesetz.«

»Ich habe Angst.«

»Helger hat die Wahrheit gesagt«, erklärte Poppo. »Ich bin weggegangen, zu dir, nach Hause.« Er presste die Hände vor die Augen. »Hätte ich sie nicht alleine gelassen, wäre Froma noch am Leben.«

Rixa griff nach seiner anderen Hand und drückte sie. »Es ist nicht deine Schuld.«

»Doch. Ich habe sie allein gelassen.«

»Wie oft ist sie alleine über die Felder und zum Bach gegangen, ohne dass jemand sie begleitet hat?«

Poppo widersprach nicht mehr, trotzdem war es offensichtlich, dass die Ansicht seiner Mutter nicht die seine war. Auch ein günstiges Urteil würde ihm sein Leid nicht nehmen.

Auf das Urteil hatten sie lange zu warten. Die Zuschauer blieben unruhig, was dadurch verstärkt wurde, dass sie anfingen, ihr mitgebrachtes Bier zu trinken. Hier und da wurde gegrölt und gestritten, aber dann schritt jemand ein und wiederholte Elmaars Bemerkung, dass man sich auf einem Heiligen Hain befinde. Poppo wollte zum Planwagen, und Radbod begleitete ihn. Der Junge bat Tade darum, endlich Helger begrüßen zu dürfen. Tade willigte ein, aber Kresten schickte sie wieder fort, da der Junge nach der Anstrengung eingeschlafen war.

Als die Priester endlich zurückkehrten, war die Sonne weit um das Rund herumgewandert. Spannung lag in der Luft und sie wuchs mit jedem Augenblick. Im inneren Kreis nahmen die Männer ihre Plätze wieder ein, auch Radbod und Poppo. Tade hatte sich zu ihnen gesellt, nachdem er den Eltern des Jungen versichert hatte, ihnen den Sohn am Ende der Versammlung zurückzugeben.

Auf seinen Stab gestützt baute sich Elmaar vor der Versammlung auf, seine Beisitzer neben sich. Er sprach nicht, offenbar verlangte er mehr Ruhe. Die letzten Schwätzer verstanden, dass sie gemeint waren. Ihre Unterhaltung erstarb.

Dann sagte der Priester: »Es gibt zwei Anschuldigungen. Eine richtet sich gegen Poppo, von dem wir gelernt haben, dass er der Sohn des Herzogs ist, die andere gegen Landric von Groningen. Wir nehmen beide ernst, auch die, die von einem Kind vorgetragen wurde, denn dieser Junge ist der Bruder der Toten. Hört nun, was der Gott entschieden hat: Forsete verlangt einen Zweikampf.«

»Ich soll gegen Landric kämpfen?«, platzte es aus Radbod heraus.

»Du? Wieso denn du? Nein. Dein Sohn, Poppo.«

»Ein Junge gegen einen ausgewachsenen Mann?«

»So hat es Forsete entschieden. Aber damit nicht genug, der Kampf ist erst dann beendet, wenn einer von beiden sein Leben verloren hat. Vorher nicht. Erst der Tod wird diesen Streit entscheiden.«

Es gab wieder Aufschreie, nicht aus dem Kreis der Männer, die die Köpfe neigten, sondern aus dem der Frauen. Landric wirkte grimmig. Radbod sah ihm die Kampfeslust an. Poppo wirkte wie eine halbe Portion gegen ihn.

»Das geht nicht«, sagte Radbod zu dem Jungen. »Das kann ich nicht zulassen.«

Poppo klopfte ihm auf die Schulter, als würde er sich über die Entscheidung freuen. »Es ist richtig so. Wenn es Forsetes Wille ist, dann kämpfe ich.«

»Wer sagt, dass es wirklich Forsetes Wille ist?«

»Du hast den Priester holen lassen«, meinte Tade. »Deshalb kannst du nicht anders, als sein Urteil zu akzeptieren.«

Der Priester erklärte, der Kampf solle sofort beginnen, hier, am heiligen Hain. Landric zog sein Leibhemd aus und warf es von sich. Er zog sein Schwert und bekam ein stabiles Schild, mit Leder überzogen.

Auch Poppo würde nach friesischer Art mit nacktem Oberkörper kämpfen.

Radbod nahm ihn beiseite.

»Hör zu«, sagte er, »du bist stark, das habe ich selbst erlebt. Der Groninger ist geschickt mit dem Schwert, also sei vorsichtig. Weiche ihm aus. Je länger der Kampf dauert, desto günstiger für dich. Seine Kraft wird als Erste nachlassen, weil er viel älter ist und schwerfälliger. Du dagegen bist schnell, du bist beweglich. Nutze das. Halte ihn hin.«

Poppo hatte zugehört, auch wenn er mit den Gedanken schon bei dem Kampf zu sein schien. Er schaute auf Landric, der seinerseits keinerlei Interesse für seinen Gegner zu haben schien. Tade brachte Poppo ein Schwert und einen Schild, der Landrics in nichts nachstand.

Beide Kontrahenten trafen in der Mitte des Platzes aufeinander, sodass die Männer auf den Steinen einen guten Blick hatten. Elmaar erklärte erneut: »Einer von euch muss hier sein Leben lassen. Vergesst das nicht. Erst das ist die Entscheidung.«

Dann gab er den Kampf frei.

Landric schlug sofort zu, und Poppo musste seinen Schild in die Höhe reißen, um den Hieb zu parieren. Er wich zurück. Der Groninger drängte nach. Schleifte seinen eigenen Schild hinter sich her, als benötige er keine Abwehr, während er Poppo einen Schlag nach dem anderen verpasste. Wie Töne einer Trommel hallte der Aufschlag des Eisenschafts auf den bespannten Schild, bei dem das Leder bald erste Risse bekam.

Nach der ersten Angriffswelle schöpfte Poppo Atem. Langsam fand er seinen Rhythmus. Er war leichtfüßig und wich aus, ohne allerdings selbst gefährlich werden zu können. Nur auf kurze Gefechte ließ er sich ein, um bald wieder zur Seite auszubrechen.

Auch die Schilde schlugen aneinander. Poppo war kräftig, aber Landric von anderer Statur, seine Oberarme waren muskelbepackt und die Hände breit. Sein Oberkörper glänzte vor Schweiß. Man sah dem Groninger an, dass er viel aß und trank, er hatte Bauch und Brüste, die bei seinen Bewegungen hüpften. Überall standen ihm Haare, während Poppos Körper fast kahl war. Der Junge schwitzte auch nicht.

Poppo wurde kühner und begann, seinen Gegner zu reizen, indem er ihn auslachte, ihm die Zunge herausstreckte oder des Groningers Schläge kommentierte. Er verhöhnte ihn sogar. An seiner Art erkannte Radbod, wie sehr sein Sohn daran gewöhnt war, sich zu behaupten. Wie Poppo gesagt hatte – er hatte immer kämpfen müssen. Und keinen Vater gehabt, der ihn schützte.

Landric ließ sich von seinem Gegner anstacheln. Seine Wut wurde größer, jeder Schlag, den Poppo abwehrte oder dem er auswich, blies sie weiter auf. Sein Gesicht bekam wieder die dunkelrote Farbe. Als wäre er blind, drehte er sich um die eigene Achse, um zu treffen, was in seinem Weg stand. Aber Poppo war da nicht.

Der Junge griff seinerseits erst an, als Landric keuchte, als ihm der Schweiß von Gesicht und Körper tropfte, als er Pausen brauchte und stehen blieb. Auch dann blieb er zaghaft, wagte sich vor, setzte einen Schlag oder zwei, zog sich zurück. Landric parierte, kam aber nicht mehr hinterher. Er stand nur noch, während Poppo ihn umkreiste und auf seine Gelegenheit wartete.

Radbod achtete nicht nur auf den Kampf, sondern auch auf die Zuschauer. Die Männer waren bei der Sache, sie feuerten an und fieberten mit. Selind dagegen konnte kaum hinschauen. Sie stand mit der Schulter zum Kampfplatz und warf nur hin und wieder einen Blick in das Rund. Was sie nicht sah, ließ sie sich von Alfbad berichten. Onno bewegte den Oberkörper, als kämpfe er selbst mit. Auch Landrics Sohn Diemo, ein Stück weiter bei den Groningern, war bei der Sache.

Rixa folgte dem Kampf ebenfalls voller Aufmerksamkeit. Sie hatte eine Fingerkuppe im Mund, auf der sie gedankenverloren kaute. Wenn es für Poppo gefährlich wurde, biss sie zu. Hin und wieder lehnte sie sich auch gegen Aicke.

Radbod ahnte bald, wie der Streit ausgehen würde – so wie er es erhofft hatte. Poppo hatte Geduld, das war sein großer Vorteil. Er ließ sich nicht reizen, weder von der Wut des Groningers noch von seinem Hohn. Wann immer Landric ihn beschimpfte, gab er ihm scharfe Worte zurück. Bei all dem passierten ihm keine schwerwiegenden Fehler. So war er es, der schließlich den ersten Treffer setzte – da war die Sonne bereits gesunken und die Kontrahenten über und über mit Staub bedeckt. Er erwischte Landric am Arm, rechts, dort, wo er sein Schwert hielt.

Der Groninger fluchte, während er sich die linke Hand an die Wunde presste. Er wollte sich zur Wehr setzen, schien aber zu spüren, dass seine Kräfte nicht mehr mitmachten. So blieb er stehen, und Blut tropfte von seinem Arm. Er versann sich darauf, Angriffe seines Gegners nur noch zu parieren und riss den Schild hoch, wenn Poppo zuschlug. Dabei wartete er auf seine Gelegenheit.

Doch es zeigte sich, dass er bald zu jedem Schlag zu

langsam war und dass sein Arm durch die Wunde an Kraft verloren hatte. Poppo traf ihn ein zweites und ein drittes Mal, erst nur oberflächlich, aber dann tiefer. Landric wirkte mehr und mehr wie ein wildes Tier, das lange gehetzt und nun zur Strecke gebracht wurde.

Aber noch gab er nicht auf.

Breitbeinig stand er auf dem Platz, an dessen Seiten bereits die ersten Fackeln angezündet wurden. Was in ihm vorging, war nicht auszumachen. Sein Schild hing herunter, er drehte sich um sich selbst, um zu sehen, wo sein Gegner war, aber er schien ihn kaum noch erkennen zu können. Auch Poppo war die Erschöpfung anzusehen, er wurde langsamer, ging anstatt zu laufen, brauchte Pausen, um Luft zu schöpfen. Aber er hatte immer noch genügend Kraft, um überraschend anzugreifen.

Radbod erlaubte sich nicht, darüber nachzudenken, was Landrics Niederlage für Friesland bedeuten würde. Er hoffte für seinen Sohn und sah ihn weiterhin auf gutem Weg – alles andere musste die Zeit zeigen. Und wenn Forsete so entschieden hatte, dann würde er auch für eine Zukunft sorgen.

Am Ende brachte Poppo seinen Gegner zu Fall. Mit seinem Schild schlug er Landric, der keinerlei Kraft für Gegenwehr mehr hatte, und traf sein Kinn, und als der Groninger rückwärts stolperte, stellte er ihm ein Bein. Der Groninger lag im Dreck. Poppo hielt das Schwert über sein Gesicht.

Der Kampf war entschieden.

»Du musst ihn töten«, verlangte Elmaar. »So will es die Gerechtigkeit.«

»Nein!«, rief Landric. Seine Stimme war kaum mehr als ein erschöpftes Krächzen.

Poppo zögerte.

Radbod bezweifelte, dass der Junge einem Gegner, der am Boden lag, den Hals durchschneiden konnte.

»Sonst ist der Kampf nicht entschieden«, rief ihm Elmaar zu.

»Es war ein Unfall«, sagte Landric. Er jammerte. »Ich wollte das nicht. Lasst mich aufstehen, ich gebe den doppelten Brautpreis. Sogar noch mehr.«

»Dazu ist es zu spät«, erwiderte Elmaar. »Das hättest du bei Sonnenlicht tun können. Jetzt scheint der Mond. Und für dich gilt, Poppo, wenn du ihn nicht tötest, ist deine Unschuld nicht bezeugt. Dann kannst du weiter verfolgt werden. Also, entscheide dich.«

Poppo suchte Hilfe bei seiner Mutter. Rixas Gesicht schien hell im Licht einer Fackel, und sie sah schön aus wie früher und genauso ernst. Sie ermutigte ihren Sohn nicht, sie gab überhaupt kein Zeichen. Deshalb wandte sich Poppo an Radbod, und der schloss die Augen und nickte.

Es gab keine andere Möglichkeit.

Poppo hob sein Schwert. »Für Froma«, rief er, stach zu und zog Landric die Klinge durch den Hals. Blut schoss in die Höhe. Der Junge wich zurück. Das Blut lief immer weiter, es färbte Landrics nackten Oberkörper und den sandigen Boden rings um ihn, seinen Boden, Groninger Land.

Landric war tot.

20

Selind zog sich noch weiter zurück, äußerlich genauso wie innerlich. Sie verbrachte ihre Tage auf ihrem Zimmer, und Radbod hatte keine Vorstellung, was sie dort trieb. Wenn er sie ansprach, meistens bei den Mahlzeiten, gab sie Antwort und führte auch aus, worum er sie bat. Aber es machte immerzu den Eindruck, als sei nur ein Teil von ihr anwesend.

Sie stocherte oft nur in ihrer Schüssel herum, bewegte sich langsam, sprach kaum. Auch ihr Aussehen veränderte sich, ihr Gesicht wurde schmaler und dadurch härter, und es gab kaum noch Mimik darauf, sondern blieb immer gleich, egal, was um sie herum geschah. Die Haare verloren ihre Farbe, zurück blieb ein gräulich-weißer Ton und ein rötlicher Schimmer, der an früher erinnerte. Selind wurde vor der Zeit alt.

Ein richtiges Gespräch zwischen ihr und Radbod gab es überhaupt nicht mehr, weder über den Dyk noch über andere Angelegenheiten des Landes. Sie fragte nicht, er bezog sie nicht ein. Sie blieb in ihrer Welt, aus der sie allerdings mehrfach beladene Wagen zu den Eltern der toten Froma schickte. Was sie ihnen zukommen ließ, war mehr als der doppelte Brautpreis.

Poppo kam nach dem Thing auf seines Vaters Wunsch wieder mit zum Herrenhaus, aber er bewegte sich leise und vorsichtig, es machte den Eindruck, als wollte er niemanden stören und niemandem auffallen. Radbod machte sich klar, dass Poppo den Vater und Großvater derer, die mit ihm unter einem Dach lebten, getötet hatte und ihnen deshalb aus dem Weg ging. Er stellte den Jungen zur Rede, erinnerte ihn an Forsetes Urteil, an Landrics Tat, machte ihm klar, dass der Groninger, wäre der Kampf anders ausgegangen, nicht einen Moment gezögert hätte, ihm den Hals durchzuschneiden.

Und er hatte Erfolg. Mehr und mehr wurde Poppo ein Bestandteil des Hauses. Er begann, zu reden, auch ungefragt, machte den einen oder anderen Scherz. Fand Arbeiten für sich, besonders im Stall, und übte sich an den Waffen, wo er sich sogar manchmal mit Alfbad und Onno maß. Da er nie eine Mahlzeit ausließ und viel Appetit hatte, nahm er auch zu.

Eila hatte ihr Vertrauen zu ihm nicht verloren, sie schloss an das an, was vor der Verhandlung zwischen ihnen war. Sie liebte es, bei Tisch auf seinen Schoß zu krabbeln, obwohl sie groß genug war, alleine auf der Bank zu sitzen. Er gab ihr ihr Zutrauen vielfach zurück, hatte eine Geduld mit ihr, die nie zu enden schien, spielte mit ihr, tat, um was sie ihn bat, und war es auch noch so befremdlich, stand für ihre Unterhaltungen zur Verfügung und kannte ihre Kindersprache. Radbod blieb gelegentlich stehen und beobachtete sie, und wenn er dann weiterging, hatte er ein Schmunzeln im Gesicht.

Zwischen Alfbad und Poppo gab es ein Ereignis, das Tade ihm zutrug. Beide schossen mit den Bögen auf ein bemaltes Stück Stroh, immer abwechselnd und im Wettkampf, als Alfbads Sehne riss. Er versuchte, sie zu knoten. Poppo erklärte ihm, dass sich die Sehne dann nicht mehr spannen ließ, und bot an, mit Alfbad zusammen eine neue zu suchen, und als sie eine hatten, hielt Alfbad ihm seinen Bogen und die neue Sehne hin und sagte: »Mach du, du kannst das besser.«

Als er sie in der Folge beobachtete, stellte Radbod fest, dass sich der Hass zwischen ihnen verzogen hatte. Beste Freunde würden beide wahrscheinlich nicht mehr, aber Alfbad respektierte den Bruder, und das war alles, was Radbod erwartete.

Ihm selbst war Poppo bedingungslos ergeben. Wenn er den Jungen rief, ließ der alles stehen und kam. Aufträge führte er sofort aus. Wenn er nicht wusste, wie etwas anzupacken war, fragte er. Oft wich er seinem Vater nicht von der Seite, und Radbod hatte manchmal den Eindruck, einen neuen Schatten bekommen zu haben. Poppos Ehrfurcht zeigte sich auch an seinem Umgang mit Baja, seines Vaters Stute, die er verehrte. Lange wagte er nicht, sie zu reiten, sondern ließ sie, wenn sie bewegt werden sollte, an einem Seil gehen. Sie bekam manchen Leckerbissen von ihm und war das am besten gepflegte Pferd am Herrenhaus.

Nur zu Finn bekam Poppo keinen Kontakt, weil der ihn übersah, nicht hörte, ihm den Rücken zudrehte. Finn besuchte gelegentlich Selind, vor allem verbrachte er seine Zeit mit Onno, der ihn wieder bei seinen Ausritten begleitete. Finn nahm ihn immer mit. Nur wenn eine Frau im Spiel war, kehrte Onno allein zurück.

Das Land fiel nach dem Thing in eine Zeit der Lähmung. Im Süden waren die Stämme so sehr miteinander verstritten, dass sie nicht einmal mehr Boten austauschten. Radbod hörte über Umwege, dass Hayo ihm übel nachredete und versuchte, andere Edle gegen den Herzog aufzubringen. Auch zu den Groningern, wo Selinds Bruder Diemo neuer Fürst geworden war, bestand keine Verbindung. Selind, die hätte vermitteln können, tat das nicht. Nach dem Tod des Vaters besuchte sie das Elternhaus nicht mehr.

Dorestad blieb für friesische Bauern gesperrt, zumindest dann, wenn sie nicht den Umweg über fränkische Händler machten. Die Leute schienen sich in ihr Schicksal zu fügen. Sie verbrauchten ihre Güter selbst oder tauschten in den Dörfern, trieben ein wenig Handel mit den Sachsen und hatten kaum etwas, das nicht auf eigenem Boden wuchs. Unzufrieden schienen sie damit nicht zu sein, zumindest hatte Radbod nichts dergleichen vernommen.

Dieser Eindruck, dass sie sich mit der Lage abfanden, trug dazu bei, dass er das Vorhaben, Dorestad zu befreien, langsam aus den Augen verlor. Nur mit den Kriegern aus dem Norden gegen die Franken zu ziehen, schien ihm zu gefährlich, und es war widersinnig, weil die den Hafen kaum nutzten. Wenn, dann hätten alle Friesen mitmachen müssen.

Auch wenn er nur noch selten an das Vorhaben dachte, vergaß er es nicht. Dorestad war wie ein Splitter in seinem Finger. Solange er nicht gezogen war, würde die Entzündung nicht nachlassen. Sie brannte, immer.

Am Dyk ließ er alleine in seinem Land, dem Westergouw, arbeiten, und während er den Fortgang überwachte, schickte er Hayo manche Verwünschung. Die Dörfer stellten Männer für den Bau ab und waren auch bereit, ihre Familien zu unterstützen. Allerdings blieben es wenige, und Radbod wurde, wenn er an die Küste ritt, jedes Mal wieder klar, dass eine Wagenladung Erde nichts ausmachte. Das Meer schien ihn zu verhöhnen, wenn es ein paar Wellen schickte, um das zu überspülen, was die Männer herangekarrt hatten.

Trotzdem war er nicht bereit, aufzugeben. Der Dyk war ein gutes und richtiges Vorhaben, auch wenn es unvorstellbare Zeit dauern würde, um ihn zu bauen. Eines fernen Tages würde er das Land vor Hochwasser schützen. Um besser voranzukommen, teilte er die Arbeit in zwei Abschnitte und ließ die Erde dort anhäufen, wo das Meer sie nicht erreichte. Erst wenn der Hügel hoch genug war, wurde sie während der Ebbe an einen Küstenabschnitt vorgezogen und zu einem Wall geformt. Die See hatte es dann schwerer, sie zu überspülen.

Es dauerte nicht lange, da kehrten auch die Missionare zurück. Offenbar hatten sie gehört, wie die Dinge in Friesland standen. Zwar mieden sie den Westergouw, zogen aber durch den Rest des Landes. Radbod hatte den Eindruck, dass Hayo ihren Aufenthalt in seinem Gebiet vor allem deshalb duldete, weil er wusste, dass Radbod es verboten hatte. Auch durch das Groninger Land fuhren sie.

Radbod sann darauf, den Christen Einhalt zu gebieten. Als Herzog hätte er sich möglicherweise auch gegen die Stammesfürsten durchsetzen und die Missionare mit seinen Wachmännern einfangen können, doch wäre der Preis hoch gewesen, eine Demütigung der Nachbarn, noch mehr Zwietracht im Lande. So nahm er, wenn auch widerwillig, hin, was ihm zugetragen wurde. Als die Berichte über die Missionare bald wieder verstummten, vergaß er seinen Ärger und wendete sich wieder dem Dyk zu.

Doch dann, nach ein paar Monaten, klopfte ein Bote von Elmaar an seine Tür. Die Missionare waren auf Forsetesland und hatten dort ihr Lager aufgeschlagen. Nicht nur das, sie hatten dort Tiere geschlachtet. Heilige Tiere.

Es gab, berichtete der Bote, keine Kämpfe, weil keiner der Einsiedler eine Waffe trug. Die Missionare hatten ein Kreuz aufgestellt. Sie missachteten das Schweigegebot.

Und töteten Vieh.

Radbod öffnete die Zimmertür. »Finn! Poppo!«, brüllte er.

Beide kamen angelaufen. Sie stellten sich so vor ihn, dass sie einander nicht anzusehen brauchten.

»Ich möchte, dass ihr nach Forsetesland segelt, noch heute. Bringt mir den Missionar, diesen Willibrord. Wenn es sein muss, mit Gewalt, das ist mir völlig egal, Hauptsache, ihr bringt ihn hierher. Und seinen Freunden macht ihr klar, dass sie die Insel zu verlassen haben. Habt ihr verstanden?«

Beide waren zu überrascht, um etwas zu erwidern, so setzte Radbod hinzu: »Beeilt euch. Lasst euch in der Küche Proviant geben, nehmt eure Waffen, dann segelt los. Ich will diesen Missionar hierhaben. Und zwar schnell.«

»Ob das klug ist«, fragte Tade, als beide abgezogen waren, »Finn und Poppo diesen Auftrag zu geben?«

»Oh ja, das ist klug. Wenn man gemeinsam segelt, dann muss man zusammenhalten, sonst kentert man. Ich habe schon erlebt, wie Freundschaft daraus entstanden ist, dass zwei Leute auf einem Boot gefahren sind. Es ist lange her, aber ich kann mich gut daran erinnern.«

Freunde waren Finn und Poppo nicht unbedingt, als sie nach ein paar Tagen zurückkamen, doch merkte man, dass die gemeinsame Fahrt Vertrauen zwischen ihnen geschaffen hatte. Beide hatten sich auf hoher See auf den anderen verlassen müssen, und nun teilten sie die Erinnerung daran. Radbod zumindest glaubte, einen neuen Respekt zwischen Onkel und Neffe wahrzunehmen.

Er hatte allerdings keine Zeit, viel über diese Frage nachzudenken. Der Missionar war da. Finn und Poppo hatten ihren Auftrag erfüllt, und der Mann saß draußen und wurde bewacht. Sie berichteten von Widerstand, offenbar hatten sich alle seine Mitstreiter um Willibrord geschart und ihn zu schützen versucht. Finn und Poppo hatten die Schwerter ziehen müssen. Getötet aber hatten sie niemanden.

Radbod hatte keinen Plan verfolgt außer dem, die Schändung der heiligen Insel zu beenden und zu bestrafen. Nun kam ihm eine Idee. Er würde ein Rätsel lösen, das ihn seit langer Zeit beschäftigte – das nach der Macht der Götter. Dazu gehörte auch die Frage, warum Forsete – der Gott der Gerechtigkeit, des Windes, des Fischfangs und als solcher sicherlich durchsetzungsstark – es zugelassen hatte, dass die Northumbrier ihr Unwesen auf seiner Insel trieben.

Den Missionar empfing er, nachdem er ihn angemessen lange hatte warten lassen. Finn, Poppo und Tade waren bei ihm. Sein erster Eindruck war, dass sich der Northumbrier verändert hatte, er war dick geworden, hatte einen kräftigen Bauch bekommen, der von fettem Essen und viel Bier zeugte. Nur der starre Blick war gleich geblieben. Und die volle Stimme.

»Es war dir verboten«, erklärte Radbod, »durch unser Land zu ziehen und deine Religion zu verbreiten. Ich habe dich gewarnt, mehrfach. Jetzt werde ich dir den Kopf abschlagen. Dann ist endlich Ruhe.«

Der Missionar schlug die Augen nieder. Radbod fragte sich, ob sein Gegenüber die Demut nur spielte, denn diesen Eindruck hatte er. »Wir kamen aus dem Land der Dänen, denen wir Gottes Wort bringen wollten, und sind in schwere See geraten. Deshalb haben wir eure Insel angesteuert. Es war die schiere Not. Was soll daran schlimm sein? Gott selbst hat uns den Weg gewiesen.«

»Ihr habt Vieh geschlachtet.«

»Wir hatten Hunger.« Willibrord hielt sich den Bauch.

»Die Priester hätten euch etwas gegeben. Sie sind gastfreundlich.«

»Das haben sie auch. Aber es war nicht genug. Und vor allem war es kein Fleisch. Wir sind es aber gewohnt, Fleisch zu essen.«

»Ihr wusstet, dass alles Vieh auf Forsetesland heilig ist. Die Tiere gehören dem Gott.«

Willibrord rollte die Augen. »Es gibt nur einen Gott, und der hält sich keine Tiere. Er sagt, was auf der Erde ist, das ist für die Menschen da. Alles andere ist Aberglaube.«

Radbod überkam die Lust, sein Gegenüber zu schlagen, ins Gesicht und gegen den dicken Bauch. Er musste sich bremsen.

»Wenn man zu Gast ist, Northumbrier, dann sollte man die Gepflogenheiten achten.«

»Wir haben etwas viel besseres getan, Herzog, wir haben den Menschen eine neue Überzeugung gebracht. Als wir eines der Tiere einfingen, kamen die Leute angelaufen und wollten uns, genau wie du, erklären, das dürften wir nicht, das Vieh sei heilig, Forsete werde zürnen. Wir haben nicht nur die eine Kuh geschlachtet, die wir brauchten, sondern zwei weitere. Das Fleisch haben wir den Einheimischen gegeben. Und ihnen gezeigt, dass Forsete keine Rache übt. Warum? Weil es keinen Forsete gibt. Es haben sich sogar einige von ihnen taufen lassen.«

»Die Einsiedler?«

»Nein, die nicht. Immerhin haben sie zugeschaut. Es waren Bauern, die die heilige Taufe empfingen, daran zeigte sich wieder einmal, dass einfache Leute manchmal mehr Einsicht haben als die, die sich für bedeutend halten.«

»Ich glaube dir kein Wort, Northumbrier. Im Gegenteil glaube ich, dass du lügst. Du lügst jedes Mal, wenn du dein Maul aufmachst.«

Willibrord verzog das Gesicht. Eingeschüchtert wirkte er nicht, genauso wenig wie er damals auf dem Marktplatz in Stavoren eingeschüchtert war oder bei ihren anderen Zusammentreffen. Der Mann wusste genau, dass er in Friesland nicht sein durfte und dass es ihm verboten war, seine Religion zu verkünden. Nun war er festgesetzt, ihm drohte der Tod.

Und trotzdem war er nicht eingeschüchtert.

War es doch ein starker Gott, der ihn stützte?

»Ich lüge nicht. Gott erwartet, dass man die Wahrheit spricht. Du sollst nicht falsch Zeugnis reden wider deinen Nächsten, heißt eins seiner Gebote. Daran halte ich mich.«

»Wir werden sehen.«

Radbod drängte es, endlich zu verstehen, ob der Christengott wirklich so stark war. »Tade, hole die Würfel. Und ihr beide«, sagte er in Richtung auf Finn und Poppo, »bringt mir den Kerl an den Tisch.«

»Was soll das?«, rief Willibrord.

Finn und Poppo packten ihn unter den Armen und zogen ihn mit sich. Radbod ging voraus. Er brauchte seine Augen nicht, um zu sehen, dass sich der Northumbrier erhobenen Hauptes mitführen ließ. Kein Wort des Jammerns kam über seine Lippen.

Der Essraum, in den sie ihn führten, war leer und ein wenig dunkel, weil kein Licht brannte. Radbod steckte eine Fackel an. Willibrord hieß er, sich zu setzen.

Die Würfel, die Tade brachte, waren kaum größer als ein Daumennagel, aus Knochen geschnitzt und mit Sand und Wasser so lange geschliffen, bis ihre Seiten gleich lang waren. Auf die sechs Flächen waren Punkte aufgemalt, zweimal nur einer, zweimal zwei und auf die letzten beiden drei. Zu den Würfeln gehörte ein Becher aus Leder.

»Du wirst um dein Leben spielen«, erklärte Radbod, während er die Würfel aus dem Becher in seine Hand gleiten ließ und nur einen wieder hineingab. »Erst nennst du eine Zahl, dann würfelst du. Triffst du die Zahl, die du angegeben hast, hast du die Wahrheit gesagt, dann darfst du gehen. Wenn nicht, ist dein Leben verwirkt.«

»Ich wähle eine Zahl aus dreien?«, rief der Northumbrier voller Empörung. Seine Stimme füllte den gesamten Saal. »Das bedeutet, es gibt vier Möglichkeiten gegen und nur zwei für mich?« Mit dem Finger zeigte er auf Radbod. »Soll das ein Scherz sein?«

»Kein Scherz. Aber es ist noch etwas anders, als du sagst. Du wirst nämlich dreimal würfeln. Entsprechend gibt es sechs Möglichkeiten für dich.«

»Und zwölf dagegen?«

Radbod meinte, zum ersten Mal einen Hauch von Unsicherheit bei dem Northumbrier wahrzunehmen, der unter der Empörung versteckt war. Seine Stimme war nicht mehr ganz so fest, als Willibrord sagte: »Du hast den Verstand verloren, Herzog. Ein solches Spiel spiele ich nicht.«

Offenbar traute er seinem Gott nicht ausreichend Macht über einen kleinen Würfel zu. Radbod freute sich, vermied aber, dem Northumbrier seinen Triumph zu zeigen.

Während er wartete, ob Willibrord sich noch anders entschied, ließ Radbod den Blick zu seinen Begleitern wandern. Er blieb an Tades Haar hängen, das schütter geworden war über die vielen Jahre, immer noch blond, aber mit Lücken, an denen die Kopfhaut sichtbar wurde. Dem alten Lehrer war wie immer nicht anzusehen, was in ihm vorging – ob er ebenfalls glaubte, Radbod hätte den Verstand verloren. Niemals hätte er seinem Herzog vor anderen widersprochen.

Finn dagegen grinste. Er liebte Spiele, je höher der Einsatz, desto besser. Sein kleiner Bruder war ein kräftiger Mann, mit muskulöser Brust und breiten Oberarmen, und Radbod sah voraus, dass Finn den Missionar schlagen würde, wenn der sich verweigerte.

Und schließlich Poppo, für den neu war, was hier geschah. Er versuchte ebenfalls, zu verbergen, was er dachte und empfand, aber seine aufgerissenen Augen sprachen eine deutliche Sprache. Er mochte sich fragen, wie weit sein Vater die Auseinandersetzung mit dem Fremden – der immerhin unter dem persönlichen Schutz des fränkischen Hausmeiers stand – trieb.

Bis zum Ende, hätte Radbod ihm geantwortet.

»Du missverstehst etwas, Angelsachse. Ich lasse dir keine Wahl. Nur die, sofort zu sterben.«

Willibrord wurde bleich. Die Schultern sackten herab. Sein Mund öffnete sich, ohne dass ein Laut herauskam.

»Wenn dein Gott so groß ist, wie du sagst, bitte ihn doch, dir zu helfen. Dir ein paar Zahlen zu nennen und den Würfel zu führen, dürfte eine Kleinigkeit für ihn sein.«

»Lästere ihn nicht«, entgegnete Willibrord, aber von seiner Kraft war nicht mehr viel übrig, auch nicht von der in der Stimme. Nur sein Blick war immer noch starr.

Radbod stellte ihm den Würfelbecher hin. »Los geht's. Welche Zahl wählst du?«

»Lass das«, sagte der Missionar. »Ich gehe weg aus deinem Land und kehre nicht zurück, das verspreche ich. Aus reiner Not sind wir auf eure Insel gekommen.«

»Zu spät. Wenn du die Tiere nicht geschlachtet hättest, hätte ich dich vielleicht laufen lassen. Aber so? Unmöglich. Ich mache mich lächerlich, wenn ich dich immer wieder begnadige. Da lachen mich die Friesen aus.«

»Doch nicht, wenn du Gnade übst.«

»Gnade?«, fragte Radbod. »Sag mir: Was ist eigentlich ein Teufel?«

»Der Teufel ist der Gegenspieler Gottes. Er steht für das Dunkle und Böse – das ist sein Ziel.«

»Ein Gott ist er nicht?«

»Wie könnte er? Es gibt nur einen Gott.«

»Du hast mich als Teufel bezeichnet, weil ich die linke Hand benutze. Ich bin also der, der das Böse will. Und nun erbittest du Gnade ausgerechnet von mir? Gnade vom Bösen?«

»Ach, das ist doch schon lange her und war nicht so gemeint. Es stimmt, dass der Teufel die linke Hand der rechten vorzieht. Aber ist deshalb jeder, der das tut, einer seiner Bundesgenossen? Ich habe das nur so gesagt – für die Leute. Verstehst du? Irgendetwas muss man doch sagen.«

Radbod hätte lachen können, wäre das nicht so unpassend gewesen. So war das mit dem Christengott – dass man irgendetwas sagen musste?

»Ein kluger Mann bedenkt die Folgen, die seines Handelns genauso wie die seiner Rede«, sagte er. »Auch wenn es mich nicht getroffen hat, wolltest du mich beleidigen. Darüber hinaus hast du dich an Heiligtümern unseres Landes vergangen.« Radbod hob den Daumen, den linken. »Die Thoreiche.« Er streckte den Zeigefinger in die Höhe. »Die Steinsäule von Baduhenna.« Dann nahm er den Mittelfinger. »Und das heilige Vieh auf Forsetesland.«

»Aber Herzog, das ist doch kein Grund, mich …« Er verstummte und zeigte auf die Würfel. Ja, Willibrord, dem Meister der Rede, hatte es die Sprache verschlagen. Sein Gott ließ zu, dass er stumm wurde.

»Ich mach's wieder gut, das verspreche ich. Schicke drei Rinder auf die Insel. Pflanze von mir aus eine Eiche in Stavoren. Und die Säule auch …«

»Zu spät. Fang an zu würfeln.«

Willibrord stemmte die speckigen Hände auf die Tischplatte und wollte sich in die Höhe drücken. Finn hielt dagegen, und gegen dessen Kraft war nichts auszurichten, der Missionar plumpste auf seinen Stuhl zurück. Im nächsten Moment steckte er die Hände unter den Tisch, als wollte er sie verschwinden lassen, damit sie auf keinen Fall dem Würfelbecher nahe kamen. Er war fahl im Gesicht, von grauer Farbe. Seine eingefallene Haltung bewirkte, dass er bei aller Körperfülle schmaler aussah, fast wie früher.

Seine Stimme zitterte, als er sagte: »Sinne auf eine andere Möglichkeit, Herzog, ich flehe dich an. Ich habe Gold, das sollst du bekommen. Und ich spreche in deinem Namen bei den Franken vor. Dann dürft ihr wieder nach Dorestad. Es können doch alle … «

»Lügner«, entgegnete Finn. »Dorestad gehört uns. Warum begreifst du das nicht? Die Franken müssen verschwinden, eine andere Lösung gibt es nicht.«

Willibrord schien ihn kaum zu hören, wohl weil er wusste, dass Finn nicht zu entscheiden hatte.

»Herzog … Was auch immer du verlangst …«

»Das Einzige, was ich verlange, ist, dass du würfelst.«

»Das kann ich nicht! Wie soll ich um mein Leben spielen, das mir von Gott geschenkt wurde?«

Er versuchte ein zweites Mal, aufzustehen. Diesmal ließ Finn ihn gewähren. Willibrord, der aufrechte, große Mann, wankte, um nicht zu kippen, musste er sich an die Tischplatte klammern. Er schien den Tränen nahe zu sein, wofür Radbod ihn aus tiefstem Herzen verachtete. Hatte der Missionar nicht immer verkündet, dass man als Christ nach dem Tod in ein Reich des Friedens übersiedelte? Warum fürchtete er sich dann davor?

Er hatte keine Lust, wieder mit dem Mann zu streiten.

»Bringt ihn hinaus«, sagte er, »ich selbst werde ihm den Kopf abschlagen. Das ist die gerechte Strafe für einen, der heiliges Vieh tötet.«

Willibrord leistete keinerlei Gegenwehr, er protestierte nicht einmal, als Finn und Poppo ihn unter den Armen packten und hinausführten. Er wirkte wie weggetreten, als hätte ihn seine Todesangst bereits in eine andere Welt geleitet. Finn und Poppo hatten keine Mühe, ihn aus dem Haus auf den Übungsplatz zu führen.

Zusammen mit Tade folgte Radbod ihnen.

»Die Franken werden ihn rächen«, sagte der Lehrer, »aber das weißt du natürlich.«

»Darauf lassen wir es ankommen. Wer weiß, vielleicht hilft uns deren Angriff, dann zeigt sich, wer von meinen Nachbarn mich unterstützt. Sicher ist, dass ich diesem Northumbrier nicht alles durchgehen lasse, nur weil er starke Beschützer hat. Hinter seiner Tat stand die volle Absicht. Ein Priester wie er erkennt Heiligtümer. Warum wäre er sonst damals nach Baduhenna gegangen und hätte die Säule zerstört? Oder die Thoreiche? Nein, Tade, er wollte Forsete herausfordern.«

»Ich sage nicht, dass du falsch handelst. Ich weise dich nur auf die Folgen hin.«

»Früher oder später kommt die Zeit, da müssen wir uns mit den Franken messen. Ich sehe nicht, welchen anderen Weg es gibt. Und wenn sie wirklich so viel stärker sind und wir so uneinig, dann gehen wir eben unter. Das wäre immer noch ein besserer Tod, als wenn ich zuließe, dass sie alle unsere Heiligtümer zerstören und damit unseren Glauben und unsere Seelen. Womöglich würden wir im Fall, dass wir uns ergeben, nicht sterben, aber sage mir, Tade, was für ein Leben wäre das noch? Gedrückt und gedemütigt …«

»Wenn deine Gedanken so klar sind, dann sind sie auch richtig.«

Vor der Tür erwartete sie ein friesischer Himmel mit riesigen schneeweißen Wolken. Der Wind war frisch, die Luft roch nach See. Willibrord hatte sich einen guten Tag zum Sterben ausgesucht, einen besseren gab es kaum, nur dass er kein Friese war, weshalb ein solches Wetter zum Abschied wie eine Verschwendung anmutete.

Finn und Poppo hatten ihn zu einem Hauklotz geführt, wo Holz für die Küche geschlagen wurde. Radbod war es recht, er würde das Beil nehmen, das war ein passendes Werkzeug, hatte es doch schon bei ihrer allerersten Begegnung eine wichtige Rolle gespielt, als die Thoreiche fiel und das Christenkreuz.

Er hob es hoch, wog es in der Hand und fuhr mit dem Daumen über die Schneide. Scharf genug für einen Hals war es allemal. Mit einem Schlag würde es für den Missionar vorbei sein, wie bei einem Huhn, und dann konnte er zu seinem Gott auffahren, den er so verehrte.

»Nein«, wimmerte Willibrord. Seine Stimme war kaum zu vernehmen, sie zitterte und war in eine hohe Lage gerutscht, als wäre er ein kleiner Junge. »Ich will nicht.«

»Gehe auf die Knie«, verlangte Radbod.

»Nein.«

Der Missionar jammerte. Er reckte den Hals und schaute gen Himmel. Nichts veränderte sich dort oben, weder an den Wolken noch am Wind.

»Mein Gott, hilf mir doch«, flehte er. »Ich habe dir immer gedient. Dann würfele ich lieber um mein Leben, als hier erschlagen zu werden.«

Radbod war nicht bereit, diese Unentschlossenheit mitzumachen und seinen Gefangenen wieder hineinbringen zu lassen. Er hatte das Beil in der Hand und ließ es probehalber durch die Luft sausen. Als er aufschaute, nickte Tade ihm zu, kurz nur, wie es seine Art war, damit niemand denken konnte, er mische sich ein.

»Wie oft sollen wir mit ihm hinaus und wieder hineingehen?«, fragte Radbod. »Zweimal? Dreimal? Den ganzen Tag?«

»Er hat Todesangst«, antwortete Tade leise. »Gib ihm noch eine Möglichkeit.«

»Du bist zu weich, alter Lehrer«, sagte Radbod laut. »Dieser Mann hat nie Mitleid gehabt. Er hat Friesen töten lassen, wenn sie nicht seinen Glauben annehmen wollten. Er hat dafür gesorgt, dass sie ihr Land verloren. Aber gut, sei's drum. Bringt ihn wieder ins Haus, dieses eine Mal. Wenn er wieder nicht würfelt, töte ich ihn. Aber dann langsam und schmerzhaft.«

Sie mussten ihn nicht unterfassen, Willibrord ging selbstständig und setzte sich an den Tisch. Er zitterte, trotzdem nahm er den Würfelbecher ohne Aufforderung, versicherte sich, dass nur ein Würfel darin war, schaute zur Decke, schloss die Augen und flüsterte: »Ich wähle die Eins, denn es gibt nur einen Gott.«

Er schüttelte kurz und stieß den Becher auf die Tischplatte, wartete aber lange, bis er seine Hand vom Leder nahm und ihn aufhob.

Es war die Eins.

Radbod grinste. Zufall, sagte er sich.

Willibrord wandte sich wieder der Decke zu, als schwebe sein Gott dort oben. Wie es schien, sprach er ein stummes Gebet.

»Erlasse mir die beiden anderen Würfe, ich flehe dich an. Du kannst von mir immer noch verlangen, was du willst.«

»Nein.«

Willibrord schüttelte den Kopf, immer weiter, als wollte er gar nicht wieder aufhören, seine fetten Wangen schwangen hin und her, und auf seiner Stirn standen Schweißtropfen. Er hatte den ledernen Becher in der Hand, während der Würfel auf dem Tisch lag, immer noch mit dem einen Punkt nach oben, der ihm, zumindest bis dahin, das Leben gerettet hatte. Als er ihn nahm, sahen sie alle, wie heftig es ihn schüttelte, ihm gelang es kaum, das kleine Spielgerät zu fassen und aufzuheben.

Aber keiner half.

Endlich ließ er den Würfel in den Becher fallen. Er zitterte noch stärker, zitterte wie ein Fieberkranker, wie ein Pferd nach einem scharfen Ritt. Seine Sprache hatte er endgültig verloren, er flehte nicht mehr und leistete keinen Widerstand. Das einzige, was ihm noch gelang, war der Blick nach oben.

Radbod fragte sich, ob er durch die Decke hindurch schauen konnte oder ob er hoffte, dass sein Gott im Zimmer war, unsichtbar für sie.

»Ich wähle … die Zwei«, brachte der Northumbrier hervor. »Vater und Sohn.«

Er schüttelte den Becher kurz, setzte ihn ab, hob ihn hoch. Alle sahen die Zahl.

Die Zwei.

Der Missionar sackte in sich zusammen. Der Schweiß tropfte ihm von der Stirn, auch die Hände waren feucht, man sah ihre Abdrücke auf dem Holz der Tischplatte. Er stank, nicht nur nach Schweiß, offenbar war ihm ein weiteres Missgeschick passiert.

Radbod rückte von ihm ab. Seine Gedanken aber waren bei Forsete. Spielte der Gott mit seinem Feind? Oder konnte er nicht besser?

»Der dritte Wurf – bringen wir es hinter uns.«

»Ich kann nicht mehr.«

»Ich auch nicht«, sagte Radbod. »Du hast wie ein Säugling in die Hose geschissen. Es stinkt wie im Stall. Poppo, öffne das Fenster. Und du, Angelsachse, würfele. Wenn du bei deiner Reihenfolge bleibst, müsstest du jetzt die Drei wählen.«

»Bitte … bitte …« Die ehemals starke Stimme war nur noch Tränen und Leid.

Radbod hielt sich die Nase zu.

»Ich …«

Weiter kam Willibrord nicht.

Allen war inzwischen der Geruch in die Nase gestiegen, sie hatten den Kreis um ihn größer werden lassen. Durch das offene Fenster kam frische Luft, aber zu wenig, um gegen den Gestank etwas ausrichten zu können.

Willibrord sackte in sich zusammen, er lag fast auf den Ellenbogen. »Ich will …«, wimmerte er, »ich muss … Ich brauche …«

»Was brauchst du? Wasser?«

»Gib mir eine Pause. Bitte, eine Pause.«

Radbod holte aus, um ihm eine Ohrfeige zu verpassen, aber wieder war es Tade, der eingriff, und wieder reichte eine winzige Geste. Radbod ließ den Missionar gewähren und hinaus zum Brunnen gehen. Finn folgte ihm.

Radbod trat ans Fenster.

»Lass ihn nun ziehen«, meinte Tade, als der Northumbrier hinaus war.

»Kommt nicht infrage. Wir gehen den Weg zu Ende.«

»Er hat gelitten und verstanden. Du hast alles, was du wolltest. Nun bedenke die Folgen. Du bist der Herzog.«

»Nein. Ich sage: Nein. Er wird noch einmal würfeln. Ich will es jetzt wissen. Hoffentlich zieht sich der Kerl vorher die beschissene Wollhose aus.«

Nach diesen Worten war Schweigen. Radbod war nicht bereit, über Tades Einwand nachzudenken. Er streckte die Nase zum Fenster hinaus und freute sich an der würzigen Luft.

Sie warteten.

Als der Missionar, von Finn begleitet, schließlich zurückkehrte, schien er sich ein wenig gesammelt zu haben, seine Schritte waren sicherer, der Ausdruck gefasster. Wie früher machten seine Augenlider keinerlei Bewegung. Der Mann starrte.

Er setzte sich wieder hin. Bevor er nach dem Würfelbecher griff, hielt er inne, aber dann fasste er beherzt zu, schaute ein drittes Mal zur Decke, zu seinem schwebenden Gott, und ließ den Würfel in seinem Becher tanzen.

»Welche Zahl?«, fragte Radbod.

Der Northumbrier gab keine Antwort. Er schüttelte weiter den Würfelbecher.

Dann setzte er ihn umgedreht auf den Tisch.

Er schluckte. »Ich wähle die Eins, denn nach wie vor gilt, es gibt nur einen Gott.«

Aber er hob den Becher nicht hoch. Die Hand hatte er von ihm genommen und sie auf den Tisch gelegt. Die Entscheidung war gefallen, nur kannte sie niemand.

Radbod griff nach dem Becher.

Der Würfel zeigte die Eins.

Er glaubte es nicht und starrte auf das kleine Knochenstück.

Es blieb dabei, die Eins.

Warum ließ Forsete ihn entkommen? Wo war Thor, wo Wotan? Und Freya? Er begriff es nicht.

Der Missionar faltete die Hände. »Danke Herr, danke, danke. Ich bin und bleibe dein Diener.«

Radbod stand auf und stellte sich dicht vor ihn. »Du kannst gehen«, sagte er, »das habe ich dir zugesagt und dabei bleibt es. Aber vergiss nicht, das Verbot, durch unser Land zu ziehen, besteht fort.«

»Hör doch, Herzog, sieh, was geschehen ist. Das ist ein Beweis! Uns ist Gott erschienen, dir und mir. Mir hat er ein neues Leben geschenkt und dir hat er seine Macht gezeigt. Das musst du doch erkennen.«

Radbod blickte zu den anderen. Keiner von ihnen hatte einen Ausdruck im Gesicht, weder Finn noch Poppo, nicht einmal der alte Tade. Oder erkannte er das nur nicht?

Waren ihre Zweifel genauso groß?

»Herzog, dies ist der Moment. Lass uns hinausgehen zum Brunnen, und ich taufe dich und deine Freunde. Ihr habt Gott geschaut! Das ist nicht jedem vergönnt, beileibe nicht.«

Radbod fehlten die Worte. Es war wie früher, ihm fehlten die Worte. Auch konnte er keinen Gedanken fassen, er war weggetreten, wie im Traum.

Willibrord war aufgesprungen. »Herzog! Sieh den Frieden, der anbricht. Friesen und Franken teilen einen Glauben und werden Freunde. Euren Ländern steht große Blüte bevor.«

Vor Radbods Auge zogen Bilder vorbei, undeutlich zuerst, wie Nebel, dann schärfer. Seine Mutter erschien, ganz in Schwarz gekleidet und mit erhobenem Zeigefinger, als wollte sie ihm sagen, dass sie diesen Weg schon vor langer Zeit eingeschlagen hätte. Sie war hämisch – er hatte sich geirrt.

»Und bedenke, dass du nach deinem Dasein auf Erden in den Himmel kommen wirst, in ein Reich von Sorglosigkeit und Überfluss. Dies ist ein Tag der Freude für dich, ein Feiertag.«

Von keinem seiner Begleiter bekam er ein Wort oder ein Zeichen. Vielleicht nahm er es nur nicht auf, denn sie waren weit weg, alle drei, er konnte ihre Gesichter kaum ausmachen. Auf dem Tisch lag der Würfel mit der Eins oben. Er schien ihn auszulachen. Lachten sie nicht alle über ihn, und Willibrord besonders? Wie damals auf dem Marktplatz strahlte er über das ganze Gesicht.

Der Missionar zog ihn am Ärmel. Radbod ließ sich führen wie ein willenloses Schaf, erst aus dem Saal, dann aus dem Haus und weiter Richtung Brunnen. Die anderen folgten ihm. Ihre Schritte klangen in seinem Ohr. Sie waren laut, viel zu laut.

Der Missionar schöpfte Wasser. Seine Wollhose lag im Dreck und erinnerte an die Zweifel und die Angst des Christen. Die hatte sein Gott ihm nicht erspart. Aber er hatte ihm den Sieg geschenkt.

»Sage mir, Angelsachse«, begann Radbod, als er sein Denken und seine Sprache wiederfand, »wenn ich sterbe …«

»Ja?«

»… und in euren Himmel komme …«

»Ja!«

»… werde ich dort meine Ahnen treffen, Vater und Großvater und die vor ihnen, dass ich sie in meine Arme schließen kann?«

»Natürlich nicht. Wie soll das gehen? Der Himmel ist den Christen vorbehalten. Denen, die an Gott glauben.«

Radbods Blick fiel ein zweites Mal auf die zusammengeknüllte Wollhose. Selbst im Freien stank sie.

Er spuckte darauf.

»Dann will ich nicht«, sagte er leise.

»Aber Herzog?«

Radbod stellte sich dicht vor ihn und brüllte ihm ins Gesicht wie ein kräftiger Wind. »Du hast meine Entscheidung gehört. Ich will nicht. Wenn es so weit ist, ziehe ich in die Andere Welt unserer Götter. Und du, dir sage ich, verschwinde für alle Zeiten. Erwische ich dich noch einmal in unserem Land, dann wird nicht mehr gewürfelt.«

Willibrord sah aus, als zweifle er an seinem Gehör. Starr stand er am Brunnen, an dessen Rand er sich festhielt, die Augen weit aufgerissen, das Gesicht eine einzige Frage. Er schien nun derjenige zu sein, dessen Verstand versagte.

Erst als Radbod zum Schlag ausholte, wachte er auf. Er schüttelte den Kopf und murmelte etwas in seiner northumbrischen Sprache. Radbod meinte, das Wort »Teufel« gehört zu haben.

Willibrord zog von dannen. Seine Hände hatte er gefaltet, und auch sein Murmeln war noch zu hören. Es klang wie ein Gebet.

Radbod sattelte Baja und machte sich auf zu einem Ausritt, der immer länger wurde, den ganzen Strand des Vlie hinauf. Er ließ seine Stute schnell gehen. Der Wind bauschte seinen Umgang, das Haar flog, die Augen tränten. Aus den kräftigen Wolken fiel ein wenig Regen, und Radbod reckte sein Gesicht und freute sich an dem seichten Wasser auf seiner Haut.

Doch trotz Forsetes Wind konnte er nicht vergessen, was er erlebt hatte. Der Vorfall beschäftigte ihn. Wieder und wieder sah er den Missionar, in seiner Angst genauso wie in seinem Triumph. Hatte der Northumbrier nur Glück gehabt? Oder hatte sein Gott ihm die Zahlen eingeflüstert?

Als er ans Herrenhaus zurückkam, war der Abend hereingebrochen, seine Familie saß am Tisch und aß. Radbod hatte das Bedürfnis, mit Tade zu sprechen, so ging er, um ihn zu holen und auch Kresten und ihr Kind. Sie lebten miteinander in einem einzigen Raum, kaum größer als der, den Tade alleine gehabt hatte.

Der alte Lehrer hockte auf einem Schemel am Fenster. Als der Herzog eintrat, sprang er auf und grüßte höflicher, als es nötig gewesen wäre. Der Einladung zum Abendessen folgte er augenblicklich. Seiner Frau ließ er keine Wahl.

Das Ereignis des Tages hatte sich herumgesprochen. Alfbad und Onno waren maulig und beschwerten sich, weil sie dem Würfelspiel auch gerne zugesehen hätten. Selind schaute ihrem Mann ins Gesicht, zum ersten Mal seit Langem.

Radbod setzte sich Tade gegenüber und fragte ihn: »Was ist deine Meinung?«

Tade hatte noch nicht angefangen zu essen, nicht einmal eine Schüssel hatten die Sklaven ihm gedeckt. Er wartete, wie auch Kresten.

»Ob sein Gott mächtig ist, willst du wissen?«

»Ja.«

»So mächtig, dass er ihn das Spiel gewinnen lässt?«

»Genau.«

»Das ist möglich.«

»Aber warum lässt Forsete das zu? Ich habe es ihm leicht gemacht und den Fremden dreimal würfeln lassen.«

»Vielleicht wollte er, dass der Missionar gewinnt«, warf Alfbad ein, während Tade, Kresten und ihr Sohn Schüsseln bekamen.

»Und warum?«, fragte Radbod.

»Da musst du den Einsiedler fragen«, sagte Onno. »Der weiß das.«

»Die Römer«, sagte Tade, »nannten die Menschen die Sterblichen und unterschieden sie von den Unsterblichen, den Göttern. Ein Sterblicher begreift nicht, was ein Unsterblicher treibt und warum.«

»Und ob er überhaupt etwas treibt«, sagte Radbod.

»Auch das ist wahr. Der Angelsachse könnte einfach Glück gehabt haben.«

»Viel Glück.«

»Und wenn – auch das gibt es. Die Macht der Christen zeigt sich nach meiner Ansicht an anderen Dingen.«

»Was meinst du?«, fragte Radbod.

»Daran, dass große Völker den Christenglauben angenommen haben. Früher die Römer …«

»Das haben sie bereut«, rief Finn.

»Dann die Franken«, fuhr Tade fort. »Der Glaube an unsere Götter verbreitet sich nicht.«

»Weil sie das nicht wollen«, erwiderte Finn. »Sie senden keine Missionare aus, die den Leuten drohen.«

»Gibt es irgendjemanden, der uns sagen kann, ob dieser Willibrord einfach nur Glück gehabt hat?«, fragte Radbod.

»Nein, den gibt es nicht«, erwiderte Tade. »Ich wüsste niemanden. Oder hat jemand schon einmal mit einem Gott gesprochen?«

»Elmaar?«

»Hört Forsetes Willen in Rechtsfragen. Das reicht in diesem Fall nicht.«

»Und doch: Irgendetwas scheint dran zu sein an diesem Christentum. Sie haben ihr Buch«, sagte Radbod.

»Auch die Römer hatten Bücher. Und die vor ihnen da waren, die Griechen. Bücher zu haben, heißt nicht, die Wahrheit zu kennen.«

»Sein Sohn soll gelebt haben«, wandte Radbod ein.

»Davon berichtet das Buch«, antwortete Tade. »Aber was heißt das? Es sind Geschichten, die aufgeschrieben wurden. Haben die Schreiber diesen Sohn wirklich gekannt?«

»Sonst könnten sie es doch nicht aufschreiben«, sagte Radbod.

»Doch. Man kann auch Lieder über Freya singen, ohne sie jemals gesehen zu haben, einfach deshalb, weil alle Leute sagen, Freya hat unser Land geschaffen, wir sind ihr Volk.«

»Und trotzdem muss es jemanden geben«, sagte Radbod, »der irgendwann mit solchen Geschichten anfängt. Wer ist das?«

Das war offenbar die richtige Frage, denn Tade bedachte sich lange, ohne etwas zu erwidern, und grinste dabei. Für einige Zeit herrschte Stille am Tisch, und alle, wie sie da waren, warteten gespannnt oder dachten selbst nach, seine Söhne, auch Eila, selbst Selind, die ihren Kopf auf die Seite gelegt hatte. Keiner von ihnen rührte Essen an.

Als Tade nicht antwortete, sagte Radbod: »Also doch ein Gott. Einer, der mit allem anfängt.«

»Oder eine Göttin.« Das war Selind. Sie blickte auf den Tisch, auf ihre Hände, die dort lagen. Ihre Stimme klang leise. Er hörte sie seit langer Zeit zum ersten Mal.

»Auch die Geschichte von Freya hat einen Beginn. Genauso wie die von Wotan und Thor, wie die Forsetes. Wer hätte seine Insel heilig genannt, wenn nicht er selbst?«

Radbod trank einen Schluck Wasser. Er ließ es lange im Mund kreisen, bevor es in der Gurgel verschwand. »Das heißt, wir sind nicht schlechter als die?«

»Nein, sind wir nicht«, sagte Tade.

»Natürlich sind wir nicht schlechter«, erklärte Finn mit einer Bestimmtheit, als wollte er das Gespräch beenden. »Vor allem stehen wir zu unseren Göttern und kämpfen für sie. Denn am Ende wollen die Franken nur unser Land.« Mit diesem Satz zog er seine Schüssel zu sich, tauchte die Finger hinein und ließ es sich schmecken.

Das letzte Wort aber hatte Eila, die sieben Jahre alt war und ein Kissen auf ihrem Stuhl benötigte, um über den Tisch blicken zu können. »Ich verstehe nicht, warum die Götter immer nur denen helfen, die an sie glauben.«

»Wem denn sonst?«, fragte Poppo.

»Na allen. Wenn es Götter sind.«

Radbod drückte ihre Hand. Das war die Ansicht der Lichtelfe. Er drückte ihr einen Kuss auf die kleinen Finger.

Nach dem Essen nahm ihn Tade beiseite. »Es ist gut, zu zweifeln, Radbod. Daraus können neue Einsichten entstehen. Allerdings kann es auch zu viel Zweifel geben.«

»Du machst dir Sorgen um mich?«

»Ich meine, die beste Erklärung ist immer noch, dass Willibrord Glück gehabt hat.«

»Die beste Erklärung? Kaum jemand würde deine Meinung teilen. Ein christlicher Priester, er betet und bittet um Hilfe, dann bekommt er sie, und das soll nur Glück gewesen sein?«

Tade dachte nach, dann sagte er: »Aber Finns Ansicht, dass es den Franken am Ende um unser Land geht, die teilen viele.«

»Ich auch. Deshalb hab keine Sorge, mein Freund. Ich hatte einen Moment der Schwäche, ja, mir war schwindelig und hätte mich fast taufen lassen. Aber das ist vorbei. Ich bin Freyas Herzog, und das bleibe ich für den Rest meines Lebens.«

»Was hat dich am Nachmittag zur Umkehr bewogen?«

»Ach, die Ahnen. Der Dyk. Dass wir alle zusammengehören, Alte und Junge, Tote und Lebende. Und dann war da noch …«

»Was?«

»Willst du das wirklich wissen?«

»Aber sicher.«

»Die stinkende Hose. Sie …«

»Was hat sie?«

»Sie hat mich aufgeweckt.«

Er lachte, von ganzem Herzen, und Tade stimmte mit ein.

TEIL 4

21

Finn, Onno und ihr Trupp kamen kurz nach dem Morgenessen. Ihr letztes Lager konnten sie nicht weit vor Stavoren aufgeschlagen haben, wahrscheinlich hatte sie die Dunkelheit überfallen und zur Rast gezwungen. Die Männer sahen wüst aus, Laub in Haar und Bart, dunkle Erdreste an den Beinkleidern, und ihre Pferde hatten nach einem scharfen Ritt Schaum vor dem Mund. Radbod blickte in das sommersprossige Gesicht seines Sohnes. Onno hatte die Augen zusammengekniffen, er sah müde aus. Zufrieden schien er trotzdem zu sein und voll von Erlebnissen.

Kein Mensch musste gerufen werden, als Finn und die anderen von ihren Pferden sprangen, alle kamen angelaufen, sobald sie die Reiter hörten, die Fürsten und ihre Hauptleute, auch Tade und Alfbad und Poppo. Wie von selbst bildete sich ein Kreis um die Ankömmlinge.

»Nun?«, fragte Radbod.

Finn keuchte. »Sie sind wirklich weg«, sagte er leise. Dann riss er die Arme in die Luft und wiederholte seine Auskunft. Diesmal brüllte er: »Ja, die Franken sind wirklich weg!«

Die Umstehenden nahmen seine Lautstärke auf. Wie er warfen sie die Arme in die Höhe und riefen durcheinander.

»Ihr habt keine Franken gesehen?«, fragte Radbod, als die Männer sich wieder beruhigt hatten.

»Keinen einzigen, bis Dorestad.«

»Also sind sie nicht zurückgekehrt. Und das Castrum?«

»Das steht noch. Wir waren dort. Ich glaube, es sind nur wenige Männer darin.« Finn redete mit einer Überzeugung, als wollte er alle Bedenken wegwischen. »Wir legen Feuer an ihre Holzwände. Was meinst du, wie schnell die herausgelaufen kommen.«

Die Umstehenden lachten. Es war früher Morgen, und trotzdem waren sie in einer Stimmung wie bei einem Fest. Sie wollten sich auf den Weg machen. Radbod war klar, dass er sie nicht länger halten konnte, und er wollte es auch nicht. Wozu schließlich hatte er alle diese Männer versammelt?

»Wir brechen auf«, sagte er. »Macht euch bereit und ruft eure Leute zusammen.«

Er sah sich nach Reemer um – Reemer, mit dem er immer noch zu lösen hatte, was zwischen ihnen stand. Doch Reemer war der Einzige, der nicht in dem Kreis stand. Nur ein Hauptmann der Hriustrer war gekommen.

»Wo ist dein Fürst?«, fragte Radbod ihn.

Der Mann, dem zwei Schneidezähne und ein Stück der Oberlippe fehlten, hob die Schultern und nuschelte, er habe ihn an diesem Morgen noch nicht gesehen.

Radbod machte sich auf zu ihrem Lagerplatz.

Die Hriustrer lagerten, wie die anderen Stämme, beieinander. Ihre Zelte standen in der Nähe ihrer Nachbarn aus dem Osten, der Wanger und Astergaer. Nur vereinzelt waren Männer bereits wach, saßen am Feuer und bemühten sich, schwelende Glut wieder in Gang zu bringen, oder sie kamen mit Wasser, das sie in Eimern herbeischleppten. Reemers Zelt unterschied sich nicht von denen der anderen, es war nicht größer, nicht bunter, nicht anders geschmückt.

Aber es wurde bewacht.

»Ich möchte zu eurem Fürsten«, sagte Radbod den beiden Männern, die vor dem Zelt saßen, ihre Speere neben sich.

Sie waren misstrauisch und regten sich nicht, gaben keine Antwort, standen nicht auf, taten gar nichts. Erst als Radbod sich zwischen ihnen hindurch ins Zelt drängen wollte, sprangen sie auf und versperrten ihm den Zugang.

»Ich hole ihn«, sagte einer von beiden, dabei betonte er das Wort »Ich«.

Sein Nebenmann stellte sich so dicht vor Radbod, dass der die einzelnen Haare auf dessen Brust ausmachen konnte. Der Wachmann roch streng, nicht nur nach Schweiß, auch nach altem Essen und Bier. Aber Radbod mochte nicht zurückweichen.

Es dauerte lange, bis Reemer erschien. Sein Krieger hatte ihn offenbar aus dem Schlaf reißen müssen. An diesem Morgen sah der Hriustrer aus wie ein alter Mann, das Gesicht blass und voller Falten, die sich tief eingegraben hatten und zwischen denen seine Narbe kaum noch auffiel. Seine Mäuseaugen waren zusammengekniffen, als blende ihn der helle Tag. Er schwankte.

Reemer hatte am Vorabend zu viel getrunken, das war offensichtlich.

»Unsere Kundschafter sind zurück«, erklärte Radbod, »und haben bis Dorestad keinen einzigen Franken gesehen. Wir brechen auf. Macht euch bereit.«

Reemer reagierte nicht, als habe er die Botschaft nicht aufgenommen. Er stand breitbeinig vor seinem Zelt. Selbst in seinem Zustand war er noch wie ein Baum, eine Eiche, die man nicht leicht fällte. Eine Eiche allerdings mit zu viel Bier in Bauch und Kopf.

Eila würde er an diesen Kerl ganz bestimmt nicht geben.

»Nehmt eure Waffen und sattelt eure Pferde, Hriustrer. Und lass uns unseren kleinen Streit vertagen, bis wir zurück sind. Dann haben wir immer noch Zeit, uns zu einigen.«

»Einverstanden«, erwiderte Reemer mit tiefer, dabei schwankender Stimme. »Erst einmal ziehen wir gegen die Franken.«

Es war noch nicht Mittag, da waren sie unterwegs. Alle Zelte auf der Wiese waren abgebaut, nur verkohlte Hölzer und das platt getretene Gras erinnerten noch an das Lager. Wer seine Familie in der Nähe hatte, wie Tade, wie die Wachsoldaten und manche Westergouwer Krieger, hatte Abschied genommen, auch Radbod war zu Selind gegangen und hatte sie umarmt.

Ihre Tränen allerdings, als sie ihre Söhne gehen lassen musste, hatte er sich erspart. Stattdessen hatte er Tade aufgesucht. Kresten rang sich ein Lächeln ab, das nach Tapferkeit aussehen sollte.

»Könnte das eine Falle sein?«, fragte Radbod.

»Dass sie sich zurückgezogen haben, meinst du?«

»Ja.«

»Glaube ich nicht. Wer sollte das geplant haben und mit welchem Ziel? Um uns zu vernichten? Wenn sie das wirklich wollen, brauchen sie dafür keinen vorgetäuschten Rückzug. Nein, die Sache liegt so, dass sie niemanden mehr haben, auf den sie hören, denn es gibt keinen Hausmeier mehr im Ostreich, und alle ihre Hauptleute sind in die Heimat zurückgekehrt, um Partei zu ergreifen oder um die eigene Sippe zu schützen.«

»Sie haben sich aufgelöst? Kaum zu glauben«, entgegnete Radbod.

»Auch große Reiche haben innere Kämpfe. Und wer weiß, wie schnell sie sich fangen. Es braucht nur einen neuen starken Mann, dem sich alle unterordnen.«

Radbod zog weiter Richtung Stall, um Baja zu satteln, da passte Eila ihn ab.

»Geht es nun los?«

»Ja, mein Kind, es geht los.«

Sie war einen Kopf kleiner als er. Als sie ihre Arme um ihn schlang, fühlte er ihren Körper an sich, hielt und drückte sie und strich ihr über den Lockenkopf.

»Wann kommst du wieder?«, fragte sie, ohne ihn loszulassen.

»Sobald wir die Franken geschlagen haben.«

Sie löste sich, trat zurück und schaute ihm in die Augen. »Versprichst du mir, dass du zurückkommst?«

Er wiegte den Kopf. »Ich verspreche dir, dass ich auf mich achtgebe. Und auf deine Brüder auch.«

Sie hielt seine Hand fest. Was sie beschäftigte, war kein Rätsel für ihn.

»Ich habe mit dem Hriustrer verabredet«, sagte er, »dass wir uns nach dem Feldzug aussprechen.«

Sie lächelte tapfer.

»Wer weiß, was bis dahin geschieht. Freya hält zu dir, da bin ich sicher.«

Seine Hand ließ sie immer noch nicht los, und in ihrem Gesicht stand ein Lächeln, aber es war nicht echt, war keins von Freude. Die Elfe hatte Sorgen.

»Eila«, sagte er, »ich werde immer auf dich aufpassen.«

Finn ritt vorneweg, als könne er nicht abwarten, nach Dorestad zu gelangen, und das, obwohl er wahrscheinlich kaum geschlafen hatte. Nur ein kräftiges Mahl hatte er für sich und Onno bereiten lassen. Sein Pferd war unruhig, er ließ es galoppieren, kehrte zurück, überschaute ihren Zug und verschwand wieder. Ungeduld war um ihn und der kaum zu bändigende Wille, endlich in die Schlacht zu ziehen.

Ihr Zug kam nicht gut voran. Die Marschierer bestimmten das Tempo, und sie waren alles andere als schnell. Immer wieder verschwanden Männer hinter den Bäumen, um sich zu erleichtern, die anderen tranken immerzu Bier und ärgerten sich gegenseitig und stritten. Anspannung lag in der Luft.

Um Radbod waren seine beiden Söhne Alfbad und Poppo, er beobachtete sie. Er stellte fest, wie sehr sich Poppo in den Jahren am Herrenhaus verändert hatte. An das federlose Vögelchen erinnerte nichts mehr, er hatte einen kräftigen Körper, der Bart war voll und das Haar lang. Poppo war ein Mann geworden.

Auch Alfbad war nicht mehr der zarte Junge seiner ersten Jugend, doch an Poppos Stärke und Zähigkeit reichte er nicht heran. Radbod hätte gerne gewusst, ob Alfbad sich wirklich damit abgefunden hatte, einen älteren Bruder vor sich zu haben. Dabei war er nicht einmal sicher, ob Poppo sein Nachfolger würde, sollte er von einem fränkischen Schwert erschlagen werden. Es war ungewiss und am Ende eine Frage von Macht und Unterstützung. Mochte Poppo als Ältester sein natürlicher Nachfolger sein, würde ihm doch immer das böse Wort Bastard anhängen. Man musste davon ausgehen, dass sich Selind für ihren eigenen Sohn starkmachte. Und was war mit Onno? Und mit Finn? Würde sein Bruder eine Zeit der Ungewissheit für sich auszunutzen versuchen?

Radbod nahm sich vor, über diese Frage nachzudenken und Vorkehrungen zu treffen. Das Beispiel der Nachfolgekämpfe im Frankenreich wirkte abschreckend. Der Westergouw – und damit das ganze Friesland – würde eine solche Zeit innerer Auseinandersetzungen womöglich nicht überstehen. Darüber hinaus beschloss er, auf Alfbad besonders achtzugeben, nicht nur, weil es um Selind vollends geschehen wäre, sollte der Junge nicht zurückkehren. Auf diese Weise sollte die Nachfolgefrage nicht entschieden werden.

Onno ritt ganz vorne, bei Finn, obgleich auch er die letzte Nacht im Wald verbracht und sicher wenig Schlaf gefunden hatte. Sein dritter Sohn hatte ein eigenwilliges Gesicht, nicht nur wegen der Sommersprossen, sondern auch wegen seiner großen Ohren. Er machte nicht viele Worte – immerhin mehr als der Fischersohn, dessen Namen er trug –, folgte aber nur seinem eigenen Kopf. Was hinter seiner Stirn vor sich ging, war Radbod ein Rätsel.

Als er sich zu Tade gesellen wollte, hielt er inne. Den alten Lehrer beschäftigte etwas, Radbod vermutete, Tade denke, wie er selbst, über seinen Tod nach. Er war langsamer als alle anderen. Ließ sein Pferd am Vliestrand halten und schaute hinaus, als nehme er Abschied von Wasser und Himmel – von Friesland. Nach einer Weile schloss er auf, um sich bald wieder zurückfallen zu lassen. Ob er davon ausging, nicht zurückzukehren?

Dann holte Tade ihn ein, ließ sein Pferd neben Baja gehen und ergriff das Wort: »Es war klug, die Entscheidung um Eila zu vertagen.«

»Danke.«

»Zumindest solange du nicht daran denkst, Reemer zu töten.«

»Daran denke ich nicht.«

»Hoffentlich auch nicht daran, dass sich ein Pfeil verirren könnte. Nicht in der Schlacht, nicht auf dem Rückweg, nie.«

Da er diesen Gedanken nicht hatte – auch nie gedacht hatte –, ärgerte sich Radbod über die Unterstellung, schüttelte den Kopf, ließ Baja abdrehen und eine winzige Erhebung hinaufgehen, wo er sie anhielt, um sich einen Überblick zu verschaffen. Die eigenen Leute, die Westergouwer, zogen vorne. Viele von ihnen hatten nicht am Herrenhaus gelagert, sondern waren erst am Tag des Aufbruchs aus Stavoren und den Dörfern zu ihnen gestoßen, ihre Proviantbeutel waren prall, sie hatten zwar keine Freundschaften geschlossen, sich aber auch keine Feinde gemacht. Die meisten von ihnen zogen schweigend an Radbod vorbei. Manche grüßten.

Ihnen folgten die Kämpfer aus dem Ostergouw und aus Groningen, dann kamen die Hriustrer und die anderen ostfriesischen Stämme. Reemer schien alles abgeschüttelt zu haben, was ihn am Morgen alt und kaputt hatte aussehen lassen, er saß aufrecht auf seinem Pferd, redete und lachte, war bester Dinge. Als er ihn entdeckte, winkte er Radbod wie einem alten Freund zu.

Tade hatte eine falsche Vermutung gehabt, Radbod würde diesen Mann nicht töten. Er würde überhaupt niemanden töten, es sei denn einen Feind in der Schlacht. Reemer war sein wichtigster Bundesgenosse, derjenige unter den Verbündeten, auf den er sich verlassen konnte.

Ihr Zug war lang, Baja wurde unruhig, aber er zwang sie, auszuharren, bis auch die letzten Emsgaer vorbeigezogen waren. Ob die Friesen, wenn schon nicht durch ihre Waffen, dann durch ihre Menge die Franken beeindrucken würden? Er konnte es sich kaum vorstellen, denn in dem Riesenreich wohnten wahrscheinlich mehr Menschen, als man zählen konnte, und das Heer war stark. Was sollte sich daran geändert haben, nur weil ein Hausmeier gestorben war?

Die Sorge ließ ihn nicht in Ruhe. Radbod preschte in Richtung auf die Spitze, und als er Finn erreicht hatte, fragte er ihn, ob es wirklich keine Franken in ihrem Land mehr gebe. Es sei, sagte er, ein Unterschied, ob Finn nur keine gesehen habe oder ob wirklich keine mehr da seien.

Sie hätten gründlich nachgeschaut, erwiderte sein Bruder. Natürlich sei es möglich, dass sich die Franken in den Wäldern versteckt hielten und dem Spähtrupp ausgewichen waren, aber das glaube er nicht. Bisher hätten sie so etwas nicht nötig gehabt. Radbod solle sich nicht so viele Gedanken machen. Finn klopfte ihm auf die Schulter. Sie seien schließlich unterwegs, um Friesland zu befreien.

Gegen Abend, als die Lücken zwischen den einzelnen Teilen allzu groß geworden waren, ließ Radbod sie anhalten und ihr Lager aufschlagen. Er bestimmte Wachen für alle Seiten ihres Platzes und schärfte den Männern ein, aufmerksam zu bleiben. Keinesfalls dürften sie einschlafen.

Ein Feldlager war es nicht, was sie errichteten, eher ein Fest zu Ehren des Biergottes. Kein Feuer, an dem nicht gesungen und gegrölt wurde, und laute Reden hallten über den Platz. Obwohl es sinnvoll gewesen wäre, versuchte Radbod nicht, den Trinkern Einhalt zu gebieten. Das Bier war nötig für die Schlacht, da es half, die Angst zu vertreiben. Wer jetzt alles austrank, würde später keins mehr haben. Aber das, fand er, mussten sie selbst erkennen.

Am nächsten Tag ließen sie das Vlie hinter sich und folgten alten Wegen, die die Händler und Bauern benutzten. Die Pfade führten rings um Waldstücke herum, knickten vor Feldern ab, machten weite Bogen um Moore, und vor allem waren sie schmal. Immer wieder gab es Rückstau. Gelegentlich war die Erde so weich, dass die Männer die Ochsenkarren schieben mussten, und dann kamen sie noch langsamer voran.

Dennoch erreichten sie am dritten Tag Dorestad. Im Zug brach Jubel aus. Finn war weit vor ihnen, er hielt sein Schwert erhoben, als wollte er das Castrum ganz alleine erobern. Onno strahlte. Manche der Krieger rannten los. Radbod hatte Mühe, sie zu bremsen. Der Nachmittag war weit vorangeschritten, es wurde Abend, und dass es noch nicht dunkel war, war allein der Jahreszeit zu verdanken. Er hielt die Tageszeit für ungeeignet, um anzugreifen, zumal niemand wusste, wie stark das Lager war.

Als er ihren Zug außerhalb Dorestads anhielt, kamen ihnen Leute aus der Stadt entgegen, Friesen, Stauer, die am Hafen arbeiteten. Neuer Jubel brach aus.

Radbod ritt ihnen mit Tade entgegen, auch Finn kam dazu, und noch bevor sie alle die Stauer erreicht hatten, hörten sie aus ihren Kehlen die Nachricht, die sie bereits kannten: »Sie sind weg! Sie sind weg!«

Finn warf ihm einen triumphierenden Blick zu.

Nur im Castrum harrten noch fränkische Soldaten aus, alle anderen seien rheinaufwärts gesegelt, zurück in ihr Land, manche bereits am Ende des Winters, andere erst in den letzten Tagen. In Dorestad sei kein einziger Franke mehr.

Finn wollte das Castrum augenblicklich anzünden. »Was meinst du, wie schnell die herauslaufen.«

Radbod entschied anders.

Das Lager war solide gebaut, befestigt aus schmalen, aneinander gebundenen Baumstämmen, einer neben dem anderen, ohne Lücke, und angespitzt waren sie auch, um das Überklettern zu erschweren. Auch seine Lage war günstig, außerhalb Dorestads, aber doch so, dass viele Wege an ihm vorbeiführten. Wenn sie dieses Castrum besäßen, könnten sie Stadt und Hafen leichter schützen.

Radbod ließ alle vier Tore bewachen.

Niemand konnte einschätzen, wie viele Vorräte die Franken besaßen und wie lange sie ausharren würden. Irgendwann müssten sie herauskommen, aber wann? Radbod dachte darüber nach, ihnen freien Abzug anzubieten, allerdings hatte sich bislang noch kein Franke gezeigt, mit dem er hätte verhandeln können. Sie schienen sich sicher zu fühlen hinter ihren Pfählen.

An jenem Abend, während die Krieger ihre Lager aufschlugen, ging ein Frühlingsschauer nieder. Das Wasser war nicht mehr kalt. Radbod breitete die Arme aus und ließ seine Kleider nass werden. Er glaubte an ein Götterzeichen. Thor zeigte ihm, dass der Moment günstig war. Günstig für einen großen Sieg.

Als der Regen abgeklungen war, versammelte er die Fürsten und Hauptleute an seinem Lagerplatz, außerdem rief er Finn und Tade dazu. Seine Söhne wies er an, sich außerhalb des Kreises aufzuhalten und zuzuhören. Da das Erdreich feucht war, blieben sie alle stehen. Radbod musterte sie, einen nach dem anderen, und machte sich klar, dass es nur zwei Männer gab, deren Ansicht ihn interessierten. Tade war der eine, Reemer der andere.

»Ich glaube nicht«, begann er, »dass sie noch im Wald bei Baduhenna sind. Was sollten sie da? Eine zerstörte

Steinsäule bewachen? Oder ein Christenkreuz? Nein, dort müssen wir nicht hin. Meine Frage ist, wollen wir weiter ins Frankenreich ziehen?«

Er hatte eine andere Reaktion erwartet, ein schnelles »Selbstverständlich«, ein vielstimmiges: »Wenn wir schon so weit sind, gehen wir noch weiter.« Aber keiner der Männer wagte sich mit einem ersten Wort aus der Deckung, die Hauptleute sowieso nicht, bevor die Fürsten gesprochen hatten, aber auch die schienen abwarten zu wollen, was die anderen dachten. Hayo starrte in die Ferne, Diemo auf den Boden. Auch Reemer schwieg. Er hatte ein Stöckchen in der Hand und kratzte mit der Spitze in der Erde.

Finn war schließlich derjenige, der das Wort ergriff. »Wir wären dumm, wenn wir umkehrten. Der Feind ist geschwächt, das nutzen wir aus, um ihm einen Stoß zu verpassen, dass er noch lange an die Friesen denken wird.«

»Das heißt nicht, dass sie nicht wiederkommen«, entgegnete Tade. »Im Gegenteil, vielleicht reizen wir sie.«

»Na und?«, fragte Finn. »Wie oft haben sie uns gereizt?«

Radbod wandte sich an Reemer. »Du wolltest in ihr Land, Hriustrer. Viele deiner Männer warten darauf, Beute zu machen, hast du mir gesagt. Deshalb sind sie mit uns gezogen.«

»Das ist wahr«, erwiderte Reemer, »und es wäre sehr schwer, sie zum Rückzug zu bewegen.«

»Die Tatsache bleibt«, entgegnete Tade, »dass uns die Franken um ein Vielfaches überlegen sind, egal wie es derzeit um ihre Führung steht. Vergesst nicht, sie haben ein Heer, wir nur bewaffnete Bauern.«

»Dafür sind wir Friesen«, rief Finn. »Wir kämpfen für unser Land.«

Hayo flüsterte Diemo etwas ins Ohr, Radbod sah es, überging es aber.

»Hinzu kommt, dass wir kein Ziel haben«, fuhr Tade fort. »Wie weit wollen wir gehen? Nur einen Fuß in ihr Land setzen? Oder so weit, bis wir genug Beute gemacht haben? Wollen wir ihre Stadt Coellen angreifen, die alte römische Kolonie? Wer weiß, was uns dort erwartet.«

»Das müssen wir doch jetzt nicht entscheiden«, rief Finn. Er hatte sein Schwert in der Hand und machte den Eindruck, als wollte er im nächsten Moment aufbrechen, zur Not auch alleine.

»Ich habe einen dritten Einwand«, sagte Tade. »Nur am anderen Flussufer gibt es eine Römerstraße. Wenn wir uns nicht durch den Wald schlagen wollen, was kaum möglich ist, müssen wir die benutzen. Das bedeutet, wir hätten erst alle Männer und Pferde über den Rhein zu bringen.«

»Tade, Tade, Tade«, seufzte Finn. »Und wenn wir drüben sind, fällt dir etwas anderes ein. Wahrscheinlich ist das Wetter dann nicht gut genug. Und wir haben die Römer nicht gefragt, ob wir ihre Straße benutzen dürfen.«

Die Umstehenden lachten. Hayo nutzte die Pause, um wieder leise zu Diemo zu sprechen.

Nun wurde es Radbod zu viel. »Redest du auch mit uns, Ostergouwer?«

Hayo zögerte, dann sagte er: »Wir würden, wenn wir weiterziehen, unser Land schutzlos zurücklassen. Was, wenn die Sachsen uns angreifen?«

»Oder die Britannier? Oder die Dänen?«, fragte Finn mit Plapperstimme. »Oder die Fische kommen aus dem Meer und reißen unsere Frauen und Kinder mit sich.«

Wieder waren die Lacher auf seiner Seite.

»Finn will kämpfen, aber die Sorge des Ostergouwer Fürsten ist berechtigt«, sagte Tade. »Glaubt nicht, dass die Sachsen nicht von unserem Feldzug wüssten.«

Eine Pause entstand.

Dann sagte Reemer mit seiner tiefen Stimme: »Auch wenn wir die Einwände bedenken, sollten wir ziehen, Herzog. Lass uns anfangen, die Männer über den Fluss zu setzen. Andere können Boote nehmen, wenn es in Dorestad welche gibt. Die Männer warten darauf, zu kämpfen, und vor allem wollen sie Beute machen. Das können wir ihnen nicht verwehren.«

»Ich halte es für einen Fehler, weiterzugehen, nur weil Krieger Beute machen wollen«, entgegnete Tade.

»Ein Fürst sollte wissen, wann es geboten ist, den Willen seiner Männer zu achten«, sagte Reemer.

Tade ließ sich nicht umstimmen: »Wir haben unser Land befreit. Das war unser Ziel. Lasst uns nun das Castrum belagern, und wenn wir es erobert haben, dann ist es gut.«

»Für die Hriustrer ist es dann nicht gut, alter Mann, und für die anderen Kämpfer auch nicht.«

Radbod dachte an Thors Zeichen, an den Regenschauer, und teilte die Entscheidung des Hriusters. Eine Umkehr wäre nur mit Mühe durchzusetzen. Die Männer wollten in das fremde Land, das sie sich bereits in den herrlichsten Farben ausgemalt hatten. Trotzdem sagte er: »Einige werden hierbleiben müssen und das Castrum belagern. Anders geht es nicht. Das wird für Unruhe sorgen, denn wer bleibt, kann keine Beute machen.«

Die Fürsten und Hauptleute tuschelten und schüttelten den Kopf, was zeigen sollte, dass ihre Krieger nicht zu den Belagerern zählen wollten.

»Es sei denn«, fuhr Radbod fort, »wir bieten ihnen freien Abzug an. Vielleicht räumen sie dann ihr Lager.«

»Und warnen damit die Franken auch noch vor unserem Angriff«, sagte Hayo.

Finn klatschte in die Hände. »Da hast du wieder etwas gefunden, Fürst aus Dokkhum. Lass sie warnen, wenn sie wirklich schneller vorankommen als wir. Wir haben keine Angst. Irgendwann treffen wir auf ein Frankenheer, und dann machen wir es nieder.«

Nach diesen Worten war Schweigen. Hayo hatte sich seinem Nebenmann Diemo zugewandt und blickte ihn an, als suche er Hilfe. Aber sein Mund blieb verschlossen.

Radbod war ein Einfall gekommen. »Wir könnten das Castrum überfallen. Und zwar im Schutz der Nacht.«

»Mit Leitern aus Dorestad«, meinte Finn.

»Und einem Scheinangriff von der anderen Seite«, ergänzte Reemer.

Noch am gleichen Abend ließ Radbod den Großteil ihres Zuges zum Rhein hinunter marschieren, dabei achtete er darauf, dass ihr Weg direkt am Castrum vorbeiführte und sie dort laut waren. Am Flussufer schlugen die Männer ihr Lager auf und zündeten Feuer an, nicht anders als in anderen Nächten. Finn, Poppo und einige andere hatten die Zeit genutzt, um aus Dorestad das Material zu holen, das gebraucht wurde. Durch das Tor, so war der Plan, sollten die friesischen Wachsoldaten vorstoßen, während sich die Hriustrer für den Scheinangriff bereitfanden. Finn und Poppo waren diejenigen, die über die Pfähle klettern sollten, um von innen zu öffnen. Onno wollte mit ihnen gehen, aber Radbod verbot es. Für ein solches Unterfangen war der Junge noch nicht bereit.

Er gab das Signal zum Angriff. Fackeln flammten auf der Nordseite des Castrum auf, die Hriustrer lärmten und schossen Pfeile, von denen manche brannten. Auch warfen sie brennende Torfklumpen über die Holzwände.

Zum ersten Mal war Bewegung im Castrum zu hören, Befehle wurden gebrüllt, offenbar wurde Löschwasser herbeigeschleppt. Hinter den Pfählen tauchten behelmte Köpfe auf. Die Franken schossen zurück.

Radbod wartete ab. Er hatte Finn und Poppo eingeschärft, nichts zu unternehmen, bevor er das Signal gab. Beide waren ungeduldig, aber er bremste sie. Die Hriustrer sollten noch mehr Verwirrung stiften und Kräfte binden. Und Reemer schoss, als hätte er Pfeile ohne Ende, und seine Leute warfen immer weiter brennende Torfkugeln ins Castrum. Drinnen wurde die Unruhe größer. Den Rufen nach schienen tatsächlich nur wenige Männer dort zu sein, wie die Stauer vermutet hatten, und die Franken konnten nicht gleichzeitig löschen und schießen.

Er gab Reemer das Zeichen für einen neuen Angriff. Wie ein Hagelsturm rauschten Feuerbälle in das Castrum. Die Funken stoben, und gleichzeitig brüllten die Hriustrer und warfen sich mit ihren Körpern gegen die Pfahlwand, die allerdings nicht nachgab. Doch der Kampflärm machte Eindruck.

Radbod ließ Finn und Poppo auf der dunklen Seite des Lagers ihre Leitern anstellen.

Eilig kletterten beide hinauf und waren bald nicht mehr zu sehen. Radbod ging ihnen nach, während er das Gebrüll der Hriustrer weiter im Ohr hatte. Der Scheinangriff dauerte an. Von oben, von der Spitze der Leiter, blickte Radbod ins Lager. Es mochten zehn Franken darin sein, die umherrannten, die meisten damit beschäftigt, die Feuer auszutreten oder Wasser herbeizuschleppen. Nur wenige waren an den Schießständen.

Finn und Poppo hatten das Innere des Lagers erreicht. Sie hielten sich im Schutz der Pfahlwand, im Dunkeln.

Der Platz vor dem Nordtor, zu dem sie vordringen wollten, war allerdings von Feuer erleuchtet.

Radbod griff nach seinem Bogen.

Die Hriustrer warfen ihr Brennmaterial immer weiter in das Castrum hinein, auch kamen Pfeile angeflogen, von denen allerdings keine Gefahr ausging, weil die Schützen über die hohen Wände hinweg nicht zielen konnten. So blieb es ihr Feuer, das für Aufregung sorgte.

In der Nähe des Tores, kaum sichtbar, da er sich außerhalb des Feuerscheins befand, ging Poppo in die Hocke und spannte seinen Bogen. Finn blickte sich um, dann rannte er los, auf das Tor zu.

Er war fast angekommen, als die Franken ihn entdeckten. Augenblicklich setzte Gebrüll ein, lauter als die allgemeine Aufregung, Warnungen wurden gerufen, und sie schossen. Im Schein der Feuer sah Finn aus wie ein Dieb, der ertappt worden war. Mehrere Franken rannten auf ihn zu, die Schwerter gezogen. Poppo beschoss sie nach Kräften, Radbod, auf einem der oberen Holme der Leiter stehend, ebenfalls, nur hatten seine Pfeile einen viel weiteren Weg. Zwei der Angreifer fielen schnell, aber drei andere kamen zu Finn durch, bevor er den Holzriegel erreicht hatte. Finn zog sein Schwert. Poppo, der inzwischen ebenfalls entdeckt war, sprang ihm zur Seite. Radbod hielt es nicht auf seiner Leiter, er hangelte sich an der Innenwand hinunter und ließ sich, als es nicht mehr weiterging, fallen. Zunächst unentdeckt von den Franken, lief er zu seinen Leuten.

Finn und Poppo kämpften mit dem Rücken zum Tor gegen eine Übermacht von Franken. Beide schlugen wie wild um sich, aber die Angreifer waren Soldaten, die vom Kampf lebten und den Umgang mit dem Schwert beherrschten. Sie ließen sich nicht abschütteln. Auch hatten sie verstanden, was ihre Feinde vorhatten und wollten ein Öffnen des Tores unbedingt verhindern. Ein Kommandant überwachte ihr Gefecht, bereit, ihnen jederzeit Verstärkung von den Männern zu schicken, die einstweilen noch die vielen kleinen Brände zu löschen versuchten.

Noch aus der Dunkelheit schoss Radbod einen weiteren Franken nieder. Finn und Poppo nutzten den Moment des Erschreckens und drängten die anderen zurück, während Radbod sich gegen den Balken warf, der das Tor verriegelte. Er gab nach. Doch der Frankenkommandant hatte ihn gesehen und rief seine Leute herbei, die sofort angriffen. Das Feuer scherte sie nicht mehr.

Radbod musste sich gegen zwei Männer wehren, wich aber, obwohl er bedrängt wurde, nicht vom Tor, während er auf einen der beiden Franken einhieb, der sich seinerseits nicht abschütteln ließ. Der zweite versuchte, von der anderen Seite anzugreifen, aber Radbod drehte sich gegen das Tor, sodass seine rechte Schulter geschützt blieb, während der linke Arm kämpfte. Alle drei fochten sie am Rande des Feuerscheins, Radbods Gegner verschwanden immer wieder im Dunkeln, von wo sie mit einem neuen Angriff hervorkamen. Radbod nutzte die Momente, da die Franken sich sammelten, um am Torriegel zu zerren. Viel fehlte nicht mehr.

Auf der anderen Seite warteten ihre Leute.

Doch war es nicht gewiss, dass sie es im Lager schafften, sie einzulassen. Auch Finn und Poppo hatten es mit mehreren Gegnern gleichzeitig zu tun. Während Finn wie ein Wilder um sich schlug, war die Lage für Poppo brenzlig. Die Franken bedrängten ihn von zwei Seiten. Radbod wollte ihm zu Hilfe eilen, kam aber aus dem eigenen Gefecht nicht heraus. Seine Gegner drängten ihn vom Tor weg, fort von der schützenden Wand. Sie wollten ihn erlegen.

Radbod nutzte einen kurzen Moment, in dem sich die beiden Franken abzusprechen versuchten, und sprang mit ein paar Sätzen zu Poppo hinüber. Nun waren sie zu zweit, standen aber gegen vier Feinde, die sie wieder angriffen. Ihr Kommandant hatte einen Bogen in der Hand und einen Pfeil eingelegt. Während er die Sehne spannte, wartete er darauf, Platz zu haben, um einen der Eindringlinge niederzuschießen. Radbod wurde klar, dass sie auf verlorenem Posten standen. Ihre Überraschung war gescheitert, das Tor würden sie nicht öffnen, obwohl dem Riegel kaum noch etwas fehlte. Er hätte hinüberrennen und alles riskieren können, doch das hätte ihn wahrscheinlich das Leben gekostet und den allein gelassenen Poppo ebenfalls.

Durch ihre Überlegenheit ermüdeten die Franken auch nicht, während Radbod bereits seinen Arm spürte. Auch Poppo wurde langsamer. Finn hingegen drehte sich und brüllte immer weiter, als hätte er gerade erst begonnen. Er kämpfte wie ein wildes Tier, fletschte die Zähne, schleuderte seinen Gegnern Beleidigungen entgegen und hatte zwei von ihnen bereits verletzt. Doch auch bei ihm war es nur eine Frage der Zeit, bis die Kraft nachlassen würde.

Ihre Rettung kam aus der Dunkelheit, als er schon nicht mehr damit rechnete. Es war Reemer und seine Hriustrer, die ebenfalls über die beiden Leitern geklettert waren. Aus dem Dunkel heraus flogen ihre Pfeile gegen die Franken, und sie trafen. Radbod nutzte den Moment der Verwirrung, sprang zum Tor und legte sein ganzes Gewicht in die Bewegung, mit der er den Riegel das letzte Stück zur Seite schob.

Das Tor ging auf.

Lärmend drangen die friesischen Kämpfer ein. Nun waren sie in der Überzahl, und es dauerte nicht lange, bis die Franken niedergestreckt waren und die Letzten von ihnen sich ergeben hatten.

Radbod ging auf Reemer zu, der sich an einem der Feuer auf sein Schwert stützte und zusah, wie sich die Friesen des Castrums bemächtigten.

»Ich stehe in deiner Schuld.«

»Nicht mir musst du danken, sondern deinem alten Mann.«

»Tade?«

»Genau, Tade. Als das Tor nicht aufging, wurde er unruhig und hat uns schließlich auf die Leitern geschickt. Wir haben nichts getan, als seiner Anordnung zu folgen.«

Tade und Finn wurden in Dorestad mit Jubel begrüßt, viel stärker als der Herzog. Die Leute klopften Tade auf die Schulter wie einem guten Bekannten, andere verbeugten sich vor ihm. Bei Finn war es etwas anders, da scherzten die Männer, und die Frauen zwinkerten ihm zu. Und Finn strahlte.

Am nächsten Morgen fiel ein dünner Regen aus einer grauen Wolkendecke. Sie begannen damit, Männer, Waffen, Verpflegung und auch die Pferde in Booten über den Rhein zu setzen, jeder Stamm für sich, als hätten sie nichts miteinander zu tun und wollten den anderen nicht nahe kommen. Radbod schaute ihnen zu, während er sein großes Ziel bedachte, eine tiefere Einigkeit und Verbundenheit in seinem Land zu schaffen. Von einem Erfolg war nichts zu erkennen. Es war wahr, dass er selbst die Einigkeit geschwächt hatte, um Poppos und um der Gerechtigkeit willen. Doch dass die Stämme auf ihre Nachbarn wie auf Fremde schauten, hatte tiefere Ursachen. Welche mochten das sein? Sie alle stammten von Freya ab. Wo war der Unterschied zwischen Westergouwern und Ostergouwern, wo der zwischen Groningern und Emsgaern? Er konnte sich die Frage nicht beantworten. Im Gegenteil, er begriff sie nicht einmal richtig.

Bei den Fürsten lag der Fall ein wenig anders als bei den einfachen Männern, zwischen ihnen ging es um Macht und Einfluss, auch um Ansehen, und man konnte nicht zu freundlich zu den anderen sein, das wurde als Schwäche ausgelegt.

Warum aber hielten es die Krieger genauso? Galt bei ihnen Freundlichkeit auch als Schwäche?

So sah es aus. Radbod setzte darauf, dass sie gegen einen äußeren Feind zusammenstehen würden.

Als Tade kam, zog er ihn mit sich fort und wanderte mit ihm durch den Hafen. Die Kais sahen, da keine Schiffe festgemacht hatten, noch weitläufiger aus, Stege über Stege, ohne Anfang und Ende. Ein paar Stauer hockten bei den Schuppen und langweilten sich, während manche ihrer Kameraden ihre Waffen einsammelten und ein Bündel schnürten, weil sie mitziehen wollten. Auch sie lockte die Aussicht auf Beute.

»Die Leute haben dich als ihren geschätzten Verwalter empfangen«, sagte Radbod.

»Ein vertriebener Verwalter«, erwiderte der Alte.

»Das entspricht nicht ganz den Tatsachen, würde ich sagen. Wir sind es, die die Franken vertrieben haben. Dorestad gehört uns, wir haben es uns zurückgeholt. Aber nun muss der Ort zu neuem Leben erwachen und der Hafen auch. Und das, mein Lieber, ist deine Aufgabe.«

»Meinst du?«

»Da bin ich sicher. Was kann man tun? Hast du Vorschläge?«

»Ich glaube, das meiste tut sich von alleine. Wenn morgen ein Schiff kommt, sind es übermorgen drei. Die Kunde, dass in Dorestad wieder umgeladen wird, wird sich in den anderen Ländern schnell verbreiten. Auch die fränkischen Händler werden zurückkehren. Und dann beginnt der Ärger von Neuem.«

»Diesmal werden wir vorbeugen. Wir haben das Castrum.«

»Das ist wahr«, erwiderte Tade, »und es wird uns helfen. Aber ob das genug ist?«

»Diese Frage kann niemand beantworten. In jedem Fall bauen wir Dorestad wieder auf. Du baust es wieder auf.«

»Wenn das dein Befehl ist, Herzog.«

»Ja.«

»Aber vorher ziehe ich mit euch ins Frankenland.«

»Das wundert mich. Noch gestern warst du strikt dagegen.«

»Daran hat sich nichts geändert. Ich kann meine Meinung haben, aber wenn die Fürsten einhellig – fast einhellig – anders entscheiden, dann füge ich mich.«

»Ach so ist das.«

Radbod blieb stehen und sah Tade an, der den Blick hielt. »Oder meinst du, deine jungen Schüler immer noch nicht alleine lassen zu können? Sie überschätzen ihre Kräfte, stimmt's? Bringen sich in gefährliche Situationen.«

»Manchmal ist die Weitsicht eines alten Mannes nicht ganz verkehrt.«

Radbod drückte ihm den Arm.

22

DIE ZEIT DER LÄHMUNG, die sich nach Landrics Tod über das Land gelegt hatte, hielt vier Sommer und vier Winter. Radbod musste sich manchmal vor einen Spiegel stellen und seinem Bild versichern, dass er nicht nur Fürst des kleinen Westergouw, sondern Herzog des gesamten Friesland war, bis hoch an den Fluss Weser. Zu seinen Nachbarn im Ostergouw und in Groningen, Hayo und Diemo, hatte er keinen Kontakt, wechselte nicht ein einziges Wort mit ihnen, bekam sie überhaupt nicht zu Gesicht. Hin und wieder wurde ihm zugetragen, dass die beiden Männer Freundschaft geschlossen hatten. Sie waren einig in ihren Vorwürfen gegen Radbod, dass er gelogen und dass er zugelassen hatte, dass sein Sohn den alten Groninger Fürsten getötet hatte.

Wenn es ihm zu Hause zu eng wurde, machte sich Radbod auf an die Küste, ritt oder segelte von Stavoren aus zu den Stämmen im Osten. Dort war er willkommen, wurde mit der Ehre empfangen, die einem Herzog gebührte, stellte aber, wenn er mit den Fürsten und Edlen zusammensaß, fest, dass sie nur allgemeine Dinge austauschten. Er sprach durchaus über den Dyk und sie hörten zu, dass sie aber ebenfalls mit dem Bau anfangen wollten, sagten sie nicht, sondern ließen sich nur erzählen, wie er vorging und mit welchem Erfolg. Eine Zusammenarbeit war über die weite Entfernung hinweg sowieso nicht möglich.

Um Dorestad ging es kaum. Im Osten schmerzte der Verlust der Stadt nicht weiter, man brauchte diesen Hafen nicht, um nach Britannien oder zu den Dänen zu fahren, dafür reichten kleine Buchten, in denen man festmachen konnte. Handelsware wurde bei ruhiger See auf kleinere Schiffe umgeladen und an Land gebracht.

Nur Radbod brannte der Stachel im Fleisch weiter.

Er ritt auch Richtung Dorestad, bis heran an eine Grenze, die die Franken außerhalb des Ortes wieder aufgebaut und befestigt hatten. Von dort konnte man nicht in die Stadt und ihren Hafen hineinsehen. Er hörte fränkische Laute und schaute zu, wie sich die Friesen, die in die Stadt wollten, kleinmachten. Jeder einzelne Franke schien das Recht zu haben, sie zu demütigen. Es war kaum auszuhalten. Er drehte ab. Bis zu einem nächsten Besuch ließ er viel Zeit verstreichen.

Sein Dyk wuchs, aber so langsam, dass ihm alle Vorstellung davon verloren ging, der Wall würde jemals fertig werden. Wäre Tades Zuversicht nicht gewesen, er hätte aufgegeben. Es blieben nur wenige Männer, die bereit waren, zu schaufeln, und es war nur kurze Zeit, da sie es taten, nicht während der Aussaat, nicht während der Ernte, bei Sturm nicht und natürlich nicht im Winter, wenn die Böden gefroren waren. Immerhin zeigte sein Vorhaben, die Erde zwischenzulagern und in einer zweiten Etappe an die Küste zu bringen, Erfolg. Das Meer riss, selbst bei kräftigen Fluten, weniger vom Wall fort. Doch das viele Wasser tränkte ihn immer wieder und machte ihn weich, sodass er regelmäßig ausgebessert werden musste und kein neues Stück angesetzt werden konnte.

Während die Oststämme weit ins Meer hinausfuhren, um ihre Waren zu tauschen, blieb man im Westen bei den Lösungen, auf die man von Anfang an gekommen war: Man trieb Handel mit den Sachsen und steigerte den Fischfang. Die Güter aber, die einst über Dorestad aus fernen Ländern wie Byzanz oder Syrien gekommen waren, Öle, Gewürze, bunte Tücher, gerieten in Vergessenheit. Dafür gab es Fisch bei den Friesen, viel Fisch.

Auch am Herrenhaus änderte sich in diesen langen Jahren nicht viel. Genauso wie im Land schienen die Fronten unüberwindlich. Selind und Alfbad bildeten die eine Seite, Radbod und Poppo die andere. Eila gehörte zu ihnen, ob aus Sympathie für Vater und Halbbruder oder weil ihre Mutter sie weggestoßen hatte, war nicht zu entscheiden. Bei all dem verlor das Mädchen ihr Strahlen nicht. Ein Fremder hätte denken können, sie spüre den stummen Zwist am Herrenhaus nicht, aber Radbod war davon überzeugt, dass die Wahrheit andersherum lag: Weil sie ihn empfand, strahlte sie, als wollte sie auf ihre Weise dagegen angehen.

Nur Onno gehörte zu keiner Seite. Er band sich immer enger an Finn, und dass beide ihre Zeit miteinander verbrachten, ausritten, auf Jagd gingen oder den Kampf übten, war bald eine Selbstverständlichkeit.

Die Eheleute gingen sich nach Möglichkeit aus dem Weg. Alfbad und Poppo pflegten keine Feindschaft, sie behandelten einander respektvoll und anständig, wie Radbod beobachtete. Doch dass sie unterschiedlichen Lagern angehörten, ließ sich nie überbrücken.

Poppo nahm sich gelgentlich Pausen, ritt zu seiner Mutter und blieb dann tagelang weg. In dieser Zeit wurde Radbod bewusst, dass ihm der Junge fehlte, so sehr hatte er sich an ihn gewöhnt. Wenn Poppo zurückkam, brachte er ihm ein kleines Geschenk von Rixa mit, einen Bernstein oder eine besondere Muschel, manchmal ein Stück Käse, das sie in ein Stück Tuch eingeschlagen hatte, damit es nicht auslief. Und sie vergaß nie, durch Poppo Grüße zu schicken.

Er hielt alle ihre Geschenke in Ehren. Bernsteine und Muscheln verwahrte er in einer Schüssel, die er in seiner Truhe verschloss, und holte sie manchmal hervor. Ihren Käse aß er immer alleine, abseits von den anderen, auf Ausritten oder am Strand.

Nach vier Sommern und vier Wintern verbreitete sich die Nachricht, dass der Hausmeier Pippin gestorben sei. Sie kam natürlich aus Dorestad, und es waren friesische Bauern, die sie mitbrachten. Radbod schenkte ihr keine Beachtung. Ein Hausmeier starb, ein anderer folgte nach – das war der Lauf der Dinge. Doch dann wurde immer lauter vom Streit unter den möglichen Nachfolgern berichtet. Von Grausamkeiten in den Frankenstädten. Sogar von Kämpfen zwischen Ost- und Westreich. Von Scharmützeln an anderen Grenzen.

Radbod erkannte die Gelegenheit, auf die er so lange gewartet hatte.

Kaum dass der Schnee geschmolzen war, entsandte er seine Boten zu den Stämmen. Seine Ungeduld ließ sich kaum beherrschen, vom ersten Tag an wartete er auf Antwort, obwohl er wusste, dass sie unmöglich schon da sein konnte, die Boten waren ja keine Vögel, die durch die Lüfte flogen. Und trotzdem konnte er nicht an sich halten, er ging morgens aus dem Haus, um nachzuschauen, ob jemand käme, mittags wieder und abends ein drittes Mal.

Der Weg blieb menschenleer.

Er fiel in missmutige Stimmung, und wehe, jemand kam ihm zu nahe oder sagte ein falsches Wort. Alfbad fuhr er über den Mund für eine harmlose Bemerkung, Tade bekam seinen Teil ab, er mokierte sich über Finn und Onno, die er als seltsame Zwillinge bezeichnete. Und trat wieder vor die Tür, um Ausschau zu halten.

Dann, endlich, trafen sie ein, nacheinander und trotzdem innerhalb weniger Tage, Diemo und Hayo, Reemer, Vertreter der Astergaer und Wanger und Emsgaer, dazu Edle aller Stämme. Er versammelte sie alle in dem Saal mit den hohen Sesseln, die er an die Seite hatte räumen lassen. Damit wollte er zeigen, dass er keinen Unterschied zwischen ihnen machte.

Radbod hatte eine Rede vorbereitet, zum zweiten Mal in seinem Leben, und dabei auch an die erste Rede denken müssen, die, die er damals seinem Vater gehalten hatte, als er dessen Erlaubnis zur Ehe mit Rixa erlangen wollte. Fast alles hatte sich seitdem verändert. Die Männer waren gealtert, waren faltig und stumm, selbst Diemo, der jüngste unter ihnen, machte keine Ausnahme. Der Groninger würdigte Poppo, der sich im Hintergrund hielt, keines Blickes, während er die anderen Herzogssöhne, seine Neffen, immerhin flüchtig begrüßte. Nach seiner Schwester Selind fragte er nicht, und sie kam nicht aus ihrem Zimmer.

Wie die Fürsten nahmen auch die Bewohner des Herrenhauses ihre Plätze entlang der vorhandenen Gräben ein. Onno gesellte sich zu Finn, Alfbad hielt sich an Tade. Poppo stand allein. Radbod war versucht, ihn zu sich zu ziehen, nicht zuletzt, um aller Welt deutlich zu machen, dass er mit seinem Sohn nicht den Anfang allen Zwists verband. Dann verzichtete er aber und beließ es dabei, Poppo zuzunicken.

Sein Blick blieb an Tade hängen. Zum ersten Mal nahm Radbod wahr, wie sehr sich der Lehrer – der Verwalter Dorestads – verändert hatte. Nicht nur, dass sein Haar schütter geworden war und der Oberkörper schmaler, nein, Tade war in einer wesentlichen Hinsicht ein anderer geworden. Er hatte keine Angst mehr. Radbod begriff, dass man diesem Mann nicht mehr drohen konnte, was sein Vater, der alte Herzog, häufig getan hatte. Tade war bereit, dorthin zu gehen, wohin die Götter ihn schickten, und wenn es der Tod war, war es auch gut. Möglich, dass diese Sicherheit mit seiner Frau, mit Kresten, zusammenhing und mit seinem späten Glück.

Am Beispiel von Tades Unabhängigkeit ging Radbod einem anderen Gedanken nach, dem nämlich, dass Veränderung möglich war. Mochten auch triste Jahre hinter ihnen allen liegen, an diesem Tag konnte etwas Neues beginnen, so wie auch für Tade eines Tages eine neue Zeit angefangen hatte.

Er hob die Hände, obgleich es bereits still im Saal war.

»Friesische Fürsten«, begann er, »hört mich an. Ich habe euch nach Stavoren bestellt, um euch mitzuteilen, dass wir in den Krieg ziehen werden. Nie war die Gelegenheit günstiger. Die Franken streiten. Nicht nur das, sie bekämpfen sich bis aufs Blut. Wir nutzen den Augenblick, um uns endlich Dorestad zurückzuholen.«

Er setzte ab, um den anderen Zeit für eine Reaktion zu geben. Keiner rührte sich, allein Finn klopfte Onno so heftig auf die Schulter, dass der Junge nach vorne einknickte, und das, obwohl Radbod seinen Bruder vorher eingeweiht hatte. Finn kannte das Vorhaben bereits. Offenbar war es für ihn eine besondere Freude, in der Versammlung davon zu hören.

»Ich fordere euch alle auf«, fuhr Radbod fort, »euch vorzubereiten. Ruft eure Männer zu den Waffen. Sobald ausgesät ist, wollen wir uns hier in Stavoren versammeln und losziehen, das gesamte Friesland.«

Reemer trat mit dem Fuß auf, wodurch er sich Aufmerksamkeit verschaffte, und sagte: »Die Hirustrer sind bereit. Wenn wieder ein Sendbote von dir kommt, Fürst, dann machen wir uns auf den Weg.«

Auch die Wanger und Astergaer zeigten ihre Zustimmung.

»Aber warte auf jeden Fall bis zur Aussaat«, warf einer der Emsgaer Bauern ein, »und bedenke, dass ihr früher dran seid als wir, denn die Sonne kommt später zu uns.«

»Das vergesse ich nicht«, erwiderte Radbod, während er seinen Blick auf Hayo und Diemo richtete.

Hayo erklärte: »Also gut, Herzog. Wir wollen Dorestad ebenfalls. Ich verlange allerdings, dass du uns zusagst, dass dort jeder Friese, egal von welchem Stamm, gleich behandelt wird.«

»So war es immer. Warum sollte sich das ändern?«

»Ist nicht der Verwalter ein Vertrauter von dir?«

Radbod winkte Tade zu sich, und als der Alte neben ihm stand, sagte er: »Ich verbürge mich für diesen Mann.« Er setzte ab, denn er wusste, der nächste Satz würde ein Risiko sein. Trotzdem sprach er ihn aus: »Ich kenne niemanden, der gerechter wäre.«

Es fehlte noch die Antwort von Diemo. Radbod wartete, wie alle anderen auch. Lange herrschte Stille im Sall.

Endlich sagte der Groninger: »Ich frage mich die ganze Zeit, was mein Vater gesagt hätte. Wie hätte er entschieden?« Diemo zeigte auf Poppo. »Dieser da hat ihn getötet. Und jetzt soll er mein Waffenbruder sein?«

Keiner widersprach, niemand stellte richtig.

Poppo schlug die Augen nieder.

»Und andererseits kann ich mich schlecht verweigern, wenn die friesischen Stämme in den Krieg ziehen. Es ist nicht nur, dass auch wir Dorestad zurückhaben wollen. Wenn wir nicht mitmachen, dann könnte man glauben, wir gehörten nicht mehr dazu.«

Er breitete die Arme aus, sein Kopf neigte sich auf die Schulter. »Wie löst man ein solches Dilemma? Ich habe darüber nachgedacht, denn seit wir gehört haben, wie es im Frankenreich zugeht, habe ich mit diesem Treffen gerechnet. Ich wusste, dass der Herzog Dorestad wiederhaben will. Ich wusste es immer.«

Sein Gesicht verzog sich, er grinste, ohne aber zu lachen, und Radbod erkannte die Trauer hinter dieser Grimasse. Diemo hatte seinen Vater nicht vergessen – nur dass Landric ein junges Mädchen getötet hatte und von einem Priester verurteilt worden war, das schien keine Rolle mehr zu spielen.

Er dachte daran, ihn darauf hinzuweisen, aber wozu? Der Groninger hatte seine Entscheidung längst getroffen und würde sie nicht mehr ändern. Er brauchte sie nur noch zu verkünden.

»Wir können nicht anders, als mit euch zu ziehen«, fuhr Diemo fort. Alle Männer im Saal hörten auf seine Stimme, die leise war. »Es geht um Friesland, um das Land unserer Väter und unserer Götter, und das steht höher als alles andere. Aber denkt nicht«, er zeigte auf Poppo, »dass ich ihm vergeben hätte. In meinen Augen bleibt er der Mörder meines Vaters.«

Allgemeines Gemurmel setzte ein. Ob es zustimmte – und wenn ja, welchem Teil von Diemos Rede –, war nicht auszumachen.

Am Abend aßen sie. Im Kamin brannte ein Feuer, Sklaven hatten den Tisch in der Halle gedeckt. Radbod passte einen Moment ab, da Diemo allein war, und setzte sich zu ihm.

»Es ist gut«, sagte er, »dass die Groninger mitmachen. Ihr seid ein tapferer Stamm, und unsere Einigkeit macht uns stark. Wir gehören alle zusammen, denn wir alle sind Freyas Volk.«

Diemo blieb eine Erwiderung schuldig. Er blickte Radbod nur an.

»Was aber den Tod deines Vaters angeht, da haben wir verschiedene Ansichten, möglicherweise auch unterschiedliche Erinnerungen. Forsete selbst wollte diese Entscheidung, so hat er es damals durch den Mund des Einsiedlers kundgetan. Forsete hat verlangt, dass einer von beiden stirbt. Es war also sein Urteil, und ich erwarte von dir, dass du es respektierst, so, wie ich deine Trauer um deinen Vater respektiere.«

»Und deinem Bastard nichts tue?«

»Poppo ist mein Sohn.«

»Und ich bin kein Mörder, der hinterrücks zusticht, Herzog. Wenn du an meiner Ehrlichkeit zweifelst, dann sage es mir jetzt, und ich verlasse auf der Stelle dein Haus.«

»Ich zweifle nicht. Mir ging es darum, etwas klarzustellen.«

Später am Abend hielt Tade auf Radbods Bitte hin einen Vortrag über den Hausmeier Pippin und schilderte den Fürsten, was für ein Mann dieser Franke gewesen und wie das Reich war, das er regierte. Der Name war allen bekannt, schließlich war es Pippin gewesen, der seiner Armee befohlen hatte, nach Friesland vorzudringen. Tade nannte diesen Angriff klug, wie er Pippin überhaupt als klug bezeichnete.

Die Fürsten murrten. Mancher schlug seinen Bierbecher auf den Tisch.

»Ist es nicht klug zu nennen, nur den Teil eines fremden Landes zu erobern, der einem wirklich Nutzen bringt? Die Franken wollten Dorestad, allein Dorestad, das haben sie sich genommen und dort Halt gemacht. Einzig nach Baduhenna sind sie noch gezogen, weil die Missionare das wollten.«

Als Hausmeier sei Pippin, so erzählte Tade, gegen manchen Stamm vorgegangen, der aus dem gemeinsamen Reich ausscheren wollte. Vor allem die Alemannen habe er niedergezwungen. In seinem Bestreben, das Frankenreich zusammenzuhalten, sei er zum Herrscher beider Teile geworden, Ostreich wie Westreich, und dabei war er klug genug, den Merowinger-König über sich zu dulden. Der König war schwach, die Entscheidungen habe allein Pippin getroffen. Er habe es auch verstanden, seine Söhne an einflussreiche Stellen zu setzen und sich auf diese Weise vor Gegenspielern geschützt. Erst mit seinem Tod sei zusammengebrochen, was er aufgebaut habe. Kurz vor ihm sei einer seiner Söhne, der ihm hätte nachfolgen können, gestorben, und nun herrsche Krieg um das Hausmeieramt und die Macht im Ostreich.

»Das ist«, rief Radbod, »der Moment, auf den ich lange gewartet habe. Unsere Zeit ist gekommen. Thor steht uns bei. Wir werden die Franken schlagen und ihren Christengott auch. Macht alle mit und ruft eure Männer zusammen.«

23

Das Übersetzen von Kriegern und Tross dauerte zwei volle Tage, denn es gab nicht viele Boote in Dorestad. Und ohne Streit – der immer wieder aufhielt – ging es auch nicht vonstatten. Die Männer drängelten sich vor, schließlich wussten sie, dass das Frankenreich nicht weit vom anderen Rheinufer begann, und sie gingen davon aus, dass der zuerst Beute machen würde, der als Erster dort war.

Radbod überließ den Hauptleuten und Fürsten die Aufsicht über das Manöver. Aber auch die konnten nicht überall eingreifen. Auf den wenigen Stegen, an denen die Boote festmachten, ging es laut zu, immer wieder flogen die Fäuste, mancher Kerl landete im Wasser, dann platschte es, und selbst mitten auf dem Fluss schwankten Kähne bedrohlich. Hayo hatte, wie Radbod, dem Treiben eine Zeit lang zugeschaut, dann rief er seine Ostergouwer zusammen, ließ ein großes Feuer entfachen und Fleisch darauf braten. Er hatte entschieden, dass sie erst nach dem allgemeinen Gedrängel übersetzen würden und wollte seinen Leuten die Wartezeit leichter machen. Und er hatte, zu Radbods Überraschung, Erfolg. Das Murren der Ostergouwer ebbte schnell ab, sie tranken und aßen, streckten sich im Gras aus und kommentierten die Versuche der anderen, in die Boote zu gelangen. Das Eulengesicht wirkte sehr zufrieden.

Radbod stand mit Tade und Finn am Ufer.

»Du bist sicher«, fragte er, »dass es auf der anderen Seite eine Römerstraße gibt?«

»Ich bin schon auf ihr gegangen«, antwortete Tade.

»Dennoch solltest du einen Teil der Männer auf Schiffen flussaufwärts fahren lassen. Das geht viel leichter, gerade für die, die keine Pferde haben.«

»Schau dir das an«, sagte Finn und zeigte auf eine Keilerei am Steg. »Man wird sie zwingen müssen. Auf dem Fluss gibt es keine Beute, höchstens ein paar Fische. Wer rudert, geht leer aus.«

»Und trotzdem wäre es richtig«, meinte Tade. »Zumindest dann, wenn wir vorankommen wollen.«

Radbod beschäftigte noch eine andere Frage: »Ich habe letzte Nacht an die Sachsen denken müssen.«

»Ach, vergiss die Sachsen«, entgegnete Finn. »Sollten sie friesischen Boden betreten, werden wir ihnen bald zeigen, dass sie das besser nicht getan hätten.«

»Ein Krieg zieht den nächsten nach sich«, meinte Tade. »Dabei wollten wir ...«

»Was?«, fragte Finn ungehalten.

»Dorestad wieder zum Leben erwecken und einen Dyk bauen.«

»Ich könnte es auch nicht unbeantwortet lassen, wenn die Sachsen über unser Land herfielen«, sagte Radbod.

»Das werden sie nicht«, erwiderte Finn. »Sie sind keine Feiglinge. Die Sachsen wissen, dass wir auch für sie kämpfen.«

»Hoffentlich«, sagte Radbod.

»Sie glauben an Thor, stimmt's? Aber der kämpft mit uns im Frankenland. Also ...?«

»Wie auch immer«, sagte Tade, »für einen Rückzug ist es nun zu spät. Ein Großteil der Männer ist auf dem anderen Flussufer. Wer wollte sie jetzt zurückholen? Das Einzige, was wir tun können, ist, dafür Sorge zu tragen, dass wir bald zurückkehren.«

Radbod glaubte, dass auch das schwer würde – es sei denn, sie machten bald große Beute. Er sann dem Gedanken nach und hörte kaum noch hin, als Finn sagte: »Du bist und bleibst ein Schwarzseher, alter Mann. Wird diese Eigenschaft mit den Jahren eigentlich schlimmer? Sieh doch, das reiche Frankenland liegt vor uns. Jetzt sind wir dran.«

Sie selbst warteten bis zum Abend des zweiten Tages, bis sie ebenfalls auf ein Boot stiegen und sich über den Fluss rudern ließen. Als er ausstieg, machte Radbod eine Entdeckung – Erdwälle, die am Ufer aufgeschüttet waren, kaum höher als bis zum Knie, aber ganz offensichtlich von Menschenhand angelegt und mit Gras bewachsen.

»Ein Dyk?«, fragte er Tade.

»Sieht ganz so aus.«

»Wer hat den gebaut?«

»Das weiß ich nicht.«

»Die Römer?«

»Möglich. Ich kann es dir nicht sagen. Entweder sie oder die Franken.«

»Verstehst du, warum die Erbauer den Dyk bepflanzt haben?«, fragte Radbod.

»Ja«, sagte Tade und strahlte.

»Das Wurzelwerk hält die Erde zusammen. Es macht es dem Wasser schwerer, sie mit sich zu nehmen.«

»Was ich sage«, erklärte Finn, »es ist gut, ins Frankenland zu kommen. Gut für alle.«

Radbod ging in die Hocke, stach mit dem Finger in den Wall, zog Erde heraus, befühlte sie, roch an ihr. Es war eindeutig, dass sie fester war und besser hielt als seine an der Nordseeküste. So weit er blicken konnte, war das westliche Ufer geschützt, der Fluss müsste hoch steigen, wollte er das Land überspülen. Da war es also. Auch wenn sie an der friesischen Küste wesentlich höher bauen mussten, um das wilde Meer fernzuhalten, hier gab es ein Vorbild. Und mehr noch, es gab nicht nur einen Weg aus platt getretener Erde, wie im Westergouw, sondern eine Straße, schnurgerade und mit Steinen gepflastert. Hier und da kam Unkraut zwischen den Steinen hervor und ließ sie grünlich schimmern, an manchen Stellen wuchs Gebüsch herein und machte sie schmaler. Und trotzdem, das war eine richtige Straße. So ließen sich auch große Mengen Erde fortbewegen.

»Irgendwann schaffen wir das auch«, sagte er, als er schließlich wieder auf die Füße kam.

»Ja. Irgendwann«, erwiderte Tade.

Wie Finn vorausgesagt hatte, versuchte jeder, der den Weg auf dem Fluss machen sollte, sich vor der Bootsfahrt zu drücken, das galt nicht nur für Marschierer, sondern selbst für die, die kaputte Beine oder wunde Füße hatten. Keiner schreckte davor zurück, sich mit einem der Hauptleute anzulegen. Wieder gab es Rangeleien und Gepöbel. Adelige schwangen die Reitpeitsche, aber wer getroffen wurde, kuschte nicht etwa, sondern versuchte, zurückzuschlagen. Die Friesen, dachte Radbod, das Volk, das die Götter am Meer zu leben bestimmt haben, die trotzen allem und jedem. Hoffentlich auch dem Christentum.

Zwölf Boote hatten sie aus Dorestad mitgenommen, Kähne, die gerudert und gesegelt werden konnten und in denen nicht mehr als vier oder fünf Männer Platz fanden. Am Ende wurden sie nur voll, weil die Fürsten gemeinsam entschieden, dass die Kämpfer sich abwechseln sollten, und zwar stammesweise.

Die Ersten, die schipperten, waren die Ostergouwer.

Alle anderen begannen mit der Plünderung, sobald sie ein Gehöft erreichten. Es lag dem Rhein – und seinem kleinen Dyk – zugewandt und wurde von Wald umgeben. Der friesischen Vorhut, auch Radbod und Finn, boten sich friedliche Bilder, Männer und Frauen, die Gras mit der Sense schnitten, Kinder, die es aufhäuften, Tiere, die die Wagen zu ziehen hatten.

Dann kam der Moment, da die Einwohner den Zug der Angreifer entdeckten. Alle rannten Richtung Hof, manche ins Haus hinein, andere daran vorbei in den Wald. Die Friesen stürmten ihnen nach, selbst ihr Herzog hätte sie nicht aufhalten können. Angstschreie erfüllten die Luft. Die Eindringlinge nahmen, was sie tragen konnten, allen Hausrat wie Töpfe, Schüsseln, Küchenwerkzeug, außerdem Vorräte und landwirtschaftliches Gerät. Einer hatte ein Schwein am Seil und reckte triumphierend die Faust in die Luft.

Als die Ostergouwer eintrafen, war die Beute längst verteilt. Sie fanden das Haus leer, bis auf eine Handvoll verängstigter Bewohner. In ihrem Zorn trieben die Ostergouwer die Menschen hinaus ins Freie, wo sie anfingen, sie zu quälen. Im Kreis liefen sie um die Gruppe herum und schlugen wahllos auf die Franken ein, zogen Einzelne heraus, die sie bis zur Ohnmacht prügelten. Die Kinder schrien, die Frauen ebenso.

Radbod wandte sich ab.

Er selbst hatte, da er als einer der Ersten eingetroffen war, im Stall zwei Pferde gefunden, Ackergäule mit zotteligen Mähnen und schweren Beinen. Er band sie aneinander und zog sie mit sich hinaus.

Das angsterfüllte Geschrei der fränkischen Kinder tat ihm in den Ohren weh, genauso wie das Kreischen der

Frauen. Hayo und seine Leute saßen inzwischen auf Pferden und ritten um die Gruppe der Gefangenen herum. Sie machten sich ein Vergnügen daraus, manche von ihnen mit dem Seil zu fangen. Wem es gelang, der erntete Jubelrufe seiner Freunde und trieb, auf diese Weise angestachelt, sein Pferd an. Der gefesselte Franke bemühte sich, hinterherzulaufen, aber bald war das Pferd zu schnell, der Mann geriet ins Stolpern, fiel, wurde durch den Staub geschleift.

Die anderen Friesen waren zum Zug zurückgekehrt. Wer Beute gemacht hatte, verstaute sie in einem Wagen, band sie sich um den Leib oder hing sie an sein Pferd. Die, die leer ausgegangen waren, schauten sich genau an, was die anderen gewonnen hatten, und nahmen sich vor, beim nächsten Hof schneller zu sein und entschlossener zuzugreifen. Radbod hieß den Zug, den Weg fortzusetzen, auch sollten die Ostergouwer wieder auf die Boote, da der Tag noch nicht beendet war. Doch Hayos Leute waren immer noch mit der Bauernfamilie und ihren Knechten und Mägden beschäftigt. Einige der Gequälten lagen bereits tot auf dem Boden, die anderen hatten sich eng aneinandergedrückt, die Männer vor ihre Frauen und Kinder. Da sie umkreist waren, gab es für sie keinen Fluchtweg.

Reemer pfiff durch die Finger, mehrfach, und winkte zum Zeichen, dass man weiterwollte. Die Ostergouwer sahen es nicht einmal, so sehr waren sie in ihre Beschäftigung vertieft. Die anderen machten sich alleine auf den Weg. Hayo und seine Leute würden schon folgen. Ihre Boote lagen am Ufer.

Im Laufe ihres Zuges stellte sich heraus, dass die Emsgaer Bauern vor allem an landwirtschaftlichem Gerät interessiert waren. Sie rannten, kam ein neues Gehöft in Sicht, in Schuppen und Ställe und griffen sich Pflüge und

Sensen, Messer aller Größen, Äxte und Hämmer. Meistens brachen sie die Holzstiele ab, um das Eisen leichter transportieren zu können. Anders als die anderen Stämme legten die Emsgaer ihre Beute zusammen, verstauten sie gemeinsam auf ihren Wagen, bedeckten sie mit Planen vor neugierigen Blicken und schnürten diese fest. Radbod kannte dieses Verhalten von ihnen, auf seinen Ausritten war er auch in ihrem Land gewesen und hatte es dort gesehen, trotzdem faszinierte es ihn. Sie schienen immer einer Ansicht zu sein, man hörte kaum Streit unter ihnen, selten einmal ein lautes Wort. Wahrscheinlich, glaubte er, gab es auch nur eine richtige Meinung, und nach der war alles, war einer guten Ernte zuträglich war, sinnvoll, und was ihr nicht diente, falsch.

Das gegenteilige Gefühl stellte sich ihm ein, wenn er Hayo und den Ostergouwern bei ihrem Treiben zusah. Auch als am nächsten Tag die Groninger auf den Booten fuhren und sie selbst schneller die neuen Frankenhöfe erreichten, scherten sie sich mehr um das Quälen der Bewohner als um Beute. Sie hatten bereits ihre Rituale, brüllten, trieben die Bauersleute heraus, folgten Flüchtenden in den Wald, fesselten und peitschten sie. Für ihren Geschmack konnte nicht genug Blut fließen.

Radbod passte diese Art nicht, die Franken hatten sich in ihrem Land nicht in dieser Weise verhalten. Und warum waren ausgerechnet die Ostergouwer so sehr auf Rache aus, die doch viel weniger Kontakt zu Franken gehabt hatten als ihre Nachbarn aus dem Westergouw? Er konnte sich keinen Reim darauf machen und ging auch nicht den Schritt, Hayo zu fragen. Er bemerkte aber, dass er nicht der Einzige war, dem die Grausamheit der Ostergouwer aufstieß. Weder seine Söhne noch Finn oder Tade schauten ihrem Treiben zu, und Männer anderer Stämme beteiligten sich nicht an Anfeuerungsrufen und Jubel. Die Ostergouwer waren allein.

Obwohl es ihn drängte, einzuschreiten, hielt er sich zurück, um neuen Streit mit Hayo zu vermeiden. So beschränkte er sich darauf, weiter Pferde einzusammeln. Bald hatte er zehn Tiere zusammen, eins an das andere gebunden, wie eine lange Kette, und immer zog einer seiner Söhne sie hinter sich her.

Hayo seinerseits begann damit, Diemo und die Groninger zum Mitmachen zu bewegen. Er lud Einzelne ihrer Männer ein, gefangene Bauern zu schlagen oder zu töten, reichte Diemo seinen Bogen, damit der seine Treffsicherheit an einem Gefesselten versuchen konnte. Aber die Groninger gingen auf die Angebote kaum ein, sie waren Zuschauer, neugieriger vielleicht als andere, aber nicht bereit, mitzutun. Die Ostergouwer fingen bald damit an, Bauern zu erhängen. Dazu warfen sie Seile über dicke Äste, knüpften Schlingen und hievten ihre Opfer, die sich zu wehren versuchten oder um Gnade flehten, auf Pferde, die unter den Ästen standen. Wenn einer auf dem Gaul saß, gaben sie dem Tier einen heftigen Klaps, sodass es erschrak und einen Satz machte. Die größte Freude der Ostergouwer war, wenn ein Sterbender an seinem Seil kräftig hin und her pendelte.

Radbod ließ sie immer noch gewähren, auch wenn er den Eindruck hatte, dass Tade ihn immerzu anstarrte und dass Reemer und die Ostfriesen genauso wie seine eigenen Leute sein Eingreifen erwarteten. Und er verstand sie, auch nach seiner Ansicht lebten die Franken kaum anders als die eigenen Leute, sie waren Bauern oder Flussfischer, sie hatten, genau wie die Friesen, um das tägliche Überleben zu kämpfen. Es gab keinen Grund, sie zu töten – sie waren nicht die Feinde. Wer Dorestad besetzt und Baduhenna zerstört hatte, das waren andere, die Entscheidungen waren am Königshof gefallen, getroffen vom Hausmeier, ausgeführt von Soldaten, die dafür entlohnt wurden, aber nicht von diesen Bauern.

Trotzdem zögerte er, sich dem Fürsten aus Dokkhum entgegenzustellen. Eine Auseinandersetzung innerhalb ihres Zuges konnte er nicht gebrauchen. Würden sie auf ein Frankenheer treffen, benötigten sie jeden Mann. So setzte er darauf, dass den Ostergouwern ihr Spaß verginge und sie aufhören würden. Oder dass sie sich, genau wie alle anderen, mit Plünderungen begnügten.

Aber das war nicht der Fall.

Erst als sie begannen, Frauen und Mädchen zu schänden, griff Radbod ein. Ganz alleine, mit gezogenem Schwert, ritt er auf eine Gruppe Ostergouwer zu, von denen manche schon die Hosen aufgeknöpft hatten, als wollten sie sich erleichtern. Eine Menge von altem Ärger brach sich in ihm Bahn, als er Baja antrieb und sie ohne jede Rücksicht direkt in ihre Gruppe hineingehen ließ, und sie mussten zur Seite springen, wollten sie nicht von ihren Hufen getroffen werden.

»Schluss«, rief er, »zieht eure Hosen wieder hoch. Und ihr«, wies er die verängstigten Frauen an, »lauft ins Haus und verriegelt die Tür.«

Die Männer fingen an zu murren. Einige riefen: »Du hast uns nichts zu sagen« und »Hau ab.«

Die fränkischen Frauen rührten sich nicht vor Angst. Es war, als hätten sie seine Aufforderung nicht gehört.

Radbod schwang sich vom Pferd, sein Schwert in der Hand. »Ihr wollt euch der Anordnung eures Herzogs verweigern? Wer genau will das? Der soll vortreten.«

Er riss seine Waffe in die Höhe und ließ sie durch die Luft fahren, eine Geste, als würde er dem Ersten, der sich ihm widersetzte, den Kopf abschlagen.

Die Männer schwiegen. Aber geschlagen gaben sie sich nicht.

Im nächsten Moment trat Hayo neben sie. »Ich bin der Fürst der Ostergouwer. Über meine Männer habe ich das Sagen.«

»Das ist ein Irrtum. Ich bin der Herzog. Auf diesem Feldzug unterstehst du genauso wie alle anderen meinem Kommando.«

Radbod hatte sein Schwert immer noch in der Hand, nur langsam ließ er es sinken, und dabei durchfuhr ihn der alte Gedanke, dass er Streit mit Hayo hatte vermeiden wollen.

Es war nicht gelungen: »Pfeife deine Männer zurück«, befahl er, »und lasst ab von den Frauen. Heute Abend wollen wir mit allen Fürsten über die Angelegenheit beraten.«

Hayo schien zu überlegen, welcher Schritt für ihn der richtige war, ob er kuschen oder den Kampf riskieren wollte, und als er nachdachte, verwandelte sich sein Eulengesicht, Falten traten auf die Stirn, er kniff seine runden Augen zusammen, und der Kopf sackte ihm Richtung Schulter.

Seine Männer warteten auf sein Wort.

Die bedrohten Frauen lösten sich langsam aus ihrer Erstarrung und schlichen, einander an den Händen haltend, davon.

Anstelle eines Wortes nickte Hayo.

In Richtung seiner Ostergouwer machte er ein Zeichen, winkte ihnen mit dem Arm und hieß sie, ihm zu folgen.

Erst am Abend ließ er sich wieder sehen. Als er in das Zelt des Herzogs trat, hatte er immer noch Blut am Kittel und roch auch danach. Auch Diemo, Reemer, die Emsgaer, Astergaer und Wanger versammelten sich. Viel zu Essen gab es nicht – schließlich war man auf einem Feldzug –, aber Radbod hatte dafür gesorgt, das Bier bereit stand. Neben ihm saßen Tade und Finn, seine Söhne hielten sich hinter ihm. In der Mitte, unter einer Öffnung, brannte ein spärliches Feuer, in dessen Schein die Gesichter nur in Umrissen zu erkennen waren.

Die Fürsten und Edlen verhielten sich bescheiden, bedankten sich, als er ihnen Bier reichen ließ, und hockten sich in den Halbkreis. Hayo hielt es nicht anders. Er nahm sich den Platz neben Diemo.

»Auf diese Weise werden wir nicht weiterziehen«, begann Radbod, als alle saßen. »Mit dem Morden muss Schluss sein. Kein Franke hat sich bei uns so aufgeführt. Und wir tun das auch nicht. Wehrlose zu töten, ist nicht friesische Art.«

Weil niemand nach ihm das Wort ergriff, blieben seine Sätze im Raum stehen, obwohl sie verklungen waren. Sie waren eine Anklage, und jeder wusste, gegen wen sie gerichtet war.

Aber es war nicht Hayo, der schließlich zu sprechen begann, sondern Diemo: »Du, Herzog, benimmst dich, wie es dir passt. Stiehlst ihre Pferde. Wie viele hast du eigentlich schon eingesammelt? Und uns willst du Anweisungen geben?«

Radbod schaute ihm, seinem Schwager, direkt in die hellblauen Augen. »Plündern ist euch genauso wie mir erlaubt, morden dagegen nicht. Und was die Pferde angeht: Ich nehme sie nicht, weil ich sie sammeln will, sondern weil ich glaube, dass sie uns eines Tages helfen könnten.«

»Es ist Krieg«, sagte Hayo. »Da gibt es Tote.«

»Ein Feldzug, das ist es«, entgegnete Radbod.

Der Ostergouwer hob die Stimme. »Lass meine Männer in Ruhe. Sieh dir doch an, wie kümmerlich die Beute ist, die wir machen. Da bekommt nicht einmal jeder einen Kochtopf. Und dafür sind sie einen ganzen Sommer fort von zu Hause? Die Frage an uns ist eher: Sollten wir nicht Gefangene machen, die wir verkaufen können? Sklavenmärkte gibt es überall.«

»Das haben sie bei uns auch nicht gemacht«, entgegnete Radbod.

»Ha! Sie haben uns unseren Hafen gestohlen. Das war viel schlimmer. Und viel mehr wert als diese kümmerlichen Bauern und ihre Weiber.«

»Richtig«, sagte Diemo.

»Bevor wir Leute einfangen, müssen wir uns darüber verständigen, wer die Sklaven bekommt und verkaufen darf. Der, der sie festbindet? Und wer bewacht sie? Das sind die Fragen, die wir uns stellen sollten.«

»Keine Sklaven«, erwiderte Radbod.

»Dann biete uns einen Ersatz, Herzog«, rief Hayo erregt. »Genug Beute für unsere Leute.«

»Ich …« Radbod zögete. Aber dann sprach er seinen Gedanken aus: »Ich sage dir zu, die Ostergouwer werden als Erste in die Stadt Coellen einziehen, wenn wir dort sind.«

Augenblicklich erhob sich der Widerspruch der anderen. Tade neben ihm wurde unruhig.

»Wie es scheint, sind die Fürsten nicht einverstanden. Wie willst du dich durchsetzen?«, fragte Hayo.

»Das lass meine Sorge sein. Nimm mein Angebot an oder schlage es aus. Aber ich sage noch einmal: So wie bisher ziehen wir nicht weiter. Dann machen wir eben kehrt.«

Hayo lachte. Dabei wirkte er angespannt, und sein

Lachen klang falsch. »Niemand stellt sich uns entgegen, und du willst umkehren? Hat der Herzog Angst vor den Tieren des Waldes?«

»Ich habe keine Angst.«

»Was ist es dann?«

Reemer räusperte sich, dann sagte er mit seiner tiefen Stimme: »Du solltest überlegen, Fürst, wie tief du die Franken reizen willst. Wer kann dir vorhersagen, ob ihr Reich wirklich zerfällt und sie klein und schwach werden? Vielleicht fangen sie sich bald wieder. Und dann werden sie einen Unterschied machen zwischen einem Feldzug und einer dunkelroten Blutspur und am Ende deine Grausamkeit rächen. Und zwar an euch, an den westlichen Stämmen. Denn zu uns, hinter das große Moor, kommen sie nicht so schnell.«

»Noch einer, der Angst hat«, entgegnete Hayo.

»Ach, Ostergouwer.« Reemer winkte ab, und es machte den Eindruck, als wolle er keine Kraft und keine Worte mehr an den anderen Fürsten verschwenden. »Wahrscheinlich nennst du es mutig, ein paar Bauern zu erhängen und ihren Frauen die Röcke aufzureißen.« Reemer zeigte auf die Wanger und Astergaer neben ihm. »Frag meine Nachbarn – bei uns gelten andere Regeln. Regeln der Ehre. Wer Anstand nicht von Feigheit zu unterscheiden weiß, den würden wir nicht mit auf eine Seefahrt nehmen. Auch nicht in einen Kampf. Habe ich recht?«

Seine Nebenleute stimmten ihm zu.

Hayo wurde rot, als hätte Reemer ihn geohrfeigt. Dabei fletschte er die Zähne, war aber weit davon entfernt, an ein wildes Tier zu erinnern.

Reemer hatte ihn kleingemacht.

Vom nächsten Tag an stellte sich die Frage nach Quälerei und Mord nicht mehr. Wo immer sie hinkamen, waren die Bewohner verschwunden. Sie waren geflüchtet, hatten sich irgendwo in den Wäldern versteckt, die so dicht waren, dass man zu Pferd nicht hindurchkam. Was sie tragen konnten, hatten die Leute mit sich genommen, der kümmerliche Rest sorgte für zunehmende Enttäuschung bei den Plünderern. Auch Radbod hatte nur noch wenig Glück, die meisten Bauern hatten ihre Pferde mit sich gezogen. Und wenn wirklich mal ein Tier stehen geblieben war, waren andere Friesen genauso schnell im Stall. Er konnte nur noch selten einen neuen Ackergaul mit den anderen zusammenbinden.

Dann trafen sie auf eine Missionsstation. Um ein größeres Gebäude waren mehrere Holzhütten angeordnet, und daneben stand eine Kirche, an der noch gebaut wurde. Sie war das einzige Haus aus Stein. Radbod fiel das Kreuz am Eingang ins Auge, ganz ähnlich dem, das die Missionare in Stavoren errichtet hatten. Er schloss zu Finn auf, der nach wie vor die Spitze des Zuges bildete. Die meisten iher Männer waren noch im Wald, man sah sie nicht, hörte sie aber, denn sie waren laut, fluchten über die Unebenheit des Weges oder sangen und grölten.

Die Mönche schien das nicht zu ängstigen.

Manche von ihnen arbeiteten auf dem Feld, andere schritten bedächtig zwischen den Häusern umher oder waren mit dem Kirchenbau beschäftigt. Radbod wies Finn an, mit seinen Wachmännern einen Kreis um die Station zu bilden, eng genug, dass keiner fliehen konnte. Er wollte diese Mönche stellen, und zwar alle. Bei den fränkischen Bauern hatte er viele Gemeinsamkeiten zu denen in Friesland gefunden. Für die Mönche galt das nicht. Die waren wie Willibrord, seine Feinde.

Ganz allein ritt er auf die Station zu, nachdem Finn und seine Männer ihren Kreis geschlossen hatten. Er warf sein Seil um das Christenkreuz, dann ließ er Baja gehen. Das Holz war fest verankert, seine Stute hatte Mühe und er auch, das Seil wollte ihm aus der Hand gleiten, während er es nicht schaffte, das Kreuz aus der Erde ziehen. Er ruckelte und riss, ließ Baja vor- und zurückgehen, versuchte es wieder und wieder, ohne Erfolg. Die Mönche schauten ihm zu. Sie starrten ihn an, griffen aber nicht ein, unbewaffnet, wie sie waren.

Radbod gab nicht auf. Er zog in die verschiedenen Richtungen, band sich das Seil enger, trieb seine Stute an. Schließlich bewegte sich das Kreuz. Ein Stückchen nur. Baja zog voran. Er ließ sie im Kreis gehen und riss am Seil. Das Holz bog sich ein wenig mehr.

Er zog und zog. Bald rutschte der Stamm aus der Erde. Das Kreuz fiel. Die Mönche schrien auf und kamen näher, offenbar wollten sie es wieder aufstellen.

Radbod hob sein Schwert in die Luft und gab den Befehl zum Angriff.

Finn und seine Männer galoppierten auf sie zu. Die Mönche rannten in Richtung auf das Haupthaus. Was immer sie in der Hand gehabt hatten, ließen sie fallen. Ihre Zuflucht war aber auch das Ziel der anstürmenden Friesen, denn dort, in dem langen Holzhaus, vermuteten sie die meiste Beute. Und da manche von ihnen zu Pferde waren, kamen sie früher an. Ihnen folgte eine brüllende Horde, ein wildes Rudel von Eroberern. Die Mönche hoben die Hände. Es dauerte nicht lange, bis auch diejenigen von ihnen, die sich im Haus befanden, herauskamen.

Reemer übernahm, da Radbod immer noch auf Baja saß und das Kreuz im Schlepptau hatte, das Kommando.

Er sorgte dafür, dass diesmal diejenigen, die bisher wenig erbeutet hatten, als Erste stürmen durften, und es dauerte nicht lange, da drangen ihre Freudenschreie aus den Fenstern und manche von ihnen kamen mit Schinken und Bierfässern und gerupften Hühnern wieder hervor. Offenbar hatten sie die Küche der Station entdeckt.

Reemer ließ auch andere hinein.

Radbod ritt weiter zur Kirche. Für ihren Gott bauten die Mönche ein ziemlich großes Haus, höher als irgendeins in Stavoren. Die Fundamente waren aus schweren Feldsteinen, und er stellte sich vor, welche Mühe es gekostet hatte, sie zu sammeln und auf den Bauplatz zu schleppen. Darüber waren viele Reihen kleinerer Steine gemauert, in die die Fenster eingelassen waren. Der Dachstuhl stand bereits, nur das Dach selbst war noch nicht gedeckt, deshalb sah er wie das Gerippe eines toten Tieres aus.

Während er Baja außen herumgehen ließ, versuchte Radbod sich darüber klar zu werden, wie diese Kirche auf ihn wirkte und wozu sie diente. Seine erste Vermutung war, dass sie dem Christengott oder seinem Sohn Schutz bieten sollte. Aber Schutz für einen Gott? Vor wem? Und von Menschen gebaut?

Wenn das nicht sinnvoll war, dann war die Kirche ein Haus, das zur Verteidigung errichtet worden war. Aber warum waren die Mönche dann nicht hineingelaufen? Weil das unfertige Dach und die Fenster zu viel Angriffsfläche boten? Oder irrte er sich wieder und es war ihnen verboten, dort Zuflucht zu suchen, wo ihr Gott geehrt wurde?

Als er eintrat, blies Wind durch die Tür. Das Haus war dunkel, durch die kleinen Fenster drang nicht viel Licht. Es gab Bänke aus ungehobeltem Holz, auf die man sich setzen konnte, ein Steinbecken und wieder ein Kreuz, das auf einem Tisch stand. Nein, um Zuflucht ging es hier nicht. Zum ersten Mal begriff Radbod, welche Mühe sich die Christen damit gaben, ihren Gott zu ehren. Sie schufen ihm ein Haus, solider als die, in denen sie selbst lebten, und gingen nur hinein, wenn sie beten wollten. Was für eine Verschwendung. Oder war die Erklärung, dass sie Angst hatten, weil sie einem strengen Gott anhingen, ein Gott zumal, der verlangte, dass sie andere Menschen und Völker zu ihm brachten und deren Heiligtümer zerstörten? Warum sonst hatten sie die Thoreiche gefällt und die Steinsäule von Baduhenna zerstört, warum das heilige Vieh auf Forsetesland getötet?

Ihn überkam Zorn, wie eine Welle. Hier bauten sie ein stolzes Haus für ihren Herrn, dort machten sie kaputt, was zu Ehren anderer Götter errichtet worden war?

Er schmiss auch das Kreuz in der Kirche um und lachte darüber, weil es ausreichte, dass er mit zwei Fingern dagegendrückte, das Ding fiel und machte Krach, als es auf dem Boden aufschlug.

Sein Ärger aber war damit nicht besänftigt.

Er trug Stroh zusammen, das am Eingang lag, wahrscheinlich, damit man sich die Sohlen sauber rieb, bevor man in das Gotteshaus eintrat, und schichtete es unter eine der Holzbänke, die ihm aber zu massiv erschienen, um schnell Feuer zu fangen. Deshalb sammelte er Kleinholz, das vom Kreuz abgesplittert war, und legte es dazu, dann entzündete er den Haufen mit Hilfe seiner Feuersteine. Es dauerte nicht lange, da schoss eine erste Flamme empor, das Stroh knisterte, das Kleinholz fing Feuer. Radbod schob die anderen Bänke hinzu, die er übereinander baute, sodass sie fast bis an den Dachstuhl reichten.

Als die ersten Flammen aufstiegen, kamen andere friesische Kämpfer in das Gotteshaus und schauten sich um, auch hier auf der Suche nach Beute. Ihre Blicke waren gierig, aber es gab nichts, wo sie hängen geblieben wären, da war nur die Steinschale und Holz, das er bereits angezündet hatte.

Viele von ihnen blieben stehen und schauten seinem Feuer zu. Er wartete darauf, dass der Brand auf eine der schweren Bänke übersprang, und als ihm das nicht schnell genug ging, schlug er eins der Fenster ein, um den Luftzug zu verstärken. Das half. Das Feuer schoss in die Höhe und legte sich um die erste Bank, und bald fing das trockene Holz an zu brennen. Diese Flamme würde nicht mehr ausgehen. Er hörte das Holz knistern.

An der Tür passte Hayo ihn ab.

»Ich dachte, wir machen solche Sachen nicht«, zischte der Ostergouwer.

Sein Satz war richtig und grundfalsch zugleich, doch vor allem war er allein aus Rechthaberei gesprochen. Radbod verzichtete darauf, dem Eulengesicht eine Antwort zu geben.

Draußen verharrten die Mönche in dem Kreis, den die Wachen um sie gebildet hatten. Mit gefalteten Händen sprachen sie ein Gebet, alle gemeinsam, unbewaffnete, harmlose Männer, die sie waren. Er wusste – hatte oft erlebt –, dass der Eindruck täuschte. Die Christen waren nicht harmlos und nicht friedlich.

Er ritt in die Menge hinein.

»Wer ist euer Anführer? Der oberste Mönch?«

Ein weißhaariger Mann mit ernstem Gesicht trat vor. »Ich bin der Prior hier. Man nennt mich Bruder Christopherus.«

»Kennst du einen Mann namens Willibrord? Aus Northumbrien?«

»Sicher. Er soll unser Bischof werden, heißt es.«

»Wann hast du ihn zuletzt gesehen?«

»Vor ein paar Tagen. Er hat uns berichtet, dass wilde Friesen den Hafen Dorestad erobert hätten. Damit meinte er sicher euch.«

»Wilde Friesen«, höhnte Radbod. »Ja, wahrscheinlich meinte er uns.«

Dass die Kirche brannte, war nun auch außen zu sehen, der Feuerschein drang durch die Fenster, und wenn man darauf achtete, hörte man auch das Knacken des Holzes. Einige der Mönche wollten löschen und versuchten, den Kreis der Wachen zu durchbrechen. Als das nicht gelang, knieten sie wieder nieder.

»Warum habt ihr die Kirche angezündet?«, fragte der Prior.

»Wo ist Willibrord hingegangen?«

»Nach Coellen, hat er gesagt. Wo die Franken ihn schützen werden.«

Das Feuer stieg in die Höhe. Es brannten nun auch die oberen Bänke, und einzelne Flammen waren bereits dabei, nach dem Dachstuhl zu greifen. Alle Männer, Franken wie Friesen, sahen zu, wie der Wind hineinblies und brennende Späne durch die Luft wirbelte. Sie hinterließen eine Funkenspur, wie einen Sternenreigen, die schnell verglomm, doch sich bald von einem anderen Holzstück wieder aufbaute. Die Funken waren Zeichen der Götter, so viel stand fest, Zeichen von Freya und Wotan und Thor, und Forsetes Wind blies in die Kirche und ließ das Feuer immer höher steigen. Bald brannte der gesamte Dachstuhl. Die Fensterscheiben barsten unter der Hitze.

Die Mönche schauten nicht mehr zu, sie waren mit ihrem Gebet beschäftigt, zu dem sie immer noch auf der Erde knieten und unverständliche Laute murmelten. Radbod zweifelte nicht daran, dass sie die Kirche wieder aufbauen würden, und er wäre am liebsten wiedergekommen, um sie erneut zu zerstören, so lange, bis sie endlich begriffen, dass ihre Mühe vergeblich war. Und er hatte den Wunsch, den betenden Männern Schmerz zuzufügen, mit Baja durch sie hindurchzureiten und ihr frommes Gehabe zu beenden.

Stattdessen rief er dem weißhaarigen Mönch zu: »Du willst wissen, warum ich eure Kirche in Brand gesetzt habe?«

»Ja.«

»Ich will sehen, was euer Christengott unternimmt.«

»Er wird sich rächen, sei gewiss. Aber wann und wie, das entscheidet er ganz alleine.«

»So etwas Ähnliches hat mir schon einmal jemand gesagt. Euer Willibrord. Damals hat er eine Thoreiche umgeschlagen.«

»Thor«, wiederholte der Mönch. Es klang spöttisch. Seine Freunde grinsten.

Radbod trieb Baja an und ritt auf ihn zu.

Der Mann blieb an seinem Platz. Angst schien er wirklich nicht zu haben.

Radbod hielt vor ihm an. »Ja, Thor. Der uns mit seinem Hammer bis hierher begleitet hat.«

Er drehte ab. Die Kirche brannte lichterloh, schwarzer Rauch stieg zum Himmel. Der Christengott reagierte nicht, genauso wenig wie es Forsete nach dem Schlachten seines Viehs getan hatte.

Vielleicht wollten die Götter nicht zurückschlagen?

Oder sie konnten es nicht? Oder nicht immer?

Er begriff es nicht und würde es nie begreifen.

Erst als die Kirche bis auf ihre verkohlten Grundmauern heruntergebrannt war, ließ Radbod die Friesen weiterziehen. Dank Reemers klugem Verhalten waren viele Krieger an diesem Tag sehr zufrieden, all die, die aufgeholt hatten. Ihre Beute konnte mit der der anderen mithalten, da es im Kloster mehr zu holen gab als auf den Höfen. Gegenseitig führte man sich vor, was man geraubt hatte.

Auch Radbods Pferdesammlung war gewachsen. Er war zwar nicht als Erster in den Ställen der Mönche gewesen, doch Tade hatte aufgepasst und die Pferde zusammengebunden und hinausgetrieben.

Es war gut, dass sie im Kloster so reichlich Beute gemacht hatten, denn auf ihrem weiteren Weg blieben die Höfe verwaist, die sie passierten. Die Nachricht, dass ein Zug Friesen – wilde Friesen! – durchkam, hatte sich offenbar verbreitet, und die Leute waren weggelaufen, so eilig, dass an mancher Köhlerhütte das Feuer noch rauchte. Nur die Dinge von Wert waren aus den Bauernhäusern verschwunden. Als sie immer wieder nichts fanden, zerstörten die Friesen in ihrem Ärger Wände und Fenster und verbrannten das spärliche Mobiliar.

Pferde gab es immerhin vereinzelt, manchmal am Waldrand festgebunden oder frei herumlaufend. Das Unterholz war zu dicht, als dass sie hindurchgekommen wären.

Radbod sammelte sie alle ein und band sie aneinander.

Wer all die Gäule reiten solle, fragte ihn Reemer.

»Du vielleicht und deine Hriustrer. Wir werden sehen. Auf jeden Fall müssen es Männer sein, auf die ich mich verlassen kann. Die nicht ihr eigenes Spielchen spielen.«

Mittlerweile aber waren auch die anderen Fürsten auf Pferde aus. Sie wiesen ihre Männer an, schnell zu neuen Gehöften zu rennen und alle vorhandenen Tiere einzusammeln. Radbod kam einige Male zu spät, die Ostergouwer und Groninger hatten sich die Ackergäule gesichert, und er erntete nur noch ein triumphierendes Grinsen. Auf einen Wettlauf mit ihnen wollte er sich nicht einlassen. Er hielt die Augen offen und wies Finn an, ebenfalls achtsam zu sein.

Die Zahl der Pferde, die seine Söhne und er mit sich zogen, war zu niedrig, um wirklich in einer Schlacht den Ausschlag geben zu können. Niemand konnte vorhersagen, wann und wo sie auf ein fränkisches Heer treffen würden. Radbod dachte wieder daran, umzukehren, weil es nicht gelang, den Unterschied in der Ausrüstung auszugleichen, er sprach auch mit Tade darüber, der seine Ansicht teilte. Aber er war der Einzige. Finn trieb es weiter, genauso wie die Fürsten. Sie alle hatten Abenteuerlust in den Augen. Und sie hofften auf weitere Beute, genauso wie ihre Männer, auch wenn sie an jedem neuen Hof enttäuscht wurden.

Auf Menschen trafen sie überhaupt nicht mehr, das gesamte Rheintal war wie ausgestorben. Fischerboote lagen am Flussufer, Felder waren bestellt, Grundstücke gepflegt – aus all dem erkannte man, dass die Leute ihre Umgebung erst vor Kurzem verlassen hatten. Es war anzunehmen, dass sie sich in der Nähe versteckten, sie vielleicht sogar beobachteten. Als die Friesen anfingen, in den Wäldern nach ihnen zu suchen, pfiff Radbod sie zurück. Dass manche ihrer Häuser abgebrannt wurden, verhinderte er nicht.

Wo Kirchen standen, rieb er selbst die Feuersteine und hatte eine diebische Freude daran, wenn die Häuser brannten. Er wandte sich sogar an den Christengott und fragte ihn, was er zu tun gedenke. Eine Antwort erhielt er nicht.

24

Sie waren den ganzen Tag lang unterwegs, von morgens bis abends, nur am späten Vormittag machten sie Rast und setzten sich auf die Pflastersteine der Straße oder ins Gras, um zu essen und Bier zu trinken. Wie viele Meilen sie an einem Tag schafften, zählte und wusste Radbod nicht, vereinzelt gab es zwar Steine mit eingemeißelten Nummern, die noch von den Römern stammten, doch viele von ihnen waren verschwunden, waren von Anwohnern im Laufe der Zeit mitgenommen worden, und deshalb konnte man die Entfernung nicht bestimmen. Er ritt immer auf Baja. Finn blieb an der Spitze ihres Zuges, meistens zusammen mit Onno. Bei Radbod waren Tade und Poppo, Alfbad blieb hinter ihnen.

Mit den vielen Tagen wurde ihr Zug zur Routine. Radbod hatte registriert, wie sich die Stimmung gewandelt hatte, wie aus der anfänglichen Euphorie Nüchternheit geworden war. Was die Männer erbeuteten, war kaum noch der Rede wert. Wer auf einem der Boote fuhr, war nicht mehr erpicht darauf, zu tauschen, war doch die Fahrt bequemer als jeder Fußmarsch, und an Land schien man nicht viel zu verpassen.

Auf diese Weise näherten sie sich einer Siedlung, die am Rhein lag. Finn hob den Arm und brachte den Zug zum Stehen, auch auf den Booten wurde das Rudern eingestellt. Es war ein schwülwarmer Tag, der Frühling ging in den Sommer über, am Himmel hing eine dünne Wolkenschicht. Dazu war es windstill. Als sie stehen geblieben waren, war es so ruhig, dass sie das Gezwitscher der Vögel im nahen Wald hörten.

Radbod schloss auf.

Sein Bruder und er ritten auf eine kleine Anhöhe, die Siedlung lag unter ihnen. Der Hafen in einer Rheinbucht war ausgebaut, es gab Leute dort, Stauer wie in Stavoren. Eine Reihe von Häusern bildeten das Dorf, größere und kleinere, die meisten inmitten von Gemüsegärten, nicht anders als in Friesland. Am Rand begann eine Straße, die an einem kleinen Fluss entlang westwärts führte. An dieser Stelle gab es auch Mauerreste, ein verfallenes Castrum. Von Tade wusste er, dass die Römer Militärplätze und Ansiedlungen an wichtigen Straßenkreuzungen errichtet hatten, denn dort machten Reisende Halt und schlugen ihre Waren um.

»Wir werden uns die Sache ansehen«, entschied Radbod, während andere Fürsten nachdrängten. »Wir müssen damit rechnen, auf Widerstand zu stoßen. Vielleicht ist das eine Falle und in den Häusern sitzen fränkische Soldaten, die auf uns warten.«

»Wie gehen wir vor?«, fragte Finn.

»Du wirst mit den Wachmännern von der Westseite eindringen. Wir anderen kommen von Norden.«

»Wir sollten sehen, das wir auch den Hafen besetzen«, meinte Tade. »Sonst segeln uns die Bewohner davon. Dafür haben wir unsere Boote.«

Radbod bestimmte Kämpfer aus dem Westergouw, die an diesem Tag gerudert waren, für diese Aufgabe. Im Gegenzug musste er ihnen versprechen, sie bei der Verteilung der Beute zu berücksichtigen, auch wenn sie nicht die Ersten am Ort waren.

Finn und seine Truppe machten sich auf den Weg. Für Radbod war es mühsam, die Kämpfer im Hauptteil zu Geduld zu ermahnen, am liebsten wären sie vorgestürmt, in die Siedlung hinein, und hätten sich genommen, was es dort gab. Er hielt sie zurück, musste ihnen sogar drohen, während er zusammen mit Poppo von der Anhöhe aus beobachtete, wie sich Finn und seine Männer mit dem Schwert eine Schneise durch den Wald schlugen.

Endlich hatten die Wachmänner die Straße an dem kleinen Fluss erreicht. Radbod wies die Boote an, abzulegen, und setzte langsam den Hauptzug in Bewegung. Poppo war neben ihm. Radbod hätte ihn am liebsten weiter nach hinten geschickt, denn er war inzwischen fest davon überzeugt, dass sie in eine Falle liefen und fränkische Soldaten herausstürmen würden, sobald sie nahe genug waren. Niemals hätten die Bewohner sonst die alte Römerstraße ohne jede Bewachung gelassen.

Als sie weiter vordrangen und die Einheimischen sie erblickten, rannten die Leute in ihre Häuser. Radbod verlangsamte das Tempo, er spitzte die Ohren, schaute sich um, war angespannt. Poppo ging es nicht anders. Onno und Alfbad waren im Zug, bei Tade.

Finns Trupp kam von der Westseite, während ihre Boote den Hafen bereits erreicht hatten und ihn absperrten. Radbod hieß seine Leute, abzusitzen. Die Friesen zogen ihre Schwerter, andere spannten Pfeile in die Bögen. Auf den Gassen zwischen den Häusern rührte sich nichts.

Sie nahmen sich das erste Haus vor, das sie umkreisten. Radbod schlug mit dem Schwert gegen die Tür. Dann trat er sie ein.

Vor ihm lag ein spärlich beleuchteter Raum. Er zögerte, hineinzugehen, weil er immer noch mit einer Falle rechnete. Stattdessen rief er in das Haus, wer darinnen sei, solle herauskommen, sonst werde er es niederbrennen. Es war eine Familie, die aus dem Halbdunkel trat, durch und durch verängstigt, ein magerer Mann mit langem Haar, eine Frau mit einem Säugling im Arm, eine größere Anzahl von Kindern.

»Wer ist noch im Haus?«, fragte Radbod.

»Niemand«, sagte der Mann zitternd.

»Keine Soldaten?«

»Nein.«

Radbod hob sein Schwert. »Sag die Wahrheit.«

»Das tue ich. Die meisten unserer Leute sind geflohen, als sie hörten, dass ihr kommen würdet.«

»Und ihr? Warum ihr nicht?«

»Mit sieben Kindern? Wo sollen wir denn hin? Das hier ist doch alles, was wir besitzen.« Er zeigte auf sein Haus und den kleinen Garten.

»Was ist in der Nachbarschaft?«, fragte Radbod.

»Genau dasselbe. Entweder die Häuser stehen leer oder es leben arme Menschen darin, die nicht wegkonnten.«

Die Friesen hinter ihm drängte es, mit den Plünderungen anzufangen. Viel zu lange hatten sie nichts erbeutet, jetzt schoben sie nach und wurden lauter. Er dagegen hätte die Bauersleute mit ihren vielen Kindern am liebsten verschont. Aber das war nicht möglich. Die eigenen Leute waren nicht aufzuhalten.

Vorerst befahl er ihnen, mit ihm weiterzuziehen.

Im nächsten Haus erging es ihnen nicht anders, im übernächsten auch nicht. Dann trafen sie auf eines, dessen Tür und Fenster verriegelt waren.

Er ließ sie aufstoßen.

Sie fanden Waffen, haufenweise, Schilder und Kurzschwerter vor allem, die man im Schildwall brauchte, auch Schleudern mit Lederbesatz und manches Langschwert. So wie sie im Raum lagen, achtlos zusammengeworfen, gehörten sie keinen Franken, sondern waren Beutestücke. Den friesischen Kämpfern war es egal, sie jubelten und machten sich daran, den Schatz aufzusammeln.

Radbod gebot ihnen Einhalt.

»Warum?«, rief einer von ihnen, ohne in seiner Bewegung innezuhalten. »Wir haben es gefunden, es gehört uns.«

Radbod zog sein Schwert. »Aufhören, sage ich.«

Sie blieben stehen, rund 15 Männer, die meisten von ihnen aus dem Ostergouw und aus Groningen. Eine feindselige Stimmung war zwischen ihnen und dem Herzog. Die Krieger wollten an die Beute, die ihnen in gewisser Weise auch zustand.

Trotzdem erklärte Radbod: »Wie die Waffen verteilt werden, bestimme ich.«

Die Kämpfer zögerten, das Schwert gegen den eigenen Herzog zu ziehen, er sah ihnen aber an, dass sie ihm am liebsten an die Gurgel gesprungen wären und ihn abgestochen hätten wie ein Schwein. Würde einer von ihnen den ersten Schritt wagen, war der Bann gebrochen und die anderen würden mitmachen, daran zweifelte er nicht.

Allein Poppo war neben ihm.

Durch die aufgebrochene Tür strömten andere Männer nach, unter ihnen Hayo. Auch Diemo und ein paar Groninger kamen herein.

»Was ist hier los?«, rief Hayo. Die Feindseligkeit war ihm nicht verborgen geblieben.

»Der Herzog versagt uns unsere Beute.«

»Stimmt das, Herzog?«

»Ich muss mich vor dir nicht rechtfertigen«, sagte Radbod. »Wie die Waffen verteilt werden, das bestimme ich, sag das deinen Leuten. Es bekommen zuerst die, die am schlechtesten ausgerüstet sind.«

»Sind das zufällig Leute aus dem Westergouw?«, fragte das Eulengesicht.

»Das geht ohne Ansehen des Stammes, aus dem einer kommt.«

»Wir sind nicht einverstanden«, rief Hayo, und seine Leute stimmten ihm lauthals zu. Mancher von ihnen griff nach seinem Schwert. Radbod rechnete damit, dass er würde kämpfen müssen, und er war bereit dazu und zog ebenfalls sein Schwert. Als Erstes würde er sich Hayo vorknöpfen.

»Wenn du widersprechen willst, dann fechte mit mir«, rief er ihm zu. »Ein Zweikampf.«

Anstelle einer Antwort wandte sich Hayo an seine Männer und ermutigte sie per Handzeichen, die Waffen einzusammeln.

Radbod trat vor, sein Schwert in der Hand und Poppo neben sich, der ebenfalls kampfbereit war. »Finger weg, habe ich gesagt.«

Gewalt lag in der Luft, man konnte sie beinahe mit den Händen greifen. Noch mehr Männer drängten in den Raum, auch sie angezogen von dem großen Fund. Aber sie hielten sich am Rand.

Nur Diemo trat vor. Er stellte sich vor Poppo. »Willst du wieder mal einen Friesen erschlagen?«

Poppo öffnete den Mund, fand aber nicht die passende

Antwort. Auch Radbod wusste nicht, was er erwidern sollte, ohne die Atmosphäre noch mehr anzuheizen.

Aber auch so ging es weiter. Einer der Ostergouwer trat vor, sein Schwert in der Hand.

Augenblicklich taten es ihm andere nach.

Er würde tatsächlich kämpfen müssen – allein mit Poppo gegen eine Übermacht von 15 Männern. Gegen Friesen. Er setzte einen Schritt zurück und hob sein Schwert vor seinen Körper. Er war bereit.

Bevor sich einer der anderen rührte, kamen seine Söhne herein, er sah sie nur aus den Augenwinkeln, weil sein Blick auf den Ostergouwer Kämpfern ruhte, damit die ihn nicht überraschten. Alfbad und Onno sprangen neben ihn, jeder auf einer Seite. Auch sie zogen die Schwerter.

»Seid ihr verrückt? Lasst den Herzog in Ruhe«, schleuderte Onno den Ostergouwern entgegen. Seine Stimme flatterte.

Sie waren zu viert. Das bedeutete für die anderen, dass sie mit Verlusten zu rechnen hatten.

Keiner von ihnen reagierte. Wer sein Schwert in der Hand hatte, steckte es nicht zurück, aber es machte auch keiner den ersten Schritt zum Angriff.

»Kommt«, rief endlich Hayo, »ins nächste Haus. Was wir dort finden, gehört uns.«

Seine Männer murrten, trotzdem fügten sie sich und zogen einer nach dem anderen ab. Viele von ihnen spuckten aus, ein unflätiger Abschiedsgruß, den sie dem Herzog hinterließen.

»Und wir«, sagte Hayo mit Blick auf Radbod, »wir sprechen uns noch.«

»Ganz bestimmt.«

Am Abend fand er sich ein. Radbod hatte sein Zelt direkt am Rhein aufschlagen lassen, sie saßen davor. Finn und seine Söhne unterhielten sich leise, auch Tade war bei ihnen. Die Luft war milde, die Dämmerung hereingebrochen. Er schaute auf den Fluss, der kaum Wellengang hatte, und ging dem Gedanken nach, wie viel leichter es war, in einem lieblichen Land wie diesem zu leben als an der See, wo es Stürme gab und raues Klima, gegen das die Pflanzen kaum ankamen. Was mochte sich Freya dabei gedacht haben, ihnen Friesland zuzuweisen? Waren die anderen Gegenden schon besetzt? Oder wollte sie, dass ihr Volk hart wurde und widerständig?

Tade berichtete den anderen, was er von Gefangenen erfahren hatte, dass nämlich die Siedlung, die sie eingenommen hatten, bei den Römern Novaesium hieß. Es handelte sich um ein altes Militärlager, um das herum sich ein Vicus, ein Dorf gebildet hatte. Anders als Radbod befürchtet hatte, war kein einziger feindlicher Soldat in der Siedlung gewesen. Offenbar liefen die Franken vor ihnen davon, und das so überstürzt, dass sie nicht einmal alle Waffen mit sich nahmen.

Andere Beute hatte es kaum gegeben, sehr zum Verdruss von Hayo.

Der Ostergouwer kam zu ihm. Diemo begleitete ihn wie ein Schatten.

Radbod stand auf. Als er seine Gäste begrüßte, spürte er ihre Feindseligkeit. Ihre ganze Haltung sprach davon, dass sie ihn für parteiisch und ungerecht hielten, für selbstsüchtig, insgesamt für einen schlechten Herzog. Wahrscheinlich hätten sie viel dafür getan, ihn loszuwerden. Er machte sich klar, dass er auf der Hut zu sein hatte.

Bevor er das Wort an sie richtete, holte er tief Luft. »Ich lasse Bier bringen. Und Brot und Käse.«

»Für mich nicht«, sagte Hayo.

Auch Diemo lehnte ab.

Radbod schickte Onno, um Reemer zu holen. Bis der Hirustrer eintraf, wusste Radbod nicht recht, was er mit den Fürsten reden sollte. Um dem Schweigen auszuweichen, gab er Anordnungen und achtete darauf, dass Decken gebracht und ausgebreitet wurden. Auch machte er sich ein heimliches Vergnügen daraus, Bier herbeitragen zu lassen, er verteilte es an Tade und Finn, an Poppo und Alfbad, nahm selbst und prostete den beiden Fürsten zu, die nichts in der Hand hatten, um seinen Gruß zu erwidern.

Dann ließen sie sich alle nieder.

Viel Getier war in der Luft, Fliegen und Mücken, auf dem Fluss landeten Wasservögel auf Nahrungssuche. Immer noch war kaum ein Wort gefallen. Man wartete auf den Hirustrer.

Als der endlich eintraf, zeigte Radbod auf einen freien Platz und ließ auch ihm Bier einschenken.

»Nun?«, fragte er Hayo und Diemo.

»Es geht um unsere Beute. Um die Waffen. Unsere Leute wollen sie zurück. Und die Groninger auch.«

»Und deshalb schicken sie euch?«

»Herzog, sie haben diese Waffen gefunden, deshalb stehen sie ihnen zu. Wir sind nicht bereit, zu teilen oder sie an die zu verschenken, die weniger haben.« Die Eulenaugen blinzelten, als Hayo redete. »Mit uns hat auch keiner geteilt. Auf dem ganzen Zug nicht.«

»Waffen – das ist etwas anderes.«

»Ich habe den Eindruck«, sagte Diemo, »du legst plötzlich neue Regeln fest. Warum?«

»Weil ich der Feldherr bin. Deshalb entscheide ich über die Verteilung von Waffen und übrigens auch von Pferden.

Wenn euch das nicht passt, sprecht es deutlich aus, dann lassen wir alle Fürsten entscheiden und beraten über die Konsequenzen daraus.«

»Welche Konsequenzen?«, fragte Diemo.

»Nun, es ist klar, dass ich den Zug abbreche, wenn ich nicht mehr die Hoheit über das Kriegsgut habe. Dann bringe ich zumindest die Westergouwer zurück nach Friesland.«

»Du hast mir etwas zugesagt – dass wir die Ersten in Coellen sind.« Hayo klang empört.

»Und wir sind doch fast da«, rief Finn.

»Na und?«, fragte Radbod, nahm sein Bier, trank und hielt die Flüssigkeit im Mund. Er sah seine Gäste an, einen nach dem anderen, dabei genoss er ihr verlegenes Schweigen. Ohne ihn und die Westergouwer Krieger würde dieser Zug genauso in sich zusammenfallen wie ohne einen anderen der großen Stämme.

»Ich bin bereits seit einigen Tagen bereit zur Umkehr«, fuhr er fort. »Mancher von euch weiß das auch. Wir können dieses Land am Rhein vielleicht erobern, aber niemals halten. Und viel zu holen gibt es offensichtlich auch nicht. Dagegen braucht uns unser eigenes Land. Nicht mehr lange, dann beginnt die Ernte.«

Reemer wandte sich an Tade. »Kannst du uns sagen, wo genau wir sind?«

»Es ist so, wie Finn sagt, wir sind wenige Tage von Coellen entfernt, dem alten römischen Colonia, ihrer Kolonie. Heute ist das eine der wichtigsten Städte der Franken.«

»Dann sollten wir dieser Stadt einen Besuch abstatten«, meinte der Hriustrer.

»Das meine ich auch«, erklärte Finn.

»Ich sage euch, sie werden es verteidigen. Mit allem, was sie haben«, sagte Tade.

Reemer grinste, er hatte keine Angst. Auch Hayo und Diemo wollten entschlossen wirken, doch ihre Blicke waren unstet, und wenn der Herzog ihnen ins Gesicht sah, wichen sie aus.

Er spielt mit diesen beiden Männern.

Seine Macht lag darin, dass er beiden Richtungen etwas abgewinnen konnte. Wie Tade war er der Überzeugung, dass ihr Risiko mit jedem Tag und jeder Meile größer wurde, gleichzeitig wollte er, wie Finn und Reemer, auf die Franken treffen, sich mit ihnen messen, ihnen eine Niederlage zufügen, an die sie lange denken würden.

Noch überlegener machte ihn, dass er Hayo und Diemo ihre Gier ansah. Er begann, sein Spiel mit ihnen zu genießen.

»Warum laufen sie immerzu vor uns weg?«, fragte Finn in die Runde hinein. »Wieso sehen wir sie nicht?«

»Ich bin davon überzeugt, dass sie schwach sind«, sagte Reemer. »Aufgerieben von ihren inneren Streitigkeiten. Wenn wir sie jetzt schlagen, haben wir für lange Zeit Ruhe vor ihnen.«

»Das ist nicht gesagt«, entgegnete Tade.

»Richtig«, sagte Radbod. »Es ist ungewiss, was uns erwartet.«

»Das ist es doch immer«, rief Hayo. »Die Götter wollen nicht, dass wir die Zukunft sehen.«

»Hier ist es anders«, erkärte Radbod. »Warten 50 Franken auf uns oder 100 oder 500? Wir wissen es einfach nicht. Doch hängt viel davon ab.«

»Was schlägst du also vor, Herzog?«, fragte der Hriustrer.

»Ich habe keinen Vorschlag. Wie wir weitermachen, liegt an den Fürsten.« Er nickte in Richtung auf Hayo und

Diemo. »Wenn sie die erbeuteten Waffen haben wollen, um sie an ihre Leute zu geben, bekommen sie sie, heute Abend noch. In dem Fall machen wir uns morgen auf den Rückweg. Solltet ihr aber weitergehen wollen, Richtung Coellen, dann bleiben die Waffen bei mir, und ich verteile sie, wie ich es für richtig halte. Dann bekommen sie die, die am schlechtesten gerüstet sind.«

Nun hatte er sie endgültig dort, wo er sie haben wollte. Hayo und Diemo wanden sich, auch körperlich, sie verdrehten die Hälse und ließen die Oberkörper schwanken. Wenn sie auf ihr Recht pochten, würden sie als diejenigen dastehen, die für die Umkehr verantwortlich waren, und das hatten sie begriffen.

Nur ihre Entscheidung taten sie nicht kund. Ohne die Beute zu ihren Kriegern zurückzukehren, war offenbar auch nicht einfach.

Radbod gönnte ihnen ein wenig Zeit.

»Du«, fragte er Reemer, »bist entschlossen, weiterzugehen?«

»Sicher. Ich meine, wir sollten unbedingt bis Coellen ziehen, wo wir so nahe sind. Oder wollen wir unseren Weg kurz vor dem Ziel abbrechen wie die Schwächlinge? Soll alle Welt den Friesen Feigheit nachrufen, weil sie kurz vor der Schlacht kehrt gemacht haben?«

Finn machte den Vorschlag, einen neuen Voraustrupp aufzustellen, und erklärte sich bereit, ihn anzuführen. Sobald er etwas sehe, werde er zurückkehren. Auf diese Weise seien sie alle vor Überraschungen gefeit.

Damit waren alle einverstanden, und es fehlte nur noch die Entscheidung der beiden Fürsten. Radbod sah ihnen an, wie sie mit sich rangen und wie sehr sie die Aussicht auf neue Beute lockte. Und am Ende setzte sie sich durch. Beide wechselten einen kurzen Blick, Hayo stimmte zu, stand auf und ging davon, Diemo in seinem Schlepptau.

»Ein komischer Vogel, dieser Ostergouwer«, sagte Reemer. »Sieht aus wie eine Eule, aber ich kenne kein Tier, das mies wäre wie er.«

Sie alle blickten Hayo nach. Es war, als zöge eine dunkle Wolke mit ihm ab, und zurück blieb klarere Luft, eine Luft, die sich einatmen ließ.

»Auch wenn wir bis Coellen ziehen, unsere Aufgabe ist vor allem Dorestad«, sagte Tade. »Der Hafen ist wichtiger als jede Schlacht.«

»Was heißt das?«, fragte Reemer.

»Dass wir aufpassen müssen, auch wenn wir einen Voraustrupp aufstellen. Je weiter wir kommen, desto gefährlicher wird es, und wir sind schon lange unterwegs. Viele Männer zu verlieren, können wir uns nicht leisten. Und die Franken sind und bleiben stark.«

Reemer lachte. »Einer, der bei seiner Meinung bleibt. Der alte Mann will lieber sofort umkehren.«

Tade ließ ihn lachen.

»Wir sollten dafür sorgen«, sagte Reemer zu Radbod, »dass dein Verwalter Beute bekommt, die er mit nach Hause nehmen kann. Dann wird er bereitwilliger.«

»Beute interessiert ihn nicht. Er hat, was er braucht.« Radbod wandte sich an alle, die noch anwesend waren: »Die Lösung, die wir gefunden haben, ist gut. Alle Stämme bleiben zusammen. Und wenn Finn sieht, dass das Frankenheer zu groß ist, werden wir uns zurückziehen.«

»Wie die Feiglinge?«, fragte Finn.

»Wie kluge Krieger. Wie Männer, die Verantwortung tragen.« Seinen Bruder fragte er: »Wann brichst du auf?«

»Vor Morgengrauen. Ich nehme nicht mehr als vier oder fünf Männer mit. Dann sind wir schnell. Onno, was ist mit dir?«

»Ich bin dabei«, sagte der Junge.

Sie alle gingen zu ihren Schlafplätzen, nur Tade blieb auf seiner Decke sitzen.

»Du hast gehört«, sagte er, als die anderen außer Hörweite waren, »wie der Ostergouwer deine Zusage aufgefasst hat. Er will in jedem Fall der Erste in Coellen sein. Ich bin mir sicher, dass er sich vor seinen Stammesbrüdern damit gebrüstet hat.«

»Wenn wir nach Coellen kommen, habe ich gesagt.«

»Ja, aber ihr habt euch missverstanden. Du meintest: Für den Fall, dass wir die Stadt erobern. Er hingegen hat gehört: Sobald wir dort sind.«

»Ach.« Radbod winkte ab. »Mach's nicht schlimmer, als es ist.«

»Ich glaube nicht, dass wir nach Coellen hineinkommen«, sagte Tade nachdenklich. »Das wäre das Ende des Frankenreichs. Eine ihrer größten Städte, und wir rauben sie aus und brennen die Kirchen nieder?«

»Sie haben dort mehr als eine Kirche?«

»Das glaube ich, ja.«

»Hat der Hausmeier Pippin in dieser Stadt gelebt?«

»Dort und an anderen Orten. Auch in Metz. Aber Pippin ist tot. Und trotzdem: Wenn sie ihr Colonia nicht verteidigen können, dann steht es wahrlich schlecht um ihr Reich.«

»Wahrscheinlich, ja. Unser Freund Willibrord hat sich ja auch dort verkrochen.«

Sie tranken schweigend ihr Bier und blickten auf den friedlichen Fluss, auf dem sich der Mond spiegelte.

Radbod nahm seinen Gedanken an Freya und an Friesland wieder auf. Ja, am Rhein gab es fruchtbare Böden und das Land war lieblicher, es kannte den ewigen Sturm nicht, litt nicht an verheerenden Fluten. Und dennoch hätte Radbod nicht tauschen mögen. Dieser Gegend fehlte das Meer, und das machte sie unvollkommen. Mit dieser Erkenntnis versöhnte er sich mit Freya, die den Friesen etwas geschenkt hatte, was die Götter anderen Völkern vorenthalten hatten, den Blick über die weite See, bis zum Horizont, den Geruch von Salzwasser, das Rauschen der Wellen. Er dankte ihr still und sagte ihr, dass er mit keinem anderen Volk tauschen wollte. Dann hob er seinen Becher, prostete ihr zu und trank den letzten Schluck seines Biers.

25

Eine Stadt wie dieses Coellen hatte er noch nie gesehen. Er konnte den Blick kaum abwenden. Die Mauer, auch wenn verschiedentlich Steine herausgebrochen waren, war länger, als man schauen konnte. Es gab mindestens fünf Kirchen, zumindest ragten fünf Türme in die Luft, hölzerne Gebilde, die aussahen, als wollten die Christen an den Himmel kratzen. Zwischen ihnen standen mehr Häuser, als er zählen konnte. Auf der anderen Rheinseite, nur mit der Fähre zu erreichen, gab es ein eigenes Castrum, ähnlich wie in Dorestad, nur viele Male größer. Um so etwas zu errichten, mussten den Römern ihre Götter nicht nur beigestanden, sie mussten ihnen tatkräftig geholfen haben. Ob sie Steine geschleppt und Holz gefällt hatten? In der Nacht, wenn es keiner sah?

Wie viele Menschen mochten in der Stadt wohnen? Mehr als in Stavoren und Dorestad und Utrecht zusammen? Mehr als im gesamten Westergouw? Womöglich mehr als in ganz Friesland? Er konnte die Zahl nicht schätzen, und Tade zu fragen, das kam ihm zu kindlich vor. Er zog Baja herum und wandte sich ab. Auch die anderen, sah er, starrten auf die Stadt.

Finn hatte sie vor zwei Tagen wieder erreicht. Er hatte bereits von der großen Stadt berichtet, außer Atmen, wie es Radbod erschienen war, und Radbod hatte gedacht, sein kleiner Bruder lasse sich allzu leicht beeindrucken. Jetzt nahm er diesen Vorwurf zurück.

Die Franken besaßen ein Heer, das in der Stadt lagerte, so viel hatte Finn von den Bauern der Gegend gehört. Über Größe und Ausstattung wusste er nichts, das schien niemand sagen zu können.

Die Friesen drängte es in die große Stadt, einfache Männer genauso wie Fürsten und Edle. Vor allem die Ostergouwer strahlten. Immer wieder stießen sie sich gegenseitig an, als müssten sie sich versichern, dass sie nicht träumten. In ihren Gesichtern stand die Gier. Dem Herzog missfiel das.

Die Kämpfer sammelten sich bereits, als wollten sie die Stadt stürmen. Radbod dagegen erkannte, wie recht Tade mit seiner Skepsis gehabt hatte. Diese Stadt konnten die Franken nicht aufgeben. Wenn sie Coellen nicht verteidigten, dann stand es wirklich schlecht um sie.

Der Nachmittag war weit fortgeschritten, es regnete, feine Tropfen fielen auf die Wiesen und den Fluss. Auch wenn er es nicht wollte, beschäftigte Radbod wieder die Frage nach der Stärke der unterschiedlichen Götter. War der Christengott so mächtig, dass er dieses Colonia geschaffen hatte? Oder war die Stadt zu der Zeit errichtet worden, da die Römer noch ihren alten Göttern anhingen? Warum wusste er das nicht? Sollte er doch Tade fragen?

Sein anderer Gedanke war, warum sie in Friesland nicht eine solche Stadt besaßen. Ihr ganzer Stolz war Dorestad – aber was war Dorestad im Vergleich zu Coellen? Allein die Anlage dieser Stadt war unglaublich großzügig, Material und Arbeitszeit schienen den Planern nichts bedeutet zu haben, es gab viele Tore in der Stadtmauer, das Land ringsherum war gerodet, man hatte freien Blick, während in Stavoren der Wald fast bis an die Häuser heranwuchs.

Konnte Freya nicht mehr? Oder wollte sie nicht?

Er sträubte sich gegen seinen Gedanken, ja, er schimpfte sich aus. Diese Stadt war von den Römern gegründet worden, und was immer deren Geheimnis gewesen war, es war verloren und vergessen, nur eins war klar, nämlich dass es ihr Reich nicht vor dem Untergang bewahrt hatte. Sie dagegen, die Friesen, hatten die Römer bei Baduhenna besiegt und von ihrem Land ferngehalten, und jetzt waren sie tief ins Frankenreich eingedrungen.

Freyas Volk war immer noch da.

Er schüttelte sich, hielt das Gesicht in den Regen und beendete seine Grübelei. Es galt, sich vorzubereiten. Er war sich sicher, dass es eine Schlacht geben würde. Die Franken würden sie nicht anrennen lassen, sondern herauskommen und kämpfen.

Er rief Reemer zu sich, um dem Hirustrer alle erbeuteten Pferde anzuvertrauen. Reemer und seine Leute sollten sich im Wald verstecken, von dort aus im richtigen Moment eingreifen, die Überraschung nutzen und eine mögliche

Schlacht entscheiden. Auch diese Anordnung ging nicht ohne Murren vonstatten. Warum denn die Ostergouwer keines seiner Pferde bekämen, hörte er. Ob man sie den Hriustrern wirklich anvertrauen dürfe?

Er ging nicht auf das Gemecker ein. Für diese Aufgabe konnte er keinen anderen als Reemer benennen, und das Einzige, was ihn daran schmerzte, war, dass ihm die tapferen Hriustrer im Feld fehlen würden.

»Deine Verantwortung ist, den richtigen Moment abzupassen. Greift erst dann ein, wenn du sicher bist, dass die Franken aus der Stadt keine Verstärkung mehr erhalten.«

»Wie kann ich sicher sein?«

Radbod zog die Schultern in die Höhe. »Du musst warten. Geduld haben. Wichtig ist, dass wir sie überraschen, sie aber keinen mehr haben, der dir in den Rücken fällt.«

Reemer nickte.

»Ich verlasse mich auf dich.«

»Ja, Herzog.«

»Schlagt euer Lager im Wald auf. Ihre Kundschafter sollten euch gar nicht zu Gesicht bekommen.«

»Ja, Herzog.«

Als die Hriustrer mit den Pferden abzogen, wurde ihm die Widersprüchlichkeit seiner Entscheidung bewusst. Er vertraute dem gleichen Mann ihrer aller Leben an, dem er seine Tochter nicht geben wollte. Bei dem Tade ihn vor dem Gedanken gewarnt hatte, diesen Mann heimlich töten zu wollen. Setzte er auf den richtigen Mann? Was, wenn Reemer es sich im Schutz der Bäume anders überlegte? Wenn er möglicherweise erkannte, dass das Frankenheer so sehr überlegen war, dass allzu viele Hriustrer ihr Leben lassen würden? Würde er nicht kehrt machen, die Pferde antreiben, nach Hause reiten?

Nein, das war nicht vorstellbar. Reemer war der treuste der Fürsten, verlässlich, tapfer, stark. Das alles machte seine eigene Lage – zumindest was Eila anging – nur schlimmer, er war ein guter Mann, dem er sein Kind verweigerte, kein Hanswurst wie Hayo, kein boshafter Kerl wie Diemo. Diesen beiden hätte er die Pferde niemals überlassen.

Alfbad und Onno rissen ihn mit der Frage aus seinen Gedanken, wie es weitergehen sollte. Ja, wie ging es weiter? Für einen Angriff war es zu spät. Er entschied, dass sie ihr Lager aufschlugen, und zwar dort, wo der Wald aufhörte und das freie Feld begann. In Sichtweite der Stadt Coellen.

Angesichts des Regens begannen die meisten Männer, ihre Zelte aufzubauen, und bald zog sich ein langes Feldlager den Waldrand entlang, die ersten Feuer brannten, trotz des steten Wassers, das vom Himmel fiel, und Fleisch und Fisch wurden gegrillt, Brot geteilt, das Bier kreiste. Radbod glaubte, dass die Zahl der Zelte und der Angreifer die Verteidiger hinter ihren Stadtmauern durchaus beeindrucken würde, schließlich hatten sie keine Ahnung, wie dürftig die Bewaffnung der Friesen immer noch war. Die Waffen, die sie unterwegs erbeutet hatten, hatten kaum die größten Löcher gestopft.

In seinem eigenen Zelt war es still. Genauso wie er hatten seine Söhne wenig gegessen, auch Tade hatte nicht viel Hunger. Nur Finn schmeckte es, er aß, als verschwende er keinen Gedanken darauf, dass möglicherweise sein letzter Tag bevorstand. Und wenn er es doch bedachte, dann scherte es ihn nicht, sein kleiner Bruder war voller Vertrauen, auch in der anderen Welt ein gutes Leben zu haben, sich die schönsten Mädchen aussuchen und die riskantesten Gefechte schlagen zu können. Finn hob den Becher in die Runde, rief ihnen allen ein »Auf das Leben, auf den Sieg« zu und stürzte sich sein Bier in die Kehle.

Keiner, der nicht zurückgegrüßt hätte, aber niemand, weder seine Söhne noch Tade noch er selbst, hatten die gleiche Überzeugung in der Stimme.

Er legte sich bald auf sein Lager, schlief aber unruhig, wälzte sich unter der Decke, dachte nach, ohne Zusammenhang und ohne zu einem Ergebnis zu kommen. Früh stand er auf. Der Regen hatte nicht aufgehört, er schien die ganze Nacht gefallen zu sein, das Wasser des Flusses war gestiegen, und auf dem Feld, das zwischen ihnen und der Stadt lag, hatten sich Pfützen gebildet.

Coellen schien zu schlafen. Er war sich sicher, dass es Wachposten gab, aber die Stadt lag so ruhig, so friedlich da, als machte sich niemand Sorgen angesichts des feindlichen Heeres. Was wussten die Bewohner, was er nicht wusste? Musste er es nicht herausfinden, wenn sie in wenigen Stunden kämpfen würden, ob auf offenem Feld oder an der Stadtmauer? Oder reichte es, sich auf Thor zu verlassen und auf die Reiterei der Hriustrer?

Erst nach der Morgengrütze bewegte sich etwas an einem der Stadttore. Ein friesischer Wachposten rief ihn. Eine Delegation kam aus Coellen auf sie zugeritten, langsam, als hätten sie viel Zeit und als ginge es ihnen vor allem darum, würdig zu erscheinen. Insgesamt waren es sechs Mann, so fiel es ihm nicht schwer, seine Söhne und Finn und Tade als eigene Delegation zu bestimmen, auch wenn es vielleicht angemessen gewesen wäre, die Fürsten mitzunehmen. Aber er wollte Hayo nicht um sich haben. Und Diemo auch nicht.

Sie näherten sich der Mitte des Feldes in der gleichen Gemächlichkeit wie die Franken. Alle trugen sie ihre

Langschwerter, aber er rechnete nicht damit, dass sie sie benutzen mussten. Wo sollten die Franken ihnen eine Falle gebaut haben? Unter Bajas Hufen schmatzte die nasse Erde. Es war kein guter Tag für ein Gefecht – aber vielleicht der richtige, um zu sterben. Man würde sehen. Er war bereit, zusammen mit den Göttern des Asgard in die Schlacht zu ziehen. Die Christen waren nicht übermächtig. Es mochte stimmen, dass sie vieles konnten und wussten und von den Römern gelernt hatten. Aber Tapferkeit und Kampfesmut, das waren am Ende friesische Tugenden. Genauso wie die Todesverachtung.

Einer der Franken trug ein Fähnchen an einer Lanze, die anderen hatten Brustpanzer und Helme auf dem Kopf, ihre Pferde waren schwer, wahre Schlachtrosse, sicher in vielen Kämpfen erprobt, viel besser als die Ackergäule, auf denen die Hriustrer saßen. Aber er ließ sich durch nichts mehr aus der Ruhe bringen, sein Kopf war stark, der Blick war eng, nur auf die sechs Franken gerichtet, die ihnen entgegenkamen. Der feine Regen, der ihm Haare und Bart nass machte, ließ ihn an Friesland denken. Er wollte siegen.

Dann entdeckte er, dass einer der Männer auf der anderen Seite ohne Waffen war und ein kleineres Pferd ritt. Er hielt sich hinter den anderen, als wollte er sich verbergen. Willibrord, der Missionar. Der Mann, der um sein Leben gewürfelt hatte. Radbod warf Tade einen Blick zu, der alte Lehrer nickte und grinste – auch er hatte den Northumbrier ausgemacht.

Sie näherten sich den Franken bis auf wenige Schritte, so weit, dass man miteinander reden konnte, ohne die Stimme erheben zu müssen. Ein sehr junger Mann führte ihre Delegation, nicht älter als Poppo.

»Meine Name ist Karl«, sagte er. »Ich bin Pippins Sohn. Ihr seid auf fränkischem Gebiet.«

»Wir sind Friesen. Ich bin Herzog Radbod. Und ihr wart lange, allzu lange auf unserem Land.«

»Ihr werdet euch also nicht zurückziehen?«

»Wo wir so kurz vor der Stadt stehen? Warum sollten wir?«

»Weil wir ein Heer haben«, sagte Karl. Er war ein kräftiger Kerl, mit breiten Schultern und starkem Oberkörper, aber in seinem Gesicht war noch viel Kindliches, es war weich, fast bartlos, dafür mit Speck an Kinn und Wangen. Die Augen waren blau, sie strahlten, und auch das ließ an ein Kind denken, an einen Jungen, dem die Eltern ein Geschenk versprechen.

»Ein Heer aus geschulten Kämpfern«, fuhr er fort. »Männer, die ihr Leben lang nichts anderes tun. Sie werden euch in den Boden rammen, wenn ihr es darauf ankommen lasst. Und eure Leichen dann in den Rhein schmeißen.«

»Unsere Männer haben sächsische Verbände besiegt und britannische. Sie sind kampferprobt.«

»Aber nicht allzu viele, wie mir scheint.«

»Genügend«, entgegnete Radbod. »Eure sieht man ja gar nicht. Und noch etwas: Wir haben keine Angst vor dem Tod.«

»Wir auch nicht«, rief der Franke.

»Nein? Muss man nicht, damit man in den Christenhimmel kommt, ein gerechtes Leben geführt haben?«

»Das haben wir!«

»Bist du sicher?«

»Wir kämpfen für unseren Gott.«

»Die Götter des Asgard nehmen alle zu sich, die tapfer waren.«

Radbod riss den Mund weit auf und stieß einen tiefen Schrei aus, einen Schrei, der gar nicht wieder enden wollte.

Sein Ruf beeindruckte den Franken. Dieser Karl unterbrach ihn nicht, sondern schaute mit großen Augen. Sicherlich hatte der junge Heerführer davon gehört, wie man sich vor der Schlacht verhielt, dass man den Gegner einschüchterte, ihn kleinzumachen versuchte, aber das war ihm nicht gelungen. Seine Krieger mochten erfahrene Kämpfer sein, er war es nicht.

Es war an dem Franken, das nächste Wort zu sprechen, doch der schwieg und wich sogar den Blicken und bösen Bemerkungen der Friesen aus. An seiner Stelle setzte der Missionar sein Pferd in Bewegung. Willibrord trug die braune Kutte, die Radbod an ihm kannte. Gegen den Regen hatte er die Kapuze auf dem Kopf, doch, als er vor ihm stand, zog er sie ab.

»Tretet doch endlich auf unsere Seite.« Seine Stimme hatte ihre alte Kraft und Tiefe, man spürte sie im Bauch, selbst hier, auf dem weiten Platz vor der Stadt. »Es gibt nur einen Gott, und wir beide haben seine Bekanntschaft gemacht, Herzog Radbod. Bekenne dich zu ihm, bringe deine Männer – dein ganzes Land – mit zu ihm, und diese Schlacht ist überflüssig. Unter Gott wären wir alle vereint, anstatt zu kämpfen, und könnten einen großen gemeinsamen Gottesdienst feiern. Es wäre Friede.«

Anstelle von Radbod antwortete Tade – zum Erstaunen seines Herzogs.

»Wir«, sagte der alte Lehrer, »drängen euch unseren Glauben nicht auf, auch dann nicht, wenn wir in dieser Schlacht siegen werden. Unsere Götter sind unendlich stark, und wir verdanken ihnen alles, unsere Tapferkeit, die Ernte auf den Feldern, selbst unser Land. Aber wer nicht an sie glauben mag, der soll es lassen. Siehst du den Unterschied, Northumbrier? Wir zwingen euch nicht.«

Willibrord öffnete den Mund zur Gegenrede, aber dann schloss er ihn wieder, öffnete und schloss ihn ein weiteres Mal. Er schnappte nach Luft.

Schließlich hatte er seine Sprache wiedergefunden. »Gott der Herr, bittet uns, sein Wort auf der ganzen Welt zu verkünden. Er verlangt es sogar. Wir sollen es denen bringen, die es noch nicht gehört haben, denn es liegt Segen und Wohlergehen in ihm. Gehet zu allen Völkern und macht alle Menschen zu meinen Jüngern, so heißt es in unserem Buch.«

»Bisher sind wir gut ohne diese Worte klargekommen«, entgegnete Tade. »Unser Land ist fruchtbar, das Volk zufrieden.«

»Ich glaube nicht«, mischte sich Karl ein, »dass dies der richtige Ort für eine solche Disputation ist.«

»Nein«, sagte Radbod. »Es ist genug geredet. Jetzt sind die Schwerter dran. Macht euch bereit.«

»Auch wenn man die Sonne vor lauter Regen nicht sieht«, entgegnete Karl, »wir warten auf diesem Feld auf euch, sobald sie ihren höchsten Stand erreicht hat.«

»Wir werden da sein. Verlass dich darauf, Franke.«

Radbod kehrte mit seiner Delegation zurück und schickte Finn zu Reemer, damit der Hriustrer die Neuigkeiten erfahren und sich und seine Männer vorbereiten konnte. Die Fürsten wies er an, ihre Krieger aufzustellen. Der Regen fiel immer weiter, der Himmel war eine einzige Wolkendecke, und Wind gab es auch nicht. Kein Grund zu denken, dass die Sonne herauskam.

Er entschied, die Zelte stehen zu lassen. Man würde sie brauchen, um die Verletzten zu pflegen. Nach und nach nahmen die Krieger ihre Plätze ein, die Wanger und Astergaer, dann die Männer von der Ems, die nicht viele waren, aber kräftig und trotzig, schließlich die Groninger und am Ende die Westergouwer. Alle hatten sie ihre Leibhemden ausgezogen und würden nach friesischer Art mit nacktem Oberkörper kämpfen. Hayo hatte dafür gesorgt, dass seine Leute ein wenig abseits von den anderen standen, und Radbod fragte sich, was das sollte. Waren sie nicht bereit, mitzukämpfen, oder wollten sie zeigen, dass sie nicht wirklich dazugehörten?

Er entschloss sich, darauf nicht weiter einzugehen.

Auf der anderen Seite der Ebene drängte das Frankenheer durch die Stadttore, hinaus auf das freie Feld. Radbod beließ es bei einem kurzen Blick auf den Feind – wenn die anderen wirklich überlegen waren, dann konnte man nun nichts mehr ändern. An seinen Plan, umzudrehen, sollte die Gegenseite zu stark sein, dachte er längst nicht mehr. Es galt, das beste Vorgehen zu planen.

Natürlich gab es Streit, sobald er die ersten Anordnungen gab.

In die ersten Reihen im Schildwall stellte er Westergouwer, vor allem Männer seiner Wache und einige andere, von denen er wusste, dass sie zu kämpfen verstanden. Doch niemand war bereit, ihnen zu folgen und die nächste Reihe zu bilden, jedem war klar, je weiter vorne man sich im Schildwall befand, desto gefährlicher war es. Radbod ließ die Stämme zusammen, die Wanger und Astergaer bildeten einen Flügel auf der Waldseite, für den anderen, dem Rhein zugewandt, hatte er die Groninger vorgesehen, aber dort hatten Hayo und seine Ostergouwer Position bezogen und machten keine Anstalten, den Platz zu räumen. Radbod konnte entweder nachgeben oder es kurz vor Beginn auf einen Streit ankommen lassen. Er entschied sich für die klügere Lösung und baute die Groninger ins Hauptfeld ein. Dabei ging es Diemo darum, möglichst weit von Poppo entfernt zu sein, mit dem er nach wie vor kein einziges Wort sprach.

Es dauerte lange, bis die Friesen Aufstellung genommen hatten. Selbst in den einzelnen Heerteilen gab es noch Gerangel, der eine wollte weiter nach hinten, der andere warf ihm Feigheit vor, dann hoben beide die Fäuste, und ein dritter musste dazwischengehen. Am willigsten verhielten sich die Emsgaer. Ohne Worte nahmen sie ihren Platz ein und standen, wo sie waren, sollte ein Gegner erst mal versuchen, sie wegzudrängen.

Am Ende aber, als das Friesenheer endlich so weit war und die Flügel genauso wie das Hauptfeld Aufstellung genommen hatten, bildete es eine eindrückliche Formation. Erst jetzt erlaubte sich Radbod den Blick hinüber zum Gegner – und sah, dass der Schildwall der Franken eindeutig größer war als ihrer. Er reichte vom Fluss bis über das gesamte Feld und ließ die Stadtmauer hinter sich verschwinden.

Radbod unterstellte, dass sie zudem bessere Waffen hatten.

Finn kehrte aus dem Wald zurück, bedachte Radbod mit einem Nicken, dass er den Auftrag ausgeführt hatte, sprang vom Pferd und drängte sich in die erste Reihe, zu den Wachmännern, die er in Dorestad kommandiert hatte und denen er sich seitdem verbunden fühlte. Radbod war froh, dass wenigstens einer der Männer bereit war, dem Haufen zu zeigen, welchen Platz ein tapferer Kämpfer beanspruchte, aber gleichzeitig gab es etwas in ihm, das den Bruder zurückhalten wollte. In der ersten Reihe im

Schildwall würde er sterben. Als er die Entschlossenheit auf Finns Gesicht erkannte, den grimmigen Ausdruck unter den verschwitzten Locken, als er das Schwert in dessen Hand sah, ließ er ihn. Der Junge hatte immer den Kampf gewollt; jetzt bekam er ihn, es wartete die Schlacht seines Lebens auf ihn. Mochten die Götter dafür sorgen, dass er sie überstand.

Seine Söhne waren alle im Schildwall, Poppo weit vorne, Alfbad und Onno nur wenig dahinter, zusammen mit anderen Westergouwern. Nur Tade und er selbst standen abseits, um das Heer zu lenken.

Der Regen wollte nicht nachlassen. Der Boden war noch nicht aufgeweicht, aber feucht und glitschig. Auf dem Feld, das vor ihnen lag, baute die Bevölkerung von Coellen Getreide an, die Pflanzen standen bereits halbhoch. Wenn die Schlacht vorüber wäre, würde von ihnen nichts übrig sein.

Er setzte den Trupp in Bewegung, langsam, eine Reihe nach der anderen, noch ohne erhobene Schilder. Auf dem aufgeweichten Boden war das Vorwärtskommen mühsam. Hinterleute traten ihren Vordermännern auf die Fersen, der eine hatte weitere, der andere kürzere Schritte, und die einzelnen Teile kamen nicht gleichmäßig voran. Radbod ließ Baja vor- und zurücklaufen, er rief, er brüllte – meistens vergeblich. Die Männer hatten sich Bier in ihre Feldflaschen und Schläuche gefüllt, tranken immerzu und nutzten jede Gelegenheit, sich mit ihren Nebenleuten anzulegen. Immerhin ließen sie ihre Schwerter im Gürtel.

Auch die Franken rückten vor. Kam es Radbod nur so vor oder war es wirklich so – ihr Vormarsch ging gleichförmiger vonstatten, als seien sie es gewöhnt, sich in ihrer

Schrittlänge dem Vordermann anzupassen und könnten sich darauf verlassen, dass ihr Hintermann es genauso hielt.

Radbod ließ die eigene Mannschaft anhalten. Sie waren ein ordentliches Stück von ihren Zelten entfernt, hatten aber den Gegner noch lange nicht erreicht. Der Boden wurde immer schwerer. Radbod plante, auf die Franken zu warten. Wenn sie in ihrer Aufstellung so gleichförmig gehen konnten, dann sollten sie gefälligst zu ihnen kommen. Seinen Leuten rief er zu, man würde sehen, ob die feigen Feinde sich zu ihnen trauten.

Er hatte den richtigen Ton getroffen, die ersten Friesen schlugen mit ihren kurzen Schwertern auf die Schilder, leise erst, dann immer lauter, und bald riefen sie aus voller Kehle zu den Franken hinüber und machten »Uh-Uh-Uh«, immer wieder »Uh-Uh-Uh.«

Die Laute klangen schauerlich. Sie wurden begleitet vom Rhythmus des steten Schlagens auf die Holzschilder. Die Franken waren ein ganzes Stück entfernt, aber man konnte sie ausmachen, ihren jungen Feldherrn, diesen Karl, der einen Schimmel ritt, die Fahnenträger, ihre Waffen und Schilde.

»Kommt doch, wenn ihr euch traut«, brüllte Radbod von seinem Pferd aus zu ihnen herüber.

Wieder ließen sich die Friesen von ihnen anstacheln. »Feiglinge!« brüllten sie, »Fränkische Weichlinge!«, »Geht nach Hause, wenn ihr nicht kämpfen wollt!«

Immer weiter steigerten sie sich in ihre Rufe und Beleidigungen hinein, immer lauter wurden sie.

Aber dann gab es Antwort von der anderen Seite, in einer Sprache, die auf die Entfernung kaum zu verstehen war. Die Franken brüllten, und auch sie trommelten nun gegen ihre Schilde, was die Friesen veranlasste, selbst noch lauter zu werden.

Radbods Ziel war, dass die Gegner vorrückten. Ihm schien es wesentlich günstiger, die eigenen Truppen nicht bewegen zu müssen, und er hoffte auf die Unerfahrenheit und Ungeduld seines Gegners. Aber die Franken rührten sich nicht. Sie trommelten nur auf ihre Schwerter. Einem Beobachter, dachte Radbod, hätte sich ein seltsames Bild geboten, zwei Heere, die sich kampfbereit gegenüberstanden, aber keiner machte den nächsten Schritt.

Wie lange würden die Franken warten können? Auf die Geduld seiner Friesen konnte er nicht bauen, sie standen schon lange auf ihrem Platz und tranken immer weiter, mancher musste sich erleichtern und pinkelte dorthin, wo er stand, was die Nebenleute schimpfen ließ. Finn blickte ihn erwartungsvoll an. Radbod wich ihm aus, aber dann kam sein Bruder zu ihm und wollte wissen, warum sie nicht endlich vorrückten.

Weil es gefährlich war, hätte Radbod am liebsten gesagt. Er wusste aber, dass er die Männer kaum länger stehen lassen konnte und dass die Warterei ihrer Kampfeslust nicht zuträglich sei.

Er trieb Baja vor. »Vorsichtig«, brüllte er, während er den Arm hob, »vorsichtig voran!«

Mühsam setzte sich ihr Zug in Bewegung, zumindest in Teilen. Mancher hatte das Kommando offenbar nicht gehört, andere quatschten oder stritten, sie wurden vorwärtsgeschoben, als ihre Hinterleute sich in Bewegung setzten. Der Regen fiel immer noch, der Himmel war grau.

Auch die Franken schritten weiter vorwärts.

Radbod hatte alle Mühe, seinen Zug beisammenzuhalten. Auf der Rheinseite fielen die Ostergouwer zurück, und er preschte zu ihnen, um sie anzutreiben, dann kehrte er zum Hauptfeld zurück, das inzwischen auseinandergerissen war.

»Langsam«, rief er, »macht langsam. Geht wie die anderen.«

Während der ganzen Zeit hatte er sein Schwert in der Hand, und wenn er seine Rufe betonen wollte, hob er es in die Höhe, als würde er drohen. Und trotzdem wurde der Vormarsch nicht geordneter. Als sie den Franken so nahe gekommen waren, dass man schießen konnte, ließ er seine Leute halten. Er befahl ihnen, aufzurücken und die Lücken zu schließen.

Und dann – den Feind zu beschießen und die Steine zu werfen.

Er selbst trabte aus der Reichweite der gegnerischen Geschosse hinaus an die Seite des Feldes und hieß Tade, ihm zu folgen. Kaum war er in Sicherheit, ging aus den Reihen der Friesen ein Hagel von Pfeilen in die Luft, gefolgt von Steinen, die gegen die feindlichen Reihen geschleudert wurden. Dazu setzte das Gebrüll wieder ein.

Und dann gab es kein Halten mehr. Ohne dass Radbod ihnen den Befehl gegeben hatte, schob sich der friesische Schildwall vorwärts. Finn und seine Nebenleute stürmten voran, die anderen folgten. Auch die Franken setzten sich nun in Bewegung. Als beide Formationen aufeinanderprallten, gab es einen ohrenbetäubenden Lärm. Holz barst, Schwerter stachen auf den Gegner ein, es wurde gebrüllt und geschrien. Schnell hatten sich beide Heere ineinander verkeilt.

Radbod wies die weiter hinten stehenden Männer an, nicht aufzuhören, auf die Franken zu schießen. Wer einen Bogen besaß, mochte 20 oder 30 Pfeile im Köcher haben, genug, um dem Feind Schaden zuzufügen, nur zielten die Männer nicht, da sie zu weit entfernt waren, sondern jagten ihre Geschosse in die Luft, in der Hoffnung, sie würden an irgendjemandem hängen blieben. Radbod rief ihnen seine Befehle zu – aufzurücken, genauer zu schießen. Die Pfeile nicht zu verschwenden.

Auf seinem Weg zu einem anderen Truppenteil sah er, dass Onno hinfiel. Der Junge glitt auf dem rutschigen Boden aus, als der Schildwall in Bewegung geriet. Die ihm nachfolgten, konnten nicht anhalten, wurden sie doch selbst nach vorne gedrückt. Die Ersten, diejenigen, die Onnos Sturz gesehen hatten, setzten weite Schritte, um nicht auf ihn zu treten, doch für die Nachfolgenden war es zu spät. Radbod schrie in den Lärm hinein, sie sollten anhalten, unbedingt anhalten, doch es war wie gegen eine Sturmflut anzubrüllen, hoffnungslos. Er sprang vom Pferd und drängte sich in den Schildwall, der wie eine wobende Masse auf die Franken zuschob. Trotz des Regens kam er sofort ins Schwitzen. Sich seinem Ziel zu nähern, war kaum möglich, er wurde von Onno – den er nicht sah, der irgendwo im Dreck liegen musste – weggedrückt und musste sich gegen die Wand von Kriegern nach hinten schieben. Mancher machte ihm Platz, andere sahen ihn kaum, sie hatten das Bier im Kopf und einen vernebelten Blick, auf ihren Lippen lagen neue Schreie. Dem Herzog kamen sie vor wie Pferde, die durchgegangen waren. Auch der Schaum auf ihrem Mund erinnerte daran.

Es war unendlich mühsam, zu Onno zu gelangen. Mehrfach glaubte er, den genauen Ort aus den Augen verloren zu haben. Als er den Jungen endlich erreicht hatte, war es nicht möglich, dass er sich nach ihm bückte, er wäre sonst selbst umgeworfen worden, so blieb ihm nur, die Hand seines Sohnes zu greifen und ihn mit sich nach außen zu ziehen. Er ahnte, welchen Schmerz Onno zu erleiden hatte, doch es gab keine andere Möglichkeit, wollte er ihn retten. Radbod ging rückwärts und seitwärts, er rammte und schlug gegen die eigenen Leute, brüllte aus Leibeskräften, aber seine Stimme ging unter in dem allgemeinen Lärm, der weiterhin unfassbar laut war.

Dann stand plötzlich Alfbad bei ihm und fasste, ohne ein Wort zu machen, mit an, packte Onnos Füsse, sodass sie ihn den Rest des Weges heraustragen konnten. Als sie endlich aus dem Schildwall heraus waren, betteten sie Onno aufs freie Feld. Radbod konnte kaum bleiben, wollte er seine Krieger nicht sich selbst überlassen, er schaffte es aber nicht, sich von Onno loszureißen.

Der Junge lebte.

»Wir werden siegen«, flüsterte er, und obwohl seine Stimme in dem allgemeinen Lärm kaum zu hören war, hatte Radbod ihn verstanden. Tade war neben ihm, seine Satteldecke in der Hand und bereit, sich um den Verletzten zu kümmern. Onno war blau am ganzen Leib, auf seinem nackten Oberkörper waren viele Fußabdrücke, und er blutete heftig. Radbod drückte ihm die Hand. Dann pfiff er nach Baja und saß wieder auf. Alfbad strich seinem Bruder über das verdreckte Haar, bevor er ebenfalls in die Schlacht zurückeilte.

Inzwischen war es den Franken gelungen, sich auf einem der Flügel vorzuschieben, auf dem, der dem Fluss zugewandt war und den die Ostergouwer zu halten hatten. Um Hayos Leute stand es nicht gut. Sie trugen ihre Schilder vor sich wie alle anderen, bemühten sich auch, den Gegner mit dem Schwert zu erwischen, trotzdem konnten sie nicht verhindern, dass sie immer weiter zurückgedrängt wurden. Die Überlegenheit der Franken auf ihrer Seite war allzu groß. Und es gab keine Möglichkeit, ihnen Hilfe zukommen zu lassen. Von Reemer war noch nichts zu sehen. Es war zu früh, dass die Hriustrer eingriffen, viel zu früh, man wusste nicht, über welche Reserven die Franken verfügten. Und selbst wenn er einträfe – Reemer kam aus dem Wald und würde auf der entsprechenden Seite eingreifen. Um zum Fluss zu gelangen, hätte er einen weiten Weg machen müssen.

Das Hauptfeld bemühte sich darum, den Vormarsch der Franken auf dem linken Flügel zu bremsen. Das war ein gefährliches Unternehmen, konnten doch die Franken die entstehenden Lücken nutzen und größere Löcher in ihren Schildwall reißen. Radbod preschte in Richtung der vorderen Linien und brüllte Finn zu, seine Männer zusammenzuhalten, während er auf Verstärkung für die Ostergouwer sann. Wen konnte er abziehen? Er gestikulierte und versuchte, das Hauptfeld vorzutreiben, um auf diese Weise die Franken zurückzudrängen. Aber in der Mitte des Platzes bewegte sich nicht viel, keiner der Seiten gelang es, dem Gegner größere Verluste beizubringen. Der erste Angriffsschwung war erlahmt. Geländegewinne gab es nicht mehr.

Radbod entdeckte Poppo im Schildwall, sein Sohn kämpfte in der ersten Reihe, in Finns Nähe, wo er einen Gefallenen ersetzte. Auch für ihn war gegen die dicht stehenden Schilder der Gegner kein Durchkommen, man sah, dass die Franken den Kampf jeden Tag übten, dass sie wussten, was zu tun war, wenn einer der ihren ausfiel. Die meisten von ihnen waren schmaler und kleiner als die Friesen, aber sie trugen Harnische und Helme. Es war schwer, ihnen Verletzungen beizubringen.

Radbod sah sich nach Reemer um.

Am Waldrand rührte sich nichts, man erkannte im Nieselregen nur die Bäume, aber keine Reiter, während auf der anderen Seite die Lage für die Ostergouwer immer verzweifelter wurde. Viele von ihnen fielen zu Boden, ob sie tot oder verwundet waren oder einfach nicht mehr konnten, war nicht auszumachen. Auf der gegenüberliegenden Seite hielten sich die Wanger und Astergaer gut, ihnen gelangen sogar Feldvorteile, die allerdings längst nicht so groß waren wie die Verluste der Ostergouwer.

Reemer – sie brauchten Reemer.

Er selbst hatte den Hriustrer angewiesen, lange zu warten, das war möglicherweise ein Fehler gewesen. Wenn die eigenen Leute aufgerieben waren, bis die Verstärkung eintraf, dann nutzte die beste Überraschung nichts mehr.

Wen konnte er zu Reemer schicken?

Er reckte den Hals. Tade kniete über Onno, hielt ihm die Hand und blickte in die Ferne. Das Bild machte den Eindruck, als wäre der Junge gestorben und Tade würde seiner Seele nachblicken, die auf ihrem letzten Weg war. Radbod wandte sich ab, hob sein Schwert, brüllte aus Leibeskräften und trieb sein Heer ein weiteres Mal gegen den Feind. Er hatte nicht den Eindruck, als höre ihn noch irgendjemand, wahrscheinlich war das auch nicht nötig, alle taten, was sie konnten, sie schlugen und fochten nach Leibeskräften, der Lärm war nach wie vor ohrenbetäubend, und der ganze Kampf ließ ihn an eine Sonnenwendfeier denken, an den selbstvergessenen Tanz dort. Nur dass es hier um Leben und Blut und Sieg ging.

Es machte nicht den Eindruck, als könnten die Friesen ihren Gegnern Schaden zufügen. Zwar standen Hauptfeld und rechte Seite gut, aber die Ostergouwer wichen immer weiter zurück. Etwas musste geschehen. Er hatte eine Entscheidung zu fällen.

Reemer – er brauchte Reemer!

Radbod hielt sich die flache Hand über die Augen. Der Regen hatte ein wenig nachgelassen, gleichwohl sah der Boden aus, als wären ganze Herden wilder Tiere darüber getrampelt, die nasse Erde war aufgeworfen, war ein einziger schwerer Matsch.

Einen Teil von ihm zog ihn zu Tade – zu Onno; ein anderer Teil wollte Richtung Wald preschen und die Verstärkung holen. Aber er konnte seine Kämpfer nicht allein lassen und jagte deshalb an das hintere Ende ihres Schildwalls, wo er, gegen den Lärm ankämpfend, einige Reihen von Männern abzog, um die Ostergouwer zu unterstützen. Er hieß sie, deren Zurückweichen zu stoppen, und als sie nicht gleich verstanden, wurde er ungeduldig. Andere Krieger sollten ihre Steine schleudern, um die Franken zu beschäftigen. Es dauerte unglaublich lange, bis sein Plan verstanden wurde, und noch länger, bis sie ihn halbwegs umgesetzt hatten, dabei schimpfte und brüllte Radbod ununterbrochen.

Am Ende schafften die neuen Kräfte auf dem Flügel etwas Erleichterung, die eigenen Leute konnten zwar kein Gebiet zurückgewinnen, aber sie mussten auch keines mehr preisgeben. Zumindest vorübergehend nicht.

Denn nach dem ersten Steinhagel, als sich die Franken wieder gefangen hatten, setzten sie ihren Vormarsch fort. Immerhin trafen sie jetzt auf größere Gegenwehr, die Ostergouwer hatten durch die Hilfe neuen Mut bekommen, die Unterstützer hatten die Lücken in ihren Reihen aufgefüllt. Hayo stand unter seinen Männern, nicht zu weit vorne, nicht ganz hinten. Auch er schrie aus Leibeskräften, aber da alle anderen es genauso machten, wurde er von niemandem gehört. Radbod sah nur seinen offenen Mund und den Oberkörper, der sich hob und senkte.

Er hatte Sorge, dass der Flügel trotz der Unterstützung zusammenbrach. Das wäre die Niederlage.

Ohne Reemer würden sie sich nicht halten können.

Die Franken waren mehr an der Zahl, und sie waren zähe Kämpfer, geschickt im Umgang mit der Sax, dem kurzen Schwert, das sie immer wieder leicht in die Löcher im gegnerischen Schildwall stießen. Fast immer fügten sie Verletzungen zu. Auch im friesischen Hauptfeld gab es inzwischen empfindliche Lücken. Finn und Poppo kämpften Schulter an Schulter, dort, wo die Schlacht am hitzigsten war, sie schlugen und drückten und ließen sich nicht zurückdrängen. Aber neben ihnen wurden die Löcher größer.

Radbod dachte ein weiteres Mal daran, die Kämpfer alleine zu lassen und die Hriustrer zu holen.

Aber das war nicht mehr nötig.

Zwischen den Bäumen sammelten sich Reiter. Endlich. Er starrte zu ihnen und rief ihnen stumm zu, sich zu beeilen, doch die Hriustrer zögerten immer noch, wahrscheinlich, um die eigenen Reihen zu schließen. Radbod hob sein Schwert und schwenkte es über dem Kopf.

Und dann preschten die Hriustrer los wie ein Sturm, Reemer voran, seine langen Haare flogen im Wind, er hatte sein Schwert gezogen. Alle brüllten sie, während ihre Pferde über den aufgeweichten Boden galoppierten und ihn aufwarfen, dass die Erde durch die Luft wirbelte. Ihr Angriff klang wie der Donner zu dem Sturm, das war Thor persönlich, der endlich, endlich eingriff. Für einen Augenblick erstarrte alle Kampfhandlung – Franken wie

Friesen hatten das Schlagen eingestellt, und die Feinde schienen sich zu fragen, was das war, das da auf sie zukam.

Noch ehe sie eine Antwort gefunden hatten, jagten die Hriustrer in sie hinein, ohne ihre Pferde in irgendeiner Weise zu zügeln. Wie ein schwerer Stein, der ins Wasser fiel, rissen sie ein Loch in die gegnerischen Reihen. Sie hieben mit den Schwertern von oben auf die fränkischen Kämpfer ein. Nach der ersten Welle zog Reemer sie ab und ließ sie sich außerhalb sammeln, um an einem anderen Ende in die Reihen der Feinde einzudringen.

Das Eingreifen der Hriustrer brachte den Friesen neuen Mut. Das gesamte Hauptfeld stürmte vor, Siegesgebrüll auf den Lippen, als sei ihnen eine zweite Kraft zugewachsen. Selbst die Ostergouwer rückten ein wenig auf. Und die Hriustrer auf ihren Pferden schlugen wieder zu, nicht weniger heftig als beim ersten Mal.

Beide Heere hatten alle Ordnung verloren, aus den Schildwallen war ein Kampf Mann gegen Mann geworden. Dabei war es leicht, die Kämpfer zu unterscheiden, die mit den nackten Oberkörpern, das waren die eigenen Leute. Die Hriustrer bekämpften die Franken weiterhin von ihren Pferden aus, was ihnen große Vorteile verschaffte, weil die Gegner sie kaum verletzen konnten. Auch Radbod mischte sich jetzt ein, da er als Befehlshaber nichts mehr ausrichten konnte, er drängte sich auf Baja zum rheinseitigen Flügel vor, wo er Hayo unterstützte, ausgerechnet Hayo, das Eulengesicht. Er mochte nicht darüber nachdenken. Es ging um den Sieg.

Bald begannen die Franken, die im hinteren Feld standen, zu fliehen. Sie rannten in Richtung auf ihre Stadtmauer. Was das Seltsame daran war – sie wurden von ihrem Feldherrn, von diesem Karl, dazu ermutigt. Was war das für ein Befehlshaber, wenn er nicht einmal bereit war, alles, was er hatte, einzusetzen? Immer mehr Franken rannten auf die Mauern von Coellen zu, die Tore wurden ihnen geöffnet, und sie waren in Sicherheit.

Nur langsam begriff Radbod den Sinn dieser Flucht.

26

Radbod ließ sich von einigen Wachmännern begleiten und schlug sich zu dem fränkischen Kommandanten durch. Immer noch wogte die Schlacht, auch wenn die Reihen der Franken an manchen Stellen Lücken aufwiesen, die so groß waren, dass man mit einem Kutschwagen hätte hindurchfahren können. Auch der Rückzug der Feinde hielt an. Dennoch wurden die Schreie der Verletzten und Sterbenden nicht leiser.

Als er nicht mehr weit von Karl war, ließ er Baja in den Schritt fallen und hieß auch seine Begleiter, langsamer zu reiten. Sein Schwert steckte er in die Scheide.

In einigem Abstand zu dem Franken blieb er stehen und legte seine Hände wie ein Rohr vor den Mund.

»Wir haben gewonnen. Ihr habt verloren«, rief er gegen den Schlachtenlärm an.

Karl, den auch einige Männer umstanden, kam auf ihn zu. Auch er hatte seine Waffe weggesteckt.

»Ich räume es ein, wir haben verloren. Doch inzwischen sind viele unserer Kämpfer zurück in der Stadt. Sei gewiss, dass sie sie mit ihrem Leben verteidigen werden, solltet ihr versuchen, sie einzunehmen. Wir lassen Coellen nicht ausplündern.«

»Wer weiß, wie lange ihr aushaltet. Wir haben Zeit und können euch aushungern.«

»Da müsstet ihr viel Geduld haben. Inzwischen vergammelt die Ernte auf euren Feldern. Überleg dir gut, was du tust.«

»Wir werden sehen«, entgegnete Radbod. »Gib zunächst deinen Leuten den Befehl, den Kampf einzustellen.

Karl tat, von seinen Hauptleuten unterstützt, wie ihm geheißen war. Auch Radbod ließ die Friesen das Kämpfen beenden, wobei er nicht verhindern konnte, gerade bei den Ostergouwern nicht, dass hier und da noch jemand zustach. Langsam gingen die gegnerischen Reihen auseinander, wichen mit erhobenen Schwertern in der Hand zurück, misstrauisch noch, ob der Gegner nicht nur so tat, als lasse er ab.

Bald wurde das ganze Ausmaß der Schlacht sichtbar. Überall auf dem Feld lagen Tote und Verletzte, Franken wie Friesen, oft ineinander verkeilt. Auf dem Boden war Blut, so viel, dass es die aufgeweichte Erde eingefärbt hatte. An manchen Stellen stand es in Pfützen, zu viel, um zu versickern, und es sah aus, als weigerte sich die Erdgöttin, es aufzunehmen. Der Lärm hatte mit einem Schlag aufgehört, er hinterließ eine Stille, die Radbod an die andere Welt denken ließ.

Er preschte noch einmal zu Karl vor, der sich erschrocken umdrehte, weil er wohl glaubte, aus dem Hinterhalt angegriffen zu werden. Aber Radbod zog Bajas Zügel an, er hatte nicht die Absicht, dem Frankenfeldherrn etwas anzutun.

»Ihr könnt eure Verwundeten und die Toten einsammeln. Ich sorge dafür, dass euch dabei nichts geschieht.«

Karl nickte. »Das Gleiche gilt für euch, Friese.«

Alfbad blutete am Oberarm, er hatte sich ein Stück Stoff darum gewickelt, das bereits rot geworden war. Sein Ausdruck hatte sich verändert, in seinem Blick war das schiere Entsetzen, der Mund stand offen, als fragte er sich, ob er wirklich erlebt hatte, was gerade geschehen war. Radbod nahm ihm den Stoff ab und besah sich die Wunde. Sie ging tief, bis in den Muskel hinein. Er schickte den Jungen zu Tade.

Poppo schien mit seinen Kräften vollkommen am Ende zu sein. Er keuchte, und es gelang ihm nicht, sich zu beruhigen. Seine Hose und der nackte Oberkörper waren voller Blut – das von Feinden, wie es aussah. Radbod wusste, dass der Junge alles gegeben hatte und wahrscheinlich noch mehr. Er legte ihm die Hand auf die Schulter. Ein Wort brachte er nicht heraus.

Selbst Finn war die Lust am Kampf vergangen, sein Schwert hing herunter, er stützte sich darauf wie auf einen Stock, aber es sank in den tiefen Boden ein. Er schüttelte mehrere Male den Kopf. Als er sagte, sie hätten gewonnen, klang seine Stimme matt.

»Ja«, erwiderte Radbod und umarmte den Bruder, »wir haben gewonnen.«

Sie alle versammelten sich an der Stelle, wo Tade Onnos Leichnam aufgebahrt und mit seiner Satteldecke geschützt hatte. Radbod zog sie ihm vom Kopf, um Abschied zu nehmen, und Alfbad und Poppo, Finn und Tade umstanden mit ihm den Toten. Onno hatte immer noch die vielen Sommersprossen im Gesicht. Er schien zu lächeln, wahrscheinlich hatte sich seine Seele am Ende gefreut, in die andere Welt einziehen zu dürfen. Sein Haar war hellblond, wie es immer wurde, wenn die Sonne längere Zeit schien.

Finn kniete sich neben ihm in den Matsch, strich ihm mit zwei Fingern über das Gesicht und hielt und drückte seine Hand. Das war eine freundschaftliche, mehr noch, eine zärtliche Geste. Finn war Onnos Vertrauter gewesen, in mancherlei Hinsicht hatte er dem Jungen den Vater ersetzt. Als sich Onno damals an ihn gewendet hatte, um sich nicht zwischen den verstrittenen Eltern entscheiden zu müssen, hatte Finn ihn mit offenen Armen empfangen, ihn teilhaben lassen an allem, was er unternahm, ihn beschützt, ihn nie weggeschoben. Er dagegen, Radbod, war dem Jungen kein guter Vater gewesen, er wusste es und machte sich nichts vor. Und trotzdem war er unendlich traurig. Er schloss die Augen, dann zogen, in seltsam abgehackten Bildern, einzelne Stationen seines Lebens an ihm vorbei, er dachte an Selind, Onnos Mutter, die er hatte heiraten müssen, obwohl er eine andere gewollt hatte, erinnerte sich daran, wie sie die Söhne gebar und er nichts empfand. Auch die Einsamkeit von Forsetesland war wieder da, die vielen, vielen Runden, die er um die Insel gedreht hatte, abgeschnitten von allen Menschen. Und schließlich tauchte der andere Onno auf, der diesem hier seinen Namen gegeben hatte und den die See behalten hatte.

Dann wandte er sich ab, Tränen in den Augen.

»Tragt ihn zum Lager«, wies er die Umstehenden an, »damit wir ihn verbrennen können.«

Alle Stämme hatten viele Männer verloren, und auch wenn die Überlebenden wussten, dass die Seelen der Gefallenen ins Totenreich und damit in eine bessere Welt geflogen waren, herrschte doch Trauer, denn die Freunde, die

Nachbarn fehlten einem. Die Krieger bargen zuerst die Verletzten, und es fanden sich Männer, die ihre Wunden verbanden und die Brüche schienten. Dann trugen sie die Leichen zusammen und betteten sie Mann für Mann auf einer Wiese vor ihrem Lager, all die nackten Oberkörper, all die Wunden, die aufgeschnittenen Hälse und Bäuche und das getrocknete Blut.

Sie mussten mehrere Feuer entzünden, jeder Stamm hatte seins, um seine Toten zu verbrennen. Radbod ging zu dem der Hriustrer hinüber, wo Reemer stand, der wilde Mann, Erdflecken am ganzen Körper und das Haar nass und strähnig.

»Viel später hättet ihr nicht eingreifen dürfen«, sagte Radbod.

»Ja. Wir haben zu lange gewartet. Ich habe immer noch damit gerechnet, dass die Franken Verstärkung aus ihrer Stadt bekommen würden.«

»Warum hast du das geglaubt?«

»Es war viel Bewegung hinter der Stadtmauer, das konnte man durch die Lücken sehen. Ich glaubte, sie sammeln eine zweite Abteilung. Die wollten wir angreifen, sobald sie aus den Toren käme.«

»Aber es gab keine?«

»Nein. Sie haben uns getäuscht. Uns eine Stärke vorgespielt, die sie nicht besaßen. Aber ich …«

Radbod wartete darauf, dass der Hriustrer seinen Satz beendete.

»… ich habe noch, als wir eingriffen, geglaubt, sie würden kommen.«

»Wer weiß, vielleicht haben sie noch Kämpfer in ihrer Stadt. Der Franke hat mir versichert, sie würden sie mit ihrem Leben verteidigen.«

Reemer ließ seinen Blick Richtung Coellen wandern und dort verharren. Der Regen hatte aufgehört, aber die Luft blieb diesig, als liege Nebel über dem Gelände. Und trotzdem ragten die hölzernen Kirchtürme der Stadt heraus, erhoben sich wie die Finger eines Riesen in die Luft, und sie wurden von einer hohen Mauer und von vielen Kämpfern geschützt.

»Schade«, sagte Reemer. »Dort wäre etwas zu holen gewesen.«

Am Abend gab es im Herzogszelt eine Auseinandersetzung um die Frage, ob man die Stadt angreifen oder ob man nach Friesland zurückkehren solle. Die Fürsten hatten sich alle das Blut von Händen und Gesicht gewaschen, sie hatten gegessen und sicher auch schon manches Bier getrunken. Die Fronten verliefen so, dass die Ostergouwer und Groninger unbedingt in die Stadt wollten, auch die Emsgaer waren nicht abgeneigt. Man könne versuchen, schlugen sie vor, nachts Feuer an die Stadtmauer zu legen.

Das Wort führte Hayo. Zum dritten Mal sagte er: »Du hast mir dein Wort gegeben, Herzog, dass die Ostergouwer die Ersten in Coellen sein werden. Und was wir finden, ist unsere Beute.«

Reemer dagegen lehnte ab und mit ihm die Wanger und Astergaer. Sie hielten das Vorhaben für aussichtslos und wollten dafür kein Blut und kein Leben lassen.

Radbod war angesichts von Stadtmauer und schierer Größe der Ansiedlung ihrer Meinung, hielt sich aber zurück, solange die anderen stritten. Es sei, hörte er den Hriustrer, ausgeschlossen, in die Stadt zu gelangen, sie würden es aber, wenn sie einmal angefangen hätten, lange, lange versuchen. Dabei müssten sie zurück, der Weg sei weit, und bald beginne die Erntezeit. Er gebrauchte Tades Worte, als er sagte, im Übrigen sollten sich die Friesen darauf besinnen, Dorestad zu halten und Männer abzustellen, die im Castrum lebten und wachten.

Er sprach gut, besser als Hayo, der geiferte, und als Diemo. Es gelang ihm, die Emsgaer unsicher zu machen. Zur Ernte wollten auch sie zu Hause sein.

»Herzog, gilt dein Versprechen nichts?«, fragte Hayo.

Radbod wechselte einen Blick mit Tade, der ihm zunickte.

»Wenn wir in die Stadt hineinkommen, habe ich gesagt, seid ihr die Ersten. Aber die Frage ist, ob wir hineinkommen.«

Hayo stampfte mit dem Stiefel auf. »Das sagst du jetzt, du … du …«

»Beruhige dich, Ostergouwer.« In die Runde hinein fragte Radbod: »Wie sollen wir zu einer Übereinkunft kommen?«

»Zunächst wollen wir deine Meinung hören, Herzog«, sagte einer der Emsgaer.

Radbod machte ein paar Schritte in seinem Zelt, die Hände hinter dem Rücken verschränkt. Auch Poppo, Finn und Alfbad waren da. Sie alle waren des Kampfes müde.

»Auf eine lange Belagerung sind wir nicht vorbereitet. Wir bräuchten Nahrung für viele Tage. Wo soll die herkommen?«

»Das kleinste Problem«, hielt Hayo dagegen. »Wir können jagen. Und Wasser gibt es nun wirklich genug.«

»Ich würde auch gerne in diese Stadt. Aber es wird viele Leben kosten und viel Zeit. Ich glaube, wenn wir klug sind, machen wir uns auf den Rückweg.«

»Ich bin anderer Ansicht«, entgegnete Diemo, »Was

meinst du, wie schnell sie hinter uns her sind, wenn sie uns für schwach halten? Ehe noch der Winter da ist, stehen sie wieder vor Dorestad.«

»Das weiß man nicht«, meinte Radbod. »Ob sie wiederkommen, hat nach meiner Ansicht wenig damit zu tun, ob wir Coellen belagern oder nicht. Genauso gut könnte man behaupten, damit reizten wir sie, und dann wollten sie Rache nehmen.«

»Nur hätten sie niemanden mehr, der Rache üben könnte, wenn wir ihre Stadt zerstören und ihre Leute töten«, entgegnete Hayo.

»Unterschätze nicht, wie viele Menschen es im Frankenland gibt. Sie haben auch zahlreiche Städte. Coellen ist nur eine davon.«

»Du hast Angst, Herzog«, sagte Hayo. »Und wortbrüchig bist du außerdem.«

Radbod schnaubte, es sollte wie Hohn klingen.

»Ich mache einen Vorschlag«, mischte sich Reemer ein. »Die tapferen Ostergouwer belagern die Tore und jene Stellen der Mauer, wo die größte Gegenwehr zu erwarten ist. Von mir aus zusammen mit den Groningern. Wir anderen verteilen uns an die weniger gefährlichen Orte …«

»Ha«, machte Hayo.

»… und von dort aus beobachten wir, wie weit ihr kommt.«

»Warum sollte ich mich darauf einlassen?«

»Ganz einfach: Du willst unbedingt in die Stadt.«

»Ich berufe mich auf die Zusage, die der Herzog mir gegeben hat.«

»Die du falsch verstanden hast«, sagte Radbod.

Hayo öffnete den Mund, ohne dass ein weiteres Wort herauskam. Er schloss ihn wieder.

»Verrat«, zischte er schließlich. »Lüge und Verrat.« Dann ging er wieder einmal grußlos hinaus.

Ein einziger Fürst hatte seine Ansicht geteilt. Radbod wartete darauf, dass Diemo ihm folgte, aber der Groninger blieb sitzen. Wie es schien, war Hayo stärker isoliert als je zuvor.

Am nächsten Tag schien die Sonne, als hätte es niemals geregnet. Das weite Feld zwischen dem friesischen Lager und der Stadt war verwüstet. Nichts erinnerte mehr an die Getreidepflanzen, es gab nur die aufgeworfene Erde, die unter den Strahlen der Sonne trocknete. Radbod ließ Baja Schritt gehen. Sein Schwert steckte in der Scheide. Poppo und Tade begleiteten ihn.

Langsam näherten sie sich der Stadt. Radbod erkannte, dass auf halber Höhe der Mauer ein Gang gebaut worden war, von dem aus die Verteidiger der Stadt schießen konnten, ohne selbst in Gefahr zu geraten. Sie hatten die richtige Entscheidung getroffen, Coellen in Ruhe zu lassen. Die Stadt war nicht einzunehmen. Zumindest für sie nicht.

Er rief nach Karl und zog sich zurück, um nicht von einem Pfeil getroffen zu werden. Erst als eines der Tore geöffnet wurde und der Franke, ebenfalls in Begleitung, herauskam, näherte er sich wieder.

»Wir haben unsere Toten verbrannt. Nun sind wir bereit, uns in unser Land zurückzuziehen, auf eine Belagerung zu verzichten und eure Stadt unversehrt zu lassen. Im Gegenzug erwarten wir, Franke, dass ihr Friesland künftig in Ruhe lasst. Macht vor unserer Grenze Halt. Dorestad ist eine friesische Stadt und wird es bleiben. Das Rheindelta ist ebenfalls friesisch.«

Karl trug keine Kopfbedeckung, aber einen Umhang aus Fell, mit Samt eingefasst, der seinen Rang deutlich machte. Sein Schwertknauf war mit roten Edelsteinen besetzt. Wieder wirkte sein weiches, ungeformtes Gesicht auf Radbod, der Mann schien ihm allzu jung für seine Aufgabe. Aber dann machte er sich klar, dass er selbst nicht älter gewesen war, als er Herzog wurde. Man konnte sich nicht aussuchen, wann der Vater starb und man seinen Anspruch auf das Amt anzumelden hatte. Manche waren noch jünger, waren noch Kinder.

»Ich warte auf deine Antwort, Franke.«

»Meine Antwort heißt: Ja. Ihr zieht ab und wir respektieren in Zukunft euer Friesenland.«

Sie nahmen aneinander Maß, dann wendeten beide die Pferde und ritten grußlos davon. Es war alles gesagt. Die friesischen Kämpfer hatten angefangen, ihre Zelte abzuschlagen und auf die Wagen zu laden. Viel Beute hatten sie nicht gemacht, es gab einige Waffen, die sie toten Franken abgenommen hatten, manches Schild, den einen oder anderen Helm und Brustharnisch. Gestritten wurde nicht, die Schlacht hatte die Männer still gemacht, das Bier hatte sie vergessen lassen. Mancher ging freiwillig auf eines der Boote, um sich den weiten Fußmarsch zu ersparen.

Tade folgte ihm, während Radbod die Vorbereitungen für den Aufbruch begleitete. Der Alte wirkte nachdenklich.

»Was hast du?«

»Wird sich der Franke an seine Zusage halten?«

»Das wissen wir nicht. Am Ende sind es nur Worte, immer nur Worte, der Wind trägt sie fort, und ob sie morgen oder in einem Jahr noch Bedeutung haben, steht heute nicht fest.«

»Immerhin gilt«, sagte Tade, »dass sich ein Mann an sein Wort zu halten hat.«

»Das schon. Aber weiß der Franke das? Gilt dieser Satz in seinem Land überhaupt? Und falls ja, bedeutet er ihm etwas? Oder seinem Nachfolger, wenn er morgen stirbt?«

Die Ostergouwer machten sich bereits auf den Weg, während alle anderen Krieger Thor ein Opfer brachten, ihm ein Lamm schlachteten und Waffen und ein besonders prachtvolles Schild, das einem fränkischen Adeligen gehört hatte, in den Fluss warfen. Der Aufbruch von Hayo und seinen Leuten hatte etwas Heimliches, auch wenn sie nicht besonders leise waren, machten sie sich ohne jede Ankündigung und ohne Gruß auf den Weg. Sie zogen ihre Pferde am Zügel, sammelten sich und verschwanden.

Der Hauptzug der Friesen bekam Hayo und seine Männer mehrere Tage lang nicht zu Gesicht.

Allerdings folgten sie der Spur, die die Ostergouwer zurückließen. Es war eine Spur von Feuer, Blut und Tod.

Kein Hof, den Hayos Leute nicht niederbrannten, und als Radbod und der Hauptzug eintrafen, waren die Hauswände verkohlt, manche glimmten noch. Aber vor allem hatten sie es auf Weiber abgesehen. Überall lagen Leichen von Frauen und Mädchen, barbusig, die Röcke aufgerissen, die Beine gespreizt, junge wie alte, auf dem Feld, in der Scheune, am Anfang des Waldes. Keine konnte fliehen. Männer, die sie hatten schützen wollen, fanden sie ohne Arme oder Beine, andere irrten ohne Augenlicht umher.

Hayos Spur war eine der Verwüstung.

Selbst die rauesten Männer im Hauptzug wandten sich ab. Gleichzeitig vernahm der Herzog ihr Murren. Zwar rechnete niemand damit, noch viel Beute machen zu können, doch dass die Ostergouwer immer vor den anderen da waren, passte ihnen nicht. Tade dagegen mahnte, man müsse die Grausamkeit unterbinden, nicht nur deshalb, damit die Franken sie nicht rächten, sondern weil ein Friese sich so nicht verhalte. Am zweiten Tag sammelte Radbod einige Männer und jagte Hayo und seinen Leuten nach.

Als sie sie einholten, hatten die Ostergouwer einen Hof überfallen und angezündet. Ein kräftiges Feuer loderte, man roch es meilenweit und sah es auch, und als Radbod sich näherte, schlug ihm die Hitze ins Gesicht. Die Ostergouwer waren in den nahen Wald eingedrungen, wo sie die Bewohner, zumindest einige von ihnen, eingefangen hatten. Sie spielten mit ihnen wie Mäuse mit Katzen, ließen sie davonlaufen, um sie mithilfe ihrer Pferde wieder einzufangen, reichten die Mädchen von einem zum anderen, bis sie ohnmächtig wurden, ließen die Väter und Mütter zuschauen, und das Entsetzen der Eltern machte die Friesen lachen und stachelte sie noch weiter an.

Radbod zog sein Schwert und trieb Baja in eine Gruppe Ostergouwer hinein. Den Glücklicheren von ihnen gelang es, zur Seite zu springen, andere wurden von den Hufen getroffen. Sofort griffen auch sie zu ihren Schwertern, während die verängstigten Franken den Moment der Verwirrung nutzten, um zu fliehen. Ein junges Mädchen blieb am Boden liegen, sie war ohnmächtig. Ihre Verwandten kehrten zurück, um sie in Sicherheit zu bringen.

Als Radbod vom Pferd sprang und das eigene Schwert in die Höhe riss, wurde ihm klar, dass dieser Kampf seit vielen Jahren unvermeidlich gewesen war. Hayo hatte ihm nie die Anerkennung entgegengebracht, die ihm als Herzog zustand, er hatte gegen ihn intrigiert, hatte gestänkert, wo immer er konnte. Am Ende hatte er sich mit dem Groninger verbündet, nur weil es gegen Radbod ging, wozu er seinen Teil der Geschichte um Poppo in einer Weise aufgebauscht hatte, der maßlos übertrieben war.

Ein Kampf musste entscheiden. Es war höchste Zeit.

»Wenn ihr nicht alle sterben wollt«, rief er den Ostergouwern zu, die mit Blut an Leibhemden und mit düsteren Mienen vor ihm standen, »dann lasst euren Fürsten und mich die Entscheidung finden. Wer siegt, soll das Sagen haben in Friesland.«

Er wusste seine eigenen Leute hinter sich. Poppo war da und Alfbad, auch Finn und einige Männer der Wache. Alle waren sie nur zu bereit, die Ostergouwer in die Schranken zu weisen.

Aber ein Zweikampf wäre die bessere Lösung.

Hayo lehnte ab.

»Was wir tun, ist unser Recht. Verschwinde, Radbod, du bist ein Westergouwer und gehörst nicht zu uns. Lass uns in Ruhe.

»Ich bleibe, wo ich bin. Deine Möglichkeiten habe ich aufgezeigt. Entweder wir werden euch entwaffnen und in Fesseln legen oder du stellst dich einem Zweikampf.«

Hayo versuchte ein Lachen, das höhnisch klingen sollte, so wie auch Radbod ihn schon ausgelacht hatte.

»Pass auf, dass wir euch nicht entwaffnen. Aber mit Fesseln halten wir uns nicht auf.« Er strich sich mit dem Finger über die Gurgel.

Finn und die anderen nahmen Kampfpositionen ein.

Die Ostergouwer hätten ebenfalls in Kampfhaltung gehen müssen, doch sie blieben stehen und schienen abzuwarten. Nach wie vor war etwas Wildes in ihnen, nicht nur in den Augen, sondern im ganzen Gesicht, wie ein flackerndes Licht. Sie waren wie Wölfe, die Blut geleckt hatten. Und die plötzlich aufwachten. Einer nach dem anderen steckten sie ihre Schwerter zurück.

Seine eigenen Leute wendeten sich gegen den Fürsten. Radbod hatte den Eindruck, als wollten sie nun Hayos Blut fließen sehen.

Als Hayo erkannte, was geschah, brüllte er gegen ihre Wand, sie dürften nicht feige sein, es sei Zeit, den hochmütigen Westergouwern die Grenzen aufzuzeigen, sie sollten wie Männer kämpfen.

Sie rührten sich nicht.

Alle hatten sie ihren blutrünstigen Blick auf ihn gerichtet, sie starrten ihn an wie einen Fremden, wie einen Verrückten.

»Wie es aussieht«, sagte Radbod, »wollen deine Leute ebenfalls den Zweikampf. Trau dich, Fürst aus Dokkhum.«

Er richtete sein Schwert auf den anderen.

Hayo wurde unruhig. Er drehte sich um, als suche er einen Ausweg, eine Möglichkeit zur Flucht. Doch die gab es nicht, auf der einen Seite standen seine Leute, auf der anderen die Gegner. Sie alle hatten ihn umkreist und wollten, dass er kämpfte.

Radbod machte zwei Schritte auf ihn zu, die Schwertspitze voran. Erst als sie ihn erreicht hatte, als seine Waffe den Körper des anderen berührte, hielt er an.

»Nun?«

Hayo suchte noch einmal die Hilfe seiner Leute, als könne er nicht glauben, dass die ihn im Stich ließen. Er schien sie anzuflehen, ohne aber den Mund aufzumachen. Keiner von ihnen machte Anstalten, ihm zur Seite zu springen, kein einziger. Sie hatten sich von ihm abgewendet und warteten auf sein Ende. Die einzige Möglichkeit, die ihm blieb, war, Radbod zu besiegen. Dann würde er sie zurückgewinnen.

Endlich zog das Eulengesicht sein Schwert.

Die Angst betimmte sein Handeln, seine Hand zitterte, sein Schlag war zaghaft und kraftlos. Radbod verletzte ihn mit dem ersten Streich, mit drei Schlägen hatte er ihn entwaffnet, und eher der Ostergouwer noch um Gnade flehen konnte, war er tot.

Als sie weiterzogen, vertraute er Finn seine Stute an und stieg auf eines der Boote, wo er sich zu Alfbad gesellte. Mit seinen Gedanken war er schon in Stavoren, bei Eila. Er würde den Hriustrer vor den Kopf stoßen müssen, und die Folge wäre wahrscheinlich neuer Zwist zwischen den Stämmen.

Es gab wenig Wind, die Schiffer hatten zwar Segel gesetzt, mussten aber trotzdem rudern. Alfbad saß auf einer der harten Bänke und hielt eine Hand ins Wasser. Er schien seinen Vater nicht bemerkt zu haben. Auch ihm, erkannte Radbod, ging die Schlacht nach, nur das sie ihn nicht nach immer mehr Blut schreien ließ wie die Ostergouwer, sondern still machte und nachdenklich.

Alfbad hatte immer noch etwas von dem Jungen, der er als Kind gewesen war, in seinen Augen war Sehnsucht, und oft sah er aus, als träume er. Seine Arme waren schmal, die Beine genauso. Nicht dass er kein Kämpfer gewesen wäre, doch Radbod fand, dass er sich alles, was männlich an ihm war, anerzogen hatte, während das Weiche und Verträumte von selbst da gewesen war.

»Onno wird Mutter fehlen«, sagte der Junge. »Sie wird traurig sein.«

»Immerhin hat sie noch dich.«

»Und dich.«

Radbod tauchte seine Hand ebenfalls in den Rhein. Das Wasser war frischer, als er erwartet hatte, es kühlte, und er strich es sich über Stirn und Wangen. Er hätte Alfbad gerne gesagt, was er an Onnos Leiche gedacht hatte, nämlich dass er ihnen kein guter Vater gewesen war. Aber dann hätte er ausholen und viele Geschichten erzählen müssen, und es schien ihm keine Stunde für Worte zu sein, zumal sie nichts mehr ändern konnten.

Aber auch Alfbad dachte an seinen toten Bruder. »Onnos Wesen war so, dass er sich das Leben nicht schwer gemacht hat.«

»Das stimmt. Am Ende hat er lieber gelacht.«

»Ich erinnere mich, wie wir uns einmal über Poppo gestritten haben, er und ich. Da meinte er, ihm sei es egal, ob Poppo bliebe oder nicht, er wäre sowieso nicht der Älteste, es sei denn, ich stürbe, und das wünsche er mir nicht. Damit war der Fall für ihn erledigt.«

»Anders als für dich«, sagte Radbod. »Hast du gefürchtet, etwas zu verlieren?«

»Mag sein, ich weiß es nicht mehr. Ist alles schon so lange her.«

Er nahm Alfbads Hand, die, die nicht im Wasser steckte, und drückte sie. Der Junge ließ es geschehen, ohne zu antworten, aber dann schaute er zu seinem Vater, ihre Blicke trafen sich, und Alfbad nickte ihm zu und ließ ihn endlich auch den eigenen Handgriff spüren.

»Ich wäre gern bei Onno«, erklärte er dann.

»Sag so etwas nicht. Das Leben und das Sterben ist Sache der Götter. Sie allein entscheiden.«

»Darf man keine Wünsche haben?«

»Doch, sicher. Aber nicht über den eigenen Tod.«

Alfbad wandte sich ab. Im Wasser erzeugte seine Hand zwei kleine Wellen, eine links und eine rechts von ihr. Er starrte dorthin, als gäbe es nichts Wichtigeres.

Schließlich sagte er: »Was wirst du in Bezug auf Eila tun?«

Eila – auch den Gedanken an das Mädchen teilten sie. Er sah seine Tochter vor sich, ihr helles Haar, ihr Lachen. Eila, der ewige Sonnenschein. Reemer ritt irgendwo auf der Römerstraße, Radbod suchte ihn nicht, er wollte ihn nicht sehen, sich nicht fragen, ob es eine Lösung geben konnte, die sie nicht entzweite.

Er seufzte. »Es hat sich nichts geändert. Ich kann sie ihm nicht geben.«

»Dann müssen wir abwarten, wie er reagiert.«

»So ist es.«

Ein leichter Wind kam auf und bauschte das Segel. Die Ruderer konnten die Arbeit einstellen, das Boot fuhr ohne sie, schneller als zuvor. Man spürte den Wind im Gesicht, und so fein er war, er ließ an Friesland denken.

In Dorestad feierten sie ein erstes Siegesfest. Es gab nicht viele Menschen in der Stadt, da die meisten der Stauer mit ihnen gezogen waren, aber alle, die da waren, kamen aus ihren Häusern, Frauen und Kinder, die Alten, und auch die Besatzung zweier dänischer Segler, die an den Kais festgemacht hatten, fand sich ein. Die Dänen glaubten an die gleichen Götter wie sie, auch sie waren Gegner der Franken. Als sie endlich verstanden hatten, um was es ging, umarmten sie die friesischen Kämpfer und jubelten mit ihnen, zumal es Bier aus Fässern gab, die allerdings schnell leer wurden. Am Hafen brannten Feuer, mancher spielte ein Instrument, es wurde gesungen. Wer mit im Frankenland gewesen war, erzählte Heldengeschichten.

Am nächsten Tag begann Radbod damit, die erbeuteten Pferde zu verteilen. Er gab sie an die, die zu Fuß gekommen waren, an diejenigen, die die weitesten Wege vor sich hatten, an Astergaer und Wanger, an die Männer von der Ems. Gleichzeitig achtete er darauf, dass die Groninger und Ostergouwer nicht zu kurz kamen und seine eigenen Leute aus dem Westergouw auch nicht. Wer Land besaß, für den war ein Pferd wie ein Gottesgeschenk, musste er doch künftig nicht mehr den eigenen Körper vor den Pflug spannen. Viele, denen er einen der Frankengäule gab, konnten es kaum glauben, sie bekamen rote Köpfe, bedankten sich hundertfach, drückten ihn an sich. Andere, die er nicht bedenken wollte, stellten sich vor ihn und und schauten ihn mit Bettlerblick an. Auch manchem von ihnen drückte er einen der Zügel in die Hand.

Reemer beobachtete ihn. Radbod glaubte nicht, dass der Hriustrer Ansprüche stellte, weil er diese Pferde zusammen mit seinen Leuten in der Schlacht geritten hatte. Dann hätte er längst den Mund aufgemacht. Nein, Reemer schaute einfach nur zu. Und er erinnerte sich und ihn daran, dass zwischen ihnen noch eine Entscheidung ausstand.

27

STAVOREN WAR GESCHMÜCKT. Bunte Tücher hingen an den Hauswänden, am Wegesrand brannten Feuer, die Bewohner, von Boten aus Dorestad über die Neuigkeiten in Kenntnis gesetzt, standen auf den Straßen und jubelten. Die Krieger bildeten, auch wenn mancher Stamm schon heimwärts gezogen war, einen langen Zug, da sie wegen der Enge der Gassen nur zu zweit oder zu dritt nebeneinander gehen konnten. Auf diese Weise riss der Jubel nicht ab. Die Leute reichten den Vorbeiziehenden Bier in Holzbechern, die dankbar angenommen wurden. Die Fensterrahmen waren mit den gleichen Figuren geschmückt, die dort zur Sonnenwende standen. Stavoren war in Feierlaune.

Selind erwartete sie zusammen mit anderen Frauen auf dem Marktplatz. Sie hatte sich schön gemacht, fast wie früher, trug ein langes grünes Kleid, ihre Haare fielen über die Schultern, auf der Brust prangte ihre Bernsteinkette. Sie begrüßte Radbod mit einer Umarmung und einem Kuss auf die Wange, während er nicht anders konnte, als zuzusehen, wie stürmisch Kresten ihrem Tade in die Arme fiel. Auch Selind zeigte ihre Sehnsucht – bei Alfbad, den sie an sich drückte, als wäre er ein Teil von ihr. Dass Onno tot war, schien sie bereits zu wissen, sie fragte nicht nach ihm. Poppo überging sie, als wäre er Luft, woraufhin Radbod seinem Sohn den Arm um die Schulter legte und ihn dort liegen ließ. Wie es schien, hatten sich die Verhältnisse am Herrenhaus nicht geändert.

Als er Eila entdeckte, breitete er die Arme aus, in die sie sprang. Anders als Selind wollte sie als Erstes wissen, was mit Onno geschehen war. Radbod vermied die ganze Wahrheit, dass er totgetrampelt worden war, sondern erzählte nur, dass er gestürzt und gestorben sei, dass er immer an den Sieg geglaubt und sich auf das Totenreich gefreut habe. Eila wischte sich Tränen aus den Augen und bemühte sich darum, zu lächeln.

Wie Radbod schielte auch sie zu Reemer hinüber, der in der Nähe stand, umringt von einigen Hriustrern, die er um Haupteslänge überragte. Radbod hielt Eilas Hände. Auch wenn ihm kein Wort über die Lippen kam: Sollte er je an seinem Entschluss gezweifelt haben, dieses Mädchen nicht wegzugeben, dann war davon nichts übrig. Eila war sein Göttergeschenk, und er würde auf sie aufpassen, um jeden Preis. Selbst Friesland war nicht jedes Opfer wert.

»War er euch ein guter Bundesgenosse?«, fragte sie und meinte den Hriustrer.

»Sehr. Er hat uns zweimal gerettet. Das erste Mal, als wir ein fränkisches Castrum bei Dorestad überfallen hatten. Da wären wir ohne ihn nicht wieder herausgekommen. Und dann in der Schlacht bei Coellen. Die hat er entschieden.«

»Das stimmt nicht«, hörte er die tiefe Stimme des Hriusters, der neben sie getreten war. »Beides nicht. Am Castrum hatte euer Tade den rettenden Gedanken – er hat uns geschickt. Und die Schlacht in Coellen hat in Wahrheit der Herzog entschieden. Er wollte eine Reiterei, die überraschend eingriff. Dazu hat er immerzu Pferde gesammelt. Wir haben sie am Ende nur geritten.«

Eila wirkte verwirrt, sie schaute von einem zum anderen. Dann wandte sie sich an Poppo: »Wer hat recht?«

»Beide, jeder auf seine Weise. Tade hat die Hriustrer ins Castrum geschickt, weil er in Sorge war, als es uns nicht gelang, das Tor zu öffnen. Aber für uns gekämpft haben Reemer und seine Männer. Ähnlich war es in der Schlacht. Vater hatte den Weitblick. Doch die Schlacht war erst entschieden, als die Hriustrer auf den Pferden eingriffen.«

»Ach so ist das«, sagte Eila. »Es gibt diese Wahrheit und jene. Stimmt denn der Eindruck, dass ihr nicht zurückgekehrt wärt ohne den Hriustrerfürsten? Beide nicht?«

Radbod hörte sein Herz schlagen.

Für ihn antwortete Poppo: »Ja.«

Eila lächelte. Sie strahlte. Freude und Bitterkeit standen ihr gleichzeitig im Gesicht, Abschied und Ankunft, Trennung und Vereinigung.

Sie reichte Reemer ihre Mädchenhand.

Der Hriustrer schaute auf die helle Haut und die schmalen Finger, als wüsste er nicht, was er damit anfangen sollte. Es dauerte lange, bis er seine Pranke um sie legte.

»Dann will ich mit ihm gehen«, sagte sie zu ihrem Vater. Und zu Reemer: »Mit dir ins Land der Hriustrer.«

Ein paar Tage später wurde Hochzeit gefeiert. Nur die Hriustrer waren in Stavoren geblieben, alle anderen hatte es auf ihr Land gezogen, denn die Ernte wartete nicht. Zur Feier kamen außerdem Leute aus dem Ort und aus dem ganzen Westergouw. Radbod hatte Eila am Arm, als Reemer auf ihn zutrat, ihn um seine Tochter bat und ihm gelobte, sie immer zu beschützen, selbst wenn es ihn das eigene Leben kosten sollte.

Der Herzog blieb stumm. Er schaute seine Tochter an. Erst auf ihr leises Nicken hin legte er ihre Hand in seine. Die Umstehenden brachen in Hochrufe aus.

Dann wurde, wie bei jedem Fest, gegessen und getrunken und gesungen. Stundenlang drehten zwei Köche ein aufgespießtes Schwein über einem Feuer, und bald mussten sie sich anhören, dass sie schneller machen sollten. Die Tafel war auf der Wiese gedeckt. Ein paar kräftige weiße Wolken standen am Himmel, die Sonne schien, und ein frischer Wind blies. Ein friesischer Sommertag.

Radbod ließ sich bei seiner Familie nieder, bei Alfbad und Selind auf der einen und Poppo und Tade und Kresten auf der anderen. Finn hatte sich offenbar entschieden, in Zukunft keiner der beiden Seiten mehr anzugehören. Er hatte erkannt, dass Poppo ein verlässlicher Mann und Kämpfer war, aber Alfbad genauso. Nebeneinander hatten sie alle im Schildwall gestanden. Deshalb, so Radbods Eindruck, mochte sich Finn nicht zwischen ihnen entscheiden. So hatte er sich einen Platz bei den Wachen gesucht, die für ihn zusammengerückt waren und ihn freudig aufgenommen hatten. Radbod musste an Onno denken, der es ähnlich gehalten und sich aus dem Zwist herausgezogen hatte. Wahrscheinlich schaute er ihnen aus dem Totenreich zu und lachte.

Eila saß neben ihrem Mann. Der Ausdruck ihres Gesichtes hatte sich nicht verändert, auch jetzt nicht, wo sie verheiratet war und bald ins Land der Hriustrer ziehen würde, immer noch war sie die Lichtelfe, ein Luftwesen, strahlte und lachte nach Herzenslust. Radbod beneidete Reemer um die Freude, die in sein Haus ziehen würde. Eila aber begriff er nicht. Fühlte sie denn gar keinen Schmerz? Er gestand sich ein, sie nie begriffen zu haben, und sein alter Satz – dass sie aus einer fremden Welt stamme – war nichts als eine einfache Erkärung gewesen.

Seiner Liebe zur ihr hatte das nie geschadet.

Wie es seine Art war, aß er wenig und trank kaum, zumal sein Gemüt schwer war. Er beteiligte sich nicht an der

Unterhaltung, erzählte keine Heldengeschichte vom Feldzug und auch nicht aus dem Frankenland. Bald stand er auf und machte einen Schritt über die Bank hinweg, auf der er gesessen hatte. Selind warf ihm einen seltsamen Blick zu, als er davonzog, und er glaubte in ihren Augen gelesen zu haben, dass sie unterstellte, er ginge zu Rixa.

Es stimmte, dass er Sehnsucht danach hatte, umarmt zu werden, geliebt zu werden, von jemandem festgehalten zu werden. Er wünschte sich einen Menschen, der sich freute, dass er zurückgekehrt war. Aber zu Rixa konnte er nicht. Schon den Gedanken hatte er sich verboten.

Er sattelte Baja, ohne jede Eile, streichelte sie und sprach mit ihr, dabei bat er sie darum, ihn ans Meer zu tragen, ans friesische Meer, wo die ewigen Wellen gegen das Land liefen und man ihr Gurgeln hörte. Der Wind frischte auf, als er den Strand erreichte, und bauschte seinen Umhang. Radbod stand neben seiner Stute im Sand und schaute auf das Wasser. Um ihn war ein Licht, das es nur an der See gab.

NACHWORT

HERZOG RADBOD LEBTE nach der Schlacht vor Köln noch vier Jahre. Er starb im Jahr 719 christlicher Zeitrechnung.

Sein Nachfolger wurde Poppo (Hrodbad), der fast 15 Jahre in Friesland regierte. Dann aber griffen die Franken unter dem Hausmeier Karl, der die Niederlage vor Köln verwunden und ein großes Heer zusammengestellt hatte, wieder an. Im Frühjahr 734 schlugen sie die Friesen vernichtend bei Jirnsum an der Boorne (in der heutigen niederländischen Provinz Friesland). Poppo wurde von einem fränkischen Adeligen erschlagen.

In der Folge eroberten die Franken das westliche Friesland bis an die Lauwers und machten es zu einem Teil ihres Reiches. Nur Groningen und der östliche Teil Frieslands blieben noch frei.

Das gesamte Friesland wurde später unter jenem Karl erobert und christianisiert, den seine Zeitgenossen »der Große« nannten und der auch die benachbarten Sachsen unterwarf und mit Schwert und Knute in sein Reich eingliederte. Bei diesem langen Krieg haben friesische Verbände eingedenk der eigenen Geschichte immer wieder versucht, die Sachsen zu unterstützen.

Kaiser Karl (»der Große«) erließ eine Lex Frisonum, ein Gesetz für Friesland. Das war im Prinzip ein Katalog von Rechtsvorschriften, unter anderem mit dem Verbot von Sonntagsarbeit und dem Schutz des Kirchenfriedens. Verboten wurde auch, seine Toten zu verbrennen, wie es uralte friesische Tradition war. »Wenn jemand den Körper eines verstorbenen Mannes nach dem Brauch der Heiden durch Feuer verzehren lässt und seine Gebeine zu Asche macht, der werde mit dem Tode bestraft« (Lex Frisonum).

Der Widerstand gegen die fränkische Besatzung in Friesland dauerte nach der Eroberung noch rund 50 Jahre, in denen sich die Friesen immer wieder gegen die Eindringlinge erhoben. Doch die Franken – oder Karolinger, wie sie später hießen – waren ein wesentlich größeres Volk. Sie blieben am Ende überlegen.

Die Christianisierung Frieslands ging einher mit der systematischen Zerstörung der alten Heiligtümer, auch auf der heiligen Insel, die wahrscheinlich Helgoland (= Heiliges Land) ist. Das friesische Volk sperrte sich lange gegen die fremde Religion. Nicht zufällig waren es Friesen, die den Missionar Bonifatius (den »Missionar der Germanen«) in der Nähe von Dokkum erschlugen. Ihre alte pantheistische Religion hielt sich, zumindest heimlich, jahrhundertelang und wurde in den Familien weitergegeben. Noch im Hochmittelalter verehrten die Friesen die alten Götter, und es gibt schriftliche Klagen von christlicher Seite über »heidnische Bräuche«, die in Friesland betrieben würden.

Über den Deichbau in Friesland existieren Zeugnisse ab etwa dem Jahr 1000. Daraus muss man aber nicht schließen, dass er erst zu jener Zeit begonnen wurde, vorher wurden einfach keine Urkunden erstellt. Schon in vorchristlicher Zeit lebten die Friesen auf angeschütteten Hügeln, den Wharfen (oder Wharften), um sich und ihre Felder vor dem Meer zu schützen. Die Idee, das Land einzudeichen, mag wesentlich älter sein als die schriftlichen Zeugnisse davon. Die Nordsee, so wunderbar sie ist, kann ihre zerstörerische Kraft zu jeder Zeit entfalten.

GLOSSAR

Baduhenna – der ursprüngliche heilige Hain der Friesen. Dort sollen Friesen im Jahr 28 n. Chr. während eines Aufstandes gegen die römische Besatzung feindliche Verbände besiegt und vertrieben haben. Die genaue Lage von Baduhenna ist nicht gesichert; es gibt gute Gründe, den Ort am Westufer des Flie, des heutigen Flevomeeres, zu vermuten.

Deichbau – Der Deichbau in Friesland ist ab etwa dem Jahr 1000 verbürgt. Er ist das historische Werk der Friesen, das hunderte von Jahren dauerte und das Leben an der Küste erst möglich machte. Die Tatsache, dass es erst ab ca. 1000 Zeugnisse über den Deichbau gibt, heißt allerdings nicht, dass er erst dann begonnen hätte.

Dorestad – Wichtigste Handelsstadt der Friesen, im 8. Jhr. einer der bedeutendsten Handelsplätze ganz Europas. Dorestad liegt an der Gabelung des Alten Rhein und des Lek, einem Rheinarm, nahe genug an der Küste, um sie leicht zu erreichen, weit genug von ihr entfernt, um nicht von jeder Sturmflut in Mitleidenschaft gezogen zu werden. In späteren Zeiten wurde die Hafenstadt Ziel normannischer Angriffe und Plünderungen.

Den Ort selbst gibt es heute nicht mehr, nur der Name des benachbarten Städtchen, Wijk bij Duurstede, erinnert noch an ihn. In Wijk steht ein kleines »Museum Dorestad«.

Forsetesland – Die heilige Insel der Friesen. Wahrscheinlich handelt es sich um Helgoland (= Heiliges Land), wo es nach alten Zeugnissen Süßwasser gegeben hat. Helgoland hatte im frühen Mittelalter andere Umrisse als heute, die Insel war wesentlich größer. Die See hat viel Land abgetragen.

Franken – Ein bedeutendes germanisches Volk, entstanden aus dem Zusammenschluss mehrerer kleinerer Stämme. Um ca. 500 n. Chr. trat der fränkische König Chlodwig – und mit ihm das gesamte Land – zum Christentum über. Später wurde das Reich in zwei Teile geteilt, Austrien (oder Austrasien), das Ostreich, und Neustrien, das Westreich. Das Reich wurde von sogenannten Hausmeiern (Major Domus) regiert, die ursprünglich nur Verwalter der Königssitze waren. Mit der Zeit gelang es ihnen, tatsächliche Regierungschefs zu werden. Manche von ihnen waren bald mächtiger als ihre Könige. In Austrien wurde das Amt des Hausmeiers sogar erblich.

Freya – s. Stichwort »Götter«.

Friesland – das Land am Meer. Die genaue Siedlungsgeschichte ist nicht bekannt, es scheint aber sicher zu sein, dass sie in mehreren Etappen stattfand, je nachdem wie viel Platz die See ließ. In seiner größten Ausdehnung reichte Magna Frisia in einem Küstenstreifen von den Ufern von Maas und Rhein im Westen bis an die Weser im Nordosten.

Fürst – Wörtlich: der Erste (vgl. engl. First). Stammesführer bei den Germanischen Stämmen.

Götter – Für die Friesen war das Göttergeschlecht der Asen maßgeblich. Ihm gehörten Wotan (Odin), Thor, Balder, Forsete und andere Götter an. Sie wohnten im Asgard, ihrer Behausung in den Lüften. Die Menschen dagegen lebten im Midgard. Beide Welten verband die Brücke Bilröst, der »schwankende Weg«.

Freya war die schöne Göttin der Liebe und der Fruchtbarkeit. Sie stammte vom konkurrierenden Göttergeschlecht der Wanen ab, lebte aber als Geisel bei den Asen, bei denen sie gleichzeitig eine bedeutende Rolle einnimmt.

Haithabu – neben Dorestad die größte Handelsstadt in Nordeuropa, gelegen bei Schleswig, am Ostseefjord Schlei. Heute ein sehenswertes Museum.

Herzog – Kriegsherr. Ethymologisch: der vor dem Heer herzog.

Karl – (688–741), bekam nach seinem Tod im 9. Jhr. den Beinamen »Martell« (Martellus = der Hammer), Hausmeier in Austrien ab 715, später auch in Neustrien. Karl besiegte mit einem großen Heer im Jahr 732 die muslimischen Mauren aus Nordafrika, daher sein Ruf als »Retter Europas«. Mehrere Feldzüge und Kämpfe gegen Friesen und Sachsen, um sein Reich auszudehnen. Die Schlacht gegen die Friesen bei Köln ist die einzige, die er verlor.

Karl – »der Große« (747 oder 748–814), endgültige Besieger sowohl der Friesen als auch der Sachsen. Seine teilweise grausamen Feldzüge im Norden und Osten, besonders gegen die Sachsen, dauerte über 30 Jahre. Hat mit Gewalt und Verboten das Christentum in den besiegten Ländern durchgesetzt.

Küste, Küstenverlauf – der Verlauf der Nordseeküste hat sich im Laufe der Jahrhunderte dramatisch verändert, besonders durch Sturmfluten, die manchmal so heftig waren, dass die Bewohner ins Landesinnere fliehen mussten. Sicher ist, dass das Leben an der Nordseeküste wegen der Naturgewalten außerordentlich hart und karg war.

Mission, Missionsgebot – Luther spricht in seiner Bibelübersetzung sogar von einem »Missionsbefehl«. Die entsprechende Stelle findet sich vor allem im Matthäus-Evangelium (Mt 28, 19-20), da ist Christus auferstanden und sagt zu den Jüngern: »... geht zu allen Völkern und macht alle Menschen zu meinen Jüngern; tauft sie auf den Namen des Vaters, des Sohnes und des heiligen Geistes.« Entsprechende Stelle, teilweise weniger eindeutig, gibt es in anderen Evangelien. Die Imperative (»macht«, »tauft«) sind nicht im griechischen Originaltext zu finden, sie stammen von Luther. Im Griechischen wie auch in den frühen lateinischen Bibelübersetzungen stehen Partizipien (übersetzbar mit: »... indem ihr sie tauft«). Doch auch aus diesen Worten haben christliche Mönche im Mittelalter einen Missionsauftrag herausgelesen. Sie sind losgezogen, um andere Menschen zu bekehren, und in ungezählten Fällen wurde dabei Gewalt angewendet, der alte Glaube verboten und seine Heiligtümer zerstört.

Radbod – (675–719). Es gibt kaum gesicherte Daten und Fakten zu Radbod. Man weiß, dass Radbod Fürst und

Herzog von Magna Frisia war und sich gegen das Christentum gewendet hat.

Verschiedentlich ist versucht worden, Radbod als frühen germanischen Helden zu vereinnahmen. So bemühten sich die Nazis darum, aus ihm einen deutschen Freiheitskämpfer gegen die jüdisch-christliche Religion und Kultur zu machen, wogegen er sich nicht zur Wehr setzen konnte. Die Beschäftigung mit ihm – und mit anderen Germanen – blieb deshalb lange tabu.
Radbod spielt eine Rolle in der Wagner-Oper Lohengrin.

In Hamm in Westfalen, im Ortsteil Bockum-Hövel, hieß eine Zeche nach Radbod.

In Ostfriesland ranken sich Sagen darum, wo Radbod begraben ist, es gibt einen Radbodsberg und ein Radbodsholz.

s. auch: »Theudesinde«

Stavoren – Residenz der friesischen Herzöge im Mittelalter, heute ein kleiner, bei Wassersportlern beliebter Ort am Ijsselmeer. Bekannt ist Stavoren auch durch die Sage der Vrouwe von Stavoren.

Theudesinde – Radbod soll eine Tochter namens Theudesinde gehabt habe, die im Jahr 711 angeblich den Pippin-Sohn Grimoald, also einen Franken, geheiratet hat. Diese Behauptung stammt aus dem »Liber Historiae Francorum«, dem »Buch der Geschichte der Franken«.

In der Geschichtswissenschaft wird diese Quelle, deren Verfasser unbekannt ist, vielfach angezweifelt. Sie ist erst Jahrzehnte nach den eigentlichen Ereignissen verfasst worden, mit dem Ziel, die fränkisch-karolingische Geschichte in ein gutes Licht zu rücken. Dazu allerdings würde die

Heirat mit der Tochter eines Feindes gut passen, denn die Botschaft wäre: man war immer um Versöhnung und Verbindung bemüht.

Eine solche Heirat hieße aber, dass Radbod, nachdem die Franken zum zweiten Mal das südliche Friesland überfallen hatten, seine Tochter an den Feind gegeben hätte – versehen mit der Zustimmung, dass sie getauft wird. Das erscheint als unwahrscheinlich.

Außerdem passt der Name Theudesinde nicht nach Friesland, dafür aber nach Franken, wo es in der Karolingerfamilie auch Theudeberts und Theuderichs gibt.

Dann soll diese Ehe kinderlos geblieben sein, Grimoald aber später mit einer anderen Frau einen Sohn gezeugt haben, dem er ausgerechnet den Namen Theudoald gab. Auch das klingt höchst unwahrscheinlich. Wenig glaubwürdig ist auch, dass die Friesen nur vier Jahre nach dieser angeblichen Heirat den Stamm und die Familie von Radbods Schwiegersohn angreifen.

Aus all diesen Gründen wurde diese Spur im vorliegenden Buch nicht verfolgt.

Thing – Ratsversammlung. Die friesische (und germanische) Tradition, sich einmal im Jahr, im Frühling, zu einem beschlußfähigen Rat zu treffen, reicht bis in die Neuzeit hinein. Am Thing wurden nicht nur politische Entscheidungen getroffen, es wurde auch Gericht gehalten. Teilnehmen durften nur freie Männer. Man versammelte sich immer am gleichen Ort, der durch eine Besonderheit wie einen alten Baum, einen Hügel oder Gestein an die Götter gemahnte. Ein bekannter Versammlungsplatz in Ostfriesland (aber aus späterer Zeit) ist der Upstalsboom.

Thoreiche – bekannt ist, dass der Missionar Bonifazius (der Missionar der Germanen) im nordhessischen Geismar eine Thoreiche fällte. War das die einzige dem Gott Thor geweihte Eiche, die fiel? Wahrscheinlich nicht. Die christlichen Missionare haben an vielen Orten und mit Systematik religiöse Symbole, die sie als »heidnisch« ansahen, zerstört.

Utrecht – ebenfalls eine wichtige friesische Stadt, ganz im Süden des Landes, in Nachbarschaft zum Frankenreich. Utrecht war eine römische Gründung und wurde im Mittelalter die Missionsstation von Willibrord, an den noch heute ein Denkmal in der Stadt erinnert.

Waffen – wie die anderen germanischen Stämme kämpften die Friesen vor allem mit dem Sax, dem Kurzschwert, oder der deutlich längeren und schwereren Spatha. Sie schützten sich mit Schilden. Waffen waren immer begehrte Beute, deshalb besaßen Friesen auch die sogenannte Franziska, ein Wurfbeil. Darüber hinaus schossen sie mit Pfeil und Bogen.

Willibrord – (658–739), aus Northumbria, Britannien. Der »Apostel der Friesen«. Willibrord soll seine Missionsarbeit gegen 690 begonnen haben, zu der Zeit kam er nach Friesland. Der Unterstützung durch den Hausmeier Pippin konnte er sich sicher sein.

Mehrere Denkmäler in Deutschland und eins im niederländischen Utrecht erinnern an Willibrord. Außerdem gibt es einen christlichen Gedenktag für ihn, den 7.11.

Wharf – schon die frühen Friesen begannen, gegen die Fluten der Nordsee Hügel, die Wharfen (auch Wharften), aufzuschütten, um Felder und Behausung gegen die Nordseefluten zu schützen. Nach und nach wurden die Wharfen von Deichen ersetzt.

CLAUDIUS CRÖNERT
Das Kreuz der Hugenotten

978-3-8392-1211-0 (Paperback)
978-3-8392-3701-4 (pdf)
978-3-8392-3700-7 (epub)

»Ein Stück Berliner Geschichte und zugleich ein Plädoyer für Toleranz und friedliches Miteinander«

Berlin um 1700. Die Stimmung zwischen eingewanderten französischen Calvinisten und deutschen Lutheranern ist angespannt, denn beide Gruppen müssen sich eine enge Kirche teilen. Der Handschuhmacher Paul Deschamps und seine Landsleute planen daher ein eigenes Gotteshaus. Kurfürst Friedrich stimmt dem Bau zu und gewährt auch der deutschen Gemeinde einen neuen prächtigen Dom – direkt gegenüber dem Französischen Dom. Zwischen den beiden Kirchen soll eine Gendarmenkaserne entstehen, die dem Platz seinen Namen gibt. Doch während der Baus stürzt der Deutsche Dom ein und der Mob wendet sich gegen den Hugenotten Paul …